甜度一百分

Sweet

茶暖不思 著

上册

青岛出版集团 | 青岛出版社

图书在版编目（CIP）数据

甜度一百分/茶暖不思著. —青岛:青岛出版社,2023.11
ISBN 978-7-5736-0285-5

Ⅰ.①甜… Ⅱ.①茶… Ⅲ.①长篇小说－中国－当代 Ⅳ.①I247.5

中国国家版本馆CIP数据核字（2023）第060720号

TIANDU YIBAI FEN

书　　名	甜度一百分
作　　者	茶暖不思
出版发行	青岛出版社（青岛市崂山区海尔路182号）
本社网址	http://www.qdpub.com
邮购电话	18613853563
责任编辑	郭红霞
特约编辑	崔　悦
校　　对	李玮然
装帧设计	千　千
照　　排	梁　霞
印　　刷	三河市良远印务有限公司
出版日期	2023年11月第1版　2023年11月第1次印刷
开　　本	16开（710mm×980mm）
印　　张	36.5
字　　数	756千
书　　号	ISBN 978-7-5736-0285-5
定　　价	69.80元（全2册）

编校印装质量、盗版监督服务电话 4006532017 0532-68068050

Sweet

目录

上　册

目 录

下

册

第一章
优质模特

巴黎东方艺术作品展开展一周，在此期间，相关话题持续占领着媒体热度榜。这是法国年度慈善沙龙，以中世纪古堡风和沉浸式氛围展现一场东方视觉盛宴。

往年该艺术展的参展作品无一不来自东方顶尖的艺术家，但今年该艺术展竟破天荒地展出了一幅新秀的画作。据说，此画作是由享誉中外的霍克教授推荐的，且售出高价。此事在艺术圈里引起了不小的轰动，毕竟作者仅仅是巴黎美术学院的一名中国籍应届毕业女学生。

《巴黎东方艺术作品展今日落幕，新晋画家的油画作品受霍克教授力荐，成交价两千万欧元达展会最高》——在媒体上刷到这条热门话题时，沈暮正在候机。她的航班于法国时间凌晨三点起飞，从巴黎戴高乐机场飞往中国南城。机场贵宾厅装潢得高雅考究，单人米色轻奢沙发是经典的法式风格。

沈暮坐在落地窗旁边的位子上，凝视着手机屏幕。犹豫半晌后，她发出一段语音留言："您好，教授，非常感谢您这四年来对我的关照！很抱歉，我有不得已的理由，无法继续留在巴黎……"她声音柔和，法语标准、流利。话音一落，她慢慢地放下手机，斜倚着沙发的扶手，望向窗外。

没过多久，接待人员恭敬的迎客声从门口传来，打破了贵宾厅内的沉寂。接待人员说的是英语。

沈暮敛回飘远的思绪，循声望去，只见一个男人走进贵宾厅里。他在报刊架旁落座，靠着沙发背，随手取了一份报纸。那一身西装勾勒出他挺拔的身材，从肩膀至腰身，再至长腿，比例完美，无可挑剔，尤其那副架在高鼻梁上的金丝框眼镜把他的气质完全衬托出来。这个男人浑身尽显商务人士的成熟和斯文。

沈暮与他相隔好几个沙发的距离，只见那棱角分明的侧颜，英俊中透出些清冷的味道。接待人员为他端上茶水，沈暮隐约听见他以低沉的嗓音道了一声谢。出于教养，她只是向那边扫了一眼，便重新看向窗外。

午夜的机场贵宾厅内只有两三位旅客，沉沉的夜幕里，远处是茫茫星辉，近处是路灯昏黄的光影。巴黎作为世界艺术之都，有着被上天偏爱的典雅和浪漫，无疑是艺术爱好者的神往之地，可就在刚刚，沈暮婉拒了霍克教授留她在巴黎美术学院里读研深造的邀请。她心事重重，出神良久后，微叹了一口气，忽然想到了什么，垂眸，点开微信。

她将指尖移到微信界面置顶的空白头像上，点了进去，而后斟酌，好半晌，终于敲出一个字："早。"

中国现在是上午八点多，沈暮不确定有没有打扰到对方。她发完消息后，对着聊天框凝视片刻，就退了出去，没想到第二秒，手机就振动了一下。

Hygge："还不睡？"

沈暮因 Hygge 意外的回复，心慌了一瞬。她怕他等着，连忙回道："就要睡了。"她那精致美丽的脸上浮现出百般踌躇的神情。间隔了好几秒，她抿了抿唇，将心一横，接着说："我快回国了。那个……要见面吗？"

她稍微模糊了一下自己的真实情况，在这微凉的深夜，手心里微微冒汗。

四年前他们约过见面，但沈暮因意外情况爽约，当天去了法国，在这四年里从没回来过。这件事像云烟散过，两个人都默契地没再提起，但对沈暮而言，始终好似有块石头堵在心里。办理毕业手续的这几天，她就一直在想，该不该开口向他重提此事，好让自己稍稍宽心。可现在，话是说出去了，她转念一想，又觉得自己对他好像招之即来、挥之即去似的。

她将左手藏在外套的口袋里不安地挠动着，忽然后悔起来，于是迟疑了两秒，不由自主地轻点屏幕，飞快地撤回了消息。这么做似乎不太道德……心里的小人儿在不停地乱撞，她心虚地抬头张望了一圈。

贵宾厅内很安静，不再有其他旅客进出。接待人员端正地站在门口，而那个西装革履的男人不知何时搁下了报纸，正低头凝视着手机。沈暮轻轻地呼出一口气，告诉自己要镇定，也许 Hygge 根本没来得及看到消息，毕竟她的消息撤回得很快。但聊天框安静了一会儿后，跳出一条消息。

Hygge："看到了。"

不知从哪儿蹿出一股劲，沈暮"噌"的一下坐得笔直。她硬挺着脊背，僵住了，心脏蹿到了嗓子眼儿里，试图窒住她的呼吸。被这三个字毫不留情地断了那最后的一丝希望，她只能咬牙将无良进行到底，迅速地琢磨借口："我突然想到要准备考研和实习之类的事，怕短时间内找不到空闲。"

她打出长长的一句话，轻皱起眉。这个破理由看着是不是有点儿扯？她正犹豫要不要按发送键，下一刻，对方的消息先传了过来。

Hygge："随时。"

她正在打字，看到他回复的内容后，指尖一抖，心"突突"地乱跳。她宛如一只张开壳的小蚌，不加防备地暴露着软肋，可他一句"随时"，又不动声色地将决定权交还到了她的手上。这让她更觉良心不安了。

沈暮轻咬着下唇，将之前输入的那段话一个字一个字地删除。沉默片刻后，她只能回复："好。"

她耳垂泛红，羞耻感不停地在心里作乱。一直到地勤人员来通知登机，她才结束已发了一个多小时的呆。

地勤人员是提前通知的，登机的时间绰绰有余，但沈暮还是当即起身，经过 VIP 通道，先行登上廊桥，在机舱内的座位上准备妥当。

沈暮订的是头等舱。回国十多个小时的航程，凭她的睡眠质量，她若待在经济舱里，神经衰弱很难不复发。头等舱的上座率不高，宽敞的隔舱中，包括沈暮在内，仅有两名乘客。和她相比，另一位男士显得从容不迫。在她登机很久后，他才不慌不忙地走进舱室里。

沈暮靠在舒适的沙发上，乌黑的睫毛覆下来，眼睛半合着。在她沉思间，一双深色的休闲皮鞋突然进入她的视野里，令她涣散的目光聚焦回来。她扬了扬睫毛，不经意地看见男人的黑金腕表，历史总产量不超过三百只的一款。看起来这位年轻的商务人士为人低调，但品位高雅，格调极高。

就在她抬眸的一瞬，男人屈起长腿，在右边与她相邻的座位上徐徐落座，和她隔着一条过道。虽然沈暮只掠过一眼，但目光足以捕捉到他那令人惊艳的面容。他给她的第一感觉是——清俊儒雅。她回想起那副金丝框眼镜衬出的味道，所有昂贵的饰物在他的身上仿佛都成了艺术的陪衬，那是一种连美术生都难以抵挡的魅力。他简直是她见过的最优质的人体模特。如果他能给她当模特的话……嗯，那她在进修人体艺术的时候，作品的表现一定能更有张力。

沈暮突然异想天开起来。想着想着，飞机起飞后，她不知不觉地睡了过去。睡梦中，她甚至夸张地梦到自己凭借这幅美男图，获得了亚历山大卢奇绘画奖。

国外的部分航班在飞行途中会提供无线网络，沈暮睡前便没将手机关机。她不知睡了多久，美梦突然被手机的振动声打破。她迷迷糊糊地从桌板上摸过手机，将眼睛睁开一条缝，瞄了一眼微信通话邀请。此时她还以为自己在宿舍的房间内，说话时略微沙哑的声音里带着点儿撒娇的味道："'老公'……"

随即，喻涵那中气十足的女低音穿入沈暮的耳膜："宝贝儿，公司晚上加班，我可能迟那么一丁点儿到机场。机场附近有家茶社，你下机后到那儿点壶茶，乖乖地等我来接。"

沈暮生来就跟洋娃娃般漂亮，肤白貌美，性格温和。她一直是男生眼中的梦中情人，但从幼稚园到高中，追求者们都被喻涵挡住了。喻涵常称自己是沈暮的护花使者。那时她们正值懵懂的年纪，班里兴起以各种称呼来秀友情的热潮，所以沈暮便也跟着开玩笑叫喻涵"老公"，这一叫就叫到了现在。

沈暮侧了侧身，轻飘飘地应了一声："嗯，好。"

听出沈暮慵懒的鼻音，喻涵轻声问："睡着了？"

"我这儿还是半夜呢。"刚撒完娇，沈暮隐约发觉哪里不对劲，慢吞吞地睁开睡意朦胧的眼睛。

喻涵"哎哟"了一声，说道："我把这茬儿给忘了。那你先睡着，回来倒时差还有的折腾。"

结束语音通话后，沈暮蒙了片刻，突然意识到自己是在回国的飞机上，一个激灵，彻底清醒过来，她的目光下意识地掠过右边。那是个半封闭式的单人独座，她只能看到男人微垂的侧脸，他似乎是在静静地阅览杂志。刚才她说的话被他听到不要紧，吵到人家也不要紧，要紧的是她的梦……

沈暮在心里暗嗔着自己：你是变态狂吗？！

她顿时捂住脸，已无法直视身边那位被自己的梦冒犯的无辜的先生了。她拘谨了一些，慢慢地坐端正，但凝思须臾后，又做了一件更变态的事。她将牛仔裤包裹下的纤细的双腿盘起，从背包里取出画本和笔，描点勾线，画出流畅的线条。

"东梵茶社，给你十分钟。"男人讲话的声音突然响起。

沈暮下意识地顿住笔，注意力被他那低沉但天生富有磁性的声音吸引过去。只见他握着手机，眉头微皱，脸上隐约露出无奈的神情。

成功人士果然都很严苛。沈暮不敢盯着他多看，低下头，轻松地描绘了两三下，将这幅简笔漫画收了尾。接着，她用手机对着漫画拍下照片，发给了微信置顶的Hygge，并以轻快的语气留言："这设定怎样？好不好看？"

微信静悄悄的，迟迟没有进来新的消息，而她的耳边不断地传来邻座的那个男人好听的声音。她望着漆黑一片的舷窗，心里莫名地觉得自己有些鬼鬼祟祟。在男人结束通话的一分钟后，她的手机竟奇迹般地有了动静。她点开微信。

Hygge："理想型？"

沈暮唇角不禁轻轻地上扬："算是吧。"

严谨地说，那个人应该是她的理想型模特。

过了几秒，Hygge 回复："嗯。"

虽然只有一个字，但颇为耐人寻味。

沈暮："其实我本来想画人体……"

Hygge："……"

沈暮敲出后半句："但缺少供我写生的人体模特。"

在美术方面，Hygge 是外行。他沉思了一会儿后，回了一句："你们在上人体课的时候，用的也都是真人模特？"

沈暮："嗯。人的骨骼、肌肉、皮肤的质感，以及精神状态，都是石膏模仿不出来的，所以学校会请专业模特。"

看来她时常面对男性人体模特，且观察仔细。

Hygge："什么都不穿的那种？"

沈暮："当然。不过他们对我而言，单纯只是人体结构。"

法国男人的肌肉显得过分野性，对她那东方人的审美实在是一种挑战。

Hygge："'他们'。"

他提取了她的这句话中的关键词。

沈暮："嗯？"

Hygge："小姑娘见识不少。"

沈暮愣住，片刻后终于反应过来："我们称之为刻……苦。"她忽然想到什么，拐着弯说，"问你一个知识性的问题。"

Hygge："说说。"

沈暮略一忖度："如果没有偷拍照片，也不商用，只凭记忆将偶遇的陌生人当作线稿的模特参考，算侵犯对方的肖像权吗？"

是的，她还是无法克制创作的本能，刚才画的就是旁边那位令她垂涎的"优质模特"。当然，她画的是对方穿戴整齐的，连一颗纽扣都没松，并且只是漫画风的简易线稿，仅仅借鉴了眼镜和西装等特征元素。她觉得这幅漫画不足以看出原型是谁，但她的版权意识超强。这是她第一次做可能是坏事的事，所以不敢肯定这种行为是否侵犯对方的权益。

Hygee 给的回答很正经："要说官司，一切都难讲。你若怕对方追究，就和对方提前打一声招呼。"

沈暮的心瞬间凉了半截，她偷偷地瞄了一眼邻座的似乎正在低头看手机的"受害者"。真的要这样吗？邻座的先生看起来不太好惹的样子。她难以做出抉择。这时，Hygge 又是一句转折："不过，只要我不揭发你，也没人知道。"

沈暮愣了一瞬，嘴硬道："我有说那是我吗？"

Hygge："呵呵。"

这耐人寻味的反应！她在他的面前仿佛无所遁形，越发心虚，决定审时度势，该低头时就低头。她发了一个"双手合十"的表情包，回复道："求你！我一时起了色心，下次不敢了。"

Hygge："没色胆？"

沈暮理所当然地说："肯定没有啊！你又不是第一天认识我。"

尽管他们素未谋面，但真实地在彼此的微信好友列表中"居住"了四年，所以沈暮知道，他刚才只是在和她开玩笑。她倚着柔软的沙发，背对着右座的男人，颇为悠闲地继续聊微信，语气里满含不舍："但我真的好想让那位先生给我当人体模特啊！"

Hygge拿她取乐："你现在的行为叫什么？"

沈暮："痴心妄想？白日做梦？"

Hygge："还有呢？"

沈暮沉吟："总不会是骚扰吧？"

Hygge："我看快了。"

她无法反驳。在此之前，她不相信自己会这样。学校邀请的模特都非常优秀，她能很好地发挥绘画技巧，挥洒自如，但那是机械的。而邻座的先生意外地契合她的喜好，让她仿佛感应到与自己相合的磁场。她一眼相中他，灵感迸发，不断地冒出主动创作的欲望，这个想法越来越强烈。

沈暮："我愿意支付三倍薪资。"然后她又感叹了一句，"我的画没红，一定是因为没有他那样的优质模特！"

一锅烩牛肉美不美味，在菜市场里就已确定了。厨师选错牛肉的部位，厨艺再好，成品也注定在口感、味道等方面有所欠缺。而那位陌生的先生，如同目前菜市场里肉质最佳的那一块牛肉。

沈暮好像宣誓一样地道："如果有可能，我绝对长期雇下他！"

意识到Hygge已经有一会儿没动静了，沈暮皱眉："你怎么不说话？"

Hygge算是见识到了美术生怎样如狼似虎，开玩笑地道："我该说什么？说男人在外面要注意保护自己？"

沈暮窝在沙发里低笑出声，回复道："反了啦！"然后她又飞快地敲出，"再说，我还没威逼利诱他呢。"

Hygge："你还想威逼利诱？"

沈暮赶忙回道："我没想过，你别胡说。我是正经人。"她立刻转移话题，"我看你上回说的电影了。你干什么推荐这么悲情的电影给我？害我抑郁了好多天。"

Hygge："小哭包。"

"小哭包"是沈暮的微信昵称。此时，他用她的微信昵称嘲笑她。她隐约感受到一丝侮辱，嘴硬地反击道："我连一滴眼泪都没掉。"

Hygge只回了个"哦"。

他平静到完全没有配合她表演的意思。

沈暮将呼吸放轻："你是不信吗？"

他可能在笑："确实。"

沈暮被他毫不委婉的话堵到语塞。行吧，她那天确实躲在被窝里哭得死去活来。不过她还是要反驳："你不能因为我以往的观影反馈，就对我产生这种爱哭的刻板印象。这是以偏概全的错误认知。"

她言之凿凿，但Hygge显然没被唬住。他回复道："我是确定。"

沈暮蒙了一下。他讲话总故意不按她的套路，还要"居心叵测"地反将她一军。她也只能让他得逞："确定什么？"

他这回表达倒是委婉了："你的泪腺承受不住。"

还不如直白地说"你会哭"呢，他是以为这样能降低对她的冲击力吗？

沈暮怪他："你为什么每次都能这么理直气壮？"

然后她接上一个"气哼哼"的表情包，以强调自己的不满。

Hygge最擅长拆她的招儿："这是大脑对直接作用于感官的客观事物的特性的正常反映。"

他就专拣她的短板敲打吧。她抿抿唇："我尊重科学，但你能不能对美术生友善一点儿？"

Hygge沉默几秒后，换成她能听懂的话："我对你的感觉。"

沈暮的笑意不自觉地蔓延到嘴角。要是这样说，她倒愿意承认自己是爱哭鬼，便故作淡定地回道："好吧。"她突然又生出好奇心，抿嘴笑着问，"那你想不想知道我对你是什么感觉？"

沈暮已经开始在心里认真地组织语言。谁知下一秒，他反其道而行："不想。"

沈暮被一闷棍重重地打到，失望和不悦交缠于心口："你现在要不要把这句话撤回？"

Hygge完全无视她的威胁："我不是你。"

沈暮："……"

他意有所指，她无语到只能以省略号回应。

她看出他对她先前撤回那条消息的行为耿耿于怀。他当时看似对此不在意，回过头来却又无形之中戳她的心，让她不得不感到愧疚，这完完全全是吃死小姑娘的手段。沈暮想：这就是喻涵常说的"狗男人"吧？

他又有意无意地在这时慷慨地给了她一点儿温柔："心理学中有个名词，叫'首因效应'。"

沈暮暂时不想搭理他，但晾了他一会儿后，还是没憋住，回了一个表情。转眼，她又毫无骨气地在手机上切换到网页，查了"首因效应"的名词解释。首因效应，简单地说，就是先入为主。沈暮渐渐地陷入沉思之中。他的言外之意不就是"我确定你对我很有感觉，所以我不必问，你也不必说"吗？沈暮对他的想法有些捉摸不定，脸颊上渐渐地染上一层薄红。这是什么人啊？！

Hygge似乎知道她在搜索，所以半晌后才回复，像是给足了她理解的时间："问我比用搜索引擎直接。"

沈暮感到震惊，有种被偷窥的感觉，指尖下意识地敲击着，聊天框里蓦地蹦出几个感叹号和一串省略号。而后她忍不住吐槽："你是心理学专业毕业的？"

Hygge从容地回答："不是。"然后他以"你不要大惊小怪"的态度对她说，"小哭包，该睡了。"

他知道她在欧洲留学，那里与中国有七个小时左右的时差，但他并不知道她正在回国的飞机上。虽认为他肯定在笑她，不过她的确该睡觉了。她深吸一口气，尽量保持优雅地结束对话，收起手机，请乘务员带自己到独卧里休息。

距抵达南城机场约莫还有九个小时的航程，说短不短，但也就是一觉睡醒的事。沈暮躺在头等舱旅客专享的独立卧房里，安稳地睡着。不过，她从来睡得不深，即便是在安静的环境中，睡眠时长也短，通常睡六个小时左右就能自然醒。况且飞机在飞行中偶尔颠簸，对她的睡眠实在是个挑战。她醒醒睡睡，辗转反侧，终于熬到飞机将要降落。

对沈暮来说，在画室里待一整日是常事，所以在飞机上的这段时间并不难熬。但此刻，她已经迫不及待地想要出去呼吸新鲜空气了。她舒展了一下有些僵硬的筋骨，凭借头等舱乘客的优先权，先下飞机，不费工夫就取到了行李。

她的东西不多，一个背包和一个行李箱而已，毕竟她当初离开中国时没带走什么，现在也无可带回的东西。在她走出机场的那一瞬间，眼前是熙熙攘攘的人群。人声略显嘈杂，无比亲切的母语随着夜风灌入她的耳中，她不禁顿住了脚步。

远处的灯光穿过她那蝶翼般的睫毛映入眼眸深处，她望着这片浸没在夜色中的天地，发出轻轻的一声低叹——果然还是避免不了，那翻涌而出、直戳人心的久别之感啊！伤感袭来，一瞬后，她就压下情绪，按照喻涵发来的地址，找到了机场附近的那家茶社。

东梵，近两年的新兴茶社，装修风格是仿江南水乡的设计，饰满绿植和流水景观，整体氛围给人以舒心、惬意的感觉。沈暮很喜欢这里的清幽，新中式的楼阁、廊道能轻易地唤醒她内心深处身为中国人的本能的归属感。她不由得想在这儿多坐坐，因此请服务员开了一间二楼包间，要了一壶招牌花茶。喻涵在微信上说，她正在赶来的路上。沈暮想着，喻涵刚结束一天的工作，兴许很疲惫，于是她点了一些甜品等喻涵到来。

茶社一楼前台，接待人员查询后，对面前的男人礼貌地微笑："不好意思，让您久等了。秦先生已经订好包间，您这边请。"江辰遇正在接听一通国际来电，闻言略略点了一下头。

"江总，油画已经按照您的要求匿名购买了。不过刚才展会主办方又一次询问，您是否确定花费两千万欧元？毕竟按市场估价，那幅画远不值这个数。"

在服务员的带领下，江辰遇踱着步踏上红檀香木楼梯。"嗯，在老太太的寿辰前送到。"江辰遇讲话的语气如他此时的神情一般冷淡。

助理知道江总的决定一向不会轻易变动，也只是例行公事传达信息，得到江总的确认后便回道："好的，我明白了。因为展会拍卖属于慈善途径，所以有一些必要的流程待走，我会尽快将画带回国。"

服务员停在包间前，在门上轻叩两声，而后推开二〇一茶室的竹移门。江辰遇刚好挂断电话，放下手机，走进包间里。室内吊灯晕开温柔的光，几幅素雅的书画作品垂挂于侧壁上，雕花隔屏仿明清家具风格设计，极富禅意的熏炉内燃着沉香，青烟袅袅，到处都体现着简约大气的新古典美。

坐在实木茶桌前的男人循声望去，笑着看江辰遇走近，说道："你可算是到了。"接着他一边慢悠悠地沏茶，一边问，"从法国回来的？"

"嗯。"江辰遇在秦戈的对面落座，顺手接过秦戈递来的紫砂杯。

秦戈给自己也续上一杯茶，含笑道："江总日理万机啊！我约了三回都没能约到你。这次你是亲自开拓海外市场去了？"

察觉到秦戈在打趣自己，江辰遇抬起手，淡淡地瞟了一眼腕表："现在是九点二十五分。"

秦戈："……"

这位还真是一贯无情。商人的老练和精明，在眼前这位业内身家最高的总裁的身上，可谓是野蛮生长，江辰遇不愧是全国高居首位的集团的继承人。在他那儿，向来说十分钟，多一秒都别想。

秦戈认命地暗叹一声，慢慢地搁下茶杯，故作正经地看着江辰遇："我谨代表南江大学商学院，邀请您给学生们开一场讲座，下周五下午三点半。江总打算怎么讲？"

江辰遇呷了一口茶，不咸不淡地扫了秦戈一眼，似笑非笑地问："讲什么？如何在商界虎口夺食，快速积累资本？"

秦戈顿时被这话堵得哑口无言。

讽刺！这是明目张胆的讽刺，更是对自己为师之道的侮辱！好在秦戈对江辰遇不留情面的风格习以为常，抬手制止："倒也不必如此残暴。"而后他继续端起谈判的姿态，"您作为应用数学和经济管理学双博士，浅谈一下企业融资方式的战略研究，这不过分吧？"

秦戈忘了，江辰遇在谈判桌上更得心应手。江辰遇淡淡地道："如果只是浅谈而已，我认为请专业讲师更有效率。"

秦戈深吸一口气："但不可否认，声望对于权威来说是至关重要的。我认为以您的名气和实绩，在学生眼中最具信服力。"

江辰遇微一点头表示认同。秦戈还没来得及庆幸，就听江辰遇慢条斯理地道："如果贵校开出的讲课费，足以填补江盛集团在该时间段内的所有损失的话……"

秦戈表情瞬间一僵，嘴角咧到一半生生定住。这是人话吗？江盛集团的资金流动速度，以秒为计量单位都嫌太多，为了让学生们开阔视野、增长见识，他竟要付出将整座南江大学赔进去还负债累累的代价？！秦戈忍不住在心里被江辰遇气笑。

江辰遇略微弯了一下唇，徐徐地站起身："秦教授可以慢慢地考虑。"

果然无商不奸，连狐狸精都没这么狡猾。见江辰遇就要走出包间，秦戈又气又无奈，也不装腔了，喊住他："哎，都是孤家寡人，干吗急着回去？这还没到十分钟呢！"

　　江辰遇没回头，笑了一声："马上回来。"镜片下，他的眼睛一亮。

　　秦戈这回任由这个大忙人出去了。凭他对江大总裁多年的了解，江大总裁没有果断离开，说明此事尚有的谈。

　　盆栽旁的流水不断地循环着，"叮叮咚咚"，声音悠扬，使人心神舒缓。沈暮独自坐在茶桌前，不知不觉已经喝完了一杯花茶。回味着玫瑰的清香甘甜，她在心中不由感慨：国内的茶果真比法国的茶更有韵味！

　　这时，被她搁在桌面上的手机振动了一下，屏幕亮起，是喻涵发来的一段四秒的语音。沈暮点开语音，将手机移到耳边来听。

　　喻涵："我真是服了！一路红灯，成心跟我作对吗？气死我了！"

　　对这耐心度为零的咆哮，沈暮早已耳熟，已经能想象出此刻喻涵敲打方向盘的躁动的模样了。沈暮轻轻地笑着打字："不着急。你别看手机了，开车当心一点儿。"

　　消息发送后，沈暮退出微信，将手机平放在桌面上，左手托腮，右手在屏幕上滑动。她在浏览国内各高校今年公布的研究生招生计划。一张张录有相关信息的图片在她的指尖下滑过，最后出现南江大学的信息时，她顿了顿，目光在上面停留了片刻。而后，她摁息手机，走出茶室。

　　巴黎早晚的温差一向较大，所以沈暮回中国时多穿了两件衣服，没想到南城六月的气温热到像要把她蒸发掉。尽管下飞机后她脱掉了外套，但身上唯一剩下的那件法式米白色针织衫不合时宜地保暖，饶是她这种随遇而安的人，一时间也难以平心静气了。于是她从寄放在前台的行李箱里取出一件雪纺衬衫，准备到卫生间里换上。

　　茶社的卫生间在一条僻静的拐道内，先是男厕，往里是盥洗区，尽头是女厕。在她换掉针织衫的那一瞬，清凉感席卷而来。她神清气爽到觉得自己顿时对南城的夜晚有了完全的融入感。

　　沈暮走出女厕到盥洗区，把折叠整齐的针织衫放到洗手台上，对着镜子整理领口处被压皱的蝴蝶结。她那一头及腰的乌发自然地垂落，标致的鹅蛋脸，五官清丽。杏色小衬衫将她天生净白的肌肤衬得如玉；衬衫宽松的下摆随意地收进浅蓝色的牛仔裤里，显得她细腰盈握、四肢纤长；衬衫袖口和排扣边点缀的蕾丝及压花设计带出复古风的简约和甜美，与她干净、温柔的气质完美相和。

　　天黑后，茶社生意清淡是常态，尤其过了晚上九点，故而卫生间附近基本没什么人来往。将自己的衣着整理得体后，沈暮打算先回到茶室里。她刚抱起针织衫，身后突然响起向她接近的沉稳的脚步声。她还不及回头，下一秒，就瞧见了镜中映出的男人。

　　沈暮的心"怦"地一跳。这么快又在机场之外遇见他，她难以相信。即便此刻没有金丝框眼镜遮掩他骨子里的冷峻之气，迫人退避三舍的气场也收敛了，可沈暮还是一眼就认出他来。

江辰遇刚越过半扇隔屏，余光掠过镜面时，微不可见地顿了一瞬。不过也只是一瞬，随即他走到左边空着的洗手台前，就着自动感应水龙头流出的水洗手。

一段漫长的国际航班同程后，这还是两个人第一次对视，且是在镜中。看到他，沈暮就想起自己在飞机上的梦。她不但色胆包天地照着他的形象偷画线稿，还妄想雇他当长期的人体模特。她的心里开始发虚，别说请他当模特和为了线稿的版权跟他打一声招呼的事了，她根本不敢正眼和他对视。

有那么一瞬，她生出向他询问的冲动，但无形中仿佛有条锁链拴住她，将她一把拽回。两个人已经在飞机上相互无视一路了，现在偶遇，她还有什么好说的？况且，"先生，你好。我想雇你研究人体艺术，薪资三倍，可日结"，这话她说出去，非但自己会破产，他还会直接拨打报警电话把她抓走吧。算了，算了，使不得，她果断地打消念头。这大概就是所谓"首因效应"。沈暮在心里质问自己：之前想那么多，但你怎么敢真的这么做啊？

水声停下，江辰遇开始用纸巾擦手。沈暮回过神来，突然意识到自己先一步离开为妥。她转过身，想不动声色地走掉。就在这时，凌乱的脚步声裹挟着两声交缠在一起的粗重的呼吸声，隔着中式屏风，从男厕的方向隐约地传过来。沈暮刚踏出半步的脚步陡然顿住。

"嗯……你别……"

"装什么？刚才谁的手这么不安分？"

似乎是因为男人某种不温柔的动作，惹来女人一声欲拒还迎的娇嗔。沈暮气息一滞，连心跳都自发地迟缓下来。拜托，千万别是自己想的那样……沈暮祈祷尴尬的局面不要出现，但老天一向最擅长和人开玩笑，紧接着，细碎的嘤咛声就无情地将她的猜想证实了。

男厕门口的亲密举动还在继续，盥洗区这边则陷入了死寂之中。沈暮再动弹不得，又惊诧，又羞窘。她这才回国啊，就要被迫和陌生男士同听一出让人面红耳赤的情事，而且还是这个和她有着某种渊源的人。早知道要发生这样的事，刚才她就该毫不犹豫地走掉，现在好了，出去得经过男厕的门口。

想走也走不了，沈暮咬着唇，心下悔恨，并暗自吐槽了一句茶社不合理的卫生间设计。眼下热情外放的氛围，让她险些怀疑自己还在法国境内。无可奈何，她慢腾腾地回过头，窘迫中带着试探地望了一眼那位陌生男士的反应。只见他沉默地站在洗手台前，目光投来，和镜子里她的目光一瞬相撞。好了，"首因效应"恶化了。他淡淡地望过来一眼，却像是来自深渊的凝视，令她感到无所遁形。

对视之间，沈暮瞬间感到身上比之前更热。她蓦地别开了目光，抱紧针织衫继续僵在原地。周遭的气氛越发微妙，但她又不能大摇大摆地走出去，那样只会将尴尬最大化。她只好屏息，祈盼隔壁的"浪子"别再抒叹他那乱七八糟的愉悦感了，这一切早点儿结束吧！

时间一分一秒地过去，可屏风后的人偏就没有要停止的意思。沈暮咬住唇，狼狈又丧气地闭上眼睛，完全不知所措。沈暮胡乱地想，不知道此时此刻自己身后的那位一本正经的先生是什么样的心情，他是不是也和她一样，郁闷得想立刻从这个世界上消失。

"宋哥，角色的事……"男厕的门口，女人一边呛咳着，一边讨好男人。

男人似乎拍了拍女人的脸，然后拖着带着慵懒之气的尾音说："乖，他们还在谈着。"

沈暮发觉这个男人的声音有几分耳熟，但没细想，顾不上诧异，趁着男厕的门关上，忙踮着脚跑出去，咬着牙，头也不回地逃离这里。

她身后的江辰遇，脸上始终看不出情绪变化。镜中那抹纤瘦的身影一晃消失后，过了片刻，他面不改色地走出去。

喻涵到的时候，沈暮正独自坐在茶室里。先前在卫生间里令人尴尬的插曲还在沈暮的脑中盘旋，以致被喻涵一把激动地抱住后念叨好半天，沈暮才慢慢地缓过神来。喻涵捧着沈暮的脸反复端详，神色中带着好像虚惊一场之后的欣慰："不错，不错，没瘦也没丑，腰是腰、腿是腿的，还是我家标致的大美妞！"

沈暮怔间被逗笑，拉喻涵坐下，将茶点推到喻涵的面前。加班到这个时间，喻涵正好又渴又饿，一边囫囵吃喝，一边和沈暮聊得津津有味。

闺密重逢，当然是直接略去没必要的寒暄。两个人阔别四年，这一聊，就如倾箱倒箧般滔滔不绝。沈暮向喻涵倾诉在卫生间里的那段疯狂的经历时，喻涵笑得捧腹后仰。

她将手里的半块绿豆糕搁回盘中，立刻露出八卦的神情，问道，"不过这些都不重要，关键是你的艳遇，那位帅不帅？"

沈暮愣了愣："艳遇？"

"嗯哼，和你两次邂逅的那位先生。"

沈暮还当真回想了一下。嗯，男人的眉眼很好看，就凭那张俊脸，很难让人昧着良心否认他好看的脸。但她不敢再回忆，也没脸提自己先前猥琐的非分之想，便低咳一声，回道："他帅不帅都和我无关。"至少现在和她无关。

喻涵摇了摇手指："大错特错！对方如果是美男，那咱家的漂亮妞被臆想了也不亏。"

"快打住！人家看上去挺绅士的。"

"嘿，绅士都是有耐心的狼。"

沈暮一时竟想不到言辞来反驳。不过看现在的情况，似乎她才是那匹狼。

喻涵朝沈暮挑眉："宝贝儿，就你这脸蛋儿、身材，男人见了要是没坏心思，我都觉得他不对劲。"这类夸张的话，喻涵常挂在嘴边。沈暮也习惯了喻涵这样说话，好笑地睨了一眼。

喻涵不以为意，拿起剩下的半块绿豆糕塞进嘴里，跷着腿，含糊地叹气："你们漂亮妞是不是都美不自知啊？"

沈暮沉默了一下。大概是看习惯了吧，沈暮从来不会自恋地欣赏自己的外貌，于是没接这个话茬儿，抽了一张纸巾递喻涵："看这身装扮，你什么时候改成街头风了？"

喻涵接过纸巾，低头往自己的身上看了一眼：简单的黑 T 恤衫搭工装裤，连一头欧美风纹理烫短发都被全部压进棒球帽里，活脱脱一个假小子的打扮。

喻涵擦擦嘴，又灌了一杯茶清口，然后长叹了一口气："别提了，我本来还想有点儿仪式感，洗得香香的再来见你，但最近有部新片在筹备拍摄，要忙吐了。"喻涵在一家娱乐公司里任化妆师，影片开拍前，大概是其所在的美工部最忙碌的时候了，"到现在还有演员没确认，我也是服气。这要怎么给那几个角色定妆？入殓妆吗？"

听完喻涵无厘头的吐槽，沈暮忍笑，以指尖拨着茶杯，随口一问："不是因为片酬的问题吧？"

喻涵毫无形象地抖着腿："才不会！我们九思娱乐的老板可是江盛啊！"

沈暮茫然地眨了眨美目。对于刚踏出校园的沈暮来说，社会领域就是也许有耳闻但绝对未过多接触的"盲盒"。在喻涵长吁短叹地"科普"后，沈暮才对此有所了解。

江盛，是目前于商业领域里遥遥领先、稳居全国之首的企业集团，其产业链强势覆盖各行业，海外影响力更是举足轻重。放在古代，江盛就是富可敌国的名门望族。而喻涵所就职的九思娱乐，正是江盛旗下的公司。因此九思娱乐出品的影视作品，启动资金当然不必愁。

沈暮似懂非懂地点了点头，光是听听，就觉得那样的世界离自己好遥远。好似想到什么，喻涵突然问起那个在卫生间里快活的"宋哥"。沈暮三言两语地描述完后，喻涵摸着下巴嘀咕："我没听说过圈里有这号人物啊！"

沈暮按亮手机看了一眼时间，拉喻涵站起来，笑说："好啦，别八卦了，走吧。你若睡晚了，明天铁定会累。"

结束一天的高强度工作后，喻涵早就快累到神志不清了，当下抛开杂念，伸伸懒腰："行，我家的冰箱里啥都有。等到家后，你自己煮点儿吃的，我就不管你了啊！"

沈暮微微一顿，抬眼看喻涵："你家？你没帮我租房啊？"

喻涵拎起沈暮的包甩到背后，不以为意地道："寒碜我呢？住我家不比住破公寓舒服？"

"我这不是怕打扰你和你男朋友……"沈暮自然而然地伸手挽上喻涵的臂弯，将声音放轻，听起来有点儿为难。

不等沈暮说完，喻涵钩住沈暮的肩就往茶室外走："没事，他这段时间不在。就算他在，我也把他轰出去。臭男人能有我的景澜宝贝儿养眼吗？"

喻涵原就比沈暮高一些，而且脚下穿的马丁靴的鞋底厚，这姿态瞧着倒还真像是搂着小娇妻的大丈夫。沈暮无奈地笑了笑，跟着出茶室了。

沈暮没多说什么，只是回想起喻涵方才的称呼时，不经意地垂下眼帘，神色微敛。景澜，宋景澜——太久没人这么叫过自己了，久到就连沈暮都对自己原来的名字感到有些陌生。

这一刻，虽突然清晰地意识到自己真的回国了，但沈暮还不确定回来是不是一个正确的决定。直到喻涵出声问买过单没有，沈暮的思绪才倏地被拉回。沈暮像无事发生一般，含笑给了喻涵肯定的回答。

"成！你把行李箱搁哪儿了？"

"在那儿呢。"

两个姑娘优哉游哉地往一楼的前台走去。与此同时，二〇一茶室的门被人推开。秦戈先一步走出，抬手推了一下鼻梁上的眼镜："说真的，能被霍克教授这种怪脾气的人重视的人，不可能是泛泛之辈。好在我的消息灵通，提前获悉巴黎美术学院的消息，我必须得为艺术学院争取一下这位弃法归国的优秀小才女！"

江辰遇微弯着薄唇，慢悠悠地随秦戈下楼："你倒比秦叔操心。"

"可不是？我连谈恋爱都没这么走心过。唉！望上天念在我为南江大学呕心沥血多年的分儿上，赐秦某脱个单吧！"

听罢这番言辞，江辰遇只能回以一声轻哂。二人话音方落，秦戈正要往前台走，望见什么，忽然停下脚步，愣怔须臾后，故作痛心疾首状，唇齿间隐有几许酸味儿："啧！你瞧瞧，侮辱性极强！"

江辰遇顺着秦戈所指的方向往茶社的门口扫了一眼，只见门口的那两个人勾肩搭背，拉着行李箱走出茶社，俨然一对如胶似漆的恩爱情侣。

在一旁等候的代班助理见江辰遇下了楼，即刻过去询问："江总，您要回去了吗？"

江辰遇的目光仿佛一瞬都未停留在那杏色的身影上，如风轻轻地拂过，他淡淡地"嗯"了一声。

方特助（特别助理）留在法国办事，代班助理对江辰遇的习惯并不十分熟悉。纠结半天妥与不妥之后，代班助理终于还是犹豫着将话问了出来："我刚碰见陈制片和人约在二一四号包间里，似乎是要商量关于九思的最新一部 IP（在拥有一定数量的支持者的国产文创作品的基础上改编而成的影视剧）的事宜。您……要过去看看吗？"

话音方落，秦戈就先拍了拍代班助理的肩，调笑说："小伙子，纵观古今，帝王只批奏和降旨。"秦戈言下之意，在金字塔顶端上的某位出品方老板，作为背后的主受益人，助理经其"准奏"后，只需要向其"启奏"影片最终盈利及影响度的结果。至于过程，商界一向有各司其职的规矩。如果这些事还要总裁费心，当助理的不如趁早

"罢官还乡"。代班助理隐约明白了其中的道理，尴尬地挠了挠头。

念及什么，江辰遇敛眸沉默少顷，开口道："明天上午十点，叫陈旭到公司里来。"旁人从他的话里听不出任何情绪。江盛旗下的公司有很多，代班助理这回长记性了，想着江总是要亲自到九思视察工作，忙应下，没有多问。

喻涵独居的三室两厅的房子在春江华庭小区七栋二十四层。

"喻白进组了，忙着拍最后的几场戏。他要是知道你回国了，就算在火星上，也肯定立马飞过来。"喻涵道。

沈暮心中一阵感慨。她对喻白的印象还停留在四年前。那时他才十四岁，总笑得很阳光地喊她"姐姐"。她一走四年，喻涵的小童星弟弟已经长大，成当红演员了。沈暮在娱乐新闻上好多次没认出他来，无怪都说青春期的孩子一天一个样。

跟着喻涵走进宽敞温馨的暖色调客房里，沈暮含笑说："看来我需要注册个微博账号了，好随时关注艺人的动态。"

放好行李箱后，喻涵靠在门边回头看沈暮："问都不用问，只要你一句话，那小子绝对屁颠屁颠地将行程表发给你。他对你可比对我这个亲姐亲多了。"

玩笑几句后，喻涵就被沈暮推回房里睡觉，以免明早起不来耽误了工作。彼此太熟，免去客套，喻涵交代完后就打着哈欠让沈暮自己在家里随便折腾，然后倒头就睡。

真实存在的七个小时时差太磨人，沈暮的生物钟一时难以适应国内的时间，洗完澡后，她抱了一本设计美学类书籍，靠在床头上，渴望收获困意。然而一个小时过去，她徒劳无功。倒时差真不是件容易的事，尤其对于她这种间歇性睡眠障碍者。

沈暮在床上躺着，拉过被子盖住脸，没过一会儿，又叹息着将被子扯下来。她越想入睡，反而越清醒，只好丧气地摸过枕边的手机，向 Hygge 倾诉："睡不着，要哭了。"

对方没有马上回复消息。沈暮看了几页书后，又百无聊赖地捞过手机。她趴在床上，勾着纤细的小腿，试探地问："你睡了吗？"良久后，微信还是毫无动静。沈暮翻身成仰躺的姿势，伸臂举高手机，盯着屏幕。

她的纯棉睡裙红白相间，领口是公主风的宽领设计，身前绣有甜美感十足的草莓形状的口袋，她那一头刚被吹干的长发柔顺地披散在棉被上。奶白色的灯光倾洒下来，在她娇嫩的脸庞上轻覆一层暖光，使她在原本的清纯中添了几分沉静。

知道对方肯定会回复消息，所以沈暮一分一秒地等待。不知过了多久，手机终于响起一声微信提示音。平静的眸光忽现波澜，她马上点开消息。

Hygge："在洗澡。"

她突然间对文字极其敏感。在洗澡，他不是"刚刚"在洗澡，而是在……洗……澡。她那颗蠢蠢欲动的少女心不受控地猛然一跳。他正在洗澡吗？她着了一下魔，被举高的手机突然一滑，高挺的鼻梁被狠狠地砸中。"呜……"她顿时捂住鼻子，吃痛地将脸埋进棉被里，已疼得冒泪花，顾不得跌落到一旁的手机。

　　而在南城地段最优等的高档别墅住宅区里，浴室里雾蒙蒙的，淋浴间的门敞开着，水珠在磨砂玻璃上颗颗汇聚，流淌下来。江辰遇站在镜子前，用毛巾擦拭湿发。他的身上随意地拢着一件黑色的睡袍，硬朗的胸肌线条半隐半露，他的薄唇轻抿，显出天生的疏离清冷之气，但在氤氲的水汽间，他那淡漠的气质中多了些朦胧的性感。

　　搁在洗手台上的手机忽然响起来，江辰遇垂眸瞟了一眼，几缕碎发随着他的动作凌乱地垂落，他的目光触及亮起的屏幕，上面显示："小哭包邀请你进行视频通话。"目光一顿，他动作迟缓下来。

　　这座别墅坐落在南城寸土寸金的地段里，整片别墅区不过五栋。半岛式豪宅三面临湖，环境清幽安逸。入了夜，从室内望出去，目之所及是迷人的夜景和优美的庭院。

　　江辰遇在二楼落地窗旁的沙发上坐下。室内灰白黑冷色基调的装修，和外面缀着璀璨星辉的幽深夜色形成鲜明的对比。

　　身上松垮地裹着睡袍，一头乌黑的短发还半湿着，他却对此毫不理会，只静静地凝视着手机屏幕上那通视频通话请求，眉宇间拂过罕见的迟疑，一贯决策果断的魄力，仿佛在这一刻突然无用。

　　江辰遇面色沉静地看着手机，迟迟未有动作。响铃之声不断，像在催促他。他默然良久，修长的手指微动，极慢地移动到接听键上。就在指腹和接听键即将相碰的瞬间，手机的铃声戛然而止——对方已取消当前操作。视频通话请求骤然断了，四周重归宁静，像什么都没发生过。

　　江辰遇手上的动作就这样顿住，脸上看不出任何情绪。下一秒，聊天框顶部的提示文字就开始在"对方正在输入……"和"小哭包"之间反复跳动，显然她正手忙脚乱着。他也看得出来，刚才那一通视频通话邀请并非她的本意。

　　沉默片刻后，江辰遇慢慢地收回指尖，向后靠在背垫上。他没有主动提及此事，只安静地等着她的开场白。额前碎发上的水珠汇聚，滴落在他身前的黑色睡袍上，转瞬渗透，留下一抹湿晕。吊灯的光照下，满室明亮，映着他裸露在外的白皙的皮肤。

　　沈暮跪坐在床上，漂亮的鼻梁上泛了红，仔细看，似乎还被手机的边角磕破了一个小口子。但在发现手机发出的动静的那一刻，她一下将疼痛全忘了，连忙挂断，顾不上狂跳着的心，握着手机写写删删。她屏息打了好半天字，可又觉得怎么解释都不妥，最后将牙关一咬，索性如实交代了。当然，她自动忽略了前提——之所以失手令手机滑落砸到鼻子上，是她得知他在洗澡。

　　到底什么概率才能一砸砸出视频通话啊！沈暮要被自己蠢哭了，想快点儿将误拨手机这茬儿揭过去，紧接着发了一个"埋头哭"的表情包，哭诉道："好疼啊！差点儿直接'晚安'了。"

　　Hygge 对她间歇式呆萌可爱的属性见怪不怪，问道："有没有出血？"

　　他一问，沈暮就更觉得委屈了："好像有一点儿，还肿了……"

Hygge 遇事一贯冷静："先冷敷，不行再到医院做个鼻骨 CT 检查。"

沈暮觉得这点儿小伤没到要去医院那种程度，但还是乖乖地回复："好……"

独自身在法国的四年里，她常遇或大或小的麻烦，但不管什么事，他总有办法从容地教她解决。他就像是她的特效药，她对他的依赖与日俱增。

浴室镜子前，沈暮凑近端详自己。鼻梁上破的口子倒是很小，但红肿明显，还有瘀血。她丧丧地撇了撇嘴。与往常的自己一对比，她终于发现，自己之前怎么这么好看，脑中顿时浮现出那句经典的电影台词——曾经有一张完好的脸摆在她的面前，她没有珍惜，等失去时才追悔莫及，人世间最痛苦的事莫过于此。青春结束了。

沈暮从厨房的冰箱里拿出一个冰袋，重新回到房间里。她不敢再躺着了，便在床头坐得端端正正的，捏着冰袋，敷在鼻梁上，单手操作微信。她巴巴儿地找他诉苦："出了一点儿血，好怕留疤啊！"

Hygge："不会。"

沈暮忧心忡忡地问："你怎么知道不会？"

Hygge："不严重。真皮浅层轻伤，留疤的可能性很低。"

他有充足的理论依据，但沈暮仍然心难安："可能性低，那就还是有可能呗？"她越想越焦虑，"我要哭死了。"

Hygge 啼笑皆非地道："你要对临床有点儿信心。"

沈暮："可我还是担心。"

Hygge："放心，不会。"

沈暮得寸进尺地问："你怎么知道不会？"

很好，话题又绕回来了。Hygge 无奈地继续安抚："你要相信……"

沈暮闷声叹气："现代医疗吗？"

他改了回答："我。"

沈暮的呼吸突然变得轻柔起来，她不经意间化身骄纵的小姑娘："但你都没看过我的伤口。"

Hygge："你拍。"

沈暮有一点儿蒙："什么？"

Hygge："照片。"

沈暮倏地防范起来："做什么？"

Hygge 轻描淡写地说："我看看。"

心口骤然一紧，她愣愣地放下了左手里的冰袋。事情怎么就突然发展到她要发照片了？她对此毫无心理准备。虽说与线下见面相比，这根本不算什么，但在这四年里，他们既没发过语音，也没视频通话过，连对彼此的相貌都一无所知。他突然提发照片，她慌得思绪纷乱，感觉地动山摇。

鉴于自己有过"前科"，沈暮没有回绝的底气，咬咬牙，翻看手机相册，准备精心挑选一张看着不错的照片。谁知心急火燎地浏览了三五遍相册，她震惊地发现自己这几年居然没拍过一张单人照。她顿时没了气势，绞尽脑汁后，弱弱地说："我的手机相册里没有自拍……"

对方沉默了。大约安静半分钟后，对方发来消息："你想什么呢？我是说看你的伤口。"

看完这两句回复后，沈暮直接震惊了。好的，怪她自作多情。她郁闷极了，好丢人。不行，这太不要脸了，她赶忙在手机上一顿操作。

聊天界面上显示"小哭包撤回了一条消息"。Hygge要被她逗得笑出来："我是不介意多看一张的。"

沈暮抵死不认："没有，一张都没有。"

Hygge："现在不怕留疤了？"他就是在故意吓唬她。

沈暮抿嘴："你又不是医生。"

Hygge："略知一二。"

沈暮怀疑他是宇宙的bug（漏洞）。怎么会有这样的人？好像就没有他不懂的。沈暮认栽："好了，我相信了。"

Hygge漫不经心地将问题反推给她："信什么？"

沈暮快要抓狂了。对手的攻势太猛，她溃不成军。她抱过枕头捶了两下，放弃挣扎："信你！信你！我信你了！"

尽管现在她还无法入睡，但时间已经很晚了。她想起他要上班，所以没多聊，主动道了晚安，自己重新躺下去，继续和清醒斗争。

次日上午，灿烂的金光透过纯白色的落地窗帘倾满卧室。半梦半醒间，沈暮摸过床头柜上的手机，眯眼看了一下。现在是十点整，微信有一条七点发来的未读消息，是Hygge的。他提醒说："鼻子没消肿的话，你要去医院，还有小心发炎。"阳光似在眼前变成粉色，沈暮轻轻地扬起唇角，回复消息告诉他，自己知道了。

昨夜辗转反侧一宿，她根本没睡熟，但为了调节生物钟，不得不闭眼躺着，这会儿感到有些困倦了，也只能硬熬到晚上。她刚翻身准备起床，就收到了喻涵的微信语音："宝贝儿，睡醒来找我，一块儿吃午饭去。"接着喻涵把地址发了过来。

"九思娱乐。"沈暮默念一遍，回复一个"OK（好）"的表情包。她正好想到药店里买一瓶消肿喷雾，于是收拾好后，戴上口罩遮住鼻梁出了门。从这里过去有公交车直达，她去了一趟附近的药店，乘车到目的地时将近十一点。

JC中心广场。沈暮刚下公交车，一眼就望见远处的那幢高耸的摩天大厦，九思娱乐的logo（标识）十分显眼。高雅大气的大堂里，年轻的女前台接待员正鬼鬼祟祟地埋首在台下。

"你好，打扰一下。"

一个温和的声音突然响起。女前台接待员猛地把什么东西藏进抽屉里，大惊着仰头，目光和对方的目光撞上。只见来人穿着米白色收腰连衣裙，裙子上缀着复古的蕾丝花边，柔顺的长发被别在耳后，将一身文艺的气质展露无遗。尽管医用口罩掩住了对方大半张脸，但那双清澈明亮的双眸已将美丽尽泄。

女前台接待员蒙住，想着是哪位女艺人来公司了，可回忆了一圈，觉得不是。沈暮轻声试探："请问……"

沈暮的话还没说完，女前台接待员忽然"啊"了一声，问道："你是要找喻涵？"

沈暮长睫轻轻地扇动了一下，回答："是。"

女前台接待员将倒吸的气吐出来："吓死我了……"而后她又热情地说，"我叫宝怡。喻涵说等一会儿有个绝顶漂亮的小姐姐来找她，我猜就是你！"

原来是喻涵夸张地打过了招呼。沈暮眼底含笑："她还在忙吗？"

由于喻涵的关系，宝怡虽跟沈暮是初见，却显得很是熟络，往前倾了倾身，悄悄地说："今天江总突然过来了，大家都不敢散漫，估计得按时等到十二点午休。"

沈暮似懂非懂地点点头。领导视察，可姐妹你刚才的小差开得属实不能再明显了。不过喻涵说过，偷懒是上班的常态，可以理解。沈暮浅浅地一笑："没关系，我等她结束。"

"我还有十分钟就换班了。你稍微等等，我带你去美工部。"

其实喻涵已经告诉过沈暮美工部的具体位置。沈暮刚想说不用麻烦，可以自己上去，但宝怡忽地先一步开口问道："你喜欢看书吗？"

沈暮因宝怡这跳跃的思维愣了一瞬，想了想，耐心地回答了一声："嗯。"

宝怡张望一圈后，飞速地从抽屉里摸出"赃物"，偷偷地塞给沈暮，然后指着靠近电梯厅的休息区，欢喜地说："这书老好看了！你坐一会儿，拿它解解闷。"

沈暮垂眸看了一眼手里的言情小说。封面花花绿绿的，尤其那大号书名，"娇妻""总裁"的字眼夺人眼球，一种似乎有些久远的恶俗感扑面而来。沈暮彻底征住。她连中学时期班里疯传的什么《花火》等言情杂志都没看过，大多时候是与美学类理论书籍为伴。但宝怡瞪着圆圆的眼睛，献宝似的，眼里满是分享好物的欢快和寻求认同的渴望。沈暮并不擅长拒绝，面对这般热心，不忍拂其好意，只好笑着道谢，转身到休息区里等待。沈暮坐在沙发上，随意翻了两页小说。这时，感应大门自动移开，有人从外面走了进来。

"陈制片呢？找他。"男人的语气不太友善，但这个声音，沈暮听着有几分耳熟。她下意识地抬眸望向前台，只见那人长身鹤立，穿着黑夹克，显得桀骜不驯。

强烈的熟悉感席卷而来，沈暮眼睫倏地一颤，内心深处像是突然临渊悬空，开始隐隐不安。她想离开，但往外走不得不经过前台，而往里是电梯间。

"先生，请您先登记。"宝怡礼貌地微笑。男人也知道在此处不好发作，烦躁地叩了几下台面后，从上衣的口袋里抽出一张名片丢了过去。宝怡以双手拾起名片，脸上挂着标准的职业性的微笑。此时的她显得很干练："宋晟祈宋先生是吗？好的，您稍候。"只见她拨通座机，低头详细地询问情况。

宋晟祈等得不耐烦，紧蹙着眉头，斜靠在前台上，歪过脑袋打量起四周。他不经意地一瞥，那道匆忙地拐进电梯厅里的身影正好落入他的余光中。对方长发、白裙，身材苗条。宋晟祈若有所思地眯起眼睛，慢慢地站直，无声地朝那处跟了过去。

二十二层……二十一层……二十层……电梯缓缓地下降，沈暮手里攥着书，紧紧地盯住显示屏上那变动极慢的数字。厅外响起了脚踏瓷砖的声音，"啪嗒""啪嗒"。沈暮连呼吸都不敢太大，而此时，电梯偏就停在十八层，一动不动。她止不住微微发抖，警惕地回首，试探性地向空荡荡的转角处望了一眼。不见其人，但脚步声越来越近。沈暮咬咬牙，只能再往里跑。尽头是一部独立的空电梯，她想也没想就往按键上按了下去。

宋晟祈拐进来的那一刻，两扇门刚巧合上，电梯已徐徐上升。他神色狐疑地想再走近，刚抬脚，就被身后的人喊住。

"宋先生！"宝怡踩着小高跟鞋跑过来，站端正，"不好意思，陈制片刚离开公司不久。他已安排了专人稍后与您联系。"

她低头打电话的工夫，这人就溜进来了，险些酿成自己工资被扣的惨祸。宝怡在心里抱怨着，但面上依旧保持职业性的笑容，委婉地阻止道："这是到总裁办公室的专梯，还请您留步。"

宋晟祈倒也没为难宝怡，往后睨了一眼，便冷着脸，将手插入兜里，走了出去。

沈暮此时感到腿已经软了，背靠在电梯壁上，长舒一口气。她怎么也想不到，会在这里遇见自己最不想看到的人。虚惊一场，沈暮心绪平复了些，才注意到电梯内只有两个楼层的按键：一楼和二十六楼。她不知道二十六楼是干什么的地方，刚刚在慌乱中按了下去，现在根本没有回头路。

电梯畅通无阻地上升，二十六楼将近。沈暮无奈地闭了闭眼，将乱发稍微理顺，开始在心里琢磨道歉的措辞，好让自己的误闯显得不那么难堪。

"叮——"电梯门打开的瞬间，低音炮般深沉的男声猝不及防地随门而入："她的艺人合约会立刻终止。任何不端的品行，我都不希望再有。"

沈暮循声抬眸，中弹一般陡然僵住。那人的面容映入她的眼中。他眉眼冷峻，五官立体，一身纯灰色笔挺的西装，领带打着温莎结。

又是他……如果不是口罩给自己保留了最后一点儿隐私，沈暮觉得连心跳都要当场停歇了。

江辰遇挂断电话后，刚要踏进电梯里，瞧见里边愣着一个姑娘时，怔了一下。权当她是认错路，走岔地方，他开口问："找谁？"他语气平淡，但较之刚才通话时的语气，已经不算太冷漠了。

沈暮和他对视一眼："我……"他气场过分强大，超过一米八五的身高压得她透不过气来，令人望而生畏。她心虚得半晌说不出话来。

随后，江辰遇瞥到她捧在手里的粉皮书，目光聚焦过去，嘴唇渐渐抿起。沈暮恍惚从他皱起的眉间瞧出一丝他对"不端的品行"的厌恶。她垂下眼睫，顺着他的目光看向自己手中的小说——《总裁老公轻点儿宠》。书名的意味，诡异得"恰到好处"。

沈暮一噎，气氛开始不对劲。她是个不擅交际的人，性格中活泼开朗的属性极易在当面与人交往时跌至负值。比如现在，她如同丧失了理智，完全不晓得要怎么化解尴尬。除了情绪紧张、小说烫手，还有强烈的羞耻感，堵得她讲不出来一个字。

"救命……"她在心里喊着。这书如果是她的，绝对会被立刻丢到离自己最近的垃圾桶里。

江辰遇睨了一眼她露在口罩外的双眸。她眼形如花瓣又似月牙，漂亮的双眼皮上覆着淡妆，清亮的瞳仁显得纯净无害，这双眼有着独一无二的精致感。但他没闲心跟她耗，不为所动地越过她走进电梯里："工作事宜联系相关部门，没事请出去。"

精准地捕捉到最后两个字，沈暮一激灵，连忙踏出两步，小声地说了一声："抱歉。"

江辰遇刚按亮一楼的按键，转眼就见她独自站到了电梯外。他皱了皱眉。离开他办公室的意思很难理解？他抬手挡开正要合上的门，倚仗身高优势，居高临下地注视着她："还有什么问题？"

沈暮这才意识到他说的"出去"并不是从电梯里出去。她隐约能感到他驱逐的意图和即将用尽的耐心，也知道自己的做法极不礼貌，可一想到现在下楼，宋晟祈很有可能还没走，她就挪不动步。

她一局促，习惯性地脱口而出一句法语。她很快反应过来，只能祈祷眼前的这位与自己有缘的男人慈悲为怀，容许她暂避一下。还有什么能比昨夜两个人在茶社里共同遇到的情况更糟糕的？她别无选择，咬了咬唇，低声问："我可以在这儿稍微留一会儿吗？就一会儿。"

江辰遇直接无视了她的请求，生硬地说了一句："进来。"

绅士对女孩子都有一定的容忍度，所以他没有直白地说"不"，但拒绝得还是好无情。

沈暮突然间想到刚才在书中看到的那一页的内容——女主角故意想要以另类的举止引起总裁注意。而此时此刻，她的行为如出一辙。小姑娘吹弹可破的脸蛋儿没有厚度可言。她默默地吸了一口气，视死如归般地重新迈回电梯里，抱着小说站到角落里。

电梯稳稳地下降。他们都没再多说一句话，格外沉默。江辰遇面无表情地站着，那神情气度，有如他身上的价值不菲的西装，显得矜贵，又疏离清冷，只可远观。

电梯就要抵达一楼。江辰遇伸出修长的手指轻轻地将领带摆正，做好了出去的准备。不知是出于无意还是出于施舍，他将目光移到缩在电梯一角里的姑娘的身上。她好像是做错事受训的孩子，安安静静地站在那里，将头垂得很低。

江辰遇竟有那么一瞬想要反思自己刚才的口吻是否太重，毕竟对方看上去只是个二十岁出头的稚嫩的大学生。他从自身高度望过去，她的口罩蓝白色的边缘处，鼻梁上红肿的痕迹若隐若现。江辰遇的眸光微微一动，但也仅是一瞬。电梯门"叮"的一声打开后，他就漠然地先她一步走了出去。

　　他一离开，沈暮顿时感到周身的压迫感没了，但双脚依然似有千斤重。她谨慎地向周围望了几眼，发现电梯厅内无人，才果断地按亮公共电梯的按键，顺利地乘上电梯，提起的心才放下了几分。

　　十八楼，美工部化妆间里。得知那人身份后，沈暮面对镜子发愣地坐着。国内外首屈一指的江盛集团的法定继承者，这样的精英，应该是名利场上众人争相攀附的对象吧。沈暮如劫后余生般心有余悸。想着今天自己这一通操作下来，他肯定认为自己也心怀想上位的鬼胎，而且段位低，她单纯可爱，孬又弱。她倍感心累。

　　喻涵一边用棉签帮沈暮往鼻梁上涂药膏，一边憋着笑听沈暮机械地讲述完先前那段悲催的遭遇，而后道："江盛后宫三千，九思也就是'平平无奇'的妃嫔之一，搞不准三年五载都受不到江大老板的宠幸。连日出西边的事都能被你撞上，宝贝儿，凭你这运气，买彩票得爆啊！"

　　喻涵高扬着嘴角，难抑调笑之心，搁下棉签，抬手拿过消肿喷雾："闭眼。"

　　沈暮听话地合上双眼，认命般地长叹一声："那我还有更不巧的事要告诉你。和我同一航班回国，昨晚又在东梵茶社的卫生间里偶遇的那位先生，就是你们的江大老板……"

　　喻涵原本忍俊不禁的神情，转瞬间变成不敢相信。她愣了片刻，突然正经地说："'锦鲤小姐'，您是喜欢双色球还是乐透？都要吧，咱不差这点儿投资！"

　　她这是幸运吗？她这分明是衰神、穷神、糊涂神齐聚一窝。"他最好今天没认出我……"沈暮闷闷地拖着哀怨的尾音，艰难地道。统共也只那么些时间，他俩就来回见了两三次。一想到每一次惊心动魄的情形，沈暮连头皮都要发麻了。

　　上完喷雾，沈暮缓缓地抬起眼睫。喻涵看着沈暮的眼睛里浅褐色的瞳仁，有如流光溢彩的宝石。就这双眼睛，还能被认错，除非那人的智商停滞在胎教水平。这样看了两秒后，喻涵给了沈暮参考答案："难。"沈暮投去一个绝望的眼神，唇角又下压了三分。

　　"只有一个办法了。"

　　"快说。"

　　喻涵认真地和沈暮对视，拍了拍手边的那本诱引总裁主题的心机小说："回头叫宝怡那妞儿请你吃顿饭，补偿她间接给你造成的精神损伤。"

　　局势已定，沈暮没辙了。

　　喻涵随手将药瓶一放，轻捏了一下沈暮的脸颊："真行，睡个觉也能把自己给砸了。"她又抱臂倚在桌沿上，"说起来，你怎么就跑错电梯了？"

沈暮闻言一顿，沉默下来，过了一会儿才说："我碰见宋晟祈了。"她声音低闷，透着疲惫。

喻涵张嘴呆了一下，没忍住，低骂了一句，而后薅了薅自己的那头美式短发："不是，这狗玩意儿来我们公司干什么？"

沈暮垂眸，捏着手指摇了一下头，踌躇片刻后，温温暾暾地道："喻涵，你说要不然……我还是回法国吧……"

喻涵被沈暮的想法惊到，板起脸来："干吗啊？干吗啊？你这才回来几个小时啊，又想抛弃我远走他乡？"

"回国的事我没说，但他们迟早会知道的。"心墙砌筑了很久，沈暮才下定决心要回国，可现在心墙还是轻易地崩塌了。

"知道又怎样？哦，他们一家子快活似神仙，又要你妥协！他们这种直肠通大脑的货配吗？"喻涵慷慨激昂，大有抄家伙干架的气势。饶是沈暮此刻心情压抑，都有一瞬想笑。

喻涵随即俯下身，握住沈暮单薄的两肩，看着她说："给我听好了啊，如果你回法国是为学业，那我绝对支持你，但你要想再逃四年，我回头就把你的护照撕了！"

沈暮一愣，转瞬失笑："你霸道。"

喻涵没让沈暮玩笑着混过去，一脸正色地道："景澜，你成年了，他们无权再干涉你的生活。法治社会，他们想怎样，咱都不带怕的！而且，你总不能一辈子都在法国吧。"

四目对望间，沈暮的眸光轻闪，她微微动容。就在这时，门突然"砰"的一声被人撞开，化妆间里压抑的气氛顿时消散。沈暮和喻涵都被吓了一跳，回眸望向门口，只见那人三步并作两步地跑进来，压低声音喊着"惊天八卦"。

那人身上套着无袖高领卫衣，金属感的撞色，衬得他的气质亦刚亦柔。他冲到她们面前后，正想抛出下文，目光倏地凝固在沈暮的脸上。她鼻梁上的红肿印迹和白皙滑嫩的脸蛋儿格格不入，这张脸如同一块有瑕疵的绝世美玉，会让强迫症患者感到抓心挠肝地难受。

已经兴奋地冲到嘴边的话急急地一拐，他立马做心疼状："哟，怎么磕成这样？呼呼，乖啊！不痛不痛！"

陌生男人的关爱突如其来，沈暮下意识地在胸口处握紧拳头，往后微微一缩。而喻涵只能朝他飞出一个白眼，表示无奈："你安静一点儿，吓到她了。"

那人偏头问："你朋友？"

喻涵喊回去："我'老婆'！"

他一副无法接受的样子："我猜她不是自愿的。"

喻涵懒得和他解释，对沈暮说："化妆师阿珂，算是我的半个师父，业内顶尖水平，就是人不太聪明。"

对于喻涵的介绍，阿珂极不满意："你怎么说前辈坏话呢？怜香惜玉是男人的本能。"

喻涵嫌弃到完全不接他这话茬儿，转而问道："你刚才要说什么？"

阿珂略一反应，将掌心一合，转回话题："接下来我要说的小道消息，真实可靠，相当劲爆！"他拉过一张椅子在她们的旁边坐下，"就在半个小时前，江大佬金口，九思单方面和林蔓解约，人事部已经在走程序了。"

喻涵被这个消息震撼到："就是那个新小花旦、当家女郎？公司前段时间不还在力捧她，定了玉女设定吗？"

"可不是嘛！"

沈暮对娱乐圈一无所知，静静地坐着，但边上的两个人亢奋的情绪，足以让她感受到此风波的公众震撼度。

"宋氏集团的少董（董事长之子）昨晚约了陈制片，有意投资咱们在筹备的那部电影。陈制片和宋董私下有交情啊，稳赚不赔的大 IP，就想着分宋氏一瓢羹。你猜怎么着？"

见沈暮和喻涵都集中注意力往下听，行走在八卦前线的阿珂越发起劲："林蔓不正被公司捧着吗？陈制片就带她去见了宋氏少董。结果她路子一歪，想要女主角，跟投资方不干不净了，还以为天高皇帝远呢！"

"然后呢？江总知道了？"喻涵追问。

"是啊，差点儿把陈制片拖下水。你没看陈制片上午从总裁办公室里出来的时候，那脸青得哟，啧啧啧……"

实力演员阵容，金牌制作班底，一旦江盛撤资，这个电影项目全部泡汤。陈旭当然不敢再睁一只眼闭一只眼，卖人情给宋氏蹭利益。

"年轻人本来资源也不差，这下演艺生涯全断了。九思封杀的艺人，谁还敢签？"阿珂接着说，"再说了，就宋氏那点儿鸟投资，在江盛面前不得跪着？哪儿有他们说话的地儿！这林蔓也是真傻。"

联系起这些话里的前因后果，喻涵渐渐地陷入沉思中，望向沈暮："宝贝儿，莫非昨晚茶社卫生间里的那个'宋哥'，是宋晟祈？"

沈暮回忆昨晚那人的声音，思路突然贯通："八成……是他。"

她们交流了一下眼神。喻涵发出一声感叹："有趣，是他能做出来的事。"

阿珂凑上来，企图加入她们："你们在说什么卫生间？"

"没什么。"

喻涵含混地应过去，而后揽住沈暮的肩："走，吃午饭去。"阿珂定定地看着极度亲密的两个人，突然间，心又痛了。

午饭是喻涵带着沈暮和同事们在公司食堂的包间里一起吃的。美工部的各位同事都特别热情可爱，相处起来，让沈暮难得地在人多的环境中还能感到自在。午饭一结束，时差的冲劲就上来了，昏昏欲睡，沈暮终究是没忍住，回去睡了个午觉。

睡梦中，她被一通电话吵醒。她摸过手机，睡眼惺忪地看了一眼，那是南城本地的陌生号码。她撑身坐起来，靠在床头上，接通后，将手机放到耳边。

"请问是沈暮同学吗？"对方是一位男士。他称呼的不是她的曾用名，而是她成年后在法国更改的名字。

沈暮迟疑片刻，因刚睡醒，声音有些虚："是的。您是……？"

男人语气真挚又谦和："你好，沈暮同学，冒昧打扰。我是南江大学招生办的负责人。我姓秦。"

沈暮原本还有点儿蒙，听到"南江大学"和"招生办"时，冷不丁地清醒了些。愣了半晌，她才想起回应："您好，秦老师。"

秦戈不慌不忙地含笑说："是这样的，我看了你的学信档案。你刚从巴黎美术学院美术系毕业，不知有无考研的意向，方便抽空儿聊一聊吗？"

沈暮微怔，还游离在状况外。她没预料到学校会直接与她本人联系。其实她想过考研，南江大学也在她的选择范围内，但一时间还未做出最终的抉择。

这通电话接通的时间不长，但结束时已是日落时分。沈暮坐着发了一会儿呆，然后起床到厨房里做了几道家常菜。在法国被逼无奈，她倒是练就了一手好厨艺。

喻涵下班到家的时候，看见一桌热腾腾的饭菜。终于不用靠外卖维持生命，她感动到多吃了满满一碗饭。本来她想出去玩，可惜没到周末，"精神打工人"只能忍气早睡。

夜色还未太深，晚风吹来，留下一抹微凉。沈暮穿着睡衣站在昏暗的阳台上，居高俯瞰。小区里的光亮稀疏，她听不见城市的喧嚣，但放眼远眺，五光十色的灯光尽收眼底。朦胧的光辉在夜幕里泛滥着，让人感觉有些不真实，和她此时的心情一样。她回国后真正意义上的第一天，用跌宕起伏来形容也不为过，但真正让她心里的那根弦颤动不止的，是喻涵的话。

失神良久，沈暮呼出一口气，低头，打开手机。屏幕的光亮与眼波交融，浮光潋滟，映得她宛如一只迷失在森林中的小鹿。心绪杂乱无章，她稳了稳心神，点击了微信置顶的那个空白头像。

江盛总部。恢宏的集团大厦，在夜幕里灯火通明，宛如光与暗的临界点。大厦顶层，悬吊式水晶灯光芒耀眼，将偌大的办公室照得通亮。

办公桌上摆着一沓项目报告。江辰遇握着一只白金钢笔在报告文件上签字，下笔如行云流水。他眸光里永远有一股精锐的气势，仿佛目之所及，任何形式的敷衍都无所遁形。

代班助理在旁边待命，连大气都不敢喘一下。都说江总是业界出了名的工作狂，此前自己也只是听闻，现在是真切地体会到了。刚结束一场国际视频会议后短短半个小时，十份报告江总就打回了九份，一点儿糊弄都不容许存在。豺狼虎豹，名副其实。

江辰遇翻开最后一份报告，目光扫过两页。没一会儿，他英气十足的眉宇间明显浮现厉色。他拧着眉丢开文件夹："不可行，重做。"他语气威严，不容置疑，毫无情面。代班助理连忙应答，悄悄地替集团的领导们抹了一把汗。

江辰遇摘下金丝框眼镜，捏了捏高挺的鼻梁。忽然间，他想到什么，指尖微顿。他觉得有必要再提醒一下那位小朋友，要用正确合理的姿势玩儿手机。他伸手取来一旁的手机。一声提示音响起，微信恰在此时进来消息。

小哭包："我有一个朋友……"

江辰遇垂头看了一眼她一贯无章法的"前奏"，不经意地收敛起眼底的严厉。一分钟后，他收到后续消息。

小哭包："以前爸爸妈妈都对她很好，但有一天，他们突然各自都有了自己的家。慢慢地，她就觉得自己好多余。后来发生了一些不太好的事情，她很失望，赌气离家到很远的地方好久好久。现在她想回来，又怕回来后也是一无所有。你说她该怎么办啊？"

江辰遇的眸光逐渐变深，他慢慢地搁下手中的钢笔。代班助理极有眼力见儿地问："很晚了，我安排司机送您回家吧？"

静思片刻后，江辰遇起身走向落地窗，嗓音中带着淡淡的倦意："不用，你可以下班了。"

全景式的落地玻璃窗，明净透亮，一尘不染。从这里望出去，他能将这座城市最繁华美丽的夜景一览无遗。代班助理离开后，宽敞的办公室里只有江辰遇一个人。他站在落地窗前，垂头看着聊天框，眼底微泛波澜，比方才批项目报告时更多一分沉浸感。

相同的时间，相同的夜，有的人还在公司里埋头加班，有的人次日要早起已在被窝儿里沉睡。他们一样是为生活打拼，但各有各的甜和苦。

沈暮还在阳台上，身影单薄，长发被风轻轻地吹动。黑夜帮她掩藏着眼睛的微红。指尖每按一键，都是在撕扯伤疤，她屏息输入："其实她也觉得，本来就没人有义务要对她好啊，不喜欢了就保持冷漠，好像没什么错。"

说完，沈暮慢慢地放下手机，隔着斑斓的灯火，望向更遥远的地方。那里可能是无人的荒漠，寂寥清冷，但不曾对这边的热闹造成任何打扰，如她一般沉默。她开始想：自己是不是根本就没有回国的必要……数秒后，手机振动了一下，止住了她逐渐敏感的心神。她垂眸看去，目光落在发亮的手机屏幕上。

Hygge："小孩儿不用懂事。"

不知怎么的，沈暮鼻头一酸，红红的眼睛顿时蒙上朦胧的水雾。终于一颗"小珍珠"滚落下来，"啪嗒"一下打在屏幕上，碎了。只是简单的几个字而已，却让她封藏一肚子委屈的"漂流瓶"突然裂开想要宣泄的缝。

眼泪不受控地连掉几滴后，沈暮用手背擦掉屏幕上的湿痕，把手机捧回眼前。她还不能轻易地释然："你也觉得她死乞白赖的，对不对？自私狭隘，一点儿都不听话。"

Hygge："别太乖，那不是错。迎合和取悦自己是小朋友的天性。"他有如肩膀坚实的骑士，温柔可靠，在耐心地安慰、开导她。

沈暮吸了吸鼻子："她已经不是小孩儿了。"

Hygge："从某种情况来说，她可以永远是小孩儿。"

沈暮抹了一下湿湿的睫毛，敲出来的字都像是带着哽咽感："什么情况？"

Hygge 缓缓地问："到法定结婚年龄了吗？"

这是一个跳脱的问题。沈暮连闷在喉咙里的呜咽都止住了。

然后她才转过弯来，她反应有点儿单纯青涩："干吗？"

Hygge 再问："想过自己有个家吗？"

猝不及防，沈暮周身的血液小小地沸腾了一下。她在感情方面如同一张白纸，一切相关提问对她而言都是攻势。她完全不知道他下一句要说什么，无力招架，无法应对，只好短暂地沉默，但又没能蒙混过关。

Hygge："回答。"

沈暮被他问得已经忘了自己还在哭，只能傻傻地被他有力地牵引着往前走。她懵懵懂懂地诚实回答。

她对第一个问题的答案："到了。"

她对第二个问题的答案："没有。"她另加一个扩充回答，"但现在有点儿想了……"

沈暮还没摸清对方的用意。

他态度忽然认真起来："沉没成本是损失，机会成本才是成本。投入前者的代价很高，聪明的人会选择及时止损。"

沈暮对这些商业术语一知半解，分开每个词都认识，一合起来全都变陌生了。这也就是为什么她时常怀疑自己的智商和他的智商不匹配。比如现在，他把"氧气罩"递到她的眼前，她连使用方法都不知道。这回她不用搜索引擎了，直接控诉："我的专业不涉及经济学。"她真像是抽抽搭搭的小哭包，委屈又无辜，"你能不能重新说……？"

Hygge 知道她很可能听不懂，便纵着她，不反驳，只言简意赅地说："希望你尝试新生活，不再为过去掉眼泪。"就在她愣神儿间，他又说，"慢慢地想，你有足够的时间。"

沈暮缓缓地呼吸着，细思这几句耐人寻味的话，心情开始奇妙地转好。她想：他总是有一种魔力，能令云开日现，阴霾尽散。她差点儿退缩，忘了回国的初衷。片刻后，她将垂落的鬓发别到耳后，听话地说："知道了。"

她的鼻尖红红的，但人已平静下来，显得乖乖的，有如一只失控的小白兔被主人抚顺了毛。她忽然羞于自己先前的矫情，静默须臾后，此地无银三百两般地说："我没掉眼泪。"她又刻意强调，"之前说的是我的朋友，也不是我。"

Hygge 可能在笑，所以停顿了数秒，而后语气里带着纵容地说："那麻烦你转告你的朋友，和她聊天儿很开心。"

沈暮因他字里行间的温柔，心"怦怦"地跳了两下。她咬着唇装不懂："什么？"

Hygge 暗着戳破她："别再觉得自己一无所有了。"

沈暮来回品了好多遍这句话，想压住就要扩散到嘴角的笑意，但没有丝毫作用。转瞬间，她还是破涕为笑。因他的三言两语，烦恼和忧虑就都在不经意间被她抛诸脑后。她似怨非怨地说："老实讲，你在南城里是不是一流的心理咨询师？"

Hygge："只是小朋友的心思太好猜。"而后他接着问，"还疼吗？"

沈暮："嗯？"

Hygge："鼻子。"

沈暮略微一愣，以指尖触碰鼻梁，感觉肿痛明显消下去了，不过还是故意地说："疼也可以。"

Hygge 意料之中地敲了个问号过来。

哭过后，她双眸含着水色，长睫湿漉漉的，眼睛却轻轻地弯成月牙。她吃准了他会纵容自己："怕你自责，所以没说，其实我当时没握住手机，是因为要看你的微信消息。"她话中之意显而易见。

Hygge："那还是我的错喽？"

沈暮点头："从海因里希事故法则的角度来讲，你确实有不可推卸的责任。"她搬出对方教过她的理论，甚至将他有理有据的交流方式学成诡辩，得逞后还想故意气他，"感谢您曾经的科普。"

她在后面附上一个"乖巧"的表情包。

几分钟前还哭唧唧的小白兔荡然无存，此刻活脱脱一只狡猾的小狐狸。但小树苗怎敌得过郁郁葱葱的森林，Hygge 给的回应颇为淡定："那我下回视而不见，将伤害你的可能性降到最低。"

这人……沈暮顿时无言以对。按照正常的思维逻辑，他不是应该提醒她下回小心之类的吗？她忽然不是很自信："你在开玩笑，对吧？"

Hygge 兴许在笑："有机会的话，请小孩儿吃顿饭。"

沈暮愣了一下，回了一个问号。Hygge："赔偿你。"他允许了她明目张胆的碰瓷，还主动欠下一顿饭。

沈暮完全笑开，笑声中尚有一丝鼻音残留。她扬着唇角找碴儿："已经说了我不小了，这样让我感觉你是叔叔辈的。"

Hygge 道："也不是不可以。"

沈暮意识到他在占自己的便宜："少来。"

夏夜的晚风拂过脸颊，温温的，沈暮倚在阳台的扶栏上。这个世界上，人眼睛里的泪和笑是骗不了人的。她突然发现，自己不喜欢也根本不适合演每天情绪稳定的成年人，而让她感到最自然舒服的状态，是像和 Hygge 聊天儿时那样，没有压力，没有顾忌，可以随时遵从自己的意愿。但现实中的她，是十足的社交障碍人格。这大概也是她内心排斥交际，却愿意和他维持四年联系的原因之一。

沈暮轻轻地呼出一口气，心情舒畅了许多。月光轻轻柔柔地照着她珍珠白的脸蛋儿，将其披散着的长发衬得更加干净清爽。她决定先好好把时差倒过来，所以跟 Hygge 道了晚安。但她忘了，只跟他说过自己快回国了，自己已经在国内的事，根本还没告诉他。

第二天是周五。临近中午，沈暮才悠悠转醒。昨晚她在床上辗转反侧很久，终于睡着，虽说今天起得晚了些，至少倒时差初见成效。她没有去找喻涵吃午饭，而是在房间里支开画架，将工具准备齐全。自从完成巴黎东方艺术作品展上的那幅油画后，到现在，她已有近半个月没好好坐下来动画笔了。

绘画是容易手生的事，她认为自己必须再精进。但受心境所扰，她此刻无法沉静地去创作出自己想要的东西，哪怕只是简单的一笔勾线，都不能让自己满意。没一会儿，纸篓里就多了不少废稿。

沈暮再一次顿住画笔，迟迟难再落下。与画布僵持半晌后，她泄气地叹息一声，又将画布取下揉成团，丢进了纸篓里。她茫然地看着空白的新画布，突然想到 Hygge 对她说的话。他说，要尝试新生活，不能再为过去掉眼泪。静静地沉思良久后，她放下画笔，起身打开窗户，屈腿坐在窗边的靠椅上。她需要将心态调节过来，否则根本画不出任何东西。

沈暮准备找她的"特效药"寻求创作灵感，刚打开微信，喻涵的"夺命连环 call（呼叫）"先一步疯闯进来。喻涵先发过来一张图片，后面连跟好几条消息。

喻涵："速速前往微博！"

喻涵："'结婚'二十年，不知宝贝儿是大佬！"

喻涵："你是不是想气死我，然后换个'老公'？"

喻涵："我得喝几瓶风油精冷静冷静。"

看罢这些让人似懂非懂的文字，沈暮忍不住笑了笑，点开那张图片。那是一张微博实时热搜的截图。

@扒圈大鹅："巴黎美术学院中国籍女学生 Serein，日前代表中国参加巴黎东方艺术作品展。据了解，其画作拍出两千万欧元高价，成全球艺术史上新人首展最高价。Serein 大放异彩，为国争光！"

沈暮看完就呆住了，当下脑中只反应出一个词——浮夸。"Serein"是她在巴黎美术学院就读时使用的法文名字没错，她的画也确确实实被一位神秘的买家以两千万欧元匿名收购，但要说新人首展最高和为国争光，那是远远无法达到的。

这时，"表情包大户"猛烈的攻势袭来。喻涵连发了"窥屏""两秒了还不理我""我应该失宠了""哦，你这该死的女人"等几个表情包。

沈暮对此哭笑不得。自己的画被霍克教授举荐参展，喻涵是知道的，但售价两千万欧元的事，沈暮并没有告诉喻涵。

沈暮优雅地回应已经放飞自我的喻涵："情况不实，纯属误导。"

喻涵："哼……哼哼。那请你坦白交代真实的情况。三分钟内，我要 Serein 这个女人的所有资料！"

沈暮垂眸，琢磨如何长话短说。数秒后，喻涵匆忙改口："且慢！组长要开会了，还是等我下班回家吧！爱你！"接着，喻涵再无信息。对喻涵来无影去无踪的聊天儿方式，沈暮早已习以为常。

今日天气晴暖，微风习习，白色的纱帘被吹得轻轻飘拂。这是一个舒坦的适合小憩的环境。沈暮枕着椅背，静静地望向窗外。远处空中的云彩有如羽翼，一座通体亮黑的大厦高耸入云，宛如一只睥睨天下的雄鹰，在一片蔚蓝中傲然屹立，自成一道风景。其实两处的距离并不近，隔着无数公路和大桥，但也因大厦恢宏的气势，展眼望去，一目了然。

沈暮知道那是江盛总部，南城的地标建筑，但在前两天被喻涵"科普"前，也仅仅是知道而已。毕竟学生时代，大家过的都是学校和家"两点一线"的生活，几乎对社会一无所知。而现在，她对这栋气势磅礴的建筑有了别样的感觉，可能是有它的所属者的原因——那个让她望而生畏的男人……好在日后她和那般人物不会再有交集。沈暮这般想着，付之一笑。

作为美术生，她忍不住打开手机相机，将眼前构图完美的画面拍了下来。合理的角度和光线，即使用的并非专业摄影机，制造出的朦胧感也特别唯美。她满意地把这张新鲜出炉的照片分享给了 Hygge。

Hygge 给的回复不算很迟："见长。"

一句话，句子的主要成分残缺，但他显然是在夸她的拍照技术。她轻抿着唇，压着笑意，突然想看他愕然的反应，故意曲解道："是吧，我也觉得自己的写实（绘画的一种表现手法）的水平见长。"

Hygge 慢条斯理地回道："胡扯的水平。"

沈暮两颊一僵，笑容顿时失去灵魂。他揭穿得也太果断无情了。是她平时的写生不够逼真吗？她居然都忽悠不到他一秒。

沈暮："你就不能假装配合，让我开心一下吗？"

她试图用可怜博取同情，掩盖"罪行"，并没有注意到自己此刻娇嗔的意味有多浓郁："我刚刚废了十多张画布，愣是什么都画不出来，你还吝啬鼓励。"她叹了一口气，继续发送消息，"懂了，我的绘画生涯到此为止……"接着她又从喻涵发给她的表情包里挑选了一个发过去，上面是一只难过到流泪的忧郁的猫。

Hygge："那……我撤回？"

他像是被她唬到了。她不经意间加深了笑意："可我已经看到了啊！"

随后那边的人沉默下来。沈暮得意地眨了眨眼，如蝶翼般的睫毛扇动着。她故意和他唱反调，还是有点儿小罪恶感的，但难得见他也有理屈词穷的时候。她眉眼间透着狡黠，大有以牙还牙的意思，敲了一行字过去："叔叔，哄小孩儿会吧？"

消息成功送达，同时，她收到对方传来的一张照片。她微微一愣，迫不及待地点开，查看大图，瞬间被惊喜到眼中星芒闪动。照片里是一只成年的边境牧羊犬，健壮的高傲大型犬，非常俊。它蹲坐在草坪上，吐着舌头，两只前爪乖巧地抬起来比了个"拜托"的动作。它要是能化成人身，就是忠诚感、安全感并存的硬汉男友。

沈暮顿时被这满满的反差感可爱到，前面的伪装一秒破功："哇哇哇，我怎么不知道你还养狗？"

Hygge："开心了吗？"

何止是开心，她已经被击中心脏了。她心里的期待拉满："我可以看它握手吗？还有接飞盘！听说边境牧羊犬是最聪明的狗狗，那瑜伽、跳舞之类的，它能不能行？"

Hygge 淡定地道："下次。"

沈暮忍不住得寸进尺："为什么不能是现在？"

Hygge 开始配合她："留着哄小孩儿。"

第二章

你很重要

一瞬间，沈暮感到胸腔轰鸣，心在"扑通扑通"地乱跳。她仿佛幻想到一位斯文儒雅的绅士，他说话时凝视着她，笑得很温柔。她两腮微微泛红，唇边漾着矜持的笑。她清了清嗓，调整了一下呼吸，回复道："那好吧。"接着她随意一问，"它叫什么名字？"

不知是难以启齿还是怎么的，Hygge 沉默半晌后，说："保密。"

她越发好奇，竟异想天开起来："它是特工吗？警犬？秘密搜捕、缉毒的？"

Hygge 想笑："你还挺敢想的。"

沈暮回了个"无辜"的表情。谁让他拒绝暴露它的身份信息，她还能往哪儿想？

Hygge："工作犬，边境牧羊犬不合适。"

沈暮："为什么？它们的智商这么高。"

Hygge："聪明过头。"

它们还能聪明到反过来指挥主人吗？不过沈暮倒是没执着于这个问题，说完便点开照片，想再欣赏欣赏这只边境牧羊犬。这回她注意到照片的背景，似乎是一座特别漂亮的欧式私家花园。草坪在阳光下绿莹莹的，恣意地蔓延到盛放着的殷红的蔷薇花丛旁。草坪上蹲坐着一只血统纯正的边境牧羊犬，黑白相间的毛发极有质感。

美术生对色彩都是非常敏感的。这张照片的配色，无论是从对比调还是从饱和度来看，都巧妙到能瞬间激起她的创作欲望。她顿时觉得自己又可以了。方才还令她头痛、抗拒的画笔，此时像产生了磁场，吸引她立刻投入创作中。

沈暮直言："我有个小请求。"

Hygge："说吧。"

沈暮："我想对这张照片进行二次创作。"版权方面，她一向很严谨。毕竟在艺术界，有不少同行介意，甚至反感原创再编。她问："可以吗？"之后，她加了一个"求求了"的表情包。

Hygge："好。"他没什么迟疑，似乎对此并不在意。

沈暮心里美美的："已经本人授权，以后可赖不掉啦。"

Hygge 问："能赖什么？"

沈暮理所当然地道："万一将来我的画得奖，被圈里诬蔑侵权，你必须站出来维护正义啊！"

Hygge 似乎考虑了两秒："好。"

他真的在认真配合。沈暮忍不住轻轻地笑一声："开玩笑啦。狗狗很可爱，画出来当然要私藏。"她继续得意忘形地打字，"你这么听话，我都不习惯了。"

Hygge："小哭包，我能怎么办？"他一副拿她没辙的语气，又像是话里有话。

沈暮一愣，非常迅速地明白了他的深意。昨晚聊天儿时，她字里行间确实透出些许忧郁，但也没明显到让他看出她当时在哭的程度吧？这人好过分啊！她差点儿心肌梗死，只能死不承认："我已经说了没哭没哭！"

花城半岛，远离闹市，距市中心几十公里外。有着二十多年岁月、几经翻新的庄园风别墅，在金灿灿的阳光下，散发出一种浓郁的欧式城堡的味道。

开放式的透明温室花园中，私家草坪上架着两张藤编摇椅，栽种的植物长势极好，各色鲜花开得热烈。江辰遇倚在摇椅里，注视着指间手机的屏幕。他今天穿得颇为闲适，白衬衫配休闲裤，衬衫领子上的纽扣被松开两颗，袖口被翻折到肘部。阳光照射下来，在他的黑色短发上镀了一层薄薄的光泽。

"我在厨房里忙得焦头烂额，你倒好，自己跑这儿来舒坦。"秦戈埋怨的声音迎面而来。

江辰遇抬眸望向来人，不动声色地抿去唇边微微上扬的弧度。然而秦戈眼尖地捕捉到了江辰遇那一瞬轻松愉悦的表情。

"什么有趣的事？竟能把江总逗笑？"秦戈走近，坐到江辰遇旁边的摇椅上，饶有兴致地凑过去，"给我瞧瞧。"

江辰遇睨了秦戈一眼，一声不响地将手机背面朝上搁到木几上。秦戈一愣，对江辰遇的行为进行强烈谴责："哎哎哎，你这么绝情，可没姑娘喜欢啊！"话音一落，秦戈就觉得这是自讨没趣。

江辰遇有颜有钱，有资历有身段，是商界公认的最年轻有为的总裁，喜欢他的人已经自发地有了组织，甚至分成"老婆派"和"女友派"。论人气，他丝毫不差于知名艺人。像这样的人，就算全宇宙只剩下一个姑娘，喜欢的也肯定是他。偏偏人家清心寡欲，远离红尘。

秦戈哀叹了一声世道不公，转眼就直勾勾地盯住江辰遇："你这是跟谁聊天儿呢？"秦戈确定自己刚刚瞟到的是微信聊天儿界面。

"一个小朋友。"江辰遇若无其事地回了一句，伸手拍抚蹲在脚边的边境牧羊犬。

秦戈饶有兴致地猜："小妹妹？"

等待两秒，见江辰遇没否认，秦戈一下子来了精神："刚才在厨房里，老太太还念叨呢，让我多帮着催催你。让你赶紧成家，赶紧生娃，她等着抱曾孙！"

江辰遇平静地说："这话她天天讲。"

"那你倒是听半句进去啊！上回你到C市出差，老太太为你约了姜氏的千金吃饭，结果你居然把阿修叫上了，差点儿没把她老人家气死。"

好好的相亲，江辰遇竟然是拉着亲弟弟一块儿去的。好在后来江老太太得知人家姑娘也捎上了弟弟，否则这茬儿怕是没那么轻易过去。

"我认为那只是普通的饭局。"

见这个人如此不上心，秦戈急了："得得得，你就说现在这个妹妹有没有戏吧？"

江辰遇将眸光轻垂，任边境牧羊犬乖顺地蹭着他的手。他不咸不淡地说："我已经说了，那是个小孩儿。"

秦戈扶了扶眼镜，语重心长地道："年龄不是问题啊！你已经单身到这个岁数了，也不怕多等几年。关键是你得先有结婚对象，让老太太放心。"

江辰遇终于抬了一下眼皮，慢悠悠地说："你还真是越来越像我奶奶了。"

"嗯？"

"唠叨。"

秦戈无语地翻了一个大白眼。自己这只"独犬"，已经没有力气再和对面的"孤狼"做斗争了。放弃使命，秦戈往后一靠："别怪我没提醒你啊，下个月月初就是老太太的大寿。"届时必然有一个隆重的宴会，成群的挤破头也想嫁进江家的各集团千金都会到场。倘若到那时江辰遇还没动静，不用想，江老太太肯定要有动作，江辰遇势必悔恨今日不听这番良言。

秦戈这般想着，身旁那人却轻描淡写地说："贺礼，方硕在置办了。"

重点是贺礼吗？秦戈正想把重点给指出来，突然想到身为世交家的孙儿，自己送的礼可不能被比过去，于是话锋一转，开始探口风："你准备什么了？"

"画。"

"什么画？"

江辰遇沉默片刻，随后瞟了秦戈一眼："重要吗？"

秦戈愣住："你别是连自己都没看过那幅画吧？"好家伙！

江辰遇不能理解秦戈的惊愕，将双手交叠着放在膝上，微微侧首："以奶奶的名义，用最高价拍下慈善展会中唯一的中国画家的作品，这难道不比画的内容更有意义吗？"

果然是江总一贯的作风。工作以外的所有的事，他最多分心交代一句话，然后由方特助全权代理。秦戈不禁拊掌称妙。下一秒，秦戈茅塞顿开，微笑着问："巴黎东方艺术作品展，一口价以两千万欧元拍下巴黎美术学院中国籍学生油画的，不会就是你吧，哥哥？"

江辰遇静思片刻："也许。"金额是没差。

秦戈深深地吸了一口气："那你知不知道，我想拿下的美术学院小才女，就是你收购的那幅油画的作者？"

江辰遇眼尾几不可见地一挑："是吗？"

江辰遇买画纯粹是为了让慈善家奶奶开心，而巴黎东方艺术作品展最高公益金证书上，也因此第一次有了中国人的名字。不愧是他。对这个事，旁人还真没法嚼舌。

秦戈点点头，放过江辰遇："行，进去吧。我难得陪你回来看奶奶，你就别在这儿坐着了。"

"嗯。"江辰遇徐徐地站起身来。

两个人走出花园，并肩往屋里去。秦戈回头瞧了一眼听话地跟在两个人身后的边境牧羊犬，忍不住调侃："谁能想到身为巴黎美术学院设计学博士后的奶奶，养的狗会叫'孙多多'？"

江辰遇的确对此感到头痛，一只手插在兜里，眉头轻皱："庆幸她没给它直接取名叫'曾孙'。"

秦戈闻言，嘴角一僵。他快速地明白了"孙多多"的内涵。奶奶还真是……丧心病狂。

沈暮有了创作灵感，勾线、上色都信手拈来。对她而言，照片临摹没什么难度，不过一下午，画布上的边境牧羊犬以及花园背景就基本完成，只剩一些简单的收尾工作。

将近晚上六点，太阳渐渐西落。沈暮放下画笔，清洗过后，到厨房里开始准备晚饭。砂锅里的玉米排骨汤正用小火慢炖着，沈暮握着手机，在流理台前安静地站了很久。终于，她低头，拨出一通电话。

喻涵下班回家的时候，刚进门，飘来的饭菜香味儿就盈满鼻腔，将疲惫一扫而空。她瞬间满血复活，嗅着味儿直冲到餐厅里。入眼的是一桌家常菜，让人垂涎三尺。

沈暮正好端着汤走出厨房，见喻涵回来了，将汤摆到餐桌上，笑说："饿不饿？我煮了你最喜欢喝的排骨汤。"

喻涵猛吸着汤的鲜香之气，确定自己今晚可以干掉三碗饭："宝贝儿，我简直恨自己没投胎成男人。"沈暮解下围裙，看向喻涵的目光中带着迷惑。

"这么漂亮又贤惠的老婆，谁不想要？"喻涵脸上一副夸张的表情。

沈暮忍笑，转身回厨房里取碗筷："好啦，快去洗手。"

这顿晚饭，喻涵完全没工夫分出嘴来说话，直到放开肚皮吃到第三碗饭时，才终于想起白天的热搜。被喻涵再次问起时，沈暮已经吃好，放下了筷子。沈暮斟酌了一下言辞，解释道："首先，不能说我代表中国参展，那是霍克教授为学生们争取到的名额；其次，那是慈善展会，很多人通常会借此宣扬自己的名声和影响力，所以价格虚高也是正常现象。况且那两千万欧元并不归属于我，根本不能以此做比较。"

"哦……"喻涵的两腮鼓鼓的，她似懂非懂，愣愣地点头。

沈暮给喻涵又添了一碗汤，奇怪地问："不过这么扯的一条微博是怎么上的热搜？"艺术界向来靠作品说话。无论霍克教授多看重沈暮，在她有实绩前，她都是"无名氏"，微博热搜有那么容易上吗？

本来喻涵还没觉得有什么，听沈暮这么一说，突然也觉得这事怪怪的。这条热搜白天可是快冲到热搜榜前十位了。喻涵咽下口中的食物，说："我寻思着啊，和林蔓有关。"

沈暮不懂那一套，茫然地眨眼："她？"

"想压自己的热搜呗。"

沈暮："……"

这种事见得多了，喻涵对娱乐圈中的各种手段了然于心，很快想明白："九思和林蔓解约的热搜已经高挂一天了，这要是发酵下去还得了？她现在没有团队。无论圈里的谁，她都不敢得罪，可不就逮着你们这种圈外的话题分流？事情应该就是这样，没跑了。"

沈暮有些惊讶："还能这样啊？"她一直以来极少关注娱乐圈，到法国后才偶尔看两眼新闻。

"基本操作啦。你下载微博没？"

"还没呢。"

喻涵抬起头，认真地盯着沈暮："成年人不可以没有微博！"

沈暮托着腮，笑着看喻涵开啃最后一块排骨："那我下载一下？"

喻涵飞速地解决完那块排骨，向沈暮摊开右手，嘴里含糊着说："把手机拿来，我给你联网，你以后好陪我唠八卦。"

沈暮没多想，把手机递过去，语气中隐含几许郑重："我有件事想和你说。"

喻涵接过手机："咱俩有啥不能说的？"

沈暮和喻涵对视："我和南江大学的秦老师约了下周五聊一聊。"她原本想尽快商谈此事，但鼻子上的伤太不得体，得缓一缓。

沈暮还没说要做什么，喻涵怔了一秒后，嘴角已经有点儿压不住了。知道喻涵的期待，沈暮温柔地一笑："可能的话，我大概会一边实习，一边准备考研。"

秦戈打来那通电话时，沈暮只说让他给自己一点儿时间考虑。在一个小时前，她给了他答复。

听罢，喻涵顿时心里亮堂堂的，先前自己还在担心沈暮想不开要回法国呢："宝贝儿，我要落泪了。"

见喻涵一脸感动到好似如获新生的模样，沈暮轻轻地笑了一声："真的假的？"

"高三那年的暑假，你说走就走，我差点儿想追你到法国去。要不是我不懂法语……"生活不易，喻涵叹气。

沈暮眉眼间含着笑意："我这不是回来陪你了吗？"

"你最好说到做到。"喻涵心情大好，咧嘴笑开，"明天终于到周末了，出去玩啊！你的鼻子好一点儿没有？"

沈暮忽然感到解脱般地轻松，笑了笑，说："我戴个口罩就好。你想去哪儿？"

"做头发、看电影、逛街，你想做什么都行。"说话间，喻涵也不忘帮沈暮给手机联网。喻涵垂眸，打开沈暮未设密码的手机，继续有条不紊地计划着："晚上再到酒吧里潇洒一下，帮你把时差彻底调过来。然后……"

喻涵话音骤然顿住，眸光定在屏幕上还未被关掉的微信界面上。她一眼看到微信置顶好友，昵称是"Hygge"，空白头像。她发现沈暮的微信置顶的不是自己的账号，立刻有了"捉奸在床"的敏感："你在外面有别的'狗'了？"

沈暮正等着听"然后"什么，哪儿知喻涵的话头转得这么突然，略怔了一瞬，问："什么'狗'？"

"微信置顶的，为什么不是你'老公'？"

见喻涵捂住胸口做心痛状，沈暮反应过来，好笑地回答："因为我们天天聊，不怕在微信列表里找不到你啊！"

"那他是谁？"

"他是……"

"你迟疑了，有问题！"

"……"沈暮还真不知道该怎么说了，只好讪讪地一笑，默默地把手机从喻涵的手中抽回来，藏到兜里。

凭女人的直觉，喻涵断言："这是哪个野男人？你居然连我都不告诉！你们是什么时候认识的？交往多久了？"

见喻涵越说越离谱，沈暮连忙摆摆手："没有啦。"

喻涵直直地盯着沈暮："从实招来。"

沈暮被喻涵"我比你还了解你自己，你不要试图在你'老公'面前隐瞒真相，放弃抵抗吧"的严肃眼神看得汗毛竖起，只能犹犹豫豫地全交代了。

"嗯……就是高三下学期的时候，我参加过省中学生画展。"

喻涵抱着臂，跷起二郎腿："我记得。当时你的画卖了一万元，你被校长全校表彰。然后呢？"

"然后……"沈暮目光微微有些飘忽，"他就是我那幅画的买主。"

喻涵安静地坐着，对这个信息消化了数秒后，倒吸一口气："所以你已经背着我

'偷吃'四年了？"

沈暮立刻否认："你别乱说。我和他只是……网友。"

喻涵可一点儿都不信，直截了当地问："他是谁？"沈暮被问住，温温暾暾地摇头。见状，喻涵被惊呆了："不知道？"

"嗯……"

"认识四年了，你还不知道他是谁？"

"我没问嘛。"

"面也没见过呗，照片呢？"

"也没有……"

喻涵深深地吸了一口气，保持住耐心，继续问："他当初买你的画的时候，留下的个人信息总有吧？"

沈暮轻咬下唇，将声音放低："我问过主办方，主办方说买家是匿名购买的。"那是第一次有人买她的画，给了她极大的成就感。当时，她也特别想知道买主是谁。

"那你是怎么和他加上微信的？"

"后来是他加的我。"

居然有反转！喻涵感到希望重新燃起："嗯？"

沈暮认真地回忆："因为那幅画是水墨画，我就习惯性地印了一个落款。他特意来问我能不能二改，盖掉落款后他再装裱。"

"哈，不要落款是什么操作？"

"可能……他有别的用途吧。"

喻涵说："所以他知道你，你不知道他。"

道理的确就是这么个道理。沈暮略微沉吟，虚虚地道："现在他应该也不知道我了。我去了国外，还改了名字。"

喻涵快被沈暮气死了："愿意花一万元买高中生的画的男人，可见有点儿钱，但年纪绝对不小。而且这事已经过去四年了，对方已婚是肯定的，说不定连孩子都有了。"喻涵为了自己的宝贝儿免受臭男人欺骗，认真而理性地分析了一回。

"他没结婚。"沈暮乖乖地听完后，口中幽幽地飘出一句话。

喻涵卡了一下，强势地挽救尊严："那他很可能是在外面乱搞的花花公子，不婚主义的败类，更混账了！"

沈暮眼底拂过淡淡的笑意："他很聪明，而且特别成熟稳重。"

对方是温柔多金的黄金单身汉，而不是玩弄女人感情的坏男人？这是真实存在的吗？喻涵不信。阅男无数的她想不明白了。

"怎么可能啊？正经的男人谁跟小姑娘干聊四年？"十个网恋，九个见光死，万变不离老流氓和与很多女性暧昧不清的混账男人，专门忽悠沈暮这种纯情的姑娘。

想到这儿，喻涵倏地冒出个危险的想法，紧张地盯住沈暮，连语气都开始急促起来："你们都在聊什么？"

沈暮没理解喻涵的深意，若无其事地说："就分享分享日常。"

喻涵闻言，将提着的一口气舒了出来。他们只是聊日常，那就好。转眼，喻涵又卷土重来，说："你喜欢他。"

这无厘头的陈述句，听得沈暮不受控地双颊一红："什么跟什么啦……"

"分享日常这么暧昧的事，你已经跟他做四年了，还说不是喜欢他？"

"当然不是！"沈暮下意识地否认，随即又被喻涵笃定的眼神影响，竟然开始有点儿不自信，"应该……不是吧。我就是觉得他挺好的。"

"哪里好？"

"他让我学到很多的东西。"

不能再让沈暮陷进去了，喻涵决定打碎沈暮的幻想："可你对他什么都不知道，万一他是离异男、怪丑老汉、'矮冬瓜'怎么办？"

好像……这也不是没可能。沈暮还真没想过这个问题，呆愣须臾，下意识地想说"没关系啊，内涵更重要"，但喻涵眼神中的警戒性太强烈了，沈暮的话一出口，不小心就变成："那……怎么办？"

喻涵指了指沈暮的口袋："把手机拿出来。"

沈暮乖乖地照做："然后呢？"

喻涵下巴朝沈暮的手机示意性地一抬，果断地说："现在就跟他通视频。"

华丽的水晶灯射下的光打在瓷砖上，反射的光芒将室内衬得更显贵气。欧式方形餐桌上，一道道菜品极其精致。

江老太太沉默地端坐着。只见她一头烫着贵妇卷的灰白色短发，鼻梁上架着一副垂线老花镜，颈间配了一串珍珠项链，灯芯绒的黑色旗袍包裹下的身形丰而不肥。她这一身装扮格外减龄，气质更是优雅高贵。但她此刻紧锁着眉头，看来情况不是很妙。坐在她对面的秦戈察言观色，悄悄地望了一眼还在阳台上通话的江辰遇，知道江老太太是不乐意了。秦戈自觉地夹了一块干煎银鳕鱼，送到江老太太的餐盘中，笑着说："奶奶，您先吃，辰遇一会儿就打完电话了。"

江老太太不悦地一哼："我倒要看看，他又要打到什么时候。"

江辰遇终于从数月的繁忙中抽出一天回来，却时不时地通工作电话，仿佛人在心不在，老人家不高兴实属正常。秦戈硬着头皮帮江辰遇打圆场，脸上的笑意不减："公司忙嘛，而且他对公司这么上心是好事啊！您现在把江盛彻底交给他了，他也是怕辜负您的期望。"

自己的孙儿念书时就连连跳级，更是国外名校双修博士毕业，他有多优秀，江老太太当然知道。但有一点，她是极不满意的："他要忙就忙，好歹带个女朋友回来，就要三十岁的人了，也不晓得自己操心！"

"我这不也没结婚吗？奶奶，您放心，他心里有数。"

江老太太听罢，更生起闷气来："至少你听你父亲的话，隔三岔五地去相亲，而他呢？"

秦戈在心里吐了一口血。"隔三岔五地去相亲"江老太太这话是认真的吗？小小的语言，伤害还那么大！秦戈只能默默地抹去辛酸泪，强颜欢笑："您再等等，他会想明白的。"

江老太太重重地叹了一口气。她已经要不瞑目了，还等他想明白！

"他这人有时候是挺固执的，我太能理解您的心情了！"秦戈不动声色地把话题带过去。气氛被这么一调节，江老太太果真露出好奇的表情。

秦戈继续道："我记得可清楚了。四年前有一回，我俩在争论能力和资历哪个更重要的问题时，谁都说服不了对方，结果辰遇这家伙居然给我耍了一出心机。"

江老太太被这话勾起了兴趣，紧盯着秦戈问："他做什么了？"

"他送了我一幅水墨画，说是某大师的封笔之作。我想那多有收藏价值啊，就把画挂在客厅里，还把我父亲钟爱的和田青玉瓶摆在旁边做陪衬，当宝似的。"秦戈说到这儿顿了一下，"后来您猜怎么着？"

江老太太仔细地听着："怎么着？"

秦戈一拍大腿："过了半年，他居然告诉我，那幅画是他在中学生画展上买的。他故意把署名给遮掉了，就为了向我证明能力胜于资历。"

闻言，江老太太略怔了一瞬，然后好气又好笑地说："哎哟，这孩子真是胡闹！"

"可不是……"秦戈叹气。但还别说，当时他的脸确实有些疼。那幅小朋友的水墨画，技巧是真不错，到现在他还把画好好地收着。

"我一向更喜欢黑马。"这时，江辰遇温和又沉稳的声音从秦戈的身后传来。江辰遇回到餐桌前坐下，唇边噙着一丝笑意。

江老太太一见江辰遇，那颗刚被安抚的催婚的心立马又开始躁动。她一秒沉下脸："别贫了。你给我个准话，打算什么时候结婚？"

秦戈怀着报复的心理，在一旁看好戏，不吱声。接收到秦戈投来的自求多福的眼神，江辰遇淡淡地挑了一下眉，沉思须臾，面不改色地问："上回那个姜氏千金，是叫姜颜吧？"

江辰遇主动提起，江老太太当然欢喜。但她把情绪藏掖着，睨了他一眼，算是默认："哼，人家姑娘多好！"

江辰遇略一颔首，徐徐地说道："姜小姐在C市正好和阿修是邻居，两个人的关系似乎不错。您多催催阿修，估计很快能抱上曾孙。"

秦戈目瞪口呆。这个"狗男人"，连亲弟弟都阴，太狠了。

论身份，江迟修是从未在媒体前露过脸的江家二少，不过自身无心家业，一心热衷于电竞比赛。他在C市成立电竞俱乐部的事，江老太太还被蒙在鼓里。但被奶奶催婚这种事，这两位少爷都是不可逃避的。

果不其然，听了这话，江老太太瞬间乐开花："真的啊？"

江辰遇微微含笑点头："嗯。"他轻而易举地转移了暂时性的危机。就在这时，他搁在桌上的手机突然振动。

见他还要谈工作，江老太太顿时又垮下脸来："就坐在这里接！"

奶奶是天。江辰遇只能默叹，拿过手机，目光定格在屏幕上。看到"小哭包邀请你进行视频通话"的提示，他立马愣住，深深浅浅的情绪在眼底翻动着，逐渐意味不明起来。他心道：这个小孩儿是……又砸着自己了？

秦戈一下便听出这个响铃声提示的是什么。除了奶奶，他猜不到还有谁能邀请江大总裁通视频。经过短暂的思索后，秦戈耐人寻味地笑着问："人家小妹妹找你通视频呢？"

江老太太乍一听"小妹妹"三个字，目光瞬间聚过去："谁？"

秦戈故意道："啊，没谁。奶奶，那就是一个小姑娘。辰遇可能是欣赏黑马吧，我瞧着他们聊得挺好，哈哈。"

秦戈这是在赤裸裸地报复。江辰遇瞥去一记寡淡但又隐含着危险的眼神，而秦戈将目光一收，低咳着掩饰自己隔岸观火的无耻。这情形有如往日重现。

只过了片刻，视频邀请突然中断，对方已取消。常规操作，不足为奇。江辰遇想不露声色地放下手机，转瞬却听见江老太太不满地问："哎，怎么不响了？"

预感不祥，江辰遇微顿，故作无所谓地应了一句："她挂断了。"

到"嘴"的孙媳妇就这么飞了？代入感太强，江老太太已经开始生气了："那你也不快些接？叫人家女孩子等这么久，人家能高兴吗？优柔寡断，怎么成事？！"

江辰遇："……"这算是双重标准吗？

江老太太发完牢骚，瞪了他一眼："还不赶紧拨回去！"

江辰遇罕见地无言以对，片刻后答了一句："不用。"

这人岁数大了，就容易一根筋。对江辰遇的这种倔强式单身的行为，江老太太怒其不争，直接上手夺走他的手机。

江辰遇一不留神，手机就到了她的手里。他怔了一秒，欲阻止："奶奶……"

"你坐好！"江老太太威严地瞥了他一眼，加以警告。随后她眯着眼，透过老花镜，在屏幕上点击了几下，有些迟钝但十分精准地回拨了过去。

视频邀请一发出，江老太太连连抚弄头发，整理衣襟，清了一下嗓，笑容慈祥地将镜头对准自己。江辰遇深吸一口气，保持冷静。他没办法动手跟老人家抢手机，只能有商有量地道："奶奶，您会吓到她的。"

"你别说话！"

江辰遇只觉得眼前的情况比任何工作都棘手。

见此情景，秦戈将手抬起虚握成拳抵在唇边，竭力压下就要溢出的笑声。但他只幸灾乐祸了短短两秒，随即就撞上江辰遇斜斜地剜过来的一眼。江辰遇那眼神有如刀片，在空中锋利地刻着"下周五的讲座免谈"的威胁。

秦戈一激灵，将双唇一抿，赶紧投降。为了免受牵连，他开口道："喀，奶奶，不然我们换个方式……"

"小姑娘怎么不接？"江老太太根本没有在听，全神贯注地盯着手机屏幕。视频通话迟迟没被接听，她开始着急了。终于响起"叮"的一声提示音，所有人都跟着一怔。下一秒，视频断开，微信显示无人接听。

江辰遇缓缓地收回随时准备伸出的手，捏了捏鼻梁，不再说什么。江老太太蹙眉道："你看看，惹人家生气了。你必须把人给我哄好喽！"

春江华庭。这边的两个人已经闹到了沙发上。喻涵居高临下，将沈暮挤在沙发的角落里，问道："我已经帮你拨出去了，你怎么还中途挂断呢？"

沈暮正半坐半仰着，显得略微娇小，脸上受惊的神情还未退散："还是别了……"方才两个人在争抢手机的时候，沈暮在慌乱中已关了机，但还是下意识地将手机往背后藏了藏。

喻涵用眼神锁定沈暮："你赶快给我迷途知返，社会上的坏男人可不是你招架得住的。你要继续跟他聊天儿，首先得确定他不是坏男人吧？"

这些道理，沈暮都懂。此时，她脸上露出顾虑之色："可万一他是……那简直是一种精神摧毁。"

喻涵已经想撬开沈暮的脑袋了："你还知道啊？"

沈暮不敢往下想，声音低下来："我是觉得现在这样……挺好的。"

"好什么？"

沈暮突然沉默了。她垂下睫毛，轻轻地说："他像一个长辈，但不会让我感到疏远。"他能让她记得，自己还是个可以任性的孩子。

沈暮的回答太过平静，平静到令喻涵感到心疼。喻涵为此动容，不忍再剥夺沈暮最后的一点儿希望。

"而且……"沈暮发出一声低叹，泄露了自己患得患失的情感，"是我没做好见他的准备。"她习惯逃避，也知道这样很不好。倘若她刻意去改变，结果却不如人意的话，那倒宁愿维持现状，至少这是她目前的精神寄托。

喻涵忽然意识到自己刚才对沈暮逼得太过，或许对别人可以这样，但那绝非教沈暮认识世界的正确方式。失神片刻，喻涵坦然一笑："好了，好了，你别被我吓到。我刚才都是瞎说的。指不定对方一出来，还真是英俊多金的大帅哥呢！"

喻涵反手就推翻了自己堆砌起来的高楼。沈暮一时拐不过弯，投去懵懂又迷惑的目光。喻涵转而挑眉，故意逗她："你看我们江大佬符不符合你网恋对象的要求？"

沈暮的脑中顿时浮现出那张英气逼人的脸。他摘掉金丝框眼镜后，攻击性完全暴露，神情再看似淡漠，也如冰锥一般，能轻易地击碎你赖以生存的面具。何况彼此的初印象，除了那两次意外的尴尬，就是她重金求他当人体模特的饥渴妄想。画面感太强烈，她要有心理阴影了。她倏地回过神来，连摇脑袋，把这可怕的想法晃了出去："如果是他，我大概会……"

"怎样？"

这个玩笑和假设，令沈暮无法呼吸。她尤为谨慎地道出四个字："幻想崩塌。"

喻涵惊愕了一瞬后，实在没忍住，直接滚到沙发上，捧腹笑了起来。她肆无忌惮地大笑好久，才收敛一点儿，但嘴还咧着。她将手臂搭在沈暮的肩上："宝贝儿，想没想过找男朋友？"

这个问题突兀到令沈暮连心跳都漏掉一拍："说什么呢？"

"认真的啊！如果你只当他是网友，他也没表现出那种意向，你合该找个男人谈恋爱了。沉迷于虚拟的人，天打雷劈！"

沈暮脸蛋儿有点儿红："顺……顺其自然吧……"尽管在学校里见过各色各样的男性人体模特，但真到感情上，她还只是含苞的花骨朵儿，清纯无知。

手机一直关着，临睡前，沈暮洗漱完躺到床上，才想起来开机。她倚着靠枕，屈膝半坐。她一边点开微信，一边思考怎么和 Hygge 解释之前的视频邀请，以及自己长时间的逃避。

沈暮一将聊天框打开，呼吸骤然一紧。有一个未接视频申请，在三个小时前。她整个人直接蒙了，身子倏地滚烫起来。她压根儿没想过……他会拨回来。那现在自己要做什么？说什么？怎么办啊？她此时脑中一片空白。在这个还算清凉的夜晚中，她竟热到像是泡在沸水里。

拨出视频申请后自己又突然消失，已有二次戏要对方的重大嫌疑，她必须立刻给予对方一个合理的解释。前思后想了半天，她慢吞吞地敲出一句话："你也……被手机砸到鼻子了吗？"

消息一经发出，她便捂住脸，连自己都没眼看。天啊！这是什么愚蠢的问题？！但她实在想不到其他措辞了。她苦恼地薅了两下头发，心在忐忑地跳着。没过多久，对方就回了微信。

Hygge："或许更严重。"

沈暮下意识地惊呼，蓦地坐直。他还真被砸到了？她低头飞快地打字："伤到眼睛了？出没出血？去医院了吗？"被手机砸到有多疼，她深有体会。仿佛远处的另一个自己受到重创，她感觉自己连眼珠都隐隐开始心理性作痛。

三连问扫荡过后，沈暮将脖子梗得直直的，紧盯着聊天框等他回信。一分钟、五分钟、十分钟……那边毫无动静。短短半个小时不到，她已经想出无数个他因角膜擦伤、眼球充血而被送急诊、做手术的情景了，连呼吸都不自觉地急促起来，全没意识到这一刻自己对他的关心超出了常规范围。

沈暮特别不喜欢这种感觉。这四年里，她连进游乐场都不敢。她并不恐高，但害怕被悬空倒挂时那种上不去也下不来的不安和绝望的感觉。

沈暮很想追问他的情况到底怎样，但又怕打扰他。她焦躁纠结了很久，还是说道："你处理完伤口就休息，这几天好好地静养。"消息发出后，她顿了一下，略一思索，而后继续打字，"你不用回，等伤口愈合了跟我说一声就好。晚安。"

发完这两条消息，她慢慢地放下手机，干坐着发呆。她在心里祈祷，保佑他无事，完全忘了喻涵告诫的对方还存在怪、丑、矮的可能。

几分钟之后，孤零零地躺在床上的手机突然响起了一声提示音。沈暮一下被惊醒，立刻捞过手机查看。

Hygge："笨蛋。"

真如他所说的，沈暮整个人都傻了。收到他的天降消息，她固然欣喜，但他怎么这个时候骂人啊？！不过现在面对他受伤的特殊情况，她选择大度："允许你这么一次。我已经让你快去睡觉啦，你怎么还发消息？眼睛的事可不是开玩笑的，不怕留下残疾啊？"

只过了几秒，Hygge再次将消息发过来："你能再可爱一点儿吗？"

他这句话的语气像是无奈到发笑。沈暮完全被他弄蒙，回了个问号过去。

Hygge："我刚刚在开车……"似乎是怕她的脑袋瓜难以理解，他又特意接了一句，"才到家。"

沈暮立马愣住。他那么久没反应，只是在开车而已？他说她笨蛋，是因为他根本没被手机砸伤对吧？亏她满满的一场内心戏，这个人怎么这样？！

可这样沈暮就不明白了，心底深处像被一股莫名的力量驱使，继而生出私心。她轻轻地咬住下唇，小心地问："那你之前……是怎么回事？"她想知道，发来那个她未接的视频申请，他是何用意？要是在过去，她是绝无可能像这样追问的，但今晚大概是被喻涵成功地提点了，这才有了刨根儿问底儿的心思。

Hygge："之前？"

沈暮微微蹙眉："明知故问啊？"

对方沉默了片刻，问道："吓到你了吗？"

沈暮的胸口缓缓地起伏。知道他没受伤，她倒是放宽心了些。她往后倚到靠枕上，诚实地回答："开始没有，因为我当时关机了。后来我看到的时候，是被吓到一点儿。"好吧，不只是一点儿——当然这句被她自动忽略了。

Hygge："为什么关机？"

自己这是被套进去了吗？怎么就成他反问了？沈暮不能把闺密供出来："我可以不回答吗？"

Hygge："可以。"

沈暮还没来得及松一口气，他又猝不及防地问了一句："如果没关机，你会不会接？"还未等她反应过来，他第二句话紧随其后，"你可以选择不回答。"

沈暮的心脏猛地收紧。他善意的体谅，却像置起刀山火海，让她濒临磨难，无可逃避，她不能再跟上回一样蒙混过去。她稳了稳心神："说实话，我不知道……"

Hygge顾及她的情绪，从容又随意地道："别紧张，我只是想告诉你一件事。"

沈暮："什么？"

Hygge："决定权在你。"

她呼吸一窒，两颊的热晕光速地蔓延到耳后，整张脸都红透了。她听懂了他的意思，所以更感到罪过。她忽然好讨厌自己软弱的性格。不过只是见个面而已，自己有什么好扭怩的？谁说两个人就一定会有不可逾越的鸿沟？

沈暮捏紧手机，低着头，将脸缓缓地埋进膝间。他是她颠沛流离时的唯一栖息地，令她那么恐惧失去。她实在不是个自信的人，也怕自己达不到他的预期。两个人真要更进一步，恐怕他们就得面临关系裂变再重组的过程。这是一个实实在在的过程，未知的一切都在挑战她的舒适圈。

安静半响，沈暮抬起头。温馨的灯光映入她清澈如水的双眼里，泛起粼粼波光。她眼中隐含的情绪隐约难辨，她分不清此时她的内心是悸动的，还是平静的。

她目光落在手机屏幕上，丝丝缕缕的长发顺着纤细的颈项滑散下来。她吸了一口气："我绝不是故意戏弄你。"而后她又非常郑重其事地说，"你对我来说，很重要。"

深夜静谧。锦檀别墅内，客厅宽敞明亮，冷色系的装修风格透着低调的奢华，不露锋芒反而锋芒更盛，一如它的主人。

江辰遇脱下西装外套，将领带扯开随手丢在沙发上，里面穿的还是白天穿的那件简单的白衬衫。他一边抬起手，从领口向下解开几颗纽扣，一边走向吧台，接了一杯水，不急不缓地喝了一口。半敞的衣襟下，轮廓分明的锁骨若隐若现，透着一丝性感的诱惑。

听到被搁在茶几上的手机响了两声，江辰遇抬头，隔着餐厅静静地望去一眼，而后慢慢地放下玻璃杯，走回。他拿起手机，靠坐进沙发里，垂眸淡淡地一瞟，不出所料，是沉寂半天的小哭包回了消息。他看见那两句话，还是微不可见地一顿。

他能感受到，"住"在他的微信列表中四年的小哭包，是个极度缺乏安全感的小姑娘。她对外界有着莫名的怯意。也许是有过不太美好的经历，所以她经常性地产生焦虑，会有轻微的社交恐惧症，心思的细腻和敏感，无时无刻不在催化着她的脆弱。

她很优秀，在艺术上极具天赋，他一早就知道这一点。然而，她自己其实就是一张空白的画布。她不会对人过度袒露真心，或者说是不敢，而善用回避来进行自我保护。但此时此刻，她在直白地表达自己对他的在意。这对于一个常年将自己封闭在茧里的女孩儿来说，很不容易。他看得出来，她是真的怕他不高兴。毕竟小姑娘放他的鸽子也不是头一回了。

江辰遇的眸光渐渐地变深，他在商场上一贯得心应手的能力，眼下忽然失效。他在想，怎样回答，才能保护好对方那颗易碎的少女心。短暂沉默后，他低头回复："知道。"他以前所未有的耐心安抚她，"慢慢来。"对方没有马上回应，可能在消化他的话里的意思。

过了两分钟，她认真地说："和你聊天儿，我也很开心。"

江辰遇半倚在沙发的扶手上，将手指轻轻地搭在鼻翼上，眼底隐藏的情绪让人难以捉摸。他知道她其实很懂事，也温柔，会随时照顾他人的情绪，跟她相处，应该没人会觉得不舒服。遮掉画作者的落款是个很无礼的要求，但四年前他询问的时候，小孩儿一点儿脾气都没有，反而一副谨小慎微的样子，好像是她做错了什么事。如果不是让他感到特别，他大概不会和她有事没事地一聊就是四年。

江辰遇的薄唇不经意地弯起一点儿弧度。聊天框一度很安静，对方似乎不晓得如何收场了。他用指尖灵活地敲击按键，问道："你现在是什么姿势？"

他这真是个唐突的问题。小哭包："啊？"

江辰遇："坐好。"

小哭包："是坐着的。"她隐隐约约感觉有阴谋，但最后还是迷糊地问，"怎么了？"

江辰遇："把手机拿稳。"

她缓缓地打出了一个问号。

江辰遇："我去洗澡了。"潜台词是，她别胡思乱想，再像上回一样，知道他在洗澡，一走神儿把自己给砸了。

他果然有预谋。她接连回复了四个省略号去表达自己此时是多么无语。江辰遇的眼中瞬间流露出笑意，令脸上的锐气柔和了几分。这千年难遇的笑容，若是被喜欢他的人看到，她一定会疯狂。逗完小孩儿后，江辰遇搁下手机，站起身，一边解衬衫的纽扣，一边走上二楼的浴室。

而在另一边，沈暮正钻进被窝儿里来回翻滚。"看破不说破，凡事留一线"他不懂啊？他这人怎么这样？沈暮清楚，目前她和 Hygge 的关系是，她对于他来说有迹可循，而她对他一无所知——正如喻涵所说。但经过这大起大落的一夜，沈暮反而觉得心境明朗起来。

沈暮想明白了一些事情。他在她心中的分量，无关相貌、钱财，而在于在这特殊的四年里，对她来说，他是茫茫黑夜中唯一照亮港口的灯火。超于朋友，未及亲人，那是别人都给不了的感觉。

沈暮对他的具体情况不在意，并不代表对他这个人不好奇。至少在喻涵的一通提点后，沈暮开始不由自主地关注起他生活中的一些细枝末节。譬如，他总迟睡早起，不过作息很规律；他养了一只又乖又俊，却不愿让她知晓名字的边境牧羊犬；他似乎有做不完的工作，因为回答她"还没吃饭"是他的常态，但又好像可以自由安排时间……

他该不会是警察叔叔吧？或者……是人类灵魂的工程师？心理老师？经济学教授？有一簇小火苗在不为人知的角落里悄悄地蹿动，她根本忍不住不对现实中的他浮想联翩。

沈暮被喻涵带着疯了一个周末，时差算是慢慢地调节过来了。接下来的几日，沈暮基本上是在家里练习色彩写生。

周五，风和日丽，天高云淡。中午十二点左右，沈暮简单地做了一碗面。吃过午饭，她换了白衬衫、牛仔裤，用皮筋将长发绑了个马尾，尽量让自己看上去精神一些。鼻梁已经消肿很多天了，但还微留痕迹，她稍微抹了一点儿粉底遮盖，而后化了个淡妆。和秦老师的会面约在下午两点，她提前出门，乘坐公交车去往南江大学。

与巴黎美术学院的贵族宫廷风相比，南江大学作为国内"双一流"重点高校，青瓦白墙，园林秀丽，处处生机盎然，有种书香门第的文雅氛围。那是中国特有的人文情怀。她一走进这里，环境和氛围都让她感到自在。

沈暮站在南江大学的校园里，缓缓地呼吸着新鲜的空气。她感到身心舒畅，只是刚来一会儿，已经动了留在这里的心。

在行政楼六楼招生办内，秦戈一边讲着电话，一边在办公室外的等待区里慢腾腾地踱着步。"下午三点半，你没忘吧？话我可是放出去了，其他学院的学生沸腾了。你要是不出现，我这脸可没地儿搁啊！"他将手机换了个手，拿到另一侧的耳旁，听了一会儿，然后压低嗓门儿说，"成，都成，记我一顿饭。最好的阶梯教室都为你清出来了，就等你了！我稍后有点儿事，蔡主任随时等着接待你，你千万记得啊，哥哥！"正在他好说歹说地终于将此事敲定时，楼道旁的电梯"叮"的一声停下了。双门移开的一瞬，秦戈正好望过去。

纯白的雪纺衬衫简约干净，浅色牛仔裤勾勒着笔直纤细的双腿，气质温雅，一眼望去，非是如花般招摇，而是如翩然飞下的柳絮，轻轻地坠入人的眼底——那是个小姑娘。

秦戈拿着手机的手慢慢地往下放。他怔着，沈暮已经走到他面前两步远的地方。

"您好，请问招生办的秦老师在吗？"沈暮轻声询问，脸上带着礼貌又内敛的笑。

待反应过来，秦戈把手机揣进裤兜里，回了一个微笑："我就是。"

没想到南江大学的招生负责人这么年轻，沈暮微一张嘴，随即颔了一下首，自我介绍道："您好，秦老师。我是……"

"沈暮同学。"秦戈笑着先一步替她说了。

沈暮对他的洞察力感到略微惊讶，很快点头："是我。"

意识到他刚刚在接电话，自己又来早了一些，她犹豫地问道："现在会不会……打扰您？"

秦戈轻轻地笑一声："不会，我在等你。"

他这么说了，沈暮才放心："麻烦您了。"

"是我麻烦你特意来一趟。"

"不会。其实我原本就在考虑报考南江大学，很感谢您的邀请。"

惜才的秦教授难掩喜悦："那太好了！"而后他指了指窗外，"天气不错，我带你逛逛校园。咱们边走边聊怎么样？"

他的随和让沈暮由最初的拘谨渐渐地放松下来，眉间更加舒展："好。"

南江大学的校楼，表层以白瓷砖砌筑为主，显得气派且不乏韵味。校园内的风景更是享誉全国，绿柳清湖，如诗如画。

两个人沿着波光粼粼的行知湖环校漫步。秦戈的本意是拉拢这位巴黎美术学院的优秀毕业生报考南江大学，而沈暮恰巧也有此意，在关键问题上两个人基本达成共识，所以交谈非常融洽。双方只是闲聊，沈暮已初步了解了南江大学的文化底蕴。

校园占地面积很广，两个人缓步绕上一圈，时间飞快地就过去了。"对南江大学感觉如何？"秦戈自然而然地问了她一句游后感。

沈暮和他并肩走着，闻言莞尔："我先前对南江大学有过了解，南江大学的综合性和专业实力都非常强。今天来逛了一圈，环境和位置我也很喜欢。"

"很高兴你这么认为。"秦戈笑着承下这份认可，随后又扬起眉，道出心中的疑惑，"但说实在的，巴黎美术学院在艺术上的专业性是目前最高的，这一点我必须承认……"

沈暮隐约猜到他想问什么，抬眸对上他望来的目光。秦戈继续说道："所以我也了解过，霍克教授有意留你在巴黎美术学院里继续深造。已经有了这么有含金量的 offer（录取通知），你为什么要回国？"

这个问题涉及隐私，但也很真实。沈暮如蝶翼般的睫毛不经意间一颤，脸上还是漾着浅浅的笑意。她沉默少顷，平静地回答："相比于国外，中国让我更有融入感。"

这是实话，也是她拒绝霍克教授邀自己留在巴黎美术学院里深造的原因。国外与国内差异巨大的文化，无时无刻不在提醒她那里并非故乡。任她多么抗拒国内的某些因素，也没有底气再在法国待几年，流浪在没有归宿感的他乡。当然，除此之外，她还有一个小小的私心。

而秦戈略有几分意外地挑了挑眉。留学生选择回国的理由多种多样，不胜枚举，没想到她是这样的原因。

沈暮说完，连自己都觉得有些敷衍："是不是……有点儿抽象？"

秦戈一点儿也不含蓄："是。"见她哑口无言，他转而笑开了，"怪我没有艺术细胞。"

沈暮不知道如何回应他的幽默，难为情地挠了一下头发。秦戈也只是随便问问，因此一笑而过："很可惜现在你无法申请保研，不然以你的绩点，绝对没问题。"

对这一点，沈暮倒不遗憾。她略微沉吟着说："其实……我是想考工业设计。"

秦戈略微一惊，片刻后说："虽然也和设计沾边，但工业设计的专业与你原本的专业之间跨度不小啊！"

沈暮点点头，微笑道："我知道。"

这姑娘有点儿刚强，秦戈的笑容中带着敬佩。他吓唬她似的提醒道："我们学校，工业设计可是要考数学的。"

这话听得沈暮当真头痛了一下。她默默地吸了一口气，然后温和谦逊地说："我会认真备考的。"

他们在A区三栋的教学楼下站定。秦戈的眉眼间带着对她的欣赏，他伸出右手："很期待你的加入。"

沈暮和他轻握了一下手："谢谢秦老师。"

两个人正含笑交谈着，一群结伴同行的女学生经过。"秦教授好！"她们正朝教学楼走去，面上都溢满着笑容，步履轻快。

秦戈瞧了一眼这群朝气蓬勃的女生，扬了扬唇角，故意沉声道："好好听课。"

其中一个调皮的女生回过头，放声笑答："我们去蹭你们商学院的讲座啦……"

秦戈愣了愣，无奈失笑，看着她们闹哄哄地走进教学楼，心道：江辰遇还真是比什么"鸡汤"都管用，一说要来，连文学院的小姑娘都对企业融资感兴趣了。

沈暮安静地站在旁边，想着这位招生办的秦老师原来还是商学院的教授。这时，秦戈扫了一眼腕表——三点十五分。他想到什么，意味深长地看着她："我邀请了一位在金融领域里卓越非凡的大人物，马上他会来开一堂讲座，虽然无关艺术，但凭他的资历，一定能让你不虚此行。你有没有兴趣留下来听听？"

沈暮原以为今天两个人的谈话基本到此为止了，想不到紧接着收到了听讲座的邀约。她极其不擅社交，对所有临时发生的事都很容易不知所措。比如现在，她一时不晓得该拒绝还是答应。

在她踌躇之际，秦戈又道："你们还颇有缘分，到时候你就知道了。"

见他的脸上挂着神秘的笑，沈暮眨了一下眼睛，眸底是藏不住的惊奇之色。是什么大人物能和她有交集？不过秦戈的话已经说到这里了，沈暮自然不好回绝，便含笑应下，跟他一起进了教学楼里。

四〇一阶梯教室。两个人到的时候，偌大的空间里人头攒动。平日上座率极低的商学院讲座，此刻座无虚席。

秦戈进来了，学生们显得有些哄闹的问好声此起彼伏。坐在第一排正中间的两个女生相当不舍，但还是自觉地让出两个座位。沈暮在上课时，向来会低调地选靠边的位子。不过眼下别无选择，她只能随秦戈一起在中间的座位上坐下来。

"秦教授，要先开投影仪吗？"有学生大声地问。

"不用。电脑也不用开，黑板也不用擦。"秦戈阻止了他们一系列异常主动的行为。他根本不指望江辰遇会备课。

沈暮对秦戈这么说感到颇为奇怪，同时也奇怪南江大学的学子居然都如此热情上进。随后，她更奇怪地发现，边上的几个女生都开着手机相机，有一股要随时抓拍全世界的劲儿。

大家安静有序地坐在自己的座位上，都很自觉，而敞开的教室大门空空如也，好一会儿也没有人出现。有位女生按捺不住，问道："秦教授，我的男神真的会来吗？"

这个问题像是道出了所有人的心声，大家都跟着喊起来。在大家的叫唤声中，秦戈抱着臂，轻松地靠坐在座位上："他会来的。"虽说事前自己是费尽心思地请，但江辰遇只要答应了，便不可能反悔。对江辰遇的这点儿信任，秦戈还是有的。

"三千字的听讲座后的感悟，别忘了下周五前上交。"他一句玩笑，惹得乐极生悲的大家发出一片哀怨之声。

秦戈偏头看向沈暮，调侃道："是不是很吵？"连他都忍不住吐槽。

沈暮看向周围。她太久没被这么多中国同胞围绕了。大家"叽叽喳喳"的，声音确实挑战耳膜，但也让她感到挺亲切的。她抿嘴微笑，委婉地说："南江大学的同学们似乎都特别好学。"

秦戈无情地揭穿："哈哈，他们这是醉翁之意。"沈暮纳闷儿，对那位迟迟未到的大人物越发好奇。

挂在教室后方的时钟"嘀嗒嘀嗒"地走动，分针越来越接近"6"的刻度，几乎要重合。沈暮被教室里的气氛所影响，随着时间的临近，竟也不由自主地跟着心跳加快。

时钟的指针终于走到三点三十分整，上课的铃声准时响起，是一段优雅的钢琴曲。琴声悠扬，如泉水的声音一般空灵优美，轻轻地飘入大家的耳中。就在这时，门口像是有人影晃过。周遭倏地静下来，所有人都满怀期待地将目光聚焦到那一处。

只见一人高扬着嘴角，大步跨过门槛。他个头儿不高，身形臃肿，脑袋上顶着锃亮的"地中海"。这么形容别人好像有点儿无礼，但他的形象完全符合喻涵讲的矮、丑、怪。

教室里就这么陷入了死寂之中。须臾，学生们发出一阵绝望的唏嘘和哀号。谁想看人到中年的教导主任啊！蔡主任被他们的这般反应弄得很尴尬，高高挂起的笑容顿时消失了，脸也耷拉了下来。他撇了撇嘴，不情不愿地让开身。转瞬，他又恢复了笑容，请身后的那人进门。学生们默契地再一次屏息。

沈暮将眸光越过旁边探头探脑的数人，静静地注视着光线不太充足的门口。最先入眼的是那双崭新的男式皮鞋，随后西装裤包裹下的长腿稳稳地向前迈了一步。分明只是一个简单而流畅的动作，但映入沈暮的眼底，却让她难以自控地将其拆解成一帧一帧的考究的画面。

当那人彻底出现在教室门口的那一刹那，琴声还在荡漾着，午后的阳光穿过透明的玻璃窗，温柔地照进来，抚上那张带着几分冷淡的俊脸。他鼻梁英挺，目光深沉，皮肤是冷色调的白。丝丝缕缕的光芒倾洒到他那利落的黑色短发上，碎光恍若金箔碎片般落于他的眉睫上，似有余温。高贵清冷的他，踏着优美动人的音乐而来，有如电影般的质感，引得人心跳加快。

沈暮骤然瞪大了眼睛，浑身僵直。她根本不敢相信自己看到的。她愣愣地看着他踱步走向讲台。他穿着纯黑色的衬衫，与她的衬衫的颜色刚好相反，下身搭配灰色的西装裤，身材修长，线条流畅，气质得天独厚。那是可望而不可即的领袖气质，透着几分不真实感。

当他站上讲台的那一刻，琴声终止。教室里也随之分外安静，连呼吸声都没有。大家再无喧闹，都在极力地克制内心的激动，仿佛灼热的心火不敢发出一丝焰光，被他无形的强大气场死死地压住。周围所有的一切都是他的背景板，一旁的蔡主任俨然成了他的负面对照组。学生们都不敢吭声，对此刻站在讲台上的人充满敬畏。

江辰遇沉默片刻，脸上终于露出极淡的笑："很荣幸，受秦教授所托，我今天和大家随意地聊两句。"

他周身的清冷之气退去，平易近人的姿态、温柔低沉且富有磁性的声音都那样迷人，台下诸人的畏惧感一下消失。他的这句话如同一根导火索，瞬间将整个教室点燃，男生们突然放声呐喊，女生们尽情尖叫。

"啊啊啊！"

"江总太棒了！"

在兴奋激烈的高声喧嚷中，也有不少大胆的学生，撕破喉咙般地喊"老公"。

沈暮被彻底震撼到了，简直怀疑自己参加的并非商学院讲座，而是盛况空前的某一线偶像的见面会。她终于明白了秦戈说的金融大佬的含义，也明白了为何大家会如此兴奋。此刻站在讲台上的男人，无愧是男生心目中的理想神、女生的梦中情人。他就是江盛的CEO——江辰遇。

沈暮呆呆地坐着，脸上的表情和其他人的截然不同。在这里又见到他，这是归国后第四次与他相遇，她依然意想不到。

江辰遇将双手随意地插在裤兜里，在一片激昂的叫喊声中望下来。他将目光淡淡地扫过，似乎在第一排正中间的位置定格了那么一下。沈暮顿时连该怎么呼吸都忘了，不知道他是在和坐在自己身边的秦戈对视，还是认出她来。不管是什么，她都想躲起来。她感到喉咙发干。今天她没戴口罩，面容完全暴露。

场面一度失控，秦戈抬手示意大家安静："江总的时间宝贵。你们再不理智一些，一超时，人走了，可别找我哭！"学生们齐齐哄笑，随后慢慢地静下来。

沈暮好想埋头默默地熬过这堂讲座。无论是在之前的茶社里，还是在后来的电梯内，她在这个人的面前总是尴尬到想遁地。但她的眼睛很不听话，不顾她的意愿，非要锁定在这个人的身上，怎么都移不开。

"秦教授原本给大家安排的这堂讲座的主题，是企业融资方式的战略研究。"江辰遇略一停顿，薄唇微动，"但看现在的情况，有很多同学会听不懂。"会听不懂的外院女生们羞答答地笑。她们占了教室内人数的大半，也知道自己来此别有用心，听不来商学院的课。

"那不如我们说一点儿简单的。"他声音低沉又温和，"学金融的目的是什么？"

"赚钱——"有态度积极的同学简单粗暴地响应，大家马上都乐了。

江辰遇微不可察地挑了挑唇角，却点了一下头，表示认同。"我们不讲融资，也不讲资本运作，只说大家感兴趣的——财富。"他没有任何废话，开门见山地将话题深入。

"收入来源，一般有劳动和资本两种形式……"江辰遇言意赅地解释了劳动收入和资本收入的概念后，信手拈来地举例，"假设你过着所谓有钱人的生活，但靠的全是上班获得的那份稳定的薪资，那么当有一天被辞退时，将失去财富的来源。这个时候，你继续用钱消费，奢侈品、豪车，甚至更多的东西。你不断地满足欲望，却没有新的收入支撑，只会越来越贫穷。而一旦你的资本能源源不断地产生新的资本，那么，哪怕你放弃工资，不再付出任何时间和体力，还是可以轻松地维持原有的生活状态。所以贫富，不在于一个单纯的数字，而在于收入类型和财富观念……"

他没有讲义，没有课件，甚至没拿起过一次粉笔，只是站在那里侃侃而谈，每一句都如同水到渠成。大家竟都无比认真地在听，没有一个人玩儿手机或者睡觉。

"因此，假如我没有实现这种资本循环，你们也可以称我为'穷人'。"他有开这个玩笑的资本，故而总结时带出一句自嘲的话，大家都被逗得笑起来。沈暮也情不自禁地跟着脸上漾出一丝笑意。

他的语言风格，并非如秦戈那般风趣幽默，但那种深入骨髓的成熟和稳重，使他慢条斯理地开口，便能让他所说的话深深地扎根在人的心底。沈暮就这样陷入他的世界之中，最开始的难堪和煎熬的感觉不知何时消失殆尽。"珠玉在侧，觉我形秽"，她猝不及防地领会到了他相貌之外的魅力所在。

江辰遇又自然而然地带出理财信用风险等话题。在他循序渐进的讲解中，时间过得飞快。这堂讲座不经意间就结束了，响起了下课铃声。

"想创造财富，要做的很简单。"江辰遇以指尖不疾不徐地点了一下额角，"投资大脑，实现经济自由。"他言外之意就是说，要认真听课，学无止境，别想东想西。

他没有刻意去收敛身上天生的疏离清冷之气，但偏偏照在讲台上的阳光为他镀上一层暖色，也增添了一分真实感。望尘莫及，又令人神往，只是一个随意的动作，台下的女生就瞬间被他迷到低笑出声。

下课铃刚奏完最后一声尾音，江辰遇就极有原则地结束了这次讲座："最后，江盛有不少可供大家锻炼的机会，欢迎各位来面试、实习。"

江辰遇轻描淡写地说出了秦戈请自己前来的真正意图。江盛的橄榄枝，绝不是普通实习单位的邀请能相提并论的，显然秦戈煞费苦心，目的是在为学生们争取机会，毕竟想进江盛极不容易。

话音刚落，江辰遇向下望去，和坐在首排正深感欣慰的秦戈交换了一个眼神，而后便转身离开，徒留同学们万分难舍地为他疯狂地鼓掌、呐喊。而沈暮大概是唯一保持安静的。

江辰遇的身影不一会儿就消失在了门口。来去都如此踩点儿，还真是江总的做派。秦戈连忙掏出手机，在微信上用文字呼唤道："留步！留步！行知湖西路口一叙啊！哥哥！"

过了片刻，对方回复："别恶心人。"

连隔着屏幕都能深深地感受到江辰遇对这个称呼的嫌弃，秦戈一咳，招呼蔡主任留下处理后续事宜，然后笑着向沈暮示意："走吧。"

这是去哪儿？沈暮愣了愣，还是马上应下，起身跟在秦戈的身后走出教室。

正值课间，校园里风华正茂的学生们来来往往。将近下午四点半，太阳敛着光芒渐渐西落。

"感觉如何？"秦戈问。

"我第一次听金融课，意外地不觉得无聊。"

"哈哈。"秦戈笑着带她向行知湖西路口的方向走去，随口聊道，"你们年轻的小姑娘应该都认识他吧。"

沈暮莫名地开始内心阵阵发虚。老实讲，她之前不太了解江辰遇，但自从一周前的几遭"死亡际遇"后，都快要忘不了他了。她含糊地一笑，刚想敷衍过去，随即又听秦戈打趣道："听说财经频道采访他的几期节目，收视率居然远超同时段的制作规模很大的古装偶像剧的收视率，简直让人不敢相信。"

闻言，沈暮有点儿惊讶。江辰遇的知名度毋庸置疑，但她没想到他的支持者对他的追捧，比对知名艺人追捧还要狂热。不过她想想又好像对此不难理解，毕竟女生都迷恋他的脸，男生都臣服于他的才。沈暮发自肺腑地说："今天确实学到很多。"

秦戈眼底漾出赞许的笑意："嗯，他是斯坦福大学荣誉校友，经济管理、应用数学双博士，到学校授课还真是屈才了。"

沈暮又吃了一惊，江辰遇果然……不是一般地强。秦戈像开展问卷调查似的，突然半开玩笑半认真地说："你也觉得他这样的人特别招女孩儿喜欢是吧？"

沈暮心里"咯噔"一下。他干吗又对她"死亡提问"？沈暮对这位自来熟的秦教授轻轻一笑，说："江先生很让人钦佩。"她这是实诚且相当官方的回答。

听罢她的话，秦戈不得不服气地笑叹一声。真是旱的旱死，涝的涝死。他很快思及一事："对了，据说前不久，你的画在巴黎东方艺术作品展售出最高价。"

沈暮没想到秦教授忽然提到这件事情，略微一怔，惭愧地笑着说："其实是用作慈善公益，与作品本身的价值没有绝对的联系。"和圈内顶尖水平的前辈们比，她怎么敢呢？

秦戈毫不吝啬地赞赏道："你刚毕业就能获得参展资格，已经很了不起了。"

沈暮将手搭在斜挎着的小包的细带上，低头谦虚地笑了笑。

"正好带你认识一下，你的缘分。"秦戈放缓脚步，话说得神秘起来。沈暮跟着止了步，一抬眼，便见他的脸上泛着意味深长的笑。沈暮困惑地顺着他的视线望过去。

清澈如碧玉的行知湖，水面上微波荡漾，泛起阵阵涟漪。水天一色的岸边，一个男人挺拔而立，留给他们的是高贵清冷的背影。沈暮一眼便认出那人是谁，心脏剧烈地一跳。

"辰遇……"下一秒，秦戈就上前打了招呼。

江辰遇回头睨了秦戈一眼，慢条斯理地转过身："什么事？"

他语气淡淡的，充斥着"你最好不是平白无故地让我等"的无情。

"没事就不能找你了？"

"我不介意收你一点儿讲课费。"

拜托，您那不是一点儿，是巨资！秦戈没法不妥协："别，有话好说。"然后他稍微压低一点儿嗓门，直入正题，"你要送给奶奶的那幅画的小作者，今天刚好来了。你没兴趣见见？"

眼见"没兴趣"三个字已到江辰遇的嘴边，秦戈不动声色地往自己的身后一瞥。

江辰遇面无表情，目光随意地越过秦戈。只见几步开外，一个绑着马尾的小姑娘站在那儿。她攥紧了身前薄荷绿色的挎包的细带，似乎没胆量看他，微低着头，怯生生的，仿佛随时准备逃离。江辰遇微不可见地一顿，转瞬却又收回视线，什么都没说。

方才江辰遇淡淡的目光投到自己的身上时，沈暮完全暴露在他的视野里。她本能地瑟缩着，做鸵鸟状。下一瞬，她便见秦教授朝自己招了招手。她暗吸一口气，认命地走过去。

"我来介绍一下。"秦戈眉目间的笑意显得很是和善，"这位是沈暮同学，巴黎美术学院的优秀毕业生，前阵子刚回国。"

沈暮的一颗心像被吊在三万英尺的高空中，空气稀薄得令她感到窒息。这介绍就不要这么正经了吧，不知道的还以为是什么历史性会晤呢。她窘到想跳湖，但无奈被点名，只能僵硬地低低出声："您好……"她决定坚决装作与江辰遇没见过。

对江辰遇是否颔了一下首作为回应，沈暮不确定。因为她只敢垂着脑袋，用余光看不清楚。

秦戈见状，佯装沉下脸："你看你冷冰冰的，已经把我们的准新同学吓着了。"江辰遇给了秦戈一记真正冷冰冰的眼神。

这天大的罪过自己承担不起，沈暮忙不迭地摆手道："没有……没有……"

见她本本分分的，完全没有这个年纪该有的闹腾，秦戈笑了笑："那位在巴黎东方艺术作品展匿名购置你的画的神秘买主，你不好奇他是谁吗？"

沈暮略微一怔，面露疑惑地轻轻抬头。她突然想起秦戈之前说的，她和今天来的大人物颇有缘分，脑袋随即"嗡嗡"作响。她将秦戈前后说的话联系了一下，心底蓦地冒出个极不确定的大胆的想法。紧接着，她的猜想就被证实了。

"这事说来不能再巧了。江总到法国出差一趟，随手买画的时候，肯定没想到今天会和作者在这里碰面吧？"秦戈以一贯"有朋自远方来，不亦乐乎"的心态，喜笑颜开地扯落了沈暮和江辰遇之间最后遮掩的纱帐。

沈暮蒙住，彻底忘记表情管理，抬起那双如潭水般清澈动人的眼，终于直视江辰遇。她眼睛一眨不眨，似乎要从他的眼底看出个标准答案来。

除了最开始对自己在画展上拍下的画作的作者是她感到有点儿意外，关于她的其他的信息，江辰遇是一早就知道了的，因而并无太大的反应。可能意识到她每回都厌得视他如虎狼，江大总裁沉默少顷，终于良心发现。

"画得不错。"江辰遇缓缓地说道。虽然他还没看过那幅画，但鼓励一下小孩儿也没什么。

沈暮倏地从前一个惊愕跳到后一个惊愕。她原以为他高傲、不近人情，想不到他会主动夸她。毫不夸张地说，她受宠若惊连心尖都在颤。在他的面前，她就是新人遇见真大佬，不知所措。她腼腆地抿着唇笑，声音越发轻柔："谢谢您欣赏。"

这时，响起一个振动声，秦戈反应了一下，摸出裤兜里的手机看了一眼，对两个人说："你们先聊，我接个电话。"说完，秦戈把手机放到耳边，往反方向走："喂，爸。是，他在。"

秦戈一走，留在原地的两个人立即安静了。气温如同骤降十摄氏度一般，连空气都要凝结成霜。他们宛如两个交流障碍患者，双双一声不吭。

落日的余晖永远是那么柔和，像给世界加了一层滤镜。放眼望去，英挺俊朗的男人跟前，站着一个娇小的女孩儿。他们共处在金光闪闪的湖边，静止的完美轮廓，很容易给人造成一种错觉。这好像不是现实存在的，而是一幅朦胧唯美的风景画。

沈暮不知道应该聊什么，可一言不发真的让人好尴尬。浅色的小皮鞋里的脚指头一蜷一伸，她收着下巴在数自己呼吸的次数。天啊！他怎么也不说话？身为男人，这种时候不该主动挑起话头、缓和气氛吗？她破天荒地开始想念拥挤的人潮了。她目光往前移了移，偷偷地瞄了一眼他锃亮的黑皮鞋。他完全没有要动的意思，但也完全没有出声。

真棒！如果她做错了什么，请让法律制裁她，而不是让她这个不擅社交的人独自面对这一切。她要窒息了，只能抬起手装模作样地一会儿蹭两下鼻尖，一会儿摸摸包带，一会儿又撩一撩鬓边垂落的碎发。她在心里狂喊："秦老师，你快回来……"

一定是她的心声太过感天动地，校园里及时响起钢琴曲，打破了这祭奠式的死寂，美妙的旋律令人陶醉。她对这段音乐感到亲切，慢慢地寻回自己的声音："南江大学上下课的铃声都好好听。"她迫不得已，自觉地承担起假装健谈的角色。三秒后，对面的江辰遇还没有回应。她默默地干咽了一下，喉咙干燥得很。他该不会没打算理她吧……

又过了一会儿，她身边传来江辰遇低沉而富有磁性的声音。他慢悠悠地随着舒缓的琴声开了口："《爱的纪念》。"

沈暮顿时松了一口气。可歌可泣，可喜可贺，他没有让她干巴巴地晾着。刚庆幸完，她就开始犯蒙，稍微抬起头。他说了话，可她居然听不懂。"爱的纪念"……是什么？她长得本就显嫩，高马尾松松软软地扎着，纯净的眸子里倒映着余晖，也荡漾着困惑，说她是懵懂的大一新生也很让人信服。

目光轻触了一下她求知若渴的目光，江辰遇敛眸道："理查德。"他神色依然淡淡的，但多了一份给她解释的耐心。

眼前的男人，气质清贵，神情给人冷淡之感，却丝毫不显得张扬桀骜，是属于俊雅的冷。这种稳重的冷淡，让人觉得疏离感更强，但不会冷漠到拒人于千里之外，反而好似无意之中诱着鱼儿谨小慎微地想要靠近他，心里惧他，做的又都是自愿上钩的事。他有如天神，令人爱惧交加。

沈暮不自控地走了一会儿神儿，好在很快反应过来。久闻钢琴家理查德·克莱德曼的盛名，但这并不能改变她的音乐鉴赏细胞为零的事实，因此就算头发掉光，她也接不上这个话题，能做的唯有点头："好。"

其实她内心想的是，太好了，他似乎没认出那回在电梯里遇到的人是自己，就连同在卫生间里遇到的尴尬事件，就这样一起被忘掉吧。然后她乖乖地一笑："我回去一定多听几遍。"

沈暮讲话的声音不娇不媚，清甜柔和，让人听起来如身在温暖又清爽的秋天里，有种怡然之感。通常遇到这种情况，江辰遇会惜字如金，但眼下仅静默须臾，便不轻不重地"嗯"了一声，忽然就有了好像她在跟他报备行程的意味。接着，话题不出所料地再一次终结。

两个人之间第二轮的尴尬刚开了个头，结伴而来的五六个学生不知何时悄悄地靠近。他们之中，男女都有，正紧张又急切地私语着，相互推搡半天，终于上前，小心翼翼地打招呼。

"江总……我们是商学院的学生。"

"对，我们刚刚听了您的讲座，特别受教。"

"您能留一下联系方式吗？我们都有下学期到江盛实习的意向。"

几个女生含羞带怯地说着，在江辰遇的面前，声音放柔了好几度。谁都听得出来，她们真实的目的是想要他的联系方式。但江辰遇还是如之前一样，语调没什么起伏："江盛有统一的面试流程。你们若遇到麻烦，可以随时咨询秦教授。"

这是来自绅士的相当体面的拒绝。

和他一对话，女生们的心就飞走了，什么执着、抱怨都没有，她们满眼翻涌着花痴般的笑，只知道连连应"好"。

这边话音刚落，那边搭讪的人又到。其中一个高个子男生看向沈暮："同学，你是哪个系的？"

沈暮突然被问到，微微一怔。她想了想，觉得没必要说明太多，便莞尔一笑，简单地回答："美术。"

男生跟着笑："这样啊……"接着他组织了一下语言，"我对美术还挺感兴趣的。我们加个微信好吗？这样方便沟通。"他在阶梯教室里时就注意到她了。在校园里，在这个容易一见钟情的年纪，他无法拒绝这第一眼的心动。

面对这有理但突兀的请求，沈暮愣住，一脸茫然，连话都说不出来了。说实话，在法国她被人搭讪是家常便饭的事，但回回都有室友帮忙挡开。而此时此刻，她孤立无援。

见她没有直接回绝，男生欲来一招儿先斩后奏，掏出手机，径直打开微信的二维码界面："你扫我的吧。"说着，他向她走近一步。

沈暮张了张嘴，吞吞吐吐地挣扎不出半句。她怕自己不经意的拒绝伤害或者得罪对方，因为知道他并无恶意。可肢体动作骗不了人，她下意识地往后稍稍一避，用双手捂住挎包。

男生意识到她表现出来的是抗拒，但更多的是犹豫。她愿不愿意是后话，眼下只要他再激进一些，绝对可以加到这位漂亮妹子的微信。"没事的，只是加个微信……"他将脸上友善的笑又扩大一分，倾身向前，把手机递给她。

手机屏幕上的二维码突然在她的眼前放大，这个距离让她感到不舒服。她深觉不适，轻咬住唇，终于决定回应一句"不好意思"。就在拒绝的话正要脱口而出之际，一只白皙修长的手横到她的面前，携着不容置疑的气势，将那个冲劲十足的男生和她隔开，保持安全的距离。江辰遇睨住男生，目光清冷。男生被他强大的气场震慑到，没敢再往前。

沈暮刚因警报解除舒一口气，还在状况外，歪过脑袋看向手的主人，只听他淡淡地道："小朋友，先来后到。"其实这只是正常的陈述口吻，但他讲话的声音如同钢琴黑键降调后的低沉，好似天生有种蛊惑人的魅力，蕴藏着强大的吸引力，让人着迷，也让人心生暧昧之感。

男生直接愣住，旁边的几个女生的脸上也皆是一副怀疑人生的表情。这句"先来后到"，是他们理解的意思吗？不会吧！不会吧！江总不会真的也在要这个女孩子的微信吧？恍惚听见什么东西破碎的声音，女生们悄悄地心碎一地。她们求而不得的男人竟是别人的小宝贝儿，自己要被气吐了好吗！而那位勇敢地追求爱情的男生，心知在江辰遇面前自己就是个弟弟，连说好多声"对不起"后，拔腿小跑着跟伙伴们离开了这个是非之地。

周遭清空，再度岑寂。沈暮腰背僵硬地站在原地，心脏在胸腔里疯狂地蹦迪。思绪来回转了无数周后，她才确认这是现实世界。一定是她的耳朵"瞎"了，什么叫"先来……"？晚霞烧红她的双颊，她因手心沁着薄汗，捏湿了包带。她还不如加那个男生的微信，死个痛快。她不敢乱看，屏息盯住湖面。直接跳下去吧，她想。

江辰遇留意到她的脸上极不自然的红晕，又回想了一下方才那群学生的反应，沉默了一会儿，意识到自己刚刚的话有歧义。一向处变不惊的他，有那么一瞬俊脸上掠过一丝异色。他忽然感觉不知说什么好，思量片刻，说道："我的意思是……"

他的意思是她已有对象，而他只是在提醒那位"后到"的男同学注意分寸，完整的话扩展开来应该是："小朋友，这位女同学并非单身，先来后到，你别越界。"但他现在一想，反倒成了自己意有所指。

问题出在，江辰遇将自己置身事外了，下意识地站在前辈的立场上。在他的眼里，刚才都是小朋友间的玩闹，与自己没有任何关系。他从教导的角度，能帮着解围也就帮了。只是他没想到，原以为自己是旁观者，他们却当他是参与者，两边的思路不在同一个频道上。

解释的话刚开了一个头，他就遇到阻碍，略一沉思，没再继续往下说。难道还得刻意告诉她，自己先前在飞机上无意间听到她在电话里称呼对方为"老公"，后来又在东梵茶社里不经意间看见两个人一起出门，所以他才知道她的感情现状？他这样说可以是可以，但没必要。

沈暮隐隐感觉到他欲言又止，以为之前那两句肯定只是他的玩笑话。她等待半晌，对方并无下文。为防止两个人继续这么尴尬地僵持着，她迅速地弯了一下腰，自觉地开口："刚才的事，谢谢您。"

小姑娘还挺明事理。江辰遇沉默两秒，说了一句："没事。"

随后不多时，秦戈通完电话回来，他们终于从相对无言的局面中解脱出来。秦戈对江辰遇直言："晚上有空没？我爸知道你来了，让你去家里吃个饭。"

"不了，我八点有个重要会议。"江辰遇徐徐地道，"你跟秦叔说一声，改天我再陪他喝两杯。"

秦戈点头："没问题。"

秦戈知道江辰遇还有行程安排，不会多留，问："你要回公司了吗？"江辰遇淡淡地"嗯"了一声。

听罢，秦戈看向旁边默不作声的乖乖女，笑容亲和地问："小暮住在哪儿？"

沈暮不知秦戈的用意，眼睫扑闪了两下。她颇有几分迷茫地回答："嗯……滨山东路。"

秦戈挑了挑眉，会心一笑："正好顺路。"然后他转而递给旁边神色寡淡的江辰遇一个眼神："帮我送送。"

沈暮倏地明白过来，惊慌地摆手："不用，不用。我坐公交车就可以了，离得不远。"

别再挑战她的社交能力了，她真的不想再经历几分钟前的"死亡"气氛了！

秦戈只当她是客气，仍笑着说："赶上下班交通高峰，公交车会很拥挤，让江总捎你一程。”

真的不必如此贴心，她宁愿徒步走回去。她刚想再挣扎，秦戈又先她出声："我得去一趟学院，帮学生们参考期末考试试题，就不陪你们了。路上慢点儿。"说着，秦戈扬起唇角，拍了拍江辰遇的肩，无视江辰遇轻蹙的眉头，潇洒地转身去往商学院的方向。

秦戈毫不留恋地远去。沈暮望着他的背影，心已经死了。又要开始了是吗？她当下决定以想去附近的商场为借口，谢绝这番好意。她迅速地在心里组织语言，暗吸一口气，回头望向江辰遇的眼睛："江先生……"

"走吧。"江辰遇面不改色，抬脚走向校门口，这回倒是一点儿没让她尴尬。

沈暮刚琢磨出的一连串的说辞，被他的一句话轻描淡写地驳回。愣神儿良久，她只得将已到嘴边的话憋回去，把眼睛一闭，咬紧牙关跟上。

江辰遇走在前面，迎着落日的余晖，影子在身后被拉得很长，恰到好处地替她遮挡住灼眼的光。她低眉垂首，始终和他保持两步远，每一脚都准准地落在他的影子上。所以一路她都走得小心翼翼，仿佛真的会踩疼他。

前后两个人，一阵无言。沈暮偶尔抬抬眼，沿着他熨烫平整的西装裤，偷偷地往上瞟。他好高，刚才自己跟他说话的时候得仰起头，不知道以自己的身高，蹭不蹭得到他的下巴……沈暮的思绪不自觉地又散开了。

校门口停着一辆亮黑色的迈巴赫商务车。随江辰遇走过去的时候，沈暮看到有一个穿正装的年轻男子站在车旁。

见他们过来，方硕便立刻迎上前："江总。"

江辰遇点头："你是什么时候回来的？"

"下午三点左右到的。听说秦教授请您来了南江大学，我把画放到您的办公室里后就过来了。"其实，他还顺便和代班助理交接了近期的工作。方硕笑着答完，问道："您要先看看那幅画吗？"

江辰遇原本并不是很在意，但听到这句后，几不可见地顿了一下。不用等江总表态，方硕一向积极，直接说明："那是一幅很有特色的油画，是霍克教授力荐的作品，意境和寓意都非常不错。我是把它装裱起来，等下个月直接带到江董的寿宴上，还是先送到您的家里？"

身为总裁特助，方硕一向办事到位。他精神焕发，有条不紊地报告工作。殊不知，有两个人又陷入了不尴不尬的处境之中。

沈暮心道：如果自己没理解错，这话的意思是，江辰遇还没看过画。原来十多分钟前江辰遇鼓励自己说"画得不错"，真的只是鼓励而已。好吧，你夸了，你装的。沈暮抿唇不语，就当自己对此一无所知。

江辰遇似乎也正有此意。江辰遇沉默了一会儿，若无其事地动了一下唇："家。"

方硕应了一声，才发现江总身后罕见地跟了个小姑娘，掩饰不住惊奇："这位小姐是……？"

江辰遇没多言，随口道："到滨山东路。"

沈暮一听话题被岔到自己这里了，连忙上前："江先生，我要先去一趟商场。"她尽量让自己的借口听起来没那么假，而后不失礼貌地浅笑道，"那个……就不麻烦您了。"

江辰遇将目光掠过她微红的脸："哪个商场？"

他的追问令沈暮措手不及。眼神躲闪开，她温温暾暾地说："JC 广场。"

江辰遇："嗯。"

沈暮："啊？"

江辰遇："那就到 JC 广场。"沈暮难以置信地抬起头，却见他已经走向车的另一边，坐进了车里。

救命！他的气场太强了，她真的厌爆了！虽然她知道他只是出于绅士礼节以及人道主义，才不把她丢下，周全相送。

"小姐，请进。"方硕替她打开了这边的车门，特意抬起手护到车顶，含笑示意。

事已至此，再犹犹豫豫就太不识趣了，沈暮顺了顺呼吸，躬身坐进去。在方硕关门前，沈暮发自内心地道了一声"谢谢"，为他的细致入微。

"不客气，应该的。"方硕合上车门，坐到副驾驶座位上，吩咐司机先开往 JC 广场。

商务车后座的空间十分宽敞，沙发式座椅舒适性优越，即使车在道路上疾驰，乘客也基本感受不到颠簸。原本是一个可以半躺半坐的舒服的环境，沈暮却僵坐着，四肢生硬，动作一点儿幅度都不敢有。

江辰遇坐在她的左侧，两个人之间近在咫尺，只隔着一个座椅扶手的距离。封闭的空间里充满好闻的味道，不知道是不是来自他的身上。总之，她觉得自己每一次呼吸都与他的气息相交融。

沈暮将皮质靠垫抱在怀里，不动声色地望着窗外，无比安静，其实心里早就慌死了。江辰遇合目静坐，方硕和司机都知道江总习惯路上休息，所以没有播放音乐和广播。车里明明有四个大活人，却静得不像话。

趁江辰遇没注意，沈暮屏息，动作极轻地从挎包里摸出手机，托着腮倚到窗边，继续保持安静。不多时，江辰遇随意地搁在扶手箱上的手机响了一声。过了片刻，他缓缓地抬起眼皮，亮起的屏幕上提示有新的微信消息。

江辰遇不慌不忙地取过手机，垂眸瞟了一眼，神色未改，但看得出他的兴致不高。这则微信消息来自秦戈："务必把我们的小才女安全地送到家。"

江辰遇并不太想理秦戈，静思少顷，还是动了动金贵的手指："只此一次。"

江总这小小的话语，对广大单身男同胞得有多大的伤害性啊！秦戈克制不住，谴责道："就这种模样的小姑娘，在学校里都是被男生争得头破血流抢着送的，你还不乐意了？"

江辰遇简言之："基本素质。"

哟嗬！秦戈倒想听听又是什么新鲜的道理："请讲。"

江辰遇："和已婚的姑娘避嫌。"

秦戈惊讶地发了一个"满脸问号"的表情包，然后问道："她已婚？不能吧，小姑娘才多大！你是怎么知道的？你们已经聊到这份儿上了？"

话已至此，无须多说，江辰遇关掉聊天框。正当他要关手机时，突然微信连进几条新消息。小哭包连续发来"没什么""真没事""天底下没有我熬不了的事"三个表情包。江辰遇看完她的"绝望三连"表情包，眼底有了一点儿温度，回道："怎么了？"

那姑娘不装了，接下来又发来一连串的消息。

小哭包："呜呜呜……"

小哭包："救命！"

小哭包："我上回臆想的'人体模特'，现在就坐在我的旁边。"

小哭包："那还是一位史诗级大佬。我要紧张得吐了。"

之后，她附了一个"土拨鼠崩溃"的表情包。

这描述，画面感极强。他好像能看到一个胆子小到还没芝麻大的小朋友，抓耳挠腮，蜷成球来回翻滚。他向后靠着椅背，轻抿的薄唇不经意间加大了弧度。他还是安抚一下她吧，否则这小孩儿得自己把自己吓哭。他的指尖刚触到按键，对方先抑制不住恐慌地哭诉起来。

小哭包："我感觉自己触犯了神明。"

小哭包："罪至凌迟，随时处刑。"

小哭包："好……"

小哭包："想……"

小哭包："跳……"

小哭包："车！"

江辰遇好笑地回道："就这么点儿骨气！"

小哭包："呜呜呜！还骨气呢，我都不敢呼吸了！"

紧接着她又飞快地发来几句话，忐忑得仿佛正被挂在绞刑架上，等待随时送命。

小哭包："你肯定听说过他。"

小哭包："如果我告诉你他是谁，你就知道你刚才的风凉话有多么残忍无情了。"

小哭包："到时候你再来心疼我可就晚了！"

而后她发了一个"哼"的表情包。

江辰遇的眉毛淡淡地一挑。是哪个恐怖的大佬让小孩儿害怕成这样？他沉默了两秒，弯了一下唇，回道："我在听。"而后他又轻描淡写地问，"是谁？"

第三章
机缘巧合

沈暮往车窗的方向微侧着身，显得很弱小。此时此刻，她犹如被捆绑在热锅里，任由别人煎炸焖煮炖。她垂眸瞄了一眼静音的手机，聊天框里显示的消息是："是谁？"

沈暮回想起在阶梯教室里被一群"女高音"疯狂支配的恐惧，暗自重重地一叹："处于食物链顶端的男人。"

她这自暴自弃般的发言惹人发笑。Hygge："名字。"

简简单单的一个名字，怎能抒写尽她近期频遭横祸的悲惨？沈暮思如泉涌，当场洋洋洒洒地写出一篇小作文完全没问题。她细长的手指灵活地在按键上敲击，敏捷熟练的打字手法显示出她此项技艺已然达到了登峰造极的地步，可见她一提起她的遭遇，苦水装了满满一肚子。

沈暮疯狂地输入："江盛集团的江总，你知道吧。别告诉我你没听说过他，不知道他的人不是南城人！我要是晓得那天在飞机上是他坐在我的旁边，就算把我丢出飞机，我也不敢偷画他！还人体模特呢，我不是没睡醒，就是脑袋被超声波振坏了！后来还……"当敲到"在卫生间里"的时候，沈暮顿住。她突然想到，自己和 Hygge 说的是快要回国，但还没跟他讲自己早就在南城了，所以这条消息一旦发出去，就全露馅儿了。

他的那句"随时"，看似对于两个人何时见面，全权由她决定，但这让她更觉得有心理负担。本来就是四年前的约定。其实这也没什么，只不过她想再给自己多一点儿的时间做心理疏导。她能感觉到，对他，自己现在的心境和四年前的心境明显不同。如果她就这样冒冒失失地和他见面，到时候自己肯定会乱了阵脚。

从虚拟世界到真实世界，他们的未来有无数种复杂的可能。是的，她就是个习惯逃避、害怕未知、恐惧不确定状态的弱者。她依赖一成不变的规律生活，抵触任何突如其来之事的打扰。她愿意克服心理障碍去见他，但还是希望能先找到双方心态的平衡点，在一个合适的时间、正式的场合见面。虽然沈暮还不清楚自己对 Hygge 的感情到底是怎样的，但知道自己并不是很在意喻涵提到的那些客观因素。对此，沈暮有自己的判断。

一个人在心里的分量重了，自己就会小心翼翼地对待他，尤其对社交障碍者而言更是如此。比如现在，沈暮暂时还不想让 Hygge 知道自己已经回国了。她琢磨了半天，咬住下唇，长按删除键，把"小作文"删除干净。她战略性后撤，重新表达："暂时不能说。"

好一个令人一噎的答案。她天花乱坠地把气氛渲染一通，最后人家在等她点的鞭炮"噼里啪啦"响起的时候，只看到两缕青烟冒出，什么声音都没有。Hygge 无言片刻，真诚无比地告知："梦游得治。"

沈暮："……"

他这是变相损她说话、做事不经大脑呗？她正想跟他拌嘴，脑中一道灵光惊现。她忽然察觉到一个令自己很尴尬的事实。她最近都在自然而然地以国内的时间为标准跟他聊天儿，又是"早安"又是"晚安"的，每个字都写着此时此刻她正在国内。嗯……她那天好像还现拍了一张风景照给他。还好因为镜头聚焦的关系，照片上遥远的江盛大厦是模糊的，她的心里还仅存他并没发现她已回国的一丝生机。并且，他对此确实也没提起。

她觉得倒时差真真是倒得整个人都傻了。她眼下的处境，里外都难以收场。叹了一口气，她自觉地放乖："改天我再告诉你好不好？你就当是看了一个预告，期待一下正片的播出。"

明目张胆地连哄带骗，她差点儿就要说——实在不行，先把我的骨灰扬了给您助助兴也成。但对方显然没掉进她扯淡的圈套里："你说是在诓我，可能我都勉强会信。"

这可是你自己说的！貌似为难地踌躇须臾，她做出了动作。数秒后，旁边座位上的江大总裁只看到一条消息突然消失，屏幕上显示"小哭包撤回了一条消息"。随后，她重新编辑消息发出："好吧，我就是诓你的。"

在他的面前耍赖皮，小朋友倒是一板一眼地学得快，一副摊着手"你拿我有办法吗"的无赖模样。他任透着无奈的笑意爬上眼尾，由着她忽悠，没再和她纠缠于这件事。在他的认知里，她就是一个被卖了还替人数钱的人。就像现在，她在他的面前恶作剧，已经忘了自己刚刚还在水深火热之中急得跳脚。他善意地提醒："你在哪儿？"

此刻，他旁边的沈暮快被车里和手机里的双重压迫感压得神志不清。她冷不丁地看见这句话，一激灵，清醒了过来。在哪儿？在哪儿？这要她怎么回答？肯定不能说自己就在南城，在去往 JC 广场的路上。而且，他为什么突然问这个问题啊？很不对劲！她心里警铃大作，问："你想干什么？"

Hygge："注意安全。"过了一瞬，他又问，"你以为我想干什么？"

沈暮一哽，还以为他意识到她最近用的是国内的时间。她感到心虚，心虚到思路蓦地呈螺旋状扭曲起来。她不假思索地否认："没有啊！"

Hygge 不慌不忙地替她回答："你以为我想和你交换地址吗？"

沈暮的心猛地乱颤起来。她很慌张，脸颊也跟着泛了红。她深吸一口气，十分熟练地无视这句话，故作淡定地糊弄过去："今天气温好高，我穿着一件薄衬衫都觉得热。"

Hygge 更淡定："相比于南城，欧洲普遍气温偏低。"

这是暗示吗？暗示她欲盖弥彰说漏嘴了？她知道错了，再也不做亏心事了。做贼的心理压力真不是她能承受得住的。她欲哭："你说得对。"但她无泪，"我目前安全，多谢叔叔关心。"

Hygge："好说。"

沈暮忍不住试探着问："怎么突然让我注意安全？"

还不是因为有人刚刚已被吓得想直接跳车了？他回复道："我当你遇到了洪水猛兽。"

说到这里，沈暮就要哀叹了："是没什么差别啦。"

Hygge："保护好自己。"他似乎经过了短暂的思量，继续说，"男人很危险。"

沈暮微愣，用余光悄悄地留意了一下身边的男人。危险倒是没有，就是这个人严肃得让她感到后怕。他好像低头在看手机，大概是在关心某个几亿元级别的项目吧——她是这么想的。但这不重要，她更好奇的是手机微信里的这位。她垂眸接着聊："都很危险吗？"

Hygge："不排除有这种潜在因素。"

沈暮下意识地问："那你呢？"

聊天框陷入寂静之中。片刻后，Hygge 回道："难讲。"

这两个字蓦地闯进沈暮的眼中，沈暮感到有一点儿眩晕。"难讲"——一个似是而非的回答。这就是说，他也有可能是坏男人。他的话是她理解的这个意思吗？

就在沈暮胡思乱想之际，司机靠着路边停了车。方硕自副驾驶座位上扭过头："江总，到了。"

沈暮闻言，望了一眼窗外。天边只有最后一丝余晖，JC 广场上人来人往，好似处于白天和黑夜的交界点。沈暮一刻也不敢多耽误，没等身边的那人说话，就忙不迭地把手机塞回包里准备下车。

离开前，沈暮特别郑重地转过身："谢谢您送我。"虽然他的气场强大到令人生畏，但基本的礼貌，她还是不能忘。

江辰遇抬眼，淡淡地望过去，便见面前的小姑娘温顺又羞怯。

这令他产生一种莫名的熟悉感。略一沉默，江辰遇点头："小事。"

方硕已经下车帮沈暮拉开了车门。沈暮的唇边漾开一点儿浅笑，她跟江辰遇道了别，随后便起身下车。

　　也许是一路上车内不透气，她额头上沁着薄汗，鬓边的碎发将湿未湿，漂亮的双眸如含朝露，本就精致的脸上化了淡妆，一副温婉柔弱的样子，微微流露出好像经过一场运动后的单纯感与性感。这大概就是坏男人都喜欢的类型，清纯又勾人。江辰遇不经意地向她的后背望了一眼，注意到她的衣着——纯色、雪纺质地、薄衬衫。他的目光一时间幽深起来，其中的意味令人捉摸不定。

　　沈暮下车后回过身，无意间，两个人的目光在空中准准地撞了那么一下。只一瞬，沈暮就飞快地别开眼，好似无事发生。江辰遇倒没有过多的反应，自然地敛回视线，不动声色地说了一句："鞋带开了，小心一点儿。"

　　沈暮略显慌乱地低头看了一眼，系在左脚踝上的蕾丝绑带还真松散了，连她自己都没发现。她连忙道了一声谢，又跟他道别："您路上慢点儿。"说罢，她就退到人行道上，让开路。临时靠在路边的车重新发动，从她的面前驶过，缓缓地汇入车流中。

　　"江总，您和这位小姐……？"方硕仿佛背负着某种重大的使命，半遮半掩地尝试去探江总的口风。

　　那姑娘正蹲着系鞋带，和路边的风景一起，慢慢地在自己的视野里后退，江辰遇将视线从窗外收回，把双手搭在膝头上，安然端坐，保持缄默。

　　方硕偷瞄了一眼后视镜，不死心。江总带着姑娘，这简直是离奇事件，事情绝不简单。况且，上头的江老太太每天都在给方硕施加压力。尤其江老太太得知江总最近有个聊得来的小姑娘，下了死命令要方硕帮着把握，随时报告情况。这么看来，八九不离十，江老太太口中的"小姑娘"就是刚才的那位。

　　犹豫片刻，方硕又说："江董对您的感情生活非常关心。您看，若您觉得这位小姐还不错的话，不如……"是的，他就是在明示。

　　江辰遇微合着眼，靠在椅背上，又沉默了一会儿才说："浅交。"他话里仿佛留有余地。

　　江辰遇说这话时，语调没什么起伏，但方硕听出了无限的可能。以前江总常挂在嘴边的是"不熟""没听过""不感兴趣"，这回却是"浅交"。这足以证明这个女孩子的特别。

　　方硕忍不住嘴角上扬："这个容易，我替您安排一下。用不了多久，江董她老人家就能安心了。"下一秒，他已经开始在心里琢磨，要通知保加利亚团队每天按时空运玫瑰过来，要预订南城高塔顶层的法式餐厅，以及提前将远洲国际总统套房布置好，营造出浪漫的气氛……

　　方硕正美滋滋地想着，只听后座上的男人以微沉的嗓音道："三观。"

　　方硕没懂江总的意思："呃？"

　　江辰遇沉默了一会儿，淡淡地道："我没有当第三者的打算。"

闻言，方硕突发性犯蒙。什么？敢情这么漂亮温柔的小妹妹已经是别人家的了，怎一个可惜了得！

九思娱乐离 JC 广场不远。沈暮无奈地在 JC 广场下车后，发了一条微信消息给喻涵，索性到九思等喻涵下班再一起走。

上回沈暮来时戴着口罩，今天临时过来，口罩也没戴。宝怡一时没认出来，真把沈暮当成公司新签约的女艺人。待沈暮说了自己的名字后，宝怡的脸上瞬间露出惊艳的表情，宝怡道："原来是你。我就说女艺人没事怎么会来公司嘛！"

沈暮被宝怡的夸张逗笑，弯了弯唇："我等喻涵。她快下班了吗？"

宝怡回头看了一眼壁上的挂钟："大概还有十五分钟。"说完，她又很自来熟地往前凑，"喻涵说，那天我给你小说看，害你差点儿被江总拿捏，是真的吗？"

沈暮猝不及防，脸上的笑容一僵。对面这位姑娘能别用"拿捏"这么怪里怪气的词吗？回想起当时的情景，自己还发怵呢。沈暮故作坚强，含笑说："没什么的，不要紧。"

宝怡眨着圆眼睛："我今天是晚班。周日你有空吗？叫上喻涵，我们约一顿饭。"

倘若宝怡说的是"请"，那沈暮毫无疑问会婉拒。但如果是"约"一顿饭，沈暮还真想不出拒绝的理由。虽然沈暮知道宝怡的这个意思就是喻涵那时所说的"补偿"，但眼下自己也无法拒绝人家友好的邀请。沈暮沉吟片刻，眉眼间透着温和："好啊！"

宝怡是个热情、外向的姑娘，年龄和沈暮的年龄相差无几，两个人说起话来一句接一句，聊得很热闹。两个人这一聊，就一不小心聊到了喻涵下班。

天色已然完全暗下来。回春江华庭的路上，喻涵听完她家宝贝儿一天的遭遇，抑制不住狂笑。沈暮坐在副驾驶座位上，见喻涵乐到就快睁不开眼，自觉羞耻地轻嗔了一句："你快别笑了，好好开车。"

"好，好，好。"喻涵竭力压下喉咙间涌动的笑声，认真开车，可没过两秒，还是憋不住又"扑哧"一声笑出来，"你俩这到底是什么缘分啊？"沈暮回国，从巴黎机场开始，就和江大佬不断地偶遇。情景美不美好另说，这偶遇的频率，要说这两个人没点儿什么都说不过去。

沈暮无可奈何地叹了一口气："我是真不想……已经紧张到出汗了。"她原就不善言辞，面对他时，直接词穷到自闭。与人那么尴尬地聊天儿和相处，真的很影响自己的身心健康。尤其跟他最后的那一眼对视，男人的杀伤力强到无解，以致沈暮现在只要一回想起来，心就颤得跟有应激创伤后遗症似的。

喻涵握着方向盘，又心疼，又觉得好笑："乖啦。你这么想——江大佬的车啊，亿万少女做梦都想上，你这回赚大发了。"

或许是先前过分紧绷，现在回到舒适圈里，沈暮完全放松下来："还是算了吧。"她垂首微敛着目光，再无力挣扎，"特恐怖，我当时完全不敢乱动。"

喻涵"哈哈"笑出声来，这位是自己那超厌的宝贝儿没有错。喻涵打趣道："就这么点儿事，你已经怕成这样。若是以后跟微信置顶的那位见面，你不得腿软走不动道？"

沈暮叹息了一声，眼神中透着无望："我突然觉得跟他见面也没什么了。"

还有谁能比那位江先生更让人胆寒？

喻涵故意逗沈暮："我可不信，除非你马上约他出来。"

沈暮张了张嘴，想说什么，又止住，默默地把话憋了回去。好吧，她不敢。

正值夜间出行高峰时段，前方的路略拥堵，外面"嘀嘀"的喇叭声此起彼伏，车灯和红绿灯的光交织着，远近辉映，FM交通之声正播放着一首轻柔和缓的抒情歌曲。沈暮静静地望着眼前的情景，渐渐失神。安静良久，沈暮轻唤："喻涵。"

"怎么了？"喻涵打着方向盘，不自觉地声音跟着沈暮的声音柔和下来。

沈暮将脑袋往后枕在椅背上，对最近自己的心理和行为百思不得其解："你那天跟我说完后，我老是克制不住想问他私生活方面的事。"

听罢，喻涵笑了笑："终于好奇了？"

"有一点儿……"

"那你都问什么了？"

沈暮微摇了一下头："还没问。"但是她内心深处有种强烈的冲动。

"嘿。"喻涵就知道是这样。

沈暮眉眼间凝着郁闷之色："可我觉得自己有了动机，连跟他聊天儿的目的都不纯了，好像有种……窥探他的隐私的企图。"

"这有什么的？很正常，你别有心理负担。"

"真的？"

喻涵"嗯"了一声，尾音扬起，而后又不以为意地道："都说短期的高频聊天儿会令人与人之间产生暧昧的情愫。已经四年了，你还对人家一无所知，新鲜感和求知欲现在才产生出来，这未免也太后知后觉了。"

沈暮用指尖有一下没一下地挑着挎包的金属扣，低声说："以前我是觉得没有知道的必要嘛。"

"那现在呢？"喻涵抽了个空隙，瞅了沈暮一眼，"被我点开窍了？"

沉思须臾，沈暮感到脑袋里上百亿个神经细胞在打架。她贴到窗边，街道的景象在眼前飞逝而过。她眼中带着几许茫然："我还没想明白。"随后她又几不可闻地一叹，"他说他是坏男人……"

后面的那句是自言自语，声音太小，喻涵没听清，只安慰沈暮要"放轻松，别太担心"。沈暮低头，摁亮手机。微信消息还停留在 Hygge 的那句"难讲"上。沈暮没回复，还不知道怎么回。

鹭白色的小奥迪开进春江华庭的地下车库里，她们在小区楼下的餐馆里吃了晚饭。

偏偏喻涵是个闲不住的人，饭后溜达了一圈，就不停地嚷嚷着无聊。沈暮只能无奈地被喻涵临时起意拉着去汤泉会馆做 SPA（水疗）。

将近晚上十点，喧嚣的城市逐渐安静下来，融入夜色中。锦檀别墅，迈巴赫商务车驶入别墅区里，安稳地停靠。

到家后，江辰遇洗完澡，换了一身居家服从浴室里出来。他下楼时，方硕已经安排工作人员将画放置妥当，就靠在茶几后面的背景墙上，那是客厅里最显眼的位置。

"江总，您看把画放在这儿可以吗？"方硕刚指挥完工作人员，见江总下楼，便问了一句。

江辰遇徐步迈下台阶，随意地扫了一眼，似乎不大在意，淡淡地道："就放在那儿吧。"

"好的。"方硕又从公文包里取出一本装饰着欧式金色边框的证书，"这是画展的公益证书，按照您的吩咐，用的是江董的名义。"

江辰遇抬了一下手，示意把证书放到茶几上就好，随后去往吧台的方向。他忽然想到白日的小插曲，脚步一顿。静静地站了一会儿，他想着还是看看吧，又不慌不忙地转身走到画前站定。

画布已装裱好，用的是素雅的实木框，画幅有半人高。江辰遇目光垂下，凝视着眼前的画。那是一幅水墨油画，能看出作者巧妙的构图、精准的笔触，以及美学技巧，以油画逼真细腻的特点传达水墨意境，让人完全不觉得突兀，反倒使画中的景物更多了立体感和真实感，别具韵味。

白天空口夸了人，江辰遇原本只是想瞧一眼她到底画的是什么，没想到这一眼，就让他不自觉地驻足久观。

画里并非水墨画中常见的气吞山河的层峦飞瀑之景，而是薄雾之下幽静的小竹林的景致。白天与黑夜交接的黄昏，涓涓细流，粉橙色的光影无声地从翠枝的缝隙中筛过，淌进小山亭里，轻濯着微暗的天色，等待即将到来的夜。写实融合写意，邈远的意境含蓄又富有温情。观者看到这幅画，心会不由得安静下来。

江辰遇的眸光渐渐地变深。他不懂美学，评判观感毫无专业性可言，但这幅画令他产生一种深知其意的错觉。为何会有这种感觉，他说不清。就好像每个人都有特别的呼吸频率，就算你蒙着眼睛，也能一听呼吸声就知道那是自己的心上人。而每个艺术家的作品，大抵也会注入这种属于自己的独一无二的气息。

江辰遇有片刻的恍惚，为自己这全无依据的感觉。直到他的视线落到画中小山亭的圆柱上时，无形中有一种奇妙的预感引导着他去近距离细看。他缓缓地屈膝，鬼使神差地在画前半蹲下来。

小山亭的圆柱上果然"刻"有文字。虽然字与背景融为一体，隐藏得极好，但依然掩饰不住它的特别。他心中一动，微眯的眼中流露出思索和探究之意。

"江总，这边的事都处理好了。如果您没有其他的事情，我就先回去了。您早一点儿休息。"方硕遣散工作人员后，回到客厅中向江辰遇请示。

江辰遇恍若未闻，嗓音低沉地问："这个字有什么含义？"

方硕闻言，以为是画有什么差池，赶忙上前查看。他顺着江辰遇的目光凑近画，瞧了好半天，才发现那个隐藏得极好的字——曦。

"呃……"方硕无言以对。不愧是江总，这敏锐的观察力真是绝了。不过自己哪儿懂艺术家的创作意图？方硕犹豫着说："不如……明天我尝试联系一下作者？"

江辰遇淡淡地瞟了方硕一眼，目光里尽是"我现在就要知道"的威严。方硕迅速地明白了，转瞬间坚定地改口："您稍等。"

说罢，方硕立刻一边往门外走，一边拿出手机拨通电话，以标准的英语询问着："喂，您好。我是……对，打搅了。我有个问题想咨询一下……"好在巴黎此刻是下午三四点，他还能直接联系上巴黎东方艺术作品展的相关负责人。不多时，方硕就讲完了这通国际电话，然后返回客厅里，向江辰遇说明刚刚自己了解到的情况。

为了张扬独特的个性，或者防止仿制，不少艺术家有这样的习惯——在自己的作品里标上特殊的标记。这个标记，可能是字，也可能是符号，从而增加作品的唯一性和可识别性。因此，根据展会负责人的解释——霍克教授提选的这幅名为《捕捉白日的春夜》的水墨风油画，融于画中的字是作者的私人符号。更通俗地说，"曦"字是她的专属标识。不出意外的话，她所有出售的作品中都会有该标识。

江辰遇听完这个解释，脸上的神情逐渐微妙起来，但没再说什么，只"嗯"了一声。

方硕离开后，偌大的别墅内彻底安静下来。江辰遇又在油画前驻足了一会儿，便回到二楼。卧室里只亮着一盏落地灯，光线不强不弱，照在床边。江辰遇半倚着床头，垂眸思量了一会儿，摸过边柜上的手机，径直拨了一通电话。

好半晌，电话终于被接通，秦戈嗓音有些沙哑："喂。"

江辰遇淡淡地说："是我。"片刻后，电话那边传来"窸窸窣窣"的声音，可能是对方从床上坐了起来。

秦戈无奈地一叹，懒懒地道："我知道是你，我这刚睡到七分熟。你有什么要紧的事啊？"

江辰遇安静了一会儿，问道："那幅水墨画还在吗？"说到水墨画，两个人已是心照不宣。那是极有心机的某人于四年前赠送给秦戈的，画名为《春霁游图》。

秦戈打了个哈欠，含糊着说："在客厅里挂着呢。"想了想，他又稍有戒备地说，"你深夜给我打电话，可别就是为了羞辱我。你还是人吗？"

江辰遇没搭这个茬儿，垂着眼道："我记得画里有块岩石上写了字，大概在画上的西南方位。"

秦戈蒙了好一会儿："有吗？我怎么不知道？"

"有。"

江辰遇的语气过分笃定，秦戈一听就知道毋庸置疑："你这记性也是神了。"

话音刚落，秦戈隐约发觉好像哪里不对，于是话锋忽然一转："然后呢？事关尊严，你想把画要回去，那不可能啊！你还别说，这画我真挺喜欢，一看就知道作者是可塑之才。"说着，他犯起职业病，心生惋惜，"唉，是我大意了。这位成华中学毕业的宋景澜同学，我要是早知道，当年在她填高考志愿时应该拉她填报南江大学。"

将手机握在耳边，江辰遇又像是没在听。灯光下，他的眸光更显迷人，他嗓音低沉地说："算了。"

秦戈愣住了："啊？"

"你睡吧。"

"啊？"

"挂了。"

还没来得及问这到底是怎么一回事，秦戈便听手机里"嘟"的一声，那声音显得很是无情。他一脸迷糊相，茫然地呆坐在床上。江辰遇多损啊！他现在有充足的理由怀疑江辰遇就是在蓄意羞辱自己，迟到的起床气滚滚而来。于是秦戈公然在微信上留言"勒索"："你造成我神经损伤，建议你周日请我吃饭！"

另一边，江辰遇屈着一条腿，背靠着床头，轮廓分明的侧脸上覆了一层暗淡的阴影。他将最近的事在脑中回放了一遍，把一切曾被他不经意地归为巧合、偶然的蛛丝马迹拼合起来，眼下某个真相如抽丝剥茧般逐渐明朗起来。但他忽然不想去确认，或者说，已经没有再去刻意确认的必要。

在听完方硕的解释后，江辰遇在心里就已经有了定论，所有的线索都客观真实、相互关联、合情合理，完全符合确实充分的"证据三性"。其实江辰遇知道四年前自己送出的那幅水墨画里的字是什么，打电话给秦戈，不过是心理原因。

如果沈暮真是微信上的小哭包，那就意味着小哭包并非单身状态。那么现在，自己对她是站在一个什么样的立场？迟疑了一下，江辰遇敛眸，指尖轻触手机屏幕。

Hygge："睡了吗？"

小哭包："你睡了吗？"

像是樱花召唤春天，神明重生星月。在方寸大乱前，他们给彼此发了消息，在同一秒钟，不早不迟。

沈暮在书桌前猝不及防地一愣。今夜的温度明显升高，她穿着一条浅色吊带睡裙，露出雪白的细臂，光滑无瑕的肌肤好似搪瓷。卧室里的吊灯漾开暖调的光，落在她披散着的乌黑的长发上。

她做完 SPA 后，又逛了一会儿街，这个时间才到家，所以一整晚都没回 Hygge 的微信。当然最主要的原因是，她处在迷惘的状态中，不晓得如何回应。但此刻，可以如鸵鸟般逃避的时限已到，她回过神来，忙不迭地主动为自己的掉线进行解释，于是先他开口："我刚和闺密逛完商场回来。"

沈暮心下忐忑，担心对方过问自己突然消失的原因。但安静了片刻后，他只如平时闲聊一样回了一句："嗯，你买什么了？"

她心里稍微踏实了一些，也顺着这个安全的话题进行下去，对于其他的事情只字不提："什么都没买，好累的。"她对出门逛街并不热衷，宁愿在画室里被关到天昏地暗，至少这四年都是如此。

Hygge："女孩子都爱出门，你为什么不一样？"

沈暮慢慢地放松下来，懒懒地伏到桌面上，想说漫无目地瞎逛的闲情和砍价需要的三寸不烂之舌，自己都不具备。她在屏幕上敲下两个字后，脑子突然拐了个弯，斟酌着改口："你怎么知道女生都喜欢出门？"

她的问题别有用心，但对方似乎并未当回事，反问道："不是吗？"

沈暮一口咬定："当然不是。"紧接着她故意误导，把他往陷阱里引，"也许只是你有或者有过很多这样的女性朋友而已。"她承认自己是心怀叵测地说出这句话的，所以消息发送后，就不争气地焦灼起来，紧张，又期待他的回答。

Hygge 沉默少顷："没有。"

沈暮微微一顿，绷住就要漾上嘴角的笑意，故作不懂："什么没有？"

Hygge："女朋友。"

沈暮的心跳倏地漏了半拍。什么"女朋友"？她提的是"女性朋友"。他是不知道两者的区别吗？她语气里含着几许娇嗔："是女性朋友啦！没有吗？"

Hygge 重复："没有。"

沈暮追问："可你刚刚说得很确定。"

Hygge："我以为这是尽人皆知的。"

沈暮的笑意终于漾到眉梢。她忍不住再问最后一遍："真的一个都没有？"

在她反复质问下，对方似乎开始重新思考。过了一会儿，他冷静地回答："有。"

与此前相悖的答案突如其来，沈暮为之一震，惊愕到赶紧连敲三个问号发过去。

然而对方一贯淡定："我想起来，还有个你。"

沈暮愣了半晌才反应过来，抿唇暗喜："只有我一个吗？"

Hygge 不答反问："你在调查我的情史吗？"

发乎于情的小心思，连沈暮自己都未意识到，就被对方当场捉住，她的脸颊顿时红了一下。突然间，她觉得自己先前为此莫名伤神简直无聊至极。他就算开诚布公地告诉她这些信息，也有可能是喻涵说的那种需要防备的男人。但此时想明白也为时已晚，沈暮如患上斯德哥尔摩综合征，明知这是一场狩猎者的游戏，自己是被他按倒在地上的猎物，却难抑内心的欲望，放弃抵抗，渴望一探究竟。

沈暮找不到确切的语言来描述自己此时的心境。她对他，说信赖太浅，更接近于依赖，戒不掉的依赖。自己是想知道他的情史吗？她扪心自问，寻不着为自己的行为开脱的借口。是的，她好想知道。这道让她堵心一夜的"阅读题"，她无法想出答案。

两个人在相处的过程中，彼此不断地加深了解很正常。她给自己砌筑台阶，顺其而下，很直接地说："是你先说自己是坏男人的。"

Hygge："我什么时候说了？"

她能想到对方正笑得很无奈，回道："你说男人很危险，对你来说也难讲。"

她说完又果断地上传聊天儿记录的截图为证。

聊天框里没了动静。沈暮略感焦虑，怕自己毫无技巧的直白的逼问影响到他。良久，他终于出来解答："危险不等于坏。坏是有绝对的三观和人品问题。"

沈暮似懂非懂："那危险是什么？"

Hygge："男人都有隐藏着的劣根性。"

沈暮发蒙："什么意思？"

停顿数秒，他回道："意思就是，我会有冲动，也可能对某些错误明知故犯。"比如此时此刻，他明知她的感情状况，却还要继续和她保持密切的联系。

但沈暮听罢更迷惑了，并不能知晓他的深意。她在前往他的"庄园"，那里大门敞开，迷雾萦绕。她的每一步都走得很盲目，但她偏又克制不住本能的欲望。野心一经产生，便无限扩大。她想要靠近，想要窥探那片迷雾中的神秘。

沈暮不由自主地说："可你什么都没做啊！"难道不是吗？他明明什么都没做过。起码在她的认知里，除了他清楚她高中就读的学校的信息，他与她一样，都不曾与对方有更多的牵扯。

Hygge："还没做，不代表不会做。"

沈暮将他毫无掩饰的话来回看了好几遍，甚至在心里默念，却越发迷茫。

Hygge 耐人寻味地问："明白吗？"

沈暮顿了一顿，仿佛在他的"庄园"里迷了路："不是很明白。"她的确不是很明白，为什么他突然要向她明示自己的缺陷，告诉她此时和她聊天儿的人不一定是正人君子。他在给她打预防针吗？而这一剂预防针，隐约像是在给她一个和他保持距离的机会。

Hygge 郑重地道："调查你，对我来说很容易。"

沈暮的心慌乱了一下。的确是这样，他知道四年前她是成华中学高三（1）班的宋景澜。只要他想进一步地了解，那她在国外的信息也并非什么秘密。她有一瞬失神，但下一秒便坚定地说："可你没有。"

Hygge 坦然地回答："我不能保证。"

沈暮不假思索地说："至少到目前为止，你没有。"

在柔和的灯光照映下，江辰遇轻笑了一声，目光里凝着化不开的纵容之意。他彻底败下阵来，无可奈何地道："你这小孩儿还挺犟。"

对方持续"正在输入"的状态良久，终于将消息发了出来："你突然说这么多劝退的话，是想让我提防你吗？"

他想了片刻，平静地说："不是，只是让你有心理准备。"

小哭包："你是遇到了不高兴的事吗？不要妄自菲薄。在我这儿，你特别好，比谁都要靠谱。"

显然小姑娘并没会他的意，只当他是在现实中事有不顺才反常地否定自己。他目光渐渐深沉，波澜不兴的眼底泛出一抹异色。她似乎真的把他当成叔叔了。他仔细想想，这样也没什么不好，起码自己的行为在道德上有了说法。站在他的角度，自己亲耳听见女孩子亲昵地唤别人"老公"，又在茶社里目睹她被"异性"搂抱的画面，自然而然地会认为她正处于这个年龄应有的热恋期。

他以为小哭包未婚，所以先前对她现实中的感情状态有所误判，但现在无法忽略她已有男友的事实。如果自己作为她的长辈而存在，那倒是说得过去。这就是所谓"劣根性"吧。他白天还在说什么要避嫌，没有插足的打算，现在在知情的情况下却没想摊牌。所以，到最后越界的，居然是他自己。

其实江辰遇对此也说不清。在这四年里，他们对彼此而言都是特别的存在，只是真要讲个明白，却说不出所以然来，至少他一时还想不出什么词能精准地描述他们之间的关系。

江辰遇往后靠了靠，微仰着下颌，望着卧室的上方，在想这个自己早就见过多面的小哭包。前几次两个人都只是偶遇后匆匆而过，他也没有将其放在心上，但今天与她也算是近距离接触过。

那姑娘脸蛋儿的肌肤像奶冻一样白净柔嫩，五官精致，整个人看起来柔和得毫无攻击性。如果要用物来比拟，那必须是清风和落花，温柔且给人一种舒服之感。不过她给他留下的最深刻的印象是她的胆怯、内敛，和他想象中的一样。

在确知小哭包就是她的那一刻，江辰遇没有多少惊讶，心中更像是蒙上一层水雾的窗忽然被擦拭得明亮。那种感觉就是——幡然醒悟，原来还真的是她。

他的思绪在夜里漫无边际地游荡，手机忽然振动了一下，令他回过神来。他轻垂眼帘，目光落到屏幕上。小哭包发来了一张图片，他伸手点开。那是一幅油画的照片，画的是他那天哄她的时候拍下的听从"拜托"指令做着可爱动作的边境牧羊犬。

小哭包："送给你，别不开心啦！"

江辰遇微微一顿，轻轻地笑了一下，随后有意抿了抿唇，但唇角的笑意终究还是压不住，渐渐加深。就在一分钟前，他还对眼前的情况想不透彻，甚至颇觉困惑、棘手，然而这一刻，他的思路变得清晰、贯通。他无法用经商的头脑对这段关系进行精明的算计，因为她是名利场之外的独立而鲜活的存在。算了，就这样继续下去，和以前一样吧。他释然了，不再跟自己较劲，难得糊涂。

江辰遇的心情舒缓下来。

"画得不错。"这回是他看过画后的真心夸赞。

小哭包:"主要是原图拍得好。"

江辰遇淡淡地勾起唇角,含笑承下她的赞美之词。今夜,他忽然对真我有了新的想法。人偶尔可以不用那么清醒。

江辰遇:"身为作者,要不要解答一下顾客的疑惑?"

小哭包:"你是问《春霁游图》吗?"

江辰遇:"嗯。你还不算太笨。"

她送上一个"轻哂"的表情包,又道:"你也就买过我一幅画。"

"也就",江辰遇看懂了她带着调侃的暗示。他说:"等级用户区别对待?"

小哭包故意道:"是又怎样?"

江辰遇:"那我预购你的画。"

小哭包:"什么画?"

江辰遇:"所有。"

小哭包:"啊?"

江辰遇动了动手指,聊天框中显示"￥100000.00转账给小哭包"。她安静了一会儿,可能在数这个数字的位数。她的反应充分说明了她此时内心的震撼:"你!你!你!"

江辰遇完全能想象出她此刻的模样,慢条斯理地说:"定金。"

小哭包几乎要一跃而起:"你想干什么?"

江辰遇的眼里含着笑意:"想做你的老板。"

小哭包立刻认怂:"良心画师,永久售后!"

下一秒,令她觉得烫手的转账被退还。她改口道:"有什么疑惑?您请说。"

江辰遇便从容地顺着问:"你画里的'曦'字有什么深意?"

对方似是陷入犹豫之中。江辰遇也不追问,只耐心地等着。须臾后,小哭包模棱两可地回复:"有私人原因,但这样并不影响画的整体效果。"

江辰遇沉默了一瞬,问道:"方便说吗?"

四年的霜雪,如今初融,他们都一样,开始追根溯源,开始对彼此无限好奇。积压已久后,这种源自内心的力量更加澎湃。一番深思熟虑后,小哭包答道:"那我用这个秘密换你开心好吗?"

江辰遇的目光逐渐柔和,他回:"好。"

小哭包:"因为我奶奶叫'沈曦',我想把她的名字藏进我所有的作品里。"

江辰遇眉心动了动,知道不能再继续往下问了。他一直晓得这姑娘的心底有一块触不得的禁地。他回复的字眼里带着温情:"乖女孩儿。"

深夜总能刺激人的神经,令人敞开心扉,释放白日里画地为牢般禁锢在心底的脆弱,尤其对于这个敏感的姑娘来说。江辰遇很有分寸地换了一个话题:"很晚了,你快去睡觉。"

小哭包："你呢？"

江辰遇："我也睡。"

小哭包没有迟疑："那好，晚安。"

江辰遇："晚安。"

道了晚安，但沈暮迟迟没有上床。画布还铺在桌面上，她赤着脚蹲在椅子上，维持着方才拍画时的姿势。她慢慢地从手边的袋子里摸出一只旧怀表，翻开表盖，凝视着里面那张褪色的老照片。

夜晚静得不起一丝波澜。发呆很久后，沈暮放下怀表，收拾好心情，起身准备去睡觉。坐在床上准备躺下的那一瞬，她忽然意识到什么，一惊之下猛地挺直了身体，一脸错愕的神情。刚刚……好像是 Hygge 先跟她提了"快去睡觉"。平常都是她先开口催他早睡，但这次相反，并且他表达得很明确，是让她"快去睡觉"。

心不住地"怦怦"乱跳，她越想越觉得不对劲，蓦地低头，重新点开微信置顶的空白头像："你是不是知道了？"

不知是没睡着，还是被闹醒，Hygge 回得不算太慢："什么？"

沈暮咬着唇："还装！你已经跟我道晚安了。"

Hygge 似乎也没想隐瞒，很坦荡地回复："哦，你回国了。"

她那白如霜雪的双颊瞬间涨红，烧得滚烫。从心神不宁到万念俱灰，因做过的"坏事"，她终归还是受到惩罚。她艰难地敲出："你是什么时候知道的？"

Hygge："照片。"

果然……自己早就暴露得彻底。说来也是，江盛集团，那么显眼的一个地标建筑，只有倒时差倒到智商退步十年的她才会觉得人家看不出来。沈暮哭丧着脸，将头埋进枕头里，想到自己的愚蠢，又忍不住扑腾了两下。撒完泼，她挣扎着爬起来，半嗔半怨地问："那你怎么也不问一声？"

Hygge 颇为淡定："问了，你准备要和我见面吗？"

沈暮有一瞬窒息，气势顿时弱到底。他一定是在她的脑袋里装了监控，否则她藏匿得这么深的小心思怎么被他摸得明明白白？她轻咳一声，再次发挥装糊涂的本事，换了话题："周末也不能肆无忌惮，不要睡得太晚。"然后她看似乖巧地再次道了晚安。

对方刚才显然是在调侃她，此时回了个"好"，大抵是笑着回复的。

接下来的两天，沈暮格外忙碌。周末，她必然是被喻涵拉着四处消遣。夏季气温的涨势越来越猛，所以沈暮顺便购买了几身清凉的衣裳。

她们和宝怡约的是周日聚餐。当晚将近六点，沈暮和喻涵来到 JC 广场。停好车后，两个人往日本料理店的方向走。刚要到店门，喻涵就接到宝怡的电话，说是"小毛驴"出了故障，卡在半路上，向她们求救。

挂断通话，喻涵啼笑皆非："这个小憨憨！早说了让她坐我的车来，她还不听。"说着，她又看向沈暮，"宝贝儿，你先进去占位，我去接她，很快。"

正值晚餐的高峰时段，JC广场上行人络绎不绝，餐饮店几乎家家爆满。若她们再晚一点儿过来，恐怕得排到百来号。何况自己没有驾驶证，也帮不上忙，沈暮便点头道："好，你小心开车。"

初原日本料理店在商场外边，喻涵离开后，沈暮进店里取到桌号。前面还有十桌，服务员说她们这桌约莫要等半个小时。沈暮独自坐在店门口的等待区里，眼前成群结队的路人来来往往，总觉得不大自在。预估了一下时间，沈暮决定先去一趟对面的星巴克（一家连锁咖啡店）。

这家星巴克位于南城中心商圈里，除了温馨舒适的美式装修，壁画和旋转楼梯的设计让它的格调更像是一家咖啡博物馆。氛围安静、浪漫，这里是约会谈情的绝佳场所。不知道喻涵和宝怡想喝什么，沈暮直接点了三杯不同口味的咖啡，以供她们选择。

店内不拥挤，但也不空闲，且不出沈暮所料，有不少成双成对的情侣。她坐到靠近吧台的单人座位上等候，低头打开手机，习惯性地点开微信置顶的空白头像，给他发消息。她随意地闲聊："你觉得哪种口味的星冰乐最好喝？"

对方难得在这个时间有空闲，没过两分钟就回了她："星冰乐是什么？"

星巴克的人气招牌饮品，他居然不知道。沈暮有一点儿吃惊："你不喝星巴克吗？"

Hygge："不喝。"

沈暮意想不到，还以为小资情调是当代成年人的普遍喜好，比如每天早上一杯咖啡。不过南城有钱人遍地跑，像他这样随手一转就是十万元的，完全不可能是正常的上班族，而星巴克这种大众消费品牌，在他们的眼里，大概是不值一顾的。她仔细地想了想，他不了解星巴克也不见得特别荒谬。

她正想问他平常都喝什么，他先回复过来："你喜欢喝什么口味的？"

她认真地思索了一会儿，答道："按坊间的说法，叫'樱花星冰乐'。"接着她又向他推荐，"香草原味加覆盆子酱，再撒上果粒和粉粉的糖果，有很香的奶味，微甜。如果你路过星巴克，一定要尝尝！"

男人基本对此都无甚兴趣："那是小女孩儿喝的。"

沈暮反驳道："模样好，赏心悦目，能让人愉快啊！"

Hygge沉思了一会儿："好，明白了。"

沈暮愣了一下："明白什么？"

他以稀松平常的语气说："你吃这一套。"

沈暮心头莫名地一荡，耳朵悄悄地红了一下。她情不自禁地语气里带着一点儿撒娇的意味："女生对貌美之物都难有抵抗力嘛。"

Hygge："对人也是。"

沈暮："啊？"

Hygge："你心仪已久的人体模特。"

沈暮毫无防备，不知怎么说着说着就说到这里，顿时有一点儿傻眼。她缓了一会儿，仍心有余悸："不敢了。我宣布，创业未半而中道崩殂。"

看她这反应，一副唯恐避之不及的样子，Hygge似乎颇有兴致："你很怕他？"

总归他已经知道自己在国内，无所谓将窗户纸捅破，她现在可以"播出正片"，延续那天的"预告"，于是连发好几条消息，放开了控诉。

沈暮："怕啊，怕得要死。"

沈暮："我近期所为，完全是引起女性共愤行为大赏。"

沈暮："要是那会儿知道他是江盛集团的江总，我绝对不敢有一点儿非分之想。"

她发了一个"告辞"的表情包后，再次警告："说好的，你不能揭发我！"

对方像是故意提醒她："你不是说，他是你的理想型吗？"

沈暮呼吸一窒，真诚无比地吐槽："他一出现，我就如芒在背。"她叹了一口气，又道，"就想着吧，自我认知要到位。"

话虽如此，但沈暮也没胆多想。她深觉自己背负着亵渎神明的罪过，赶紧转移话题："你今晚这么闲，吃饭了吗？"

Hygge："还没。"

沈暮轻轻地蹙眉："忙了不按时吃，空了也不按时吃，你这样会导致虚性体质的。"

Hygge停了几秒："不要随便关心男人虚不虚。"

沈暮想得很单纯："怎么了吗？"

然而他未做出解答，只答了她的前一个问题："有饭局，在路上。"

沈暮倒没在意："我也和朋友约了饭局，在排号。"

Hygge："吃什么？"

沈暮："日本料理，你呢？"

沈暮刚敲完这句，还没等到他的回复，就轮到她的单号。她赶忙将手机放回包里，起身到吧台取咖啡。店内座无虚席，且她一坐下就低头忘神地用手机聊天儿，始终没有注意到位置最靠里的那处双人座的情况。

宋晟祈跷着二郎腿，仰靠在沙发上，散漫、随意间掺着些不爽。他睨了一圈周边的一群闲人，皱着眉问："唐小姐习惯在人多的地方约会？"

他身边的女人微斜着身子，坐姿妖娆。她穿着纯黑色的一字领连衣包臀裙，裙子很修身，光洁的长腿引人遐想。她发出一声娇笑："宋总是不是误会什么了？"

女人如雀鸣般婉转的声音，惹得宋晟祈斜眼瞟了过去。

她撩了撩白金色长鬓发，化着小烟熏妆的眼尾上挑着。她望着他，语气如娇似嗔："我以为，我们是来正经谈合作的。"

男人大多无法抗拒性感魅惑又可爱的"小野猫"，何况是宋晟祈这种贪恋花丛的男人。他舔了一下嘴角，将手臂张开，恣意地横搭在她身后的椅背上："我这人呢，喜欢先谈感情。"

宋晟祈低头看住她的眼睛。一看他那放浪的姿态，便知这位是甜言蜜语常挂在嘴边，新鲜感来了谁都是宝贝儿的贵公子，但帅气的皮囊和调情的手段，总能吸引女人沦陷。对视间，唐妍有意无意地向后靠，挨近他的臂弯，弯着艳红的唇："宋总想怎么谈？"她那细微的动作和语气，暗示得很明显。

宋晟祈眼底的欲色渐浓，随意搭在她身后的指尖抬了抬，悠悠地挑开她的金发，露出圆润的肩头。他低声意味深长地说："跟漂亮的妹妹，不谈个彻夜怎么够？"

唐妍抬起手，在他半敞着的衬衣领口处，把玩着上面的纽扣。她莞尔一笑，娇柔地问："宋总平常都喜欢干什么啊？"

欲望的线牵近了，宋晟祈俯到她的耳边，低哑的嗓音透着野性："女人。"这般赤诚的轻浮，却更能勾得人心潮澎湃。

唐妍佯怒，丢开他的衬衣纽扣，媚眼如水波般一漾："没看出来，宋总还挺幽默。"

"还有更幽默的。"宋晟祈半眯着双眸，兴味浓郁，"换个地儿？"

半倚在他怀里的女人瞪了他一眼，没说话。两个人心照不宣。他笑了笑，手臂滑下去，揽着她的腰扣住。他刚起身，恰好看到前方一个令他眼熟的单薄纤瘦的身影。唇边勾起的笑当即一顿，他微微眯起眼睛。

吧台前，沈暮对前台服务员微笑着道谢，而后用双手拎起台面上的外带纸袋，转身往店外走去。

晚间人流熙攘，迈巴赫商务车在经过 JC 广场时，不得不放缓速度。微信上一时没有新回复，江辰遇放下手机。

方硕回头看向后座："江总，这段路有一点儿堵，大概还要十五分钟到餐厅。"江辰遇不以为意地"嗯"了一声，淡淡的目光转向窗外。

JC 广场一直是南城的商业中心。到底它的开发商是江盛集团，拥有雄厚可靠的资金和市场资源，因此各大商业品牌无不争相入驻。透过单向透视窗，霓虹灯闪烁的繁华夜景尽收眼底，江辰遇忽然想到小姑娘刚刚说的——"如果你路过星巴克，一定要尝尝！"他目光微微一敛，问了一句："附近有星巴克吗？"

方硕耳朵捕捉到关键词，蓦地愣住。自己听到了什么？他还以为听错了："啊？"

江辰遇又重复了一遍："星巴克。"

事情太不可思议，此时方硕对自己的听力极度缺乏自信："您要喝星巴克？"

"嗯。"

方硕彻底傻掉。"您金贵的胃要消费快餐饮品？是巴拿马翡翠庄园的瑰夏咖啡不香了吗？"当然这话是憋在心里的，方硕只能一脸蒙地让司机拐道往侧前方开去。临时将车停靠在路边后，方硕准备替江总去买饮品，问江总想喝什么。谁知这位十指不沾阳春水的矜贵总裁垂眼思忖了片刻，竟然自己下了车。短短几分钟，方硕是目瞪口呆，惊上加惊，待回过神来，忙不迭地滚下车紧紧地跟上。

尽管是在私下闲暇时间，江辰遇穿着一身低调的休闲西装，但比模特儿还优越的挺拔身材，将西装衬得十分合体，丝毫掩饰不住自身那优雅利落的英锐气质。沿途无数姑娘的目光被他吸引过去。就这种犹如天神降世的男人，穿行在喧嚣的街道上，谁会觉得他合群？

装修成复古温馨情调的星巴克的店面近在眼前。

江辰遇不闻不问地径直走向店门，就在这时，一个男人的呼喊声，自不远处传入他的耳中。

"宋景澜……"

江辰遇倏地停下脚步，原本冷淡的眼神中闪过微光。下一秒，他转头循声望去。

沈暮从星巴克出来，刚走出不远，就被身后的人喊住。她下意识地止步，神情呆滞。她反应了一瞬后，脑中"轰"的一下。随后，她如梦初醒，粉雕玉琢般的脸上顿失血色。她骤然加快脚步往前走，头也不回。这个唤她的曾用名的男人的声音，对她来说就是魔咒，邪恶、病态、阴暗，要将她拖进无尽的罪恶深渊之中。

匆忙的脚步昭示着内心的惶恐，但她没走几步，就被一只手毫不留情地一把扯得回过身来。她方踉跄地站稳，惊呼还未出口，男人那狂傲不羁的面孔骤然闯入她的眼中。宋晟祈紧拽住她的手臂不放，上下打量了她几眼，问："还真是你，回来多久了？"

因男女力量的悬殊，沈暮挣脱不开。她发着颤，眉头深蹙，语气里带着明显的疏离："跟你没关系。"

宋晟祈嘴角噙着慵懒的笑："怎么？离开四年，翅膀硬了？"

被牢牢箍住的小姑娘，无论如何奋力地挣扎，都动弹不得。宋晟祈就这么优哉游哉地看她挣扎了半天，那眼神好似恶狼盯着被按在爪下的绵羊。

她今天穿的是双排扣香奈儿连衣裙，收腰设计显得她的腰肢纤细，A字裙摆自然垂落，及膝上一寸处，露着修长白皙的小腿。简约、精美的"小香风"（香奈儿品牌的一种服装风格），无法突显出她凹凸有致的火辣身材，但能将她温柔优雅的气韵烘托得淋漓尽致。

尽管四年过去了，她稚气已退，长开了，出落得端庄秀美，但依然容易被认出。宋晟祈的视线恣意地在她的身上流连。这姑娘的外貌是真没有能挑刺儿的地方。她眸清唇润，身材窈窕，明媚而不落俗——清纯而不笨拙，卖弄风情的蝶在她的面前无比逊色。

"别玩儿了。"宋晟祈微微使劲，将她拽近一些，眼梢勾着似真似假的笑意，"连家都不回，像话吗？"

他那带有侵略性的语气让沈暮感到危险，似曾相识的惧意卷土重来。她捏紧纸袋，指尖不自觉地颤抖着。她努力地压住急促的呼吸，勉强保持冷静："你再不放开手，我就报警了。"

宋晟祈唇角扬起令人捉摸不透的弧度："啧，还闹脾气呢？小孩儿嘛，做错事有什么？爸妈也没怪过你啊，是不是？"他的话里隐约有一丝挑衅的意味。

宋晟祈的话音刚落，沈暮如被蛇咬，突然抬眼瞪他。只是她刚受到惊吓，这双透着惊恐的眸子太干净，发不出狠劲，毫无杀伤力。这时，沈暮的身后响起高跟鞋踩过砖石地面的声音，如黄莺般清脆的女人的声音随之而来。

"宋总的池塘里，鱼倒是不少嘛。"唐妍抱着臂，不疾不徐地走向他们。她一边走，一边往沈暮的身上看了两眼，目光中带着审视意味。

"这条鱼，我可钓不来。"宋晟祈玩味地瞧着沈暮，"把她惹急了，她可就跑远了。"

趁他说话间手上的力道微松，沈暮想也不想，忽地将他的手甩开。她不知道身后正有人走近，着急地转身的那一瞬，猝不及防地撞进一个坚实的怀抱里。

"嗯……"沈暮闷哼了一声，额头在某人的胸膛上磕得生疼。男人身上那清冽好闻的气息钻入她的鼻中，像在炽热的夏日里吹来一阵清凉的晚风。

江辰遇手疾眼快地轻扶了沈暮一下。眸光掠到她，他向前方淡淡地睨了一眼。宋晟祈被江辰遇冷漠的眼神一逼，那只想抓沈暮回来的手悬在半空中，而后慢慢地放了下去。

如江辰遇这般人物，凡混迹商界的无人不识。相反，并非谁都能给他留有印象。宋晟祈自然认得他。江盛在前，大大小小各种规模的企业只有俯首的资格，而眼前的这位正是江家如今的掌权人。宋氏集团在商界再举足轻重，面对江辰遇，宋晟祈也只能抱着十足的敬畏心。不过畏归畏，像宋晟祈这种老滑头，谁心里没点儿小九九？何况前不久刚出了林蔓那件事，江辰遇亲口勒令撤销了对宋氏的投资。虽说实情尚未公之于众，但一块到嘴的肥肉飞了，宋晟祈这处在风口浪尖上的人，怎么可能对江辰遇顺而从之？

沈暮吃痛之下茫然地抬头，视线先触及对方轮廓清晰的下颌，再是那张白净英俊的脸。她惊得连呼吸都停了一拍，大脑顿时一片空白。

"江……江先生……"她飞快地退开一步，将两个人之间过近的距离拉开。天啊！他是什么时候出现的？沈暮一颗心"扑通扑通"地跳，原本满心的怯惧和愤怒被慌乱所取代。

"想不到今晚有幸能在这儿碰到江总。"宋晟祈回过神来，若无其事地一笑，客套话中绵里藏针。

真正觉得有幸的当然是唐妍。抛开江辰遇的相貌和身材不讲，就凭他的身家背景，已是无人能相媲美。唐妍撩了一下金发，冲他笑盈盈地道："江总，我叫唐妍。去年的慈善夜，我们见过的，不知道您还记不记得。"

江辰遇完全没有要搭理唐妍的意思，确实一般人在他的眼里也都是陌生人。他这人最是辨得清是非对错。坐到他这个位置上，只有旁人看他的脸色的份儿，他从来不需要做戏。

方硕跟在江辰遇身边多年，秉承着维持融洽气氛的宗旨，给自讨没趣的人做足面子引其下台是常事。当下，方硕如往常一样站出来主持局面："江总，这位是宋氏集团的宋晟祈先生，这位是唐逸集团的唐妍小姐。每年爱莎慈善夜，他们也都是在场的。"

江辰遇恍若未闻，只侧眸看向身边的那人。她喘息未定，恍惚还在惊吓中失神，别在耳后的长发略显凌乱。他静静地凝视了她一会儿，以温和轻缓的声音问："认识吗？"

沈暮一愣。他是在问她是否和宋晟祈相识吗？她有些踌躇，最后支吾半天也说不出话来。她认识宋晟祈，但真的不想认识……

宋晟祈算是看出这个意思了，眼前的这两个人多少是有点儿交情的。他大致也能确定那天在九思娱乐的电梯间里看到的就是沈暮。他瞳孔微微一缩，以舌尖舔过牙齿，玩笑的态度中透着一点儿若有似无的讥讽："您和景澜私下的关系如何，我们没道理过问。只是江总，我妹妹和我闹了点儿小矛盾罢了，您插手别人的家事，是不是也不太能说得过去？"

江辰遇望了宋晟祈一眼，神色淡了几分，漆黑的眼中看不出情绪来，似乎无怒无喜，给人的却是难以言喻的压迫感。他这一眼，令宋晟祈的话音倏地一止，就像舌头打了结。随后，宋晟祈便听江辰遇说："想跟他走……"声音中裹挟着不明朗的情绪，江辰遇缓缓地低下头，视线落到柔柔弱弱的小姑娘的身上。沈暮将星巴克的纸袋抱在身前，紧攥着的手指已经发白。这是一个下意识的自我保护的动作。江辰遇的声音也不自觉地变得柔和起来，他继续道："还是跟我？"

闻言，沈暮顿时觉得脊背一僵，不可思议地抬眼看向江辰遇，而江辰遇毫不避让地和她四目相视。她不由自主地屏住呼吸。从他的眸中，她看到了远处马路上涌动的人海，红绿灯交替的光影。眼前恍惚升起朦胧的薄雾，思绪越发不清晰，否则她绝不敢和他就这么长久地对望。

沈暮愣怔着，迟迟未有回应。但这不是犹豫，她怎么可能跟宋晟祈走？只是这话从江辰遇的口中慢条斯理地说出来，声音低沉，太容易使人沦陷在不明不白的暧昧里。她收紧手臂，抱着怀中的三杯星冰乐。半晌，她听到自己轻浅的气声："你。"

江辰遇很有耐心地等她答复后，才睨了宋晟祈一眼："听见了？她今晚是我的客人。"他语气平淡，没有一丝起伏，却疏离清冷得完全没有商量的余地。

离开 JC 广场，迈巴赫商务车畅通无阻地行驶在路上。余光里窗外的建筑和树影在快速地后退，沈暮还在发蒙。

她跟江辰遇走的时候，宋晟祈还忍气吞声地暗瞪了她一眼。他那阴鸷的眼神，可能是在嘲讽她好本事，也可能是源自窝火和对江辰遇的怀恨。那眼神具体是何意，她无从得知，只知道在心底沉寂了四年的悲伤和无助感霎时间卷土重来，惊破平湖。

直面过去是迟早的事，回国前的心理准备，她也做得充足，但事情总是不如想象中的简单。她不喜消沉，不过也从来不是勇敢的人。譬如刚才，做错事的不是她，她却没有底气和宋晟祈对峙，而选择了临阵脱逃。

"根据刑法，非法剥夺他人人身自由，构成非法拘禁罪。"江辰遇淡淡的声音在她的耳边缓缓地响起。她愣了一下，回过神来，将目光转向他。

还是与两个人初次同乘时一样的位置，江辰遇静静地坐在她的左侧。他略微侧首，望进她迷惘的双眸中，平静地解释着，但莫名地让人感到安心："不用怕。"

四目相对时，沈暮长睫颤了一下，鼻子酸了一下。她死死地抑制住心中的委屈，差点儿抑制不住。他什么都没问，不知来龙去脉，却给了久在干涸沙漠里的她可汲取的甘泉。女孩子在脆弱时，很难不对向自己伸出援手的男人心生好感，何况还是眼前这位有礼貌、有修养的完美绅士。当然，她只是感动，称不上真的怕他。虽感激更多，但她依然对他心存敬畏。

沈暮恍惚了几秒，干涩的喉咙寻回一丝温润。她轻轻地开口道："谢谢您。"他简简单单的一句"不用怕"，让她忽然觉得好像没什么不能坦然接受的。这就是成功男人的魅力吧。无论他说什么、怎么说，都极易使人信服。

车还在开着，不知要驶往何处。沈暮的思绪这时才逐渐清晰，她意识到自己又莫名其妙地上了他的车。虽说和他有过多次交集，但她是个慢热的人，在她的观念里，现在两个人还是生分的。她生怕麻烦到他，踌躇了一会儿，斟酌了一下措辞，柔声道："江先生，方便的话，可以在前面停一下车吗？"

江辰遇沉默须臾，不答反问："你应该不想回去吧？"

沈暮微微一顿，唇边浅浅的笑意中含着无奈："但我已经和朋友约好一起吃饭了。"她不想回 JC 广场是真的，但不想爽约也是真的。估摸着时间，初原日本料理店应该排到了她们的桌号，喻涵和宝怡用不了多久就要到了。

江辰遇眸底掠过一丝不易察觉的微妙："闺密？"

沈暮的睫毛轻轻地扇动了一下。她不懂他问这句话的用意，但还是乖乖地点头。

江辰遇不动声色地敛眸："嗯。"继而他薄唇轻启，"Godear。"

沈暮眼中漾起疑惑，小心地询问："什么？"

随后，她便听到他以一贯沉稳的语气道："问问你的朋友，介不介意换一家餐厅？"

Godear，一家正宗意大利料理店。从寸土寸金的地皮，到典雅的装修，无不给人一种极致的高端感。

餐厅包间内，八人座位的方形长桌上铺着极有质感的纯白桌布，华丽的透明水晶灯射下迷离的暖光。桌面的正中间摆着一只瓷瓶，瓶中一束艳丽的红玫瑰正盛放着。每个座位前都有高脚杯和餐具，酒红色的擦手巾也被叠成玫瑰的造型。整个房间里充斥着适合谈情说爱的浪漫情调，只是此刻唯有江辰遇和沈暮两个人在场，多少有些显得不合时宜的暧昧。

沈暮坐在江辰遇对面的位子上，以指尖偷偷地抠着放在腿上的星巴克牛皮纸袋，又窘又尬地在心里默数，这到底是第几回和他如此尴尬了。她原以为他说的换个餐厅，只是顺路载她到目的地，然后便分手，让她自己随意在附近选一家合口味的餐厅，可万万没想到，他的意思是——介不介意一起到他预订的餐厅里吃饭。

他刚才帮她解了围，此时她若是拒绝，就太不知好歹了。她一路犹豫着，忸怩着，就跟他坐在了这里。她觉得自己快疯了，疯到一直游离在状况之外。

这时，江辰遇接过服务员递来的菜单，随意地说了一句："秦教授在路上。"

沈暮反应过来，连忙回应他的话："好。"她想了想，不敢让他久等，又接了一句，"我的朋友应该也快到了。"

"嗯，想吃什么？"

"都行。"

江辰遇抬眸看了一眼对面的女孩儿。女孩儿清新淡雅，粉面含春，她的身上若有似无地散发着醉人的美感。这是个无欲无求，总想着迁就别人的好姑娘。他的目光不经意间温和不少，他用两指压住菜单，移过去："自己点。"

沈暮没那么多事，起码在饮食方面，喜欢就多吃一点儿，不喜欢就少吃一点儿，不曾有过骄纵的脾气。她伸出修长白皙的双手，捏起黑底金字的菜单，端正地摆回他的面前，温温顺顺，连半分矫情也没有："您看就好。"

江辰遇本想告诉她不用拘束，但想到什么，有几分动容，最后话到嘴边却什么也没讲。这姑娘说怕他来着，或许是前几次他给她留下不近人情的印象太深。他没再给她压力："确定我点？"

沈暮不解其意，想了想，乖巧地点头说了一句"我随意"。

江辰遇颔首，以指尖点着菜单，缓缓地开口："Tiramisu（提拉米苏），Gelato（冰激凌），Cannolo（意式香炸奶酪卷），Monte Bianco（勃朗峰蛋糕），Panna Cotta（意式奶冻）。"一串标准的意大利词汇从他的唇间流淌而出。

沈暮听得愣住，以她贫乏的意大利语词汇量听来，他点的似乎不是什么正经晚餐。他停顿了一下，问她："泡芙，香草味儿的，行吗？"

他不是问她想不想吃泡芙，不是问她喜欢什么味道，而是直接问她——这样行不行。她若说"不行"，就显得矫揉造作了。他能洞悉她的心思，根本没想给她拒绝的机会。她蒙蒙地与他对视两秒，只能点头："可以。"

"好。"江辰遇示意服务员再加一份香草味儿的泡芙，然后合上菜单，"先上这些，其他的后点。"

"好的，先生。"候在旁边的男服务员以双手接过菜单，迟疑片刻，还是再次确认，"不过先生，这些都是甜品。"江辰遇淡淡地"嗯"了一声，表示确定。

服务员离开后，包间里重归安静。沈暮狐疑半天，实在克制不住好奇："您喜欢吃甜食吗？"这与他的形象不怎么相符，她实在无法相信。

果不其然，江辰遇抬眼："给你点的。"

她双唇微微张开，完全发不出声音。他这若无其事的一句话，令她完全怔住。为什么呢？这也是有教养的、体贴的绅士风度吗？

江辰遇的目光在她的脸上停留了一瞬。在餐厅特有的迷离的光线下，她吃惊的表情略显娇憨，双颊如晕着腮红。他唇角掠起极小的括弧，但语调依然没什么变化："味道我没尝过，摆盘蛮精致的。"

沈暮未多想，以为他是为了迎合她的喜好，连忙摆摆手："我不挑的。"

江辰遇将一只手移到身前，动了动手指，解开西装纽扣，把外套脱下来，动作坦荡又随意，却丝毫掩饰不住骨子里的高贵沉稳。

行动间，他状似漫不经心地同她说着话："有人告诉我，多看养眼的东西，心情能愉悦。"他将西装外套挂到椅背上，不疾不徐地坐回座位上，温和地看了她一眼。

他的话里隐约有种耐人寻味的意思，似乎在暗示着什么。沈暮的呼吸放缓了一下，但她没有细究，只觉得这话和自己曾说过的不谋而合。半个小时前，她还在和 Hygge 说"模样好，赏心悦目……女生对貌美之物都难有抵抗力"呢。她现在确实也需要好看的东西赏心悦目一下。

沈暮正这么想着，只见眼前的男人修长的手指勾到衬衫的领口，灵活地动了两下，解开了一颗纽扣。脱下外套后，他只穿着一件白衬衫。衬衫干净清爽，没有一丝折痕，微松的袖口和衣领不再显得死板规整。他那如谪仙一般高高在上、一丝不苟的气质，在此情此景之下，恍惚其中多了些人情味。她不自觉地心跳迟缓了些，忽然感觉他好像并没有之前自己以为的那么可怕。思绪转了回来，她轻轻地一笑："谢谢。"

礼尚往来是中国人的优良美德，尤其依沈暮的这种容易被感动的性格。面对他今晚的帮助和善意的款待，她觉得自己无以为报。思量片刻，她忍痛割爱，从纸袋里取出那杯樱花星冰乐，放到桌上，慢慢地往他的面前推过去。"这个，很好喝……您要不要尝尝？"她声音微低，显得不大自信，甚至带着点儿怯意。主要是她怕他不喜欢，瞧不上小女生喝的玩意儿。但此刻她没什么能拿得出手的，唯有这杯心头好。

江辰遇垂眸，看了一眼面前多出的那杯饮品，有如樱花遇雪交融，确实粉嫩。没有过多沉默，他轻轻地弯了一下唇："好。"

沈暮意想不到他真的会接受，微微一怔，抿了抿唇，脸上泛出一点儿受宠若惊的笑意。上回在电梯里，他还不留情面地让她出去，今天……她发现他还是挺好说话的。可能是因为秦老师的关系吧，她是这么认为的。

就在这时，外面有了动静。随着包间的门被打开，两个人的对话声一瞬间从模糊到清晰。

"辰遇，你说说这人！他已经在老徐他们那儿吃半段了，非要我半路改道把他接过来。这心眼儿缺得就离谱。"这是秦戈讲话的声音。

"我也苦啊！他们有老婆的带老婆，耍朋友的耍朋友，最后就我是单身人士，太没劲了！"陆彻一身帽衫配休闲短裤的打扮，模样瞧着倒是年轻。他骂骂咧咧地先秦戈一步迈进门："嘿嘿，我还是喜欢和你们两个优秀的单身汉玩儿。"

陆彻话音刚落，目之所及是桌前的一双璧人，于是嚣张的神情一滞。他倏地收声，缓了一会儿才找回自己的声音："啥意思……"

敢情自己今晚是在变着法子挨儿受虐呗！

秦戈把陆彻往边上推了推："让一让，好狗不挡道。"

沈暮瞧见了一张熟悉的面孔，从愣怔中回过神来，连忙站起身来问好："秦老师。"

秦戈事先没得到沈暮也在这里的信息，所以瞧见她时，顿时露出和陆彻同样的呆滞表情。不过秦戈的应变能力完胜陆彻的应变能力，转瞬间脸上就换作惊喜的笑："小暮也在啊！"接着秦戈话说半句，用以暗示，"你们这是……？"

江辰遇坐在座位上没动，不咸不淡地说："在路上遇到。"

这要是在从前，秦戈会觉得江辰遇有点儿不对劲，但在今晚，便认定江辰遇是太不对劲了。谁那天跟他讲什么和已婚姑娘避嫌是基本素质来着？

秦戈不露声色地笑着走到江辰遇的身边坐下，只有两个人能听到的声音从秦戈的嗓子眼儿里蹦到齿间："您这又不避嫌了？"江辰遇没搭腔。

呆怔在一旁的陆彻反应过来，精准地捕捉到"在路上遇到"的意思，顿时恢复一脸"只要不是女朋友，什么都好说"的没心没肺的笑。下一秒，他的目光就被她吸引过去。面前的这位姑娘的长相属于柔美类型的。鹅蛋脸，柳眉樱唇，亮闪闪的大眼睛，雪白的肌肤像牛奶一样，还有一头柔顺的长发，身上的小裙子把她衬得很温柔，完美地符合他所有的喜好。尤其是她那安安静静的温婉气质，纯粹是不食人间烟火的仙女下凡。

陆彻直勾勾地盯着她，眸中闪烁着惊艳的光。他两三步过去，一个滑步，斜靠在桌边摆了个帅气的姿势，朝她来了个飞眼，勾着唇道："'小仙女'，认识一下呗，我叫陆彻。"

沈暮略受惊地瑟缩了一下，有点儿傻眼。她还未做出任何回应，旁边的两个男人异口同声："滚出去。"二人声音冷漠无情。

陆彻一噎，惹不起，只能扁着嘴站端正："认识认识也不行……？"他忍不住犯嘀咕，看到桌上的星冰乐，随手就要拿来喝，安慰安慰自己受了轻伤的心灵。谁晓得他的指尖还没碰到杯子，就被江辰遇毫不犹豫地抬手隔开。

江辰遇漠然地瞥了陆彻一眼，低沉的声音中不含任何温度："自己买去。"

陆彻再次碰了一鼻子的灰，委屈到要落泪："不是吧，江先生。我只是想喝两口，又不勾搭你的好妹妹。"难道自己的地位已经不如一杯几十元的星冰乐了？

陆彻的"痛诉"只得到江辰遇的一记冷眼，沈暮的耳朵却是泛了点儿热。这个人真是……好好说话很难吗？"你的好妹妹"是什么阴阳怪气的说法啊！以防陆彻再胡乱讲话，沈暮把纸袋递过去："这里还有，抹茶味儿的和巧克力味儿的也很好喝。"

"伤心欲绝"的陆彻瞬间被她感动，一秒收起脸上幽怨的表情，美滋滋地将咖啡接到手里："呜，'小仙女'就是人美心善！"

他了悟——天有多大，魔鬼和天使的区别就有多大！

沈暮感觉陆彻多少有点儿单纯，自己的那点儿认生的戒备心不自觉地没了。她浅笑不语。待三人都坐好，服务员再次呈上菜单。眼下多了两个人，不再是孤男寡女，沈暮反而越发坐不住。她像是一只幼猫，不慎落进狼窝里，回天乏术。

得知客人尚未到齐，正看菜单的秦戈抬起头："要不我们晚些再点？小暮的朋友到哪儿了？"

沈暮从呆愣中回过神来，有点儿抱歉地道："我问问。"

接着，她马上从包里摸出手机，给喻涵发微信："你们快到了没？"

她后附一个"老公哭唧唧"的表情包。

喻涵回得倒是不慢，接连甩了"偷看""单纯""戳手心"三个表情包过来。

沈暮隐约察觉到不妙："怎么了？你在哪儿？"

喻涵："嗯……那个……"

沈暮隔着屏幕都能感受到喻涵在踌躇，于是甩了个问号过去。

喻涵："江大佬真在啊？"

沈暮："嗯，南江大学的秦老师也在。所以你速速过来，我一个人真吃不消。"

对话中断几秒，喻涵相当正经地道："是这样的，宝贝儿，亵渎神明是要折寿的。"

沈暮："……"

喻涵："我和宝怡一致认为，珍爱生命是当代优秀青年义无反顾的责任。"

沈暮已有所预感，心死一半。她缓缓地吸上一口气："然后呢？"

喻涵："然后……我们决定远离危险源，在JC广场随便吃点儿。等你那边的事情结束了，我们再去接你好不好啊？"而后她发了一个"傻笑"的表情包。

沈暮呼吸骤停："千万不要！"她悲从中来，"你忍心把我一个人丢在狼窝里吗？"

喻涵："真的美少女，敢于慷慨赴死！和江大佬共进晚餐机不可失！祝你们用餐愉快！"之后她甩过来一个"笑容逐渐炸裂"的表情包。

沈暮飞快地敲字，想把喻涵揪回来，但对方选择性失明，再无回应。

沈暮的慌张已形于色。江辰遇状似无意地问："怎么了？"

沈暮的心里"咯噔"了一下。她慢慢地抬起头，掐住手心，让自己的声音听上去显得冷静一些："我的朋友临时有事，不来了……"

另外两个人还未做出反应，眨眼间，陆彻就从秦戈旁边的座位上跳起来，一溜烟跑到了沈暮的旁边，得意的笑蔓延全脸："那我们四个这样坐，刚刚好。"

江辰遇和秦戈动作很同步地瞅了陆彻一眼，面无表情。显然他们对这个幼稚鬼懒得搭理。陆彻开怀地捞过菜单，挨近沈暮坐下："'小仙女'有什么忌口的啊？"

沈暮极少参加聚会。通常她对这种活跃的人物都有不错的印象，因为他们不需要引导，容易将气氛带到最愉悦的程度，不致出现冷场的尴尬局面。这对内敛安静的她来说，非常友好。沈暮莞尔："没有的。"

陆彻完全被她从骨子里散发出来的温柔气质所感染。向来粗犷的他一和她说话，竟也不自觉地跟着优雅、耐心起来："那我看着点。到时候你若不喜欢，我们再加。"

"好。"

两个人刚说完，服务员就陆陆续续地端上来六七道甜品。陆彻愣愣地看着眼前的提拉米苏、冰激凌、奶冻……他怔了怔，对餐厅服务的专业性表示质疑："我这开胃酒和前菜还没点呢，哪儿有先上甜品的？"

男服务员将最后一道香草卡仕达泡芙放到餐桌上，闻言有些为难，斟酌着回答："嗯……是这位先生给女朋友点的。"

"女朋友"三个字如一声惊雷，正安静端坐的沈暮，娇躯一震，脑中"轰"的一声如同火山喷发。到底是什么造成了如此深的误解？她窘迫地刚要作声，边上的陆彻开口更快："胡说！'小仙女'只是他的妹妹。"

沈暮想：您还不如不说。

男服务员赶紧表达歉意："不好意思，实在是这位先生和这位小姐的形象太过养眼，所以我看到就……"男服务员看到就连他们的孩子的名字都想好了。

沈暮顿时被这添油加醋的一句搞得心脏"怦怦"直跳，连呼吸也短促起来。她只能维持脸上显得有些难为情的假笑，等另一位当事人"公关"。但她等待了数秒，对面的男人毫无动静。待陆彻点完，男服务员离开包间后，那位也未做出任何"官方"回应。

沈暮的眼帘轻覆下来，她凝视餐盘，不敢看江辰遇。她确实有种亵渎神明的无尽羞惭感。这就是绝不让女士难堪的优质绅士吗？想到之前南江大学女生的疯狂，沈暮又多了点儿感同身受的感觉。

眼前是清一色的甜品，陆彻皱了皱眉："太甜了。"

"没你的。"江辰遇说话的语气淡淡的。而后，他端住冰激凌水晶杯托底，慢条斯理地把它摆到沈暮的面前。

陆彻忽觉失宠，心知大势已去，正想拍案控诉江辰遇的无情，但一瞧见冰激凌被送给的是"小仙女"，好嘛，转眼就没了脾气。"仙女妹妹"当然是要被宠着的，陆彻表示自己愿意！

沈暮愣了一瞬，抬头，便见江辰遇又递来小勺。他的手就在她眼前，修长干净，指骨分明。出于美术生随时随地观察细节的习惯，沈暮下意识地盯着这只好看的手失了一会儿神，片刻后才反应过来："谢……谢谢。"

沈暮忙不迭地伸出双手接过，无意间触到他的肌肤，一丝凉意钻进指尖里，如羽毛轻抚，带着微电流瞬间而过，浑身血液突然一股脑儿地翻腾上来。沈暮一下慌了，甚至连"对不起"都涌到了嘴边，但下一秒，就见他处变不惊地收回手。她默默地吸了一口气，便也佯装若无其事。

Godear上菜的效率极高，没一会儿，开胃酒和前菜就被摆了上来。哪怕开胃酒的酒精度数很低，但沈暮毕竟是女孩子，秦戈是自己开车来的，所以两个人喝的是果汁。而江辰遇今晚也没沾酒，原本放置在手边的高脚杯，变成那杯樱花星冰乐。

饭局中，秦戈闲聊着提起："小暮最近有什么打算？"

沈暮刚喝了一口果汁，闻言轻轻地放下玻璃杯："应该一边实习，一边准备功课。"

"如果考研有困难，不用客气，跟我说。"秦戈一如既往地爽朗。

沈暮也不过分拘谨，老实回答："嗯……对数学有点儿头痛。"

"哈哈，果然数学是好多女生的天敌。"秦戈笑了两声，又对她说，"学校每个周末都设有考研课。我帮你打一声招呼，你有需要的话，随时来。"

"太感谢您了，秦老师。"

秦戈以一句玩笑话轻松带过："你就当我求贤若渴。"沈暮抿唇轻笑。

这时陆彻歪过脑袋，语气轻柔地问："'小仙女'学的是什么专业啊？"

沈暮柔声答道："美术。"

陆彻贴心地帮她往杯子里倒满果汁："准备在哪里实习啊？"

沈暮略微沉吟了一下："还没想好。"其实她做出这个决定还没过多久。

陆彻瞬间生出一个想法，看向食不言的江辰遇："哎，阿遇，你们九思美工部对美术师的手绘功底要求很高吧？"

江辰遇漫不经心地抬了一下眼皮，只见陆彻继续笑嘻嘻地说："不如让'小仙女'到九思实习呗！"

沈暮倏地一惊。她和江辰遇的关系还没到让他为她广开后门的地步。况且他一看就是秉公办事的人，要他违背原则，她自觉良心会受到谴责的。她不想为难任何人，于是连连摆手："我自己可以的，不用麻烦。"

虽说九思的门槛很高，能得到这种锻炼的机会并不容易，但天上掉馅儿饼的好事，沈暮向来觉得受之有愧。说完，她暗暗地深呼吸了几下，努力地平复心绪。江辰遇倒是没多言，将指间的叉子搁到餐垫上，而后不疾不徐地捏起口布轻压了一下薄唇。沈暮没有直愣愣地看他，但注意力皆集中在余光里。这样的男人是真实存在的吗？吃饭擦嘴而已，他举手投足间都能如此高贵优雅。她在法国遇见的大多是络腮胡硬汉……一定是她没见过世面。

沈暮正这般想着，江辰遇温和低沉的声音缓缓地响起："你上回到九思，是来面试的？"

闻言，沈暮顿住。自己上回到九思，不就是那天在电梯里遇到他那回？她想了半响，明白过来，在心里蓦地一哆嗦。妈啊！他是怎么认出她来的？呜……自己的口罩白遮得那么严实了。这么糗的事，他就不能忘了吗！当下，她感到一言难尽，内心深处如有千万只土拨鼠在激昂地高叫、乱跳。

她知道此时自己万不能被人瞧出破绽，所以面上只能故作平静。她摇摇头，含着笑说："不是，我朋友在九思的美工部工作，我是去找她的。"

秦戈正好嚼完口中的食物，停顿了一下，满脸疑问："什么时候的事？"

沈暮模糊地回答："就……挺久之前。"

听罢，秦戈更感迷惑了："你们在南江大学不是第一回见？"

沈暮支吾着不知道该如何说起。这话她没法接。在南江大学相遇之前，她和江辰遇有过多回偶遇，但都惊天动地，无一例外。

江辰遇似乎对此无动于衷，也不搭秦戈的话，若无其事地道："你先吃，吃完我顺路送你。"

江辰遇的这句话是对沈暮说的。她想也没想，连忙答："啊……好。"她又住一块烤面包，低头刚想咬，思路一下清晰了。她忽地反应过来，不对吧，什么叫顺路送她？她有点儿纳闷儿了，想问他是不是送她回家的意思。如果是的话，自己就要早一点儿婉拒了。但转念一想，如果不是，她这个问题就未免问得太自作多情。她又犯起了纠结的毛病，一时不晓得该不该开口。

秦戈和陆彻也在纳闷：你俩到底还有多少惊喜是我们不知道的？

不过总的来说，对沈暮而言，这一餐，自己并没有想象中的那么焦虑和紧张——尽管不擅长与人打交道的她是独自一人在这儿。包间里的氛围高雅浪漫，意式甜点可口香甜，还有共进晚餐的人……一切都让她对这个曾认为薄情的世界，重新有了美好的感觉。

有句话说，陌生人的善意最能打动人，因为他们完全没有这么做的必要。而沈暮和在座的三位男士不能算陌生，但绝谈不上有多熟。她第一次觉得回国是正确的决定，至少比自己孤身在法国好多了，哪怕生活中还是存在一些令人生厌的事情。

晚餐结束时，将近晚上八点。高楼大厦，霓虹灯闪烁……南城的夜生活刚刚开始。

走出 Godear，陆彻想邀沈暮一起到电玩厅里打游戏，但被江辰遇淡淡地瞥了一眼后，就蓦地没了声。陆彻也不晓得这是为何，这二位又非情侣关系，但在江辰遇面前，自己就莫名地心虚，连微信都没敢和沈暮加，只能乖乖地坐上秦戈的车回去。

与秦戈、陆彻告别后，二人还站在餐厅的门口。那时沈暮才确定，江辰遇刚才说的那句话，真的是要送她回家的意思。

从这里到江盛大厦，途径滨山东路。司机已将车开到二人的眼前停靠，方硕下车为沈暮拉了后座的门。眼下拒绝为时已晚，沈暮咬了咬唇，只好跟着江辰遇坐了进去，在微信上告诉喻涵不用来接自己。

今夜车里意外地放起了音乐，是一首悠扬纯净的钢琴曲，若她没记错的话，是叫《爱的纪念》。独特的曲调低回婉转，真的能使人放松。后座有些幽暗，冷气被调节到舒适的温度。沈暮静静地靠坐着,陶醉在钢琴曲中,昏昏欲睡。

半个小时后,迈巴赫商务车开到春江华庭。沈暮恍然回过神来,赶忙挎上小包准备下车:"谢谢您送我回来。"

轻微的鼻音,令她的声音听起来朦朦胧胧的,在夜色里轻轻漾开。江辰遇侧首。身边的姑娘,此时双眸有点儿惺忪,唇边的笑意轻浅柔和,温顺间难得透露些不加防备的慵懒。她好像一只迷失在森林里的鹿,能唤起男人的侵略性,令其想冲动地占有,也能激起男人心底最深沉的温柔和最强烈的保护欲。毁灭和溺爱,完全是两个极端。

江辰遇眼底似有浮光闪动,幽微莫测,微哑的嗓音与夜相融:"早点儿睡。"

沈暮怔了一下,随后便乖乖地点头回应。稍微寻思了一下,她轻轻地展颜:"晚安。"

江辰遇的薄唇似有弧度,他回道:"晚安。"

进了小区,沈暮往七栋的方向走。一路上,她情不自禁地琢磨,这位对自己来说半生不熟的江先生,似乎有哪里不太一样了……但她说不上来,想想又觉得人家还是一如既往。

沈暮乘电梯到达二十四楼,一走出电梯,就瞧见喻涵攀在门边,笑里满是谄媚:"宝贝儿回来啦!"沈暮瞟了喻涵一眼,默不作声地脱鞋进门。

喻涵深知自己今晚的行为"丧尽天良",主动接过沈暮的包,嘴角快要扬到太阳穴了:"今晚玩儿得开心吗?"

沈暮往屋里走,发出一声低哼:"你说呢?"

喻涵紧跟在沈暮的身后:"我保证,这辈子就这么一次!主要是江大佬实非我等凡人能比肩的,我要是去了,肯定被当场吓昏过去!"

沈暮到餐桌边倒了一杯水,抬眼便见喻涵双手合十请求原谅,忽然就想到了Hygge养的那只边境牧羊犬,忍不住"扑哧"一下笑出声来:"好啦。"

"爱你!"喻涵开心地抱住沈暮,"我们景澜果然是天底下最温柔善良的美女子!"

又听喻涵"噼里啪啦"一连串花式吹捧,沈暮笑弯了眉眼,睡意全无。喻涵切了一盘冰镇西瓜,两个人坐到客厅里的沙发上,一边看电视,一边闲聊。喻涵忽地想到什么,话锋一转:"话说,江总怎么突然请你吃饭?"

沈暮愣着沉默片刻,因怕喻涵担心,所以没说宋晟祈的事,只笑笑想要敷衍过去。被搁在茶几上的手机就在这时振动起来,沈暮抬手取过,低头看了一眼,是南城本地的陌生号码。

喻涵咬了一口又脆又甜的西瓜,含糊地问:"谁啊?"

"不知道……"

沈暮接通电话,将手机放到耳边:"喂,你好。"

"嘿,是沈暮吗?"

入耳的是一个成熟女人的声音，沈暮迟疑几秒："是的，我是。"

女人笑着大方地说："你好，我叫莫安，是九思娱乐美工部的组长。"

沈暮捕捉到"九思"和"美工部"两个关键词，瞬间蒙了，吃惊地看向喻涵。喻涵不由得放缓咀嚼速度，用口型无声地和沈暮对话："怎么了？"沈暮屏住呼吸，摇了一下头。

沈暮还未想出如何回应，耳畔再度响起莫安那颇有韵味的声音："这边正好缺个美术助理，我觉得你非常不错。这边的工作时间比较自由，薪资可以开到你满意的数字。你若愿意的话，明天，欢迎你来上班。"

沈暮直接呆住，难以消化这突如其来的惊喜。脑子转了好半天，她才终于理解这段话的意思。可是，什么叫"欢迎你来上班"？沈暮略微迟疑，不甚自信地问："不需要……面试吗？"

隔着手机，沈暮也能感觉到莫安的笑意深了几许。莫安很干脆地说："不需要。当然，如果你想先休息几天，也没问题。"

随意地交流了两句后，沈暮在一片茫然中结束了通话。喻涵见沈暮发愣，好奇心泛滥成灾。等沈暮将这通不可思议的电话从头至尾复述了一遍后，喻涵当下被惊得爆了一句粗口，而后兴奋地说："莫安？她不是我那严格得要死的组长吗？她真的跟你是这么说的？这就是优秀者的待遇吗？你不知道，我们面试可难过了，一百个人能刷下去九十九个。你这还犹豫什么呢？赶紧来跟你'老公'做同事！"

沈暮在喻涵由惊到喜的情感转变中，越发一头雾水。洗完澡坐到床上时，沈暮还满腹狐疑。这个"馅儿饼"掉得过分突兀，她猜不到原因。她想来想去，只有一种可能，那就是晚餐的时候……

她的脑中浮现出那人俊雅的面容，和那双洞察人心的黑眸。不会吧？他当时明明什么都没说。她摸了摸耳垂，清澈如水的眼中漾起疑惑。她实在捉摸不透这件事，暂且将其抛开，低头点开微信。

一整晚都无闲暇，这时独自待在房间里，她得及时回复 Hygge 的消息。

聊天框里的对话停留在对方的那句"未定"上。沈暮放松下来，趴在枕头上，快速地敲着字："我到家了，刚刚没空回。"

Hygge 似乎也空着，回得很快："好，你累了就去睡。"

沈暮想到他今晚和朋友有约，问："你还在外面吗？"

Hygge："公司。"

沈暮："不是说有饭局吗？"

Hygge："结束了。"

沈暮退出微信，看了一眼时间——十点三十分，已经这么晚了："是加班吗？那我等你下班了再睡。"

对方沉默数秒，大概感觉无奈又好笑："好，我下班了。"

沈暮刚准备找一本书来读，转眼就看到他的回复，愣了愣："这么随意吗？"

Hygge："嗯。"随后他又淡定自若地问了一句，"晚餐满意吗？"

沈暮重新趴回枕头上，苦巴巴地倾诉："发生了一点儿小波折。我被闺密遗弃，中途改吃了意大利菜。"

Hygge："不合口味？"

沈暮老实地回答："那倒不是。"她眼睛亮亮的，"虽然没有吃到鳗鱼寿司很可惜，但意式甜品真的容易吸引顾客。"

沈暮习惯性地勾起纤细的小腿轻轻地晃着，纯白色的吊带睡裙滑到膝盖处。她怀着愉悦的心情继续说："我没想到泡芙可以这么好吃。"

Hygge："喜欢就好。"

看到这句话，沈暮一颗心忽然好似被撞了几下，"突突"地跳。她不知道他说这句话时的神情，但又像能感觉到他温柔的口吻和无限的宠溺，似乎有真实的声音蔓延至耳底，撩得她心尖一颤。原本晃悠着的小腿慢慢地停住，她不自觉地微微出了神。他简单的一句话，让她有种奇怪的感觉。明明跟自己一起吃饭的不是他，却仿佛自己只跟他一人共进了晚餐。她倒也没细究，取来平板电脑，搁在床头上，单曲循环那首好听的《爱的纪念》，然后继续和他聊天儿。夜色随着悠扬的曲调逐渐变得温柔起来。

沈暮很享受这样的气氛，情不自禁地用微信语音录下一段乐曲分享给他："你听这首曲子！我居然最近才领略到钢琴曲的魅力，感觉打开了新世界的大门。"

聊天框里一时没有动静，对方似乎在认真地听曲子。片刻后，Hygge回复："试试听留声机版的。"

沈暮在音乐声中打字："我哪儿有这么复古的东西啊？"接着她又问，"听起来有什么区别吗？"

Hygge轻描淡写地道："黑胶唱片的音质不如数字信号的……"

沈暮怔了怔，那为什么还要听留声机版的？他肯定又在给她挖坑。她在字里行间隐含着威胁："你最好后面还有'但是'。"

Hygge或许笑了笑，顺她的意："但是音色偏暖感，有情怀。"

沈暮很容易就被他说服了。可她无法拥有留声机，只能回了他个"有生之年"。闲聊许久，困意来袭，他们便互道了晚安。

临睡前，沈暮躺在床上凝神静思半响，最后又坐起，拿起手机编辑了一条短信，收件人是莫安："老师，近几日我有些私事需要处理，一周内给您答复可以吗？"

夜色已深，短信发送后，沈暮就准备放下手机睡觉，但没想到只过了一会儿，就收到了莫安的回复："没问题。"

第二天清晨，阳光暖暖地从窗户照进来。结束放纵的周末，一周新开始的日子总是最让人感到疲乏。

大约八点，沈暮在厨房里做好早餐，将煎蛋和蒸饺摆到餐桌上后，发现喻涵还在房间里。已经工作的人晚起是常态，只是平常的这个时间，喻涵已经心急火燎地开始穿衣洗漱，在卧室和客厅间来回折腾，生怕上班迟到，但今天完全没动静。沈暮隐隐感觉到不对，担心喻涵睡过头，错过上班打卡的时间，便过去准备敲喻涵的房门。

沈暮的手刚抬起，还未落下，喻涵那带着怒气的声音透过门，从房间里断断续续地传出来。

"蒋路明，你再给我说一遍！……哈，我是男人婆？你瞅你自己长啥样了没？……行啊，我犯贱才找了你这么个赔钱货！"

沈暮怔住，缓缓地收回欲敲门的手，很明显能听出来，喻涵正在和男朋友吵架。

喻涵和她的男朋友是大学同学。沈暮一直在法国，所以并未见过他，但也对他有所了解。他的名字叫"蒋路明"，从照片上看，他又高又帅，据说他的家境也不错。他是个公子哥儿，很爱玩儿，但喻涵对此不以为意。

喻涵的父亲是一家小微企业的老板，非常有经商头脑。家里虽称不上可挥金如土的富豪，却也相当富裕，况且她还有个在娱乐圈中正当红的亲弟弟。如此优越的条件，她根本不愁嫁。

沈暮对两个人的感情状况不是很清楚，因为喻涵不常提，不过可以确定的是，他们极少有大争执。喻涵不太发大脾气，可见当下势态的严重性，故而此刻沈暮站在门口，一时不晓得要如何做。

以喻涵要强的性格，定不想接受任何形式的安慰，但沈暮也没法当作什么都没听见。正当沈暮踌躇之际，门突然从里边被打开了。喻涵短发有点儿乱，T恤也皱皱的。正要抬脚，迎面撞见沈暮时，喻涵猝不及防地一愣。沈暮同样顿了一下，只见喻涵的眼里泛着血丝，不知道是被气的，还是心中酸涩所致。

沈暮犹豫着开口："喻涵……"话未说完，她就被喻涵勾住肩往餐厅走。

喻涵像没事人似的，哀号了一声："早餐好了没有啊，宝贝儿？我得赶紧吃啦。迟到扣工资，就是在我心上拿刀子割！"

显然喻涵不想提起这件事，怕搞坏了心情，所以沈暮决定先不问。沈暮轻轻一笑："嗯，路上堵，你快吃，我去帮你收拾包。"

"你不跟我一块儿去公司吗？"说话间，喻涵到餐桌旁坐下。

沈暮把散在沙发上的工作证、钥匙什么的仔细地放回喻涵的包里："我跟你们组长说，先考虑考虑。"

喻涵嘴里嚼着蒸饺，露出不可思议的表情："在九思，我只见过反复申请面试的，没见过免试入职还不立刻答应的。不愧是我'老婆'，过分优秀了吧！"

她这话的意思，忽然就好像成了夸沈暮眼光高。沈暮半羞半嗔地道："不是啦。"

"那你为什么还要考虑啊？"喻涵着实难以理解。想她大三那年实习，连着熬夜一个月来掌握知识技巧，别说"头秃"了，差点儿直接连头皮都脱掉，才拼死在面试中杀出重围进入九思。如果当时有这样的机会摆在面前，她绝对以百米冲刺的速度"嗷嗷"叫着直奔公司。

喻涵正羡慕到发狂，倏地灵光一现："你该不会是怕再遇见江总？哎呀，放一百个心，大佬没这闲空管咱们小九思，基本不可能亲自来的。"

沈暮拉包链的动作一顿，双颊不知不觉地渲开一抹可疑的红晕。这样也能扯到他……自己心里留下的阴影已经很深了好吗？沈暮压低了声调："什么啊！是 IAC 开始报名了，我想这几天先安心把参赛作品完成。" IAC 是美国官方举办的三年一度的国际性艺术大奖赛，在艺术界拥有至高权威，但凡想证明和提高自身作品艺术价值的艺术工作者，无一不参加。

喻涵吃得很快，闻言半信半疑地点了一下头："那行，我还以为你是不敢呢。不过我完全能理解，江大佬的眼神，一般人真扛不住。"

整理完毕，沈暮起身走过去，将包包放到喻涵身边的椅子上，似叹非叹，放弃挣扎般发言："按照前几次的经验，说不定我一过去上班，他就出现了。"联想到沈暮的经历，画面感巨强，喻涵憋着憋着就忍不住捧腹大笑了起来。

往后的几天，生活无风无浪，平静得不起一丝波澜。沈暮几乎没有出门，一直在家里准备参赛作品。

这届 IAC，艺术形式——雕塑、油画、水彩、素描等不限，但作品风格要求必须是现实主义。其实沈暮很早就有了想法，因而并未在创作构思上浪费太多时间。她的灵感来源于一张二十世纪八十年代的黑白老照片。照片里，年轻女人端坐在古式菱窗前，优雅地手执绫绢扇，一身素雅的旗袍，鬓发被绾到脑后，上面别了一朵花。再没有任何一个词，能比"温柔似水"更贴切。沈暮对画作的内容层次做了一番分析，调整好心态后，就着手动笔。其间，秦戈通过她的手机号码加了她的微信，给她发了一张周末考研课的课程表。沉心作画的几天，她太过投入，以至再出门时，有了恍如隔世的感觉。

周四的下午，临近五点，沈暮完成当日的作画任务，洗净画笔后，找到被冷落在桌上一天的手机。她准备发微信问问喻涵，晚饭有没有想吃的菜。谁知微信一开，两个一样的空白头像紧挨着挂在界面的最上方。她全凭潜意识伸出的手指，蓦地丧失了方向感，在半空中生生地顿住。她瞬间怔住，一时摸不着头脑。

自从上回喻涵得知沈暮的微信置顶另有其人后，沈暮就被强制要求也置顶喻涵的微信号。自那时起，沈暮的微信置顶就从唯一，变成"唯二"：一个是 Hygge，四年不变的空白头像；另一个是喻涵，四年不变的欧美风酷炫街拍头像。愣怔良久，沈暮终于反应过来，是喻涵把微信头像换成空白的，而自己一整天都没看手机，所以现在才发现。

如果两个人的头像风格迥异，那么同时置顶也极容易辨认，但眼下的情况可不是如此。沈暮画了太久，脑子有点儿被抽空儿的感觉，不太机灵地确认三遍，才戳进带有备注的那个。

沈暮试探着问："喻涵？"

一分钟后，喻涵回复："啊！"

喻涵看似没事，但沈暮还是担心起来。以她对喻涵的了解，喻涵不会无缘无故这样的。Hygge用空白头像，沈暮能理解为他对其他头像没兴趣，不如从简，而一贯喜欢花里胡哨风格的喻涵突然这般，大概率有事。沈暮再问："你怎么改头像了？"

喻涵简单地说："没事，就是想换换心情。"

喻涵回答得很平静，可越是如此，沈暮就越是确定喻涵不对劲。沈暮思忖须臾，走到阳台上，直接拨了电话过去。

电话好一会儿才被接通，沈暮开口时的声音轻轻的："喻涵。"

"啊，宝贝儿，怎么了？"

对方明显是在有意地压着并不平稳的声音，沈暮清楚地察觉到喻涵的平静是装出来的："出什么事了吗？"

喻涵答得飞快："没有。"

沈暮更加笃定："你在瞒我。"

电话那边的人顿了一下："真没事。"

这话骗得了别人，但沈暮是不可能信的："我还不知道你？跟我还不说实话啊？"

沉默几秒，喻涵无所谓地叹了一口气："就是蒋路明那只狗出息了，已经和女模特好上了。我知道得晚了，不然铁定送束菊花祝他新生大吉。"

沈暮倏地睁大了眼，所有的话生生地止在喉咙里。难道他们那天吵架闹不和，是男方出轨的征兆吗？温暖但有些湿闷的风吹过阳台，惹得人心绪沉郁。今日天色阴沉，黄昏时分，暗淡的天空愈加显得灰蒙蒙的。曾真心依附的情感遭到背叛，便转化成无力也无法消解的芥蒂。沈暮一直知道，心也跟着变得堵堵的。

沈暮不想戳喻涵的痛处："要下班了吧。你快回来，我在家里等你。"

喻涵回答："今天有临时的工作，我得加班。"

沈暮微微凝眉，犹豫着说："那你……"

喻涵逞强惯了："嘿，别担心我了，我挺好的。女人嘛，不遇到几个坏男人，我还嫌活得不够精彩呢。"

喻涵不以为意地笑了一声，而后说是要和同事交流工作。沈暮怕真的耽误人家的工作，只好挂断了电话。知道喻涵现在心里一定很不舒服，沈暮在阳台上长吁短叹了半晌，但一时除了干着急，自己也做不了什么，只能等着喻涵下班回家。

静静地站了很久，沈暮突然想到自己那不太精湛但还过得去的烘焙技术。略一忖度，她决定到厨房里做点儿甜品，希望能在帮助喻涵调节心情上起到一点儿作用。

折腾了将近三个小时，浓郁的巧克力香气溢满厨房。沈暮戴上隔热手套，从烤箱里取出巧克力蛋糕，脱模到盘中，然后拿手机拍了一张照片，发给喻涵。锅里还在煮喻涵最爱喝的排骨汤，"咕嘟咕嘟"地响着，沈暮得去看火，不方便打字。顾前顾后地一通忙乱中，她按住了语音键。她左手拿起手机放到唇边，右手握着汤勺搅拌着排骨汤，温柔的声音像含着蜜一样，甜甜地哄着喻涵："'老公'不要生气啦。我给你做了蛋糕，还有你最爱喝的排骨汤。等你晚上回来，我陪你吃，好不好？"

江盛大厦，顶层总裁办公室里。江辰遇坐在办公桌前批项目报告，他的鼻梁上架着金丝框眼镜，容色沉静，不露任何情绪。

晚上八点，江辰遇通常是在办公。方硕将整理好的几个文件夹放到江辰遇的手边："江总，这是上回根据您的要求，重新修改的报告。"

江辰遇"嗯"了一声，没抬头，淡淡地问了一句："电话会议几点开？"

方硕答："还有十分钟。"

这时，搁在一旁的手机响起一声提示音。在手头的文件上签完字，江辰遇将指间的白金钢笔随意地丢到一边："准备一下，接进来。"

方硕应声去办。

趁此空隙，江辰遇取过手机，漫不经心地垂眸查看，是小哭包发来一段时长十五秒的语音。

江辰遇极轻地挑了一下眉，以为这姑娘是沉迷上了钢琴曲，又来给他分享好听的曲子了，唇边不由得微泛笑意。他也没多想，直接点开来听。偌大的办公室里空旷寂静，在水晶灯清冷的光线的照射下，更显出一种庄严感，然而下一秒，与之格格不入的一个娇媚清甜的声音响起："'老公'不要生气啦。我给你做了蛋糕，还有你最爱喝的排骨汤。等你晚上回来，我陪你吃，好不好？"

刚抱着笔记本电脑走过来的方硕顿时傻了眼。他愣在原地，深深地倒吸一口气，目瞪口呆地望着他那清心寡欲快三十年的孤狼总裁。

第四章

扯开领带

方硕的下巴直要戳到鞋底。天知道，剧情竟如此酸爽刺激。他那万年单身的江总，终于开窍，总算展露出作为正常人类不可或缺的世俗欲望。

方硕死死地抿住逐渐弯起的嘴角。瞧小姑娘这"老公"喊得，哎哟，甜腻死人啊！啧啧啧！江总就是江总，不鸣则已，一鸣惊人。方硕寻思着，下班后要立马将这个好消息告知江董，她老人家抱曾孙有望！

一段精彩的心理活动后，方硕冷静地走过去，把笔记本电脑在江辰遇的面前摆放好，故意低咳一声："江总……您谈恋爱了，怎么也不跟江董说？"方硕沉浸在自己的激动中，完全没有注意到江辰遇此刻的神情，不过就算关注了，也瞧不出任何端倪。到底某人是见过世面的，那张眉眼好看的俊脸一贯难辨情绪。

江辰遇的目光渐渐地凝重，他似乎对这段内容丰富的语音也有些措手不及，需要缓一缓。沉默片刻，他才面无表情地点开前面的图片。那是一张照片，拍的是一块新鲜出炉的巧克力蛋糕。他虽不知蛋糕的味道如何，但看着品相很好，足见她用心程度之深。这是她精心烘焙的，给另一个男人的。

他薄唇动了动，却不答方硕的问题，最后将手一翻，索性把手机远远地反扣到一旁："会议，接进来。"

他的嗓音微沉，无形中充斥着不容置喙的强势，而关于这段语音，他只字不提。方硕刚刚还在心里狂欢庆祝，下一秒，忽觉空气似乎凝了一层霜，寒冷透骨。

剧情的发展为何和自己想的不太一样？方硕生怕工作狂老板误入歧途，深思少顷，决定咬着牙以下犯上，传授感情经验："江总，对女孩子的消息还是及时回复的好，不然对方容易闹小别扭。"措辞得体，语气委婉，他深深地被自己的尽职尽责感动到。

方硕的话音刚落，江辰遇抬了一下眼，漠然的目光透过薄镜片不冷不热地射向方硕。金丝框眼镜衬出的那点儿优雅和斯文，都被他这一眼彻底毁灭。方硕被惊得牙床一抖，倏地噤声，连忙低头操作笔记本电脑。

对待工作，他们江总还是一如既往地严格，但方硕隐隐感觉到，自己今晚的工作量被江总存心翻了一倍。方硕敢怒不敢言，只能偷偷地抹泪，想不明白自己出于一片好心，怎么还被打击报复了呢？

厨房里，沈暮讲完语音，就把手机搁到了流理台上，而后专注地看着砂锅里的汤。过了半个小时，沈暮估摸着喻涵快要下班回家了，盛出一碗排骨汤端到餐桌上，将巧克力蛋糕也一起摆好。完成后，沈暮刚想找手机问问喻涵到哪儿了，门口突然响起钥匙转动的声音。

门一开，一阵甜香便蓦地袭入喻涵的鼻腔里，喻涵吃惊地脱鞋进屋："还没吃饭呢？"

沈暮把碗筷放到桌上，笑着看喻涵走近："不是说了，等你回来，我陪你吃吗？"

喻涵茫然："啊？"沈暮这话是什么时候说的，喻涵居然完全没印象。

沈暮以为喻涵是因工作忙，没时间看微信，倒也没在这个问题上纠结，拉着喻涵到餐桌旁坐下："累不累？给你做了蛋糕和排骨汤，快来吃一点儿。"

望着面前鲜香的汤和香甜柔软的蛋糕，喻涵一边惊叹，一边摇头："宝贝儿，我劝你适可而止。"

沈暮正递出筷子的手悬在半空中："怎么了？"

"你再这么贤良淑德、蕙质兰心，我真就想预约神秘手术了。"

喻涵脸上的神色看上去尤为正经，然而这个玩笑开得超出了沈暮的知识范围。沈暮愣了愣，清澈的眼睛眨了一下："神秘手术？"

见沈暮歪着脑袋，一脸茫然的样子，喻涵虚握着拳，抵在唇上，轻轻一咳："没。"少女的纯洁不可玷污，她不能给沈暮科普不对劲的东西。

沈暮也没追问，舀了几勺排骨汤到喻涵的碗里，而后便坐在对面看喻涵吃。喻涵正好有些饥饿，顺势埋头吃起来。女生发泄情绪的常用手段——纵情地享受美食。喻涵接连不断地向口中送食物，食物塞了满嘴。她不经意间瞟见来自前方的直勾勾的注视，慢慢地停下咀嚼，摸了摸自己的脸："我是如花（电影中的一个丑角）吗？"

沈暮安静地托着腮："乱说什么呢？"

"那你这么盯着我看，总不能因为我美吧？"

听罢，沈暮方觉自己的眼神太过赤裸裸，支吾了片刻，站起身来，有意避到厨房里："我给你切一块蛋糕。"

等沈暮取来塑料小刀再出现时，喻涵的目光慢慢地柔和下来，喻涵暗叹了一声，心道：自家的宝贝儿实在没城府。

她一看便知，沈暮怕自己难受，选择闭口不言，但担忧的情绪明明白白地挂在脸蛋儿上，根本藏不住。喻涵主动将话挑开，若无其事地咧嘴笑道："好了，我真的啥事都没有。谁要为丧家犬痛不欲生啊？！"

沈暮担忧的眼神中带着狐疑。曾经有一位法国室友被男友提出分手，哭得惊天动地，绝食三天后开始暴饮暴食，沈暮用尽毕生所学都没能安慰好她。而喻涵的状况，跟沈暮以为中的全然不同。

喻涵用叉子叉住蛋糕，咬了一口，口齿不清地说着："我醒悟了。以后我的目标，必须是江总那样的。模样、身材就不说了，人家还有钱。"

见喻涵还能生龙活虎地吐槽，沈暮总算是稍稍放下心来。喻涵继续唠叨："他还说我没有女人味儿。嗬！他想和女模特好就好，跟我有什么关系？"喻涵一激动，说起话来就像机关枪一样"突突突"地发射个不停。

沈暮被喻涵的情绪所感染，忽觉不跟着痛斥坏男人两句太不仗义："乖，不气不气。下次再见他，我们就……"沈暮思忖了一会儿，倏地神色一正，"一脚踹得他'肝胆相照'！"

半块排骨还叼在嘴里，喻涵闻言怔了怔，抬起头来。自家乖宝居然也能一本正经地学自己抖包袱骂人，但偏是这种"你以为你很凶，其实在别人眼里可爱得要死"的样子最为致命。喻涵呆了片刻，下一秒突然如闸门洞开，大水狂泄般，笑到不行。自家乖宝实在太可爱了！

后来两个人聊到工作的事，喻涵问沈暮考虑得如何。沈暮回答说，已经答应九思美工部的组长，下周一就过去。得知此事，喻涵高兴得连喝三碗排骨汤。兴许是因为加班太疲倦，吃饱喝足后，喻涵就捶着肩回屋里睡觉了。沈暮想着喻涵是该好好睡上一觉，便也回了房间里。

洗完澡，吹干头发，沈暮一如既往地趴到床上。她摁亮手机，刚好显示夜里十一点整。其实她还是不太放心喻涵，但自己毫无相关经验，便觉得力不从心。

这个时间，Hygge应该已经下班了吧。沈暮如此想着，点开微信，在两个空白头像之间略一犹豫，看准昵称，戳了进去。如Hygge这个年龄的男士，在感情方面耳濡目染，多少能了解一些，沈暮准备找他取取经。

白嫩的指尖在屏幕上灵活地敲击，沈暮突然留意到什么，一愣，手指的动作慢了下来。她盯住聊天框，发现之前自己给Hygge发过一条十五秒的语音，唇边弯起的轻柔的弧度顿时变得生硬，成了失去灵魂的半永久微笑。

她的心脏猛地收紧。自己什么时候给他发语音了？她接连几日一头栽进画稿里，为赶进度甚至熬了个大夜，头脑实在有些混沌不清，此时一种强烈的不妙的预感直冲脑门。

不会吧……别这样吧……沈暮心乱跳不停，指尖颤巍巍地点下去。"'老公'不要生气啦……"自己的声音通过扬声器传输而来，温柔娇媚，但此刻堪比惊悚片的恐怖音效。

沈暮根本没敢听完，刚听半句，完全出于本能地惊呼一声，把手机丢开好远，用双手捂住耳朵，惊恐地飞躲到床角。她一脸蒙蒙的样子，脑子里一片空白。但内心里的她和表面上的她是两个世界的人，有一只恶龙在她的心头疯狂地咆哮着。

谁来救救她？她太丢人了啊！她想要狂砸枕头，缓解如核弹快要爆炸般的情绪。她真的要被自己蠢哭了。

她想把这条语音消息撤回，但为时已晚，无法操作，而且过去三个小时了，也不见他回复。他该不会误会她的感情生活混乱吧……她想了想，瑟瑟发抖地把手机摸过来，深吸数口气，主动戳他的头像。

江盛大厦被冷银色的流动灯闪耀着的光映衬得奢华庄严，伴着这座城市度过漫长的黑夜。这是南城最令人骄傲的夜景。

夜里十一点的总裁办公室里灯火通明。笔记本电脑的屏幕上，标示着动态股市大盘走势的各色曲线不断地变化着，桌面上堆着一沓沓的文件。江辰遇手握白金钢笔，聚精会神地审批最新提交上来的各种数据。他目似深潭，五官轮廓分明，面部线条硬朗，水晶灯的白光给他白净的皮肤更添了几分冷感，高贵优雅的气质中透着清冷。尽管已是深夜，他身上的西装仍旧平整得未起一丝褶子，人也仿佛不知疲惫。

方硕早已困到眼皮如小鸡啄米般不断地打架，但没敢出声。老板不下班，他只能随时在旁边待命。他自然察觉到了老板今晚的情绪不是很稳定，否则也不会突然让自己搬这么多并不紧急的文件出来。老板恐怖如斯，像是要将整年的工作压到一夜处理完，平常秉持"今日事，今日毕；明日事，今日计"的原则，谁知现在变本加厉，直接变成明日事也今日毕。方硕猜想，究其原因，逃不过爱情。方硕在心里犯嘀咕：人家小姑娘已经这么哄你了，你还生气，你不单着谁单着……

这时，被扔在桌角上一整晚都无动静的手机，突然间响起两声微信消息提示音。江辰遇笔下一顿，那古井无波的眼底几不可见地轻漾了一下。随后他充耳不闻，继续落笔。似乎是心思不在了，写了两分钟后，他又顿住。他转头望了一眼静躺在远处的手机，最后还是搁下笔，将手机取过来。

小哭包："你在吗？"

江辰遇沉默良久："嗯。"

对方也停了一会儿，大概有些难以启齿："那段语音，你听了吗？"

江辰遇面不改色地道："嗯。"

也许是他的反应有点儿冷淡，对方毫无底气地回道："那你可以假装没听吗？我发错了……"

他的脑中已然浮现出那张莹白如玉的脸蛋儿。她乖巧安静，容易紧张，尤其在他的面前。想到这儿，他暗叹一口气，将已经敲下的"嗯"字删除，而后重新说："好。"

他意想不到地好说话。

小哭包："没了？"

江辰遇："没了。"

小哭包难以置信："就这样？"

江辰遇无奈地道："不然呢？你还想有点儿什么？"

对方这句话看着怪怪的，沈暮不假思索地回复："没有，我什么都没想。"她顿了顿，僵硬地说，"我以为你会问点儿什么。"

江辰遇轻抿了一下唇，佯装不知，反问道："我都没听过，怎么问？"

沈暮这会儿坐在床上，窘迫到想原地消失。他越是配合，她反而越觉羞耻。若不是她和喻涵十多年的闺密关系，亲如双胞胎，"老公"这个称呼她真的喊不出口。

沈暮投降："好吧，不逼你了。"然后她咬唇继续敲字，"其实那条消息我是想发给朋友的。她……"敲到一半，沈暮又顿住。都说男人的脑回路和女人的大相径庭，万一他不理解女生之间喊"老公"的玩笑方式，还产生误会了怎么办？上回在九思，那个化妆师阿珂看她们的眼神就怪怪的……

沈暮认为直白的解释，被他误会的可能性似乎很大。原谅她吧，她就是个容易胡思乱想的人。经过深思熟虑，她咬牙将这句话删除，但还没放弃挣扎："你别误会，我是在开玩笑。"

她不打自招后停了一会儿，灵机一动，想到那个全世界屡试不爽的借口，便假装淡定地说："其实，是我玩儿真心话大冒险的游戏输了。"这句话发送出去后，她的心跳得飞快。她真的是一说谎就紧张的性格，还好两个人隔着屏幕，瞧不见彼此的神情。

江辰遇看到聊天框里新弹出的几条消息，不经意地顿了顿，按捺不住笑出了声。她这个说辞实在是不高明。眼底郁色犹在，但轻蹙的眉头不自觉地微微松开，他将淡漠的气息收敛些："知道了。"

小哭包试探："你是不是不信？"

江辰遇拿她没办法："信。"

小哭包发来一个"小熊猫扯了扯耳朵"的表情包。她很有灵性地把这尴尬的话题转移开："我有个问题想问你。"

江辰遇看破不说破："你说。"

小哭包："我有一个朋友……"

江辰遇愣了一下，突然有点儿想笑，又是她那常见的开场白。他继续不点明，等她讲。

小哭包："她今天分手了，被坏男人骗了。她呢，是个不喜欢把真实情绪表露出来的人，怕身边的人担心。但想想都知道，真心付出四年的感情是这样的结果，她心里怎么可能舒服呢？"

江辰遇眸光微沉，敏感地捕捉到她所说的话的重点，露出若有所思的神情。那边的姑娘还在继续："我不知道该怎么办。她表面上看上去什么事都没有，但心里肯定很难受，说不定现在正躲在房间里哭。你说，她要怎样做，才能尽可能快地从痛苦里走出来？"

江辰遇思量须臾，目光中渐渐地染上几分了然。他用两指捏住眼镜腿，慢慢地将眼镜摘下置于一旁，而后侧首扫了方硕一眼。

江总的目光突然横扫过来，方硕还以为江总又要安排双倍工作量来折磨自己了，顿时呼吸一窒。就在方硕感到脊背发凉时，只见一整晚带着凛然不可犯之气的江总，眉眼竟舒展开来。如同历过火灾的宫殿经修缮后，重现往日的金碧辉煌之相，江总脸上的神情从压抑郁结，转变成春风得意。

江辰遇略一揣度，不疾不徐地开口："女孩子失恋了，要怎么安慰？"

能问出这种问题，完全不是江总的风格，方硕被这意外的反差弄蒙："啥？"

这话题转变得太突兀，方硕感觉自己需要缓一缓。而且人家失恋了，您这么开心干什么？

其实方硕很想问这说的是谁，但不敢问，琢磨了一会儿，认真地回答："别忍着，使劲地哭，再放纵地吃一顿，就会好很多。"

江辰遇想了想，一边垂眸接着打字聊天儿，一边对方硕说："你下班吧。"

他语气不咸不淡的。

方硕："啊？"

江总越来越让他看不懂了。方硕只能一脸迷惘地回答："好的。"

然后他犹犹豫豫地准备走。

"等等。"

方硕刚转身，就被江辰遇叫住，于是回过头来问："江总还有什么事情要交代？"

江辰遇以指尖慢条斯理地叩着桌面，略一斟酌："安排秦教授的学生到九思美工部实习的事，她怎么说？"

方硕想起来江总先前的吩咐，立刻如实回答："哦，我已经与美工部的组长打过招呼了。莫安前辈回复说，沈小姐答应下周一过去上班。"

江辰遇不动声色地"嗯"了一声。

待方硕离开办公室后，听到手机连响了好几声，江辰遇将面前的文件合上，随意地放到一边，靠着椅背，拿起手机。

小哭包发来一连串的表情包："和谁聊天儿不回我""麻烦理我一下，不然我很尴尬""在约妹妹打电子游戏吗""没事你玩儿吧""我和别的小哥哥先睡了"。

他回消息慢了一会儿，她就气势汹汹地来讨伐。他极轻地扬了一下嘴角。当他看到最后一个表情包时，薄唇又下意识地抿起来。他坐在这个位置上，手底下有无数子公司。他每日不是在预测股市走向、审批项目报告，就是在参加各种国际会议——网络潮流对他而言，完完全全是知识盲区。

江辰遇微微低着头，额际的碎发自然地垂落，虚遮着那双乌黑的眸子。他似惑非惑地问："你还有别的小哥哥？"

小哭包："嗯？"

江辰遇学她截图，圈起图中的关键部分，然后发给她。

小哭包："没有别的小哥哥啦！"

江辰遇俊眉皱起，发了个问号过去。

小哭包被迫解释："他们管这叫'玩儿梗'，就是一种玩笑方式。"她有点儿无语，忍不住吐槽，"叔叔，你是用2G冲浪（以第二代手机通信技术上网，形容信息落后，对网络上的新消息非常不了解）吗？"

江辰遇："2G冲浪？"

小哭包彻底无语了。

依商人缜密的逻辑思维，"没有别的小哥哥"，换言之，就是"有一个小哥哥"。江辰遇缓缓地问："你的小哥哥是谁？"

对方似乎被他问得发窘："别问了……"

江辰遇凝眸："哦，是我不能知道的男人。"

沈暮正窝在枕头边，看到这句暧昧不清的话时，心猛地一跳，白皙的双颊骤然涨红。她摸了摸自己滚烫起来的脸蛋儿，又在床上连捶带滚了几下。在成为优秀网民这件事情上，她以为自己已经够落伍了，没想到他是有过之而无不及。

沈暮豁出去了，半嗔半羞地反驳他："哎呀，我已经说了没有没有。我目前单身，也不'养鱼'（同时与多个异性交往）！"

Hygge："'养鱼'又是什么意思？你们小孩儿还有这么多暗语。"

她晕了。这人讨厌死了！她突然不是很想跟他聊天儿了。她平复一下呼吸："刚刚我们不是在说分手怎么走出阴影吗？"她反咬一口，"你是不是也不懂，才试图转移话题？"

聊天框安静了须臾，他发来的回答颇为郑重："建议开始一段新恋情。"

沈暮愣了一瞬，坐起来，随意抓了两下蓬松凌乱的长发："可是谈了好多年，哪儿有说爱别人就爱别人的？"

Hygge没有直接接这句，而是淡然地反问："你喜欢什么样的男朋友？"

沈暮耳朵也跟着热起来："我说我朋友呢，你干吗问我？"

Hygge很配合地回了个"好"，又隐约像在敷衍："那请问，你朋友喜欢什么样的男朋友？"

沈暮沉思片刻，想到喻涵吃蛋糕的时候说"我醒悟了。以后我的目标，必须是江总那样的"，于是得出结论，回复了过去："江盛集团的江总那样的吧。"

但对于喻涵爱钱不爱人的观念，沈暮还是认为不可取。沈暮问他的想法："你是不是觉得这过分夸张？"然后她带着"尴尬后遗症"强调，"我连想都不敢想。"

Hygge："挺好的。"他很平静地说，"可以想。"

好些天连轴画画，脑子已经非常混沌了，又在喻涵的分手风波中经历了这场乌龙事件，沈暮感觉自己简直是在"死亡的边缘"来回试探。事后沈暮反复警告自己，错发消息的蠢事，此生不允许再有。

因为答应了莫安周一到九思上班，沈暮必须在那之前画完 IAC 的初赛作品。好在剩下的收尾工作对她而言很轻松。终于在周六晚上，她将作品全部完成。

这两天喻涵并无异样，周五照常上班，周六抱着薯片窝在客厅里追剧，过得一如既往地舒坦，只是话变少了。沈暮不知道这是不是自己的错觉。直到周日中午，沈暮快烧好午饭，准备去喊喻涵起床时，喻涵正好走出了房间。沈暮发现她的眼皮肿肿的，眼睛泛红，显然不是昨晚哭过，就是刚刚哭过。沈暮以为喻涵是后知后觉，情伤发作，刚要安慰，话还没出口，喻涵突然双臂大张，拥抱照进房间里的阳光。

喻涵仰头沐浴在日光中，如获新生般地感慨了一句："你们精神上的父亲回来了！"

沈暮错愕半晌，轻唤一声："喻涵？"

喻涵有如凯旋的潇洒战将，将短发一甩，看着沈暮说："宝贝儿，从今天开始，换你当'老公'。"

沈暮："啊？"

"我想过了，在爱情里，我们绝不能受到一丝的压榨！就应该做个娇柔的小女人，被宠到丧失自理能力！赚钱养家这种事，是男人要有的觉悟！"

锅铲还在手里，沈暮万般茫然地听喻涵慷慨陈词。话音刚落，喻涵走过去挽住沈暮的手，继续说道："所以宝贝儿，以后请监督我，成为温柔的小女子，不骂人，不冲动，乖巧甜美懂礼貌，重塑自我，奔向新的绝美爱情！"

沈暮睁着大大的眼睛，锅铲差点儿没拿稳。原来爱情的苦，真的能让人发失心疯。沈暮双唇微张，刚要说话，就被喻涵伸出一指抵住唇。

"嘘，什么都别说。"喻涵风情万种地朝沈暮眨了一下眼，"下午陪我做头发，买性感包臀裙。"

沈暮一时间还难以接受这样的喻涵，僵在原地，心生担忧："你还好吗？"

"Very well（非常好）！"喻涵强行嘟嘴，攀着沈暮的手臂摇晃，"陪我嘛，'老公'……"

沈暮猛然间身体战抖，一阵致命的发麻感骤然窜遍全身。天啊！喻涵这行为……为何有种报复社会的既视感？自己以前没有这样吧？沈暮想着想着，忽地一激灵，前几天发错的那段语音自发地开始在她的耳边循环重播……

沈暮以为喻涵只是暂时需要一个发泄口，却没想到喻涵是认真的。喻涵将那头随性的美式短发做了接烫，又将衣柜里为了工作方便常穿的 T 恤、工装裤清了个空。

对于上班族来说，周一的早晨是会呼吸的痛，但喻涵今天起床起得尤为果决。沈暮熬了一锅滑蛋牛肉粥，盛出两碗，端到餐桌上，想叫喻涵刷完牙来吃，结果一抬头，就看见喻涵已准备妥当，拎着包走了过来。一头齐肩法式纹理烫，红衬衫配包臀黑皮裙，喻涵甚至超常发挥化妆技能，给自己化了精致的妆，纤睫红唇，雾面妆感，大气典雅。与之前的中性风格相比，此时的喻涵全然判若两个人。

沈暮在愣怔间，眼底泛出惊艳之色："你还是我'老公'吗？"

"不是。"喻涵弯着红唇到餐桌旁坐下，说着向沈暮抛了个媚眼，"我现在是你'老婆'。"

对此有着极重的心理阴影的沈暮含笑轻嗔："别闹。"

喻涵抬手将小鬓发往后一撩，以一副求认可的口吻问道："我美吗？"

喻涵有点儿反常，但没像普通失恋的姑娘一样肝肠寸断，真的是太好了。沈暮很高兴，把粥推过去，并将喻涵的语录学了个十成十："美，美死了，简直就是万人迷。我都想预约神秘手术了。"

虽然沈暮不太懂"神秘手术"的意思，但应用的能力超强。

喻涵被沈暮哄得直乐。仿佛乌云在天边聚集多日，到最后未袭来狂风骤雨，却瞬间云开雾散，晴空万里。

吃完早餐，她们便一起去了公司。沈暮之前来九思已有两回，但毕竟今天是来入职的，所以心境完全不同。都说校园是养成游戏，而职场是荒野求生，何况沈暮社会经验趋近于零，初涉于此，内心难免焦灼。

"安啦！我们美工部的同事都是小可爱，上回我们不是还在公司的食堂里一起吃过饭吗？"喻涵在九思的专用停车位上停好车，一边带着沈暮往公司里走，一边安抚她。

离公司大楼越来越近，沈暮心跳的频率也跟着加速度增长。人对未知事物的不确定性，总有难以克服的恐惧，尤其是对于不善社交的人而言。沈暮默默地呼出一口气："没事，就是有一点儿紧张。"

喻涵走到沈暮的身后，帮她捏肩舒缓："莫安的资历高。她在工作上很严厉，但平常还是很好的。你别紧张，放轻松，放轻松。"

沈暮点头应了一声"好"，做足心理准备。

一进高雅气派的大堂里，就看见宝怡将肘支在前台的台面上打瞌睡，沈暮和喻涵相视一眼，无声偷笑。离正式上班的时间还有十分钟，两个人没吵醒宝怡，放轻脚步走向电梯间。

电梯到达十八楼，正是美工部所在的楼层。美工部装修的基本色调是很有高级感的银色和灰绿色，多间办公室用的是透明玻璃落地门，显得高端、敞亮又整洁。

沈暮得向莫安报到，径直去了组长办公室。喻涵自然不能陪着进去，便到化妆间里等沈暮。

化妆间的门是开着的，阿珂搭着腿坐在窗边，刷着微博，吸着豆浆。喻涵进门，走向储物柜，维持着女神范儿："今天来得够早的啊，阿珂老师。"

阿珂循声抬头，面无表情地盯了喻涵十来秒，最后慢慢地皱起眉："你是谁啊？"

喻涵收了笑容，送给他一个白眼："我是你爹。"

哦，这熟悉的暴躁之词。阿珂的神情略微恍惚，他重新打量她。片刻后，他跟见了鬼似的，眼睛瞪得如铜铃："喻涵？！"

喻涵嫌弃地说："声音能放轻一点儿不？"

阿珂倏地坐直，惊恐万分地问："你没事吧？"

"能说点儿'阳间人'听的吗？"

"我还怀疑你刚从阴间回来呢，你穿的这是啥？"

喻涵暴露本性，顺手扯过椅子上的坐垫就往他的身上砸："我重新做人不可以？以后有未婚的优秀男青年请介绍给我，谢谢。"

阿珂整个人都傻了。人家分手是枯萎凋零，她分手是活力四射。不过他安慰的话倒是省了，真不错。

临近上班时间，大家陆陆续续地赶到公司打卡。九思每周一都有部门例会，将近九点，所有人都集中到会议室里。

沈暮是跟着莫安一起进到会议室里的。沈暮今天特意打扮过，柔软蓬松的长发别在耳后，一身中长款法式收腰连衣裙，青灰色简约风，得体的V领设计，短袖下露出白皙纤细的胳膊。这一身装扮，衬得沈暮淡雅温柔，美得不染凡尘。沈暮给人第一眼的感觉，是绝对特别的惊喜。

美工部中男女比例相当，在沈暮走进门的那一刻，会议室里惊叹的声音瞬间藏不住。莫安走到长会议桌一侧的主位，在说正事之前，先向大家介绍了沈暮。

其实在场的不少人是见过沈暮的，因为先前喻涵带沈暮在公司的食堂里吃过午饭。但那时沈暮因伤了鼻梁，多少有点儿损形象，而现在，只见那张五官精致的脸洁白无瑕，天生优越的美貌再也隐藏不住。

"以后小暮就是我的助理。我会将部分美术任务交由她来做，到时候有相关工作会和你们对接。"莫安貌似三十多岁的年纪，气质成熟且极具威慑力。她是十足的职场女强人，是铿锵玫瑰的形象。她的话带着强势的命令感，在会议室里响起，大家随即纷纷热烈地鼓掌欢迎沈暮。

沈暮很不习惯在公共场合里被过分关注，有点儿拘谨慌张，于是马上有礼貌地说了两句类似"多多关照"的话，就让这一环节过去了，而后到喻涵特意空出的身边的位子上坐下。

会议大概持续了一个半小时，主要是大家做上一周工作小结，以及报告本周工作计划。最后，莫安看着他们严肃地说："还有一件特别重要的事，希望大家引起重视。"她将双手撑在桌沿上，上身微微前倾，"刚刚收到上面的通知，正在筹备拍摄的电影《蜜谋》，江总决定亲自负责。所以从今天开始，他随时会到公司里来。大家都给我打起百分之百的精神。"

此话一出，开会开到犯困的各位都瞬间一惊，清醒过来。尤其是沈暮，听到这个消息，顿时呼吸窒住，心跳猛然变得剧烈起来。

莫安将事情交代完，便结束会议。她一离开，还在会议室里的人便马上交头接耳地议论起来。

"我没听错吧，江总亲自来？"

"是不是因为上回林蔓那件事啊？"

"哦，天老爷，咱们成组织重点监督对象了。"

"可以后就能经常见到江大佬了啊！"

喻涵对此也感到很不可思议，愣了半晌才反应过来，瞬间回忆起那天沈暮说的："按照前几次的经验，说不定我一过去上班，他就出现了。"嘀，一语成谶。

喻涵慢慢地偏过头看向身边已傻掉的姑娘，倒抽一口凉气，无情地推卸责任："你自己乌鸦嘴，不关我的事啊……"

沈暮蒙在那儿。之前自己只是随便说说而已，怎么还真就和他……没完了？她还无法从中缓过来，热情似火的美工部员工们就蜂拥而至，对这位漂亮的新同事致以最诚挚的问候。由于喻涵的关系，沈暮倒是免去了独自尴尬的烦恼，难得地和大家很快就熟络起来。上回一起在公司食堂里吃午饭时，沈暮就对美工部的人有非常好的印象。确实如喻涵所说，大家都非常可爱。

莫安并没有一来就给沈暮安排各种工作，只让沈暮先熟悉熟悉这里。故而大家都投入工作之中的时候，沈暮一直坐在办公桌前看那部即将开拍的电影的剧本。

沈暮大概了解了自己要做的工作，简单来说，就是要根据剧本的描写，用绘画的形式，将文字信息转化为视觉信息，包括场景及道具等。尽管这考验的是美术功底，但对她来说是一个全新的体验。吃过午饭后，大家都照常在午休，而沈暮还在详读剧本故事。她想尽快掌握相关信息，更好地融入这个工作之中。沈暮知道，莫安主动请自己来工作，绝不是自己个人的原因，而是因为那人的关系。沈暮对此多少能够猜到。

午后的阳光透过明净的窗洒在桌上。沈暮以单手托腮，目光凝聚在厚厚的剧本上。她轻轻地翻页，忽然想到什么，思绪渐渐飘开。如果那人真的过来了，自己要不要当面和他道声谢呢？长长的睫毛微敛，她陷入沉思之中。

不得不说九思的管理制度是绝对顶尖的。休息的时候，大家都嘻嘻哈哈地没个正经，但一进入工作中，所有人都无比认真。下午三点，大概是上班族最疲乏的时候，不少人开始情不自禁地伸懒腰、捏肩、捶腿。这时，电梯的方向传来不小的动静。正在忙碌工作的众人往发声处望去，只见方特助带着十来个人走进美工部，而且他们的手里都提着食物袋。大家都认识方特助，所以一见他来，问好声接连响起。

方硕如往常一样一身正装。他走进来，站定，脸上挂着职业性的笑容："辛苦了！江总交代我，给大家准备下午茶。"话音刚落，他身后的随行人员便开始给每桌分发食物袋。美工部的员工们怔了那么几秒，随后默契地齐齐欢呼。

化妆组没什么工作，所以喻涵坐在沈暮的旁边相陪，见状惊呆了："下午茶，千年难遇啊！宝贝儿，你一来，咱们的待遇都升档了！"

不知是被日光照久了的原因，还是因为这句奇怪的调侃，沈暮莫名地双颊微红。

她有点儿别扭地轻声说："和我有什么关系……"

喻涵兴奋地接过随行人员递来的食物袋，急急地取出里面的东西。沈暮下意识地顺着喻涵的手望过去，那是数天前的晚上自己想吃但错过了的鳗鱼寿司。原木色竹盒已被喻涵迫不及待地打开。盒中的鳗鱼寿司色泽鲜亮、形态饱满，沈暮光是看着，就能想象到其口感极其鲜嫩。

沈暮微怔，而周遭尽是压抑不住的惊叹。

"居然是东京久藤分店的啊！"

"哇，这家米其林日本料理超贵，超难预订！"

"这下午茶也吃得太奢侈了吧，我的天……"

"呜呜呜！爱死江总了！"

喻涵又取出另一个精致的原木盒，打开盖子，里面竟是价格不菲的新鲜刺身拼盘。她被震撼得定在那里，就像静止画面，好半天才反应过来："人均千元的下午茶！真的没谁了，好厉害啊！"

相比之下，沈暮并没有表现得过分雀跃。她把目光从鳗鱼寿司上移开，微低下头，开始迟疑。

"那就先这样。大家工作辛苦，慢慢地享用。"完成任务，方硕仍保持着微笑，在一片欢送声中走出办公室。

放下手头冗杂的工作，大家都沉浸在享受美食的乐趣中。喻涵也如饥似渴，利落地拆开包装，抽出筷子朝身边递过去："别看了，宝贝儿，快来吃！"

沈暮却没接筷子，纠结了一瞬，突然站起来："你先吃。"她说着就往外跑出去。

喻涵微微一愣，回过头，还来不及问沈暮要去哪儿，目之所及只有沈暮渐远的背影。

方硕一边往电梯间的方向走，一边对那群随行人员说："其他部门，你们一一派发过去，账单记在江总的名下。"

"方特助……"

一个轻柔的声音追着他刚落下的尾音响起。他停下脚步，回过身，便见那姑娘小跑到他的面前。他笑着对她颔首："沈小姐。"

沈暮稍稍缓了两口气，尽量稳住声音："方特助有空吗？我有件事情想跟您确认一下。"

"当然。"方硕应下，然后侧首示意其他人："你们先去吧。"

"好的。"

随行人员都离开后，长道上再没有其他人。方硕保持着得体的笑："沈小姐但说无妨。"

沈暮将散落的鬓发别到耳后，斟酌着开口："嗯……是这样的，那天我和江先生还有秦老师在 Godear 吃饭，聊到过实习的事，所以我在想，我入职，是不是江先生破例的原因？"

她这么说，方硕倒没有惊讶，毕竟事实很明显地摆在眼前，毫无遮掩的必要。他对公关式措辞得心应手："秦教授对沈小姐的专业能力非常看好，江总也如此认为。提供机会给有才华的年轻人，是江盛多年来奉行的宗旨。"

方硕没有明确地给出答案，但意思已经显而易见——是的。沈暮轻轻地点头，犹豫了一下，轻声道："请问，江先生在吗？我想当面和他道个谢。"

方硕眉眼间噙着了然的笑意："总部还有一些项目需要江总亲自审批，他脱不开身。江总得过两天才能来九思，到时候沈小姐直接去总裁办公室里找他就是。"

沈暮并不想打扰到方硕的工作，闻言便应一声"好"，又跟他道了谢。

"沈小姐客气了。"

其实还想问问今天下午茶的事，但又怕是自作多情，因为沈暮找不到那人为自己刻意上心的理由。这应该单纯只是公司的福利而已，她这么想着，就没再多问。

沈暮刚想礼貌地结束对话，只听方硕的话锋突然一转："我能冒昧地问个问题吗？"

沈暮莞尔："您说。"

方硕略一沉吟，含笑问道："沈小姐目前是单身状态吗？"

这个从公事到私事的转折也太突兀了。"啊？"沈暮顿感错愕，目光中透着迷茫，"是……是的……怎么了吗？"

沈暮不确定是不是自己看错了，方特助的那张端正清秀的脸上，好像有那么一瞬，出现了莫名的恍然和满意的神情。而他只是坦然自若地笑了笑："没什么，关心一下新成员。欢迎你加入九思。"他友好地伸出手，沈暮一时就没顾得上在意他将话题扯远，赶忙和他握了一下手。

待沈暮回到办公室里的时候，喻涵已将食盒和蘸料都在沈暮的桌上放好了。喻涵嚼着嘴里的寿司，一边看着沈暮坐下，一边含糊地问："干饭不积极，做什么去了？"

沈暮轻轻地道："晚上回去和你说。"万一被别人听到，不管是忌妒，还是羡慕，她都受不住，所以不想在人多的地方聊这个。

喻涵倒也没在意，将筷子递过去："快吃，味道绝了！"

沈暮接过筷子，看着面前的那盒鳗鱼寿司。虽然是外带餐，但精致的食盒和考究的摆盘，丝毫不影响它的美观，精美细腻得像是一件艺术品。美术生大都喜欢漂亮的事物，因为漂亮的事物总能让人的视觉得到享受。

沈暮夹了一块心心念念好多天的鳗鱼寿司放入口中。鳗鱼的滑嫩鲜甜和米饭的清香结合得恰到好处，色香兼具，滋味浓郁，在国内，确实很难寻到口味这般地道的日本料理，真的特别好吃。沈暮心里仿佛有个小太阳在温暖地照着，眼底漾起轻松和愉悦。

被搁在桌上的手机就在这时响了一声，是有新的微信消息。沈暮空出一只手，点进去查看。

Hygge："第一天工作怎么样，小哭包？"

他温柔的话语中又似含着调侃，沈暮不经意间抿唇浅笑。她好多天前就把要做实习助理的事告诉他了，没想到他记得这么清楚。她故意冲他道："你要是这么称呼我的话，我可不告诉你。"

Hygge 对她无可奈何，换了一种称呼："好，小助理今天工作开心吗？"

他纵容的口吻令人沉醉，沈暮脸上的笑容在暖暖的阳光里漾开："开心。你呢？今天工作忙吗？"

Hygge："有一点儿。"他轻描淡写地带过，转而问道，"在做什么？"

沈暮将眼前的鳗鱼寿司摆正，拍照发给他，并表达了自己对公司提供的奢侈的下午茶感到不可思议。

Hygge 并不惊讶："好吃吗？"

沈暮真心诚意地回答："特别好吃！人生圆满。"她在后面还附了一张"喵咪欢喜"的表情包。

Hygge 兴许在笑："多吃一点儿。"

沈暮说"好"，还说自己能把整盒的寿司都吃完，而后边吃边和他聊："原来职场生活这么美好吗？太感谢领导了。"沈暮对社会真正的险恶一无所知。

停了一会儿，Hygge 慢条斯理地说："嗯，你想怎么谢？"

沈暮沉思片刻："等他什么时候来公司，我口头致谢呗。"她想这么做，当然不是为了感谢下午茶，而是为了工作。

Hygge："这么没诚意。"

沈暮轻抿了一下沾在嘴角上的稠汁："那还要怎么谢？"

Hygge 话中有话地说："就不准备请他吃个饭什么的？"

沈暮只当 Hygge 是在开玩笑。公司全体员工的下午茶，又不单是给她一个人的，哪里需要夸张到请客吃饭？但她转念一想，是该感谢江总破格录用自己，于是若有所思起来。

下午茶时间过后，美工部很快重归工作状态之中。沈暮就在阅读剧本中结束了第一天的工作。

下班回到家，喻涵累得一仰头就瘫在了沙发上。沈暮倒不觉得疲倦，反而有股享受新鲜感的劲头儿。沈暮今天读完一半剧本，对这份工作的兴趣越发浓厚了，恨不得马上动笔将文字所描绘的场景画下来。

沈暮做了一桌晚餐。吃饭的时候，喻涵随口问沈暮下午没讲的事。沈暮长话短说，粗略地讲了一下。喻涵被惊得目瞪口呆，啃到一半的排骨"啪嗒"一声掉回碗里："天啊！江总看上你了吗？"

沈暮的心尖一颤，手里的筷子顿住，她果断地否认："怎么可能？！"然后她瞪了喻涵一眼，"你不要异想天开。"

喻涵完全不认可沈暮的想法："怎么不可能？我'老婆'……呸，我'老公'美成这样，温柔端庄，贤惠可爱，江总怎么就不可能迷恋你？男人见色起意，多么正常。"喻涵那斩钉截铁的语气，听得沈暮越发心慌，心中无缘无故地生出一种想入非非的羞耻感。

沈暮和那人偶然撞见好多次，但真正有接触，也不过两回：一回是在南江大学，那人替秦老师载了自己一程，告别时的那一眼对视，令她怯如惊鸟；另一回是在 JC 广场，因那人的意外出现，她避开了宋晟祈的纠缠，还阴错阳差地与那人共进了晚餐。望不尽黑暗的长夜，朦胧幽邃，空中有几颗残星。那人送她回家，两个人互道晚安。她还是害怕接近他，但无意中和他更近了些。到现在，事态不可捉摸，又像是顺理成章。

她本来就是个懂得感恩的人。别人给予她一点儿好，她都能异常感动，会在心里记很久。或许正因为如此，对那人，她才会有别样的感觉。

沈暮放空了一会儿，回过神来，有点儿心慌意乱。她赶忙往喻涵的碗里夹菜，想堵喻涵的口："快别说了，你讲得我真觉得自己亵渎神明了。"

喻涵不以为然："宝贝儿，对自己这张人见皆非卿不娶的迷人脸蛋儿自信一点儿！"

沈暮咬了咬筷子："人家只是看在秦老师的面子上。"不然还能有什么原因？

"那他突然亲自接手小项目是为什么？"

"不是公司内部整顿吗？"

"那今天的豪华下午茶怎么解释？"

"肯定是巧合。"

感觉自己操心得像个老妈子的喻涵要被气死了，但无法说更多，毕竟到目前为止，这仅仅是自己作为"八卦骨干分子"单方面的猜想。

周一喻涵向来睡得早，所以吃过晚饭不久后，她们就各自回了房间里。

沈暮洗完澡，才晚上八点多。她穿着纯白色吊带睡裙，简单地盘了个丸子头，坐到书桌前，准备再看一会儿那本未读完的剧本。窗户开着一条缝，偶有微风吹进来，她鬓边的几丝娇俏的碎发轻轻地飘动。屋子里格外安静，只有她浅浅的呼吸声和纸页被翻动的轻响。

沈暮沉浸在剧本的故事中，长睫虚虚地敛着。这时，一旁的手机"嗡嗡嗡"地振动起来，像忽然飞来一块石头打破平静的水面。沈暮微微一惊，拿了一支笔卡在看到的那一页上，而后伸手取过手机。

那是一通来电，又是南城本地的陌生号码。自从她回国，接到过不少这样的电话，已经见惯不怪。因此她并未多想，按下绿键接通，将手机放到耳边，目光还停留在剧本上。

"喂，你好。"沈暮说完便等着对方回应，但过了片刻，那端毫无动静。她有些疑惑，低头看了一眼屏幕，电话是接通的状态。她又说了一句："你好？"

可能是怕沈暮挂断电话，这回对方终于出了声，虚飘的气声中带着激动："景澜……"

沈暮脑袋"轰"的一下，清澈的双眼骤然间失了焦距。她如同一条被强行捕捞上岸的鱼儿离了赖以生存的水一样，胸腔骤紧，呼吸艰难。她下意识地就要挂断通话。那边的人似乎早有预料，忙不迭地在那之前请求道："别挂！景澜，不要挂。"

不能再熟悉的声音，不能再熟悉的称呼，也不用再说更多，不用自报名姓，只第一声，沈暮就听出了对方是谁。沈暮握着手机的纤指渐渐地捏紧，声音淡得好似没有起伏："有事吗？"

"景澜，你哥……阿祈说，那天在 JC 广场遇见你了。怎么你回国了不跟爸爸说？"

沈暮深吸一口气："不要跟我提他。"

"好好好，爸爸不提。"男人生怕惊吓到她，每个字都说得小心翼翼，"景澜，你现在在哪儿？爸爸现在过去接你回家好不好？"

沈暮淡漠的语气中听不出任何情绪："那是您的家，不是我的。"

"景澜，四年了，还在生爸爸的气吗？你在法国，爸爸每天都很担心你。"

沈暮搭在剧本上的手不由自主地攥了起来。原来人真的可以这么虚伪，自以为深情地抒发假情假意。压在心底的情绪开始渐渐地难以抑制，她咬着唇，声音变得低哑："你若真的担心我，就不会整整四年都不来法国找我，也不会在知道我回来后，过了这么多天才给我打电话。"

男人出了一点儿声，却欲言又止，最后重重地长叹了一声，无奈地说："爸爸当时是真的没办法。现在公司好起来了，爸爸答应你，以后再也不会这样了，好吗？"

沈暮闭了闭眼："您不用再给我打电话了，我是不会回去的。"

"景澜，听话，别闹脾气了。你放心，等你回来后，爸爸绝不会再让那个臭小子欺负你。"

沈暮在他的再三保证中垂下头，将指间的那页纸捏得皱巴巴的。她好想忍住，可最后还是忍不住失控。她沉默半晌，嘴唇轻轻地颤动："我不是怕他欺负我……"她控制不住喉咙里的哽咽，压抑着一字一顿地道，"我是怕他欺负我，你们却都不信我。"

"景澜……"听了她这几句话，男人彻底说不出话了。

不等他再讲，沈暮在崩溃前挂断了通话，直接将这个电话号码拉进黑名单里。做完这件事情后，沈暮呆呆地坐在书桌前，滚烫的眼泪夺眶而出，像掉了线的珍珠，滴滴坠落，浸湿了白色的睡裙。

如同伤疤被再次撕裂的痛楚，她止不住地颤抖，却偏要死死地咬住嘴唇，强忍着不哭出声。她在椅子上蜷缩起来，将脸埋进小小的掌心里。屋里只有她一个人在偷偷地哭，晚风似乎在与她共鸣，从窗户微开的缝隙中吹进来，添了几分凉意。

就这样静默良久，沈暮缓缓地抬起头，眼角还沁着水色，鼻尖红红的，脸上满是泪痕。她随手抹了一下脸上的泪水，摸过桌上的手机，点进微信，给那人发了一个句号，戳他一下。

关键的时候，Hygge好像能随时出现。他回得很快："在。"

沈暮努力地稳了稳气息："心情不好。"

Hygge："怎么了？"

他轻描淡写地一问，她刚缓和了一些的情绪又抑制不住地翻涌起来。她没有回答这个问题，轻咬着唇，问他："你能哄一哄我吗？"

他字里行间恍惚带着无尽的温柔："乖，你想我怎么哄？"

沈暮委屈地吸了吸鼻子："不知道……"

聊天框静止了片刻。就在沈暮的眉头微微皱起的时候，握在掌心里的手机忽然响起振动声，她绝望地垂眸去看，屏幕上提示："Hygge邀请你语音通话。"她微微一颤，眨了一下眼，挂在睫毛上的那滴泪珠落了下来。

对于这通突如其来的语音通话邀请，沈暮感到很意外。四年，身在异乡，孤独无助，有无数的夜，她压抑不住情绪，将头埋在被窝里哭，其中的酸楚只有自己知道。她从不向喻涵泣诉，天涯路远，怕惹喻涵伤心。人总倾向于向陌生人敞开心扉，而对熟人强颜欢笑，因为对着陌生人可以毫无顾忌地释放内心的压力。没有负担，人心里那微不足道的安全感就容易得到满足。而Hygge因机缘巧合，成了那个陪沈暮熬过低谷时期的陌生人。

只是现在沈暮有点儿呆滞，捧在掌心里的手机还在响着。她看着语音通话邀请，还在犹豫。她习惯逃避，却又好想打破这四年墨守成规般地自设的障碍，探悉关于他的蛛丝马迹。这种感觉就像是，他轻轻地叩她的窗，她情不自禁地上前拉开窗帘，看见透明的玻璃窗外，有成千上万只蝴蝶在飞。此时，她在冰冷的屋子里想要开窗，急切地盼望闯进他的世界里，看看那里春和景明的风光。

沈暮哭过后有点儿缺氧，浅浅地抽搭着，探出的指尖在屏幕上停了停。片刻后，她深深地吸了一口气，才缓慢而又谨慎地按下接听键。她紧张得连呼吸都不敢太重，在语音通话接通的那一瞬，还不敢相信自己真的接了。她愣愣地屏住呼吸，在等他开口，可对方也没有出声。明明网络良好，但两边都没有声音。相对无言了片刻，男人突然很轻地笑了一声，沈暮的心顿时蹿到了嗓子眼儿里。只是一点儿随意慵懒的气声，却听得她心为之悸动，好似窗外那千万只蝴蝶飞进她的心里，狂乱地舞动着。

"不想说话？"Hygge微沉的嗓音中隐约带着笑意。

沈暮死死地憋住鼻息，想回应，又怕被他听出自己在哭。他的声音好好听，是迷人的低沉且富有磁性的声音，沉稳又不混浊，有种清冷和温柔相融后的质感。任何形容，此刻都成了陈词滥调。

Hygge没有逼她，声音温和低缓："嗯，你听着就行。"片刻后，他又说，"等我一下。"

沈暮不禁微微地怔住。尽管语音通过电子信号压缩转化后再输出，会导致音色失真，但他一说话，她就感到这声音特别熟悉，总觉得在哪里听过。可她一时没有多余的思考能力。他一开口，她就完全不能动了。好像他从她的身后拥过来，而她在他温暖的怀抱中，心被融化。她需要时间适应这种从未有过的感觉。

那边传来轻响，他好像在走动。过了一会儿，沈暮听到"咔嗒"声，不晓得他在做什么。她耐心地等着，忽然听他再开口："洗澡了吗？"

一个涉及隐私的问题，他以微哑的嗓音说出来，甚至带着一丝旖旎之感。

沈暮被泪水沁湿的双颊微微一红。半晌后，她稳住心跳，弱弱地应了一声："嗯。"

刚出完声，她就懊悔不已。自己闷闷的鼻音好重，他肯定听出来了。她羞赧地抿住唇，随后手机里果然传来一句调侃的话，声音低沉又温柔："小哭包，关灯，去床上躺好。"他轻轻地拖了一下尾音，命令的口吻中含着宠溺。

沈暮走了一会儿神，赶忙从椅子上起身，抽了一张纸巾将脸擦干净，只留一盏小夜灯，掀开被子听话地躺了进去。

"好了吗？"他循着动静问。

沈暮把手机放到枕头边，声音柔柔的，还带着一点儿哭腔："嗯……"

等了一会儿，她没听到他再说话，正在疑惑时，一段悠扬的前奏轻柔地响起。

沈暮怔了一怔。这是她喜欢的那首钢琴曲，但又和平时听到的有所不同。她此刻听到的，音色不是那么清晰响亮，质感显得有点儿老旧，甚至琴声里混着"沙沙"的杂音，可又奇妙地丝毫并不影响音乐的情感。些微瑕疵，如同岁月留下的痕迹，为音乐增添了浓郁的复古情怀。分明是同一首曲子，正在播放的却更特别，好似要融进她的血液里，令她有种刻骨铭心的感觉。她忽然不想再去思考任何烦心事了，任小夜灯微弱的光覆在自己白净的脸蛋儿上。她听着温柔的钢琴曲，慢慢地轻合了双目。

那人讲话的声音比乐曲更温柔："留声机版的，好听吗？"

他一定是有令人化悲为喜的神奇魔力，营造的专属氛围，如梦境一般，让她整个人都舒缓下来。她动了动身子，稍稍往上枕了枕："嗯。"

她的回应依旧短小简明。Hygge 似笑非笑地问："真的一个字也不多说？"

一听到这句话，她确实感觉自己略显敷衍，想了想，发出又低又柔的声音："好听。"她还真是多说了一个字。

Hygge 好像顿了一下，声音里带着点儿拿她没辙的笑意："跟我说说，怎么哭了？"

这是沈暮第一次跟他语音通话，心"怦怦"地跳着，难以平静。但她实在哭累了，心里的疲倦比什么都要损耗精神。她一边聆听他放给她的有治愈力的音乐，一边和他说着话，很快就倦怠下来，渐渐有了困意。她唇色浅浅的，眼睫轻敛，单薄的身子整个蜷在被窝里。她语速很慢："不想说……"

Hygge 声音跟着放轻："好，那就不说。"

"嗯……"

两个人说话的声音，不知不觉地在留声机播放出的柔和的乐曲中融化，夜色好像变得温暖迷离起来。

天际泛亮的时候，晨曦照进微开的窗户里，将金色渲染在白色的纱帘上。

眼皮被光映得暖暖的，沈暮睡到自然醒，慢慢地睁开眼睛，迷迷糊糊地伸出手，摸到枕边的手机，想看看几点了，结果按了半天，才发现手机已是关机状态。

沈暮睡眼惺忪地坐起身。她睡了一觉后，丸子头变得松松散散的，部分碎发散落下来，凌乱得可爱。她失忆片刻，呆坐几分钟，忽然意识到昨晚好像接了 Hygge 的语音通话，瞬间清醒几分，终于都想了起来。她揉了揉头发，一边想自己昨晚什么时候睡着的，一边伸手拿过床头柜上的充电器插在手机上。

等了一会儿，手机重新开机。沈暮点进微信，看到聊天框上显示语音通话结束的时间是在凌晨两点三十分，聊天儿时长五个小时二十分二十秒。天啊！她难以置信地愣住。难道在她睡着后，Hygge 一直没挂断语音通话，等她的手机没电自动关机才结束的吗？

沈暮飞快地打字告诉他："我醒了。"她略一思忖，再问，"昨晚你是几点睡的？"对方一时没有回复。沈暮想着他或许还在睡，就没等，先起床洗漱。在家吃过早饭后，沈暮就和喻涵一起去了公司。

八点三十分，九思美工部已经来了不少人，办公室里散发着早餐的香气。喻涵在化妆间里与组内成员商讨演员妆效。沈暮静静地坐在桌前，将掌心按在剧本上，把昨天被自己攥皱的那一页抚平。其他同事正聚在一起闲谈。

"都来！都来！这款饼干超级好吃！"

"不吃，减肥。"

"你尝一口。"

"休想谋害我，我的意志力很坚定。"

"就掰这么一点儿，不吃悔一生！"

"……"

"好吃吧？"

"来个整的。"

随后一阵哄笑，办公室里大家嬉嬉闹闹的，很是欢乐。

"小暮……"

突然听见有人叫自己，沈暮抬头，只见一个女生抱着一个精致的铁盒走过来。昨天大家已经相互认识，沈暮记得，对方是美工部设计师，叫张慧琪。

张慧琪虽说年龄不大，但也算沈暮的前辈。沈暮下意识地站起来："慧琪姐。"

张慧琪笑说："站什么啊？"她从盒子里摸出一把单独包装的饼干，放到沈暮的桌上，"吃饼干吗？给。"

沈暮连忙笑着说："谢谢慧琪姐。"

张慧琪大大方方地说了一声"别客气"，发觉沈暮的眼睛有点儿肿，关心地问："昨晚没睡好吗？"

是因为哭得太狠了才这样，但沈暮不可能这么说，于是摸摸后颈，有点儿难为情地沉吟着。

张慧琪留意到沈暮放在桌上的剧本："是不是熬夜看剧本看哭的？这个真的特催泪，我看的时候已经快哭成傻子了。"

其实沈暮还没看到虐心的情节，笑了笑，还没答话，身后又响起一个热情的声音："我这儿有蒸汽眼罩……"说话的姑娘在抽屉里翻翻找找，然后跑过来将眼罩递给沈暮，告诉沈暮午睡的时候戴上，舒缓眼部疲劳，还能消肿。沈暮实在不会天花乱坠地讲漂亮话，只道了声"谢"，但那双清澈的眼睛里，藏不住真诚和感激。

张慧琪倚在沈暮的桌边上闲聊："小暮长得真俏，有男朋友吗？"

这话里暧昧的意味很浓。沈暮微微地摇了一下头，轻声答道："没。"

大部分人认为，外貌优越的女孩子，必定追求者无数，因此到了恋爱的年纪，单身的可能性很低。所以张慧琪对这个回答有些惊讶，开玩笑地说："哎哎哎，没有对象的男同志们抓紧机会！"办公室里瞬间"哇塞"的起哄声四起。沈暮不知如何应对，有一点儿无所适从，但并不抗拒这个新环境，至少这里的每个人都让她感到亲切。

临近午休时，Hygge 回了沈暮的消息。他没明确地回答，只说"不是很晚"。

沈暮半信半疑地问："你上午在忙吗？"不然他为何到中午才回复。

Hygge 不答反问："你吃过午饭了吗？"

沈暮不经意地就被他把话题带了过去，老实巴交地说："吃过了。你呢？"

Hygge："马上。"

沈暮乖乖地伏在桌面上："那你快去。"

那通漫漫长夜里的语音通话，无形中把他们拉得更近，从雾里看花的虚，到真真切切的实，每个稀松平常的瞬间，到现在都隐约饱含着温情。沈暮刚想跟他讲自己要去午睡，Hygge 先发来一句："嗯，睡一会儿。"

沈暮敲字的动作停了一下，想也没想就改口道："好，你睡吧。"

Hygge 大概有些想笑："我说的是你。"而后他耐人寻味地说，"眼睛肿了吧。"

沈暮有点儿费解："你怎么又知道了？"语音通话的时候她明明哭得很小声。

Hygge 啼笑皆非地道："昨晚有个小孩儿，睡着还在打哭嗝。"

这句故意逗弄她的话跃入眼底，她愕然了一瞬，"嗖"的一下坐起来。她最是循规蹈矩，一想到昨夜真和男人语音通话时睡着，小巧的耳垂上一下就晕开一层绯色。她咬住下唇落荒而逃："我去午睡了！"敲完这五个字，她慌张地退出微信，傻坐在桌前，感受到心脏越跳越快，暗自嘀咕着他好烦……

大家陆陆续续地吃完午饭回来，很快整个美工部都开始午休。沈暮倒是没有午睡的习惯，只是今天眼睛太酸涩，便戴上早晨同事给的蒸汽眼罩小憩了十来分钟。等她再醒来时，双眼果真舒服很多。

办公室里静谧无声，大家趴的趴、躺的躺，都还睡着。沈暮轻轻地拿起桌上已被静音的手机，意外地看到五分钟前秦老师发来了一条微信消息："小暮什么时候有空？"

沈暮彻底清醒，赶紧回复："我有空，刚刚在午睡。"

秦戈似乎也闲着，没一会儿就和她聊上了。寒暄几句后，秦戈说正事："我这边有考研数学资料，是学校数学系教授私人总结的，你需要的话，随时来我这儿取。"

沈暮怔了数秒，受宠若惊地表示感谢。随后秦戈发了个地址给她，笑说："我家离滨山东路很近，你就不用往学校来回跑了，过来之前告诉我一声就可以。"

虽不敢胡乱承别人的情，但面对这位热心且为南江大学煞费苦心的秦教授，她不好拒绝。而且她也确实很需要这些资料来"解救"自己的数学成绩，于是思量片刻便应下了。

秦戈随意地问了一句："在九思感觉怎么样？"

沈暮抱着感恩的心态回道："都很好，谢谢秦老师。"

秦戈："哈哈，这事我不能邀功。我刚刚跟你们江总吃完饭。他现在去九思了，小暮的这声'谢'还是留给他吧。"

沈暮闻言，眼波轻漾，心中一动。结束和秦教授的对话后，她托腮望着窗外。阳光照射进来，在她白腻的脸颊上摩挲。夏日气温渐高，办公室里的冷气和有些灼热的阳光交缠在一起，让人感觉忽冷忽热。沈暮坐了一会儿，腿上越发冰凉，尤其身上还穿着薄薄的半身裙，时间久了，有些受不住。她想了想，站起来，走出美工部，准备趁着下午上班的时间还没到，去对面的商店里买一条小毯子，以后在空调房内总是要盖的。

这个时间，电梯里一点儿也不拥挤，而这一趟只有她一个人。电梯很快降至一楼，"叮"的一声，门往两边自动打开。沈暮捋了一下微乱的长发，往外面走。她刚要拐出电梯厅，迎面撞见一人正迈步而来。那个英俊的男人，戴着金丝框眼镜，身材颀长，一身高定西装笔挺修身。他微抿着薄唇，一言不发地往这边走。

沈暮倏地止步，愣怔着再也挪不动脚。直到自己的目光和他投来的目光准准地对焦到一起，沈暮才蓦地回过神来，忙不迭地站得直直的："江……江先生。"话一出口，她又发觉现在这么喊不合适，于是低着头，默默地深吸一口气，重新向他问好，"江总。"

江辰遇大概也没想到会在这里碰到她，乌黑的双眸中掠过一丝诧异。他脚步慢下来，在她的面前停下。电梯间和大堂休息的区域里，此刻别无旁人，只有他们两个人相对而立。江辰遇的目光不动声色地从她的脸上掠过。小姑娘似乎没化妆，天然的唇色显得双唇水润自然，肌肤雪白中透着点儿粉，睫毛很长，眼睛肿得不是很明显。江辰遇面不改色，平静地问："没午睡？"

沈暮不敢抬眼看他，始终微垂着眉眼。等他问话，她才回答："睡过了。"

说完，沈暮突然想到要和他道谢，若是错过现在的机会，就得特意再去找他一趟了。她在心里暗暗地激灵了一下。相比到总裁办公室，她还不如就趁现在在这里把话说了。她一咬牙，抬起脸，郑重其事道："江总，工作的事，谢谢您。"

江辰遇沉默了一会儿，唇角微不可见地弯了弯。他淡淡地问："就这样？"

沈暮瞬间不知说什么了。什么叫就这样？透过那副将他衬得很斯文的金丝框眼镜，沈暮望进他的双眸里，蒙蒙地和他对视几秒，又很快怯生生地低下了头。她紧张地攥着裙边，目光只敢落在他的皮鞋上。她揣度须臾，小声地试探："不然，我请您……吃饭？"

江辰遇沉默少顷，缓缓地说："嗯，我今晚有空。"他的声音低沉而富有磁性。

"嗯，我今晚有空。"办公室里，沈暮回想起他的这句话，耳中似仍有余音。他讲的时候有些漫不经心，但声音一传入她的耳朵里，就隐约有一丝莫名的魅惑之感。而且这种质感的声音，让她感觉有些熟悉。但当时她无法深想，脑子里是空白的。对方三言两语就把她转蒙了。她连毯子都忘了买，笨拙地原路逃回了办公室里。

他出现得好突然，沈暮一点儿心理准备都没有。况且请吃饭当然只是客气话，她怎么也想不到，他当真了。她用手指压着剧本的一页，但手上没什么力度，两眼失神地望着窗台上的几株青翠绿植。现在的情况，让她彻底地迷惑了，也止不住心悸。自己就真的……要请他吃饭？

大家午睡过后，寂静的办公室里逐渐有了声响。挨着沈暮的喻涵哈欠连连地从躺椅里坐起来，颈枕还挂在脖子上。喻涵歪过脑袋，蓬头散发，两眼迷茫："宝贝儿，我想喝水……"

沈暮到饮水机旁接了一杯温水递过去。她睫毛轻扇两下，温言哄道："喻涵，我们晚上出去吃吧？"

喻涵仰头"咕噜咕噜"地一口气将水喝完，满足地吧唧了一下嘴："好啊！"

饥饿的肚子有点儿想念昨天的下午茶，喻涵顺走沈暮桌上的饼干，拆开袋子张嘴就咬："你想吃啥？"

沈暮乖顺地拉住椅子往喻涵的旁边凑近些，悄声细语，如清泉般缓缓地流过，体贴又温柔："你不是经常问我法国有什么好吃的吗？西路有一家法式餐厅，食客对他们家的法餐评分很高，说味道很正。我带你去尝尝煎鹅肝和红酒烩鸡好吗？如果那儿的舒芙蕾做法地道的话，口感会很浓郁，有点儿像鲜奶味儿的冰激凌，还有白兰地的香气，你一定会喜欢的。若江总不喜甜的话，我们就点两份。还有鱼子酱也……"

喻涵微微一激灵，口里的饼干没咬住掉了下来，被忽悠到闪闪发光的眼神瞬间恢复正常。她精准无误地揪住了那个妄想浑水摸鱼过关的关键词，抬手打住沈暮裹着糖衣炮弹的慷慨陈词："啊？江总？"

喻涵的声音略大，沈暮连忙示意喻涵轻声一点儿说："嘘……"

喻涵还在状况外："什么玩意儿？"

沈暮艰难地咬唇，靠近喻涵耳语了几句。听罢，喻涵倒吸一口气，被惊得心里的尖叫声简直要震破天际。沈暮眨了眨水润的双眸，惨兮兮地拉着喻涵撒娇："陪我啦。"

如江辰遇这样的男人，虽说有无数女人每分每秒都在觊觎他，为他呐喊，为他痴狂，但还真没人敢上前纠缠。他生在真正的豪门，却不是挥霍浪荡的纨绔子弟。如果他穷奢极欲、轻浮多情，或许有女人能有机会和他拥有一段风流韵事——可惜他不是那样的人。他是光芒万丈的太阳，最耀眼，也最灼烈。所有人都想拥抱独一无二的太阳，但没人真的敢靠近，连仰望的勇气都不敢有。

沈暮也是这么认为的，更别提喻涵。喻涵是连想都不敢想："这不行……这……"喻涵知难而退，迅速地站起来："慧琪姐，我今晚上你家蹭个饭呗？"

"哎……"喻涵望风而逃，沈暮根本拉不住，只能绝望地独自发愁。

九思二十六楼，总裁办公室里。

方硕来回数次，终于把从江盛带来的一大摞的文件搬到桌上。他气喘吁吁地在心里抱怨领导压榨自己的劳动力，还根据心情随意换办公地点，简直不干人事，但面上没敢声张。他看向站在落地窗前的男人："江总，这几天要处理的文件都在这儿了。"

江辰遇徐徐地回过身："嗯。"

等江总踱步坐到办公桌前，方硕当即进入工作状态中，向江总报备九思目前正在筹备启动的电影项目。

九思筹备启动的电影尽管是大 IP 制作，但相比江盛动辄几十亿元的金融项目，就是合并同类项对上高等微积分，何须劳烦江总亲自出马？所有人都心照不宣地一致认定是因为出了林蔓那件事，江总才来整顿公司风气的，故而高层们都格外卖力，实时上报情况。但方硕作为唯一的知情人士，自然不这么认为。

方硕例行公事地将具体事宜报告完，江辰遇也只是神情淡淡地简单两句话带过，而后便继续处理起江盛的文件。不经意间，江辰遇思及自己午间碰到的那姑娘。她垂着眉眼，无辜又柔弱，说话时怯生生的，局促得都不敢看他的眼睛。

江辰遇指间的钢笔顿了一顿，金丝镜框下的黑眸暗隐浮光。江辰遇寻思，似乎她每回见到自己，都是这样的反应。自己很可怕吗？他沉默须臾，缓缓地抬了一下眼："女孩子很怕你，是为什么？"

方硕正在对文件进行分类，闻言简直怀疑自己的耳朵出问题了，怔了半晌，思索着回答："这个……可能是因为……暗恋，也可能是……对方的脾气太凶。"他呆呆愣愣地说完，脑中忽然灵光一现，转而恍然大悟般地笑着说，"当然，如果对象是您，那很正常。您尽量……不要吓到人家。"这个意思明摆着——怕你，没道理可讲。

江辰遇皱起眉头，睨着方硕的目光冷淡了几分，而后垂眼签字，沉默不语。

若在平常，方硕肯定不敢再多嘴，但眼下这件事的任何细枝末节都没能逃过他的眼睛，联想起来，让人热血沸腾，心潮澎湃：比如那晚江总在安慰某个分手的姑娘；比如昨天江总一掷千金的下午茶；比如江总现在就坐在这里，还问自己小姑娘怕不怕他的问题……

方硕抿着唇，唇角挂着"世人皆醉我独醒"的得意之气，多此一举地问道："江总，那天晚上您要安慰的那个失恋的女孩子，是沈小姐吗？"没等对方反应，方硕先低咳一声，含着意味深长的笑，继续说，"我私下了解到，沈小姐目前单身，所以您现在不是第三者了。"您可以放心大胆地追了。冲！方硕将双手交搭在腹前，微笑着，宛如一位就要感动得落泪的老母亲。然而江辰遇连眼皮都没抬一下，合上签好的文件往左边一丢，清冷俊朗的脸上瞧不出任何情绪："你可以走了。"他声音一如既往地低沉。

方硕一时语塞，愣了一下才道："好的。"他抬起脚又顿住，怕江辰遇不懂得把握机会，斗胆转回身，提示，"江总，江董的寿宴，您要带沈小姐一起去吗？到时候我提前安排。"

江辰遇睨了方硕一眼："我自己开车。"

他语气中毫无波澜，却透着裂帛破冰般的力量，直接无视了方硕的前一句话。

你可以走了。今晚我自己开车回去，不用你，也不用司机。现在你马上给我出去。

方硕迅速地懂了江总令人生畏的潜台词，倏地闭上嘴，默默地离开了总裁办公室。

走在外面的廊道上，方硕抓了抓头发，越想越对自己这位不懂情趣的老板不放心。经过深思熟虑，方硕从裤兜里摸出手机，发送微信："江董，江总有情况了……"

沈暮还坐在桌前，桌上摊着剧本，但心思都在江辰遇那句"今晚有空"上，整个下午也没看进去两页。一想起这件事，她就觉得自己今晚要完，但还抱有一丝希望。

手机的时间显示下午五点整，离下班只有半个小时。中午她和那人在电梯厅里遇见后，两个人并没有提前说好这顿饭怎么安排，所以他应该只是随便说说的。而且这么点儿小事，他忙起来说不定就忘了。她用指腹来回地卷着纸页的边，心里祈祷着他千万不要认真。

沈暮有点儿忐忑，无声地叹了一口气。办公桌上的座机突然"丁零零"地响起来。她被吓了一跳，赶紧收敛飘忽的思绪，以为是莫安有事找自己，没多想，立刻将话筒拿起放到耳边。

"喂。"沈暮讲话的语调天生轻柔。

接起电话后，沈暮便乖乖地等着对方吩咐。下一秒，电话那边传来的却是男人微哑的声音："过来。"

沈暮蓦地一惊，当场愣住，有那么一瞬，丧失了思考的能力。这个和 Hygge 的声音有着七分相似，甚至相似程度更高的声音，猝不及防地钻进她的耳朵里，将她的理智抢掠一空。

呼吸短促到令她口齿不清，她支吾地说："您……是……？"

沉默两秒后，对方沉稳的气息间带出一声轻笑："听不出来？"

他的语气隐约有些耐人寻味。

沈暮脑子有点儿短路，喉咙里逃出一个虚虚的表示疑问的音节。

江辰遇慢条斯理地说："到我的办公室里来。"顿了一会儿，他有意无意地添了一句，"二十六楼，你来过的。"

沈暮的心脏骤然急颤起来，她总算意识到是江总来找自己兑现请客的承诺了。她连忙用掌心护住话筒："我……我还没下班……"

她压着声音讲电话，像是偷摸地和他在做见不得人的事。他好笑地说："允许你早退。"

哪儿有人上班第二天就早退的！沈暮温温暾暾地道："我……不敢。"这是拖延和他吃饭时间的借口，当然她也真不敢。

江辰遇静思片刻后，倒没说什么："知道了。"

这通电话就结束在这里。沈暮慢慢地把话筒搁回座机后，还愣了半天回不了神。好恐怖……她抬手捂住"扑通"乱跳的心脏，长舒一口气。

喻涵开完小组会议，从化妆室里出来，一屁股坐回沈暮的身边，咕哝着自己好累。

沈暮正在想事情，见喻涵忙完了，轻唤："喻涵……"

结果喻涵条件反射般地捂住耳朵，用生命在抗拒："不行，不行啊！要我当灯泡，你不如一拳要了我的命！"

沈暮感到双颊忽然一热，低嗔着："什么啊……"扭捏片刻，她又道，"我是想问你，有没有可能，两个人的声音特别特别地像？"

喻涵目露狐疑，确认这姑娘不是在哄骗自己陪着吃晚饭，才放下手："这有什么稀罕的？我大表哥与我老家的一个邻舍，讲起话来我就完全分不出来谁跟谁。"

沈暮垂眸思考了一下，也觉得自己的猜想太过荒诞。江总那样的人，怎么可能闲到跟自己聊四年？何况他这么严肃，也不像是会温柔地哄她睡觉的人。沈暮没再深想，只迷惘地点点头，坐在座位上发呆。

过了几分钟，有位眉清目秀的男同事走过来，温和地笑着对沈暮说："小暮，今晚有时间没？我过生日，大家聚个餐。"

话音方落，就有人开始起哄："哎哟，阿诚还差别对待呢！跟我们都是群发消息，到小暮这儿就亲自问啦？"

这个叫阿诚的男生显然开始紧张了，反驳道："你们别乱说话。对新同事，我这是礼貌。"

沈暮在哄闹中不得不站起来。她犯了难，不晓得怎么开口："那个……我……"

"她有约了。"喻涵刚想帮沈暮说话，一个低沉却不容置疑的声音从身后响起。大家循声回头，只见一个男人不知何时出现在办公室的门口。他身着深色高定西装，打着温莎结的领带将他的气质衬得沉稳高贵，沉静的眸光不起一丝波澜，而那骨子里透出的气魄，令人心生敬畏，不敢靠近。

美工部偌大的办公室内蓦地鸦雀无声。所有人都瞠目结舌，仿佛被生生地定住。沈暮胸腔一震，耳蜗内轰鸣了一声。天啊！她完全动弹不得。

江辰遇不疾不徐地径直走到沈暮的面前："走啦。"

走啦，走啦，走啦……仅仅是个再简洁不过的语句，但从他的双唇间吐出，却像是被赋予了大提琴的深沉和抒情感，如3D立体环绕音效，在沈暮的耳中回旋。

沈暮直接愣成小呆瓜，思维能力尽丧，只蒙蒙地抬着下巴，仰望着面前这个比她高出一大截的英俊男人。他高挺的鼻梁上还架着那副金丝框眼镜，使原本的深沉冷漠之气稍得舒缓，给人一种温文尔雅的幻觉。

见她不动，江辰遇补了一句："也可以等你下班。"

沈暮的心猛烈地一跳。他已经亲自过来了，她怎么还敢让他等？况且这是在美工部的办公室里，他这尊佛招摇地在这儿立着，受良心谴责的还不是她？

"马……马上……"沈暮慌里慌张地开始收拾挎包。她对自己真是万分无语，总是在他的面前失态，却又难以自控。

江辰遇默然而立，就这么耐心地等她。

女同事们都死死地捂着嘴，强迫自己屏住就要喷薄而出的尖叫声，男同事们亦是不敢作声。只有挨在沈暮办公桌边的喻涵和阿诚，走也不是，继续待在这儿也感觉不对劲，不尴不尬，骑虎难下。

连招呼也不打一声好像说不过去，喻涵在犯心肌梗死前佯装镇定地笑着说："江总好！"江辰遇微微颔首。

这下最难堪的当属阿诚了。自己刚才的行为，从某种意思上来说，是在试图插足顶头上司和上司约好的姑娘。阿诚战战兢兢地跟着问好："江总……"

江辰遇很轻地看了阿诚一眼："她今晚没空。"这话听上去只是不经意的一句说明，但他陈述的语气中却没有半点儿歉意可言，并且有一种能让人四肢百骸瞬间瘫软的致命力量。

阿诚一脸"对不起，冒犯了"的神情："明白！明白！"

沈暮听了江辰遇的这句话，险些晕厥过去，在心里疯狂地喊着："您！快！别！说！话！了！"她把东西囫囵地往包里塞，飞快地将包斜挎到身上，然后在江辰遇的面前端正地站好，呼吸不太稳地说："好了。"

这尊大佛赶紧走吧，赶紧离开这里！她已经能想象到，这一屋子的人胡思乱想得有多么夸张。

江辰遇仍然淡定："嗯。"他转身，踱步往外走。

沈暮最后投给喻涵一个求救的眼神，然而喻涵蓦地挡住一边的脸，无情地装死。没办法了，只能自己行走在刀尖上，沈暮彻底绝望，咬了咬牙，在众目睽睽之下，跟在江辰遇的身后走了出去，一路上都将脑袋埋得很深。踏出美工部的那一瞬，沈暮甚至能感觉到身后一群人在蠢蠢欲动，有种大新闻就要出现的先兆。

电梯正在稳稳地往负二层下降。沈暮双手在身前攥着包带，目光凝在自己的杏色低跟单鞋上，就这样一声不吭。这是她第二次和他单独在电梯里。前一次她也是这般很凩地窝在电梯的角落里，和他保持尽可能远的距离。

江辰遇不动声色地看了她一眼。可能是和她想到一块儿去了，他以和缓的语气，有意又似无意地说："你上回看的是什么书？"

大多时候，他说话的语气总是这样，古井无波，平淡且随意，却偏偏给人一种不容忽视的感觉。

沈暮感到自己的心脏瞬间被抓住，呼吸一紧。那本《娇妻诱上门：总裁老公轻点儿宠》的花里胡哨的粉色封面实在令人印象深刻。天啊！他还记得！就不能忘了吗！沈暮窘迫极了。她一下羞红了脸，不假思索地说："不……不是我的……"

刚说完，沈暮又顿住。自己否认得太快，万一他再多问两句，她连累宝怡，那就完蛋了。沈暮慌乱得险些语无伦次，连忙稳了一下心神，主动问他："您想吃什么？"

电梯就在这时抵达负二层，"叮"的一声响，门打开了。"你定。"江辰遇没问其他，若无其事地走出去。他回头的时候，眼底隐约浮现出一点儿笑意，但沈暮没留意，只是松了一口气，努力地压住跳得飞快的心脏，强撑着跟上。

今晚没有司机接送，而是江辰遇自己开车。那是一辆私人定制的布加迪跑车，通体低调的黑色。车停在他的专用车库里，走过去时，他顺手替沈暮拉开副驾驶座位的门。

这个绅士的动作，方硕做来是贴心，而江辰遇做来，给人一种错觉，让人怀疑自己何德何能被其如此厚爱。没谁承受得起江辰遇的亲自服务，沈暮也不例外。她慌忙停步，背绷得很直，双手立马攀到车门上："我自己来。"

江辰遇却只是微抬着下巴示意她："坐好。"他很有耐心，但这样反而让沈暮更不敢磨蹭。

她今天穿的是一条白底半身裙，上面绣着蓝色的碎花，最外面有一层网纱盖到小腿肚的位置。这让她行动起来不是很方便。她伸手搭住裙摆，拢了拢，网纱里若隐若现的小腿无意间往上多露出了一部分，能看到一片白皙的肌肤，像奶冻似的，光洁无瑕，纤细匀称的双腿上一点儿赘肉都没有。等她弯腰坐进去，系好安全带，江辰遇才神色自若地轻轻合上车门。

如果是跟喻涵或者其他任何一个人一起，沈暮都能心安理得地到 JC 广场随意找一家店吃饭，但对方是江辰遇，总不可能挑在大庭广众的地方，让他抛头露面。于是沈暮就提了西路的那家法式餐厅。江辰遇什么意见都没有，问了她地址，便将车开出去。

兴许是老天也想让这顿饭吃得顺利，他们一路过来都是绿灯。这个时间，天还是亮的，太阳渐渐西沉，阳光斜斜地透过前窗折射进来，直映着她浅褐色的眼眸。她不自觉地眯起眼睛，纤长的睫毛覆下来一些。但她依然安安静静地坐着，不乱动，也不乱看。好在阳光没那么强烈，不像白天那么烫人。

她眼前突然一暗，刺目的光线被什么挡住，眼睛瞬间感觉舒服了。她错愕地抬眼时，就看到那人伸过右臂，帮她翻开了座前的遮阳板。她下意识地坐挺身体，用手指暗暗地戳着挎包，小声地致谢。

江辰遇开着车，始终目不斜视，仿佛刚刚特意为她腾出手所做的动作从没发生过一样。他平静地启唇："看看扶手箱。"

沈暮没多想就应了一声，侧过身，打开自己和他中间的扶手箱。里面很整洁，只有一只皮质镜盒和一盒看起来很昂贵的烟。沈暮不由微怔。他也抽烟吗？就在她愣神间，江辰遇用指尖钩住眼镜，单手摘下，递给她："帮我放一下。"他的语气自然得就像他们正在做小情侣间再寻常不过的事。

沈暮心颤了一下，连忙止住自己乱七八糟的遐想："好。"她略显紧张，小心地接过眼镜。

他的金丝框眼镜躺在她的手心上，很轻薄。她这才发现，这不是近视眼镜，而是护眼的。眼镜上似乎还残留着他身上的味道，很淡很淡，清清凉凉的，闻着很舒服。她乖乖地照着他的话做，将他的眼镜放到镜盒里，目光最后在那个方烟盒上停了一会儿，然后她不声不响地关好扶手箱。

西路的这家法式餐厅是独立店，开业至今不过半年，算是新店，但凭借优越的口味和服务，人气很高。店名是"The Lock"。餐厅远离喧闹的路口，在一个相对安静的位置。餐厅绿荫遮蔽，环境、装修都没有浓重奢华的色彩，而是偏典雅的复古风格，主色调是暖白色调，廊柱雕花十分精致。餐厅整体给人的感觉是素雅且温馨，顾客走进这里，真的有种漫步在法国街头的错觉，满心满眼都是欧式田园气息的浪漫。

沈暮还挺喜欢这儿的，但一被招待员带进店里，就开始后悔了。放眼望去，大厅里都是成对的相互挽手揽腰的情侣，忽然就显得她和江辰遇一起用餐非常不合时宜。

沈暮跟在招待员的身后有些走神儿，手臂倏地被江辰遇虚虚地握住。他指腹上属于男人的微烫的热度，透过她短袖处薄薄的雪纺传递到她的肌肤上，令她霎时间感觉如被电到般酥麻。她情不自禁地蜷缩了一下。

没等这个心不在焉的姑娘做出更多的反应，江辰遇把她往自己的身边带了带，确定她和迎面托着托盘上菜的服务员避开后，就松开了手："看路。"

沈暮在他温和低沉的声音中回过神来，才意识到自己刚刚险些撞到人。她觉得脸颊发烫，弱弱地道了一声："好。"

餐厅侧重法式情调，没有设包间。招待员将他们领到窗边的座位，那里余晖正好斜斜地照进来，好似亮亮的金箔碎片散落在桌面上。

江辰遇帮沈暮拉开椅子的时候，她在原地僵了几秒。但她转念一想，这份细心对他而言，或许没有别的意思，只是最基本的涵养罢了。她也没有多余的想法，温和地说了一声"谢谢"，抚了抚裙子，承下他的体贴。

他的手还搭在椅背上，在她坐下时，他将椅子适度地往里推了些。有那么一瞬，她感觉到他从后面靠过来，带着微热的气息，和她挨得有点儿近。他的身上没有香水味，也没有一点儿烟味，恍惚融着雪的幽冷。她后颈的肌肤甚至敏感地察觉到他淡淡的呼吸。

沈暮突然慌乱了。在男女相处方面，她完全没有经验，很轻易地就能察觉到二人之间非同寻常的亲密。其实这个过程只有几秒，但她一颗心跳得飞快。

江辰遇在对面坐下的时候，沈暮好似掩饰什么一般，忙不迭地将菜单主动递过去："您点。"

知道这个姑娘是个随遇而安的性格，不喜欢做主，江辰遇便也没推托。他简单地点了几道菜，和上回一样，不问她想吃什么，只问她行不行，她都是毫不犹豫地应"好"。她的脸蛋儿清透莹白，但神情淡淡的，似乎她对食物的欲望很低。江辰遇浅浅地看了她一眼，若有所思："你是不是已经吃腻了？"

沈暮一顿，有点儿被他的敏锐折服。在法国待了四年，相比之下，她现在真的宁愿选择路边的大排档。但这顿饭是要请他的，她并不在意自己的喜好，轻轻地笑着说："合您的口味就好，我都可以吃。"

目光在她温暖的笑容上停留片刻，他略微弯了弯唇："没有让女孩子迁就的道理。"

沈暮的反应顿时慢了半拍。这种被关心、在乎的感觉，哪怕只是出于男人的风度，也让她觉得特别温暖。

江辰遇沉默片刻，没多言，招呼服务员取消了菜单，只留着刚刚给她点的舒芙蕾。沈暮茫然不解，以为是他对这里的菜不满意，为怠慢了他而惊慌："您没有想吃的吗？要不我们换个地方？"

江辰遇没有要解释什么："嗯，先等你的甜点，你不是想吃吗？"

沈暮有些吃惊。刚刚托着托盘的服务员经过时，她只是多看了两眼盘上的舒芙蕾，表现得有这么明显吗？

江辰遇将她的心思看了个透彻。他向后靠在椅背上，交握的手随意地搭在腿上，唇边浮现出慵懒的笑："你盯了半天了。"

沈暮双颊一热，羞赧地抿了抿唇，只能笑而不语，有些拘谨地抬手将垂落的长发别到耳后。

舒芙蕾的味道很香甜，只是江辰遇就坐在她的对面，她小口地吃着，心跳不太稳。因一直埋着头，长发总是不听话地散下来，她吃两口就得抬手将长发往耳朵后面撩一撩。江辰遇静静地看了她一会儿，抬手勾到温莎结，扯开自己的领带。他慢条斯理地将领带解下来，递到她的面前。领带是银灰色的，真丝材质，羊毛内衬十分柔软。

沈暮蒙蒙地顺着他的手抬眼，目光瞬间和他的目光交缠到一处。

江辰遇嗓音温和中带着点儿磁性："绑一下。"

第五章
网恋对象

舒芙蕾蓬松绵软，入口即化，于江辰遇说话的瞬间，在沈暮的舌尖上"砰"的一下绽放出无穷的奶香。她呆住，思绪好像也忽地跟着蓬松起来。

江辰遇的嗓音低沉悦耳，他提醒道："头发。"见她还在咬着叉子，难以置信地望着自己，一动不动，他微微地挑了一下眼梢，"要我给你绑？"

这是一句似是而非的玩笑话。沈暮的睫毛忽地一颤，沈暮没办法思考了，手里的叉子也有点儿握不住了。他解开价值或许几万元都不止的领带，只是……拿来给她绑头发？他先前的所有举动，她都可以理解成是君子之礼。可他现在这样是为什么呢？她不明白，也不敢接领带，可不接又显得不恭。她慢慢地放下含在嘴里的叉子，寻思半响，没什么底气地说："会皱的。"

"不要紧。"他完全不以为意，语气淡淡的。

沈暮轻咬了一下唇，接不接都好为难。她容易产生严重的亏欠心理。他人给予她一丁点儿的好，她都能记很久。这也是她恐惧与他人形成短期亲密关系的原因。对一般人而言，兴许从陌生到熟络的过程轻松到不值一提，面对他人的善意都能坦然接受，但沈暮不行。她是个非常慢热的女孩儿，交往中也很被动。

这四年来，对于这个姑娘的性格，江辰遇早就了然于心。他不动声色地换了一个说法："领带皱了，你就帮我洗一下，可以吗？"

沈暮愣了一秒，陷入纠结中。她不得不承认这个男人很明了她的心思。他不会问她"想要或需要"，因为她不可能给出明确的答复。但当他问"是或不是"的时候，她必定要做出一个选择。偏偏她不懂拒绝，就比如现在。她内心挣扎良久，最后也只能慢吞吞地点头："可以。"

江辰遇略一抬手示意，沈暮犹豫着伸手接过领带。这条领带是窄版的，纯正的银灰色显得内敛而高雅。那光滑柔软的质地，令她在以指腹轻触的一瞬，感觉像是摸在羽毛上。这条领带一看就好贵，沉思片刻，沈暮诚实地交代："但是我没洗过领带。"她可能会把他的领带洗坏，到时候真的赔不起。

江辰遇坐在那儿，保持着一贯的从容不迫，仿佛这世上没什么是他不能自如地应付的："搜索引擎。"

沈暮哑口无言。正常人不是该说"没关系"之类的话吗？然后她再回答"还是不了，怕洗坏"。这才是正常的对话逻辑啊！可他怎么这样？连一点儿拒绝的机会都不给她，将她的希望断得这么彻底。

他直接来一句"搜索引擎"，让她自己寻思。她不太灵活的社交方面的那根筋，完全拐不过弯来。她怔了一会儿，落入他的圈套里："嗯……好。"

江辰遇唇边噙着淡淡的笑意："谢谢。"

不及细想，沈暮下意识地便连连摇头说"没事"，过了一会儿忽然反应过来，为什么变成他道谢？但此刻他的领带已经躺在她的掌心上，她说什么都为时已晚。

等沈暮吃完舒芙蕾，江辰遇又很顺手地买了单。可事先分明说的是她请客感谢他，他却只说等会儿再换她买单。她有点儿想哭。事情到底是怎么发展成现在这样的？这情况也太不对劲了。

附近有一家颇有名气的中餐馆，距离 The Lock 不远，大概隔着半条街，所以他们是走路过去的。只是江辰遇的外形太惹眼，一路上，不少经过的女人有意地瞟过来，显然是在看他。不过倒是无人上前搭讪，可能是因为他身上的疏离感太强，让人感觉高不可攀，也可能是因为他身边已经跟了一位漂亮的姑娘。

太阳已没入地平线，天光处于明与暗的临界状态，林荫大道上斑驳的树影也渐渐地加深了颜色。一家高定时装店前，宋晟祈慵懒地倚在树上，将手机放在耳边，嘴里咬着一根烟。

"阿祈，你在哪儿？今晚回家来吃饭。"从电话那边传来的是女人带着宠溺的声音。

宋晟祈以两指夹住烟，懒懒地吐出一口青雾："不回。"

"听话。你爸这两天在气头上，你收着点儿脾气。"

宋晟祈将烟灰抖落："让他气着。"

女人将声音压低了一些："哎哟，'祖宗'，你就安分点儿吧！九思那件事还没解决呢。陈制片好心帮咱们，你还将人家拖累了，让你爸怎么交代！"

宋晟祈正要说什么，电话那边传来得稍远的怒骂声："你让他滚！不回来就一辈子别回来！我的钱，他一分都不要想！"女人一下就慌了，赶忙出言安抚。

宋晟祈随后嗤笑道："稀罕。"

电话那边的骂声越来越远，最后宋晟祈已听不见。女人大概是避到了阳台之类安静的地方："儿子，你听妈说。公司里最近出了不少岔子，好几项合作要黄。你就先别在外面瞎玩儿了，回公司里帮忙，也是为你自己好。"

女人语重心长地劝着。宋晟祈吸了一口烟，不应。他当然知道，一旦宋氏倒台，那老东西的遗产凉了不说，自己还上哪儿过现在这样安逸的日子？宋晟祈眉头皱起，脸上带着不满的痕迹，烦躁地抬头，忽然一眼望见马路对面那两个醒目的身影。

男人身着深色西装，身姿挺拔，远远地就能感受到他那独一无二的气质。和他并肩同行的小姑娘走在人行道的内侧，轻垂着眼眸，浅色上衣很修身，白底的半身裙上点缀着蓝色花纹，双手搭在身前的杏色小包上，整个人看上去清秀乖巧。

精品街的马路不宽，车辆甚少，借着尚未尽暗的天光，他能清晰地辨别出对面之人的面容。宋晟祈顿了顿，眼神变得犀利起来。他微微眯眼，突然笑了一声，拖着长长的尾音道："他不是还有个好女儿吗？"说罢，宋晟祈掐断通话，将烟头抵在树干上捻灭，打开手机相机。

唐妍拎着满手的购物袋从高定时装店里出来时，宋晟祈正好发送完照片，关掉微信。唐妍笑盈盈，似乎对这家店很满意："走吧。"

宋晟祈将手机揣进裤兜里，恢复了散漫不羁的神情，上前两步，极为自然地搂上她纤细的腰肢："还有要去的地方？"

唐妍心领神会，却故意凑到宋晟祈的耳边呵气："回家喽，还能去哪儿？"

女人主动撩拨，男人大多是禁受不住的。宋晟祈暧昧地在唐妍的腰间摩挲着："宝贝儿，今晚别回了。"

这顿中途改到中餐厅的晚饭倒是很顺利，用餐结束后，江辰遇开车送沈暮回家。这是他第二次亲自送她回家了。

黑色的布加迪跑车熟门熟路地开到春江华庭，停靠在大门口。回到熟悉的地方，沈暮在心里默默地舒了一口气。这一晚上，那人虽不见初遇时的冷漠，但她还是克制不住心惊胆战，或者说是心脏不可控制地"怦怦"乱跳。车内的照明灯亮起，她垂眸去解安全带，而后跟他道别。短暂地迟疑后，她轻声地说："领带……我洗干净后就还给您。"

江辰遇将手搭在方向盘上，微微侧头看着她。她那一头柔软的长发，用他的领带绕了两圈，往后松松地绑着。银灰色的带子顺着发丝垂下来，那色调意外地和她今天所穿的裙子的色调很相配。柔和的灯光为无边的夜色添了一抹温柔，在交错的光与影的映衬下，她真的宛如一个温柔恬静的小仙女。

江辰遇的眼底有轻微的波动。他凝视着近在咫尺的乖女孩儿，有一瞬忽然产生想告诉她自己是谁的冲动，但也只是冲动。既然在微信的交流中，自己答应过她可以慢慢来，见面与否都取决于她，那他就得言而有信。再说，现在的情况，她见他如遇狼，他还真怕谜底揭得太突然，把她吓跑。

"嗯，不急。"他停顿了一下，缓缓地道，"最近心情还好吗？"他目前更想知道，这姑娘分手后有没有痛不欲生，特别是那天晚上还哭着睡着。

但沈暮对此一无所知。江辰遇问的这个问题，对她而言，属于关心过度，已有越界的倾向。夏夜的闷热和周围嘈杂的声音都被挡在窗外，车内的冷气开得舒适宜人。凉风轻拂过她的脸颊时，那抹温热稍稍退去，令神思不定的她在迷惘和清醒间徘徊。

她的目光直直地撞进他的眸子里，突然间，她连逃避的本能都莫名地失灵了。窗外夜色迷蒙，而他们在一方被暖光笼罩着的私密空间中四目相对。

他整个人沐浴在一片光影下，侧颜轮廓分明。他与她近在咫尺，却让她有种"隔花阴人远天涯近"之感。她忍不住想：他的外貌能不能不要这么优越？那样的话，她或许能和这位公司里的最高层领导相处得自在一些，可他的五官偏就完美到找不出任何缺陷。无论是形象、气质，还是内涵，他都无可挑剔。他举手投足间，俱是旁人学不来的成熟和稳重。这样的魅力，是很容易让一个涉世不深的女孩子想歪的，尤其他还有意无意地展现温柔、周到的一面。

不管是否误解了他的意思，沈暮对此都承受不住。她只能揣着明白装糊涂，抑制住内心的慌乱，佯装镇定："嗯，挺好的。"理智告诉她不能再多待一秒，"您慢点儿开车。"她礼貌地说完，在他颔首回应后，便侧身推开车门。

沈暮小跑着进了小区里，纤瘦的身影渐远。布加迪跑车在门口又停驻片刻，才缓缓地发动驶离。

沈暮开门进屋时，喻涵刚从浴室里出来。喻涵用毛巾包住湿发，穿着短袖套装睡衣，正想躺到客厅的沙发上敷一张面膜，见到门口的沈暮，大吃一惊，连忙问："回来得这么早？"

沈暮换上拖鞋走进来："已经八点了。"

喻涵在沙发旁愣住，不敢相信："八点，夜生活还没开始呢。你和江总已经出去约会了，也不做点儿什么？"

沈暮走到餐桌旁喝了一口水，抿了抿唇，奇怪地看着喻涵："做点儿什么？"

这姑娘怎么能如此不开窍！绝世好男人就在眼前，她都不知道把握机会！喻涵简直恨铁不成钢，以疯狂地鼓掌来暗示："懂没？"

耳边掌声不止，沈暮莫名其妙地瞧了喻涵一眼，径直走进厨房里，从冰箱里取出牛肉："明天要上班的，你不能睡得太晚。"

喻涵听罢，双手颓然落下。很好，这位没懂。沈暮把牛肉放到水槽里提前解冻，神情中有几分忸怩："还有，我是还人情，不是和他约会。"

都说当局者迷，喻涵被这个迷到满级程度的傻姑娘气得长叹一声："我醉了。"

准备好明天的早餐食材，沈暮走出厨房，闻言，对着喻涵的脸端详片刻，心里想着喻涵今晚参加同事的生日聚会："你喝酒了？我给你冲一杯蜂蜜水。"

喻涵无力地摆手："没喝酒，我是开车去的。那就是个只喝饮料的饭局。"刚说完，她突然反应过来，"哎，不是，我说的不是这个'醉了'。我说的是……"

话在喉咙里堵了好一会儿也出不来，她索性放弃解释："罢了，罢了。"

沈暮微微地笑着，眉眼间含着温柔："那我先去洗澡啦。"

在沈暮往房间里走的时候，喻涵忽地瞟见什么，眼睛蓦地一亮："站住！"

沈暮止步回首："怎么了？"

喻涵趿拉着拖鞋跑过去，当面质问："你头发上的是什么？"

沈暮一愣，突然想到那人的领带还在头发上绑着，双颊顿时飞红。她心虚地不做任何回答，快步进了房间里。喻涵紧追过去，目光中闪着名侦探般的敏锐："江总的？他拿领带给你绑头发？！不得了啊！"

沈暮自己还想不明白其中的意味呢，被喻涵浮夸的"表演"扰得心很乱。沈暮背对着喻涵解开领带，任长发蓬松地散开，然后小心地将领带叠好放到妆台上，红着脸嘀咕："只是因为……我吃饭不方便而已。"

"这还'而已'？"喻涵强迫自己镇定，"你知道外面有多少女人虎视眈眈，排队等着嫁给他吗？你见他多看谁一眼了？"她努力地平复呼吸，但根本冷静不下来："我说什么来着？没有男人能对美人有抵抗力！"

在喻涵疯狂的灌输下，沈暮已经抑制不住狂跳的心脏，极度不安地坐到床上，低头反复绞弄着手指。那人今晚的一举一动，都让自己没办法无视，沈暮越想越不对劲，忐忑地小声说："他好像，是对我有点儿好……"

喻涵一屁股挤到沈暮的旁边坐下："何止是有点儿好！江总在追你吗？"

其实心里隐隐约约有这种感觉，但沈暮哪里敢真的去想？所以当她听到喻涵这么直白地问出来的时候，心还是狠狠地颤了一下，话在嗓子眼儿里噎了半天才出来一句："别……别乱说。"

喻涵一眼看穿沈暮的心思，直接无情地点破："你还惦记着微信里的那位呢？"

想到 Hygge，沈暮咬住下唇，不说话了。喻涵不给沈暮逃避的机会，开门见山地问："说！你对江总是什么感觉？"

沈暮在喻涵直勾勾的眼神的催迫下，只能认真地去想，所以回答很中肯："我刚开始觉得他很恐怖，连看他一眼都像掉进冰窖里一样，但后来发现，他还挺温柔的，特别有绅士风度。而且他很厉害，和那些心智不成熟的毛头小子完全不一样。"

喻涵高兴了，搂住沈暮的肩："对头！这不就得了！"

然而，沈暮接下来的话让喻涵翻了个白眼直接"晕倒"："他和 Hygge 好像啊！"分析完，沈暮开始沉思。尽管自己没见过 Hygge，但气质、内涵这种东西本来就全凭感觉，而且这两个人连声音和语气都那么相似。

喻涵撑住最后一口气，挣扎着爬起来，握住沈暮的肩膀晃了晃："虚拟的人能和活生生的大佬比？与江总谈恋爱，就连想想，我都心潮澎湃！"

沈暮没在听，待慢慢地敛回思绪，才一本正经地看着喻涵问："喻涵，我是不是很不专一？"

喻涵瞬间愣住，脸上一副不可思议的表情："啊？"

随后沈暮惊恐地捂住唇："我这算是……在'养鱼'吗？"天啊！自己怎么是这种坏女孩儿！那天她还跟 Hygge 说，自己单身不"养鱼"呢！

喻涵算是听明白了，这姑娘是和男人吃个饭就觉得自己微信内出轨了。这不是天大的玩笑吗？"就你还'养鱼'呢？你还是担心一下自己别是那条鱼吧。"喻涵对沈暮简直无语了。

可沈暮相当认真，白净的小脸上失了些血色，盈盈双眸望过来，像一只受惊的小兔似的："那我又同江总单独吃饭，又同 Hygge 在那儿聊着，多不好啊！我不能这样……"

喻涵的嘴角一抽。纯情，自家宝贝儿太纯情了。小手儿没牵着，小嘴儿也没亲上，这位就像犯了重婚罪一样。这就是没谈过恋爱的宝贝儿吗？可爱死了。喻涵轻叹一声，拍了拍沈暮的背安抚道："我懂了，你不是'养鱼'，只是把江大佬当成某人的替身。"

沈暮的心脏跳得飞快，掌心紧紧地贴在滚烫的双颊上，她快要哭出来了："我该怎么办啊？"

"什么怎么办？你又没有男朋友。那个 Hygge，四年了，也没说喜欢你啊！"喻涵始终怀疑这个清纯的小姑娘被网聊的坏男人骗了青春。

沈暮抿唇："可是……"

"别可是了。你现在就选一个！你是要网友，还是要正在追你的江大佬？"喻涵再下一剂猛药，吓唬沈暮道，"江总可亲自到美工部来找你。现在大家都知道你俩纠缠不清，没有小哥哥敢越过他的线追你。你自己可得想清楚啊！"

喻涵言外之意——你和你那隔着云端的网友趁早断，惜取眼前人，给我马不停蹄地奔向江大佬的怀抱！

虽然说话的语调浮夸得好像下一秒沈暮就要同江总领结婚证、办喜酒，但喻涵不知道，这四年里，Hygge 在沈暮心中的重要性是无人可取代的。沈暮窘促到极点："我和江总真的没什么。"

短期内的心动是危险的游戏，两个陌生的灵魂碰撞出激情，轰轰烈烈，如饮烈酒；而日久的深情温暖踏实，没有电影里一眼擦出火花的桥段，是抒情的散文诗，如同两个人一起坐在河边，听一首古老的民歌。显然沈暮更倾向于细水长流的后者。在她的认知里，一见钟情的激素式心动是感情的假象，所以江辰遇对她而言是不真实的。她会反复地想，他这么做，一定有某种客观原因。

然而，喻涵无情地揭穿："连脸都要烧起来了，你还说没什么。"

沈暮摸摸烫如着火的双颊，当下心慌起来："我应该只是喜欢他的脸。"见喻涵顿时眼中迸射出"说这种谎话人神共愤"的眼神，沈暮连忙苍白地辩解，"这当然是出于对艺术的欣赏，绝不含私情。"就如初见时，自己就动了请他当模特的念头。

沈暮将这种心思归咎于创作本能。喻涵认定沈暮是在胡扯，盯住沈暮，用手一指：

"你就还是选网友呗？"

沈暮按下喻涵的手："你清醒一点儿，我和江总其实不熟。"

这傻姑娘还真是心如磐石，一头栽进网恋对象的粉红花园中无法自拔，连江总那样的男人都不能让她动摇。喻涵被沈暮气得直捶胸口，一副痛心疾首的样子："这叫不熟，你还要怎么熟？我宣布，你现在是人民公敌了！"

沈暮莫名地有种负罪感，生硬地问："为什么？"

"你伤了江大佬的心，没有女人会放过你的。"

什么伤心不伤心的，好自作多情。沈暮羞赧至极，嗔道："谁伤他的心了？"

"宝贝儿，我严重怀疑你的思维运行速度超过了智力，居然放着天神下凡的江大佬不要！"

沈暮蒙了数秒："什么意思？"

喻涵一脸正经："俗称——智……障。"

沈暮真想踢喻涵的屁股了，随即赶喻涵出房间："你快去把头发吹干吧！小心着凉。"

喻涵被推着往前走，一路上还在喋喋不休地咕哝，企图敲醒沈暮那沉睡的心灵。但沈暮不为所动，等喻涵离开后，就抱着衣物径直进了浴室里。

洗完澡出来，沈暮到妆台前想简单地往脸上拍点儿水乳。一坐下，她就看到被放在台面上的那条银灰色领带，眼前瞬间浮现出那人递她领带时毫不避让的凝视。她穿着吊带睡裙，裸露着的手臂又白又细，身上刚从浴室里带出些水汽，在夏夜里微微泛着凉意。可这会儿，她感觉周身的皮肤骤然升温。

沈暮伸手去拿水乳的动作停住，不自觉地心慌脸热。她深深地吸了一口气，只能归因于江总和 Hygge 太相似，从而导致她对两个人有时无法分清，造成情感错位。她心想：客也请了，情也还了，现在自己要尽快将领带还给江总。她三两下收拾好自己，便开始在网上搜索领带的洗法。最后，她总结出：领带用水清洗容易变形，尤其对于手法不考究的新手，这是件难事；这种真丝材质的领带适合干洗，需要垫一块湿布，用电熨斗低温熨烫。

网上清一色都是这类说法，但她还是不能确定。她琢磨了一会儿，打开微信找"行走的搜索引擎"："你会洗领带吗？"

过了两分钟，Hygge 回复："不会。"

沈暮顿了一下，想他平常可能不戴领带，便没再问，只是哀怨地将和领导吃饭的事告诉他。她讲得很粗略，但没有隐瞒，最后说："我真的不敢乱洗。"

Hygge 不以为意地道："那就不洗了。"

沈暮感到很为难："不洗怎么行？我已经答应人家了。我就是怕不小心把领带洗坏了。网上都说这种领带用的是易损面料。"她叹了一口气。

Hygge 沉默半晌，让她生出一种他在认真地替她想办法的错觉。片刻后，他说：

"洗坏了，你就再请他吃顿饭。"

沈暮骤然愣住。这位一定是"猴子派来的救兵"吧，搞半天就想出这个把她往狼窝里推的损招儿。"你是思维运行速度超过智力了吗？"她现学现卖，反正他"2G冲浪"，对当下流行的网络语言不熟悉，也不知道她在说什么。

然而几秒后，Hygge漫不经心地回道："骂我？"

沈暮正暗自得意，见他这么说，蓦地浑身一震。他！怎！么！就！懂！了！呢？！在背后捉弄正人君子的心虚感顿时冒了出来，她慌里慌张地撤回这句话。

Hygge啼笑皆非："你学坏了。"

沈暮头皮有点儿发麻："你什么时候改'5G冲浪'（形容对网络上的新消息很了解）的？"

Hygge："5G冲浪？"

"……"好吧，当她没说。

沈暮也不指望他能在洗领带这方面提出可行性建议了，只能自己根据网友的说法慢慢地摸索。看了一眼时间，晚上九点多，她不再拖拉："我去洗领带啦！"接着她又下意识地问他，"干洗，你说好吗？"

Hygge以随她去造的口吻回道："好。"

翌日一早，沈暮和喻涵到了公司里。进办公室前，喻涵凑到沈暮的耳边，意味深长地说了一句"做好心理准备"。

沈暮疑惑着，前脚方踏进办公室，下一秒就被浪潮般汹涌而上的同事们团团围住。他们七嘴八舌地打探情况，震惊、激动的程度完全超出沈暮的想象。一时间，办公室内人声鼎沸，简直像将昨晚喻涵的音量扩大百倍。大家探问的焦点，离不开沈暮和江总的关系，还有更为夸张的，直问两个人是不是保持地下恋情很多年。

被当场"解剖式"追问，沈暮完全慌了，当下丧失了语言功能，愣怔在原地，不知所措。这回喻涵非但没帮沈暮解围，反而参与其中。喻涵怒其不争地道："嘿，你们都不知道，昨晚江总还拿领……嗯……"

沈暮倏地捂住喻涵这守不住秘密的嘴，仓促地接话："啊，因为我有个老师和江总是朋友，所以我跟江总只是认识而已。"

沈暮三言两语将自己和江总的关系推得干干净净。喻涵也在沈暮虽然带着气恼但很可爱的眼神中，忍泪把惊天的秘密咽回肚子里，自己憋着。似乎被沈暮的说辞蒙混过去，大家似懂非懂地点头。尽管事情不像自己想的那样，但大家还是很羡慕沈暮。毕竟能和江总私下认识，还一起吃饭，简直幸福爆棚了好吗？！没再被大家继续深问，沈暮暗暗地松了一口气。

上午，莫安临时开会，除了分配近阶段的美术任务，还通知服化组出差去临城。为使电影效果呈现到最好，他们需要在临城上一周的妆效培训课。由于时间安排得紧，所以出差的人明日就得出发。

会议结束后，回到办公室里，服化组的人员转眼就开始"抱头痛哭"。沈暮对此不太理解，想着大概他们的出差培训，就如同高考冲刺，让人头大吧。

莫安给沈暮分配的任务比较轻松，是绘出后期拍摄涉及的一个场面，倒是不赶，也能让沈暮有充足的时间适应。但沈暮不喜欢拖延，甚至稍有强迫症地一定要将手头的事办好才能安心，所以一上午都在专心地根据剧本描述的内容查找相关资料。直到午饭时，沈暮在食堂里无意间听见旁边桌的女同事在窃窃私语。她们隐约是在说，今早在电梯间里偶遇江总，要被他帅晕了之类的。

沈暮不由得感慨起来，江辰遇还真是遍地追求者。随后她突然想起，他的领带还在自己的包里。领带是肯定要还的，但她不想太招摇。故而等午休时间，大家都睡了，她才取出领带，悄悄地走出办公室。

二十六楼总裁办公室内，方硕把江辰遇签好的文件归类后移到一旁整理妥当，然后查看了一下行程表："江总，您和徐董约的是今晚七点，在北城金榭酒店里。下午三点得出发，您先休息一会儿吧。"

指间的白金钢笔微微一顿，江辰遇垂眸略一思索，淡淡地"嗯"了一声。方硕口中的徐董，是江老太太的老友之子，徐氏也是江盛的长期合作伙伴，因而按照晚辈之礼，双方商谈合作事宜时，一般都是江辰遇亲自去。

"那我就先出去了。"方硕很快离开总裁办公室，不扰江总清静。

江辰遇搁下笔，站起身，将西装外套脱下后随意地搭在椅背上，而后一边徐徐地解着衬衫的袖扣，一边迈步往内间的卧室里走去。

这边，沈暮刚出电梯，与要下楼的方硕正好遇见。方硕先是有些意外，愣了一下，而后眼神中便带着某种深意："沈小姐是要找江总？"

沈暮跟方硕打完招呼，闻言点头："我来还……"她忽地顿住，想了想，改口说，"还东西。江总在忙吗？"

方硕眼尖，轻易就瞧出她的手里拿的是领带。那是男人的领带，是江总的，没跑了。方硕难以抑制已漾上唇边的笑意，思维一下扩散开来。难怪昨天下午江总早早就放自己下班，原来是晚上和小姑娘有约。这是做什么了？连领带都落在人家那里了。江总就是江总，一出手，快、准、狠！

半晌不见方硕回答，沈暮有些犹豫地唤了一声："方特助？"

方硕顿时回过神来，不动声色地微笑着："江总在里边呢，沈小姐进去就行。"

她眼中浮现出一丝狐疑，总觉得今天方特助有点儿奇怪，一副不是很靠谱的样子。但她也没说什么，礼貌地道谢后，便和他分开，往里面走去。

上回来这里时，沈暮也就到过电梯的门口，只看到那面极具高级感的灰色外墙上镶嵌着一个标识牌，标识牌上有"总裁办公室"的字样。今天顺着地毯一直走到长道的尽头，拐弯绕进去，她才发现里面竟然别有洞天。偌大的全景办公室堪比私人套房。

从外间一眼望去，冷色调的装修使大厅显得大气宽敞，沙发和办公桌都是简约现代风的，以灰白为主色，给人一种至简至奢之感。

自动感应玻璃门打开，沈暮一边四下张望，一边走进去。她忍不住感叹，能把商务和艺术的美感结合得如此完美，这间办公室的设计师一定是大师级别的。她曾去过宋氏的董事长办公室，觉得远不及这里。

落地窗明净透亮、纤尘不染，盛夏明媚的阳光照进来，洒下一片金光，映得偌大的办公室非常明亮。沈暮走到办公桌前，发现那人根本不在，等了一会儿，周遭也无甚动静。她秀眉微皱，开始怀疑方特助是在忽悠自己了。

"嗡嗡嗡……"就在这时，被搁在桌上的手机忽然振动起来。沈暮愣了一下，注意到那人的手机还留在桌上，正进来一通电话。

他人呢？沈暮向左右望了几眼，思索片刻，清了清嗓，启唇轻唤："江总……"

她的尾音还淡淡地飘着，面前背景墙上的隐形门突然被打开，江辰遇从内间走了出来。她望过去，视线和他的视线撞个正着。沈暮喉咙宛如被扼住，倏地收了声。她前一刻还有勇气喊他，真将人喊出来了，又瞬间怂了。

沈暮出现在这里，江辰遇也感到有些意外。他顿了一瞬，气定神闲地走过去。见他过来，沈暮连忙抬起双手，声音很轻："江总，我是来还领带的。"

江辰遇看了一眼她手上的领带，没有接："稍等。"他的嗓音一贯低沉，说罢，他坐到办公桌前，拿起手机看了一眼。

沈暮乖乖地说了一句"好的"，心里却想着，他让她把领带放在桌上就走不就好了，干吗还让她等着？她在这里真的要慌死了。

沈暮正在心里小小地抱怨着，只听江辰遇忽然说："帮我泡一杯咖啡，谢谢。"

突然被使唤，沈暮越发茫然，愣了好几秒，才忙不迭地点头："好。"

她想了想，将领带轻轻地放到他的桌子上，然后走到旁边的咖啡台旁，研究那台看起来很有高科技感的咖啡机。她不怎么会操作这种高档咖啡机，刚想回头问他怎么使用，他的声音便从身后传来。

"奶奶，我最近忙，等过几天的。好，我一定去。"他已接通了电话，正在与人通话中。

沈暮只好咬了咬唇，自己开始捣鼓。好在她也常用普通的咖啡机，琢磨了一下，发现这台咖啡机也不是很难操作。大约三五分钟，她就泡好了一杯黑咖啡，而江辰遇还在通电话。他没说要不要放糖，沈暮就取了两块方糖放到碟子上，然后将咖啡给他端过去。刚煮好的咖啡稍微有点儿烫，她端着骨瓷咖啡杯站在桌边，不知道放在哪儿。

"没有的事。方硕跟您说的？"江辰遇一边听电话，一边抬头看了她一眼。见她半天也不把咖啡放下，他抬手随意地指了一下桌子。她会意，慢慢地走近他，把咖啡小心地摆到他的面前。

沈暮站在桌前，而他就在她的身后，坐在椅子上，和她的距离很近。她放好咖啡，就想着赶紧退开，站到旁边等。谁知她刚转身移了半步，就不慎踩到了他的脚。她脚底一滑，没站稳，蓦地一个趔趄向侧面扑倒。

沈暮低低地惊呼一声，整个人朝他摔过来。他眸光忽闪，手疾眼快地勾过她的腰，将她稳稳地搂住。他身上的白衬衫的纽扣松了两颗，坚实的胸膛半露着，她猛地跌坐到他的腿上，脸磕到他的颈窝处。

江辰遇的呼吸一窒，他明显地感觉到沈暮柔软的唇在他的锁骨处贴着。他垂下目光，又发现怀里的人这么一摔，藕粉色裙子的下摆上移到了腿根处，露出一片细腻光滑的肌肤。

她的腿很漂亮，纤长匀称；肤色是奶白色的，白中微微泛着粉，从视觉上便能令人遐想到那柔滑的触感。她应该不太穿高跟鞋，小腿的肌肉曲线柔美。而这双完美无瑕的腿，因裙摆上卷展露出来，就这么并拢侧贴着他。她穿着一双浅口平底单鞋，露出秀气的脚踝。此刻，她的脚尖虚虚地点地。这不过是个失去重心的动作，偏偏美得好似在引诱谁。

只一秒，江辰遇便别开视线。但他不看也无济于事，怀里的姑娘像一团柔软的棉花似的，微热的气息呵在他的颈侧，清甜的体香轻荡而来。极致的柔，撞上极致的刚。

领口分明松着，江辰遇却感到逐渐透不过气来。被他放在耳边的手机还是接通的状态，江老太太非常敏锐，声音从另一端传来："辰遇，你那边是什么声音？"

沈暮摔蒙片刻，骤然回过神来，下意识地用手在他的胸膛上撑了一下，立马抬头，挣扎着起身。她跌坐的地方，两个人的腿只隔着一层西装裤，无意地摩擦间隐隐有温度传递。江辰遇的气息不经意地乱了，他握着她的腰肢扶了她一把。等沈暮借他的力站起，他的身上一空，紧绷的神经才渐渐地放松下来。

沈暮脚一着地，就微晃着躲远两步，惊慌失措地抚平裙摆。还好她穿了肤色的安全裤，没真的走光。心"怦怦"乱跳，久难平复，她用手攥住裙边，紧收着下巴，只敢盯着大理石地砖："对不起……"她声音有点儿飘，惊慌得快要说不出话来，刚刚在那人怀里的感觉萦绕不去。他好像有胸肌……她抿了抿唇，脸蛋儿滚烫。她感觉自己宛如膨胀到极限的气球，随时要爆炸。她方才不小心，牙齿正撞到他的锁骨上，自己的嘴唇也被磕得微微泛疼。

见沈暮怯生生的，江辰遇正要说什么，江老太太那颇有气势的声音先一步灌入他的耳中："你跟人家女孩子在一块儿呢，还想糊弄我老太婆？我可都听到了啊！"

江辰遇眉头轻皱："不是您想的那样。"

有方硕的情报在前，江老太太一口咬定："你凶人家了是不是？我不听你说，你把电话给她。"

江辰遇颇感无奈："奶奶……"

"快点儿！"电话那端江老太太语气坚定，没有任何商量的余地。

江辰遇闭上眼，捏了一下高挺的鼻梁。他在工作上得心应手，唯独对家里的这位老太太颇为头痛。江老太太又是一句，勒令他快让姑娘接电话。他只得放下手机，看了戳在几步远的沈暮一眼。

她在法国待了四年，她的衣着风格似乎都以法式为主，精致、浪漫，很耐看，黑发自然地垂下，浑身散发着艺术少女的文雅气息。他的眸光不觉深了几分，他轻声唤她："过来。"

沈暮抬起头，愣怔半晌，确定他在和自己说话，才心有余悸地重新走近他。待她慢吞吞地站回自己的身边，江辰遇打开手机的扬声器，然后将手机递给她。她还陷在刚才那一摔的惊心动魄的感受中，再无多余的脑细胞用以思考当前的情况。她脑子一空，就下意识地伸出双手将他的手机捧了过来，动作很小心，尽量不碰到他的手指。

看到通话界面上备注的是"奶奶"，后知后觉的沈暮感到强大的压迫感突然袭来，转眼就想将手机还给他，而那边的江老太太先出了声："喂，小姑娘啊！"

老人家语气温柔和蔼，隐含着试探的意味。沈暮在江辰遇的眼神示意下，愣愣地回应："您好。"

从江老太太说话的声音中能听出来江老太太很开心："别怕，别怕。辰遇这孩子真是不懂事。你看什么时候方便，来奶奶这儿玩儿。"

乍一听"奶奶"两个字，沈暮耳内忽地嗡鸣了两声，心像是被猫爪子挠了一下。她僵住了，张了张嘴，意外地发不出声音，不晓得要说什么。

江辰遇替沈暮回答："奶奶，我已经说了最近公司忙。"

"孙媳妇"来之不易，江老太太知道不能逼得太紧，特别好说话地笑道："那这样，下个月月初奶奶办寿宴，到时候让辰遇带你过来，好不好？"

江辰遇一顿，没有说话。他也想不到奶奶会问得如此直接。沈暮刚刚从那一瞬间的情绪里缓过来，还不在状况中，闻言，望向江辰遇。他的视线正好也投过来，但他始终沉默不语。沈暮以为他是要自己帮忙将老人家哄过去的意思，思忖片刻后，温柔地应了一声："好。"

江辰遇凝视着她，眼底微光闪动。而江老太太在沈暮答应后，话语间的笑意完全收拢不住。既然已经约定好，江老太太便心安了。所以在江辰遇拿回手机，敷衍两句，准备结束这通电话时，江老太太欣然接受了。

"不必当真。"江辰遇把手机丢到桌上，随口给沈暮打了一剂定心针。怕气氛再变得微妙起来，好像两个人不清不白似的，沈暮连忙点头应"好"，想说自己就先走了，又一眼瞧见他纯白色衬衫的领口处被蹭上一抹薄荷绯红（一种口红颜色的名称）的口红印迹。别是自己洗完领带又洗衬衫了吧……沈暮快要窒息了。

江辰遇见她纹丝不动："怎么了？"

沈暮偷偷地挠着手心，心里的两个小人儿打了八百个回合。最后，她还是过不了道德素养这一关，从他的桌上摆着的纸巾盒中抽出一张纸巾，靠近一步，低头帮他擦拭。他微微一顿，坐着没有动。沈暮擦着擦着，忽然惊悚地发现他右侧锁骨处竟有一个完整的唇印，没控制住，手一抖。她默默地抽了一口凉气，不声不响地将纸巾移过去，落到他的锁骨上，轻柔地擦了擦。江辰遇默然不语，只是略微抬高下巴，像是为了方便她擦拭。她掩饰着内心的慌乱，屏息继续擦着。

对先前意外的亲密接触，他们都只字不提，然而也正因如此，暧昧的气氛反而被烘托到极点。沈暮收回手，皱起眉头，温暾地说："衣服上的，擦不掉……"

她灰得跟闯了祸似的。江辰遇倒有些想笑："怕什么？不让你洗。"

沈暮的心"怦怦"乱跳，她悄悄地觑了他一眼："那江总，我先回去了。"

江辰遇抿了一口咖啡："去吧。"

沈暮回到美工部，大家还在午睡，没人留意到她出去过一趟。她刚历了一回险，坐到座位上松了一口气，又开始发呆。

沈暮从没与男人有过任何亲密的接触。在她的认知里，自己方才的行为是疯狂的，尤其对象还是江辰遇，所以她整个下午都在走神儿。最后，她决定将这件可怕的事情忘掉。

下班回家吃过晚饭后，喻涵就开始整理行李。她明天要出差，一早的飞机。沈暮提醒喻涵放好身份证，然后帮着仔细检查有无遗漏的必需品。

喻涵将被塞得满满当当的行李箱关上，搁到客厅的角落里，叮嘱道："接下来的一周，你自己要乖乖的，注意安全。"

"知道了。"

"你不会开车，上下班就坐公交车或打的，出门时千万要记得带着家里的钥匙，有事随时给我打电话。"喻涵说，操心的样子，像家里有个留守儿童。

沈暮笑着说："我是三岁小孩儿吗？"

喻涵一脸理直气壮的表情："你不是三岁小孩儿，你还不满三周岁。"

把刚接触社会的乖乖女单独留在家里，喻涵还真难以放心，生怕单纯的小红帽遇见大灰狼，到时自己连赶着去救人都来不及。沈暮又好气又好笑地瞋了喻涵一眼，倒是没反驳，只提醒喻涵在外要照顾好自己。喻涵心里是不舍的，但面上笑得很无所谓，只说自己又不是去一年半载，一周过得很快，让沈暮吃好睡好，让她别太想自己。次日一早的航班是大家统一订好的，连一分钟都迟不得。行李收拾完毕，喻涵就回房间里睡觉了。

第二天，沈暮和喻涵到公司后，服化组便集合，一起出发去机场。

办公室里少了一群人，忽然让人感觉寂寥几分。上午工作时，不知是谁感叹了一句："一群话痨走了，这么静，好不习惯啊！"

有女同事随口一说："江总今天好像也没来。"

沈暮低头正在尝试画草图，听到"江总"那两个字时，下意识地停了一下，随后又面不改色地继续动笔。说到办公室变得清静了，沈暮对此倒没有任何不适。她一向喜欢安静的环境。

"小暮，你看看这张图。"

沈暮抬头，见张慧琪拿着一张线稿过来，连忙放下笔，应了一声，将线稿接过来看。画里是一片海上破晓的景象。战舰之上，归来复仇的男主角，身着银铠，英气凛然。他站在舰首，迎着冲破云雾而来的天光和风浪，如沉睡的龙浴火重生。

"这个画面拍出来，时长也就三秒到五秒，但这里是个很重要的剧情转折点，现在这么布景，我总觉得有那么一点儿死板，没什么气势。你有没有什么好想法？"张慧琪苦恼地靠在沈暮的桌旁。

突然被请教专业性的问题，沈暮有些忐忑，美术学院的课程可没有教过自己如何呈现影视画面。沈暮认真琢磨片刻，只能从写意的角度给出自己的建议："要不加一点儿东西试试？在战舰的桅杆上，布置几盏昏暗的灯，或许可以把黎明破晓的气氛感突显出来。"

张慧琪恍然大悟，盛赞沈暮一语中的，然后飞快地回到座位上改图。在影视行业，沈暮初来乍到，被前辈提问真的很紧张，怕自己给出错误的建议。沈暮从来不是自信的人。

沈暮不由自主地舒出一口气，刚想继续绘制手头的草图，座机"丁零零"地响起来。出过上回的情况，对沈暮来说，座机的铃声就如魔咒一般。她被惊得一激灵，反应数秒，想起江辰遇今天不在，才缓过神来，终于将电话接起。是前台的电话，宝怡打来的，说是来了一个女人，正在大堂的休息区里等沈暮。

沈暮迷惑不解，想不到谁会到公司来找自己。何况她连回国都不曾跟谁说过，遑论自己在九思实习的事了。她隐隐有些不安，但还是去了一趟大堂。

休息区里摆放着暗红色的欧式沙发，水晶吊灯的光射到地砖上，将室内映得更显明亮华丽。

沈暮走出电梯间，便看到女人靠坐在沙发上的背影。女人披散着一头鬈发，穿着一身黑色修身旗袍，给人一种知性的感觉。沈暮上前："你好，请问……"

女人闻声侧首，慢慢地摘下墨镜，露出一张保养得极好的脸。她年纪明显不小了，但眼角的皱纹几乎看不见。看到沈暮，女人扬起唇角，那笑意又似未达眼底："景澜。"

四目相对，沈暮温和的笑意顿时僵在脸上，四肢百骸被激得一颤，呼吸骤然窒住。半晌，沈暮深吸一口气："你怎么知道我在这儿？"

女人将了将裙子，优雅地起身。她穿着私人定制的高档高跟鞋，站起身后，比沈暮要高出许多："你爸爸很担心你，让我来劝你回家。"

女人将话说得通情达理，但声音和神情中，并没有与话的内容相契合的深情。沈暮当然听得出来，也深谙对方的为人处世之道，维持住最后一分冷静和理智："谢阿姨，你们家，我就不去了。您不用再多说什么。"

沈暮自认为已是仁至义尽，也不想摆脸色，说罢便转身要走。然而下一秒，女人就喊住了沈暮："有件事还是希望你知道。"

沈暮停下脚步。女人在她的身后接着说道："不管怎么说，他都是你爸爸。如果你真的忍心不闻不问，这个家也撑不了多久……"

沈暮不知道自己是如何强忍着冲动听完女人的那番话的。回到办公室后，她犹如提线木偶，干坐着失神很久。沈暮眼睛越发酸涩，心烦意乱，真的不愿再去回想，但心里就是忍不住地发慌、抑郁。

沈暮的眼角微微泛红，在办公室里，她也只能忍住，低头点进微信："我晚上想去电影院，你能陪我吗？"

Hygge 不知道她此刻的情绪，收到她的这条消息，似乎带着故意调笑的语气问："要和我见面吗？"

沈暮的心里很难受。她在办公桌前，将头埋在臂弯里："你可以买一张时间和我的场次的时间差不多的票。你愿意这样陪我看吗？"

对方沉默片刻，可能是在考虑，而后问："八点后好吗？"

随后他发来一个定位，显示的地址是北城金榭酒店。

沈暮愣了一下，对他不在南城感到意外，但没有问，知道他八点前肯定是在忙。她轻轻地吸了吸鼻子，只说："好。"

内心极度敏感的人，一旦有事放不下，就会永远存在心里，如同一根刺，时不时地施几分力，让你清醒着感受疼痛，所以沈暮总是有很多委屈。偏偏她的脾性太温顺，她再难受，也是自己默默地忍着，从不会歇斯底里地发泄。就和那句话说的一样——除了懂事，她别无选择。

在所有人的眼里，她是温柔内敛的好女孩儿。别人说起她，都会表现出喜爱之情，但很少有人能越过表象走进她的心里，因为她习惯守着心门，不予放行。

如果说她的心是被现实的残酷冰封起来的，那么 Hygge 就是那个破冰者。他们有相合的磁场、最舒服的相处模式、最一致的频率。只要一句话，不必再多，他就能懂她的脆弱和酸楚。但要问到底具体喜欢他哪一点，她说不清。远近亲疏，自有定位。就好比现在，心里的刺深扎进来，她希望能有人陪，第一个想到的就是他。因为他不会问她不想说的，但做的都是哄她开心的事。就好比现在，她突然说要看电影，他一定知道她是心情不好了。

沈暮深吸一口气，把郁在心口的情绪暂时压下，怎么也得忍到下班的时间。她上网查了一下正在热映的电影，截图发给 Hygge。虽然看电影是双方共同的兴趣爱好，他们也经常互推老电影，或者相约各自找时间去看某部刚上映的电影，然后分享观影心得，但要他今晚特意隔空陪自己一趟，沈暮还是有些过意不去，所以希望能看一部他感兴趣的电影。她问："你想看哪部？"

Hygge 毫不迟疑地回答："你想看的。"

沈暮怔住。或许是因为心情不太好，她突然间分不清他是在问她想看什么，还是在说他想看她想看的。手机静静地躺在画纸上。她垂着脑袋沉默片刻，以指尖轻敲屏幕："我想看你想看的。"这个回复有些中庸，他肯定对她的这句话哭笑不得。

Hygge："你这个小姑娘，约人不事先安排，怎么还要我自己操心？"

沈暮语塞，想了一会儿才说："我是怕你不喜欢啊！"

Hygge 反问："如果我没有想看的，你要怎么办？"

沈暮撇了撇嘴："那就不看了……"

她也只是问问而已，没有无理取闹到非要他答应陪自己的地步。

Hygge："你已经成功约到我了。"

沈暮对他的这句话感到不解："嗯？"

Hygge："希望你对我……"他故意顿了一下，才继续回复，"的行程负责。"

沈暮心中的烦闷倏地被莫名的悸动消解，眼睛酸涩的感觉不自觉地消散。她不经意间就落入他的陷阱里："那我要怎样？"

Hygge 便顺势道："你应该说——这部电影上映了，我想你陪我看。"

沈暮顿时觉得连心尖都烫了起来，败给他的温情。她又一次被他捋顺了毛，那么轻而易举。她轻轻地咬了一下唇："哦……"然后她扭扭捏捏地选了一部爱情片。这部影片的剧情简单，一目了然，大致就是当爱情照进现实，都市男女间俗套的虐恋情深、破镜重圆的故事，但它的评分还不错，看起来也很催泪。她正想给自己的哭泣找个理由。

沈暮截图给他："那这部可以吗？"

Hygge："嗯，几点？"

离春江华庭最近的电影院是在 JC 广场，沈暮查了查那里八点后的场次，有一场八点二十的。她又特意看了一下北城金榭酒店附近的电影院的排片时间，刚好有一场是八点三十的，两边的时间相差无几。她便问他："这个时间怎么样？"

Hygge 说"好"，又问她的座位号。此时可选的座位还挺多，沈暮选到靠中间的，确认购票后告诉他——七排十八座。刚说完，她转念一想，又觉得不对。为什么他要知道她的座位号？她半好奇半开玩笑地问："你是要买十七座或十九座，隔空挨着我看吗？"

他回答得似是而非："就不能是我要去找你？"

沈暮的心跳倏地漏了半拍，但她很快平静下来，有恃无恐地说："可你在北城，和我不在同一家电影院里看。"

她就是仗着他一时不在南城。Hygge 觉得好笑："你不怕我临时回来吗？"

在她这儿，他人品的可信度还是很高的。

于是她明目张胆地说："你说过决定权在我。"

Hygge 沉默片刻，淡然地说："我也说过，男人会有冲动。"

情况似乎不受控地有往奇怪的方向发展的趋势。沈暮及时打住，话锋一转："你这几天都在北城出差吗？"

Hygge："原本是这么定的。"他的话耐人寻味，沈暮当时不明所以。

沈暮和 Hygge 聊完，情绪总算舒缓下来，可以继续工作了。勉强熬过一天后，她没有回家，晚饭也没什么胃口吃，况且公司就在 JC 广场，回家再出门来这边的电影院很是麻烦。她索性到附近的一间书咖（书吧与咖啡馆相结合的店）里打发时间。

书咖的氛围很温暖，灯光柔和，四处悬挂着精致的风铃装饰。晚饭时间，店内的书友不多，颇为安静。沈暮从书架上随手取下那本《催眠师手记》，而后点了一杯咖啡，坐到靠窗的单人座上。

今早喻涵要赶时间到公司，所以她们着急出门，沈暮慌忙之下换的这条裙子有点儿短，虽说裙摆没有逼及腿根，但离膝盖也有好大一截距离。书咖的单人沙发椅偏矮，坐下来，裙子难免往上蹿，沈暮拢着腿侧坐，越发不自在。

不知是店里人少的缘故，还是因为沈暮漂亮得引人注目，女服务员很容易就注意到沈暮，贴心地取了一条小毯子送过去。沈暮心想：太好了，简直是救星来了。

沈暮笑盈盈地向女服务员道谢后，终于可以安心看书。这本书里有很多案例。每个人都有各自的心病，这本书像是心理推理纪实档案，记录了善与恶的世界。虽然起初不爱看这个类型的书，但后来因为 Hygge，沈暮对心理相关的知识莫名地多了几分兴趣。

宁静的书咖里，轻荡着古典优美的钢琴曲，是柔板乐章。沈暮看到书里有一段话："你之所以不知道自己要什么，也看不到自己的未来，是因为你的一切都停留在你认定的那些概念和结论上。除此之外，你什么都不知道。"她的心一下被触动，强烈的共鸣猝不及防地从心中汹涌而出，她不就是个"看不到自己的未来"的人吗？她准备翻页的手顿住，眸光忽明忽暗。上午在九思大堂的休息区里，和谢时芳的对话，犹如轰鸣的噪声在沈暮耳畔回响。

"景澜，家里最近经济周转有些困难，合伙人也零零散散地走了不少。一旦现金流断了，公司就会面临破产。我知道你爸爸找过你，但他肯定没有告诉你这件事。"谢时芳说这些话的时候，虚抱着臂，从衣着、容色到姿态，完全是冷艳贵妇的气派。

沈暮不喜欢谢时芳，曾经愿意在其面前装模作样地应付，但也只是曾经。听到这番话，沈暮并非无动于衷。只是自己又能怎样？她以德报怨吗？沈暮做不到。

"宋氏怎样，不都是拜您儿子所赐吗？"沈暮语气平静到无情。

这句话足以令谢时芳对沈暮仅存的耐心耗尽。谢时芳微抬下巴："小孩子的脾气闹过四年也该适可而止了。你和阿祈的那件事，也没人怪你。这么久了，你何必死咬着不放？"

沈暮就要被气笑。没人怪自己？自己做错了什么需要原谅？但那件事已过去太久，沈暮觉得现在自己做任何反应都无意义，只冷淡地盯着眼前满脸写着"刻薄"的女人。

"你要改名，你爸爸答应；你在法国四年不回家，他也不逼你。他觉得对你有愧，事事依你，但你别忘了，你的名字还是在宋家的户口簿上。"

谢时芳将话说得字正腔圆，那高高在上的语气，越发让沈暮感到心中烦躁。沈暮问："您今天来找我到底是什么意思？"

谢时芳理所当然地接道："你既然毕业回国了，婚事也该尽早安排。"

沈暮的呼吸一沉，她听懂这句话的意思了。所以，自己是商业联姻的工具吗？当初她离家的时候，心如刀割，孤立无援；现在他们用到她了，她就得不念旧恶，为这个家做出一切牺牲。沈暮发不上来脾气，也笑不出来，只是对人的厚颜无耻的程度有了新的认识。

谢时芳继续道："当然，我听说你和江盛的江总走得很近。如果你们能成，那再好不过。"

沈暮没有问的必要，谢时芳肯定是听了宋晟祈阴阳怪气的说辞。沈暮闭了闭眼，又暗吸了一口气："您是有病吗？"

记忆里乖顺易拿捏的小女孩儿忽然逆反，谢时芳愣了一瞬，连脸色都不由得变了："你……"

沈暮漠然地道："我可以帮您联系一下精神科的医生。"

谢时芳从愕然中回过神来，气极反笑，声音沉了下来："宋氏是你的爷爷和奶奶一手创办的。你不是最喜欢沈老太太吗？你忍心看她的心血付之东流吗？"

书咖里的客人不知不觉地多了起来，偶尔有路过的人无意间撞响挂在门口的风铃，店内的清静倏地就被打破了。沉浸在回忆中的沈暮慢慢地敛回思绪，眼尾垂下，眼睛不知何时染了点儿红。她不想在公共场合莫名地失态，所以掩饰般地端起咖啡喝了一口。

微热的咖啡入喉，沈暮下意识地眯了一下眼。好苦，她忘了往咖啡里加入杯托上的自助方糖和炼乳。唇齿间被酸苦味占领，她忽然想起，昨天给江辰遇泡的黑咖啡也是什么都没加，那为什么他喝完还能面不改色？她强迫自己不去想其他的事情，全心投入书籍中。

时间过得很快，将近晚上八点，沈暮归还毯子后，就从书咖步行到电影院。在自动取票机前取完电影票，离入场还有十分钟，沈暮便坐到了等候区里的沙发上。

电影院里很多人是结伴而来的，尤其晚上八点这一时段，大部分是约会的情侣，几乎只有沈暮是独自一人。如果要问一个人看电影是什么体验，没人比她更有发言权。心情糟糕的时候，她就喜欢独自跑到电影院里，选个煽情的片子，然后借着电影的剧情，在漆黑的影厅里哭。这样就好像流眼泪有了充足的借口，她可以随意地哭，不用克制，不用为自己的脆弱买单。

沈暮从挎包里取出手机，告诉 Hygge，自己已经到电影院了。Hygge 没一会儿就回复说，他还在路上。沈暮刚要再回复，喻涵的微信先一步进来。

喻涵："宝贝儿，刚刚宝怡跟我说，今天有个奇怪的女人来找你，还给你气得脸色很差。那位是谁啊？别是谢时芳那个坏女人吧！"

沈暮愣了一下，抿了抿唇："没事，她已经走了。"

喻涵忍不住先骂了一声，而后愤愤地道："我一走，她就上赶子来欺负你。有病治病啊！她找你干吗？你又不是兽医！我真是求求她速速升天吧！"

连隔着屏幕都能感觉到喻涵在冒火，沈暮既感动，又想笑："好啦，是谁说要做个乖巧温柔的小女子的？"

喻涵："我被气吐了！"她完全忍不住，"你乖乖地待在家里。等培训完回去，我骂死她！"

思忖片刻，沈暮老实交代："我在电影院里。"

对方静了好一会儿后，连发来三排问号，然后才问："一个人？"

沈暮回答："是。"

喻涵："你一个姑娘家，大晚上在外面乱跑？我走之前怎么跟你说的？为什么不找宝怡一块儿？"

看了喻涵的"夺命"三连问，沈暮心底蓦地涌出一种难以排解的孤独感。大概是因为，哪怕独处是自己的常态，但此刻沈暮太想有个人能让自己靠一靠了。然而喻涵远在临城，沈暮也不想让她牵挂着，便无所谓地道："放心啦，我看完电影就回家。"

沈暮说要检票入场了。喻涵再三强调自己今晚一直在线，随时保持联络后，才放沈暮走。

沈暮选的这部电影是近两日新上映的爱情片，而且购买的是 IMAX（巨幕电影）厅，故而上座率挺高。她找到自己的座位，安安静静地坐下。

影厅里的灯光还是亮的，巨大的银幕上正在放映广告。沈暮在七排十八座，中间的最佳座位基本上座无虚席。她的左边坐的是一个女生，似乎和朋友一起；她右边的十九座一开始是空位，后来不知什么时候也坐了人，应该是一位男士。沈暮没有转头去看，只听到他极轻的两声低咳，隐约像是故意的。

她忽然开始后悔。她的身旁坐满了人，周遭不是朋友间的嬉笑，就是小情侣在调情，霎时间就显得她有点儿多余。她不太自在，购票的时候周围的座位还都是空的，没想到上座率会这么高。电影估摸还有几分钟就要放映。沈暮只能在心里暗叹一口气，低头摸出手机，跟 Hygge 说，她这边电影要开始了，准备关手机。消息发送后，她将手机放回包里。银幕上还在放映广告，看时间，这应该是最后一支。

"冰激凌不想吃了。"

"不好吃吗？"

"太腻了啦。"

"给我吧，宝宝。你拿爆米花。"

身后传来女生的娇嗔和男生宠溺的话语。这是强行秀恩爱吗？沈暮只能装作没听见，凝视着屏幕。

"美女，这个位子有人没？"

右边的那位已坐了许久的男士试探着凑近她搭讪。沈暮一愣，微微斜瞄了一眼，确定这位留着小平头、一身街头风装扮的男生真的是在同自己说话，才淡淡地敷衍说"不知道"。

男生对这种柔柔弱弱的小姑娘一般都会选择进攻："你是自己一个人来的吗？"

天啊！她突然间不想看电影了。她随便支吾了一声，便不再搭理他，将包包压在露出短裙外的大腿上。希望这位同志有自知之明，看出她的抗拒，否则她会考虑要不要直接离场。

影厅里嘈杂，男生看似怕她听不清，将身子倾过去了一些："介不介意我坐在这儿，方便吧？"

沈暮下意识地躲避了一下，轻皱起眉。如果他一直坐在自己的旁边，那这场电影她肯定没法安心看了。她有些恼，刚想着干脆起身走掉算了，就在这时，一个淡淡的声音在右侧响起。

"不方便。"那声音不轻不重，低沉平缓，在光线暗淡的影厅里，如穿透重云般传到沈暮的耳中。她只闻其声，心就不经意地一颤。她抬头望过去，乍见那人，震惊到呼吸骤然紊乱。

江辰遇不知何时步履无声地到来。他似乎走得有些急，头发微乱，西装外套搭在左臂上。座位前的过道原就狭窄，高大英挺的他站在那儿，就像宫阙之上的君王下到民间。附近的女生为之惊艳，目光皆被他吸引过去。那是一种美好到极不真实的画面，会让人怀疑是不是幻觉。

沈暮生生地愣住，所有的思绪都在那一瞬间飘散了个干净。右边的男生或许是被江辰遇与生俱来的气势震慑到，不禁打了个寒战，一时忘了自己该要让座。

江辰遇没说话，而是向沈暮走近了一步，把西装外套盖到她的腿上，而后睨了一眼占座的男生。他那一眼是平淡的，没有任何情绪，但遮不住能穿心透肺的冷意。江辰遇声音沉了下去："她不是一个人。让一让。"

尽管一时不清楚对方的身份，但其强大的气场和不怒自威的眼神，足以让那位男生感受到难以承受的压迫感。男生瞬间有种"我以为自己搭讪的是乖顺好欺负的单身小美人，结果居然是大佬流落在外的小娇妻"的被现实打脸的感觉。被正主当众捉住，男生心虚到四肢发软，忙不迭地边道歉边起身，落荒而逃。注意力被吸引到这边的其他观众，兴许也都是这般作想，所以只能将羡慕和惊叹咽到肚里，默默地欣赏这个男人的颜和身材。

然而，某个当事人的脑子完全混乱。沈暮心脏猛颤，连带着呼吸也难以平稳。她做梦都想不到江辰遇会在这个时间出现在这里。若不是腿上的西装外套让她感受到了男人真实的温度，她一定认为自己是在梦游。

沈暮还无法思考，只能蒙蒙地用那双好像在雾里看花似的俏眼望着他。直到江辰遇屈起长腿，缓缓地坐到她的右边，她实实在在地感觉到他身上那淡淡的清凉的气息，才回过神来。这不是幻觉，他那如冷调香水般的气息是真实存在的。

　　从她进影厅里到此时，只是几支广告的时间。而从他低沉的嗓音出现在她的耳中，到现在他就坐在她的身边，也不过一分钟。可这短短的一分钟，却漫长得像是彼此的时空被定格。

　　"你……"沈暮艰难地出声，却忽然卡壳，语言功能尽失。

　　而江辰遇坐下的时候，影厅仿佛终于等到它久候的尊贵客人，在他和她侧首对视的那一刻，灯光适时地熄灭。

　　厅里暗下来，耳边环绕着电影开场时的音效，四下朦胧昏暗，唯有屏幕上闪烁着微弱的光。沈暮看不清他唇边拂过的笑，只知道耳朵忽地一暖，是他微热的掌心附到她的双耳上，贴捂着。一阵酥麻的感觉，好似电流窜到心尖，沈暮如患失语症，迟钝地发着愣。

　　江辰遇用双手捧住她的脑袋，轻轻地摆正："先看。"

　　沈暮的视线落回屏幕上，但他的温度和声息久久不散，她顷刻面颊通红，大脑停止运转。她不会说话了，梗着脖颈也不敢再看他，只能听他的话，盯住屏幕，但心里早就被搅成一团乱麻。

　　《二十四小时恋人》就是一部普通的爱情电影，情节并不复杂，不过是都市高压下的男女终于不堪重负，抛却理性和操守，在旅行的二十四个小时里疯狂热恋一回的戏码。这通常被称为"艳遇"。虽然内容有些俗套，但导演的拍摄技巧高超，社会的重重压迫和都市男女的情感欲望都太能让人感同身受，影厅里女孩儿们的啜泣声接连响起。

　　沈暮倒是没被这些戳中泪点，她的心思全程不在电影上，心里一直想着自己在和江辰遇看同一场电影，在同一家影院里，就在邻座。他的存在，令她魂不守舍。

　　爱情片都逃不开性和欲。每每播到缠绵的画面，她就紧张，一不小心就把他的西装外套捏皱了。身边那人越是安静，她越是感觉两个人之间的气氛暧昧不清。

　　沈暮的眼泪，是在影片末尾，她实在绷不住时流下的。那段情节是，远在外地的女主角，接到陪伴她长大的姥姥离世的消息。哪怕前面铺陈的一系列剧情，沈暮都没看进去，但只这一段，就足够让她泪流满面。周围都是擤鼻涕和哽咽的动静，但沈暮没有哭出声，而是用嘴巴深深地呼吸，就这样克制着。等那人探手过来，在她腿上的西装外套上略一摸索，而后取出一块方巾递到她的眼前时，她才知后觉地隔着泪雾和幽暗的光望向他。她想说自己的包里有纸巾，但几乎发不出声。他的俊脸近在眼前，吞噬着她的心神。

　　"谢谢……"沈暮垂着眼帘，轻轻地将方巾接过来，喉间发出虚虚的气声。

　　十来分钟后，影厅里的灯光重新亮起。沈暮没注意影片的结局，只知道电影结束了，前后左右过往的都是起身退场的观众。满厅的人群如沙漏般渐渐减少。沈暮始终端坐着不动，这两个小时，令她有种恍如隔世之感。

"怎么不走？"他轻声地在她的耳边问了一句。

心脏突地一跳，沈暮有种终究要面临什么的紧张。她不喜欢拥挤，看电影时通常都是最后再起身。但她没这么解释，仅微微偏过头，没有直视他，余光掠过他搭在座椅扶手上的手："你怎么……不走？"

沈暮的声音不自觉地变得又软又柔，她哭过后，说话时带着些鼻音。

她隐约是在试探。江辰遇很轻地笑了一下，嗓音极富磁性："我在等你。"

沈暮最后是跟在他的身后走出影厅的。她抱着他的外套，一路低眉垂目，连魂都飞了。在他停步的时候，她还撞上他的背。他回过身，似笑非笑地问："在想什么？"

目光和他的目光一触，沈暮连"对不起"都忘了说，下意识地连连摇头。影厅里太暗，出来之后，沈暮才发现，他今天的西装是浅卡其色的，显得他不再那么高傲冷淡，多了几分优雅明朗，有点儿像海外归来的少爷见长辈时穿的得体的衣着。

江辰遇摸出裤兜里振动的手机，低头看了一眼，指了指休息区里的沙发，对她说："你去那边坐一会儿，我接个电话。"沈暮云里雾里地点头应了。

已经将近晚上十一点，电影院里的人散得差不多了，等着看午夜场的人也少。电影院休息区里的沙发上，除了两对腻歪在一起的小情侣，只有沈暮坐在那儿。西装外套搭在她光洁的腿上，细腻的进口面料与肌肤相触，让她感觉很舒服。她呆愣地看着被自己攥在手里的白色方巾。

他刚才问她在想什么。她还能想什么？还要想什么？还能怎么想？她还能如何定义他的出现？如何定义这世上的缘分和巧合？他对她好，她姑且当作是误会。两个人的声音相似，她也可以认为是偶然。那今晚的情况又是什么原因？他这么凑巧地在这个时间，又像是特意地出现在她的身边……她找不到解释了，总不能说他只是来看电影的吧？他放着私人影院不去，来人多嘴杂的地方，看的还是俗套的爱情片，图氛围热闹吗？

蛛丝马迹，串联成网。小到连那顿下午茶，都在提醒她错过的细枝末节。气球吹到极限，"砰"的一下爆裂了。太多太多的模糊不清的思绪都贯通起来，她被一棍子敲醒。她要疯了……为自己惊天的却又无可反驳的想法。

沈暮深吸一口气，从包里找出手机。Hygge一直没有回复消息，仿佛也在证实着什么。她心一下子慌了，伸手戳进另一个微信置顶的好友："喻涵……"她像是要被吓哭，"救命……"

喻涵回得飞快："在的！在的！怎么了宝贝儿？"

沈暮将今天发生的事情一五一十地告诉了喻涵，敲字时连手指都颤："你说，他俩别就是一个人吧……"

对方大概也被惊得一时缓不过来，足足傻了一分钟："我的天！你连网恋都恋到江总的头上去了？！"哪怕仅仅是文字，喻涵的狂呼也像是要震碎屏幕。

这句话一点即明，简直是晴天霹雳。沈暮沉住气："你冷静一下，我也没有百分之百地确定……"其实沈暮自己都要天崩地裂了。

喻涵发来一长串的消息：

"这还要怎么确定！

"江大佬的行为已经这么明显了！

"就是在告诉你，他是来！

"找！

"你！

"的！"

沈暮受到喻涵激昂的情绪的影响，心肝脾肺肾都开始发抖。喜欢逃避的本能又出来了，沈暮开始自欺欺人："可他……怎么知道是我呢？"

喻涵："连'总裁的经典语录'你都没听过？"

沈暮："什么语录？"

喻涵："'三分钟内我要这个女人的所有资料！'宝贝儿，四年了，你以为你还能藏着掖着呢！说不定人家连你今天穿的内衣是啥颜色的都知道！"

沈暮顿时窒息："你变态……"随后她便笃定地说，"他不会的。"

喻涵强势分析："总之，江大佬要么就是你的网恋对象，特意来陪你的，要么就是在追你，熟练掌握你的动态，特意来陪你的。反正他就是特意来陪你的！不管怎么样，你俩都不清白！"

沈暮快要无法呼吸了。她太想推翻这个可怖的猜想："可他刚刚什么都没说。"然后她又下意识地找逻辑漏洞，"而且，Hygge在北城出差啊！"

喻涵旋即消失了片刻，回来后坦荡荡地说："我帮你问过了，江总今天出差，不在南城。"

沈暮："……"

她希望的水晶瞬间碎成玻璃碴儿。

喻涵重重地感叹："我现在能相信，花一万元买高中生的画的人，真的有可能是帅气多金的黄金单身汉了。"喻涵的语气里透着被打脸后的疼痛，她突然间无比激动，"宝贝儿，你可以啊！恋爱不谈则已，一谈就是传说级的！你给我也找个网恋对象吧。不用像江总那么绝的，拥有他十分之一，不，千分之一的品质就行！"

沈暮此刻笑不出来。事情虽未一锤定音，但她仍难以接受。事情太突然了，完全超出她的预料。她止不住忐忑地问："既然他知道是我，怎么也不说……"

喻涵思忖着说："可能是江总怕吓到你。毕竟一般人还真不敢靠近他。而且你整天怕他怕成那样，别叫'小哭包'了，改叫'小尿包'吧。"

沈暮局促到快晕过去了，哭丧着脸求助："那我现在要怎么办？直接问他吗？"

喻涵热烈地鼓动："问啊！冲！"

自己真的要问他吗？万一闹笑话也太糗了。毕竟到目前为止，自己只是依据对各种巧合的猜测，还没有直接证据指向他就是Hygge。沈暮光想想就发怵，连脚趾都蜷缩起来。谁知下一秒，喻涵蓦地改口："算了！还是别问了！"

沈暮差点儿心脏性猝死，缓缓地敲了一个问号过去。

喻涵恍然大悟道："那句话，我了悟。"

沈暮："什么话？"

喻涵一本正经地说："高端的猎手往往以猎物的形式出现。"

沈暮完全不懂喻涵在说什么。喻涵给沈暮讲解："像江总这种高段位的男人，怎么可能主动追逐猎物？他知道是你，却不说，就等着你自己巴巴儿地送上门去，然后反扑！猎杀！一口吞掉！连骨头都不剩！"

沈暮迷茫地眨眼："你是……患了被迫害妄想症吗？"

喻涵无语："欲擒故纵啊，宝贝儿！女孩子在感情上绝对不能被动，尤其像你这种单纯的人。"她一副很有经验的样子。

沈暮刚想说"你的思路是不是跑偏了"，喻涵先她一步，豪气干云地说："咱们现在必须切换角色，夺回主动权！"

沈暮险些昏厥："那我是问还是不问？"

喻涵咬定："不问啊！少安毋躁。"之后她传授技巧，"你也伪装成猎物，利用你的美色，暗着撩拨他，等他忍不住丢盔卸甲，自己臣服！"

聊起这个话题，喻涵一发不可收，开始飙"名言"："爱情是场博弈赛！"她情绪越发激昂，"你现在要做的，就是想方设法地试探他！但记住，给一点儿甜头就撤退，让他得不到，抓心挠肝，欲罢不能！"

喻涵信誓旦旦地说："放心！'老公'一定帮你拿下他！"这句话说完，她又马上将消息撤回，重新发了一句，"放心！'老婆'一定帮你拿下他！"

沈暮被喻涵绕糊涂，不太懂现在的情况了。她垂着脑袋一心敲字，还想再问什么，就在这时，江辰遇温和低沉的声音自她的头顶上传来："我送你回家。"

沈暮一激灵，抬起头来，便见那人不知何时通完电话站在了她的面前，她白净的脸蛋儿上漾着显而易见的慌乱，倏地把手机藏回包里，立马站起来。他太高，她望向他时得抬起下巴，目之所及便是他完美的面部轮廓和漂亮的下颌线。因他的外套在她的怀里，他上身只穿着一件薄衬衫，其内肌肉线条若隐若现。

天啊！腿好软，沈暮要站不稳了。一想到他大概率就是Hygge，她就完全没办法再以平常的心境对待——虽然平常她也很怂。喻涵的话在沈暮的脑子里"嗡嗡"乱响，沈暮彻底慌乱，连此时对他的话是拒绝还是答应都想不明白。沈暮竭力调匀呼吸，以虚虚的气声回应："嗯。"

沈暮仰着头，露出白皙修长的颈子，可能因为哭过，望过来时，眼睛水汪汪的，有种娇艳欲滴的感觉。江辰遇凝眸看了她一会儿，抬起脚，往前踱了小半步，慢条斯理地问："你没有话要问我吗？"

他这个动作的暗示意味好强，这句话也过分地耐人寻味。两个人的距离被拉近了一些，沈暮骤然僵住，不敢乱动，抱外套的手不由得收紧。平视过去，是他锁骨的位置，她屏住呼吸，心剧烈地跳动："可能……有……"

江辰遇的眼底似有笑意，他从容地道："你问。"

沈暮偷偷摸摸地咽了一下唾沫，没胆量轻举妄动，踟蹰半晌，支吾着道："我……我还没吃晚饭。"说出这句话后，她心想：自己完了，要被喻涵带坏，真的开始试探他了。

江辰遇极不经意地微微一愣，而后不动声色，淡淡地笑着说："那我带你吃点儿东西，好吗？"沈暮当时就想找个坑将自己埋进去：宋景澜，你还要不要脸了！学什么欲擒故纵！

沈暮焦虑到在心里抓耳挠腮，但表面上只能故作乖顺："好。"

这时，电影院前台的姑娘走过来。她兴许是观察一阵了，见他们没有半点儿亲密的动作，便猜想他们并非情侣，所以鼓起勇气询问江辰遇能否加个微信。当然，她这个请求肯定是被江辰遇回绝了，并且没有得到任何理由。不过江辰遇保持着一贯的绅士风度，温和有礼，也没太让她难堪。

等前台的姑娘走后，沈暮想到上回在南江大学，他也被几个小姑娘当面要过联系方式。沈暮迟疑片刻，忍不住小声地问："你一直是……这样拒绝别人的吗？"他这么直接，毫不留情。

江辰遇对上她明亮的双眸，沉默了一会儿，语气意味深长起来："有时候不会。"

"有时候不会"——只是随意的一句回答而已，可他低沉的嗓音容易诱人深陷，令她很难不想入非非。她心里的小鹿顿时失控乱撞。她后悔了，刚刚就不该问。还博弈赛呢，就自己这浅到一眼见底的道行，喻涵也敢给自己勇气。自己刚一露头，就以完败告终。

沈暮没骨气再问他"什么时候不会"，只能装傻充愣，含糊地应一声，然后把抱在手里的衣服往前递了递："外套和……"她看了一眼指间攥着的方巾，又倏地收声。这块绲着深灰色边的暖白色方巾，被她拿来擦过眼泪后，非但湿漉漉的，还被捏得皱皱巴巴的。继上回的领带后，她再一次感觉自己糟蹋了他的珍贵物品。她没好意思就这样将方巾还他，将手慢慢地放下来，声音又弱了几分："要不……我洗洗吧。"

见她低着头，视线左右飘忽，就是不往上看，江辰遇脸上那轻浅的笑意不变。他有时不会拒绝，譬如现在："明天有个重要的应酬，我不在公司。"

沈暮愣了愣。那就是明天没法还他，而且她周末还不上班。可他的口吻，莫名地有种他在跟她报备行程的感觉。她这样一想，脸颊微微泛红："那……等到周一？"

江辰遇寻思了片刻："周六晚上六点，我到你家小区的门口。"

他猝不及防地和她约定时间。她忽然冒出一个念头——该不是他要特意来一趟吧，就和今晚一样？她怔了好几秒。毫无感情经验的她，面对这种情况，根本不知道要做什么、说什么。尤其对有轻微的社交恐惧症的人来说，这简直是处刑。

她准备说"好，那我到时候把方巾拿下来给你"，但一转念，自己好想知道他真实的意思。她悄悄地觑了他一眼，不禁轻声地问："是路过吗？"他还是专门过来找她？

江辰遇面不改色："是或不是，看你。"

她的心跳蓦地加快，以一个从未有过的频率，她觉得自己真的完了。现在他说的每句话，她都觉得不对劲。她差点儿缴械投降。他怎么这样啊……说的话总是好似很直白，但又那么隐晦，像是故意留她自己胡思乱想。她难以静下心来揣测其意，只能温顺地点头："那我……晚上六点在门口等你。"

沈暮看上去若无其事，其实心里上下起伏早就像坐过山车一般。她根本不是他的对手，是傻了才会听喻涵的，玩儿什么伪装成猎物的小把戏，可现在说什么都来不及了，自己的这种小心思已挥之不去。

两个人走出电影院时，夜色深沉，公路上只有零星的车辆疾驶而过，JC 广场早已停止营业，唯余零星的灯火，整片天地都慵懒地沉浸在夜幕里。他们沿着路边不疾不徐地走着。附近有一家深夜日本料理店，距此不远，步行也就五六分钟。那辆迈巴赫商务车跟在他们的身后，始终保持数米远，龟速挪动，司机颇为懂事，不作打扰。

车里，方硕坐在副驾驶座位上，端着手机倾身向前，几乎整个人贴在挡风玻璃上："近一点儿……近一点儿……"他死死地盯着手机上不太清晰的画面。

"再近就要撞上江总了。"司机为难，说着往边上瞟了一眼，感到奇怪地问，"方特助，你录视频是要干什么？"

方硕录好一段视频后坐回去，一边回放视频检查效果，一边说："呈禀江董——她老人家抱曾孙有望。"

司机瞬间惊呆了："那边的事还没成呢。你这样……是不是太快了？"

方硕将那两个人半夜散步的视频发给江老太太，低着头理所当然且自信满满地回答："江总连徐董的晚餐邀请都推了，一谈完事就马不停蹄地直奔回来，就为了陪人家小姑娘看电影，这还能不成？"

他不信那两个人不能成，而且江总还如此有闲心，轧马路，吃夜宵。

司机逐渐被方硕说服："这……"

车外路边，那两个人并肩缓步。

"为什么看到那段情节，你哭得那么凶？"江辰遇突然问，又像只是随口闲聊。

两个人孤男寡女，走在深夜的马路上，沈暮还陷在自己的胡思乱想中，闻言，反应良久才逐渐回过神来。整部电影，她都无动于衷，只有那一段忍不住流泪。她抬起头，眼眸里映着阑珊灯火。人在夜里，感性的一面总是很容易被唤起，尤其在意识到他就是 Hygge 后，她就对他没了戒备心。她沉默了一会儿，声音低下来："我想我奶奶了。"

江辰遇侧头轻轻地看了她一眼，想到这个姑娘说过，她画里的"曦"字，是她奶奶的名字。

事实上，江辰遇从未找人调查过沈暮，在之前，也只知道她叫"宋景澜"。但在那天宋晟祈说她是自己的妹妹后，江辰遇才了解了她和宋氏的关系。如果她是宋氏现任董事长的女儿，那她的奶奶，就是宋氏集团的创始人之一——沈曦，且已去世多年。

江辰遇当然没有再问，只静静地陪她走在昏暗空旷的马路上。夜风拂来，隐有凉意，沈暮穿着薄薄的短裙，下意识地将他的外套在怀里抱紧了些。她微一动念，轻轻启唇："江……总。"

再这么叫他，她忽然就觉得生分又别扭了。

似乎是将她的心思揣度得透彻，江辰遇微不可闻地笑了一声："嗯？"

沈暮暗暗镇定心神，旁敲侧击地问他："你怎么……突然一个人来电影院啊？"虽然喻涵说他毋庸置疑是为沈暮来的，但女孩子的小心思作祟，沈暮还是想听他亲口确认。

江辰遇偏过头，乌黑如墨的眸子与她的眸子相对。他就这么凝望着她，问道："你以为呢？"

沈暮再次哑言。又是这样，自己诱敌深入反被擒，还被他拿捏得死死的。她心里的小人儿开始疯狂地捶墙。他是不是玩儿不起！好气，不要再问他了！她这完全就是送死……

好在这时他们走到了那家日本料理店。日本料理店的门口悬着一排暖光灯笼，垂挂着深色日式门帘，很像日剧《深夜食堂》里的画面。沈暮连忙岔开话题："到……到了。"

目光相对，江辰遇不准备揭穿她，只含笑顺着她道："嗯，进去吧。"

午饭后到现在，沈暮只喝了一杯咖啡，确实有些饿了。所以，这顿迟来的晚餐她吃得很认真。江辰遇并不习惯在这个时间进食，但也陪她简单地吃了两口。店里很清静，他们一起吃饭也不是头一回，这顿日本料理吃得稀松平常，却又朦朦胧胧地透着只能意会的气氛。

晚餐结束后，江辰遇送沈暮回家。方硕坐在副驾驶座位上，一路上死抿着唇，将欣慰的笑压住，别笑得太明显。

迈巴赫熟门熟路地开到春江华庭。沈暮抱着江辰遇的外套和方巾下车，回过头和他道别。江辰遇依旧神色自若地坐在那儿。黑夜里，他低沉的声音轻轻地响起："周六见。"

他这句话太引人遐想，听着好像只是普通的约定，又似乎是带着和她下一次见面的期待，对二十岁出头的纯情小姑娘来说，杀伤力有点儿强。沈暮的心"怦怦"乱跳，胸口微微起伏，她悄悄地深吸一口气，点了一下头，轻声地说："晚安。"

迈巴赫在夜里畅通无阻地行驶，从春江华庭去往锦檀别墅。方硕身负重任，斟酌半天言辞，终于开口问后座上的那人："江总，您是和沈小姐约了周六吃饭吗？需要我预订餐厅吗？"

远洲顶层的总统套房为您永远待命！老板！冲！当然，这一句方硕很知分寸地没说，只在心里自己开心。

江辰遇靠着座椅，微合双目，似在沉思。他默然半晌，淡淡地出声："宋氏现在是什么情况？"

方硕还在等对方的答复，没料到对方转折得如此突然，愣了一下，很快明白过来。上回江辰遇在 JC 广场遇见沈暮和宋晟祈，方硕也在场。身为总裁特助，方硕自然有足够的信息推测出老板问的这个问题与沈暮之间的联系。方硕猜想：江总并非问宋氏资金周转困难的事，毕竟对于商界动向，江总最是了如指掌，没必要问。

方硕思考片刻："您是问沈小姐家里的情况吗？"江辰遇不轻不重地"嗯"了一声。

与生意场无关的闲事，江辰遇从不多管，方硕也不会过于关注。但方硕跟了江辰遇这么多年，各大媒体上的信息总归没少获得："是这样的，沈小姐的父亲就是宋氏现任董事长宋卫。不过现在的宋夫人并非宋董原配，而是六年前再娶的，叫谢时芳。那位宋晟祈先生，也是她二婚带过来的孩子。"方硕认真地回答完，微一沉吟，"至于沈小姐为何更名又不回家，就不得而知了。"这个事媒体上没讲。想了想，方硕又道："我可以为您调查一下。"

车后座的光线很暗，江辰遇脸上的情绪让人看不分明。他缓缓地抬起眼帘，眸底泛起一丝微妙的波澜。

一切都如爱丽丝梦游仙境般奇妙，以至沈暮回到家，洗完澡，躺到床上，还在心神恍惚。江总和 Hygge 是同一个人，已经足够令她慌乱的了。可她万万想不到，事态的发展直接脱离了自己的控制。

他与她之间好像有一扇半透明的白色百叶窗帘，明明两个人有想要拉开窗帘，让阳光照亮彼此的冲动，却又总在内心的冲动转化成行动的前一秒克制住。两个人都心知肚明，偏偏又都不宣之于口。他们彼此有着心照不宣的默契，不必言说，倒不全像喻涵说的那样——谁是谁的猎物。

至少在沈暮这里，她不想马马虎虎地就将这份长达四年的朦胧情愫，从预示着无限可能的省略号改变成有唯一指向性的破折号。因为它是贵重的，她无比珍惜。那感觉就像是……她在等一个与他相认的时机，希望自己将窗帘拉开的时候，是融在童话里，而不是像现在这样，在杂草丛生的野地里慌到不能自已。这大概就是来自女孩儿心思的特别的仪式感。

沈暮细细地回忆今夜的奇遇，双颊不自觉地红起来。她侧过身去摸手机，打开微信："电影好看吗？"那部电影一点儿都不好看，她只是想找他聊天儿。发完消息，她就静静地凝视着聊天框。今晚，她连半分睡意都没有。

大约过了五分钟，Hygge 回复："没看。"

沈暮蒙住，他明明坐在她的身边跟她一起看完的。她敲了个问号过去。

Hygge："心思都在别处。"

他坦然地说着不清不白的话。她的心一阵慌乱，就像有一双手在琴键上乱弹，她努力地平复呼吸，咬着唇："其实……我也没怎么看进去。"说完这句意有所指的话，她自己都难为情地捂了一下脸。她突然好想听他的声音啊，虽然两个人刚刚分开。可她又不好意思直接说出来，于是暗示他："我睡不着。"

Hygge 回答："我还不睡。"

沈暮疑惑："嗯？"

他轻描淡写地说："陪你聊一会儿。"

不是这个"聊"啦！沈暮追问："那我要是还失眠怎么办？"

Hygge："陪你到说'晚安'为止。"

是自己的借口太拙劣了，还是他在故意和自己唱反调？沈暮憋气地皱了一下眉，进一步组织语言："网上说，失眠可以靠听觉上的方法治疗。"她这话说得已经这么明显了，他总不能还听不出她的意思吧。她盯着屏幕，等他回复。

然而，半响过去，聊天框里再无动静。沈暮咬咬牙，敲了一行字："我想听你家的留声机放音乐。"下一秒她又将其撤回。她怕他真的给她放音乐，他就不跟她讲话了。她半天想不出一个合理的由头，泄了气，颓然地用脑袋在枕头上蹭了两下。在感情中懵懂的少女，对此一点儿招儿都没有。有那么一瞬间，她觉得，如果今晚听不到他的声音，自己可能真的会失眠。她望着床头柜前那盏暗暗的小夜灯，惆怅地叹了一口气。

这时，手机突然响起铃声，屏幕上显示"Hygge 邀请你进行语音通话"。沈暮一惊，倏地从床上坐起。他居然直接发了语音通话过来……她呆滞了十来秒，匆匆跳下床去找耳机，然后回到床上，屏住呼吸，慌慌张张地接通。

和上次一样，刚接通，两边都静得没有半点儿声响。那边的人轻声笑了一下，慢条斯理地问："是想听留声机，还是想听我说话？"

沈暮感到心尖顿时一颤，似有电流窜遍全身。他性感的声音拨动着她的心弦。她现在确定，刚刚他就是在故意捉弄她。

第六章

陪到说"晚安"

沈暮的双颊烧起来，心里如在沸腾，她好不容易稳住的心脏又更加疯狂地跳动起来。开始只想着要听他的声音，全然忘了考虑听到后自己要怎么办，她红着脸一下钻进被子里。她想说"要听你说话"，但那样太不矜持，也不是自己能说得出口的。她偷偷地将耳麦摘下拿远，深深地吸上一口气，给自己壮了壮胆："只能……选一个吗？"轻柔的声音从她的口中溢出，好似奶猫伸出粉嫩的小爪子在试探。

对方轻声一笑，呼吸像是故意缓下来："可以选两个。"

沈暮瞬间沉醉在他的纵容里。一会儿让她抓心挠肝，一会儿又惹得她心口冒泡泡，他怎么可以这样！这是"犯规"的！她压住唇边扬起的弧度："嗯。"

接着她听到"咔嗒"一声，很熟悉的响动。那人温和又富有磁性的声音，伴随着钢琴曲，缓缓地飘入她的耳中："《天空之城》。"

今晚他放给她听的乐曲是《天空之城》。轻柔婉转的曲调从留声机里飘出，如同云朵幻化的城堡飘浮在她的眼前，美好而安静。"喜欢。"她小声地回应，似含羞带怯的小女生的闺房私语。

他声音中隐约带了点儿笑意："你自己待一会儿？"

男人莫名宠溺的语气，仿佛是在征求她的同意。

沈暮的心又是一颤。她好奇他要去做什么、要去多久、什么时候回来，却偏又羞于开口。"嗯——"她一时纠结是问还是不问，不自觉地将尾音拖长，显得像是连半秒都舍不得他。

对方低缓的声音里笑意似乎更深："我去洗个澡。"

他好听的声音通过耳机传入她的耳中，融在夜色里，令她如同坠入旖旎的梦境中。

她顿时面红耳赤，忙不迭地说"好"。一想到自己刚才莫名地存了不想放他走的心思，她突然窘得不知所措，一把扯过被子，紧紧地捂住脸。

耳边男人的声音飘散，钢琴曲还在悠扬地奏着，优美的旋律在夜色中轻荡着，让她有种很不真实的感觉。她乖乖地枕在枕头上，合目静听，忽然觉得像做梦一样。到目前为止，她对这一切还是感到虚幻，但那是令人愉悦的，她的世界好似飘满粉红色的泡泡。

不知过了多久，电话那端重新有了动静，是他洗完澡走过来，轻浅的呼吸声再次出现在她的耳机里。他轻声问："睡着了吗？"

留声机的唱臂没有复位，黑胶唱片犹在播放着乐曲。显然他并未离开很长的时间，她却有恍如隔世之感，长睫倏尔扬起。他一回来，她那轻飘飘的心就像是有了落处。她躺久了，声音温温柔柔的："还没。"

"在等我？"他讲话的声音像染着浴室里氤氲的水汽，轻柔又低沉。

她的心又"咚咚"地乱跳起来。他好烦，非要明知故问。她答非所问地道："我还不困。"

他含着笑说："那再等我两分钟。"

沈暮微微一愣，这回没能忍住，问道："你去哪儿？"

"吹头发。"他有意无意地收着声调侃，"不让我去吹？"

思绪一下就被暧昧的"糖浆"凝固住，脑袋"死机"两秒，她立马尿了，吞吞吐吐地道："你去……"他一走，她就控制不住地往枕头上拱了几下。她是一只小奶猫，在他建造的粉色花园里盲目地横冲直撞。

沈暮今夜才发现，原来男人吹头发这么快，一来一回，真的只要两分钟。他回来的时候没有说话，但她听到钢琴曲的声音渐远，大概是他拿起了手机，远离了留声机。她的耳机里传来"窸窸窣窣"的声音，他好像在走动，随后还有轻微的掀开被子的响动。她那双清澈的眼睛半敛着露在被子外。她感觉到他沉稳的呼吸声靠近耳机，悠远的音乐声很轻，突然就成了他的气息的背景。

他发出一声若有似无的叹息，显得有点儿倦懒，有点儿随意。这声叹息中没什么情绪，只是在经历了令人疲惫的一天后，他不经意地吐一口气，但就是这种细节，尤为醉人。沈暮捕捉到这声几不可闻的叹息，柔声问："你上床了吗？"

他从鼻腔里发出一声："嗯。"他又低笑着问，"你是怎么知道的？"

沈暮乖顺地回答："因为听到了你的声音。"

"什么声音？"

他的嗓音微哑，显得懒懒的，好像他也是躺着的。沈暮不禁耳根发热，也没多想："喘气声。"

那边的人沉默少顷，问道："喘气？"

沈暮的思绪断了一下，她忽地察觉到这个说法意味不明，连忙支吾着否认："嗯，不是……"她努力地斟酌怎么去解释,但彻底词穷。她无法用准确的词语表达出他那声叹息中蕴含的令人心动又若即若离的性感。好在他没有难为她,只是笑了笑。

沈暮的脸红透了。她不晓得说什么了,彼此也就这么安静了下来,他的呼吸声因此更清晰,似藤蔓在她的耳中缠绕。她感到胸口发胀,跟着他放缓呼吸。她突然意识到,无论听不听他的声音,自己都不可能睡着,今夜注定失眠。

"小哭包。"他不紧不慢地唤她。

沈暮酝酿出的一丝困意顿时全无。她瞬间清醒,克制着心跳的频率,应了一声。

"为什么叫'小哭包'?"他真的在和她闲聊。

想到他可能和自己一样,此刻闭着眼睛,静悄悄的屋子里只有微亮的小夜灯,所有思绪都凝聚在彼此的声音里,沈暮就情不自禁地有些紧张,耳垂不断地升温。

"我小时候很爱哭。"她讲话的声音像微风拂过云端,"奶奶总说我是小哭包。"

所以她的微信昵称就叫"小哭包",也从未改过。

那人沉默一瞬,不露声色地说:"你现在也挺爱哭的。"

这人真是……又想逗她、损她了。她不服气,却无力反驳,只能似嗔非嗔地咕哝了一声,最后惹来的是他轻声一笑。

在深夜里,他们之间好像牵着一根线,这个夜晚因此变得很奇特。两个人也似乎从未有过这样的心境,无限欢悦,又无限宁和,柔软的心越发柔软,仿佛清风轻荡在花月云水间。他们已经完全没有了时间的概念,有一句没一句地越聊越晚。可能已是后半夜,沈暮逐渐睡意迷蒙。似梦似醒间,她将很早就想问的话说了出来:"你抽烟吗?"

"不抽。"回答的声音很轻,他小心地不吵醒她。

"哦……"

沈暮都不知道自己是几点睡着的。待到天亮,她醒来的时候,还是如上回一般,和他通了一夜的语音通话,直到手机自动关机。喻涵不在,沈暮得自己搭公交车上班。尽管昨夜睡晚了,困得不行,她还是果断地起床,带着没电的手机准备到公司里再充电。所幸她没有迟到,准时到达公司。

沈暮经过前台时,宝怡欢快地打了一声招呼,说是中午一块儿吃饭。沈暮笑着说"好"。到了办公室后,沈暮将手机接通电源,失去生命的手机终于得到灵魂的灌注。手机刚充够开机的电量,沈暮一打开,微信上喻涵的"夺命连环 call"就轰炸进来。喻涵在疯狂地问昨夜的后续,嗷嗷直叫。

沈暮一想到那人,就感到脸红心跳,连自己都恍惚觉得那像一场梦。她佯装淡定地回复:"什么都没发生,相安无事。"其实她此时心里如同波浪翻腾、烟花绽放。

喻涵:"我不信!"她斩钉截铁地道,"江大佬怎么可能不约你下次见面!"

沈暮被一语点破,心里发虚,还是老实交代:"约了……"

喻涵激动到快要炸裂:"啊啊啊!"

沈暮阻止喻涵胡思乱想："是我要还他西装。"随后她又坦陈了这件事的整个经过，并点明江辰遇只是正好要路过。

喻涵以"我已看破一切"的语气说："那就是借口。我说什么来着？你已经被人家牵着鼻子走了，宝贝儿！"

怕喻涵再乱出馊主意，扰乱自己的思维，沈暮掩耳盗铃似的说："将西装还给他后我就回家，什么都不做。"

喻涵："那怎么行！你给我厉害起来好吗？！"

沈暮："什么？"

喻涵义正词严地道："送完衣服怎么也得问问人家吃饭没有？看看他什么反应吧？"

沈暮感觉又被忽悠了："不是你说的别太主动吗？"

喻涵远程指导："你问完这个问题，不管他回答什么，你都回家去，态度上保持一点儿神秘，让他想得百爪挠心！"

如果喻涵知道昨晚百爪挠心的是沈暮自己，肯定又得长篇大论谴责了，于是沈暮发挥装傻的本领，将这件事暂时敷衍过去。

上午工作时，沈暮想到什么，通过手机银行查看了银行账户的余额。她沉思片刻，从黑名单里拉出一个手机号码，编辑短信发过去，随即便又将其拉进黑名单里，而后默不作声地继续画昨天未完成的场景草图。

到了中午，宝怡欢天喜地地跑来美工部找沈暮："暮暮，吃饭啦！"

沈暮应了一声，放下握了一上午的画笔，和宝怡一块儿去食堂。虽然她们认识的时间并不长，沈暮也不是擅长社交的人，但宝怡就是个话匣子，一路上亲昵地挽着沈暮的胳膊，笑嘻嘻地有说不完的话，像是和沈暮相见恨晚。谁不喜欢漂亮温柔的小姐姐呢？沈暮当然也对这个可爱的女孩子很有好感。

路上，沈暮思忖片刻，轻唤："宝怡。"

宝怡应了一声，转头看过去。沈暮问："你可以帮我一个忙吗？"见宝怡连连点头，沈暮方继续说，"我想寄一件东西。"沈暮记得前台是可以收寄快递的。

宝怡笑着说："好啊，是什么东西？给我就行。"

"是银行卡，等吃完饭我拿给你。"沈暮尽量让自己的声音听起来像平时一样自然。宝怡蒙了一瞬，但没多问，只笑着答应下来。

宋氏集团大楼，还算气派的办公室里，每个人都没什么劲头儿，不是散漫地仰靠在办公椅里，就是交头接耳地互相发牢骚。整栋高楼沉浸在沉沉的死气里，四梁八柱仿佛随时都要散架。

董事长办公室内，一沓文件被"砰"的一声重重地摔到地上，纸页飞散。一个男人愤怒的呵斥声响起："现在这些进行的项目也都要停掉，让你儿子好好来看看他做的好事！"

谢时芳心里忽然一慌，但面上不显。她睨了满脸怒意的男人一眼："他们不与我们合作了，我们再找下家就是，你冲我发这么大火干什么？"

宋卫坐在办公桌前，愤愤地拍桌："宋氏进了江盛的黑名单里，谁还敢和我们合作？你以为这件事在业内还是个秘密吗？！"闻言，谢时芳没了声。

若要说起来，宋氏如今的情形，都是因宋晟祈在九思惹下的祸端，牵一发而动全身。倒霉在这事被江辰遇知道了。江辰遇若睁一只眼，闭一只眼倒还好，可偏就下了死命令，拒绝与宋氏开展任何形式的合作。如此一来，此事未在媒体上传开，却也是纸包不住火。在商界闯荡的，各个当家人都是人精，谁会愿意为了小小的宋氏得罪江盛？

谢时芳到底向着自家儿子，抱臂站得笔直，不依不饶地道："你生气，这问题就能解决了？"

宋卫烦躁到连跟她争吵的心情都没有，抚着额，拿过桌上的手机想再找找路子。打开被丢在角落里一上午的手机，他便看见那几条短信。见发件人的位置上是那串早已烂熟于心的号码，原本怒不可遏的他当下一惊，恼意顿散。他立马点开短信查看：

"我给您寄了一张银行卡。卡里面有一百二十万元，是我在法国四年存下来的。我知道，您让谢阿姨每年给我打一百万元，但是后面三年，她每年只给了我三十万元。剩下的，我不清楚。当然，除了学费和生活费，这些钱我足够用。我也并不是要秋后算账，只是想告诉您，这笔钱您自己留着，公司要是真的不行了，您也有个后路。

"谢阿姨昨天来找过我。如果您的意思也是逼我联姻，那或许……我们只能法庭见。

"不管曾经发生过什么，您养育我这么多年，我都没法将您彻底当作陌生人，但也只能做到这样为止。"

宋卫脸上的神色从惊喜到震愕，含着悲哀之情的眼此时微微发红。五十岁不到的年纪，他却已鬓发泛白、眼窝深陷，尽显苍老之态。

他缓了很久，最后神色一凛，脸完全沉下来，双手渐渐地握成拳，眼底迸射出冷光："你去找景澜了？"

这生硬中带着狠劲的语气，听得谢时芳慌了一下。她还来不及想到托词，便又见他面部扭曲，突然拍桌站起，燃着暴怒的火，向她吼道："我让你每年给她一百万元生活费，你还敢背着我私扣下来！"

这句话如惊雷乍响，闪电劈下。谢时芳大惊失色，双腿一虚，差点儿站不稳。

周六如约而至。天气晴好，窗帘随着轻风拂动，阳光漾入室内，光影摇曳。沈暮今天不用上班，但还是早早起了床，想趁着太阳正好的时候，将那块方巾洗一洗晾干。

阳台上散发着洗衣液清清凉凉的香味儿，沈暮白嫩的双手浸在满是泡沫的水里，轻轻地揉搓着方巾。将方巾仔细地洗完晾晒后，沈暮又取出小熨斗，把那件西装外套挂起来，小心地熨平整。浅卡其色的西装，在日光下让人看着感觉有些温柔。那晚她没见他穿上它。印象里，他的西装都是深色的，显得他高傲冷淡、不近人情，她不知道他穿这套浅色的会是什么感觉。这个颜色，似乎会很衬他那白得给人一种清冷之感的肤色。

沈暮想到这儿，脸上晕开一抹红，胸口慢慢地起伏。她晃晃脑袋不再乱想，将西装熨烫好后，便回到房间里。做完这一切，她换下睡衣，准备出门去超市里买点儿新鲜蔬菜。她在妆台上找到手机，看见秦戈发来的微信消息。他说最近这几天自己都在外地调研，不在家里，怕她周末来拿资料会跑空。沈暮怔了半分钟，连忙答复他。她险些忘了这件事。

这只是一个平凡的周六而已，但沈暮从超市回来，收拾了一下房间后，支开画架，却一直静不下心来画画。她自己也不知道为什么，心底总是有种莫名的期待，而这份期待又令她有些茫然——你明白它在萌芽，却不知晓它什么时候开花。

下午四点，沈暮靠在窗边的躺椅里，看两页书，便情不自禁地按亮手机看一眼时间。和江辰遇约的是六点，她不由自主地垂眸想着：他真的会来吗？叹了一口气，她觉得自己好不了了。因和他的一个约定，她一整天都心不在焉，仿佛被勾走了魂。她索性搁下书，到浴室里洗了个澡，然后又开始到厨房里忙碌，以此来打发时间。

太阳终于渐渐落山。厨房里，沈暮将蔬菜洗干净后，摸过流理台上的手机看了一眼——五点四十分。她的心忽然悸动起来，她跑到卧室里换了一身白色的连衣裙，而后将叠好的西装外套和方巾抱出来。早一点儿下去是礼貌——她为自己的急不可耐寻到借口，就这么出了门。

沈暮以为他肯定还没到，自己要等不少时间，所以在靠近小区的门口时，并未觉得忐忑，却没想到，一走出小区，便看到那辆熟悉的迈巴赫竟然已经停靠在了路边。她骤然止步，紧张到连呼吸都开始急促。

前一秒，她还在担心他会不会忘了这个约定，而现在……怎么办？她觉得有点儿腿软。还有数米远，她忽然不敢往前走了。

这时，车内的人如有感应，将后座的车窗降下。那人完美的侧颜慢慢地出现在她的眼前，随后，她便见他偏头望过来，隔着一条路，越过往来的车辆，稳稳地和她对视了一眼。

沈暮的心尖一颤。两个人没见仅仅不到两天，她为什么有种久别重逢的错觉？不能让他等，她咬了一下唇，连忙小跑过去，而后抱着他的西装和方巾，在他的车窗旁站定："你……是什么时候来的？"她轻轻地喘息着，强迫自己镇定。

江辰遇坐在车里浅浅地一笑："有一会儿了。"

所以，是他在等她。她心跳得飞快，连忙把怀里的衣服递过去，垂眸避开他的目光，小声地说："洗过了。"江辰遇说了一声"好"，却没有去接。

这个时间，天色半明半暗。沈暮的脸颊隐约透红，她也不知道他这是什么意思。

她眼神飘忽了一下，尝试着问："你吃晚饭了吗？"

黄昏的风带来她头发上的微微清香。她穿着白色的裙子，裙摆在轻轻地飘动。她乖得像一只奶猫。江辰遇的唇角微微地弯起一个弧度，他问："你一个人吗？"

她的心中莫名地泛起涟漪，他的反问好像将她浸到蜜罐子里。她抿着唇点头，思绪完全不受自己控制："嗯，我正准备做晚饭。"话音刚落，她又柔柔地望了他一眼，将声音放轻，"你……要上来吗？"随后她才想到自己对不起喻涵。

黄昏时分，天色将暗，夕阳铺散开淡淡的金色，还有浅粉色渲染其中，宛如少女羞红的娇嫩脸颊。坐在车内的江辰遇从窗口望出去。原本只是稀松平常的日落景象，但这个女孩子一站在那儿，长发白裙，温婉恬静，车窗如同画框，连带她身后的风景，忽地美得好似一幅细腻的油画。他没有移开目光，问道："要我上去吗？"

沈暮向他发出邀请后，心里就左右摇摆。她在懊恼自己的不理智，甚至期盼他因事婉拒，否则自己怕是会彻底慌乱。然而此刻她听到他的回答，心倏地停止跳动。她总感觉他是在说——是你邀请我的，不要后悔。她悄悄地抬起眼帘，目之所及，他的眼中满含特别的意味。

这个人有时候真是坏得要死，总故意将问题推回来给她。她真想豁出去说"你上来就是了"，但不敢。语塞片刻，她学他似答非答的方式，轻声地说："我的厨艺……应该还可以。"不然她还要怎么说，说"不要你上来"？怎么可能嘛！明明是她先提的。

迫于他的段位压制，沈暮先问："还是……你已经有安排了？"

江辰遇淡淡地笑着，一如往常："没有。"

坐在副驾驶座位上的方硕闻言，满脸疑惑，但沈暮并没有注意到。她只莞尔一笑，朝着江辰遇点了点头，心里却在犯嘀咕：那你还不快下车，不知道我搂着衣服站在外面很尴尬吗？

江辰遇像是将她所有的表情细节都看在眼里，总算放过她，不慌不忙地推开车门。他坐在车里，沈暮还能放平心态和他对视；他一站出来，顾长的身材瞬间在她跟前罩下一片阴影。

天啊！他能不能不要这么高？沈暮感觉他好似居高临下一般，自己被一览无余，沈暮的心脏猛地跳了一下，压迫感和紧绷感顿时来袭。她赶忙将叠得规整的外套和方巾放到他的车后座上，借此和他错开身，然后故作淡定地给他指路："前面右转就到了。"

她说完却又一动未动，不知道的还以为她是在等他这位客人自己摸索着上楼。他眼底浮现出一点儿笑意："我跟着你。"

沈暮迟钝地反应过来，连忙应声带路。她当时都怀疑自己被僵尸吃掉了脑子，不然怎么每次在他的面前，自己的思考能力和语言功能都尽数丧失？她突然领悟到喻涵说的"猎物"了。哪怕是自己主动邀请，最后也会被他轻而易举地反转角色——她完全不能够反抗。

等这两个人的身影消失在小区的门内时，方硕了然地掏出手机，连拨三通电话：

"江总临时有事走不开，联系一下晚宴方。"

"通知纽约分公司，今晚九点的电话会议取消。"

"喂，江董……"

司机大叔呆呆地看着方硕这一系列的操作，一副不敢相信自己的耳朵的样子。

七栋二十四层，三室两厅的套房有一百二十多平方米，不算大，但两个女孩子居住足够宽敞。沈暮从鞋柜里找出一双深蓝色的拖鞋，一边低头认真地拆塑料包装，一边说："这双是新的，没人穿过。"

江辰遇一进屋里，便见她蹲下身将拖鞋摆到他的面前。他微垂着头，说了一句："男式拖鞋。"他漫不经心的话里透着点儿暗指。

沈暮下意识地回答："这应该是我闺密给……"停顿一秒，她将已成过去式的关系中的"男"字自动略去，"她以前的朋友准备的，现在用不到了。"

江辰遇一边换拖鞋，一边很随意地问："不是你的朋友？"尾调略微上扬，却分明是陈述的语气。

沈暮摇摇头："不是。"她又想了一下，有心地添一句，"我不认识他。"这话里，她急着在他的面前跟别的男人撇清关系的意味好明显。她还来不及脸上发热，只见面前那人淡淡地笑了一下，反手带上半开着的门。

关门声轻轻地响起，她的心脏也跟着"怦"的一声震了一下。现在，他们真正是独处一室了，如入秘境，做什么都不再受其他的人或事的打扰。

逼仄的玄关，站两个人略显拥挤，尤其他居高临下地望下来，让她感到无所遁形。整个空间像是被他散发出的男性气息充满。她不由得将双手背到身后，攥住了裙摆。她很紧张，慢慢地往后退，有些扭捏地说："那个……你要到客厅里坐一会儿吗？"

江辰遇依旧站在原地，似笑非笑地看着她："我很吓人吗？"

沈暮微愣，弱弱地回答："没有。"有！怎么会没有？她已经在暗示他往里走了，客厅那么敞亮，他非要和她挤在过道里叙谈吗？她有些喘不过气了。她正想着，手腕忽地被他捉住。他将她轻轻地扯近半步，她便如同蓄谋逃脱的小兔被无情地揪了回来一般。两个人突然仅隔半臂之距。他凝视着她，眼里像有旋涡暗转。她只是仰头望了一眼，心就"怦怦"直跳。是不是男人的手都这么灼热？她的手腕处，他指腹的温度烫得她整个人都烧起来，连耳垂都像是有蒸气升腾。

对视片刻，江辰遇便慢慢地放开她，语气一如既往地温和："当心。"

他漆黑的眸子太容易诱人迷失，她像在热浪里翻滚。有那么一瞬，她还以为他就要捅破窗户纸，将她拽到岸上与他坦诚相见。原来，只是刚刚自己的脚后跟差点儿绊到那一级台阶上。她暗舒一口气，弯起唇角。那笑容灼若芙蕖，几丝碎发贴在她白净的脸上，衬得她又清纯，又性感。

江辰遇平静地看着她，心道：姑娘家的胆子就芝麻点儿大。沈暮刚想说自己去做饭，让他随意坐，然而下一秒，他低沉中带着一丝沙哑的声音响起，如挑动大提琴的弦，撩拨她的心："你怎么敢请我上来？"

厨房内，砂锅里的鱼头煲炖得沸沸腾腾，几个已去皮洗净的土豆躺在砧板上。沈暮神游天外，握菜刀的手全凭本能将土豆切成滚刀块。那人刚刚意味深长的一句话似有回音，在她的耳畔萦绕不止。"你怎么敢……"她一颗心就要跃到嗓子眼儿里，灶台的火像烧到她的脸上。这人是能在坏男人和绅士间自由地转换吗？他上楼前可不是这么说的！她感觉自己招架不住了，做了几个深呼吸，放下菜刀，摸过流理台上的手机找喻涵求救。

这个消息劲爆的程度令喻涵炸裂。她几乎是立马回复："啊啊啊！你一个花季少女怎么敢把男人请到家里来？"

又是"怎么敢"，这个句式跟刚才江辰遇那句话的句式如出一辙。沈暮靠着冰箱，彻底地厌了："我开始……只是想礼貌性地问他有没有吃晚饭。"她的初衷真的是如此，至于后来怎么请的他，她都忍不住质问自己。

喻涵随即松了一口气："还好是江总。"

沈暮皱眉，心说：难道他就不是男人了？喻涵毫无同情心地说："事已至此，多说无益。谅你也不是江大佬的对手。"

虽然这是大实话，但沈暮还是撇了撇嘴："干什么这么说？"

喻涵："别想着攻下他了，你就乖乖地窝在他的怀里吧。当大佬的小娇娇，也贼香！"

这还是人话吗？沈暮丢过去一个"你是不是疯了"的表情包。

喻涵："去吧，开瓶小酒，醉了好办事。"

沈暮脸红心跳，但态度仍十分端正："我们的关系很纯洁。两个人就是正经吃饭，我才不灌他呢。"

喻涵理所当然地道："谁让你灌他了？他是你那半杯就醉的酒量能喝倒的吗？"

沈暮："那喝酒干什么？"

喻涵："把你自己灌醉，方便他办事。"

很好，自己被喻涵放弃了。沈暮不想再跟喻涵说话，将手机关掉放远，咬牙决定自生自灭。

"要帮忙吗？"

一个淡淡的声音在身后响起，沈暮冷不防被吓一跳，回过头。那人不知何时信步走到厨房的门口。他今天穿的西装的颜色是深沉的灰蓝色，内着双排格马甲，这身搭配要比他以往工作时的搭配显得更加正式。沈暮忽然怀疑他今晚是否真的没有安排，又迟疑了一下，没有问，只摇着头轻声地说："不用。"

她围着一条长及膝盖的藕色围裙，完全遮盖住里边的白裙，裸露着的小腿纤细白嫩，长发用头绳松松地绾在后边。此时的她有一种娇婉淡雅的温柔，会让人联想到那句诗:"自此长裙当垆笑,为君洗手作羹汤。"

他在她的身上好似找不到缺点。一张给人初恋感觉的脸清纯又漂亮,性情温和,人也乖巧懂事,她有如古时候的大家闺秀。若非要说出一点儿什么,那就是她太容易害羞,也容易被欺负。这样的姑娘,该是大部分男人会心心念念的"白月光"吧。

江辰遇站在玻璃门旁望了她一会儿,迈步走进去。厨房是他极少踏足的地方。不过今晚,他倒是愿意进去看看,为了到她的身边。"要做什么?"他问道。

沈暮没想到他会进来,愣怔片刻,才看着他回答:"土豆烧牛肉。"

沈暮把切成块的土豆装到盘子里,然后将那块新鲜的牛腩放到砧板上,刚想切,江辰遇先她拿过刀。沈暮顿了一下,连忙说:"我来就可以了。"

江辰遇不以为然地道:"不要我帮?"

他似乎是吃准了她接不住这一招儿。她果然哑言,咬唇半晌,才嗫嚅着说了一句:"你会吗?"他看着也不像是在厨房里执刀挥勺且游刃有余的人。

"不会。"江辰遇垂眸,望进她迷茫的双眼里,语气淡然,毫无愧疚。

那你这么自信,还争着切牛肉……沈暮愣怔无言。江辰遇仿佛能洞悉她的心理活动,唇角微扬:"我在等你教。"

沈暮想:他应该是对人间烟火气突生兴趣,这倒也可以理解,但来者是客,让他下手真的好吗?她欲言又止,最后小声地说:"你的手还要签几十亿元的合同呢,若伤了,我可赔不起……"

江辰遇感到有点儿好笑。他不会做饭,倒也不至于连动个刀都危险系数满级:"画画的手,在我这儿比较贵。"那低沉的声音极其惑人,沈暮蓦地心跳如擂鼓。面对他,她根本无法应对,还真如喻涵说的那样,在他那儿,自己只能乖巧老实。沈暮连耳尖都悄悄地泛了红,和他周旋,全军覆没。

厨房里烟熏火燎的,沈暮怕弄脏他的西装,瞄了他一眼:"那你先……脱衣服。"

这人现在倒是很听话。她说让他脱,他就捻开了衣扣,将外套敞开往后褪下,然后走到餐桌旁,随手把外套挂到椅背上,白衬衫外只剩一件精致的小马甲。也不知他是否有心要逗她,目光越过厨房开着的半扇玻璃门与她的目光交缠,薄唇轻启,声音中隐约含着笑意:"还要脱吗?"

脱掉外套后,可见他身姿挺拔,衣装彰显着绅士风度,仿佛别有质感。他一副出席正式场合的沉稳模样,品位、修养,乃至容貌,都无可挑剔。这是连男性都要妒忌的外表,难免会惹人懊恼地抱怨天神造人的时候一定偏了心。

这样一个让人无法拒绝的男人,此时此刻,以谈正事一般的口吻,问出的话却是"还要脱吗"。他投来平静的目光,那悉听尊便的语气,像是无论她说什么,他都会应允。

沈暮木讷地愣在原地,像被施了魔法一般,心脏跳动的频率快到让她感觉连灵魂都要出窍。原来这才是"如何伪装成猎物"的标准答案。他看似示弱顺从,实则一步步地在诱她深陷。自己之前的试探都是些什么幼稚的把戏！她抿着嘴，心想：干脆点头算了，然后说——要！你脱！

当然，沈暮没那个胆量。她取下挂在冰箱旁的墨绿色围裙递给他："要不要穿上这个？我怕油星溅到你的身上。"因这件马甲一看就很贵，她轻声地补充了一句，"就是……不太好看。"至少比不上他现在这样穿。

他穿西装的时候，那是毋庸置疑地俊，会让人想多看两眼。就像她与他初见时那样，令她动了请他当模特的念头。

一念及此，沈暮顿了一秒，浑身骤然绷紧。等一下！那她当时在飞机上和 Hygge 说，好想花三倍价格重金聘某人当人体模特的事，某人岂不是都知道得一清二楚了？弦突然绷断，沈暮两颊飞红，整个人都热起来，脸烫得恍若被沸水淋头浇下。她快要爆炸了。缘分真的可以不必如此奇妙！等他接过围裙后，她倏地转过身，拿起汤勺装模作样地搅拌砂锅里煮沸的鱼头煲。

见她突然间如做贼心虚一般，江辰遇微感疑惑，倒也没问。他随意地将围裙套到身上，一边走进厨房里，一边翻折衬衫的袖口："过来。"他站到流理台前，回头命令着，语气里带着温柔。

沈暮险些手抖，吸气侧首，装傻眨眼："怎么了？"

她畏畏缩缩又装作无事的样子还挺可爱。江辰遇不揭掉她的小面具，独自浅笑："教我。"

沈暮停了一瞬，偷偷地松了一口气，庆幸他不是想起当初她的轻狂妄语。她放下汤勺，终于愿意走过去，手指在牛肉上比画两下："像这样，逆着纤维纹理将肉切成块。"

沈暮原先还想着要不要给他演示一遍，但不得不说，他的领悟能力极强。他只听了一句理论上的解释，动起手来便干净利落。倘若不是事先知道他初进厨房，她肯定要以为他平日总给别人打下手。这莫非就是大佬？大佬总是天资聪颖，无论在哪个领域，学习能力和应变能力都非常强，精准高效。而且，他俨然就是个衣服架子。连她在超市里大减价时抢购的墨绿色围裙，都能被他穿出时尚感。他现在简直像个帅气的五星级厨师。

切完牛肉，江辰遇并未听从她的安排到客厅里等，洗完手后便站在旁边，像是在观摩做菜这门手艺，又像是在特意陪着她。

沈暮没有勉强他，主要是知道自己说不过他。她想当他不存在，但又不可能真的无视他的存在。她此时的心情很奇怪，像是一半被揉进甜丝丝的棉花糖里，另一半起伏在东非大裂谷的奔流中。她只能控制着连余光都远离他，着手起锅热油，下牛肉翻炒。

在江辰遇的印象里，厨房是烟熏火燎、油污四溅的地方，做菜的人一阵忙乱，搞得四下狼藉。但令人意外的是，今夜这姑娘完全打破了他的认知。整个流程被她安排得井然有序、条理分明。她炒菜的画面也足够赏心悦目，翻动锅铲的动作自然娴熟，没有故意颠锅卖弄技巧。她优雅得如同在雕琢一件精致的艺术品，举手投足间，尽显家风正、有教养的端庄得体的风范。油烟机的嗡鸣声和冉冉飘升的热烟，都成了这美好的画面中动人的点缀。每一处都恰到好处，<u>丝丝入扣</u>，生活的俗趣和艺术的雅致完美地融合。或许她画画时，更有这种感觉。

松松地系着的头绳没能完全束住她那柔顺的长发，鬓边有几缕发丝散下来，任她几次三番地腾出手将其拂开，还是要调皮地垂落，遮挡她的视线。江辰遇静静地凝望片刻，以两指捻住领带夹，将其取下，用卡扣将她的碎发挑起，撩到耳后，轻轻地别住。他的动作简单利落，前后不过两秒。

两个人未有肌肤接触，但微凉的金属碰到沈暮的耳朵时，沈暮不可察觉地一颤，瞬间抬起头，望向他的眼神里透着意外感和茫然。江辰遇温柔地提醒她："继续吧。"

那枚领带夹是玫瑰金色的，呈一字形，顶端嵌有一颗小珍珠，好像它原本就是给女孩子用的精致的发卡，别在她的发上毫不违和。男人名贵的领带夹，穿过青丝，成了她秀发的"不贰之臣"。而他的语气温柔平淡，仿佛他只是做了一件无关紧要的小事。

沈暮向他望了一眼之后，飞快地低下头，假装继续认真地炒菜，努力地转移注意力，拼命地淡化心潮翻涌的感觉，将说话的声音压得很低："谢谢。"

那人不说"没关系""不客气"，但那从鼻腔中发出的短促的笑声，性感十足，又颇为微妙。小姑娘被他迷倒并不稀奇。好比现在，沈暮无意识地忘了放盐、忘了调色，甚至差点儿爆炒过头。

稳健的操作忽然就开始变得慌乱，沈暮手忙脚乱地加水合上锅盖。真要命！她只能与他软语相商："你能不能……先出去？"

她是沉不住气要赶他走。他待在原地："接下来是付费内容吗？"

沈暮此刻心跳剧烈地加速，禁不住他的玩笑："不是，你看着，我……"我的心很乱。她暗暗吐气，以微弱的声音说："我紧张。"

江辰遇讲话的声音也随着她的声音放低："为什么？"

他这一句，像是自然地顺着她的话往下问，又像是刻意为之地进一步探问。

沈暮垂着眼，手里还捏着锅铲："以前在美术学院上人体课的时候，我不敢画，被霍克教授单独留下，在他的监督下练习。你在这儿……让我觉得就和那种感觉一样。"这让她好有压力，难为情，还有些怕。但江辰遇带来的压迫感要更大一点儿，她还会心慌。

江辰遇轻轻地靠着流理台："怎么不敢画？"

说到这件事，沈暮心里不自觉地泛起一点儿委屈："因为……那是我第一次画真人模特。"陌生的硬汉在自己的眼前裸露着身体，这对毫无阅历的小女生而言，是精神上的折磨。她连看都不敢，还要怎么观察细节？

"人体模特？"他问。

沈暮颔首答道："嗯。"

"看了多久？"

"三天三夜。"

回想起来，那真是一场噩梦，还好后来她慢慢地习惯接受这一切，能心无旁骛地下笔。耳畔寂静片刻，她听到那人淡淡地说："他们有失态过吗？"

沈暮的心跳滞了一下，空气里浮动着暧昧的气息，因为她能听懂他的意思。事实上，他们有。如果一个正常的法国男人被异性盯着身子不起反应，那对方可能要对自己的外貌进行自我检讨了。虽然现在她早已对此习以为常，但被江辰遇这么一问，就莫名地有种做了轻浮之事的心虚感。她收着下巴，微低着头，把话题岔开："教授会帮大家批评他们的不专业。"

江辰遇轻笑了一下。隔着从锅中腾起的烟雾，他笑望着她，目光温和。

沈暮后来做了一盘清炒菠菜，盛出汤汁饱满的土豆牛肉。江辰遇帮她把烫手的鱼汤端上桌，还从她的手里将碗筷接过。看到这位业内身价最高的总裁在厨房里亲力亲为，她便心生自责。她暗自感叹：自己一定是深深地受到了喻涵的影响。

沈暮迟疑了一下，开口问他想不想喝酒。江辰遇坐在她的对面，闻言，拿筷子的手一顿。他抬起眼，睨着她轻笑了一下。这笑淡淡的，很随意，但就是让她感觉特别玄妙。

"请男人到家里喝酒……"他停了两秒，以轻缓的声音道，"是不想我走吗？"

心跳有一瞬好像漏了一拍，沈暮立马埋头吃饭，再不吭声。江辰遇笑而不语。

窗外声声虫鸣，吟咏着美妙的夏夜，屋内却如在安静的水晶球里，弥漫着温情。虽然这顿晚餐吃得很拘谨，因为那个男人就在她的面前，但有着社交恐惧症的她，意外地对此并不反感。

晚饭后，沈暮怕某位贵人说要洗碗——那她真的承受不起，便飞快地收拾碗筷，让他自己在屋里到处转转。江辰遇这回倒没和她争，任她冲进厨房里忙碌。

房子的装修是轻北欧风格的，墨绿色壁纸和撞色沙发椅尤为相配，餐桌上铺着碎花桌布，简约温馨。他回味这些细节，竟有彼此是在一起生活的错觉。

通往卧室的过道里有一间储物间，门是敞开的，棚顶垂吊着一盏花形创意罩灯，光线射下，给整个房间增添了艺术气息。江辰遇踱步走进去，随意地一望，便看见一幅装裱完好的油画被摆在工作台上。这幅画，他不陌生，上面是一只俊俏的边境牧羊犬，画得栩栩如生。按照艺术界的说法，这还是改编自他的原创拍摄。他的唇边弯起优雅的括弧。

水雾凝固成露珠，飘浮的回忆似是找到某个存留信息的封口，他想到那姑娘说过，她想把自己奶奶的名字藏进作品里。于是，他下意识地在这幅画里找她的专属标识。他目光淡淡地扫过，但这幅画里没有"曦"字。最后不经意的一眼，他留意到画中栅栏外盛开着的蔷薇花。在一片娇艳欲滴的花瓣上，书写着一个丹麦语词汇——Hygge，笔迹特别漂亮，和她的人一样。江辰遇的眼底漾起涟漪。

他沉浮商界，身经百战，情绪的起伏从不外露。但他得承认，在这一瞬间，自己惯常平和淡然的心绪似乎要掀起波澜。

那姑娘不善言辞，不爱表达，性格安静内敛，却温柔地将所有羞于宣之于口的心思，融入画的细节中，好似在倾诉——我也在画里偷偷地记着你的好，虽然嘴上没说。暗生的情愫，好似随意弹出的不成调的钢琴曲，突然找到音准和节奏。江辰遇的眼底浮现出他人难见的温暖。

"你要喝酸奶吗？"

女孩子温柔的声音在江辰遇的身后轻轻地响起，江辰遇敛回思绪，转身便见她站在门口。她脱掉了围裙，纯白色蕾丝连衣裙微收着细腰，小巧的耳朵旁，领带夹别住了柔软的长发，令她显出几分慵懒。

沈暮留意到他刚刚在看那幅画，愣了一下，转瞬便想到当时他拍这张照片是为了哄她。她羞窘地别开视线，不动声色地将那瓶酸奶递过去："喏。"她像是在和他分享自己珍藏的宝贝。江辰遇的呼吸逐渐变得深沉缓慢，他头一回发现，女孩子原来可以这么甜、这么可爱。她是低调地掩藏着的人间宝藏。

"谢谢。"他眉眼间含着温存。

继樱花星冰乐后，他又一次坦然地接过了小女生喝的玩意儿。沈暮半站半倚地立在门边，不知道讲什么，低头咬住吸管慢慢地喝着酸奶，心里期盼着他快说点儿话，调节让她感觉越发不对劲的气氛。过了半晌，她只听他低声问："晚上一个人睡？"

沈暮心一颤，心道：倒也不必聊到这么不清不白的话题。她启唇松开含着的吸管，轻轻地点头："嗯，服化组出差，喻涵还有三四天才能回来。"

江辰遇的视线淡淡地落到她的嘴角处，那里沾到一点儿奶渍，但他没提醒她擦掉，可能是觉得这样有点儿可爱。"害怕吗？"他嗓音天生有种醉人的魅力，这话说得似乎过分关心，却又不显得唐突。

储物间的暖黄光晕，在夜里增添了些情趣。沈暮悄悄地挺直脊背，为分散注意力，又咬住了吸管，小幅度地连摇几下头。

这显得有些瑟缩的表情和反应，是她生怕他留下来吗？他情不自禁地加深了唇边的笑意。孤男寡女共处一室是不大妥当，况且夜色渐深，所以他并没有多留。离开前，他一言不发地检查了一遍屋里的门窗，确定都关紧后，才将外套拿起挂到胳膊上，走到玄关。

沈暮正想跟着穿鞋，但被江辰遇阻止了。沈暮道："我送你到小区的门口。"礼貌性的行为，她从来不含糊。

江辰遇说的却不是客套话。他低笑一声，老练地制服她："你要是怕的话，我多待一会儿也可以。"

沈暮瞬间收了声。这人总要故意说些不明不白的话，让她毫无还手之力。难道这就是猎人对自己的猎物征服的快感？她抿唇不语，双颊隐约染上一层赧色。而江辰遇出门后，对她说了一句"晚安"，便将门带上，连目送他下电梯的机会都没给她。

屋子里寂静下来。沈暮踮着脚透过猫眼向外看，等他的身影消失在电梯的门口，才回身往屋里走。到浴室里准备洗漱的时候，沈暮望着镜中自己红润的脸，忽然意识到他的领带夹还别在自己的头发上。她一激灵，心难以控制地"怦怦"乱跳起来。又留了一件东西在她这里，他是不是故意的……

已是六月末，盛夏伴随着炽热的天气靠近，白日的光开始在湛蓝的天空中张狂地照耀着。周一，气温又明显地升高几度，沈暮醒得早，连起床到公司的时间都比平日提前了半个小时。出门前，她牢牢记着将那人的领带夹放到包里带过去。

走进办公室里，空调的凉意袭来，沈暮倏尔想到又忘了买小毯子，看来中午还是没法舒坦地午睡。

上午的工作时间，沈暮去了一趟莫安的办公室。新电影《蜜谋》开机的时间已经确定，目前各部门的筹备工作都紧张起来，身为美术助理，沈暮也接到很多职责内的工作。莫安后几日要和组内的几位美工师为电影外出选景，所以今天提前把几项美术任务交接给沈暮。沈暮突然感觉，似乎从现在起，到电影杀青，自己都要很忙。不过沈暮并未抱怨，反倒很期待这令自己受益良多的新体验。

回到办公桌前，沈暮便开始着手整理布景资料。说起来，虽然名义上是什么美术助理，但资历在那儿，她充其量就是个免除实习期的实习生。莫安敢放手把部分重要工作给自己做，沈暮很感恩这份信任，因而也更怕搞砸，所以投入了百分之百的热情和耐心。

美术生或多或少都有点儿强迫症，沈暮也是这样，因此无论做什么事都有很强的条理性。她专注地完成给自己安排在上午的任务后，放下画笔，才敢舒一口气，放松片刻。她取过桌子上被冷落了一上午的手机，下意识地点进某人的微信。她正打算敲字，指尖在距离屏幕一寸处，突然停住。她愣了半天，好像词汇量被清空，突然间，她竟不知道如何开口找他聊天儿。

以前通常是她主动找他分享自己遇到的新鲜好玩儿的事。哪怕是对鸡毛蒜皮的小事，她也津津乐道，从没有过开不了口的顾忌和烦恼。那时他们都不知对方的真实身份。但现在，他们的关系拐了个弯，令他们都猝不及防。面前是一道旋转门，他们站在门的两边，最终彼此能否转到一起，还是未知数。沈暮止不住地想自己这么说恰不恰当，也会止不住地盲目猜测他的心思，以致如今只是想找他闲聊都不能轻松。姑娘家一矜持起来，便会迟疑，总是希望措辞更清楚准确。就在她百般犹豫间，门口响起动静。

"《蜜谋》的男主角定下来了！就在刚刚！"

某位男同事兴冲冲地走进办公室里，带回"前线"消息。对这位迟迟未定、虚位以待的男主角，所有人的好奇心都如被按压已久又骤然松开的弹簧一般，猛地蹿高，大家接连追问。

"陈制片刚和嘉禾娱乐的经纪人聊完，不出意外的话，喻白过几天就要来公司签合约了。"

听到这个熟悉的名字，沈暮不由得怔了怔，随即她的思绪便被办公室里老姐姐们的激动反应压了过去。

"谁？喻白？！"

"啊啊啊！都祝我追星成功！"

"弟弟愿意参演？陈制片是怎么请动他的？这简直是绝世联动啊！"

由于孩童时扮演的角色太深入人心，这位国民度超高的小童星成年后，尝试转变戏路并不被人看好，但喻白只凭一部转型之作，靠实力在影视界获奖无数，俘获众多支持者，不知打了多少人的脸。这位俊美的少年仿佛变了一个人，在娱乐圈里发展得风生水起，无愧是如今模样与实力并存的最当红的艺人。

沈暮顿时有些感慨。她去法国念书前，喻白才十四岁，最爱跟她待在一起，那时喻涵常对他笑骂着说自己这个亲姐是假的。一晃四年，倘若他现在站到沈暮的面前，沈暮怕是都难认出来。

握在指间的手机如有感应般地振动了一下，沈暮垂眸看向屏幕，微信通讯录里有一条新的好友申请。点开一看，她吃了一惊，申请人是那个此刻正被办公室里的姐姐们热烈讨论的少年，微信昵称就是"喻白"，好友申请的备注里写着"景澜姐，好久不见"。

沈暮愣住片刻，通过了他的好友申请，然后不可思议地问："喻白？"

那边的人很快便回复："是我，景澜姐。前阵子我一直被关在剧组里。昨天刚杀青，我才知道你回来。"

沈暮还是对此感到难以置信。这种久违的感觉，能轻易地让人思维混乱。她茫然了半晌，终于缓过来，正要回复，喻白将消息先发了过来："周四我会去一趟九思。那天你方便吗？我想见你。"

尽管还未见到他，但这简单的几句话，沈暮已经能从其口吻中分辨出，他似乎真的长大了。一切如昨，却又恍如隔世。沈暮没有理由拒绝。她也很想和这位四年没见的弟弟重逢，自是欣然答应。

午睡时，沈暮趴在桌上想了好一会儿，纠结是先去买毯子，还是先去江辰遇办公室里还领带夹。然而不知怎的，现在她只要一想到他，心就开始莫名地悸动起来。她感觉自己得病了。那个人是能让人上瘾的毒，能迷惑他人的心智。她有点儿无奈，叹了一口气，还是决定暂时逃避，先到商店里买毯子。

走出电梯的时候，沈暮甚至在想，要不干脆把领带夹交给方特助，但一转念，又暗暗吐槽自己真的尿爆了。他是豺狼虎豹吗？午间的日头有点儿刺眼。沈暮眯着眼，准备一口气跑到马路的对面，但刚踏出九思大楼，就和自己有意避开的男人迎面撞了个正着。这令她始料未及。她和他总有不解之缘。

他西装革履，着装依如往日，鼻梁上架着那副金丝框眼镜，清雅拔俗，高贵得不像话。沈暮呼吸一窒，第一反应是趁他没注意到自己，扭头就想跑。但想法还未付诸实践，她就被他凝望过来的眼神精准无误地捉住，她的双脚刹那被钉在原地，心口如有列车"轰隆隆"地驶过。

沈暮浑身僵硬着看他徐步走近，站到她的眼前，高大的身躯挡住了骄阳。她只能乖乖地打招呼："江总。"

江辰遇淡定地一笑："跑什么？"

他的洞察力太强，她感觉自己被他洞悉一切的目光穿透，连自己刚刚的那个不经意间的小动作，他都精准地捕捉到。她佯作若无其事的样子，莞尔道："我就是没想到在这里碰到你，好巧啊！"说完，她默默地吸一口气，暗想自己现在是不是脸红得厉害……

江辰遇眼里轻轻地漾出几分兴味："你怎么不觉得是我想偶遇你？"

沈暮愣怔片刻，反复揣摩这句话，确定又是一句致命的反问。他的声音里总是自带不容违背的威信。就像现在，在她听来，他说是想偶遇她，那就一定是真的。但他话里的情绪又太寡淡，好似永远难有起伏，眼底讳莫如深的一点儿笑意，又会教人怀疑，那只是他随口的一句玩笑话。

沈暮完全摸不清他的想法，而且，他还不紧不慢地把问题抛给她，很直接地问"你觉得我是来碰碰运气偶遇你的吗"，又或者潜台词是"你想偶遇我吗"。她大着胆子在心里骂了一句"臭男人"，琢磨着回去就找一本有关说话之道的书恶补一下，并且已经开始学着他的样子，依样葫芦地实践，虽说她的气势不足，话说得也不大利索。"那你现在……"她吸了一口气，声音几不可闻，"遇到了。"

然后呢？片刻无言，江辰遇笑了一下，不置可否。

笑什么啊？沈暮抬头觑他，却没想到自己的目光直接与他的目光相撞。与他对视一瞬后，她仓促地垂眼："哦，我是想着要还你领带夹。"她飞快地缩回试探的小爪子，如同惊弓之鸟一般，鼓足的勇气只有两秒有效期。

听罢她这说服力为零的辩词，江辰遇笑而不语，她的心思太好猜了。"下回吧。"其实他认为那个领带夹给她当发卡更好看。

沈暮微微一愣，及时反应过来："你等一会儿不在办公室里吗？"

江辰遇看着她："嗯，我上去取点儿东西就走。"换作别人，他可能只会答个"嗯"，但眼前的姑娘有点儿特别。看到她的眼中露出意外之色，他轻笑了一下，又补了一句："两点的飞机。"

沈暮吃惊地仰起脸："啊，去哪儿？"

"纽约。"江辰遇颇为耐心地回答。

"出差吗？"

"嗯。"

沈暮情不自禁地追问："那你什么时候回来？"他不会要去十天半个月吧？

江辰遇凝视了她一会儿，答非所问地说："方硕那里有我的行程。"

沈暮愣了一下："什么？"

江辰遇唇角轻扬："可以让他给你备份。"

闻言，沈暮意识到自己过分关心他的行踪，顿时羞得脸颊发热，慌忙改口："我是怕领带夹放在我这里太久，被我弄丢。"

江辰遇声音轻缓下来："那你就随身带着。"

他的话耐人寻味，领带夹仿若成了他们之间牵绊的载体。沈暮略一走神儿，居然从这句话里品出了"等他回来，随时见面"的意思。不过她只当是自作多情，佯装不懂："那你……路上小心。"

江辰遇应了一声："好。"他又敛眸端详她片刻，问道，"你要出去吗？"

沈暮没多想，乖顺地颔首："想到对面的商店里买一条毯子。"

江辰遇好奇地轻挑起眉梢："毯子？"

沈暮心里矛盾了片刻，轻声地向他倾诉："嗯，办公室里的空调对着我吹，好冷，我都不敢穿裙子了。"说完，沈暮感觉自己像是在冲他撒娇埋怨，心一紧，握在身前的手下意识地收拢又松开。

江辰遇的视线顺势往下垂落。她穿着一条浅色九分牛仔裤，那双又细又直的长腿还真被包裹得挺严实。见他明目张胆地看自己，沈暮呼吸忽然变得短促，小白鞋里的脚趾忍不住往内蜷。但他只是看了一眼，且目光里不含半点儿私欲。他始终保持着一贯的冷静，说道："知道了。"

如果仔细去想，从这三个字中能揣度出很多的意思，但沈暮把它没当回事。她微一沉吟，便说："那……我走了。"

沈暮看见他的唇边掠过一丝笑意。他回道："好，自己注意安全。"他连声音里都透着温和优雅，午后最烈的太阳都要被柔化。这好像是他离开前在对她嘱咐、交代。这种真真切切的关心，对向来缺乏安全感和真实感的她来说，能够填补内心的空缺，先前在办公室里时的彷徨不安，就这样烟消云散。

敏感的神经松弛下来，紧张的情绪得以缓解，她不再那么拘谨，微笑着望向他："嗯，我等你回来……"这么说有点儿奇怪，很容易引人遐想，于是她匆匆地接上后半句，"还你领带夹。"

但江辰遇就跟故意只听前半句似的，唇边噙着素来不变的从容的笑："不会很久。"

随后的两天，总裁办公室内果然空无一人。沈暮时而能听到公司里的姑娘们心情不佳的哀号，意思基本都是——今天又没见到江总的绝世面容，眼睛已经"饥渴难耐"，她们急需"营养液"支撑自己熬过艰苦的工作！

沈暮对此一开始是抱着置身事外看热闹的心态，但很快就有事落到自己的身上。次日上午，来了一批工作人员，将办公室里的那台对准她肆虐的中央空调换成吸顶式天花机，广角全方位环绕送风，她午睡时再没受过冻。在同事们为江总的英明呐喊时，她终于淡定不了了。她很难相信这件事和他无关，因为分别前，自己刚跟他诉过苦。那时他说"知道了"，现在她细思起来，这句话别具深意。

沈暮的心脏被猝不及防地击中，心情与之前的心情形成巨大的落差，因为她想到他此刻远在纽约，与自己相距一万五千多公里，超过十三个小时的飞机航程，和国内彻底日夜颠倒，自己想找他聊天儿都隔着不可逾越的时差。她在连自己都没意识到这种心理变化意味着什么的情况下，托腮多愁善感了一会儿，只能继续忙于手头的工作。

直到周四，大家积压多日的惆怅和消沉霎时云开雾散，办公室里的诸人变得异常活跃兴奋，因为今天喻白要到公司来签署影视合约。老姐姐们都急不可耐，恨不得堵在公司的大堂里，一睹弟弟的真容。

沈暮是在下午收到喻白的微信消息的。将近四点，她的耳边萦绕着女同事们等他等到发疯的号叫，而她们口中的少年正在发微信消息告诉她，自己已经到九思，等事情处理完就过来找她。

喻白还没来，整个办公室里喜欢他的姑娘们就如此疯狂。沈暮不敢想，如果他真出现在美工部，场面该失控到何种程度。沈暮思考后回复他："我们还是另外约个地方吧。"然后她又调笑道，"你的人气太高，办公室里的姐姐们有点儿激动。"

喻白："也好，我只想见你。"

沈暮眉眼霎时柔和起来，心道：这小孩儿还是和以前一样会说话，讨人喜欢。她刚要问他去哪儿，他就发来一个地址："Le serein。"南城高塔顶层的餐厅。

沈暮回答"没问题"。喻白懂事地说："我先过去。你慢慢来，不着急。"

两个人就这么约定了。紧接着，沈暮就收到喻涵的消息。喻涵问喻白那小子找沈暮没，沈暮如实相告。喻涵说："上部戏刚杀青，他又接了咱们公司的电影，估计接下来都待在南城，要住在家里。"

这个消息让沈暮感到意外。她愣了一瞬，但很快反应过来："好，我把客房打扫一下。"

喻涵将亲姐作风贯彻到底："让他自己收拾，你别惯着他。"

沈暮失笑，护短道："你又欺负小孩儿。"

喻涵无情地说："就是要让他知道成年社会的险恶。我乘明天傍晚的飞机回去，你在家里乖乖地等我。"喻涵紧接着发来一个"爱你"的表情包，沈暮笑着承下。

从九思到南城高塔不是特别近，坐公交车大约需要四十分钟，不过有直达路线，还算方便。下午五点三十分下班后，沈暮便按照约定出发去南城高塔。喻白得知她坐公交车过来，想让公司的司机去接她，她当然是以自己已经在路上为由婉拒了。

晚间交通高峰时段，公交车上人头攒动，大都是上班族。沈暮上车早，当时后面靠窗的座位还空着，但只过一站，车内就拥挤到快要站不下了。她望了一会儿窗外不断后退的景物，觉得无趣，低头看起手机。自从上回被喻涵撺掇着下载了微博后，沈暮偶有闲心也会进去翻两下。

公交车里各种杂音在耳边响着，沈暮未受其扰，淡然地点进微博。江辰遇的名字附带高强磁场，蓦地吸引住她的眼球。热搜第一位，正居榜首的标题是"江盛总裁江辰遇出席纽约 SOUL 创刊十周年风云盛典"，后面还跟着个"沸"字。

沈暮愣怔片刻。SOUL 是稳居世界杂志最具影响力前三名的时代周刊，有着深厚的文化底蕴和强大的社会话语权，在娱乐和财经领域皆是高知名度的主流媒体品牌。SOUL 创刊十周年盛典，这样的晚宴场合，受邀来宾不是商界人物，就是知名的艺人。沈暮的手不由自主地戳进这条热搜。

江辰遇的行事作风向来低调。因一向甚少出席活动，故而这场盛典，他意外地现身，着实令人惊喜。该词条页面最前排的博主所发的微博，在报道相关信息的文字后配了很多张现场照片，第一张就是江辰遇的。

沈暮点击照片查看大图。照片中，镜头聚焦在江辰遇的身上，周围所有俊男靓女都虚化为背景。他坐在台下的单人席位上，身着深色高定西装，双手随意地交搭在膝部，上身后倚，靠在暗红色的沙发上。他神情一向冷淡，却仿佛自带图片精修效果，气质和容貌都挑不出任何毛病来。他只是坐在那里，身上强大的气场就足以让打下来的灯光显出华美贵气的高级感来。

沈暮的目光定格在照片上移不开。原来他到纽约是要参加 SOUL 创刊十周年盛典。沈暮的眼睫微敛着，一种怅惘的感觉恣意地在心口猛撞着，因为她想到这么多天过去，自己居然是通过网络才能知道他的消息。

邻座的小姑娘突然凑过来看向沈暮的手机："哎，你喜欢江总吗？呜呜呜！我也超喜欢他！帅晕我了！"

沈暮蒙了一瞬，下意识地掩了掩手机，以微笑敷衍。但小姑娘直接打开了话匣子，半句不离江辰遇的名字，一路上喋喋不休，直到沈暮到站。小姑娘那目送沈暮下车的眼神里，迸射着对同盟者的热烈友好的情感。沈暮下了公交车后，长长地舒出一口气，心里叫着："杀了我吧！"

将近晚上六点半，天色慢慢地变得晦暗，气势雄伟、造型独特的南城高塔已经亮起绚丽的灯光。沈暮乘坐观光电梯直接去顶层。随着电梯上升，她极目远眺，南城的风光尽收眼底。

Le serein 餐厅瑰丽的巴洛克风情的装修风格，渲染出别具一格的浪漫气息。这里通常被人们视作约会圣地。不管怎么说，这里的私密性很好，能免去喻白被他的影迷或者娱乐记者遇到的烦恼——沈暮是这么想的。

侍应生领沈暮到包间的门口后便礼貌地退开。沈暮把手放到彩色的玻璃门上，顿了一下，轻轻地将门移开。包间内的少年穿着纯黑色的便服，侧颜清秀俊朗，额边的碎发自然垂落，皮肤在灯光下显得很白净。他微抿着唇，正低头刷着手机，听到动静后，抬眸望过来，和门口的沈暮四目相对。只一秒，他倏地放下手机，站起来，那双漂亮的桃花眼凝望着她，转瞬浮现出惊喜。

沈暮蒙了一会儿，关上门，一边走过去，一边难以置信地问："喻白？"她仰头望住他，完全不敢相信四年前的那个男孩子如今已经长得这么高，俊朗的脸庞也多了一些成熟感。

喻白笑容暖了几分："景澜姐。"

沈暮脸上也漾开清甜的笑："我差点儿没认出你。"

喻白将两手握了握，轻声地说："我有点儿紧张。"

沈暮笑着问："怎么了？"

喻白看着她，眼睛一眨不眨："可能是我太想见你了。"

眼前的男生，身材颀长，容貌完全颠覆沈暮过往的印象。他眉目英俊，唇红齿白，温暖的笑容散发着青春气息。乍一看，这是个乖顺的俊美少年，但其右耳垂上点缀的那个极不起眼的纯黑色耳钻，却令他透出一点儿不羁之感。

说实话，沈暮已经认不出他了。她错过了这个少年迅速成长的四年。对她而言，和他久别重逢，不如说是重新认识更合适。不过对方也有没改变的，也是唯一让她感觉熟悉的地方，就是他那镶嵌着淡褐色瞳仁的狭长的双眼。他的眼神，或许在别人看来会感觉清冷中透着点儿散漫，但无论过了多久，沈暮总能从中瞧出真诚和温暖。

沈暮知道喻白并非对每个人都展现出这样的一面，因为过去他就是只听她的话。所以当他不加掩饰地直言想她时，她心中顿生"流光容易把人抛"的感慨，到底是她看着长大的小男孩儿。

沈暮温和地笑着上前，正式地抱了他一下，柔声道："好久不见，喻白。"

喻白可能对这一刻到底是不是真实的有种恍惚之感。短暂的愣怔过后，他抬起手臂，轻轻地回抱住她，动作有点儿小心翼翼的。他唤了一声："景澜姐。"

曾经踮起脚才能够到她的头，现在他稍微低头，下巴就能触到她的发。

短短地拥抱完，沈暮就准备后退一步与他拉开距离，而他将手臂微微收紧了一秒，才不动声色地放开。他笑里多出一丝苦恼："真麻烦，想见你还要躲到这儿。"沈暮只觉得这是男孩子调节气氛的玩笑话，清澈动人的眼睛弯成月牙。

Le serien 位于南城高塔视野最好的顶层，装修是轻奢风，色彩明快，菜品精致得让人能明显地感觉到烹饪工序很复杂，而且口感绝佳。

喻白往沈暮的杯子里倒入饮料，是粉红色的气泡水。两个人尽管阔别许久，但再见时，彼此能默契地很快寻回熟悉的感觉。沈暮一边低头切着牛排，一边与他闲聊："喻涵说，你最近都在南城，今晚住在家里吗？"

对喻白而言，如果说喻涵这个亲姐如阴晴不定的天气，那沈暮绝对是温柔知心的邻家姐姐的形象。喻白将叉子握在指间，心思却不在可口的菜肴上，眸光落在面前正跟牛排较劲的沈暮的身上："嗯，正好下个月空着，而且接了你们公司的电影。"

牛排带筋，沈暮费了点儿劲终于将其切开。她将切好的牛排放到他的盘中，抽了个空抬起眼，和他商量："那我们吃完饭去一趟超市吧，我帮你把生活用品都备齐。"喻白温顺地应了一声，而后一改在饮食上极其挑剔的坏习惯，吃下她给他切的牛排。

南城高塔的底层就是百货商场。晚餐后，沈暮准备去那里购置用品。之前没想太多，但看到喻白戴上黑色口罩，又戴了一顶棒球帽，将帽檐压得很低才离开餐厅，她忽然意识到自己考虑不周。这个时间，商场里无疑人群熙攘，摩肩接踵，他有被认出的危险。观光电梯下降时，沈暮经过思考后，还是决定自己去商场，让他回车里等。

喻白却说没关系，让她放心："我也很久没有逛超市了。"

因为有口罩和棒球帽的遮挡，那张阳光的脸上只露出一双眼睛，她看不到他的神情。但少年独特的音色别具魅力，在低唤她时，声音中带着笑意："景澜姐。"

沈暮被电梯外面流光溢彩的夜景吸引，伏到玻璃旁向外眺望，听他唤自己，应了一声："嗯。"

自高空缓缓地下降的电梯里，光影交错，半明半暗。他视线越过帽檐，凝视着她仿若被覆上一层和风滤镜的侧脸："我的行程里，法国有几回也在其中。我去那里时，都经过巴黎美术学院。"

沈暮在他低语间顿了一下，缓缓地敛回目光。喻白的视线静静地对上她望来的视线，他带笑的嗓音听起来有些懒散，但不失认真："也不是碰巧，是我故意接的法国通告，想要去看你。"

沈暮愣愣地听完，吃惊得半晌哑口无言。原来在她毫无察觉的时候，他们好多次离得很近："我都不知道。你为什么不告诉我呢？"

黑色的帽檐将背后雕饰的霓虹格挡在外面，喻白眸色似乎幽暗了一些："我担心你不高兴。"

对他的回答，沈暮先是一怔，而后无奈地笑了一声："怎么可能！"随即她微微顿住，意识到喻白可能是怕和她见了面，而惹她想起国内的事，心里不悦。

喻白沉默了一会儿，说："你还会走吗？"

在深沉的夜色中，他的语气稍显凝重，声音里隐约有被遗弃后的患得患失的情绪，毕竟四年前她一句告别的话都没留给他。而这个在整个童年都依赖她的男孩儿，还在顾虑自己是否会给她增加多余的负担。沈暮轻轻的一声叹息中揉进了心疼和愧疚，摇头跟他保证："不走了。"

处在昏暗中的喻白，因心中黯然而失神的双眼好像终于有光彩进入，一下子亮了起来。

超市如沈暮意料之中的那般拥挤，人流如潮。她将注意力全都投到货架上，专心挑选牙膏、洗发水之类的必需品。喻白寸步不离地推着购物车跟在她的身边。无论她说什么，他都应"好"。

一路上都有目光落在他们的身上。这对姐弟着实吸睛，哪怕少年的面容被帽子和口罩尽掩，旁人只是远远地望见两个人的背影，就能感受到两个人说不出的气质。万幸无人认出他来。

两个人走出超市，便有一辆商务专车驶到面前。这是公司给喻白配的私人专用车。在开往春江华庭的路上，坐在副驾驶座位上的女助理问喻白假期计划如何，表示好安排司机按时送他。喻白却说不用。女助理知晓他的脾气，就没多问，只是提醒一句："那你自己平时出行要小心。还有，张姐说，学业不要落下。"

车停靠到小区的门口，喻白淡淡地"嗯"了一声，虽然没迟疑，但有点儿敷衍。随后，他便重新戴上口罩和棒球帽，提着装得满满的购物袋，先开门下了车。

女助理转向沈暮："宋小姐，喻白就麻烦你了。"喻白虽年少，但在娱乐圈中也算是戏骨了，模样、实力都受到认可。他在业内很吃香，且发展势头越来越猛，嘉禾公司不可能拱手让出这么个宝贝，故而他的经济团队迄今为止未曾更换，他的助理和沈暮四年前就见过，也习惯性地以沈暮的曾用名相称。沈暮笑着应下，然后与女助理礼貌地道别。

沈暮推门正准备下车，喻白已经绕过后备厢站到她的面前。他一只手拎着购物袋，另一只手拉着行李箱，甚至弯腰伸过脖颈，示意她把她的包挂上来："景澜姐，我帮你背。"

沈暮还侧身坐在车里，见状失笑，轻拍了一下他的头："干吗呢？"说着她拎上包，要去接他手里的购物袋，"这个我拿。"

但喻白避开了，不让她拎。她拗不过，只能笑一笑，由他去。喻涵还说不要惯坏小孩儿，沈暮发觉，分明是这个小孩儿在惯着自己这个当姐姐的。

等他们走进小区里后，司机将车重新发动，不可思议地说："小白今天居然这么乖。"

那两个人的背影渐行渐远，女助理收回目光："他也就在这位姐姐面前乖。"喻白一直以来都是这样。女助理沉思须臾，喃喃自语："我说他怎么突然答应接下九思的电影……"

回到家里，沈暮径直去了隔壁的客房里。她平时闲着都会打扫，所以房间干净到完全能够拎包入住的程度。她铺着床，唤他一声："喻白。"

喻白正蹲在衣柜旁整理行李箱里的衣服，循声抬头望去，便听她接着说："我明早八点去公司。你早餐想吃什么？给你温着。"

喻白停下手上的动作，屈腿蹲着的姿势显得有些懒散："我送你吧，开我姐的车。

我考下驾照了。"

沈暮将乳胶枕装进深蓝色的枕套中，长睫始终垂着。她不以为然地轻笑道："新手上路吗？"

喻白一直凝望着她："我的车技还可以。"

沈暮唇边的笑意加深："不要，到时候你自己开车回家，我不放心。"她语气温和平常，维持着姐姐对弟弟的宠溺感，好像在她的心里，他永远是那个稚气的小男孩儿。

沈暮弯腰抖动被子时，披在身后的长发垂下来，暖白色的灯光照下来，为飘动的发丝染上光泽。逆光的画面，使她如天边的月亮，有种抒情的意味。夜光下，清莲静开，是因她周身散发出的亲和温暖的气息。喻白安静地望着她，倒也没显露出过多的情绪。

第二天是周五，沈暮照常上班。电影暂定九月开机，时间上很赶，迫于上级施压，办公室里所有人整日都无甚闲暇。沈暮不足以独立完成单元任务，却也有很多重要的辅助项目。她将莫安昨日交代的分派各人的任务一一转达给同事后，便在办公桌前埋头琢磨自己的这部分工作。

沈暮的脑袋逐渐被琐碎的工作占满，只有午间微凉的空调风拂过肌肤时，她才偶一分神，思绪拉开一个空隙。午休时间，办公室里寂静得连呼吸声都很明显，其他同事都累得倒头就睡。沈暮发呆良久，在自己都无意识的情况下刷起了微博，径直翻阅昨晚SOUL创刊周年盛典上江辰遇的照片。昨天在网上传播出来的大都是未经过修图软件处理的现场照片，而今天出炉的很多是新鲜的精修照。沈暮点开热点资讯，罗列下来的消息全是艺人工作室在尽情宣传和赞美自家的艺人，他们明着暗着争艳似的扭在一起，但还是翻过两三页就能看到娱乐博主更新的与江辰遇相关的专题，上面有无数张他的照片。

沈暮情不自禁地看起来，每一张都是精美的艺术写真，有江辰遇和SOUL总编的合影，有江辰遇以两指轻捻高脚杯与上前攀谈的外国友人虚碰的抓拍照，还有主持人介绍特邀来宾时江辰遇的侧颜特写。

这个男人，像是夜色下的海面，看着风平浪静，却如沉睡着的浩瀚宇宙，使人生出如临深渊般的敬畏心。沈暮以手背托着腮，在心里无声地叹息着。原来他给公众的印象是这样的，男色杀人，勾魂夺魄，又慑得人望而生畏。其实她起初对他亦有这般感想。

沈暮凝神看着屏幕，指尖继续滑动，却在下一张照片处突然顿住。那是一张特意摆拍的合照——皇家级欧美风金红色的沙发上，江辰遇和SOUL主编以及部分最高层人物并坐，气场分毫不输，而沙发后莺燕围绕，各国受邀而来的美艳女星都心里藏着小九九，往江辰遇的身后站。于是照片上的影像就形成一侧人影稀疏，单单江辰遇的身后被堵到人夹人的诡异失重感。这简直是一出费尽心机讨欢心的宫斗戏，美人们都温柔中带着利刺，企图艳压群芳，争做帝王身边最得宠的"牡丹花"。甚至在照片拍摄的瞬间，有位国际名模以婀娜的姿态将手指似触非触地搭在江辰遇的肩头上。

仿佛有尖齿在沈暮的心脏上细密地啃噬着，沈暮不知怎么的，突然被喉咙里的那一口气压得无法喘息，胸口似有浪涛翻滚，心中躁乱，兴致尽失。不想看了，眼不见为净，沈暮下一秒就退出微博，克制住卸载微博的冲动。随后她点进微信，置顶处还是没有来自他的新消息。

什么人啊！都不知道来找人家吗？离谱！沈暮忍不住在心里吐槽。可能是被他身后的那群前凸后翘的女人刺激到了，沈暮撇了撇嘴，自动忽略他颠倒的时差，按灭手机，不予理睬。

心情阴郁，以致她在下午工作的时候感觉好似被衰神"临幸"，几团邪魅的紫火在眼前晃晃悠悠的，头顶上还挑衅似的飘过一行字——大衰神附身，让你一路衰到底！

天啊！她有种生无可恋的感觉。明明过去的四年，她也不是刻意地在和他每天不间断地保持联系。他们都有各自的生活，在时差之外，又能自然而然地为彼此随时待命。而现在，她感觉自己有点儿不对劲。在以前本算作寻常的状况，而在此刻，却在她脑中被无限地放大。她感觉心口像是被什么东西死死地堵住，以致整个白天都过得有些煎熬。

沈暮收拾包包准备下班时，接到喻白的电话。可能在昨晚两个人吃饭时，他的腕表被落在了 Le serine，所以他要去一趟南城高塔。好似被注射了清醒剂，沈暮的思绪倏地被扯回现实。她想清事情的轻重缓急后，告诉他，等她回家后陪他一起去。

在去南城高塔的路上，是喻白开的车。想到他刚考下驾照，沈暮非要坐在副驾驶座位上才放心，不过很快就发觉是自己多虑了。在胆识方面，男孩子似乎都有种天生的优势。尽管他刚学成不久，但仍能将车开得快而稳。

沈暮低着头在和喻涵聊微信。喻涵说大约晚上十点到家。被"死亡培训"折磨一周，发来千字小文章疯狂地卖惨后，喻涵才道出真实目的："我需要'补剂'，慰藉疲惫的心。"

沈暮笑弯了眉眼："说人话。"

喻涵："想吃景澜宝贝儿亲手熬的排骨汤。"之后她还发了一个"撒娇"的表情包。

在遇到红灯停车的空，喻白将修长的手指搭在方向盘上，下意识地偏过头，看向身旁安静地聊微信的沈暮。她在笑。那一瞬，白兰开花，湖面漾开涟漪。

"咱们顺便到超市里买些菜吧。你有没有想吃的？"沈暮忽然抬起头对他说。

在她温柔的目光下，喻白不动声色地一顿，随后笑着说："你做的，我不挑。"这家伙的嘴巴一如既往地甜，沈暮轻轻地笑了一声。

红灯倒计时的最后一秒，喻白关掉了副驾驶座位脚底的冷风。沈暮继续聊着微信，随口问："怎么关了？"

喻白望着前方，目不斜视，稳稳地开动车："怕你的腿冷。"她今天穿着裙子。

沈暮纤长的睫毛轻轻地扇动着，可能一边聊微信，一边和他说话，令她有些分心。她说："等会儿你去餐厅里取手表，我到超市里买菜。咱们都快一些。"

喻白很听话："好。"

到南城高塔后，他们便分头行动。趁超市购物的高峰时间未到，沈暮驾轻就熟地挑选好新鲜的蔬菜，在收银台付完钱，走出超市。

先前她和喻白约定在一楼碰面，但他似乎要比她慢，兴许是侍应生寻找手表需要花点儿时间。于是她拎着购物袋乘电梯到一楼后，就在电梯附近等他。

南城高塔的一层，是一家看起来相当高级的游戏厅。为吸引客流，游戏厅的门口摆了几台娃娃机。沈暮百无聊赖地站了一会儿，注意力蓦地就被关在其中一台娃娃机里的星黛露（迪士尼动画中的一个兔子角色）玩偶吸引了过去。这个玩偶是粉紫色的，有半人高，做工一看就很精致。她中了游戏厅的营销圈套，渴望解救这只漂亮的星黛露。因为她的微信头像就是以迪士尼城堡为背景的星黛露的图片，所以她好想要这只星黛露。她犹豫几秒后，双脚不听使唤地走了过去。

沈暮兑换了三十个游戏币，然后将购物袋搁到地上。正好前面的中年男人操作失败，娃娃机里的金属爪子一松，那只星黛露掉落回去。男人身边的小孩儿失望地哭起来，男人只能边哄着边抱孩子离开。

沈暮接替而上，投进三个游戏币。娃娃机响起游戏开始的音效，她聚精会神地调节爪子的角度，深吸一口气，拍击按键，爪子向下抓取。可惜爪子无力地落到玩偶的头上，竟然连提都没提起来，而后空着慢悠悠地归位。那只星黛露坐在那里稳如泰山，黑眼睛亮晶晶地直视着她。她叹了一口气，果然失败。但这是个能轻易让人上瘾的游戏，后一秒，她就咬住下唇，紧接着再投进三个游戏币。

与此同时，观光电梯从二十三楼的商务层往下降。江辰遇一如既往，身着西装，黑发梳得一丝不苟。他今早从纽约回到国内，一下飞机就来到这里，刚结束与某位长辈的应酬。

电梯里没有多余的游客，方硕站在江辰遇的身侧问："江总，您是要去公司，还是回家？"

江辰遇垂眸沉默了片刻，还未说话，电梯便抵达一楼。门尚未移开，透过玻璃，不经意的一眼，他就瞟见离自己几米远的娃娃机前那个穿米色蕾丝裙的纤瘦身影。他那原本透着冷淡的眼中，忽地微光轻闪。她薅了薅长发，看起来正在发愁。

玩偶再一次挣脱金属爪子跌回原位，沈暮被气得鼓起双颊。童话都是骗人的。她放弃了，不想救这只在逃的星黛露了。她将最后的三个游戏币丢进机器里，而后不抱希望地准备结束这场一厢情愿的解救计划。一只手突然先她一步伸过来，握住了操纵柄。那是男人的手，指节分明。

沈暮猝不及防，蒙了一下，茫然地抬眼。那人鼻梁高挺、线条分明的完美侧颜，骤然间坠入她的眸底。她当时完全失去表情管理的能力，呼吸像被按了暂停键。她瞠目结舌，四肢僵住，心态趋近于电脑系统崩溃的状态。是的，她"死机"了。

江辰遇倒是气定神闲，略微弯腰操纵金属爪子，动作貌似很娴熟。不晓得是运气使然，还是因他的技艺高超，那只她死活抓不住的星黛露，这回乖乖地顺着爪子的弧线站起，"啪嗒"一声，从洞口掉了出来。江辰遇不紧不慢地直起脊背，侧过头，眼底噙着笑意："还要吗？"

沈暮还沉浸在惊愕之中，眼睛一眨不眨地望着他。他突然出现，令她如同溺水的猫得到新鲜空气一般。她霎时间变成初学语言的婴孩，愣了好半天才呆呆地问了一句："你怎么在这儿？"

江辰遇未言，蹲下身，将那只半人高的玩偶从游戏机里取出来，递到沈暮的怀里。沈暮的眼睛亮亮的，她一把抱住自己心心念念的星黛露，抬眼望着他。他像一杯酒似的，漾在眼前，好醉人。沈暮感到双颊有热气升腾，小声地问："你是什么时候回来的？"

他唇角含着淡淡的笑意，望着她答道："中午。"

沈暮闻言，感觉心里堵了一下。她不由自主地抿了抿唇："那你……"那他怎么也不跟她说一声？他难不成是被那些国际女星迷到忘了她吗？只是沈暮还没来得及问出口，身后响起了少年清朗的声音："景澜姐……"

沈暮回首，只见喻白迈开步子走到她的身边。喻白戴着口罩，目光越过帽檐，和她跟前的男人的目光一碰。双方沉沉地对视了一眼之后，皆不动声色、不着痕迹地在极短的时间内打量了彼此。旋即，喻白收回目光，望向沈暮，若无其事地以温和的语气说："我们回家吧。"

江辰遇双眼微微地眯起，目光中带着审视的意味，掠过这个不知从何处来的少年。

江辰遇能感觉到，少年的那句"我们回家吧"，虽说得不动声色，但就像有意要讲给自己听似的。江辰遇没有接话，连唇角的笑意都丝毫未变。

半人高的星黛露被沈暮抱在怀里，略微挡住了她的视线。她从玩偶后探出脑袋，望向江辰遇，欲言又止。这么踌躇了一会儿，她才轻声说："那我……先回去了。"

她和江辰遇刚刚偶遇，两个人的话还没说完，但她又不想让喻白出来太久，矛盾间，语气里难分难舍的意味有些明显。江辰遇会心一笑，问道："你是怎么来的？"

沈暮张了张嘴，转瞬又意识到喻白的家庭情况在娱乐圈里还是未曾公开的秘密，斟酌后，抿了抿唇，小声地道："是小白开车载我来的。"

江辰遇没多言，只问："要我送吗？"他这话莫名地像是在说——你和那人分开，跟我在一起。

但沈暮不假思索地摇了头。她不可能坐江辰遇的车而让喻白自己回去。况且江辰遇消失几日，被美人簇拥后，回来也不找自己，这事还在她的心里堵着。不过鉴于江辰遇帮她抓到喜欢的玩偶，她还是道了一声"谢"。

江辰遇沉默了一瞬，也不勉强，轻描淡写地说："周一中午，我在办公室里。"

"啊？"沈暮纤密的睫毛扬起，望向他的目光中透着茫然。紧接着，她就想到要还他领带夹，眼帘又慢慢地垂下："哦。"

她面上顺从，内心却在暗暗地吐槽：一个破夹子就想叼得人插翅难飞，"狗男人"！她真想现在就把包里的领带夹拿出来塞给他，然后说一句"找你的好妹妹们去吧！"便与他一拍两散。但她只敢在心里横，一开口，气势就跌出底线："嗯……再见。"

粉紫色的玩偶衬得这姑娘稚气可爱，跟棉花糖似的，柔软蓬松，让人想探出手指戳一戳。江辰遇注视着她，目光直白。片刻后，他只说了一声："好。"

她走是真的要走了，但他连迟疑都没有，就这么顺水推舟，完全没有想挽留她的意思。她的心里又忽地徒生不快，因他的这个在她看来对她的去留无所谓的态度，只是她什么都没说。她总不能当面责问他，为什么在美人堆里纠缠多日，回来还不告知她吧？在这件事情上，她找不到自己的立场，至少目前为止是这样。

喻白虽默不作声，却是与她挨肩站着。见她要走了，喻白便拎起搁在地上的购物袋。

待沈暮和那个少年离开，候在一旁的方硕才识趣地上前。方硕盯了一会儿少年的背影，敏锐地嗅到硝烟的气息，当然也可能是自己多想了。"江总，我这就派人调查那个男生。"方硕这句话带着一股义无反顾的味道。此刻的方硕，就像一个脱离主帅的制约，盲目地要冲锋陷阵的士兵一般。

夜色像流动的海水，慢慢地渗透那个姑娘的身体，很快将她彻底地拥住，从江辰遇的视野中消失。江辰遇敛回目光，瞥向方硕，眼神中的温度陡然降下："奶奶家正好差一个边境牧羊犬饲养员。"

方硕一愣："啊？"

江辰遇语气淡淡的："你明天直接过去吧。"

方硕忽地意识到自己即将惨遭贬谪，心里"咯噔"一声，脸上扯出讨好的笑："别这样吧！江总……我手头的工作忙不过来，真的。"

江辰遇睨了方硕一眼，优雅地举步越过方硕："我看你每天挺闲的。"

方硕紧随其后，极力挽救自己就要"起飞"的命运："我今晚回去还要加班，得通宵整理文档，江董那边真赶不及。我通知人事部尽快招聘个专业的，您看行不？"不行他就直接一刀送自己走算了。

江辰遇懒得搭方硕的鬼话。两个人上车后，迈巴赫在夜色中穿行。满城灯火璀璨，窗外的光影飞快地闪过，从车内望去，像笼上一层色彩斑斓的雾。方硕屁颠地自副驾驶座位上回过头："对了，江总，关于沈小姐的家事有消息了。"

江辰遇闻言沉默了一下，平静地道："说。"

方硕仿佛寻到挣扎的缝隙，道："宋董和原配夫人离婚后，沈小姐被判给了父亲抚养。没过多久，沈小姐的奶奶又因病去世了。沈老太太是宋氏的实际控制人，宋董那时还没有独当一面的能力，因此待沈老太太一倒，公司的控制权变动，很多大股东不服，董事频频变脸争吵。直到宋董再婚，现任夫人的娘家——谢家的势力介入后，宋氏才慢慢地稳定下来。"

江辰遇微合双目，静静地靠坐着，他的手搭在腿上，指尖在膝头上有节奏地点着。

"不过近几年谢家的势头也一直在往下跌，没以前风光了。"方硕继续说，"哦，对，原来的宋夫人也有了新家庭。二婚的丈夫家境殷实，她现在过得很不错。"

江辰遇的神情淡淡的，他似乎对这个话题提不起兴致，等方硕说重点。

"沈小姐过去在宋家，和谢夫人、宋晟祈先生同在一个屋檐下。本来相安无事，但沈小姐高中毕业的那个暑假，家里好像发生了不愉快的事。所以沈小姐随了沈老太太的姓，又独自到法国念书，四年中一次都没回来。"方硕言罢，深深地一叹，心道：这家庭离异的小女孩儿，孤身在国外四年，真是不容易。

耳边没了声音，指尖也停下动作，江辰遇总算抬起眼皮："就这样？"

方硕愣了片刻，被江辰遇的问话搞得不自信了："啊……"

他高谈阔论一通，唯独关键点用一句"不愉快的事"轻巧地带过，这就是自己的那个舍本逐末的助理，真够可以的。江辰遇不将其送去饲养孙多多，留着何用？江辰遇睨了方硕一眼后，不予理睬。

另一边，车里的收音机被调到音乐频道，正放着一首不知名的英文歌，旋律偏忧郁。前方的红绿灯闪烁着，车辆如鱼群汇流一般。沈暮悄无声息地坐在副驾驶座位上，将玩偶搂在怀里。

"景澜姐。"

沈暮听到喻白的轻唤声，涣散的眸光似乎终于有了焦距，意识也被唤回了一点儿。她将脸侧向他："嗯？"

喻白双手握着方向盘，眼睛一眨不眨地望着前方的路况："你们很熟吗？"

沈暮怔了片刻，想明白喻白指的是江辰遇。她眼神晃了一下，装作不在意地道："哦，他是江盛的江总，你应该知道的。"

喻白在圈里也不是一天两天了，当然能认出江辰遇，但自己并非这个意思。沉默片刻后，喻白声音中含着深意："你知道我问的不是这个。"

沈暮的心似在漂流，她一时不知该如何界定自己与江辰遇的关系，沉吟半晌才道："就也……还好吧。"她承认这是违心的话。她与江辰遇已经聊了四年，还要怎么不熟？

喻白深深地看了她一眼，见她一直抱着玩偶没放开过。在那人面前，她好似从天边的月亮变成温驯的绵羊，天壤之别，那是他不曾见过的温柔。喻白无声地转回头，没再说话。

晚餐，沈暮煮了排骨汤，多盛出一碗温在锅里给喻涵留着。饭后，喻白陪沈暮坐在客厅里。超大尺寸曲面屏的电视上，一集电视剧刚结束，紧接着就开始播某手机品牌的广告。

屏幕上的少年，穿着一身纯白色的居家服，戴着耳机，斜靠着沙发。阳光透过落地窗照进来，从他半敛着的眼帘下方映入浅褐色的瞳仁里，更为他增添了几分慵懒的气息。他身侧茶几上的手机中飘出悠扬的旋律，无损音质的乐曲传入耳中，令他舒服得如浮在云端。这是喻白代言的广告。

沈暮眼底一下绽放出惊喜，但她的关注点不在广告宣传的商品上："原来你穿白色的衣服这么好看。"

沈暮笑着望向身边的男孩子。喻白靠着沙发，微微顿了一下，迎上她亮闪闪的眸子："你第一次看吗？"

沈暮一怔，被他问住了。她甚少关注娱乐圈，而且之前身在法国，自然也不会特意留心。这四年，她确实对他缺乏关心和陪伴。她忽然觉得自己这个姐姐做得很失败。尤其当男孩子直勾勾地看过来，一双干净的眼睛中浮动着纯粹的期盼。她咬了一下唇，有些难以启齿，默然片刻，讪讪地向他保证："我有空一定把你的代言和电视剧都补上。"

喻白一点儿也没怪她，笑了一下，满是少年的清朗之气。沈暮抱住靠枕，接着看电视。她那漂亮的侧脸，肌肤似奶冻一般细腻白皙。喻白悄然地凝望她片刻，倾身靠近，抬手拂开她的发上沾着的一点儿飞灰。她回眸，冲他莞尔一笑，心想：这么懂事又体贴的小男生，不是自己的亲弟弟，真遗憾。

航班晚点，喻涵到家的时间比预计的时间迟了整一个小时。刚一进家门，喻涵就跟被抽筋剥骨了一样，颤巍巍地伸出手："救命！排骨汤，我的排骨汤……"

沈暮忍俊不禁："你没事吧？"说着，她提走喻涵的行李箱，想去放好，但喻白抢先一步将行李箱顺手接过。

喻涵佝偻着前行，软软地趴在餐桌上，气息奄奄地说："有事……我已是废人一个。"她像极了从魔鬼训练营里死里逃生的幸存者。

沈暮既心疼，又难抑笑意，从厨房里端出排骨汤，放到喻涵的面前："趁热喝。"

喻涵几乎要泪如奔流，像双手捧起天赐神粮一般，颇具仪式感地凝视片刻，庄重又肃穆。下一秒，喻涵倏地埋头在碗中，将整碗排骨汤直接干掉。沈暮托着腮坐在对面，见喻涵狼吞虎咽的，时不时招呼着"慢点儿"，生怕喻涵噎着。

碗空了，喻涵也"死而复生"了。她抽出纸巾擦嘴，战斗力爆表地开始痛斥倒模老师"非人哉"："整整十个小时！你若想去一趟厕所，他能把你的小脑盯萎缩。我直呼太牛了！"一通论文式抱怨后，她又发泄似的重重地一叹。她就像摇滚乐，一离开，生活就平静如常；一回来，生活就闹腾。

喻白放好行李箱后出来，望向客厅："景澜姐，我去睡了。"

闻言，沈暮抬起头，眉眼间仍含着笑意："好，晚安。"

"晚安。"

被直接无视的喻涵指着他，咬牙切齿地说："臭小子，也不知道关心你姐！是不是亲的啊！"

"不是。"喻白将手插进兜里，慢悠悠地走进盥洗室里。

果不其然，喻涵这颗地雷被踩爆，其声震耳欲聋、惊天动地。好在有沈暮安抚，喻涵爹开的毛被慢慢地顺回来。当然，这主要还是因为喻涵培训后累惨了，元气尚未复原。

喻涵做了几组深呼吸，平静下来，而后画风一变，眼神紧紧地锁定沈暮。沈暮被喻涵盯得不自在，摸了摸脸："怎么了？"

喻涵挑眉，语气中满含深意："你跟江总到哪一步了？"

她这话很是惹人浮想联翩。

沈暮心一颤，开始有一下没一下地拨弄头发："我俩什么都没有，你不要乱讲……"她目光闪躲，坐立不安，这是典型的口是心非的表现。

"得了吧，你在我的面前还屁什么屁？我就知道你没我不行。也成，'老公'回来了，手把手地教你追男人！"话音一落，喻涵刚要改口自称"老婆"，想想又算了。

"追"这个字眼可太诡异了。沈暮惊了一下，嗫嚅着道："我可不来什么欲擒故纵的把戏。"

喻涵哂然一笑："你倒是想擒，但是他的对手吗？你现在要做的，就是看到他不要脸红！"

遮羞布被扯落，藏匿的心思被公之于众，沈暮莫名地觉得羞耻，期期艾艾地道："你……你怎么就知道……我看到他会脸红？"

喻涵意味不明地"呵"了一声，滑开手机相机，给沈暮镜头："瞧瞧，我就提了他两句，你的脸已经能蒸一屉小笼包了。"

沈暮用余光瞟了手机屏幕一眼，自己的脸还真是红的，像是用口红在脸颊上抹开一样，甚至颜色还有加深的趋势。沈暮连忙将手机从眼前推开："我和他真的没什么。"见喻涵满脸写着"我不信"，沈暮抿了一下唇，"他这几天在纽约。我们之间有时差，一句都没聊。"

喻涵开口欲言，又顿住。也是，她在百忙之中还刷微博，知道江辰遇出国参加重要活动的消息。不过在喻涵眼里，女孩子追男孩子没有不能克服的困难："有时差怎么了？他睡前收到你的'早安'，这不也能聊上？"喻涵无所畏惧地摊了一下手，而后察言观色片刻，又盯住沈暮，"你难道也没找他？"

沈暮将手背贴在脸颊上消热，摇了晃了两下脑袋，示意没有。喻涵原本懒散地伏在桌子上，当下慢慢地坐直，突然笑了出来："哈哈！出息了啊，宝贝儿。"

沈暮眼神飘开，话说得有点儿阴阳怪气的又不自知："纽约美女如云，他大概也没空回复我吧。"

沈暮的心思不言而喻。喻涵调笑道："哎哟哟，就是，这个人讨厌死了！现在你就打电话过去问问他这是怎么回事啊，让我们宝贝儿守空闺这么多天。"

"八字还没一撇"的事。沈暮可禁不起被这么逗，心口的热度一下直涌到脑门。沈暮轻轻地瞪了喻涵一眼，站起来就往房间里走："睡觉啦。"喻涵乐不可支地看着沈暮逃进屋里。

盥洗室内，喻白垂眸站在镜前，额前的几缕碎发垂散着，虚遮着那双幽暗的桃花眼。门外静下来，他默默地伸出手，将黑色 T 恤往上拽起脱了下来，而后走进淋浴间里冲澡。

夜晚很静，房间里的窗户关着。兴许是夏夜温度高，沈暮感到闷得慌，所以开了空调。她窝在摇椅里，抱着手机看资讯。她将手指不断地向上滑动，屏幕上的信息一直在刷新，可什么都没看进去。先前他是在纽约，那现在呢？已经快午夜了，也不见他来找她。凉爽的空调风好像也无法让她静下心来，脑袋里好像自生噪声，"嗡嗡"地响着。她不由自主地切换到微信界面，在犹豫要不要戳进他的头像。

这时，突然响起一声消息提示音，被置顶的空白头像上有一个小红点儿。沈暮一激灵，坐直了，连忙点进去看。然而，待她反应过来，才发现那是喻涵。静止两秒，沈暮又失了劲，慢慢地向后靠回去。

喻涵："恋爱大师专业追男人秘籍，在线课程，包教包会！"她像极了微信线上卖货的。

沈暮无奈地笑了笑，正想回复喻涵，屏幕忽然暗下来，伴随着响起的铃声，界面上跳出语音通话邀请。脑袋里"轰"的一声，沈暮挺身坐起，四肢百骸登时僵住，因为屏幕上显示的对方的昵称是"Hygge"。

沈暮呆愣着，不知道现在要怎么办。刚刚她还在心里埋怨他对自己置之不理，现在他真的找来，她的思绪突然又陷入混沌之中。他如同在舞台上压轴登场，最后一刻的惊艳，总是使人心神恍惚。她已经忘了戴上耳机，指尖跟着"怦怦"乱跳的心脏颤抖着，点下了接通键。

"睡了吗？"他低沉的声音传入她的耳中，气息像是飘散开的迷幻花粉，令她恍惚。

沈暮在心里嗔他明知故问。不然呢？她是在梦游吗？她睡着还能接通语音通话？但事实上，她呼吸短促起来，声若蚊蚋："没有。"

那边的人轻笑一声，随之而来的性感的呼吸声很清晰。沈暮听得耳根发烫，感觉自己实在太没骨气了。她咬了咬唇，生硬地问："找我干吗？"

他可能还在办公，说话间隐约有纸张翻动的声音："就准你白听我的声音，不准我听回来？"

他嗓音微哑，声音里含着笑意，从沈暮的耳蜗钻入心尖里。她感到连骨头都有点儿酥，唇边弯起微不可见的笑痕。她装作听不懂，收着声轻轻地问："然后呢？"

他以宠溺的口吻道："嗯，突然想哄一哄你。"

他轻缓的声音像是自带治愈效果，她心中先前不悦的棱角瞬间被打磨得光滑。她感到心脏难以控制地狂跳着，口中像含了蜜。她故意与他唱反调："我现在不生气。"

那边的人极轻地笑了一声："不生气，也能哄。"

他声音里没有刻意为之的温情，就这么自然而然地传入她的耳中，如沁着润物无声的春风，惹得她身上发颤，面红耳赤。她的心跳在一个没有规则的频率上波动，她已沦陷进去，嘴角不经意间扬起的弧度抑制也抑制不住。他的纵容就像开机键，令她有恃无恐的本能萌动。她在心里念叨：这个人现在想起哄她了，早干什么去了？她确实也这么说了出来，只不过声音低若呢喃，对方不足以听清。

"你在嘀咕什么？"那边传来他漫不经心的调侃。

一想到他这么晚才出现，又是被花团锦簇地围绕多日，沈暮就忍不住想控诉。她故作淡定，说起话来却还是免不了有些温暖："我说你……之前都在做什么？"

对方沉默片刻："某人晾了我几天了。"

他有心将声音收着，仿佛含着细腻的气息，贴着她的耳朵问她为什么不找他。沈暮不由得皱眉，两颊微鼓。谁晾他了？这个人怎么还贼喊捉贼呢？当然，她也只敢以私语的音量抱怨一句，而后微带嗔怪地说："你不也没出声吗？还……"还在纽约会佳人。但她恰到好处地顿住没往下说，毕竟他们还未正式相见。

"嗯？"他的声音中带着慵懒的鼻音，稳稳地控制着她的心跳速度，操控自如。

沈暮弱弱地启唇："你很忙。"

"是忙。"他不否认，并且进一步说明，"我一直不太有空。"

沈暮垂着眼，将声音放得更低："所以……"怕打扰到你——后面的话她没说出口。

"所以你要记得主动找我。"他接上她的话。

他微沉的尾音，好似带着一股温柔的力量，把她推进糖浆里。她连心脏都漏跳了一秒，然后整个人的温度直线飙升到沸腾。她死死地咬住唇瓣，才能稍微压住上扬的唇角。这个人好烦啊！一会儿让她蹲在小角落里，心中酸酸涩涩的，一会儿又喂她一勺蜜。她的胸腔剧烈地起伏着，她悄悄地深吸一口气，佯装镇定："哦……"但一点儿用也没有，她开口的声音如浸过甜水似的，湿答答的。

他很轻地笑了一声，笑声里带着无奈。他不紧不慢地问："想睡觉了吗？"

沈暮还不困，而且明天是周六，有足够多晚睡的理由，只想躺到床上戴着耳机听他说话。她小声地反馈情况："我……还没洗澡。"这话里含着一点儿暗示的意味，她想说，这次能不能换他等她？

"去吧。"

"那你呢？"沈暮情不自禁地追问，怕他就这样结束通话。

那边的人安静了一会儿，好像拿她没什么办法，语气里含着宠溺："自己待一会儿。"

那天通语音电话时，他也是这么说的，不过要"待一会儿"的对象是她。她先是愣了一下神，反应过来后，捂住嘴，轻轻地笑了一声："那我……很快。"他含笑应了一声。

不过女生洗澡再快也快不到哪里去。沈暮洗完澡，彻底吹干头发，一晃就过去了一个多小时。她轻轻地关上卧室的门，穿着一身纯白色的吊带棉裙，趿拉着拖鞋，小跑回来，然后拿起搁在摇椅里的手机，将被子掀开钻了进去，枕边躺着那只星黛露。她戴好耳机，关掉小夜灯，乖乖地出声："我好了。"

他嗓音染上一丝沙哑："嗯，我在。"

沈暮弯着唇角，随后慢慢地回过味儿来。不知道是不是她的错觉，他的声音听起来似乎有点儿疲倦，随即她捕捉到一瞬细微的纸张被翻动的"沙沙"声。她轻声地问："你在看书吗？"

他正经时的声音总是有种温和浑厚的质感："我处理几个文件，马上就好。"

沈暮应了一声，静静地躺着。她把身边的星黛露抱过来，轻轻地拥住，敛着睫毛，仔细地听耳机里他的每一丝气息。

他的呼吸深长、沉缓、均匀，在深夜里自生缱绻之感。她还是清醒的，却仿佛陷在一场绮梦里。她逐渐恍惚，被他无意间勾走了魂。有一瞬间，她发觉其实也不需要他说什么，就这样连着麦，自己能感知到他存在的气息，已然满足。

"睡着了？"他似乎有意地放轻声音。

沈暮愣了一下，困意全无："哦……没睡。"

女孩子要睡不睡时的嗓音，都有种奶声奶气的感觉。他笑："那你怎么不说话？"

沈暮打了个小小的哈欠，双眸笼上一层淡淡的水色："你不是要处理工作吗？"

他略顿几秒："就算工作，也可以陪你聊天儿。"他的声音化作一只温柔的手，抚过她的心头。

她唇边泛起笑意，像在他的耳边说悄悄话一样："我抱着星黛露玩偶睡。"

那边的人了然地笑了一声，还要故意问她："哪儿来的？"

午夜好似施了魔法，将她变成温柔甜美的小公主。她心花怒放地告诉他："在娃娃机里抓到的啊！"

那人拖着尾调："哦——"他又意味深长地问，"谁给你抓的？"

这个人啊，明明知道，还要问，坏死了。沈暮鼓了鼓脸颊，像要气气他似的，含糊地回答："一位叔叔。"

对方轻笑中略带认真地问："喜欢吗？"

女生永远都藏着一颗少女心，无论何种性格、何种年纪，一旦这种情感被激发出来，就浑身酥软，毫无抵抗力。沈暮确实对这个玩偶已经爱不释手，也没有多想，微低下头，用脑袋舒服地拱了拱玩偶，声音温柔，散发着甜味儿："喜欢。"

她的声音并非又软又柔的娃娃音，而是像早晨的太阳，柔和温暖，在她怯懦时，是柔柔的；在她不自觉地撒娇时，又透着可爱。

对方安静了片刻，而后慢条斯理地说："是喜欢星黛露……"他停顿了一会儿，声音渐渐地低缓，在迷离的夜色中带着几分蛊惑，乱人心神，"还是喜欢抓星黛露的叔叔？"

第七章
和我见面

沈暮的脑袋顿时像被抽成了真空。江辰遇的声音，微带慵懒的腔调和使人着迷的低沉和沙哑，在她的耳朵里循环，有种摄人心魄的魔力。小夜灯的暖光恍若被液化成雾，弥漫在她的周围。沈暮柔顺的长发凌乱地披在枕畔上，小夜灯的光晕映在她白净的侧脸上，令她显出几分懵懂和稚拙。她像是微微酒醉，心旌荡漾，几近失语。

那一瞬，沈暮的思维完全无法运转。她清醒至极，偏又分不清此情此景是否真实。如果说他的这句话别有深意，可他是在闲聊时好似漫不经心地脱口而出，似乎与他一贯的理智相悖。但要说这只是一个无伤大雅的玩笑，他的口吻又太撩人，令她琢磨起来，感觉意犹未尽。

沈暮的脸是烫的。她紧张又慌乱，手足无措，那一遇到事情就不由自主地出现的焦虑和恐惧在她的心底翻腾。所以，现在自己到底要说什么啊？她突然后悔没有提前向"恋爱大师"喻涵请教"专业泡男人秘籍"了。

寂静良久，那边的人轻轻地一笑，先开口："困了吗？"

沈暮感觉身上发虚，连呼吸都轻微地在颤："有……有一点儿……"

逃避是焦虑的衍生品，人或多或少都有这样的本能，尤其对于有着轻微社交恐惧症的人来说，譬如沈暮。她喜欢藏在自己精心打造的飘在空中的云朵里，遥望世界。当自己突然被从空中拖下来时，她转眼就成了误闯人间的小白兔，傻傻地、难以自已地焦灼难安。这个前所未有的舞台，过分引人注目，她不敢站到上面，下意识地惊叫着躲避。

恍惚间，沈暮听见他低缓地说："要不要睡？"

这一刻，他声音听起是空灵邈远的，但又因附着于感官，而让她有一种沉稳、踏实的感觉。他像用这样的方式为她砌筑起一面墙，将对着舞台上的她的闪光灯都挡住。虚惊过后，一回头，她才发现，原来墙的另一面是最令人有安全感的花房。这种感觉太过虚幻，她的思绪还是飘着的，因此声音显得有些空洞："嗯。"

"睡吧。"他的声音依旧温和，仿佛刚刚的那句令她心神大乱的话，只如风拂湖面，仅微漾了一下。

沈暮听话地闭了眼睛，但毫无倦意。耳机里传来他清晰的呼吸声，让她放不下。躺了一会儿，她翻了两回身，用双臂紧紧地缠裹着星黛露，好像这样能从中获取力量。近来睡眠不错的她异常地失眠了，因为被重重心事压着。

她不安分的动静同样被对方的耳机收到，他那低沉的声音带着他的气息飘入她的耳中："想听音乐吗？"

她长睫扇了扇，从鼻腔中溢出微弱的疑惑声音。

"治疗失眠。"他似笑非笑地提到她上回信口胡诌的理由。

沈暮微微一顿："嗯——"她尾调转了几个弯，示意不要。迟疑了片刻，她又放轻声音说："迪士尼玩偶……我一直很喜欢。"

这算是回答他之前的问题吗？他无奈地笑叹一声："好。"

沈暮将下巴抵在玩偶上，说话时好像声音都变得很柔软："因为我小时候去迪士尼乐园，走丢了，是'它们'带我找到奶奶的。"

在除了年轻什么都没有的年龄，她喜欢上什么真的很简单，可能仅仅是在其浮躁时给予微乎其微的一点儿好，便能得到小女孩儿长久的迷恋和青睐。他轻轻一笑，耐心地听她说。

"奶奶给我买过好多玩偶，但那个时候还没有星黛露。后来星黛露出现了，但已经没人给我买了。"沈暮半垂着眼帘，在微弱的光晕里，目光变得悠远，似乎充满怀念，"所以，我就自己买……"

她胡言乱语些什么，自己也不知道，但就是想告诉他这些。她像个小孩儿一样对他推心置腹，哪怕诉说的只是无关紧要的事："现在……"现在又有人送她玩偶了。

沈暮垂着眼，双唇微动："C'est la plus belle aubaine que je t'aie rencontré."——遇见你，是最美的意外。

优雅的语言从她口中流出，标准动听，像家猫窝在主人的膝上熟睡时在梦中呢喃，倾诉爱意。其实，当她说这句法语时，吐息比以往说过的任何一句都局促，但当最后一个音节也从她的唇齿间溜走后，又感到霎时间束缚自己的缰绳被挣脱了，无比轻松。

简约轻奢风的书房，偌大的空间里，灯火通明。墨色的极简实木桌上散着几份文件，左上角的金属混沌摆无声地缓缓摆动。江辰遇穿着一身灰色居家服，左耳上挂着一只蓝牙耳机。此时，他握着白金钢笔的手不由得顿在那儿，兴许是他对那姑娘的所言感到意外。

沉默片刻，他往后靠去，倚在皮质办公椅的靠背上，唇角略微扬起。他短促地笑了一声:"你是故意的?"她显然是当他听不懂法语。

耳机将女孩子的声音清晰地传至他的耳中,她矢口否认。听着她以猫叫般的微微害羞的腔调,一边否认,一边又偏不给他翻译,他忍不住笑了笑。

深夜,静得能听清自己心跳的声音。他双眼中满是温柔,嗓音中带着男人独有的成熟的味道,话说得别有深意:"知道了。"

这个周末相当平静,原因是喻涵"历劫"一周归来,再无出门玩的力气,故而沈暮和喻涵姐弟都安稳地在家里休息。

沈暮无事便坐在窗前画画。她的 IAC 初赛的作品已通过线上的方式提交。初赛的门槛不高,她要提前为复赛做准备。如果她连这点儿信心都没有,大概会把远在法国的霍克教授气得翘胡子吧。她每每想到这个,都忍不住笑出声。

初赛可选择线上的模式参赛,但复赛并非如此。依往年的惯例,IAC 除第一轮可以线上提交作品外,到第二轮,作者还被要求亲自到现场作画——一为确定作品的真实性,二为考验作者的临场发挥能力。因此,不到第二轮开赛,选手不可能知晓赛题。不过,选题也逃不开那几个大类别,多练人物写生准没错。

正好喻白休假,沈暮便想请他当模特。喻白自然乐意为之。在阳光的照射下,俊美少年的侧影朦胧中透出淡雅之气,白衣被染上阳光的色泽,他的唇边含着微笑,嘴唇的颜色是属于他那个年纪的健康的浅红色。沈暮也笑着,清澈的眼弯成月牙形。她毫不吝啬地夸他表现力强,连专业模特都自愧不如。

"我可以给你当长期模特。"喻白维持着自然又慵懒的姿势,轻倚在窗边。他那浅褐色的眸子如宝石一般,在望向她时,好像将倾洒下来的阳光都盛入眼中。

沈暮闻言,眉眼间漾起笑意:"你太贵了。"

"对你免费。"喻白说。

沈暮凝视着画布,专心地勾勒轮廓,笑而不语。喻白看向她的目光很直白,但干净得不含一丝杂质。

"景澜姐。"

听到他轻唤自己,沈暮执笔调整着线条,目不斜视,随口轻柔地应了一声:"嗯?"

喻白最后还是未言,只淡淡地笑着,静静地凝望着她。

周一,美工部恢复了往日的热闹。以喻涵为首的服化组的同事们开启犀利的吐槽模式,大肆埋怨培训老师的非人行径。逗哏、捧哏相互协作,气氛逐渐被推向高峰。

办公室里一片欢声笑语。沈暮安静地坐在工位上,被迫又听了一遍喻涵暴躁的唠叨,也忍不住唇角含笑。他们还在吵闹,一时静不下来。沈暮便点进微博,随意看了一会儿热点资讯。

"宋氏集团疑因多个项目经营不善面临破产清算危机,董事长宋卫被传婚变。"沈暮无意间刷到这条微博时，浑身僵了一下。片刻后，她深吸一口气，退出微博，只当没看见过这则消息。

"小暮……"

听见有人叫自己的名字，沈暮连忙抬头回应。原来是某位女同事所在的小组完成了场景初稿，需要通过沈暮交给莫安定夺。沈暮微笑着点头："好，我这就去。"

与此同时，总裁办公室内，江辰遇迈进办公室里，径直来到桌前坐下。他的神色平淡，脸上一贯无甚情绪，唯独那副金丝框眼镜为他清冷的气质添了一点儿温度。

方硕将分类好的几沓资料放到江辰遇的面前。江辰遇淡淡地扫了一眼，将其中的一份厚文件丢开："唐逸的不签。"

方硕吃惊得连眉毛都跟着声音一起抬高："啊？唐逸的珠宝品牌，其实挺有口碑的……"

江辰遇已经开始看其他文件了，以冷淡的语气说："撤了。"

江盛旗下的 JC 广场是南城最大的商圈，唐逸珠宝专柜的业绩一直很漂亮，如今合约即将到期，双方自然都没有不续约的道理。可就在刚刚，江辰遇开了金口，要单方面终止合作，方硕对此实在难以理解。不过江辰遇说出的话向来板上钉钉，确定了就不再有商量的余地，方硕便只管照做。

方硕在原地站了一会儿，想到了什么，突然默不作声地走开。他低头操作桌台上的笔记本电脑，然后将电脑抱过来，摆到江辰遇的桌上，更暗示性地往前推了那么一寸。翻动文件的手一顿，江辰遇睨了方硕一眼。方硕低咳了一声，站得端正，正儿八经地解释道："江总，这是美工部 04 工位区域的摄像头实时监控。"

江辰遇瞥了一眼屏幕。监控画面很清晰，从办公室的玻璃大门，一直到靠窗的办公桌，都在监控的范围内。虽然画面上的距离有些远，但足以看清办公室内的每个人。江辰遇微皱眉头："干什么？"

以为江辰遇懂自己的意思，连嘴角都准备上扬的方硕闻言怔了一下。"您再仔细看看。"方硕提醒道，"沈小姐……"

江辰遇望向屏幕，目光淡淡的。窗边的姑娘穿着松花绿缎面吊带长裙，如绸缎般的黑亮柔顺的长发披散在身后。她侧身接过同事递来的一沓纸，随即搁下自己手上的活儿，起身往办公室外走。

办公室里的采光绝佳，窗明几净，落地玻璃门上一尘不染，干净得让人一眼难辨开合。她似乎不愿耽误别人工作的进度，着急把东西送到，所以步子又碎又快。而且她一边走，还一边低头调整手中纸张的顺序，完全没有留神看路。果不其然，她被前行的惯性带着一头撞在关着的玻璃门上。

监控视频有如默片，没有收录声音，但在那一瞬，撞到门上的疼痛感，在她蓦地捂住额头，将瘦瘦的身子缩起来时，让人看着能感同身受。江辰遇随之皱起了眉，紧接着就瞧见办公室里的女生们蜂拥而来，而那个撞到门的姑娘揉着额角，连连摇头，大概是在逞强地将唇角扯起一个微笑的弧度表示自己没事。江辰遇仍然皱着眉，但又有些想笑。撞得这么狠，她都不忘护住怀里的那一沓纸。

一旁的方硕以余光悄悄地瞥过去，观察江辰遇的脸色。很好，老板在笑。方硕在心中默默地想着：工作以外，我还得听江老太太的命令，去培养自己与老板的感情。我真是太难了！而老板还筹算着贬我去喂狗。我可真是以德报怨的好员工第一人。方硕被自己感动得不得了，抱着不打扰老板"睹视频思人"的心态，准备深藏功与名，"退居二线"。

有了底气，方硕抬头挺胸："江总，那我先去通知唐逸的负责人关于合约的事了。"

江辰遇不露痕迹地敛回目光，指了一下笔记本电脑："拿走。"

经过三点五秒的反应，方硕发出一声："啊？"

江辰遇向身侧一瞥，声音非常冷淡："我没有监视女孩子的癖好。"

将初稿送到莫安那里后，沈暮就坐回工位上。她额头的肌肤细腻白皙，刚刚那么一磕，眼下有要红肿的痕迹。喻涵找来冰袋给沈暮冷敷，而后不知怎么就聊到了沈暮砸伤鼻子那次，免不了夹带一顿对"美丽笨女人"的嘲笑。沈暮低声啧了两句，赶喻涵回化妆间里工作。

喻涵前脚刚走，桌上的座机随即响了起来。沈暮用一只手压住额头上的冰袋，腾出另一只手将电话接起来。她手上没控制好力度，还把额头压得一疼，在温柔地说了"喂"之后，没忍住，轻轻地"咝"了一声。

电话那端无声片刻，男人一开口，如琼浆般醉人的声音便传入她的耳中："来我这儿。"

沈暮呼吸一窒，思绪倏地已至千里之外。她蒙了："啊？"

江辰遇极轻地笑了一声，放缓语速："我没有告诉你今天我在办公室里吗？"

沈暮向左右看了两眼，确定无人留意自己，而后压着声音，红着脸，悄悄地回答："告……告诉了。"

"那你怎么还不过来？"他问。

他声音低沉，话语间仿佛暗示自己已等她许久。她瞬时怔住，心跳开始变得不规律。她的反应有些迟钝。愣了片刻，她才将声音压得极低，如窃窃私语般用气声说话，感觉就像在偷情："你说的是中午……"

明明现在的时间还早。况且，他只是随口说了一句而已，何时跟她约定过？她轻声提醒他，这并非自己的错。她在辩驳时，语气中无意地带着点儿撒娇的味道，如亲密的情人之间耳鬓厮磨、窃窃私语。

电话那边的人似笑似叹，为她如此可爱地安守本分的行为准则："你倒是听话。我要是说半夜，你也掐着点来？"他以淡淡的语气漫不经心地调侃着，像是在说——全公司都知晓我在不在，怎么偏偏你充耳不闻？

"半夜"这个词自带暧昧的色彩，由他说出来，这种感觉更甚。沈暮红了脸，气势很弱地回嘴："那是下班时间。"工作外，员工有人身自由，请上司公私分明。

然而这位领导笑了一下："现在是上班时间。"

沈暮："啊？"

他言简意赅地说："上来。"

沈暮被这上级命令的语气拿捏住："哦……"

结束通话，沈暮取过桌上的迷你镜检查额头，不出所料，那里肿起了一个发红的小包。沈暮无奈地重重呼出一口气，向喻涵要了一个创可贴。或许化妆师在专业方面都细致入微，连所用的创可贴都是浅色的，喻涵美其名曰"香槟色"，说是美观百搭——这个说法惹人发笑。

沈暮将创可贴倾斜着贴到额头上。趁着办公室里大家开始进入忙碌的状态中，无人留意，她从包里摸出领带夹，偷溜似的将脚步放轻离开美工部。

二十六楼一如既往地安静得出奇，连脚步声都很清晰。总裁办公室的玻璃感应门自动移开。沈暮原地站立少顷，深吸一口气，挪步而入。如从市井步入殿堂里一般，落差感很强烈，她觉得自己像是弱不禁风的小女孩儿要被献祭给远古的神祇，尤其在进门后，隔着半室的距离直直地遥望到他。

坐在办公桌前的江辰遇，穿着一身优雅名贵的西装。阳光自侧面的落地窗洒进来，点点金光映在身上，衬得他清雅不凡。沈暮恍惚了一瞬。

便在这时，江辰遇听到动静，抬眼望过来。他的目光如带微电流，令她一激灵，不敢再磨蹭。她连忙垂首敛目，快步走过去，端端正正地站到他的前方，轻声问候："江总。"

江辰遇放下笔，目光落到她的身上。她穿着缎面吊带长裙，露出细臂，裙子的松花绿色将她的皮肤衬得莹白如玉，长发温柔又随意地披着，从肩膀到锁骨处的柔美线条若隐若现。眼神在她的身上流连须臾，江辰遇几不可见地弯了一下唇。现在的她怯生生地跟他装不熟，仿佛和那个以催眠为借口与他连麦时偶尔会胡搅蛮缠的小姑娘不是一个人。

"嗯。"他故意淡淡地应了一声，然后就没了下文。

沈暮等了一会儿，见他还是没声，便偷偷地觑了他一眼，而他只是从容地坐在那里。这个人怎么这样，特意喊她过来却不说话，还要她先开口。虽然在心里嘀咕着，但碍于他自身的气场和"身份"压迫，她对此毫无办法。她抿了抿唇，把捏在手里的领带夹轻轻地放到桌面上，说了一声："谢谢。"她主动把东西还给他。

江辰遇倒不在意这些身外物，瞧了一会儿她的额头，只问："破了？"

沈暮怔了一下才意识到他在说什么，摇头道："没有。"

"那为什么要贴创可贴？"

"不小心磕肿了一点儿。"沈暮并不知道他早已目睹全过程，悄悄地将后果弱化，祈祷他千万别问她是怎么磕的，太丢脸了。

江辰遇望着她："创可贴没有消肿的功效。"

但她额头红肿着，多少有些难看。沈暮暗自嘀咕着，表面上却显得乖巧又文静："哦。"

江辰遇的眼神中带着笑意，也含着一点儿无奈，他从抽屉里取出一个小瓶摆到桌面上："撕掉创可贴，涂这个。"

沈暮疑惑地眨了眨眼："这是什么？"

江辰遇往后靠到椅背上，颇有耐心地看着她，简明扼要地说："是止痛化瘀的。"

沈暮瞬间怔住，揣摩半晌才明白他的意思。可她并不是很想在他的面前露出被磕肿的额头。她咬着唇，开始琢磨怎么后撤，不由自主地绞起手指。片刻后，她支支吾吾地道："不用了，没那么严重。"

江辰遇对她内心的想法了如指掌。他慢慢地直起身，对她说："是你自己来，还是我帮你？"

沈暮见他作势要站起，真有要走过来的架势，心里"咯噔"了一下。她怕了，立马几步走上前："我自己来。"涂，她涂，涂还不行吗？！江辰遇又靠回去，但笑不语。

玻璃质感的圆瓶只有手心大小，瓶身上的说明文字好像是德文，透过瓶壁可以看到里面的透明液体。沈暮心想：这八成是类似红花油之类的万能精油，兼具提神醒脑之用，所以他才备在办公室里吧。不过她从未见过这个东西，反正涂就对了。

沈暮用手指攥住小瓶子，纠结如何开口问他，自己能否走远一点儿涂。因为他与她只有一步的距离，她生怕像上回一般，自己再不慎跌到他的怀里。谁知道下一秒会发生什么意外？太过要命。但望着他乌黑的眼瞳，她最终还是没骨气把这话说出来。她轻咬着唇，温温暾暾地背过身，低头揭下额头上的创可贴。

这个小姑娘，还特意避开他，不给他看。他无声地笑了一下，任由她去，自己低头翻阅文件。修长的手指将文件掀过一页，他貌似无意地问了一句："你什么时候多了个弟弟？"

沈暮倒出一点儿透明液体到指腹上，正垂头小心地涂着，闻言顿了顿，小心地回答："他是我闺密的亲弟弟，我们从小就认识了。"

江辰遇一边握着钢笔流利地书写着，一边淡淡地应了一声，声音里听不出任何情绪。沈暮涂好后，转过身，将瓶子轻轻地放回他的手边，乖巧地说了一句："谢谢。"

江辰遇循声抬眸，便见她把创可贴又贴回额头上，忍不住被她气笑。她一愣，不自在地捏了一下裙摆，心道：这人在笑什么？

正当沈暮感到莫名其妙的时候，他徐徐地站起。她将视线随着他起身的动作上移，抬起下巴，转瞬就成仰视的角度。他看了一会儿她的额头，却迟迟未有进一步的动作，好像是在沉思。他在她的面前沉默片刻，温和而低沉的声音才响起："周五的晚上，奶奶办寿宴。"

他突兀地抛出一个事先毫无铺垫的话题。沈暮一时转不过弯来，脸上浮现出迷茫的神色："啊？"

江辰遇与她对视："她邀请过你。"

和江董的那通电话，沈暮自然没忘。可沈暮当时只是帮着他敷衍一下而已，连他自己都说别当真。沈暮摸不清他的用意，于是温顺地点了点头，示意自己记得这件事情。

"要来吗？"

他的声音低沉又好听，沈暮沉浸在他的声音里，略微走神儿，后一秒才反应过来他说的是什么，被他这开门见山的三个字惊得心脏一颤。她蒙在那里，完全搞不清状况，像是连最简单、最基础的中文都难以弄懂，长长的睫毛扬起："什……什么？"

他的那双眼睛深不见底，他单是站在那里，都透着不由分说的气势，让人如同坠入深渊里一般，无法挣扎。他将薄唇慢慢地弯成一个好看的弧度，语气依旧平淡："我缺个女伴。"

他的气息仿佛是有生命的活细胞，蕴含着无数种酵素，不断地分解她的呼吸，催化她的心跳。她的胸腔不由自主地快速起伏，半晌，她才终于在一片混沌中寻回自己的声音。她难以置信地问："你是说……我吗？"

她还要他怎么直接？他笑着问："愿意吗？"

沈暮瞬间浑身一激灵，似有千百只蝴蝶在她的心底展翅乱飞。在所有的末梢神经都叫嚣着"愿意"时，她忽然想起在纽约 SOUL 创刊十周年盛典上，他身处风情万种的女人们中的画面。她蓦地心口堵了一下，移开目光，干巴巴地旁敲侧击："你出席正式的场合时都带女伴吗？"话里的小情绪藏不住，此时的她就像一个对丈夫与异性接触耿耿于怀的小妒妇。

"不是。"他平平淡淡地回应，但很果断。

沈暮瞄了他一眼，目光中带着一点儿狐疑。只见他的眼神温柔又冷静，随后她听他说出："你的特权。"

沈暮的耳尖一烫，红晕顷刻从那里蔓延到脸颊，继而往上烧至脑门，她下意识地为自己刚刚的小肚鸡肠开脱："我就……就是随便问问。"她眼神飘忽不定，不知往哪里落。

江辰遇淡淡地笑着，"嗯"了一声，也不深究，转而带着命令的口吻道："回答。"

沈暮一时没跟上这跳脱的节奏，望向他的眼神有些无辜。他毫不避让地与她对视。他那富有磁性的嗓音，令她听来如同沐浴在阳光中："当我的女伴。"

沈暮的心脏霎时间剧烈地跳动起来，令她快要窒息。这种感觉前所未有，她只能任由心脏的跳动震遍胸腔。

两个人相对而立，只到他下巴处的身高，越发让她感觉自己柔弱怯懦，再这样待下去，她要绷不住了。"哦……那我……我回去……工作了。"她声音好像飘在空中，背在身后的双手偷偷地揪住一点儿裙摆。

江辰遇笑而不言，探出两指，以温柔的力道缓缓地将她额头上的创可贴揭了下来。额前一空，沈暮忙不迭地抬手遮住那里，一双盈盈美目中含着惊愕。

创可贴在他的指间被揉成团，他不让她再贴。而后，他若无其事地说："像那样闷着，不透气。"

他语调很随意，但就是能漾出温柔来。沈暮含糊地应了两句，捂着额头，慌不择路地快步离开。

松花绿长裙长及她纤细的脚踝处，裙摆随着她的动作摆动起来，显得她温婉优雅，轻盈灵动。江辰遇从容地立在原地，淡淡地笑着看绿色的裙角自玻璃门边消失。

沈暮感觉自己如同"毒瘾"发作，完全不能好了。她从江辰遇的办公室离开后，神思便克制不住地胡飞乱舞，她感觉自己前一秒还翱翔在四海九州之上，后一秒又在万木青翠的密林中如影穿梭。

沈暮非但白日工作时动不动就神游太虚，下班回家后更甚。她宛若沉溺在甜腻的炼乳里，以致做晚饭时险些烧掉厨房。好在喻白闻到焦味儿冲进来，及时关了火。她望着锅里黑不溜秋的红烧排骨，好半晌，倏地回过神来，捂嘴惊呼："天啊！"

喻白飞快地上下端详她："景澜姐，没伤着吧？"

沈暮茫然地摇了摇头。厨房保住了，但菜是吃不上了，最后他们点了外卖。在等待外卖上门的时候，喻白陪她坐在沙发上。她抱着靠枕，慢慢地才从虚惊中缓过来。

喻涵吹干头发走出浴室，得知此事，敏锐地盯住沈暮问这是怎么了。沈暮心虚地躲开了喻涵的注视，摆摆手，不予作答。喻涵一脸"绝对有问题"的知情人士的模样，她格外笃定地说："我早就想说了。你上班时就这样了，嘴巴咧了一天。就你这颧骨升天的表情，当我看不出来？"

沈暮无意识地摸了摸自己的脸："什么表情？"

喻涵理正词直地道："少女怀春！春心荡漾！老实交代！"

闻言，沈暮顿时脸上发热："没有。"

这时喻白的手机响起，他低头扫了一眼屏幕，起身走到阳台上接通电话。

"小白。"女人声音成熟又独特，低低的，有一点儿沙哑。

喻白冷淡地回应："嗯。"

"周五的晚上，江老太太举办寿宴，会有不少名人出席，都是圈里有头有脸的人物。你有空就陪我一块儿去，多见见人，对你转型有帮助。"

电话那端的女人叫苏虹，近四十岁的年纪，手握无数奖杯，在娱乐圈中声望不低。如今她已退居幕后，是带了喻白多年的前辈。不过喻白对这种应酬向来兴致不高。他正想回绝时，从客厅里传来喻涵的高呼："什么？你再说一遍！江总请你当女伴？我的天！"

喻白眼底掀起波澜，溢到唇边的话突然止住。电话那端的女人又耐心地说了两句什么，但他似乎没在听。他目光缓缓地垂下来，手指微微收拢，声音淡淡的："知道了。"

客厅里，沈暮红着脸，慌忙地捂住喻涵的嘴："你小声一点儿。"

沈暮尚觉羞赧，被搁在茶几上的手机蓦地振动起来。确定喻涵已安静下来，沈暮方伸手将手机取过。那是一通陌生来电。沈暮平复了一下心绪："喂。"

她熟悉的男人的声音不疾不徐地传入她的耳中："这是我的手机号码，你存一下。"

他的声音将她刚平稳下来的气息瞬间打乱。她突然怔住，连呼吸都变得迟缓了。反应良久，丧失了思考能力的她问出一句："是……是工作号吗？"

江辰遇被她逗笑，声音轻柔："是私人号。"

他三言两语就轻而易举地叩开了她的心扉，并用香甜的麦芽糖重新浇灌她的心田。她始料未及地接通他的来电，又始料未及地沉浸在他的来电中，前后不过短短数秒。他知道她的手机号码并不奇怪，但明知道她的手机号码，又以私人的身份拿自己的手机号码与她做交换，就有点儿不清不楚的意思了，尤其在他们私下交往中关系也有些微妙的情况下。这种感觉特别像埋在地下的花籽儿生出嫩芽，刚一破土即被人窥见，难耐春情萌动，与天光纠缠不清。

沈暮的脸颊微红，她低着头回道："嗯……好。"她抑制不住心中情感的起伏，但不敢说得太多，因为旁边的喻涵将耳朵竖得像在接受信号的雷达一样。

电话中，他讲话的声音显得有些漫不经心："别再用创可贴了。"

沈暮微微一愣，随后便又听他缓缓地说："明天到我的办公室里来。"她听懂他是让她过去涂药，没有多问，并且心领神会地答应下来。他们不经意间达成一种默契，在彼此之间搭建起与合理无关的桥梁。

通话结束，沈暮将手机从耳旁放下，满面含羞，整个人如在粉红色的泡泡里漾着。喻涵一语点破："啧啧！是江总打来的？"

沈暮搂了搂靠枕，抿唇默认。想到周五的晚宴，沈暮斟酌着问："你说，我要买一身得体的裙子吗？"

喻涵理所当然地说："要啊！吃完饭，咱们就出门，挑一套高衩镂空性感礼服，迷到众生！"

这话浮夸得就像沈暮要去参加创世纪选美似的。沈暮光联想这一画面，就已经觉得毛骨悚然了。她无法接受所谓性感，瞋了喻涵一眼："什么啊！正式一点儿的连衣裙就好了。"

喻涵怒其不争："宝贝儿，有点儿志气！"

沈暮清纯漂亮的脸蛋儿上流露出困惑的神情。紧接着，喻涵正色道："江盛的晚宴，隆重的程度仅次于春节联欢晚会的隆重的程度吧。那些千金可都巴巴儿地惦记着你的男人呢，你知道到时候会来多少情敌吗？"

喻涵脱口而出的"你的男人"，听得沈暮顿时面红耳赤。沈暮连忙叫喻涵莫要乱说话，但一想到江辰遇被一众千娇百媚的美人环绕时的情景，转瞬间又心猿意马起来。

这时，喻白走出房间，递给沈暮一盒药膏："景澜姐，这个消肿很有效。"

沈暮停止走神儿，下意识地接过药膏，微微一笑："好。"

不多时，外卖送到，几道色香俱全的家常菜被摆上餐桌。喻涵扒拉了两口饭，突然想起一件事，含糊着说："宝贝儿，网上都在说宋氏夫妇闹离婚，你知道了吗？"

沈暮顿了一瞬，而后用筷子慢慢地戳了两下米饭，轻描淡写地回答："嗯，我看到了。"

"八成是谢时芳又在作妖。她看公司熬不住了，想明哲保身呢。"喻涵嗤笑了一声，咬着排骨，嫌恶的话继续往外蹦，"放在以前，她还能仗着谢家当个傲慢的花孔雀，但二婚又离，看她以后怎么办。"

喻白余光扫过沈暮沉静的脸，没给咋咋呼呼的亲姐一点儿面子，冷冷淡淡地说了一句："你能安静地吃饭吗？"

喻涵刚想谴责他没大没小，在抬头的瞬间反应了一下，随即又将头埋了回去："能，我能。"

沈暮的脸上倒是看不出什么情绪波动，她沉默片刻，轻声说："他们离婚，对公司有影响吗？"

喻涵沉吟了一会儿，斟酌了一下用词才说道："可能会涉及债务吧。宋氏做的都是高风险的投资，钱来得快，去得也快。如果宋氏真到破产清算的那一步，资不抵债，他们夫妻很可能会有连带责任。"

所以大概是谢时芳千方百计地想在这之前离婚。闻言，沈暮点点头，神情倒还是平静的。

往后的几日，有关宋氏的资讯层出不穷，不是关于公司运营的问题，就是与不断发酵的宋氏夫妇离婚风波有关的情况。

不过沈暮还是照常上班。在她心里，宋氏在四年前就与她无甚瓜葛了。说自己完全不在意不太可能，但她也不是活菩萨。她一如既往地认真工作，但每天多出一件事，那就是趁午休时间，悄悄地到总裁办公室里待两分钟，再悄无声息地回来。其实她什么都没做，还真只是涂药而已。

某天下班之后，沈暮被喻涵生拉硬拽地拖到附近的一家礼服专柜。透明的橱窗里，人台模特的身上穿着一条黑色的低胸长裙，单侧开衩到大腿根的部位，开的那一小部分以性感的蕾丝网面相连。裙子的整体线条修长优美，很显身材，透着清雅又性感的女人味儿。

喻涵一眼相中这条裙子，直呼若沈暮穿上它绝对能惊艳宇宙。起初沈暮对此是皱眉抗拒的，而是想要另一条白色网纱裙，但在喻涵的百般撺掇下，想法居然开始动摇。

喻涵慷慨陈词，好似说出的每一个字都在宣判沈暮的罪行，其中冲击力最大的，当属那句："作为江大佬的女伴，你不精心打扮、闪耀世界，丢的可是他的脸！"于是沈暮彻底失去了反驳的资格。沈暮当时想：喻涵不去做销售员真是可惜了。

其实再仔细看看，这条黑裙也没夸张到哪里去，只是领口比平常穿的裙子的领口稍低些，侧面虽说开衩，但还有蕾丝网罩着，算不得太暴露。行吧！沈暮深深地吸了一口气，视死如归一般用力地点了一下头。营业员全程都没有插话推销的机会，就见她们完成了"自我攻略"。营业员面上保持端庄，心里早已乐不可支。但到付钱的时候，营业员就笑不出来了，因为喻涵像变脸似的瞬间恢复理性，快、狠、准地砍起价来。

这是一个小众设计师创立的品牌，尽管没有那么大的名气，但凭每件服装的唯一性和美观度，定价自然低不到哪里，基本在大四位数上下浮动。沈暮将银行卡寄给宋卫后，只给自己留了小几万元的零头以备生活之需，现在要为买一条裙子花这么多钱，未免显得奢侈。

喻涵还在絮絮叨叨地砍着价，但仍与老到的营业员之间实力相差悬殊。沈暮为难地凑近喻涵，偷偷地耳语了一句，讲明自己的经济状况。两个人面面相觑。喻涵感觉就像在硝烟弥漫的战场上突然被自己人捅了一刀，顿了几秒，消化了一下沈暮这个令亲者痛、仇者快的决定，闭了闭眼，从包里摸出银行卡："刷卡。"

营业员如蒙大赦，热泪盈眶地将卡接过。沈暮吃了一惊，连忙拉住喻涵，将声音压低："我的意思是……不买了。"

喻涵刚刚砍价时跌了气势，没有发挥出真实的水平，正感不痛快，闻言索性撒泼："我就买就买！"

沈暮：好好好，你买你买。

最后裙子就这样被两个人带回了家。晚上趁喻涵在浴室里洗澡，沈暮用微信给喻涵转了一笔钱，然后打开喻涵的手机接收，再将这条转账信息删除，神不知，鬼不觉。而喻涵的确对此一时没发现。

周五的早晨出发去公司前，喻涵叮嘱沈暮把裙子带上，更是毛遂自荐，要露一手，负责沈暮今晚的妆容。沈暮算了一下时间，怕取裙子一来一回来不及，就照做了。

"嗬，电影插曲出 demo（唱片小样）了。"

"你怎么知道？"

"我在群里看到的，说是 Brant 献唱。"

"妈啊！ Brant？我听过他的配音，真的是好听到让人要直接起飞！好想听他唱歌啊！"

办公室里的女同事们开始进入日常痴迷状态之中，每天的迷恋对象总是不同。听到那句"好听到让人要直接起飞"，沈暮立马就联想到江辰遇。他连麦伴她入睡时，夜越静，从她的耳机里传来的他的呼吸声便越清晰。仿佛他就躺在她的身边，意惹情牵。沈暮还没来得及深想，手机轻轻地振动，收到一条短信，是江辰遇发来的。他说："下班后，你到我的办公室里来。"

沈暮愣了一下，他似乎没有要等她化妆的意思。她纠结半晌，回复他："我需要先换一身衣服吗？"

江辰遇："直接过来。"

沈暮将这四个字反复地瞧了好几遍，然后默默地低头，看了一眼自己今天穿的碎花裙。这样好随便啊！真的不会给他丢脸吗？宋氏不管现今如何，也曾风光无两过。抛开私人恩怨不讲，沈暮也算得上是千金出身，礼仪和修养自当不差。此类场合，她打小就被沈曦带着出席，故而对此并不陌生。

沈暮知道自己肯定不能就这么过去，这是关乎礼貌、教养的问题。可江辰遇已经这么说了，她只能将情况告知喻涵，下班后自己将准备好的裙子一并带过去，准备寻空换上。

沈暮来到总裁办公室。玻璃门自动移开，随后她便听到里面的谈笑声，有女人的声音。他们似乎是在用意大利语聊天儿。沈暮感到意外，怔了一瞬，还是走了进去。

江辰遇站在落地窗边，黑色西装的板型极正，衬得他整个人干练利落；西装内搭配着雅金色的马甲和领带，其上的线条与西装的暗纹在细节上相互呼应，令他显得气质高贵优雅，别有格调。听到门口的动静，他偏过头来，眉眼间的笑意未收。他望了沈暮一眼，而后对身边的女人一笑，用标准又流畅的意大利语说："她来了。"

女人金发碧眼，身材高挑，手里捏着红酒杯，一身人鱼姬色的金属吊带鱼尾裙将她的身材勾勒得凹凸有致。这个女人好漂亮，像美人鱼一样。沈暮远远地站着，就已被其美艳击中。

女人将烫成大波浪的长发向后甩去，回头看向沈暮，蓝宝石般的眼瞳一亮："哇哦！遇，你是把仙女叫来了？"

江辰遇笑了笑。女人目光中满含欣喜之情，舍不得从沈暮的身上移开："你的小女朋友太干净了，像水晶，我喜欢。"

江辰遇含笑纠正："目前还不是。"

"不是女朋友？"女人满脸不相信的表情，"我可从未见过你带女伴。"

江辰遇但笑不语。女人轻轻地晃了晃酒杯，美目流转："她是你的维纳斯吗？她看起来年龄很小。"

江辰遇眸光静静地落到在远处站着的姑娘的身上，说出的话耐人寻味："她的确是小女孩儿。"

女人妩媚地一笑："小维纳斯。"

对这一出，沈暮事先未曾料到。她有些傻眼，怔在原地听两个人用意大利语你一言、我一语地聊起来，而自己一个单词都不懂。

江辰遇嗓音低沉，直到他说出一句清晰的中文："愣着干什么？过来。"沈暮才倏地有所反应，马上走近他们。她低眉顺眼，有点儿拘谨："江总。"

女人看出沈暮好像有些紧张，扬起红唇："你别紧张。我叫 Rita，是你的造型师。"

面对 Rita 友善的笑容，沈暮礼貌地额首回应，接着只能望着江辰遇求助："我听不懂……"

江辰遇和沈暮相视片刻，对 Rita 说："她会法语。"

Rita 恍然一笑，随即改用法语跟沈暮交流，问沈暮叫什么名字。沈暮这才听懂 Rita 的意思，忙不迭地回答，而后陷入他特意为自己寻了造型师的惊讶里。

Rita 情不自禁地又瞧了沈暮一会儿。但见沈暮肤白貌美、气质纯净，Rita 毫不掩饰自己来自审美角度的欣赏。Rita 望了江辰遇一眼，下意识地说回了意大利语，感叹中带着埋怨："真不考虑那套最新款的深 V 礼服？这么美丽的姑娘，穿公主裙太可惜了，最近时兴融合清纯和性格的纯欲风，最适合她这样的女孩儿。"

江辰遇轻轻地一笑："她容易害羞，不习惯。"

Rita 笑着叹了一口气，摇着头道："遇，你是真的动心了，会疼人了。"

江辰遇微微扬起唇角，没有接这个话题，而是看着沈暮，指了一下办公桌上的礼盒说："去换吧。"

银粉色闪光面礼盒静静地躺在桌上，沈暮望了一眼，又回头迟疑地问："到哪里换？"她来过多次总裁办公室，知道背景墙的隐形门后是内间。但思及异性的休息室的隐私性，哪怕经过对方的允许，她也不太敢进。

江辰遇示意她方向："往里去，有卧室。"他停顿一瞬，唇角微扬，"你不是知道的吗？"

他将语速放慢了些，话听着意味不明，就像故意要点明他们已经熟到什么程度了似的。沈暮哑了一下，而后低头应了一声，便赶紧抱着礼盒往内间去。

Rita 看沈暮快步进了屋里，笑了笑说："这么纯天然的小美人，我可太久没见了。遇，你的眼光真够毒的。"

江辰遇微微挑眉，笑意犹在，但目光微沉："事实上，之前我并不知道她的模样。"是当时看到那幅画里的"曦"字后，他才确定沈暮是微信上的小哭包。

Rita 侧了侧脑袋，疑惑地问了一句。江辰遇没回答，淡笑着带过，只问："化妆需要多久？"

Rita 也不细究，抿了一口红酒，自信地勾起眼尾："你的女孩儿底子好，一个小时内搞定。"

江辰遇坦然地接受这一赞美，虚抬了一下手："我去隔壁处理一点儿工作，你们随意。"

"你不在这里陪着？"Rita 笑着骂他是工作狂。他笑着默认，大概是不想沈暮因为他而紧张。

没过多久，沈暮就换好裙子出来。办公室里已不见江辰遇的身影，只有 Rita 摆弄着桌上的化妆箱。Rita 见沈暮从卧室里出来，视线完全被吸引住。香槟色的公主风小礼裙，在沈暮的身上极尽欲语还休的浪漫风情。

"亲爱的，你真是我见过的最美的中国女孩儿。"眼睛瞬间一亮，Rita 对沈暮不吝赞美。

Rita 此时说的是法语，沈暮能听懂，并且交流无障碍。被这般艳丽的美人盛赞，沈暮很难不难为情。沈暮微微一笑，道了声谢，而后在 Rita 的示意下坐到桌前。

"嗯……他去哪儿了？"沈暮向左右望了几眼，不见江辰遇，忍不住轻声问。

Rita 撩开沈暮的长发，打趣道："在隔壁等他的小公主。"Rita 的话里满含深意，沈暮感觉自己的心跳快了起来。

Rita 的化妆技术相当纯熟。沈暮不了解意大利业内的名人，但能感受出 Rita 绝对是大师级的造型师。妆容完成后，Rita 让沈暮站起来转一圈，摸着下巴琢磨起礼服来。礼服的法式方领将沈暮精致的锁骨完全展示出来，小泡泡袖的抓褶元素充满少女感，前短后长的燕尾式裙摆下露出沈暮白皙修长的双腿，腰间是香槟色缀着亮片的薄纱堆褶装饰，在凸显沈暮纤细腰身的同时，也衬出她温柔的气质。

这件礼服柔美又高雅，每一处都给人带来惊喜，但 Rita 略微皱起眉头。她思量须臾，似乎有了想法："亲爱的，如果你不介意的话，我想对这件礼服做一点儿小小的改动。"

沈暮毫不犹豫地摇头表示不介意："当然不介意，都听您的。"

这个小姑娘乖得讨人喜欢，但 Rita 还是对江辰遇原来喜欢这一款的姑娘感到意外。Rita 掩唇笑了一下："你太见外了。遇是我的老熟人，你叫我姐姐就行。"

Rita 太过钟意今年大热的纯欲风，故而给沈暮设计的妆容也是往这个方向靠的。纯净的妆面与沈暮原本的给人初恋感觉的脸相衬，玫瑰豆沙色唇膏为其增添了几分温柔，而腮红恰到好处地扫过双颊和鼻尖，顿生迷离微醺之感将整个妆容的设计感推向高潮，青涩中荡漾着诱惑。只可惜公主裙少了点儿性感，虽然也很美，但太保守，对整体造型而言显得差一些。

优秀的造型师素来追求完美。Rita 斟酌之后，拆掉了裙子背部的里衬，用同色薄纱在后腰处虚覆一层，将袖子下拉，使领口呈一字形，露出肩颈，并为沈暮脚上的高跟鞋缠绕上蕾丝绑带。这样一改动，造型瞬间有了性感的味道。

不得不说，Rita 临时改礼服样式的能力相当高超，专业水平令人叫绝。沈暮不禁想：那人请一流的大师给自己做造型，是不是太小题大做了？

隔壁的办公室内，落日余晖静静地流淌进来。江辰遇正在看一份报表，便听见"咚咚咚"的敲门声。他翻着文件，头也不抬地说了一句"进来"。

沈暮轻轻地推开门，向内望去，见他在忙，踌躇了一下，只站在门边，没有往里走。

周遭安静片刻，江辰遇抽了个空往门口扫去一眼，指尖的动作停了一下。门口的姑娘，身穿浅香槟色小礼裙，裙身缀满精致的亮钻。她还真像从童话书里走出来的公主，缀星饰月般，浑身散发着光芒。一眼望去，她的整体造型显得含蓄又端庄，而裸露在外的漂亮的肩颈和修长的双腿，又在视觉上形成一种诱惑。

刚刚在 Rita 和方硕的面前，沈暮还不觉得什么，但眼下被江辰遇远远地看着，沈暮的心"怦怦"乱跳。江辰遇的眼神毫不避讳，沈暮觉得无形中有一双手在她的心头弹奏悸动的乐曲。

黄昏的室内，气氛莫名地有些暧昧。"方特助带 Rita 姐姐先过去了。他说，你自己开车，让我过来……"沈暮扶着门边，小心翼翼地启唇，将两个人之间酝酿得越来越浓的暧昧气氛打破。她说话时没敢和江辰遇对视，连声音都有些紧绷。

江辰遇不动声色地垂下眼，合上文件，站起身来："嗯，走吧。"

他的目光一从自己的身上撤离，沈暮就暗暗地缓了缓，将呼吸调整平稳。

"好。"沈暮轻轻地应声，也不在门口戳着，退开两步向外走。

在她回身的那一瞬间，江辰遇倏然停下脚步。公主裙的背面，不见原先的网面内衬，只有一条薄薄的轻纱在她的腰臀处系了个蝴蝶结，松散地编起的长发微微卷曲着，用发带往上绾了起来，她白玉无瑕的美背就这样彻底地露出来。清纯和性感碰撞出奇妙的化学反应，暗暗地透出的诱惑感，令男人绝对抵抗不住而为之心痒。

江辰遇的喉结微动了一下，继而目光渐深，他走过去，沉着嗓音直接问："裙子，是怎么回事？"

闻言，沈暮回头和他对视一眼，愣着反应了一会儿，以为他对此不喜欢，说话的声音有些发虚："是 Rita 姐姐改的……她觉得这样好看。"

Rita 对裙子的改动确实有点儿大，好像令她从不谙世事的小女生，变身撩人于无形的心机公主，再加上妆容的关系，此时她明明满脸无辜，却每一个细微的表情都在刺激男人的多巴胺分泌。她自己事先也未预料到会做这样的造型。

江辰遇下一秒便别开眼，不再看她，只在按电梯按键的时候，低声说了一句："如果你觉得不舒服的话，我带你去换一件，时间够用。"

沈暮站在他的身侧，不想因自己而麻烦到他，没多思考便答："没关系。"她的确对此有点儿不适应，但也不是无法接受。况且，自己要是换另一套礼服，到了宴会上，Rita 看到会怎么想？江辰遇走进电梯里，什么都没再说。

众所周知，江盛的前董事长夫妇，也就是江辰遇的父母，在二十年前，于一场车祸中双双逝世，震惊整个商业圈。当时江辰遇和江迟修尚年幼，两个孩子都不足以担负起庞大的江盛集团。

对此，有人惋惜，有人暗喜。他们都以为辉煌的江盛要就此衰败。然而，江老太太站出来接管了公司。她接替自家儿子的董事长位置，当然没人敢质疑，只是也没人对她抱什么希望。谁会相信一位年近六旬、马上要退休的老太太，能撑起这么大的公司？

偏偏江慈还真做到了。这二十年来，江盛非但毫无没落的迹象，而且海内外的资产日渐可观。如今，江辰遇从江慈的手中接下公司的一应事务，凭着青出于蓝的管理头脑，使江盛近几年稳坐业内的头把交椅。

提及江老太太，无人不敬佩地赞叹一声"女强人"。不只在商圈里，她老人家的名望在哪儿都是顶级的，故而江老太太八十岁大寿，应邀而来的都是社会名流，宴会盛况空前。

晚宴设在南城外郊的私人庄园里。天光已暗，灯火通明，沿路开满殷红的玫瑰花。

金色镂空铁门向两侧敞开，一辆全球限量版的银灰色跑车驶入，在草坪间的宽阔大道上放缓速度。

车内飘荡着的纯音乐轻柔似水。这一路上，江辰遇和沈暮基本无交流。两个人各怀心事，出奇地安静。直到车子驶入庄园里，沈暮被眼前富丽堂皇的景象震撼到，微微张开双唇，情不自禁地伏到窗边。有一瞬，她怀疑自己从现实世界坠入幻境中。城堡美轮美奂，缀满蔷薇的藤蔓下，仿佛随时都会上演公主和骑士的童话。

"好漂亮。"沈暮忍不住感叹一声，清澈的眸子如倒映着星辉一般，亮晶晶的。

江辰遇正好将车停靠下来，循声侧首望了她一眼。身边的人，纤瘦美丽，目光中漾着憧憬，完美的侧颜将纯洁融进骨子里，然而随意的轻颦浅笑，又有一种致命的诱惑力，惹人遐想。

大概是被这姑娘折磨到，江辰遇无言地转回头，先一步开门下车。车门"砰"的一声响，沈暮瞬间回过神来，便见他一声不吭地自己走下车。她心里不由得有些闷，眼底的笑意慢慢地消失。她黯然地垂下眼，刚想跟出去，车门却被人从外面拉开。

江辰遇将手递到她的手腕下："走了。"沈暮一愣，连忙应了一声，拢了拢裙摆，搭着他的手小心地走下车。随后便有专员过来帮江辰遇泊车。

豪华气派的别墅门前，两排迎宾员齐声向江辰遇和沈暮问候，接着，其中的一位迎宾员恭恭敬敬地上前给两个人带路。

沈暮紧紧地跟在江辰遇的身后，踩着高跟鞋，步子小而碎。她极少穿高跟鞋，尽管脚上的这双鞋的鞋跟算不上高，但对于初试者来说，也不是很容易能习惯的。而江辰遇似乎没有要等她的意思，以一贯的速度迈着步子。

沈暮有时真的很讨厌自己过度敏感的心思，总忍不住往多了想。从公司到这里，江辰遇的沉默让沈暮一度认为是他对自己不满意。因为她能明显地察觉到他今晚的低压气场，所以克制不住地多愁善感起来。他的每一个细微的表情和动作，都让她无意识地、无法避免地渐趋沮丧，像溺水后一点儿一点儿地窒息。

沈暮的鞋跟歪了一下，沈暮微一趔趄，好在马上站稳才没有崴脚。沈暮不知怎的，鼻子一酸。她觉得自己实在跟不上了，终于伸手攥住他的衣袖的一角，扯了一下。

她施加在袖口的轻微力量让江辰遇止了步。他侧首回望："怎么了？"

他的语气一如平常，但此时此刻在沈暮听来，怎么都觉得这语气稍显冷漠。她的手指拽着他的袖口没有松开，她垂着脑袋，内心挣扎了片刻，声音又低又弱："你……你是不是觉得……我这样穿不好看啊？"她宛若一只受伤的小鹿，忐忑不安，带着怯意，咬着牙将这句话讲完整。

江辰遇留意到她微红的眼睛，怔了怔。他神色依然平静，但声音变得温柔和缓起来："不是。"

沈暮揪紧的心因他的否认放松了一些。原本应该到此为止，但沈暮心底的情绪无端地翻涌，反复地推搡着她向前，怂恿她问出心里话。她想：如果将事情自己揣在心里，今晚怕是会一夜难捱。她深深地吸了一口气，想把微微的哽咽声憋回去："可是你……都不说话……"长睫小幅度地扬起，她小心翼翼地凝望着他，"好像不开心。"

江辰遇愣住，突然意识到自己有意地在心里淡化她的存在感，却也因此让她误以为被嫌弃。冷落和忽略不能使一个人崩溃，但能像一根细细的针，缓缓地往里扎，让人无限期地陷在痛楚里。可这要他怎么说呢？说她今夜太美，美得令人欲念横生，他怕自己不经意间就忘了要做正人君子吗？尤其这姑娘现在还以无辜的眼神望过来，是以为男人的自制力有多强？

江辰遇极轻地自嘲一笑。是他主动要带她过来的，他对此连一点儿办法都没有。"没有不开心。"他耐心地回答她。

他此时施与的温柔，准准地戳到了沈暮委屈的点。她盯着被握在指间的西装袖，眼中泛起苦涩："真的吗？"她真的好怕他生气。

别墅大门外的廊道上，灯光不太明亮，江辰遇看不清她的面容，但轻易地捕捉到她声音中轻微的颤抖。江辰遇眸光一动，抬手拂上她的眼角，指腹果不其然地触到一抹湿迹。沈暮慌着往后退了避："对不起，我……"她没想哭的，是眼泪自己不听话，而且还有什么东西现在拉扯着喉咙，不让她好好讲话。

江辰遇沉默片刻，无可奈何地轻轻一叹。他难得有懊悔的时候，为自己的不绅士，无视了女孩子的脆弱。他抽出插在左胸口处衣袋里的雅金色方巾，俯身向她靠近，小心不碰花她的眼妆，一点儿一点儿地擦拭掉她眼角的湿痕："是我的错。"

他为她擦眼泪的动作很轻，淡淡的又很好听的声音中含着温柔。沈暮的心猛地乱颤了一下，她根本不是要较真，因此他一道歉，便赶忙出声："没……"

江辰遇折了折方巾，轻笑着说："你再哭，他们以为我怎么欺负你了。"

他这一句让人啼笑皆非的调侃，使气氛瞬间缓和下来。沈暮立马摇头，保证道："不哭了。"她那柔美的声音中略带沙哑。

江辰遇的眼中浮起笑意。透过幽暗的光线，他的视线在她的脸蛋儿上流连片刻，眸光越发深沉，他彻底败下阵来。"很漂亮。"他忽然说。

沈暮一顿，猝不及防地在他认真的语气中沦陷。他深深地凝望了她一会儿，把她的手握住，牵起来，将方巾绕上去。"我不理你……"他垂着眼，一边以修长的手指灵活而轻柔地将方巾绑到她的手腕上，一边继续解释，"是怕被你迷倒。"

脑中"轰"的一下，浑身血液沸腾，沈暮僵住了，完全无法动弹。他怎么可以这么正经地用温柔到极致的语气说出调戏的话？而且她还不争气地脸红心跳。前一刻堵在自己心口的愁闷抑郁的情绪顿时烟消云散，甚至此时他提出任何要求，她可能都愿意答应。

就在沈暮心神恍惚之际，江辰遇放开她的手。他没接刚才的话题，只是将手落到她的头发上，轻轻地揉了揉，话里带着一点儿疼爱的意味："进去啦，好吗？"

像身陷于一场美梦之中，既朦胧，又美好，沈暮百般温顺地点了头。江辰遇屈臂示意，沈暮抬起系着方巾的手，轻轻地挽上他的臂弯。

别墅内被布置成富丽堂皇的宴会厅，水晶灯射下明亮的光，将厅内映得更显贵气。宽敞到一眼望不到尽头的大厅内，侍应生来往穿梭，非常忙碌。

名人四下走动，趁此机会攀谈结交。女眷们则是坐的坐、站的站，三两为伴，话题左右不过围绕着新款高定时装什么的。她们笑语嫣然地闲聊着，也不知是不是在明里暗里地相互炫耀。

正中央圆形的舞池内尚无一人，小型交响乐队在一侧正现场演奏着轻快婉转的乐曲。

宴会厅内宾客盈门，觥筹交错。门口突然骚动起来，有人交头接耳，递话进来，没一会儿，厅内的宾客便都得知是因为江老太太的长孙——江盛现任总裁到来。他们默契地放下口中的谈资，抱着攀附的心思，争着拥上前。谁都知道，江盛现如今是江辰遇做主。

"你见着了吗？江总今晚带了女伴。"

"不会吧。是谁？"

"生面孔，没见过，长得倒是挺漂亮。那条裙子好像是前阵子 Matteo（一个服装品牌）春季秀场的新款。"

"真的？我连定都定不到，可别是高仿吧。"

"春季秀场，我去了。她身上的这件是跟展示的不太一样。"

"Rita 老师不就在那儿吗？我们瞧着吧，指不定有人要出洋相。"

几位小姐身着低胸礼服，姿态优雅地捏着酒杯私语。话聊到这儿，她们唇齿间香醇的红酒不知怎的就变了味儿，酸酸涩涩的。

"'小仙女'——"一道颀长的身影伴着惊喜的喊声，自她们的面前一闪而过。没人不认识陆氏的小公子。千金们面面相觑，暗暗地以眼神交流。

陆彻身着燕尾服，帅气潇洒。他老远就望见那对身影，二话不说，直奔过去。江辰遇方出现，就被寻机而来的宾客们簇拥住，敬酒，打招呼，连半步都走不动。大家都晓得陆氏和江盛的关系，眼下陆彻一来，这才生怕得罪两位，退让开来。

拥挤的人潮散开，沈暮偷偷地松了一口气。陆彻一上来就控诉江辰遇："阿遇，你怎么这样？带'小仙女'来也不事先告诉我一声，你就说是不是怕我跟你抢女伴吧！"

江辰遇淡淡地瞥了陆彻一眼，懒得搭理。陆彻看向沈暮，脸变得也快，转瞬又绽放笑容："'小仙女'，好久不见。你今晚太美了！"

　　对沈暮来说，整个宴会厅里，陆彻真能称得上是熟人了。沈暮莞尔一笑，同他打招呼。陆彻的头发梳得锃亮，相比上回在 Godear 时的吊儿郎当的形象，今晚他倒才有了贵公子的模样。

　　"你是不是忘了我的名字啊？陆……彻，我叫陆彻。你可以叫我陆彻哥！"陆彻说话时咧嘴笑得露出两排白牙。他一说完，便满脸期待，跟先前面对那群搭讪的大小姐时全然不似一个人。沈暮眨了眨眼，迟疑着叫不出口，心道：这样不好吧……

　　"陆叔过来了。"江辰遇神色淡漠，声音里同样没什么情绪。

　　陆彻听罢，紧张得连思考一下都来不及，倒吸一口凉气："'小仙女'，我先走了，等一会儿再找你玩儿啊！"说完，他拔腿就跑。没跑几步，陆彻突然后知后觉地反应过来——江辰遇黑西装内的雅金色马甲、领带，和小姑娘的香槟色小礼裙，配色相得益彰，颇为引人注目。陆彻察觉到不对劲，一秒刹住脚，倒退回来三步，眼神敏锐："等等，你俩穿的是情侣装？"

　　紧接着，陆彻又留意到，江辰遇西装左胸口的衣袋里是空的，而沈暮细白的腕间绑着一条雅金色方巾。这些明里暗里的细节，像是在向所有人宣告，她今晚是谁的人。陆彻咬牙切齿，伸出一指对准江辰遇，哼了一声："你是在跟我宣战吗？"

　　江辰遇漠然地望向陆彻的身后，唤了一声："陆叔叔。"待江辰遇再一转头，陆彻已然一溜烟没了人影，拥挤的人群里，只余燕尾服后摆如被风卷过一般扬起一角。

　　见状，沈暮抿着唇轻轻地笑了一声。江辰遇回眸，便见挽着自己的臂弯的姑娘笑得清丽动人。可能是因为在别墅外哭过鼻子，也可能是妆容自带的腮红效果，她小巧的鼻尖上晕染着一抹红色，且一直蔓延到白净的双颊。这个样子的她，说清纯，又不全然如此，其间还透着几分明艳。

　　沈暮以余光瞥见江辰遇的凝视，呼吸一顿。她连忙岔开话题："你怎么欺负人……"

　　江辰遇淡淡地对她微笑，笑中别有深意："他没哭。"

　　江辰遇说话向来简洁，听的次数多了，沈暮已经能自行解析他想表达的意思。他是说，陆彻没哭，所以不算欺负陆彻，自己欺负的只有她。沈暮虚咬着唇，完了，脸要有发烫的迹象。她实在不想在如此盛大的场合面红耳赤，故意低咳了一下，低着头小声地问："那个……我今晚来，是要帮你挡酒吗？"

　　周遭的谈话声和音乐声交错起伏，她的话语轻到难以听清，江辰遇俯下身，将耳朵靠到她的唇边。他一靠过来，那独有的气息便占据了她的呼吸，渗进她的每一个毛孔里，深入肺腑，幽幽地缠绵。沈暮的睫毛颤了颤，脸还是不经意地红了，她只能和他咬耳朵，凑过去，将刚刚的话重复了一遍。随后，只见他那张俊美清冷的脸庞上，泛起宠溺又无奈的笑来。

宴会厅里的这一幕，不晓得被多少人看在眼里。远处二楼的浮雕护栏旁，江老太太端着单筒望远镜，眯着一只眼，透过垂线复古圆眼镜，暗窥大厅内的情况。"哎哟……哎哟……"老人家的眼神不太好，她瞧得稍有些吃力，却乐在其中，时不时欣慰地笑两声。

"奶奶，画给您放在楼上了，咱们下去吧。"秦戈迈步过来，但并未得到任何回应。江老太太端着望远镜聚精会神地看着，专注得像在搞科研，一点儿心都不分。

秦戈等了片刻，满脸困惑地看向旁边的方硕，放低声音问："这是在干什么呢？"

方硕将手虚握成拳抵到唇边，答得很正经："喀，江董在看她老人家未来的孙媳妇。"秦戈听罢，脸上顿时满是疑问。

大概是在门口腻歪的那两个人往别处走了，江老太太这才撤下望远镜，饶有兴致地问："这个小姑娘叫什么来着？"

方硕笑着答："沈暮。三点水旁的'沈'，'朝思暮想'的'暮'。"

"不是，"江老太太挥了一下手，"你说她是宋氏的谁？"

方硕立马反应过来，恭恭敬敬地说明："哦，沈小姐是宋董和原配夫人的女儿，原名'宋景澜'。具体情况，我上回跟您细说过的。"

老人家回忆起来："对对对，宋景澜。"

秦戈微愣，正想问"小暮也在"，转而听到"宋景澜"这个名字，顿时觉得熟悉，于是垂眸沉思。这边江老太太已经冷哼一声，说道："宋氏能是什么好东西？尤其和谢家攀亲后的这几年，做生意尽耍卑劣的手段。他们以前黑吃黑，现在就是个空手套白狼的玩意儿。"江老太太这话说得满腔怨愤。大家都知晓江老太太在商界为人处世一向光明磊落，最恨这类不入流的肮脏伎俩。

"沈小姐前几年跟家里闹僵，如今两边各过各的。她性格比较内向，为人也不争不抢。我没见她染上宋氏的歪风邪气，瞧着挺好。"方硕对豪门"给你五百万元离开我儿"的路数见怪不怪，想也没想，便站出来守护老板的爱情，为女主角说好话。

然而江老太太似乎没接这个茬儿，并且连带着谢家一块儿骂："那能不闹僵吗？谢家的人那心机可重着呢，小姑娘肯定是被后妈挤对喽！"江老太太这话说得字字铿锵，将心疼和护短明明白白地写在脸上。

好的，是自己瞎操心了。方硕忍不住调侃道："您还没跟沈小姐说过两句话呢，就这么护着了。"

江老太太抬手托了托灰白色贵妇卷短发，理所当然地道："我孙子独具慧眼，看上的姑娘绝对不差，我信他。"

方硕再一次哑口无言。昨天江老太太还在埋怨江总不孝，说自个儿一把年纪了还抱不上曾孙，敦促方硕盯准呢。方硕暗叹了一声，心道：小丑竟是我自己。

"给我调查清楚，宋氏那几个人都对小姑娘做了什么坏事。我可不能让我孙媳妇被人欺负了！"江老太太一边说，一边在秦戈的搀扶下，抬起下巴走向旋转楼梯。只见她鹤发童颜，气场强大，像一只高傲的天鹅。方硕倒吸了一口气，硬着头皮应下。这件事，前阵子他是替江总查过的。但沈暮四年前离家，是以到法国留学的名义，其中的细节完全没有声张，他根本查不出什么。方硕忍住不哭：这一家子，尽给人家出难题。人家只是个普通的总裁助理罢了。

宴会厅辉煌典雅，光华璀璨，宾客皆是有来头的。晚宴都是奔着交际去的。满厅觥筹交错间，前来敬酒的各行业翘楚从没断过，江辰遇被簇拥在人群中。

面对为结交而来的诸人，江辰遇始终笑意淡淡地应付，鲜有情绪起伏。不过他与他们接触起来，倒挺近人情，但也仅限于此。

对于某些人削尖脑袋想攀生意上的交情的意图，江辰遇心知肚明，只三言两语不动声色地将话题带过。江辰遇的意思很简单——交朋友可以，生意场上绝不讲私情。现场来的都是人精，若再不懂江辰遇的意思，在业界这么多年就算是白混了。故而这些人接二连三地笑着寻了借口走了，虽碰了一鼻子灰，也要体面地离开。

当然，来人中也有找江辰遇叙旧的，以相熟的长辈为主。"辰遇今晚不喝酒？"说话的是一位气宇轩昂的中年男人，面上有着深刻的岁月痕迹，但依然可见年轻时的英俊。

这是江辰遇前些日子出差北城约见的那位长辈，徐氏的现任董事长，江老太太的老友之子。江辰遇以茶代酒，端杯与徐董手中的酒杯轻碰："我就不喝了，还要开车。"

徐董抿了一口红酒，故作严肃地看过去："开车有司机。上次你去我那儿，连顿晚饭都不吃就匆匆地走了，今晚还不给面儿？"

江辰遇唇边挂着属于晚辈的尊敬的笑："下回一定。"

徐董留意到乖巧安静地陪在江辰遇身侧的漂亮姑娘，正想调侃两句，此时后方便传来一个圆润中带着威严的声音。

"小徐啊，今天你可别拉他喝酒！"

徐董闻声回望，人群自动往两边排开，红毯之上分出一条道。江老太太身着中式绣花套装，领口处搭配着一条珍珠项链。她容光焕发地由秦戈扶着缓步走近。徐董搁下话头，立马笑迎上去："许久不见，您这气色越来越好了。"

江老太太笑着骂他贫嘴，然后左右望了两眼："你父亲怎么没来？"

"路远吃不消，他的身体可没您的好呢。"

"嘿，我老早就说让他少对着那根烟杆子，他偏是不听。"

老辈和小辈拉着家常，随意地寒暄着。沈暮跟在江辰遇的身边一路应酬下来，始终保持着温柔优雅，面对问候时也频频颔首，只是一直未发一言。

江辰遇从未有过带女伴的习惯，因而今夜沈暮的出现，很难不惹人浮想联翩。何况这两个人先前在门口亲昵地私语，大有卿卿我我的意思，应该没人会觉得她对他只是陪同的关系那么简单。不少人借着跟江辰遇打招呼的机会夸其女伴漂亮，继而试探两个人的关系，而江辰遇的回答都是模棱两可的，耐人寻味得很。沈暮偶尔悄悄地脸红，但也只这么听着，不管走到哪里，都听话地跟随着江辰遇。

江辰遇非但不要她挡酒，还明目张胆地往她的手里递果汁。这样的场合杯中无酒，未免显得小家子气，也就是看在江辰遇的面子上，换作别人，怕是要被鄙夷。似乎之前在别墅外的那一哭，把郁积在心里的那一团多愁善感的雾哭散了，这会儿沈暮对江辰遇少了几分以往的怯意，倒真如同他悉心娇养的金丝雀，有那么些温柔小女人的感觉。

面前的两位长辈交谈甚欢，沈暮望过去，心想：这位老太太的气势好强。江辰遇稍稍低头，轻浅的呼吸靠近她："这是我奶奶。"

他们一路下来都像这样亲密私语似的，凑近了交流。虽然心跳还是会加速，但沈暮已能淡定些了。听他介绍完后，沈暮意识过来，连忙点头，开始在心里琢磨措辞，祝她老人家延年益寿。

这时，秦戈过来跟沈暮打招呼。他表面上谦和依旧，暗中却朝江辰遇投去一个"以前送小姑娘回家还装勉强，现在下手倒挺快"的犀利眼神。遇见熟悉的人，的确要自在些，沈暮微笑着同秦戈搭话，随后就不自觉地聊到要去秦戈家拿资料的事。

"辰遇也不说今晚你在。我要是知道，就把资料给你带来了。"

"没关系，周末我上您家去取。"

沈暮跟秦戈正聊着，只见那边徐董举了举酒杯，示意自己要先离开一下。江老太太唠完嗑，便转身朝沈暮这边走过来。沈暮不晓得是不是自己看错了，江老太太回头的一瞬，喜上眉梢。江老太太很快走至眼前，沈暮来不及多想，展颜唤了一声"江董"，说了一句落落大方的祝福语。

不得不说，沈暮无论声音、样貌，抑或礼仪、教养，都完美符合江老太太的喜好，毕竟乖巧懂事的孩子最惹长辈的疼爱。江老太太眉开眼笑："什么'江董'，多见外。你跟着辰遇叫我奶奶吧。"

沈暮略微一怔。在见面之前，她没想过老人家会与自己这么亲近。倘若她直接开口称呼对方"奶奶"，那自己和江辰遇的关系就更说不清了。经过斟酌，沈暮小心地折了个中，婉婉有仪地改口道："江奶奶。"

江老太太对沈暮那是心软到要融化成水，笑着应道："好！好！"

旋即老人家又瞥了江辰遇一眼，脸立马沉下来："你说你，到了也不带人家来见我，倒还要我自己过来。"

老人家这差别对待丝毫不加遮掩。江辰遇无可奈何地一笑："您也看到了，我这寸步难行。"江老太太哼了一声，不与他计较。

"奶奶，辰遇送您的画，就是小暮的作品。"秦戈作为知情人士，知无不言，将这两个人的缘分一并讲给江老太太听。果不其然，江老太太听后欢喜不已，笑得合不拢嘴。她将沈暮的手从江辰遇的臂弯里拉出来，牵在自己的手里，满面和蔼地说："暮暮肯定还饿着吧。男人就是没眼力见儿，不管不顾地就带着你乱跑。跟奶奶走，咱们去吃点儿东西。"

沈暮因老人家的热情吃了一惊，一时茫然无措，下意识地望了江辰遇一眼。

江辰遇含笑道："去吧。我招待几个长辈，马上过去。"他的眼神有种让人安心的力量。沈暮乖乖地应了一声"好"后，就被江老太太开心地领着离开。

侍应生手托圆盘，在宴会厅内来往穿梭。每一桌上都摆着色泽娇艳的花和独立菜单，但坐下品尝的人寥寥无几。

江老太太直接将沈暮领到主席位落座，吩咐侍应生上热菜。珍馐美味，菜品精致可口。江老太太有说有笑，让沈暮多吃一点儿，还贴心地找人寻来一条薄毯，给沈暮盖腿。

或许是江老太太过于亲切，全无高贵的架子，也可能只是因为她是江辰遇的奶奶，沈暮虽然恐惧社交，但愿意克服这种心理，与老人家单独相处。事实证明，她们很合得来。

沈暮并非能说会道的人，更多的时候喜欢用行动表达自己的感情。所以用餐时，她将牛排切成小块，一直在帮老人家布菜，细节之处，无不体现着对老人家的照顾。

饭后，两个人聊到那幅水墨油画，江老太太赞不绝口。一问得知沈暮在大学时期就读于巴黎美术学院，江老太太登时倍感惊喜，笑着说："咱们还是校友呢，你瞧瞧这缘分！"

当知道江老太太年轻时是巴黎美术学院的设计学博士后时，沈暮也很是惊讶。原来江奶奶这么厉害。这世上的机缘巧合，真的好奇妙。

江老太太钟意沈暮了。这个姑娘不但生得粉雕玉琢一般，说话也温柔识礼，还懂得关照她这个老太婆。最重要的是，她一看就知道，自家孙子特别喜欢人家。

江老太太按捺不住渴望抱曾孙的心，倒了一杯年轻人都爱喝的钻石香槟酒递给沈暮。这已经是第二杯了，方才用餐时，沈暮已经不好拒绝地喝过一杯。

江老太太温和慈祥地笑着探口风："暮暮毕业了，想什么时候结婚？"

这个话题像裹着夏天的热风突然拂面而来，沈暮觉得脸一烫，又软又柔的声音中染了些羞意："我……准备考研。"

她望了一会儿眼前的那杯香槟酒，微一迟疑，还是接到手里。

江老太太不以为然："不打紧，先结婚，再考研。"

沈暮有点儿不懂现在的情况了。这两件事怎么就分出了先后？好像明天就要把自己嫁了似的。沈暮的双颊透着红，她不胜酒力，但出于对老人家的尊敬，还是象征性地喝下小半杯香槟酒。

"暮暮还是考美术专业？"江老太太问。

香槟酒的口感较为细腻，味道清甜，沈暮能忍住不皱眉。她抿了抿唇边的残液，放下酒杯，答道："不是，我想考工业设计专业。"

"哎哟，这专业跨得可不容易啊……"

大概是忧虑沈暮的学业太重，婚后无心备孕，江老太太以三寸之舌劝沈暮再想一想。沈暮听得满脸茫然，长长的睫毛一扇一扇的。

"她想考，您就让她考。"江辰遇温和又富有磁性的声音便在这时自旁边传来。

沈暮循声望去，只见江辰遇径直迈步而来，一身高定西装，显得他身姿挺拔利落。四目相望的一瞬，沈暮的心猛烈地一跳，她对他轻轻地弯了一下唇。

江辰遇向两个人走近，嘴角噙着一丝笑。他还未及言语，就被江老太太不满地谴责了一句。他将手随意地搭到沈暮的椅背上，保持着一贯的淡定自若："奶奶，您可以过去准备发言了。"

和未来的孙媳妇太投缘，江老太太将寿宴的事忘了个干净，这会儿恍然记起，赶忙喊方硕扶自己上台。走之前，江老太太还不忘叮嘱沈暮："他要是欺负你，你就跟奶奶说。奶奶帮你教训他。"沈暮的右手一直被江老太太覆在掌心中。老人家皮肤上的褶子清晰可见，手却是要比什么都暖。

沈暮忽觉身子软得像海绵。她想奶奶了。被这种久违的无条件的疼爱击得微微眩晕，她摇摇头，声音无意间变得绵软："没……他对我很好。"这个回答是定心丸，江老太太听罢，心满意足离开。江辰遇唇角微微上挑，大概是因沈暮刚刚那句话里的温柔。

来宾都很精明，看似是在自由随意地谈笑风生，却都无时无刻不在留意江辰遇那边的动静。

大厅的吧台一角，几个虚情假意的女人聚在一起品尝甜点，私下议论着江总身边的那位不知名的女伴到底是什么来头。唐妍身着露肩黑礼服，虚倚着高凳，对加入她们的讨论兴致不高。她挑着眼尾，将视线从主席座的位置转回，拿出小香包里的手机，给宋晟祈发了一条消息。

江老太太走后，主席座只剩沈暮和江辰遇两个人。江辰遇站在沈暮的椅子背后，却不说话。沈暮默默地吸了一口气，稍侧过脸："我好像……有一点儿醉的感觉。"

江辰遇垂头，目光在她飞霞般的面颊上流淌过。他笑着问："只是一点儿吗？"

沈暮此时无甚底气，瞟了他一眼："就喝了一点儿……"

江辰遇沉默少顷，俯下身，温柔的声音中隐含笑意："就这酒量，你还要帮我挡酒？"江辰遇略带炽热的气息拂在她的耳后，令她的耳朵痒痒的。她压不住狂乱的心跳，只觉得连肩背裸露处的肌肤都在烧。

台上的声音直灌入耳，是宴会主持人开始现场致辞。之后，主持人便在一片热烈的掌声中，请上江老太太做寿宴发言。江老太太也不爱玩儿这些虚的，整个发言的过程只有几分钟而已，最后以开放宴会厅的中央圆形舞池作为结束。交响乐队奏起一支轻快愉悦又撩人的圆舞曲。俊男靓女结伴优雅起舞，都想争做舞池中最夺目的焦点。

灯光的颜色变幻起来，满室流光溢彩。沈暮醉意朦胧，被旖旎的灯光炫得难受。

她撑住桌子站起，想到盥洗室里洗把脸醒醒神。兴许是坐得久，起身又快，她原就昏沉，这下腿一软，身子不受控地打晃。江辰遇下意识地伸手将脚下不稳的女孩子揽住，手不经意间扶在了她后腰的位置。露背的小礼裙，腰背只有一层可忽略不计的薄纱。

眩晕感一股脑儿地冲上来，沈暮低垂着头，伏在他的身前，顺手就攥紧了他西装的衣领，闭着眼睛，迷糊地叹了一口气："早知道这样，我就不喝了……"

她声音又酥又软，又飘得像云烟一样。

江辰遇的眸光微动。她身上的肌肤因酒劲升温，烫着他的掌心。他放缓语速，声音有一点儿哑："二楼有卧房，你要去吗？"

空气中弥漫着酒香，光影在舞池间摇荡沉浮。宾客们随着音乐翩翩起舞，摇曳生姿，纵情作乐。美人三千，最夺目的当属裙子上缀满人鱼姬色亮片且在灯光的映照下闪闪发光的那抹身影。Rita 踩着优美的舞步，细腰被男伴一手握住。她有如一条勾魂摄魄的美人鱼，在聚光灯下翩然舞动，曼妙婀娜。

"Rita 老师真的好美。"

"她就是婚结得早了，否则追求者怕不是要排出欧洲。"

"这有什么可惜的？她老公是 Matteo 的总设计师，我连羡慕她都来不及。"

"也是……"

女人们闲言碎语不断，敬慕的语气似真似假。和奔走应酬的男人不同，总归她们跟那些商圈大佬套不上近乎，只管以优雅的姿态说着看似得体的话，言谈中明羡暗妒，或讽或酸。其中一个人瞧见了什么，朝远处一抬下巴示意："哎，你们快看那儿。"

大小姐们的目光皆往那个方向望去。主席座旁，江辰遇将黑色西装外套脱下，为身边的姑娘披上，旋即将她站不太稳的娇躯揽入怀里，扶着她慢慢地走上旋转楼梯。如此场合，他不留在大厅里，却独往二楼，其中的意味惹人浮想联翩，又似乎显而易见。

"那个女的到底是谁？你们都不知道？"

"没见过。"

"她刚才和老太太一块儿坐呢，多少应该有点儿来头儿。"

接着说到礼裙，有人复述之前无意间听见的 Rita 和别人谈论的话，说那礼裙是 Rita 亲自改的，并对那个姑娘的美丽赞不绝口。在座的女人都想高嫁，说话间酸味儿也就随之溢出。可不管怎样，在旁人眼里，别说江总，就连江老太太都宠着人家，大小姐们除了酸，也无其他办法，只能装作不在意，岔开话题，将矛头指向别处。

"唐妍，我听说江总不签唐逸的合同，唐逸在 JC 广场的专柜没法续了，损失可大了吧。你们要怎么办呢？"林家千金这话说的，乍一听还真像是殷勤关心。

不管你曾经多风光，在这个圈里，不过落得一句"墙倒众人推"。唐妍搁下酒杯，微抬起眼，猫系眼妆令她更加妩媚："就算专柜撤了，论客流，你林氏的都抵不到唐逸的一半。咸吃萝卜淡操心。"

以含笑的语气说完狠话，唐妍撩开白金色鬈发，徐徐地站起，踩着细高跟鞋走远，徒留林家千金被气得满脸通红。周围看戏的女人们自然明面上虚情假意地帮着林家千金说话。

"算了，算了，丢了 JC 广场的客流，唐妍嚣张不了多久。"

林氏千金轻轻地嗤笑了一声，不好发作，只得忍气吞声。随后便有人转移话题。

"你们猜苏虹姐今晚带谁来了？"

"谁？"

"喻……白。"

"真的吗？我好喜欢他！"

"我刚才在外廊里瞧见的，弟弟越长越俊美了。"

"在哪儿呢？我看看去。"

"跟陈制片在聊着吧，他们马上要有电影合作。"

…………

二楼，长廊尽头，最清静的一间卧房里。房间很大，水晶垂钻吊灯高雅大气，瓷砖明亮如镜，整体装修是典雅奢华的欧式风，有着童话里公主房的味道。

沈暮被江辰遇揽着往房里走。她倒也不是完全醉得不省人事，但眼前晃得厉害。她顾不得羞，只能无力地倚在他的怀里。

江辰遇把她带到床边坐下后，将她放开。尽管一路走来，臂弯里的女孩子柔软得不像话，每一个微小的动作都像是有意地撩人，但他依然维持着绅士风度。

"休息一会儿，这里没人进来。"

与外界的躁动隔绝开后，沈暮紧绷的身子松弛下来，思绪脱了束缚，沉醉感渐重。她尚存最后一丝神志，还在担心自己中途离开，是否显得不太合群。

"我在这里，没关系吗？"她微微启唇，声音很轻。

江辰遇的目光对上那双染着醉意的眼睛。她抬眼望来，目光迷离。江辰遇很快地移开视线，走到床头柜旁按下遥控开关，窗帘随即自动合上。他瞳仁漆黑如墨，声音听着似乎很平静："没关系。"

沈暮也知道自己这样容易失态，虚虚地答了声"好"，呼吸中裹挟着酒气。然后，她弯腰想去脱鞋，但鞋上的蕾丝绑带系得太过复杂，她晕着，笨拙地扯着，半天扯不开。江辰遇顿了片刻，最后还是蹲下身，手指灵活地帮她将绑带解开。

眼见江辰遇单膝跪地的姿势，沈暮滚烫的双颊上又添了一抹潮红："谢谢……"她空灵的声音有如夜半私语，像是要夺去男人的理智。江辰遇沉着气息，倒希望她现在安安静静的，不要说话。

高跟鞋被脱下来，摆到一边。大概是怕她再哭，江辰遇站起身后，特意轻声地多说了一句："躺好。"

沈暮也撑不住，想睡一觉，点点头，略显吃力地掀开被子往里边挪。他的西装外套还搭在她的肩上，他暗叹一口气，对这醉醺醺的姑娘无计可施。他俯身过去，揽住她的背，在她躺下前将外套先褪了下来。

后背突然悬空，沈暮一慌，生怕自己后跌，双手紧紧地攀附上他的肩膀。然而她这一攀，他们的距离直接被拉近。彼此的面孔在眼前一寸处才堪堪刹住，两个人皆猝不及防，就这么四目相对，呼吸缠绕。

她半醉半醒间迷离的目光，撞进他因逆着光更显好看的眼里，令涟漪一圈圈地荡开。沈暮愣愣地凝望着他，醉到说不出话，可能并没有意识到，他越来越重的呼吸正渐渐地将气氛渲染得更加危险。好在他没到禽兽不如的地步。

江辰遇做了一个深呼吸，胸腔缓慢地起伏了一下。之后，他将她平放到床上，拉过被子帮她掖好："睡吧。"

明亮的灯光熄灭，门被带上时发出一声轻响，卧房里彻底归于静谧。沈暮还陷在方才诡异的情境里。他临走前的最后一句话那沙哑又短促的尾音，在她的耳边反复萦绕。

幽暗的夜色里，沈暮以手指捏住被角。兴许是两个人还未把话说开，此刻狂跳的心反而让她好茫然。人酒后都容易多想，沈暮也不例外。她开始觉得自己没法再坦然地与他装陌生。想着想着，思绪慢慢地被醉意淹没，她不知不觉地睡过去。

江辰遇回到大厅里应酬，他的外套已不在身上，衬衫外只有雅金色马甲和领带，但清贵之气不减。先前听说江辰遇带沈暮到二楼时，江老太太心里还乐得开花，这会儿却又见他下来，马上把他叫过来诘问："你怎么不陪暮暮？"

江辰遇从侍应生托来的圆盘里取过一杯茶："她的酒量浅，人有些醉了。我让她睡一会儿。"

江老太太坐在主座上，见他站在边上不紧不慢地抿着茶，压着声音气急地道："那不正好？这里用不着你，你回楼上陪着去！"

她的心思很明显，江辰遇无奈地想笑，敷衍了一句，便走向几位自己还未来得及打招呼的长辈。他一经过，聚在一起聊天儿的千金们忙不迭地起立，都娇滴滴地冲他唤一声"江总"。出于礼节，他略一点头，神情淡然，步履未停直到正巧迎面遇见刚从舞池下来的Rita，他才停下脚步。

"你的小女朋友呢？"Rita拿过一杯红酒，带着调侃的口吻问道。

江辰遇对此称呼没做任何解释，只是笑着和Rita轻轻地碰杯："她睡着了。"Rita微微惊讶了一瞬，挑眉投去耐人寻味的目光。

这段简单的对话被一旁的千金们听了去。她们交换着眼神，没了声。

离大厅中央稍远的靠窗方桌旁，喻白坐在苏虹的身边，正在和某位平日极难见到的国外知名大导演聊着。喻白穿着一身白色西装，在纯净的少年感之外，多出几分男人的硬朗。女演员的保养之道向来独到。哪怕退到幕后，无论皮肤，还是身材，苏虹完全看不出已年近四十岁。她操着一口地道的英语，笑语嫣然地和大导演说着话。而情绪低迷的喻白，全程都无甚兴致。

喻白原就不是抱着交际的心来的。之前他远远地看到沈暮亲密地挽着江辰遇后，一股难言的沉闷之气便堵在心口。当然，那两个人一同上楼的一幕，喻白也看到了。

"小白。"苏虹唤道。

喻白瞬间回过神来，淡淡地应了一声。苏虹放低声音问："你怎么心不在焉的？"

"没事。"喻白仰头一口闷下整杯白葡萄酒，连眉头都不皱。

事关喻白的日后发展，当着大导演的面，苏虹怕喻白胡闹，连忙笑着打圆场："这个年纪的男孩子还真是叛逆。不过拍戏的时候，小白可是相当敬业的。"

大导演倒不以为意，开玩笑地说："哈哈！他和我以前挺像，年轻气盛。不过他长得可比我好看多了。"

谈笑间，气氛舒缓下来，苏虹和大导演也就说些期待将来合作的场面话。时间在两个人的盛情交谈中流逝。交响乐演奏不绝，宴会来至高潮。又过了许久，喻白再也坐不住了，借故去洗手间，离开了位子。

二楼幽静的卧房内，沈暮醒来时，眼前漆黑一片。她睡了一觉，清醒不少，起身摸到开关。水晶灯骤然亮起，炫得她立马眯起眼，好一会儿才慢慢地适应亮度。

沈暮睡糊涂了，又发呆了半晌，终于意识到自己还在江奶奶的宴会上，于是想也不想就下床穿鞋。其实她还处于微醺的状态，双颊晕着薄红，但不至于像之前那样走不动道。

小礼裙的材质和剪裁都属上乘，没被压出明显的褶子。沈暮拂了拂头发和裙摆，整理妥当后，推开卧室的门走出去。门一开，楼下的喧闹声便穿过长长的廊道，隐隐约约地传到她的耳中。她沿着刻有浮雕的栏杆往前走，瞬间有种置身于城堡的错觉。她向右转出长廊，正要走下旋转楼梯时，不经意地一瞥，望见江辰遇在楼道口被人唤住，正在与其交谈。

江辰遇似乎是要往二楼来的。沈暮想起睡着前自己和他暧昧不清的那一眼，心跳漏了一拍。她下意识地后退，拐回长廊，慌张到靠在墙上，不知该进还是退。

廊外不多时便响起沉稳的脚步声，有人正朝这边走来。脚步声越近，沈暮的气息就越乱，她将双手背到身后，局促地捏着手指，矜持和胆怯与心里的渴望、期冀在纠缠斗争。沈暮做了一个深呼吸，总算鼓起勇气。在那人到转角前的那一刻，她突然出声："等一下……你先别过来。"

脚步声随即停止，那人果然没再继续往前走。沈暮垂眸咬了咬唇："我……我想了一下，我们……"她的声音轻柔又好听，但有点儿抖，因为她太紧张了，"我们……"她不自觉地重复了一遍，最后把眼睛一闭，稳住一口气，说出："我们见面好吗？"

话一说出口，沈暮顿感解脱。她觉得自己从没这么勇敢过。人麻木着便不觉得有什么，一旦被某种东西诱导，有了欲望，就很难再装作若无其事。而她现在，有点儿被两个人相处时不明不白的感觉折磨。因为他们之间有默契，他说过决定权在她，所以她知道，倘若自己再磨蹭着不说，那他们只会一直这样下去。已经考虑得够久了，她想借着那一点儿酒劲未退的勇气，把挡在彼此间的玻璃窗敲碎。

沈暮红着脸，埋头抿唇，等对方说话，然而漫长的安静后，转角外并无声响。沈暮有些犯蒙，正想探出脑袋看看对方还在不在，眼前出现一道白色的身影。喻白不慌不忙地走出来，看着她："景澜姐。"

她心里"咯噔"一下，被惊到："喻白？怎么是你啊？"她望进喻白那双深沉的桃花眼里，略微顿了一下，反应过来，"不是，你怎么在这儿？"

喻白眼底的情绪难以言喻，但未过多地表露。他简单地向她解释了两句。她听罢明白过来，点点头。原来他是从对面走廊的盥洗室里出来的。

心情简直大起大落，沈暮感觉自己刚刚白酝酿情绪了。勇气一朝消失，她又落回最厌的状态。她魂不守舍，恍惚地一笑："我不知道你也在。"

喻白也扯出笑容，片刻后，开口欲问："景澜姐，你……？"

"你快回去吧，"沈暮刚巧也这时出声，因怕他耽误正事，所以说，"别让人家等着。"

她面色酡红，香槟色礼裙宛若量身打造，腰肢盈盈一握，露出香肩、纤腿却不显一丝媚态，倒像古时候温婉恬静的大家闺秀。那是她本身的气质赋予了这身造型新的味道。

喻白处于他这个年龄正常的逆反期，但在她的面前，一如既往，对她的话说不出一句否定。少年的眸光闪动，他乖乖地说了一声："好。"想了想，他又问，"宴会结束后，我们一起回家吗？"

沈暮认真地思考后说："要是被人拍到，曝光你的家庭背景就不好了。"跟踪名人的记者都是行走的挖掘机。

显然喻白没想这么多，只是想和她一起而已。闻言，他眸色黯了黯，也没多言，笑着答应后便回身下楼。沈暮在原地缓了一会儿，最后吐出一口气，拖着有些虚软的腿走回了卧房里。

江辰遇正在楼道口和某位长辈聊着。老一辈向来话难休，一讲起来停不下。这位长辈就这么拉着江辰遇说了好半晌。江辰遇倒也不着急，脸上始终带着得体的笑意。只是他如有感应似的，往二楼淡淡地瞥了一眼。此时，喻白已恢复平时疏离清冷的神态，正徐步下楼。两个人的视线有一瞬间相交，空气中泛起一点儿冷感，随后两个人又像是都不在意，谈笑的谈笑，下楼的下楼。

宴会持续到午夜。宾客终于散了不少，大厅内渐渐人影稀疏。沈暮始终待在卧房里。她想到自己没有随身携带手机，怕出去了找不到江辰遇。等待的时间好漫长，过程很无聊，所以沈暮坐在床上看电视。

门口突然有了响动。沈暮一愣，转头望去，只见一个人自房门走进。他大概是应酬了太久，神色显出一丝疲惫，但那一身高贵之气依旧遮掩不住。见他进门，沈暮连忙站起来，立得端正。

江辰遇见状，微微一怔，而后笑了一下，倒是不往里走了，只靠在门边问："回去吗？"

沈暮应声点头，立马抱上他的外套，踩着小碎步跑到他的身边："宴会结束了吗？"

或许因为睡了一觉，头发凌乱了，她解下了发带，微鬈的长发披垂下来。她乖巧地静立在门前，背后是欧式城堡风格的建筑，看着赏心悦目。她像是从细腻明艳的油画里走出来，所有的艺术感都附着在她的身上。江辰遇静静地凝望着她，片刻后，嗓音渐沉地道："差不多了。我送你。"

沈暮此刻酒醒得也差不多了，回应道："好。"

跟在江辰遇的身后回到大厅里，沈暮方发现，宾客已然寥寥无几，不见觥筹交错，只剩几个人散在几处聊着，仍意犹未尽。气氛透着从喧沸激昂到平静清冷的落差。沈暮也有心理落差。不过这是由于深藏已久的话，刚有勇气说出来就被打断，她感觉内心空落落的。

老人家坚持不到太晚，故而司机早早地便送江老太太回到住处，沈暮并没来得及同江老太太道别。陆彻和秦戈倒是还在。见沈暮出现，陆彻兴奋地冲过来，但又被江辰遇三言两语打发走了。

夜色融融，郊外夏虫鸣唱，天幕上缀满繁星。银灰色汽车驶出庄园。沈暮从车窗望出去，便见栽满庄园的玫瑰花映着碎碎点点的光，在夜里散发出一种奇异的魅力。她趴在车窗边，眼前是快速后退的夜色。这情景令她忽然念头一动——午夜的时钟是不是就要敲响了？然后魔法消失，自己要不要像灰姑娘一样，在他这儿留下一只水晶鞋？

下一秒，沈暮就被自己滑稽的想法逗到，忍不住轻笑出声。江辰遇修长的手指搭在方向盘上。他听到她笑，不经意地也弯了唇："笑什么？"

沈暮的脸蛋微红，她转回身，慢慢地坐正："没……"

银色跑车飞驰在空旷的马路上，车内的冷气调到最舒适的温度，轻音乐缓缓地飘荡着，惹人陶醉。沈暮沉浸于其中。这样的夜，能让她轻易地敞开心扉。她突然想跟他说话。

"其实……"沈暮很乖地坐在副驾驶座位上，声音轻轻的，"我自己准备了裙子……"

江辰遇分心看了她一眼，没说话，唇角微扬。他看起来像是置她于不顾的人吗？沈暮的眼帘半垂着，她凝望着前窗外的风景，接着轻声道："因为怕给你丢脸。"

闻言，江辰遇觉得有些不可思议。他打着方向盘，好笑地轻皱起眉："怕什么？"

沈暮沉默了一会儿，最后还是笑场了，声音里透着难为情："给你丢脸。"

姑娘家的思维实在引人发笑。他叹道："想什么呢！"他眉眼间含着笑意，无奈的语气中带着纵容。

沈暮双颊略微鼓起，心里嗔怪他为她准备了礼服却不事先告知。她又羞又窘，抿了抿唇，说道："我的裙子白买了，很贵的。"

不知道是不是深夜醉人的缘故，她声音轻轻柔柔的，好似撒娇。江辰遇眼神随之温和起来："我赔你。"

谁要他赔了！沈暮什么都没说，唇边泛着笑意。倏尔想起一件事，她微微惊呼："裙子，落在你的办公室里了。"

江辰遇笑起来："又不是丢了，"他话说得随意，但声音很好听，"我还能不还你？"

这一刻，深夜似乎变得温柔迷离。沈暮的笑容清甜，她好似被身体里的另一个开朗乐观的自己取代："那你什么时候把裙子还我？"

"我得先看看裙子长什么样。"

"干吗？"沈暮侧头看他，警惕地小声问。

江辰遇慢条斯理地逗她："要先描述与实物一致，确定裙子是你的。"

沈暮哑了一下，悄悄地嘟唇。这是什么人啊……她面上嗔怪，但整个人像泡在奶罐里似的，心里甜甜腻腻的。

庄园离城区有些远，夜已深，后半段路，沈暮不知不觉地睡了过去。迷迷糊糊间，她感觉自己在慢慢地后仰，而后身上一暖。可能是江辰遇帮她放平座椅，还给她盖了外套，但她困得睁不开眼。

两小时后，银灰色汽车在春江华庭的门口缓缓地停靠。不知过了多久，沈暮悠悠转醒。她揉了揉惺忪的睡眼，坐起来："到了吗？"

江辰遇静静地靠坐在驾驶座位上，车子似乎早就熄了火。他回眸时，眼底掠过淡淡的笑："嗯。"

沈暮以为刚到不久，掩唇轻轻地打了个哈欠，然后把他的西装外套叠好，挎上小包："那我走了。你……你回去时慢点儿开车。"女孩子刚睡醒时的声音，又轻又温柔，惹得人心里酥麻。江辰遇凝望着她精致甜美的脸，没有说话，只是眼中的情绪深沉而悠长。

他望过来的目光像笼上一层迷雾。沈暮在他的注视下，心跳加快。她连忙垂下眼，声音不自觉地变得温温柔柔的："晚安。"

车内旖旎的灯光将暧昧的气氛渲染到极致，江辰遇看着她，眼睛一眨不眨，唇角含笑，嗓音温柔中带着一点儿沙哑："晚安。"

恍惚间，沈暮感觉他有哪里不太一样，但他没再说更多。她沉默须臾，也再没说什么，转过身，推开车门。

马路上空荡荡的，小区的门口没有人影。夏天的夜晚并无凉意，暖暖的，温度恰到好处。沈暮踩着高跟鞋一步一步地走过马路，身后的车似乎没有发动。

他还没走吗？沈暮略一思忖，正想回头看，包里的手机突然响起来。她顿了顿，以为是自己太晚还未回家，喻涵来找了。沈暮连忙低头伸手到包里，摸出手机的那一瞬，看清亮起的屏幕，呼吸一窒。屏幕上显示的是："Hygge 邀请你进行语音通话。"

沈暮顿时僵在原地，心跳蓦地猛烈起来。他不是就在身后吗？为什么……？

猜测在脑海中一瞬而过，她蒙了好半晌，克制住回头去看的冲动。指尖微微在颤，她接通语音后，将手机放到耳边。

那边的人，呼吸缓慢又深沉，和以往一般，犹带蛊惑。她也和以往一般，屏息不出声。对方笑了笑，声音温和："今晚的夜色很美。"

沈暮下意识地抬头，好多星星。江辰遇在车里靠坐着，透过车窗和她望着同一片夜空。星月高悬，与此时两个人的心境相应。他如雕刻般的面部线条逐渐柔和，语气平静："你还记得，先前跟我说见面，又撤回，那时我说了什么吗？"

沈暮便从这时开始，控制不住"怦怦"乱跳的心，握住手机的纤指不由得收拢："嗯……"她像做了错事，慢吞吞地低语，"你说，随时。"

"我后悔了。"那边的人接上她的话，声音微沉。

长长的睫毛一颤，沈暮突然无声，眼前的光影轻轻地闪动着，惹得她的呼吸渐渐急促。江辰遇在她身后几米远的车里，声音依然是平静的，但语气坚定，不容她躲避："我没有再多的耐心了，对你。"今夜的忍耐，他已到了最大的极限。

沈暮清澈的眼中泛起涟漪，脚步挪不得半寸。她背对着江辰遇，和他隔着一条马路。江辰遇讲话的声音融进朦胧的夜色中："宋景澜……"沈暮的呼吸卡在嗓子眼儿里。她刹那间发觉，自己原先的名字居然这么好听，当从他的口中被温柔地唤出来时。江辰遇眼底浮现出温情，喉结滚动了一下："和我见面吧。"

第八章
一夜沦陷

夜幕像被打翻的珠光眼影，星河璀璨，暖风宜人。

手机里静悄悄的，江辰遇在等沈暮回答。在那一段沉默里，沈暮从惊愕到悸动，最后平静下来，如从虚空返回现实世界中，退去所有外在的东西，只用生命本能去感受。他分明早就知道她是谁，却顾及她脆弱的心理和他的那句看似随意的口头承诺，硬是耐着性子等待，直到现在才提起。

其实，"和我见面"这句话该由她开口才对。在这段关系里，她不能总扮演逃避的角色，这样对他很不公平。所以她今晚咬牙想坦诚面对，但阴错阳差没有成功，自己也因此被打回心底的"牢笼"里，懦弱地不敢再作声。而此刻，被锁进"囚牢"里的她又重新被释放。

沈暮垂眸，"怦怦"乱跳的心慢慢地平复。她终于低低地出声，跟他坦白："我其实……晚上想说来着。"

江辰遇坐在车里，目光深沉。他明知故问："说什么？"

沈暮缓缓地深吸一口气，声音和微风一同拂动："想说……我们见面。"

不得不说，她的话令江辰遇心生愉悦。他轻声说："那我怎么没听到？"

沈暮盯着自己的脚尖，光亮的鞋面，蕾丝绑带缠绕上她的小腿。"又不敢了。"她听见自己有些怂地说。

江辰遇很轻地笑了一声："胆小鬼。"

他那纵容、宠溺的语气中，透着在自己意料之中的淡定。沈暮觉得被冒犯到，嗫嚅着："我们还要这样说话吗？"她连腿都站酸了，他怎么还不下车过来？

江辰遇眉眼间的笑意渐深，躁动了整宿的心神奇迹般地被抚平。他忽然就不那么着急了，扫一眼黑金腕表："现在是两点半。"

沈暮正疑惑着，随后便又听他慢悠悠地说："后天是你放我鸽子的四周年纪念日。"

沈暮足足愣了十秒，终于想明白他的意思。四年前的七月九日，是他们相约见面的日子，但她当天跑去了法国。而后天，正是七月九日……不过，确实是她爽约在先。她没什么底气，连嗔怪的话都不由得说得很轻："你这么记仇啊！"他连这都要扯出个周年纪念日……

江辰遇还深觉合理地"嗯"了一声。他突然提到这件事，明显别有目的。沈暮哑言片刻，还是不自觉地顺着他的意思慢吞吞地问："那你想怎样？"

江辰遇很正经地说："后天你和我见面。"

沈暮顿了顿。两个人明明现在就可以见面，非要等到后天。这是什么？旧梦重圆吗？但她必须承认，这份特意填补空缺的用心，能完完全全地满足女孩子所谓的仪式感。她抿着唇，压住唇边的笑意，故作勉强地道："哦。"

"这次你不会再放我鸽子吧？"那边的人似笑非笑地说，像单纯的顾客遇到她这个不良商家，来讨要说法。

沈暮心说：当然不会。但她温顺的回答中挟了一丝狡黠："不会吧。"

她那多余的"吧"字，像故意气他似的。他慵懒地将手搭在方向盘上，无奈地笑着问她："后天晚上，你想吃什么？"

他这是在跟她约定时间，但她一时没反应过来，微微有些疑惑："嗯？"

"我答应过你，有机会要请你吃顿饭。"他慢条斯理地说。

沈暮愣了一下，思路倏地畅通起来。啊，是她砸伤鼻子，无理取闹地把错归咎于他的那回，他说要赔偿小孩儿一顿饭。连这些细枝末节都记得清楚，他这是什么好记性啊？她对此早就忘了。也可能无关记性，只是她被他放在了心上。

不知道为什么，沈暮有一瞬很想哭。她像一块易碎的玻璃，有种被他轻拿轻放的被呵护感。她感到心里暖融融的，顿时很听话："你定。"

小姑娘的温顺，男人向来受用。江辰遇道："好。"

沈暮心境彻底明朗，声音有点儿甜："那……周一见。"

他嗓音清透，又似笼上一层温柔："周一见。"

今晚的夜色很美。穿香槟色礼裙的倩影消失在灯火阑珊处，银灰色的汽车不多时也驶进远方的夜色中。但没有哪一种相遇，要比这次的分别更令他们愉悦。

沈暮到家时，已是后半夜。她以为那姐弟俩已经睡了，蹑手蹑脚地进门后才发现，黑暗的客厅里，电视机还发着光，音响里时而发出几声凄厉的尖叫，气氛阴森森的，令人发毛。沈暮不明所以地轻步走近。

喻涵正将自己抱成一团，窝在沙发里聚精会神地看恐怖节目。在神经最敏感的时刻，喻涵不经意地向身边瞥了一眼，只见那里立着一个人影。喻涵脑袋轰然爆炸，叫声惨烈，整个人从沙发上弹起蹿得老远。

沈暮被喻涵声嘶力竭的叫声震得耳朵发疼，回身把客厅里的吊灯打开："你看什么呢？被吓成这样。"

灯光乍亮，重回"阳间"，受到惊吓的喻涵缩在墙角里，好半晌才终于缓过神来。眼前站着的哪里是怨气深重的女鬼，分明是要倾倒众生的小美人。虚惊一场，喻涵瘫软下来："宝贝儿，你倒是出点儿声啊……"

音响里又传来诡异的音效，大半夜的，令人听起来瘆得慌。沈暮微微一激灵，拿过遥控器，关掉电视。喻涵直呼："我还没看完呢！"

沈暮见喻涵的样子很好笑："我的鼓膜都要被你的叫声震裂了。"

"哈！区区密室逃脱，我会怕？我那是被你吓的。下回我带你去玩儿，证明我的勇猛！"

沈暮还没来得及笑，便见喻涵一骨碌从地上爬起来。她全神贯注地看着沈暮的打扮，又高呼起来，一惊一乍的："我的天啊！这条裙子是江总送你的？这可是大手笔啊！"

沈暮蒙了一下："有这么贵吗？"

"Matteo 的新款能便宜到哪儿去！"

"你怎么知道是 Matteo 的新款？"

"我好歹……"喻涵拉扯了一下身上的短袖套装睡衣，刻意摆姿势来显示自己，"也是混迹时尚界的好不好！"沈暮被惊呆。

"绝了！呜呜呜！快让我摸摸……"喻涵小心翼翼地捏了捏裙摆。

沈暮慢慢地回过神来，犯愁地沉吟道："这条裙子，我已经穿过了，还怎么还他啊？"

在感情方面，喻涵觉得这姑娘简直脑子"短路"了："还个鬼！他有什么心思，你不知道？"

沈暮的脸上不经意地浮上了一点儿绯色，她今晚敏感得很，听不得此类暧昧不清的话，嘀咕了一句："我怎么知道……"在喻涵想张嘴痛斥前，沈暮先一步岔开话题，"喻白回来了吗？"

喻涵一顿，很快便被这句问话带过去："他在卫生间里呢。你们碰见了？居然不带我去玩儿！"

紧接着，喻涵又注意到沈暮的脸。虽持妆整晚，但妆容依然完美，可见化妆师的深厚功力。出于对同行的敏感，喻涵追问之下，得知这妆是 Rita 化的，惊诧过后，就是五体投地膜拜偶像。

见喻涵有神经质的趋势，沈暮连忙把喻涵推回卧室里："再不睡，天都要亮了。"

喻涵被推搡着向前，还一边回头，一边喋喋不休："我可是在等你。要不是怕打扰江总下手，我早就给你来个'夺命连环 call'了！"沈暮听得耳根发烫。什么"下手"？奇奇怪怪的……

今夜，沈暮有点儿失眠。卸妆梳洗后，她把裙子仔细地挂起来。明明已经很晚了，但她躺到床上，就是睡不着。心跳毫无平稳的迹象，甚至她一回想起先前的情景，还逐渐兴奋。她无奈地埋下头，蹭着那只星黛露。不过，在收到江辰遇问候晚安的消息后，她笑着不知不觉地很快睡了过去。睡梦间，她想着：今晚真是奇妙的一夜。

黑夜过后，天光大亮。大概是昨晚大家都睡得太晚，所以时近中午，屋子里还是静悄悄的。沈暮难得地想睡懒觉，但被喻涵炸门式敲法惊醒。沈暮梦游似的稀里糊涂地起床开门，便见喻涵顶着鸡窝头在门口情绪激动地叫着："宝贝儿！别睡了！你被暗箱操作了！"

沈暮一头长发也蓬蓬着，倒有一种凌乱的美感。她眯着惺忪的睡眼，像个误入凡间的小迷糊。因嗓子太干，她声音有些沙哑："怎么了？"

喻涵可能是睡醒后窝在床上偷懒，见到什么不得了的事，慌忙跑过来。她一把举起手机，直将屏幕递到沈暮的脸前。沈暮下意识地向后避了一下，蒙蒙地将手机接过来。界面上显示的是微博热搜榜，沈暮一眼扫下来，发现上面几乎都是昨晚寿宴的相关热搜。

江辰遇恋情

江辰遇雅金色马甲高定黑西装

江辰遇女伴春季限定香槟色露背仙女裙

#Rita 人鱼姬色鱼尾裙 #

江慈老太太八十大寿

江辰遇女伴宋氏

#Serein 巴黎东方艺术作品展 #

宋氏

…………

沈暮愣住，一时间绕不过弯来。见沈暮反应迟钝，喻涵直接上手戳进其中的一条热搜。

@扒圈大鹅："# 江辰遇女伴宋氏 # 据了解，江总昨夜携女伴出席寿宴，两个人举止亲密。有网友爆料，女方原名'宋景澜'，系宋氏董事长与其原配所生，不久前刚于巴黎美术学院毕业，是霍克教授的得意门生。此前，其画作更在巴黎东方艺术作品展售出两千万欧元的高价。目前两个人疑似热恋中，好事将近。"

其后还有好多张配图：沈暮挽着江辰遇，在宴会厅里与其耳语；沈暮和江辰遇在主席座陪江老太太聊天儿；沈暮披着江辰遇的外套，被他扶着上楼梯；沈暮坐进江辰遇的银灰色跑车里离开庄园……

沈暮看完傻眼了一分钟后，睡意顿时全无。她皱起眉头："这是什么？"

自己以江辰遇的女伴的身份上热搜在情理之中，和他闹绯闻也可以理解，但为什么自己和宋氏的关系，甚至连自己就读的巴黎美术学院的信息都被曝光出来？

喻涵的思路清晰明朗，她振振有词："我可不信这群记者能一夜之间把你的信息扒得这么干净。你从法国回来才多久，再说，你连名字都改了，他们还能把你和宋氏扯到一起。凭我在圈里的经验，感觉这肯定是有预谋的！"

沈暮的心里乱成一团麻，她抓了抓头发："我现在有点儿乱。"

喻涵挤进房间里，拉着沈暮坐到床上："江总是谁啊？他若不允许，谁查得到你？除非是他早就知情的。"

沈暮感到喉咙发干。喻涵一口咬定："这件事的背后，不是谢时芳，就是宋晟祈。"这话说得非常果决，而后喻涵又进一步为自己给出的这个答案做出解释，"总不能是你爸和你妈吧？除了那俩玩意儿有明显的动机，还有谁对你的情况这么了解？"

一觉醒来就被烦心事占领了情绪的根据地，沈暮感到郁闷又烦躁："可他们为的是什么啊？"

喻涵一副看透社会险恶的神色："他们自身难保，想抱你的大腿吧。真恶心人！"

与此同时，锦檀别墅。江辰遇今日多睡了一会儿，还在家中。他身着一套简单的居家服，靠坐在阳台的藤木椅里，手边的茶几上摆着一杯咖啡。阳光透过树叶的缝隙，照到他俊朗的侧脸上。

江辰遇拿过手机，正想让方硕通知司机接自己去公司，就接到秦戈的来电。

秦戈相当感慨："我就说嘛，昨晚方特助跟奶奶说什么'宋景澜'的时候，我就感觉，这名字听着怎么这么熟悉呢！难道小暮就是你送我的那幅画的作者？"

江辰遇的神情平静，他抿了一口咖啡，不紧不慢地出声："嗯。"

秦戈显然被震惊到："那你……一早就知道是她了？"

江辰遇慢慢地将瓷杯搁到茶几上，又是一声淡淡的"嗯"。秦戈止不住八卦："我的天！你们现在是什么情况？旧情复燃？"

这个说法倒是有意思。江辰遇垂眸，唇边噙了点儿笑意："顺其自然。"他手机里随即传来深深的呼吸声。

秦戈镇定下来："江大总裁，您有微博没有？"

"没有。"

"建议您现在马上下载一下。"

结束通话，江辰遇面色略微一沉。听完秦戈的话，江辰遇没有下载所谓微博，而是直接打电话给方硕。

"江总，我联系司机现在去您家吗？"接通电话的瞬间，方硕便进入工作状态中。

江辰遇不答只问："热搜是怎么回事？"

刚刚秦戈在电话里简单地说了一下热搜的事，所以江辰遇对情况知道个大概。方硕今天在休假，显然还没弄清楚状况，极短地一顿后，立马说："您稍等，我看一眼。"

约过半分钟，方硕讲话的声音再次响起："您是指……您和沈小姐的恋情吗？"他迟疑地问，每个字都像是在说——这有什么问题吗？您两位如此高调，不占领热搜榜才不对劲。

"不是。"江辰遇答得很自然，但话语间强大的压迫感不容忽视。

又过数秒，方硕恍然大悟："哦，是曝光沈小姐和宋氏关系的热搜吗？我这就处理。"

那条热搜，就是明白地告诉全世界，他江辰遇的女友是宋氏千金。而宋氏如今岌岌可危，江盛但凡有点儿人道主义精神，对宋氏的情况就不能漠然置之。对公众而言，宋氏只是经营不善和有家庭内部矛盾，但在业界，谁不知它声名狼藉？宋氏使用何种伎俩，江盛倒是都不屑一顾，但事情牵扯到两个人的感情问题，江辰遇就不见得能多容忍了。方硕要是连这点儿眼力都没有，也不能常年稳坐总裁特助的位置。

只不过江辰遇意不在此。尽管不知具体原因，但他清楚，沈暮并不愿意和宋氏牵扯上。

微博热搜的情况，方硕自然明白分寸。因此江辰遇没有多看的必要，也未多言，只在挂断电话前撂下一句"调查清楚"。

光线射到乔木的树叶上，覆下薄薄的暗影，绿意遮着江辰遇半合的双眼，他的睫毛轻轻地垂着。过了一瞬，他用私人的手机号拨出电话。铃声只响两秒，电话便被接起。

"喂。"那边的人可能也是在阳台上，微风轻拂，她的声音听着有些沙哑。

江辰遇语气明显温和下来："你刚睡醒？"

"我醒来有一会儿了。"沈暮讲话的声音跟眼前的阳光一样柔和又温暖，"我正想找你。"

江辰遇不着急表明自己打这通电话的目的，听着她乖巧的声音，含笑道："你说。"

沈暮说得很慢："你看微博了吗？那些话题，热度还挺高的。这对你……会不会有影响？"

这姑娘哪儿都好，就是太在意他人，自己焦头烂额的，心里还牵挂着影响到他没有。他短促地笑了一声："这是我要问的。我没保护好你的隐私。"

被他拖长了的尾音，透露出他的无奈。

沈暮迅速地做出反应："没关系。"她尽量让自己表现出对此事无所谓的样子，"这也不是什么要紧的事，网友围观两天就过去了。"自己又不是什么值得大家关注的名人，这种事充其量就是他们某一时的饭后谈资，她是这么认为的。

但江辰遇清楚事情的关键在于他。这件事从头到尾，只是因为和他扯上了关系，所以与她相关的话题，议论度才会飙升。否则宋氏只是宋氏，不足以让网友对她的身份过度好奇。他讲话的声音温润悦耳："别多想，我会解决的。"

太阳炙烤着高层的露台。沈暮身着吊带睡裙，长发蓬松地散在肩头上和背上，光滑的肌肤白得发亮。她伏在栏杆上，被晒得有些燥热，可能原先的心情就是烦闷的。她的下一句话，本来想告诉他，可以澄清恋情，免得她的那个名义上的继母、继兄真拿这件事作怪，但他的语气虽平静，却充满让她心安神定的力量。他一说自己会解决，她想开口的冲动顿时就没了。

挂掉电话后，沈暮在阳台上站了片刻，回身走进阴凉的屋内，满身的烫意瞬间散去。她坐到书桌前，心情渐渐平缓。她点击手机屏幕，退回通话前的微博界面。热搜下的评论在不断地刷新。

"江总这身装扮绝了！"

"这位姐姐好美！呜呜呜！她这气质，我真服。"

"我先哭一会儿，半个小时后没回来就是已哭瞎。"

"同失恋，楼上的姐妹带我一个。"

"我只是缺少日久生情的条件罢了。"

"不就是宋氏要垮，想靠江总逃过一劫吗？电视剧里的古早情节，可以。"

…………

沈暮托着腮，低叹一声。这时，喻涵洗完脸惊呼着冲进来："热搜被撤了！我的妈！"

闻言，沈暮下意识地退出当前界面，再次刷新。她看了一眼，发现自己和宋氏的相关热搜真的突然全不见了。她愣住："啊？"

"绝对是江总吩咐的啊！这速度，太厉害了，我服了！"脸上一副用脚趾想都知道这是怎么一回事的样子，喻涵靠在沈暮的桌旁，继续说，"放心吧，那俩货还真把自己当回事呢，连江盛都敢招惹。"喻涵吐槽几句后，又开始对那条"喻白与苏虹豪门姐弟"的热搜疯狂地指指点点，怒斥喻白不把自己这个亲姐放在眼里。

沈暮在短短的一天之内经历了大悲大喜，此时的心情难以言喻。她沉思半晌后，忽然唤了一声："喻涵。"

"嗯？"

沈暮把自己要和 Hygge 见面的事告诉了喻涵。喻涵听罢，神情从惊奇渐渐地转变成无奈："你俩玩儿呢？早就知道对方是谁了是不是？暗着玩儿上瘾了？"

按照正常的流程，这两个人不是应该直接腻在一起吗？喻涵难以理解他们还要正儿八经地约定见面的行为。

喻涵的用词很诡异，沈暮羞耻地低嗔了一句。对与 Hygge 周一见面，沈暮有些犹豫："我怕……给他惹麻烦。"

这姑娘乖得太过了，喻涵直想手动给她植入叛逆因子："这有啥？我看江总巴不得你再麻烦一点儿。而且现在后悔也来不及了，你还能不去吗？"

沈暮被问住，暂时不愿去想，一叹而过："你下午陪我去一趟天城苑吧。"

"行啊，没问题。不过你要去干吗？"

"到秦老师家拿点儿资料。"

喻涵从沈暮的桌上拿了一颗糖丢到嘴里："嗬，你的老师是有钱人啊！"

沈暮和秦戈约好下午三点过去。在家和喻白一起吃过午饭后，喻涵就开车带沈暮到达天城苑。喻涵对这种书香门第"过敏"，不敢进去，所以在车里等。沈暮没勉强喻涵，只自己前往。

沈暮进门后，秦戈热情地招呼她坐下，又说自己的父亲出门和老友聚会去了，家里没有旁人，叫她不用拘谨，随后便上楼取资料。秦戈的家是独栋独院，室内摆放着雕龙盘凤的红木家具，充满具有文化底蕴的书卷气。这俨然是个做学问的人家。沈暮想着，也就是拿资料的工夫，于是便没有坐。

中式风格的客厅布置得极有空间层次感，侧壁垂挂着几幅书画，巧妙地烘托出艺术美感。出于对画作的敏感，沈暮不由自主地走近欣赏。抬眼的那一瞬间，她蓦然惊呆。其中一幅水墨画不见落款，但她不至于连自己的画都认不出。《春霁游图》——那是她高三下学期参加中学生画展的作品，也就是四年前，被江辰遇买下的那幅。

四年后，在这里重见这幅画，沈暮意想不到。她生生地愣住，刹那间，体会到什么叫回忆如潮。这种感受前所未有，激烈到令她的思绪千回百转。像神识被从躯体里抽离，画是神秘的介质，将她骤然吸进另一个世界里。

这一刻，沈暮如入梦境一般地恍惚。她想到自己第一次和 Hygge 聊天儿时的情形。她清晰地记得那天自己溢于言表的喜悦，因为收到了画展的一万元报酬。这些钱对她来说算不了什么，但第一次凭自己的才能赚钱的感觉总是神圣的。她于人生中售出的第一幅画，无论金额高低，它的价值都无可替代。所以当时，她想知道买家是谁的冲动很强烈。只是主办方给她的回复是，对方匿名，不能透露信息。她满腹的兴奋之情无处寄托，灵魂像在空中飘来荡去，怎么都找不到寄居之地。

但惆怅到极致后，往往伴随着惊喜。当晚，她奇迹般地收到买家的微信好友申请。他的昵称是"Hygge"，他申请加为好友时备注的那句话，她永远记得。他说："小朋友，画不错。如果你放学后有空的话，解答顾客一个问题好吗？"书桌前，她一下将脊背挺得笔直，丢开数学试卷，几乎一秒便通过了他的好友申请。

微信上的第一句话是对方先说的。他没有任何多余的语言，完全开门见山，直接问她能否遮掉画上的落款。

沈暮正处于激动的状态："嗯，可以。你买了画，画就是你的。"她甚至开始语无伦次，"其实……一万元贵了。那个水平的画展的作品，价格三位数足够。你是不是被主办方忽悠了？"

对她这不打自招，把底细尽数交代清楚的行为，对方当时可能有点儿傻眼。Hygge啼笑皆非地道："换个心理素质差的，就该让你退钱了。"

她蒙了一下，良心过不去："我可以把钱退给你……但我微信里的钱不够。你等我周末放假，先把钱存进去再退，可以吗？

接着，她"啪嗒啪嗒"地敲着手边的计算器，对材料费和手工费进行了精确的计算，三分钟后得出差价："退给你九千二百七十元，行吗？"她为自己给出的这个价格搬出依据，"我的墨汁、毛笔、画纸都很贵，而且工期四天，绝对没有敷衍。"

小朋友太好欺负，所以对方没有当场拒绝。Hygge 问："没作业吗？"

沈暮："当然有。"

Hygge："认真写。"

沈暮："好吧。"

往往玩儿的时候，做什么都比写作业有意思。安静一分钟后，沈暮又摸过手机，一边喝牛奶，一边打字："数学好难，我不想写了。"

对方反应很平淡："嗯。"

她像是一点儿也不觉得自己的问题突兀："你的名字，可以告诉我吗？"

Hygge："不可以。"

这个人就不能拒绝得委婉一点儿吗？沈暮努了努嘴，很无语，只好问其他的问题："那你几岁了啊？"

Hygge："干什么？"

她一本正经地说："我得知道叫你'哥哥'还是'叔叔'。"

她这个理由不能令对方信服，但又似乎合情合理。Hygge 想笑："你倒是有礼貌。"

她乘胜追击："那你几岁？"

Hygge 反问："你几岁？"

沈暮："我高三。你不是已经能猜出我的年龄了吗？"

Hygge："不是小学三年级？"

沈暮感觉到他在调侃她，双唇松开吸管，奶液倒流回去。她郑重其事地证明自己的"清白"："等高考完，我就快十八周岁了，就差几个月。你呢？"

对方言简意赅："比你大。"

在她这个风华正茂的年纪，思想里都住着一个天真的幼稚鬼。她也不气馁，灵机一动，拐着弯地问："你是属什么的？"

兴许是觉得小朋友挺可爱，故而对方当时多了一点儿闲心和她周旋。他慢条斯理地说："你今晚要是能问出来这个问题的答案，我帮你写数学作业。"

连做梦都想摆脱数学这个"大魔王"的沈暮，闻言笑得合不拢嘴："真的？"

Hygge 心安理得地欺负她："问出来，就是你的本事。"

当然最后并无意外，沈暮旁敲侧击半天，什么也没有问出来。不过对方还算是个人，那天晚上，在百忙之中花了一点儿时间耐心地教她数学。后来遇到数学问题时，她就很自然地进微信找他。时间久了，他们也会闲聊。

起初，她还在想方设法地探问他的年龄："你的头像怎么是空白的？"

Hygge 平静地回答："懒得找。"

她开始下套："我奶奶说，小孩儿才懒。"

Hygge："我不是。"

她露出真面目："那你告诉我你的年龄，证明你不是小孩儿。"

Hygge兴许被她逗笑，几秒后反问："你懒吗？"

她理所当然地答道："我不懒。"

Hygge："所以这是个悖论。"

对话再一次以她的无语告终。

高考结束后，暑假的某一天，沈暮思忖了一宿后，对他说："我过段时间要到法国念书了，走之前请你吃顿饭吧。"她诚意满满地说，"谢师宴。多谢您这几个月对我的悉心教导。"紧接着，她又调皮地着重说明："用你以前买我的画的钱。"

如果现在去问，对方可能自己也说不清当初怎么就答应她了。他只说："我不花小孩儿的零用钱。"

沈暮以为他是不想与自己见面，半嗔半怨地在心里嘀咕，吃个饭能花多少钱……随后便看到他淡定地回复："我请。"

其实那时候，沈暮的性格还是很开朗的，可能比普通的女孩子内向那么一点儿，但她同样对外界有着天生的向往和好奇。她在最美好的年纪遇见他，自己最后一段"向阳"的时光也都给了他。

后来，鱼惊鸟散，美好的年华四分五裂，她青春的终曲是一首悲歌。在法国的四年，她那点儿并不明朗的活泼，都被磨灭。夜深人静的时候，她时常躲起来偷偷地哭。每次哭完，都有他隔着手机相陪，她又觉得独自一个人在国外也没有那么可怕。只是她总压不住心里的委屈，可能是因为他的存在……

客厅里很静，沈暮眼前泛起一层雾，墙上的画逐渐变得朦胧起来。仔细想想，她一直亏欠他。到现在连见面都要他先提出来，那她还有什么资格畏首畏尾？

"小暮，书页是散的，我帮你把它们装到盒子里。"不多时，秦戈抱着资料下楼。

沈暮的心绪难以平复，她还来不及掩藏那双水蒙蒙的眼睛，就和秦戈正正地撞了面。秦戈手里拿着一个木质方盒，像是收着什么经典藏书。她深吸一口气，忙不迭地将盒子接过来："谢谢秦老师。"

她已经尽力维持声音的平稳了，但依然容易让人听出其中的蹊跷。秦戈慌神儿："出什么事了吗？"

沈暮连连摇头，努力地扯起唇角："没有。"

情绪顽劣地拉扯着她。她忍不了多久，强抑着呼吸和他道谢、告别，离开得很匆忙。秦戈送她到门口，只说"当心走"，倒没追问。他不解地望着她的身影消失在视野中，略一思忖，低头打开微信，径直点进江辰遇的空白头像，直言不讳地道："江总，你女朋友哭了。"

对方应该正忙着，三五分钟后回复了一个问号。秦戈点明："小暮。"

对方言简意赅："说。"男人干净利落的一个字，显然是说秦戈多此一答的意思。

秦戈三两句把刚刚目睹的情况陈述清楚，猜测道："可能是她发现你把定情之物送给我，不开心了吧。"

对方冷淡地道："那你把画还我。"

秦戈被一榔头猛地砸到："这是人干的事吗？"他试图挣扎，"人家肯定就是想你了。人家到我家里一趟，你都不来送。"

对方没回，聊天框静得诡异。秦戈开始劝这位不懂情趣的男人："人家连眼睛都红了。小姑娘哭，我是没辙。您自己哄一哄？"

沈暮一坐上副驾驶座位，喻涵就发觉她不对劲。沈暮走前还巧笑嫣然，乌发雪肤，小白裙优雅，清丽得能掐出水来。这么一会儿工夫，娇艳欲滴的"芙蓉花"就枯萎了，看起来意志消沉。关键是喻涵敏锐地留意到沈暮的睫毛湿湿的。

但是看见沈暮靠在窗边不太想讲话的样子，喻涵一开始没出声。开了一会儿车，喻涵终于还是憋不住，问道："宝贝儿，哭过了？"

沈暮望着窗外，不知道在看什么。她目光涣散，声音中带着一丝沙哑："没有……"

连哭腔都出来了，这姑娘还逞强。喻涵瞬间如火山爆发："这还没有！是不是那个什么老师欺负你了？衣冠禽兽的败类！别怕，咱们这就掉头，姐们儿给你做主！"

沈暮被喻涵激昂的情绪震得回过神来，怕喻涵真要掉头回去，连忙侧头道："真没有。"

"那你哭什么？"

沈暮张了张嘴，又不知从何说起。沉默片刻，她垂眸摁亮手机，在通讯录里翻到一个电话号码。蓄过泪水的双眼，透着一种纯粹的清澈。指腹在屏幕上停顿了片刻，她编辑了一条短信。

江辰遇："你在哪儿？"

沈暮："你在公司里吗？"

在她发出短信的同一秒，他的短信出现在她的眼前，像是如约而至。一看见他的短信，她毫无预兆地喉咙里一哽，漂亮的眼角又泛起水汽。她发觉有时候不是自己的泪点低，而是她的委屈都被这个人纵容着。他为她撑起一个宁静安全的空间，好像外界的喧嚣都可以与她无关。否则，独在法国四年，她早该学会成熟稳重了，而不是像如今这样，还是个没长大的小女孩儿。

沈暮轻轻地吸了一下鼻子，对他说："我想去找你。"

江辰遇："你在哪儿？我过去。"

沈暮望着车窗外掠过的街景，片刻后，和他约在九思碰面。喻涵听闻沈暮要去公司，虽说感到突然，但基本能猜到是和江辰遇有约，于是二话不说将车开到九思的楼下，旋即自觉地不去打扰，扬长而去。

公司一向周末也有轮班，各部门忙碌如常。沈暮对此却视而不见，仿佛所有的一切都是虚无的。她半走半跑地进入电梯间里，白裙一晃而过。在前台偷摸地看小说的宝怡一愣，抬起头，还以为自己出现幻觉。

电梯升至二十六楼。沈暮出了电梯，径直往里走。在玻璃门自动移开的一瞬，她倏地止步。总裁办公室里空空如也，他还没到。她"吁吁"轻喘，稍微冷静下来，没有进去，慢慢地退到外面，靠在墙上。

空旷的长廊里寂静无声，静得令她能听见自己尚未平复的呼吸声，胸腔起伏间，零散的思绪伴着理智聚拢回来一些。她开始想：自己匆匆地跑过来，没头没脑的，是要干什么？只是看到画想到过去而已，可自己怎么就这么想哭呢？难怪奶奶笑自己是小哭包，自己还赖皮不承认。不知不觉间，沈暮眼前又浮起水雾。

电梯"叮"的一声响。沈暮怔了一下，抬头望过去。江辰遇远远地和她对视了一眼，三两步迈出电梯。他的西装外套在臂弯里挂着，看起来他走得有些急。她顿了一下，捏了捏裙边，下意识地站直。

江辰遇很快走到她的面前，见她的睫毛湿润润的，眼尾还残留着泪，委委屈屈的模样有点儿可怜。"我是从总部过来的。"他轻声说，听着像是在和她解释晚到的原因。

沈暮连忙回答："我也刚到。"她声音里含着一丝鼻音。话音一落，她就不晓得要说什么了，只在他跟前默默地站着，语言功能短暂失灵。

江辰遇静静地凝望着她，抬手拭过她眼角的泪痕，动作又轻又自然。仅仅几秒的接触，但他手上的温度传递到她的脸上。她眼睫颤了颤，心跳还没来得及加快，便听到他温和的声音。

"进来说。"他道。

沙发是极简的灰白色调，让人看着很舒适。沈暮乖乖地坐在沙发上，手里捏着一块江辰遇给的湿毛巾。此时她的脸颊白白净净的，泪痕已经被她擦掉。

江辰遇从咖啡台那边走过来，递给她一个骨瓷杯。杯里的咖啡轻轻地晃动，她突然感觉牙齿泛酸，因为想到上回帮他泡了一杯纯黑的咖啡，又回味起之前自己在书咖里喝的苦咖啡。她轻皱着眉头说："你的咖啡是不是很苦？"

见她流露出嫌弃的表情，江辰遇笑了笑："给你加奶了。"

加了奶也不见得咖啡就不苦。沈暮略带狐疑地看了他一眼，还是伸手将杯子接过，小声地道了一句谢。她因为哭过，所以声音有一点儿哑，听着好似有种撒娇的味道。她试探着抿了一小口咖啡，还真是甜的。

江辰遇看了她一会儿，在她的身边坐下来。他没有与她挨得很近，但离得也不远。他什么也没说，只安静地陪她坐着。在这么一个幽静的氛围中，她顿时感到男人清洌的气息缠绕在周身，心跳加快，心情难以言喻。

虽然周围安静得有些诡异，但他没有问她着急忙慌地来找他的原因，倒是让她松了一口气。而且他出现后，她就不想哭了。就跟确定他还在，她就能安心了似的。她低着头，以指腹摩挲着骨瓷杯。良久后，她先他开口："我来……拿裙子。"其实她是来找他的，单纯想见他而已。

对于她去过秦戈家的事，江辰遇也不宣之于口，只答了一声："好。"

想到他说要先确定这条裙子是不是她的，描述要跟实物一致，于是她侧头觑了他一眼："黑色的，长裙。"她有些不好意思，补充道，"稍微有点儿开衩。"她的声音越来越轻，因为她感到太羞耻了，没说低胸和蕾丝。

江辰遇略微一顿，随即失笑。他不过是开一个玩笑，这姑娘还当真了。他道："你把它放在哪儿了？我帮你拿过来。"

"在你卧室的桌上，白色的袋子。"

江辰遇点头起身，不一会儿，便提着她的购物袋出来，坐回沙发上，依然不提及其他。最后还是沈暮忍不住问："你不问我为什么来找你吗？"

"我不需要你有理由。"江辰遇的语气不轻不重，他将她手里碍事的湿毛巾抽出，搁到茶几上。就在沈暮感到困惑时，他望过来，说："你想见我，随时可以。"

沈暮愣了一会儿神儿，脸颊慢慢地红起来。不知道是因为他天生富有磁性的声音，还是因为温存的语气，他的话总是带着容易惹人面红耳赤的微妙感，令沈暮难以招架。沈暮倏地低下眉眼："我要回去……准备晚饭了。"

江辰遇有意无意地像是跟她唱反调，声音越发温柔："不哭了吧。"

沈暮有种微醉的感觉，片刻后，轻轻地拖着尾音："嗯。"

"我送你。"他说。

江辰遇开的是那辆黑色的布加迪私人跑车。可能是他在总部办公时收到她的短信，等不及司机，就马上自己过来了。

沈暮在春江华庭的门口下车后，同样等不及。走进小区里，她就拎着购物袋站在路边，摸出手机，点进微信，找那个他。她用单手敲字："明天晚上十二点，我们一起到塔顶看星星吧。"她想在七月九日的第一秒就和他见面。其实之前在给他发短信的时候，沈暮就坚定了这个想法。

他可能还在小区的门口没离开，很快回复："好。"

沈暮的眉眼间顷刻荡漾出笑意，她将手机放回包里，步履轻快地走向第八幢楼。忽然间，她觉得他是贩卖阳光的神明，把她的全世界都点亮。

与此同时，那辆布加迪跑车尚临时停靠在路旁。车里，江辰遇将双手随意地搭在方向盘上，指间的手机屏幕还亮着。他将目光定格在聊天框里的那句话上，薄唇挑起一个好看的弧度。在发生热搜的意外后，她的主动尤其令他惊喜。他略一思索，垂眸翻了翻手机里的信息。他收到过某个顶级拍卖行的宴会邀请，印象中就是这两天。不过方硕就此事发来询问时，他拒绝了。

江辰遇看了一眼几天前方硕发来的拍卖公告。宴会是在明天下午，拍卖物品图中有一条深海蓝钻项链，那温和寂静的美，与她的美如出一辙。

沈暮和很多女孩子一样喜欢《小王子》。书里的小狐狸说过一段话："你下午四点钟来，那么从三点钟起，我就开始感到幸福。时间越临近，我就越感到幸福。到了四点钟的时候，我就会坐立不安，就会发现幸福的代价。但是，如果你随便什么时候来，我就不知道在什么时候该准备好我的心情……应当有一定的仪式。"

这种感觉，此时的沈暮或许更甚。哪怕知道他什么时候来，她也准备不好自己的心情。前一晚，她就翻来覆去地睡不着，索性半夜爬起来翻箱倒柜地找衣服，琢磨第二天与他见面时的穿搭。她好像突然间发病，成了选择困难症晚期患者。好不容易挨过磨人的一夜，直到当天下午，她对自己的着装还是难以做出抉择。

阳光金灿灿地洒进屋内。沈暮提起一条藕粉色的缎面裙，在身上比了比："这件好看吗？"

喻涵盘着腿坐在沈暮的书桌前，连头都不抬，伸手从罐子里掏出一块糖酥往嘴里塞，敷衍地说了一句"好看"。沈暮鼓了鼓两颊，嗔道："你连看都没看。"

"怎么还冤枉人呢？"喻涵嚼着糖酥，指了指床，含糊地控诉，"我不是已经看了整整一床了吗！"沈暮看了一眼堆满衣裙的床，张了张嘴，无法反驳。

喻涵满脸都是"至于吗"的疑问："哎，全国人民都知道你是他的绯闻女友了，就你俩还在那儿纠结着什么网友见面。江总也是，居然还有耐心陪你闹。"

沈暮底气弱了一点儿，那人确实一直在迁就着自己。她撇了撇嘴："这叫仪式感。"

在自己的感情上，喻涵是不善变通的女生，但旁观者清，此刻她的思维极其灵活。她将下巴朝床的方向抬了抬："你这一床不能再平常的小女娃裙，能有啥仪式感？"

闻言，沈暮哑言。什么叫"小女娃裙"？自己的衣服大部分是正正经经的法式连衣裙好不好！沈暮正想说什么，便见喻涵将桌上的白色袋子捞过来，拎在手里晃了晃，一字一顿地说："这、才、叫、仪、式、感！"

喻涵手里拿的是那件黑色吊带高开衩连衣裙。沈暮微微一惊，下意识地摆手："不行，衩开得太高了。"

喻涵不以为然："哪儿高了，不还罩着一层蕾丝吗？"

沈暮又说："领子也太低了。"

喻涵见招拆招："刚好到胸的上面，一点儿肉都不会露。"

在沈暮找到下一个借口前，喻涵先发制人："江总对你多好啊！也就是人家意志坚定，对外面的野花连看都不看一眼。现在你就随便穿穿敷衍他，说得过去吗？"

这一通慷慨陈词听下来，沈暮已经完全讲不出话来。她咬了咬唇，还真的开始犹豫了。被道德绑架的感觉很强烈，但她无力反抗。

当晚十一点四十分，一个急刹车的声音响过，鹭白色小奥迪在南城高塔下停靠下来。片刻的工夫，一个窈窕的黑色身影从副驾驶座位上出来，她看着像是被赶下来的。

沈暮挣扎着用双手攀住车门，向坐在驾驶座位上的喻涵投去求救的目光："呜……我的腿抖。"

"宝贝儿，真的，你美得很！"喻涵无比真诚地竖起大拇指，探头给沈暮打气，"你要相信自己的美貌和我的化妆技术，冲！"

沈暮忐忑到声音明显地发颤："可是这件衣服……"

喻涵果断地打断沈暮的磨叽："快去，你再不走就要迟到了。我回家就睡觉，你别打电话叫我来接你啊！还有，房门被锁死了，你今晚进不来。"

这真的是亲闺密！沈暮欲哭无泪，委屈巴巴地问："那我住在哪儿？"

喻涵将装傻充愣的本领发挥到极致，并辅之以无情："我怎么知道？你自己问江总。"

见沈暮还要废话，喻涵先声夺人："喻白明天有安排，今晚住在公司里了，你找他也没用！"

两分钟后，鹭白色小奥迪扬起绝情的尘埃，疾驰远去，转瞬间消失在黑夜的尽头。

沈暮在原地愣了半晌，觉得自己宛如弃婴孤苦伶仃。她回头望了一眼高耸入云的南城高塔，绚丽的霓虹灯流光溢彩。木已成舟，自己连临阵脱逃的机会都没有。她做了几个深呼吸，咬咬牙，视死如归一般踩着高跟鞋走向观光电梯。

南城高塔的塔顶是一层庭院风的露天花园，栽满各种绿植和精心培育的花卉。那里的空间很大，摆放着几张藤木桌椅和一架藤编的秋千摇椅，亦是室外多功能休息区。沈暮从未来过这里，但一直听说这里是年轻浪漫的男女夜晚约会的首选地。

良宵美景，手可摘星，这样的地方自然每夜都有不少情侣。沈暮怕打扰到人家浓情蜜意，很轻地推开玻璃门走进花园里，但奇怪的是，花园里空旷安静，连半个人影都没有。

夜色如泼墨似的很浓稠，繁星点点，如遥远的水晶。花园里有一排落地景观灯，暖橘色的光能使人看清路，但亮度朦朦胧胧，透着旖旎的情调。如果穿的是日常的衣裳，沈暮还能自在一些，但今夜被喻涵撺掇着穿了那条黑裙子，一扭捏，心里就慌慌的。不过眼下沈暮先到，倒是没那么紧张了。

置身于如此美景之中，沈暮情不自禁地慢慢往前走。走到夜幕下，她仰头望向星空。她正处于塔顶上，漫天的星星仿佛伸手即可摘得。造物主真的好神奇。她不由得感慨起来，没有留意到身后向她靠近的脚步声。那人抬手看了一眼腕表，走完最后一步，时针和分针刚刚重合。

沈暮正沉迷于夜景之际，后脑勺儿上突然被人轻轻地拍了一下。沈暮一惊，蓦然回首，江辰遇那张完美到极致的脸，一瞬坠入她的眼底。他眉骨高耸，一双美目含着诱人迷失的笑意。此时，他正凝望着她。

沈暮错愕了一瞬，思绪忽地混乱起来，心脏跳得不能自己，呼吸也突然间难再稳住。完了，她感到腿快软到站不住。分明两个人已经见过好几回，可这一次就是比任何一次都令她慌张。她轻咽了一下口水，在局促中抬起手，怯生生地说了一声："嘿……"刚出完声，她就好想立刻把自己活埋掉。世上大概没有比这更尴尬的打招呼的方式了，简直是小学生级别的开场白。

江辰遇唇边的笑意加深。他好像恍然大悟一般："哦，原来正确的流程是我们要先装不认识。"

被他一调侃，她羞赧加倍，弱弱地把手放下。

他声音中带着笑："那么需要我先表现出惊讶的样子吗？"

这个人烦死了，干吗还要故意配合？沈暮心里想着。她将手背到身后，尝试着缓解自己的紧张，低声道："这里平时是有很多人的。"

"被我包下了。"

夜间的微风将他好听的声音送入沈暮的耳中，沈暮惊诧地仰起头，一脸难以理解的表情。江辰遇淡淡地挑了一下眉，话说得别有深意："我以为，你想整晚都跟我在一起。"

这句话着实引人遐想，沈暮顿时满脸通红，耳朵也在烧。她要怎么说呢？她今晚正好无家可归。她忽然连一个完整的句子都不会组织了，觉得怎么说都词不达意，只能像一只小乌龟似的束手束脚，逃避地把头垂下去。如此一来，她反而有默认的意思。她欲盖弥彰一般地理了理耳边的碎发，举手投足间尽是女孩子自然流露的羞赧。这个姑娘还真是可爱。江辰遇的眼底拂过笑意，半明半暗的光将气氛烘托得极其暧昧，他目光渐渐地深沉起来，越发迷人。

沈暮身上的黑色吊带长裙，看着是薄丝绒的质感，露出她那如白瓷般的手臂和细颈下的大片肌肤；裙摆一侧往上开了衩，内衬的蕾丝设计恰到好处，令她白皙的长腿若隐若现，有种欲拒还迎的风情。

这条裙子是性感的，但穿在她的身上完全不觉得露骨，和她温和娴静的气质一相融，瞬间显示出一种特别的优雅。她还为今晚与他见面特意化了精致的妆容。尽管她的脸本身也很漂亮，但在这迷人的夜色里，她上心地去设计的每个细节，都像是在为这次相见助兴，惹人浮想联翩。

江辰遇唇边噙着笑意，声音中含着一点儿沙哑："穿得这么好看，你让我怎么办？"

沈暮的脸上流露出困惑的表情，她愣愣地望向他。他穿着一身深色西装。虽然他平时也这么穿，但她就是觉得今晚他的穿着显得更为正式。

江辰遇凝望着她，目光与夜色交织。他的眼神似乎和从前的不同，距离感销声匿迹，只剩明目张胆的坦荡。在他直白的注视下，沈暮两腮越发滚烫，心脏"怦怦"乱跳。她害羞地轻嗔："你干吗这么看着我？"

江辰遇垂着眼眸，静静地看着她，笑了一下："我仔细看看小哭包到底为什么这么爱哭。"

有那么一秒，沈暮感到好像有微电流刺激到大脑，一阵酥麻。其实在他说这句话之前，她还觉得云里雾里的。开诚布公的这一天真的到来，令她有点儿茫然。但他的一声"小哭包"，踏实感瞬间把她的心填满，让她感受到这一刻的真实性，也让她因此满脑都被羞愧占据。她悄悄地抬眸，脸上浮现出一抹诚恳之色："对不起。"

江辰遇不解地一笑："嗯？"

终于像一只常年在海面上飞翔的白鸥有了上岸的勇气，沈暮轻轻地说："上次，我放你鸽子。"

这是她的正式道歉，虽然迟来四年。江辰遇心神微微一荡，轻笑一声："说实话，那回我也没当真。对刚成年的小孩儿，我应该没兴趣。"

虽然知道他想让她宽心，但是怎么说得好像她比清水还索然无味似的？她皱着眉低声埋怨："什么啊……"

沉默片刻后，江辰遇以正经的语气说："但若今晚没在这里看到你，我可能不会很高兴。"

对沈暮而言，十八岁时的少女情怀很难忘。但江辰遇不同，他的心智一向比同龄男人的心智成熟，何况对方还是个小孩儿，所以四年前也只当自己跟这个小姑娘有缘。那时的他，抱着颇感有趣的心态，觉得她很有意思，就对她施与一点儿特别的关注，不过到后来，他的心思却悄然变化了。

沈暮的脸不由自主地升温，她对他那话里的深意半懂不懂，又在庆幸，还好自己今晚来了。背在身后的双手偷偷地拨弄着手指，她小声地说明："我一定会来的。因为我换位思考了一下，如果我是你，大概早就在生闷气了……"

江辰遇唇边的笑意蔓延开来。他忽然能想象出，过去和他聊天儿时，她偶尔被气得跳脚的可爱模样，活灵活现。他忽然道："送你一个礼物。"

沈暮愣了一下，便见他从西装内的口袋里摸出一物，递到她的面前。她迟疑地接过："这是什么？"它看着像是一个首饰盒，皮质的触感，因为光有些暗，她瞧不太清，似乎是深蓝色的，很精致。

江辰遇淡淡地一笑："见面礼。"

她刚想打开看看，闻言又顿住，蓦地一股难堪之情浮上心头。她羞于启齿，轻声地说："我忘了给你准备礼物……"

真是懊恼，自己居然连礼物都想不到。她现在包包里最贵的只有一支口红，完全没有能拿得出手的东西作为礼物与他互换。转瞬，她又开始发愁，他会不会觉得她没把这次见面放在心上？

江辰遇有意逗她："没猜到我要送你什么吗？"

这会儿自己不占理，沈暮呢喃了一句："当然没有。"

江辰遇耐人寻味地点了点头："我还以为你肯定知道我要送你什么。"

"为什么？"是她看起来聪明到能未卜先知吗？

江辰遇但笑不语，就着她的手打开首饰盒。盒里的那条深海蓝钻项链在灯光的照耀下，瞬间折射出海宝蓝光泽。这条项链有银色包边设计，中间完美地坠着一整颗水滴形的蓝钻，明艳迷人。

沈暮凝视着他指间的项链，感到诧异，下意识地想问他是不是很贵。然而下一秒，他突然倾身过来。在她愣怔之际，一丝微凉的触感猝不及防地钻进她锁骨间的肌肤里。她微微一颤，心也跟着颤动，因为他在亲手给她戴项链。他低下头，呼出的气隐约在她的耳畔轻抚，好似把她的心跳都锁住了。

他好闻的气息萦绕在她的周身，有点儿类似雪松木质的淡香，又有种深海般的幽邃感。他的气息在她的鼻间拂过，暧昧升温，惹得她脸红。她浑身僵着，不敢乱动一下。

"头发。"他低沉的声音缓缓地在她的耳边响起，像夜半时分情人间的呢喃。

沈暮正屏息发怔，耳朵被他说话时呼出的气炙到发烫。她像是失去了主观意识，着魔一般听话地将头发慢慢地拨到一侧，露出雪白的颈项，跟主动把自己献祭给他似的。

江辰遇倒是一心在给她戴项链，可能也不是心无旁骛，只是暂时没把非分之想表现出来。将项链戴到她的颈上后，他又很自然地帮她把拢在身侧的长发撩回身后，丝毫没有刻意的痕迹。随后，他重新直起身，与她拉开距离。她顿时感到呼吸顺畅了。

江辰遇垂眸端详了一眼，笑着说："很搭。"吊带黑裙有了蓝宝石的陪衬，使她的气质显现出先前未有的妩媚灵动。

沈暮的心脏抑制不住地"扑通"乱跳，她根本没法在这个男人的面前维持淡定，没法不害羞。她觉得这种时候问项链的价格未免太过扫兴，思忖片刻，默默地吸一口气，轻声说了一句"谢谢"。转瞬，她又联系起他前面的几句话，倏地反应过来。他的意思好像是她故意穿黑裙要跟他的礼物搭配一样。她脑袋"嗡"的一声，为自己的着装飞快地想出合理动机："那个……这条裙子……寿宴那晚我没穿成，买了不能浪费。"

江辰遇挑了一下唇，似叹非叹地道："原来不是特意穿给我看的。"

沈暮想解释，却又想不到该如何说，因为怎么说都不尽然。她这么穿，当然有他的原因。她只能惨兮兮地咬住下唇，不吭声。江辰遇也不逮着她欺负，笑意温柔："要不要坐？"听罢，她如获大赦，像小鸡啄米般地点头。

夜越深，缀满星星的天幕显得越发璀璨。塔顶花园里的那架双人藤编秋千摇椅小幅度轻缓地摇晃着，两个人挨着坐，闲适惬意。

满天繁星像是被揉碎后散入沈暮的眼睛里。她仰望着夜空，心中漾着前所未有的愉悦，然而意识很煞风景地提醒她今日是周一。她一激灵，惊呼一声，转过头来：

"哦，我白天还要上班。"

江辰遇好笑地侧望过去。他这个公司最高领导已经在这儿了，她一天不去公司又不会怎样。他道："放你假。"

他这分明是徇私舞弊。沈暮这个职场新人的心有点儿虚："越级批假是不是不太好？"

江辰遇不以为意地道："那我帮你请假。"

沈暮的心里"咯噔"一下，她连忙阻止："别……"他要是真堂而皇之地帮她请假，美工部里指不定要掀起怎样的轩然大波，但她也不是很想就这样结束今天的约会。斟酌了一番，她遵从内心："还是……我自己请吧。"

江辰遇扬起唇，调笑道："你怎么就不懂物尽其用？"

沈暮理所当然地回答："你又不是物。"

静了两秒，江辰遇嗓音沉下来："那我是什么？"

沈暮感受到他的目光，无意识地向身侧抬起头，倏地撞进他诱人深陷的眼底。他是什么？这道题的含义太深，她这个感情方面经验不足的小姑娘对此似懂非懂，不敢妄自揣测答案。"你……你自己不知道吗？"她稍稍地移开眼，把问题抛回去。

"我比你大七岁。"他忽然说。

沈暮微怔片刻，反应过来，低声嘟囔："你现在才告诉我。"四年前她费尽心思地问他的年龄，他就是不跟她说！她想想就好生气啊！

江辰遇一眼洞悉她的心思，靠在和她一起摇晃的椅背上，望着她养眼的侧脸，唇边扬起溺爱的弧度："你不好好学习，净想着玩儿，还怨上我了？"

沈暮抿了抿嘴，不是很服气，但终究是自己理亏，故而立马岔开话头："那你马上三十岁了。"

她在佯装轻松，所以这语气听着像是在嘲笑老男人。江辰遇故意拖长尾音："嗯，是比不得你年轻——"

沈暮觉得他有些赌气的意思，不禁咬唇忍笑，但还是轻轻地溢出一点儿笑声。她以温温柔柔的声音暗暗地哄回去："三十岁也不老。"她不经意地在暗示自己并不介意他的年龄。

江辰遇向后靠着，而沈暮将双手撑在摇椅的两侧，身子往前倾。说完这句话，她便暗自害羞，垂眸盯着自己点在地上的高跟鞋。她突然感到脑袋微微一沉，略微顿了一下。待她反应过来，蓦地怔住，连细密的睫毛都不敢颤动一下，因为江辰遇的手覆到了她的头上。他没说话，只是带着温柔和纵容，力道轻柔地揉了揉她的头发。

这样的夜色太迷离，每一个细微之处都惹人心动。沈暮的心跳越来越快，她必须说点儿什么，否则马上就要在致使空气稀薄的暧昧里窒息。"你当时……当时还在念书吗？"沈暮依然盯着鞋子，说出来的每一个字都在颠簸。

相较之下，江辰遇气息很平稳："刚读完博。"

闻言，沈暮蒙了一下，紧绷感稍微轻缓下来，被惊奇取代："你二十五岁就读完博了？"

他轻笑："你没见过跳级的？"

沈暮难以置信地嘀咕："那你也跳过太多级了……"

女孩子的秀发浓密，柔顺的手感让人摸起来容易上瘾。江辰遇像是逐渐感到爱不忍释，将修长的手指插入她的发间，似抚似梳。他的指尖偶尔无意地碰到她的耳郭，她便会微微向旁边缩一下，却又不躲开，像欲拒还迎似的。他讲话的语调和动作一样，慢条斯理的："知道我为什么读书时也没谈女朋友吗？"

沈暮整个人都软下来，被他牵着鼻子走："为什么？"

"她们的年纪都比我的大。"因为他跳级。

沈暮明白了，有点儿想笑，结果连嘴角都没来得及扬起一点儿弧度，顿时又想到这句话中的另一层含义。她磕磕巴巴地问："那要是遇到年纪小的，你就……谈了？"

江辰遇的唇角往上翘了翘，他本来想说"这不是遇到了吗"，但身旁的这个藏不住小心思的女孩儿太可爱，他实在忍不住想逗一逗。

"嗯。"他声音平静到听不出任何情绪。

这个回应也太气人了！沈暮哑了哑，登时有了甩开脑袋不给他摸的与他较劲的想法，但又没有行动。她眉头微蹙："姐弟恋也不是不可以。"她语气中含着点儿负气，有那么点儿破罐子破摔的意思。

江辰遇无声地一笑，凝望着她："我认为不可以。"其实他后面还有半句——你最好和那个所谓闺密的弟弟保持距离。他刻意压低了声音，话说得意味深长。

沈暮忍不住重新抬头望过去，又一次骤然坠入他的双眸里。他的瞳仁如墨玉一般。这双眼睛有几分英锐之气，总是带着难以言说的强势，让人感觉他的决定不容置疑，但他温柔起来，眼中又浮现出让人连心都融化的暖，好似能把人的神思深深地吸进去。

"哦……"沈暮也不知道自己在说什么，反正就是傻傻地顺着他的话回应。

江辰遇修眉俊目，在夜色中更显英俊。两个人对视间，他的眼中似有星光闪动，恍惚裹挟着占有欲。沈暮的心脏猛跳了一下，好半晌，她难以抵御地垂下眼："你不要看我。"他看得她好紧张。

她四肢纤细，但该有肉的地方一点儿不含糊。她身上的这条裙子是修身的款式，从侧面看过去，清晰地勾勒出诱人的曲线。长发、黑裙、蓝宝石，她宛如一朵盛开在夜里的蓝色妖姬。江辰遇还是凝视着她的脸，眼睛一眨不眨。

被外貌过分优越的男人这般看着，沈暮怎么可能冷静得下来？她的面颊滚烫，全身都好热，她要羞死了："别看……"娇嗔间，沈暮直接上手挡他的眼睛。江辰遇精准地捉住她的手，拉下来，将手指收拢，不容她挣脱，然后就没再松开。

沈暮脑袋"轰"的一下，浑身突然僵住，唯有胸口缓缓地起伏。她的左手被他宽大的手掌握住，搁在他的腿上。他以拇指的指腹极轻地摩挲着她的手背。肌肤相触间，沈暮感觉如过电一般，瞬间耳尖透红，心率彻底不正常了，随时都有因跳动太激烈而停摆的可能。她根本无法镇定地和他相视，忙不迭地别过脸，假装欣赏摇椅旁摆设的花卉，但心早已被他指腹的温度融化，脑子已经转不动了。

他这是什么意思？表示什么啊？他为什么也不说话？呜呜呜！自己现在应该怎么正确反应？……沈暮在心里语无伦次地念叨，没头没脑地支吾了一句："公司食堂做的糖醋排骨不够甜。"

江辰遇很轻地笑了一声："我带你去吃甜的。"

沈暮的神思迅速地延伸，越界到一个神秘又惹人心醉的领域，而后不断地深陷。她完全没有把头转回去的骨气，怕被他发现自己脸红。她抬起空着的手往脸颊上扇风，试图散掉热度，反而欲盖弥彰。

江辰遇脸上的笑意加深："别紧张。"

沈暮用最屄的语气嘴硬地道："没……没有。"

氛围微妙得好似周围的空气被染上粉红色。江辰遇捏了捏她柔软的手心："湿的。"

沈暮感到有点儿缺氧，缓缓地吸入"粉色空气"："是因为……热啊！"

江辰遇问："要不要绑头发？"

沈暮一时丧失了思考的能力，下意识地转过头看向他："嗯？"

只见江辰遇下巴微收，向她示意他的领带："你自己来解一下。"

沈暮脑子一下没转过弯，只知道心跳得非常急促，旖旎的夜色中仿佛有蜜浆直接浇下来。愣怔了一瞬后，她又当即把头扭了回去："不要。"她声音显得慌慌的，像是落荒而逃，笑意却从嘴角晕开。下唇被她死死地咬住，以防弯起的弧度一发不可收拾。

江辰遇不再逗她，声音中含着温情："困不困？"

沈暮诚实地摇了摇头，支吾了片刻，有些难以启齿地道："我晚上……没地方住。"

她努力地让自己的声音听上去平静，以心无杂念的语气陈述事实，但好像并没有什么用。她的话一出口，气氛就不受控地耐人寻味起来。

江辰遇看似坐怀不乱，扬起唇角，问她："你想住在哪儿？酒店、办公室，还是……"他停顿了一秒，"我家？"

他的声音天生富有磁性，在迷离的光影里荡漾开，像引火线一样，将所有的热量汇聚到她被他握着的手上，而后沿着那片肌肤往上，令她感觉一直酥到脊髓。她不由得发昏："都……行。"

这样的回答意味很深。江辰遇轻笑了一声，带着安抚，缓缓地摩挲她的手背："你若累了，就告诉我。"他并未逼她做决定，而是有如领袖一般，循序渐进地引导着她步步沉沦。理智早被剥夺，她只会点头应声。

今晚的夜色和此间之人的心境都太美妙，塔顶露天花园恍惚成为与世隔绝的理想地。他们并排坐在摇椅上，在旖旎的氛围里，有一搭没一搭地聊着。虽然说的都是些无关紧要的话，可他们偏就乐此不疲。

中途，江辰遇不动声色地将西装外套脱下，披到沈暮的肩上。沈暮以为是他怕自己冷。因为高空的夜晚温度略低，她身上裸露在外的大片肌肤隐隐地泛着凉意。但江辰遇做出这个举动，原因不完全如此。她今夜美到让人浮想联翩，越来越挑战男人的耐性。光影塑造的明暗层次，将她衬得分外撩人。

长夜漫漫，时间流逝，女孩子柔和的声音渐弱，不知不觉，周围安静下来。江辰遇讲话的语气随之又温柔了几分："是不是困了？"

她柔若无骨的纤手还在他的掌心里，他的身边却没了声音。他有所察觉，刚偏过头，肩膀上忽地一沉。她向他歪倒过来，脑袋枕上他的肩头。她睡着了。

再过不久，估计天就要蒙蒙亮了。女生到底精力有限，而且她今晚过度紧张，耗氧增多，就容易困倦。比如她现在，不受控地合了眼，安安静静地靠着他睡。他一呼吸，就能嗅到她发间淡淡的清香，心越发柔软。他不忍心吵醒她，于是没有来回折腾，而是轻手轻脚地抱起她，就近到南城高塔内的空中酒店。

这里的高空全景式酒店，相比总统套房也不逊色。主卧中，沈暮盖着被子躺在床上，沉沉地睡着。她的黑裙还好好地穿着，但高跟鞋被江辰遇脱在地上。之前披在她身上的西装外套，也被江辰遇丢在沙发上。

江辰遇洗漱一番，从卫生间里出来时，响起一声门铃。他打开门，来者是酒店服务的女管家。女管家端着托盘，含着笑，恭敬地说："江总，这是您要的衣物和卸妆巾。"

"谢谢。"江辰遇将托盘接过，问道，"卸妆巾怎么用？"女管家仔细地讲述使用方法后，他又道了一声"谢"，便回身进了屋里。

由于各种应酬谈判，江辰遇是这里商务层的常客，故而南城高塔的工作人员基本都认得他。女管家刚回去，上夜班的前台服务员就迫不及待地问她："刚刚江总抱着的女孩子，就是前几天网上爆料的那个吧？"

"我猜是。听说江总把塔顶整层都包下来了，两个人应该是在约会。"

前台服务员惊奇地问："难道那位真的是他的女朋友？"

女管家压低声音："那位不是能与他独处且整宿住酒店吗？"

前台的服务员道："我好羡慕啊！"

主卧内，江辰遇坐到床上，拆开那包卸妆巾，从中抽取了一张，俯身过去准备帮她卸妆。先前塔顶太暗，这会儿在房间里，他能将她看得更清楚。小姑娘一张鹅蛋脸生得很标致，白净细腻的皮肤吹弹可破，妆容有娇娆的味道，但不浓，眼影、口红都恰到好处。尤其她正在睡梦中，细密的睫毛覆下，呼吸浅浅的，更显得整个人柔美动人。她睡觉时大概有抱着东西的习惯，下意识地以手指攥着胸前的被褥，如一只美梦中的小猫，恬淡安然，看着好乖的样子。

江辰遇凝望着她的睡颜，扬起唇角。他将卸妆巾折了折，用拇指压住，一点儿一点儿地蹭她的脸。他的动作又轻又缓，像是稍一用力就会弄伤她似的。脸蛋上薄薄的粉底很容易就被擦拭干净了，她也完全没有被弄醒的迹象。但卸到眼妆，被柔软的卸妆巾蹭得感到痒痒的时候，她会无意识地眼睫轻颤，像随时要醒来。遇到这种情况，他便停下动作，等她再睡熟，才慢慢地继续。

但眼部的肌肤太过敏感，他刚为她擦两下，她就动动眼皮，偏过脸避开。他顺着她转头的角度，将身子倾过去一些，然而她又开始不安分。小懒猫被打搅，抬手就想挥开扰人清梦的不明物什。他躲了一下，见她要揉搓眼睛，下意识地轻呼了一声："哎！"他及时将她抬起的手捉住，轻轻地放回被里，而后接着帮她卸剩下的眼妆。

熬夜太累人，从时间上看，沈暮也算熬了大半个通宵，此刻睡得昏昏沉沉，不会轻易醒，但潜意识里有感觉。她不悦地皱皱眉，又要挥手。江辰遇被她气笑，索性轻轻地将她的手腕捏住，扣到枕边。"别动了。"他轻轻地说，声音很柔和，含着淡淡的无奈的笑意。

可能是梦到了什么，沈暮适时地低吟一般"嗯"了一声，倒像是在回应他。尾音长长的，从二声过渡到四声，是软软的撒娇的音调。他心中微漾，望着她的眸光柔成了水。他将修长的手指一点儿一点儿地插入她的指缝里，然后屈指，与她两手交握。

手指侧面的摩擦转换为体温，刺激着肌肤的触觉，沈暮慢慢地静下来。手里抓着东西，她就有了安全感，终于没再乱动。江辰遇静静地看了她一会儿，薄唇扬起，眼里泛出笑意。她怎么这么可爱？可爱得让人想咬一口。

帮她卸完妆，江辰遇又用热毛巾重新将她的脸擦了一遍。她肌肤润润的，天然的温顺感尽数显露了出来。他将被子拉上来一些，为她掖好，用指腹轻轻地摩挲了一下她的脸蛋儿。他浅笑着说了一声："晚安。"而后他起身，关灯，走出主卧，让她好好睡。这个夜晚，或者说是黎明，沉浸在令人上瘾的温柔里。

沈暮一觉睡醒已是正午。雾霾蓝的窗帘高精密遮光，落地窗外的光线被挡住，在窗帘外层留下红色的光晕。

屋里黑魆魆的，沈暮迷迷糊糊地坐起来，茫然地愣了一会儿神儿，不知身在何处。她下床，顺着微弱的亮光摸到窗边，拉开窗帘，热情的阳光瞬间扑面而来。她一时间不太适应这种亮度，眯起眼，半晌才缓过来。

沈暮眺望窗外的风景，蒙蒙地抓了两下头发。自己还在南城高塔里吗？她回过头。偌大的房间豪华气派，水晶吊灯华丽典雅，地上铺着地毯，摆放着沙发、大床，旁边是浴室。

沈暮慢慢地回忆，想起昨晚自己和江辰遇见面，在高塔顶层花园里坐到很晚。但自己是怎么睡着的，她忘了。她还来不及再思考，就回忆到被江辰遇握住手的情景，猝不及防地红了脸。

她扫了一眼房间，找到了沙发上的包，然后赤脚踩在地毯上走过去，从包里翻出手机。她习惯性地点开通讯录想给他发短信，但准备敲字的时候，指尖停顿了一下。她突然意识到，现在似乎没有再对应他的两个身份来区分两种联系方式的必要了。于是她点进微信，输入一句："你在哪儿？"

发送完消息，沈暮想先去卫生间里洗脸刷牙，但对方回复得很快："开门。"她反应了两秒，小跑着过去打开卧室的门。江辰遇果然在门口。他已换了一身得体又雅致的新西装，头发和穿戴都很整齐。他高出她太多，站在她的面前俯望过来，总带着无形的霸占的气势，看得她发慌。她与他对视一秒便怯下来："你……去哪儿了？"她身上的小黑裙被压得皱巴巴的，长发蓬松凌乱，将她衬出几分乖巧来。

江辰遇回答："在客厅里。"随后他又笑了笑，"不然你住在一个屋里吗？"

他非要故意多说一句拿她取乐。她慌乱地岔开话题："我昨晚……是什么时候睡着的？"

江辰遇估算了一下时间："凌晨四点吧。"

当时她正困到白热化的程度，完全记不清情况。现在听到他这么说，她心头一紧，开始想自己是怎么来到酒店的。她心虚地觑了他一眼："那我……"

江辰遇精准地捕捉到她的意思，含着笑，慢条斯理地说："你看着瘦瘦的，还挺沉。"

自己还真是被他抱着回来的。沈暮思绪一滞，脸顿时灼热起来。

江辰遇的唇角向上翘了一些，他心想：这女孩子真是易羞体质，两句话就能被逗得脸蛋儿熟透。他情不自禁地伸出两指，在她的脸颊上轻轻地一掐："这么容易脸红！"

沈暮没躲掉，低低地"呜"了一声。江辰遇也只是轻轻地捏了一下便撤了手。她咕哝了一句："没有，没红……"她的心跳得越来越快，但她死活不承认。

江辰遇笑着看她嘴硬，顺着说了一句："又是因为热？"

沈暮微愣，马上又反应过来，他是指她昨晚与他牵手时脸红，用的也是这个借口。她顿时哑言，抿了抿唇，不想跟他讲话了。

"不请我进去吗？"江辰遇故作正经。

也不能让他一直站在门口，沈暮乖乖地侧开身，声音温柔："你进来。"

江辰遇笑着望了她一眼，抬脚径直走向柜台，拿起摆放在台面上的托盘，回身递给她："你先把衣服换了，我带你去吃饭。"

沈暮接过托盘一看，里面好像是一条墨绿色的连衣裙，应该是他让酒店帮着准备的。随即她陷入犹豫中。她想问他有没有内衣裤，总不能洗完澡还要穿昨天的回去，但迟疑片刻，还是羞于开口。她正想点头算了，便被江辰遇一语道破。他轻描淡写地说："在裙子下面，大小尺码应该都有。我没看。"

沈暮的呼吸窒了窒。原来连内衣裤，他也让酒店帮备着了。女孩子谈及私密事会脸红，这是理所当然的。沈暮收着下巴应了一声"好"，而后毫不磨蹭地踩着小碎步跑进了浴室里。

"啪嗒"一声，浴室的门被关上。静了几秒，轻而缓的落锁声响了一下，听着明显是里面的人在控制手上的力度，希望尽量不要发出声响。她是怕他闯进去吗？他无奈地失笑，徐徐地走到落地窗边等她。

外面的阳光很艳，恣意地照射着。站在这里，透过曲面窗的全景视角，能将南城风光一览无余，江辰遇静静地望出去。起初没什么，但很快就从浴室里传来"哗啦啦"的水声，有点儿勾人。他像是在品鉴一款独特的香水，前调淡雅温和；中调细腻深长，轻易能引人浮想联翩；到了后调，则逐渐深化为性感诱人的香氛，惹得人心动神驰。他的脸上很平静，看不出情绪来。

沈暮不喜欢让别人等，所以洗得很快。她从柜子里找到一个袋子，把换下来的衣物装进去，然后就出了浴室。"我好了。"她声音又乖又甜。

江辰遇循声回首，见她坐到床上，正弯着腰穿鞋。裙子是酒店帮忙临时购置的，长及膝盖，小 V 领衬衫风格，温柔复古，款式简约，墨绿色将她的肤色衬得更显莹白。她带出浴室中的水汽，房间里好似弥漫着淡淡的水雾。她穿好鞋便站起来，从沙发上拿起包挎到身上，而后想告诉他可以出发了，一抬眼，就和他四目相对。

江辰遇凝望着她。阳光从他的侧面照射过来，反而令他的目光显得越发深沉，和昨夜的目光一般——明目张胆的注视中，有着微不可察的占据感，像在看着自己已然拥有之物，没有一丝忌讳。她的心跳隐隐有些乱，她禁受不住他这样看着自己，垂下眼帘。她思忖片刻，轻声问："你在这里等我一下好不好？"

江辰遇声音温和依旧："你要做什么？"

沈暮想了想，没有直接回答，又轻声地重复道："你等我一下，我很快就回来。"说完，她就往屋外走，不一会儿就消失在他的视线里。他倒也听她的话，不多问，只耐心地在原地等着。

南城高塔的第十六层，是各大高端品牌的珠宝首饰专卖店。法国联合设计师品牌 Serein，在法国很常见，专售男士使用的饰品，沈暮记得这里有一家分店。因为洗澡的时候，她在镜子里看到脖子上的蓝钻项链，所以也想给他买一个礼物。

沈暮走进 Serein 专卖店里，琳琅满目，基本都是皮带、领带、领带夹、袖扣之类的。她还没开始挑，就被透明玻璃柜里主展示位的袖扣吸引住目光。

那对袖扣，白金包边，嵌着色泽纯净的深蓝色水晶，就像命中注定似的，和他送给她的项链的款式完美搭配。她一眼相中了它，伏在柜面上，挪不开目光。

店员过来接待她："小姐，请问有什么需要？"

沈暮略一沉吟，指了指那对袖扣，问："这个，多少钱？"

店员含笑答道："您的眼光真好。这对袖扣是我们品牌首席设计师的最新款设计作品，采用高纯度天然原石打造，目前国内专柜首展，顾客享有折扣，售价三万六千元整。"

沈暮蒙了几秒，不自觉地将店员的话重复了一遍："三万六千元吗？"

店员不动声色地看了一眼沈暮的项链，兴许是觉得这位小姐肯定不缺钱，交易有望达成，于是态度热情了不少。沈暮咽一下唾沫，扯着唇角对店员笑了笑，在心底默默地哭泣。男人的袖扣要这么贵吗？她在心里暗暗算了一下卡里的余额，咬咬牙，决定日后努力工作，省吃俭用。

江辰遇在房间里等了大约二十分钟，套房外响起动静。他靠坐在沙发里，随手取了一本杂志看，闻声，抬眼望去，便见那个墨绿色的身影重新回到视野中。他搁下杂志，不疾不徐地起身，好笑地看着她走近："你干什么去了？"

沈暮将双手藏在身后，走到他的面前，缓缓地呼吸，将手里的盒子递过去："送你。"

江辰遇难得地愣住，垂眸看了一会儿那个深蓝色的小锦盒："这是什么？"

沈暮咬着唇，羞涩地小声说："回礼。"

江辰遇将目光从盒子上移开，探进她的眼底："你刚刚买这个去了？"

沈暮"嗯"了一声，眨着眼，那神情分外讨喜。江辰遇深深地望着她，片刻后，高大的身躯向她靠近了一步。他笑了一下，嗓音跟着低沉下来："怎么办？你这么可爱，让人很想欺负你。"

他的话和语气都有些微妙。沈暮呼吸一滞，心"怦怦"直跳，脱离了她的掌控。其实她对这句话并没有完全领会其意，但他欺身靠近，阳光从他的身后倾泻而下，他的影子压到她的身上，压迫感强烈。她恍惚生出预感——他有点儿危险。

江辰遇的眼睛静如深潭。无论有过多少次与他对视的经验，沈暮还是没办法在他这样的凝望中保持冷静。她不假思索地岔开话题："你平时用这个牌子的袖扣吗？是法国很有名的设计师品牌，我的法语名字也是这个。"她故作淡定，但从语调中能听出慌得明显。这种不坦诚的掩饰心绪的做法，适得其反，她说的话就像是在明白地告诉他——我在紧张，因为你。

不出所料，她脸上浮起红晕，白净的两颊如抹上腮红，像可口的樱花星冰乐，邀请人品尝。沈暮悄悄地向后退了一些，想和他拉开一点儿距离。江辰遇忽然揽住她的后脑勺儿，把她拉了回来。她踉跄半步，跌进他的怀里，惊诧间还没能做出任何反应，便见他低下头，那张没有瑕疵的俊脸压了过来。她突然僵住。

江辰遇感受到她的紧绷，在极短的瞬间内，微不可见地侧了侧头，薄唇一偏，贴到了她的脸蛋儿上。真实的温度清晰地传递过来，他的双唇带来的微烫的电流，倏地渗进她脸上的毛孔中，传遍全身，像冬天的热水袋压到冰凉的脸颊上。

沈暮的脑中"轰"的一下，如烟花一般炸开。她重重地一颤，一失手，锦盒掉落到地毯上滚了两圈。后一秒，江辰遇往她的脸颊上咬下一口，力道像在咬棉花糖，不轻不重。她被吓得"咿嘤"一声，使了一点儿劲把他推开，惊愕地退后两步。"你……你干吗？"她捂住被咬的右脸，半嗔半怨地瞪他。

江辰遇大概是回味了一下女孩子脸蛋儿那温润柔软的口感，沉默片刻，只低笑一声。好吧，其实他开始更过分，原想吻她的唇，见她似乎有点儿恐惧，便只好退而求其次。昨晚她睡着的时候，他就想咬了。

沈暮一时分不清刚刚那是亲吻，还是真如他所说的是欺负，只觉得体温急剧上升，心跳如擂鼓。他居然还笑！羞赧和埋怨交缠在心间，她突然蹲下身，捡起地上的锦盒，赌气地嘀咕："不给你了……"她送礼物还要被他捉弄，这个人怎么这样啊！

江辰遇被她的反应逗笑，欺负完她也没后悔，甚至意犹未尽，心安理得。他告诉过她的，男人都有劣根性，他也不例外。他凭借身高手长的优势，略一俯身，就轻而易举地从她的手里将盒子拿走，自然地揣进西装的口袋里，而后迎上她控诉的眼神，扬着唇角说："我可以等价偿还。"

沈暮双眸水灵灵的，可能是因为脸被咬疼，眼里泛起了一点儿泪水。她闻言沉默了一会儿，克制不住好奇心，别扭地低声问："什么？"

江辰遇漫不经心地道："让你咬回来。"

沈暮遽然涨红了脸，心"怦怦"乱跳，没有半刻平复。好！想！打！他！她闷声不说话了，像小孩子闹情绪似的。江辰遇笑着瞧了她片刻，一脸称心的神情。他很自然地牵住她的手，说道："走了。"

沈暮还是不吭声，但也没挣脱他收拢的手指。他的体温总是自带治愈效果。前一秒她还被他惹得发急，后一秒他以指腹摩挲抚慰，又能轻易地将她的小脾气安抚得熨帖。她那几不可见的怄气的情绪，马上被羞涩占据。

沈暮的头脑中倏地闪过一个念头——如果他是坏男人，不晓得多少小姑娘要被他欺骗感情。她轻轻地抿了一下唇，被他牵住手往房间外走。经过床边时，他弯腰拎起搁在地上的酒店的布袋，问她："这个要不要带？"

沈暮原还不太想搭理他，不情不愿地看了一眼，发现那是她装衣物的袋子，里面还有她换下来的内衣裤，心里猛地"咯噔"了一下。她伸手就想将袋子抢回来："我自己拿。"

江辰遇避开了她的手臂，不给她，拉着她边走边问："吃糖醋排骨吗？"

他这样，莫名地有种在帮女朋友拎包的既视感。沈暮被自己的想法羞到："哦……哦……"

绯红的脸颊、墨绿色的裙子、蓝钻项链，三种美到极致的颜色在她的身上碰撞出鲜明的艺术感。她跟在他的身后，手被他握着，和昨晚一样。两个人皮肤上的温差是亲密关系的最好证明。男人的体温偏高，慢慢地将她微凉的手焐热，她的身上也随之热起来。她感觉自己已经被他融化，彻底好不了了。

午餐时，江辰遇真的带沈暮吃了糖醋排骨，在南城高塔的中式餐厅里。五星大厨做的糖醋排骨太刺激人的味蕾，她尝过后，发誓再也不点公司食堂里的这道菜了。

午餐结束，两个人腹欲满足。江辰遇买完单，又牵住她的手，像是已成习惯。但对沈暮来说，每个与他肌肤相触的瞬间，心还是会颤一下。经过脸红、心跳、羞涩等一系列常规流程，她慢慢地变得温顺，听之任之，仿佛是他的掌中之物。其实在大庭广众之下，像这样不明不白的举动，还是令她有些局促。无论是店员，还是路人，她都能感受到他们投来的探究的目光。可能是江辰遇太惹眼了吧，她想着。但他的手牢牢地握着她的，一刻也不松劲。

两个人走出餐厅，途径一家甜品店。江辰遇停下来，进去买了一支冰激凌递给沈暮。华夫脆筒里叠着两颗冰激凌球，奶白和果莓双色，上面撒了亮晶晶的碎糖，还插着两根巧克力棒。沈暮眼睛一亮，少女心萌动起来："啊？"

　　江辰遇不自觉地跟着她弯起眼："不是说模样赏心悦目，你吃这一套吗？"

　　沈暮蒙了片刻，才想起这是当初她怂恿他喝樱花星冰乐时说的话。她又惊又喜地接过冰激凌："给我的？"

　　她的笑容太有感染力，一贯严肃的他，嘴角就没放下来过："不生气了吧？"

　　难道这是他咬完她，向她赔罪？沈暮低低地哼了一声，含了一口冰激凌，故意跟他唱反调："为什么不买杯装的冰激凌？我不喜欢脆筒。"

　　江辰遇顺理成章地道："那样耽误我牵着你的手。"他只给她腾出一只手吃冰激凌。

　　沈暮唇齿间的冰激凌正融化开，连呼吸都沾染着甜腻，沈暮的心瞬间狂跳起来。她别开眼，思维变得不顺畅了，像被糖浆糊住。她好想问他刚刚干吗咬她，但空气里都是暧昧的味道，体内的羞怯因子暂时侵占了她的大脑。她感觉到他在慢慢地领她进入一个神秘的地带里。从昨夜到现在，她不断地下坠，渐渐地迷失。她完全没有了上班的心思，需要独自躲到房间里冷静冷静，理一理缠绕不清的头绪。

　　江辰遇似乎对她始终有一种来日方长的耐心，故而顺她的意思，送她回了家。虽然喻涵昨晚放下狠话，说是把门锁死了，但还是在门口的消防箱上给沈暮留了一把备用钥匙，并在微信上留了言，说今天自己已经帮沈暮请好假。真是感天动地闺密情！在沈暮的心里，喻涵的形象顿时重新高大起来。

　　沈暮一回到家，就虚脱似的瘫到床上，脑中开始回放和江辰遇相处的情景。大概是因为屋里只有她一个人，摆脱了束缚，她的心跳声像烟花一般"砰砰砰"地纵情绽放。很奇怪，她感觉自己的发丝、指尖上都隐约留有江辰遇的余温。她终于不用克制，整个人烧起来。她捂住脸，在床上来回翻滚几圈，好半晌，才确定自己不是在梦游。这时，响起两声微信消息提示音，是喻涵前来打听八卦消息。

　　喻涵："说！你和江大佬约会都做什么了？'全垒打'没有？"她这问题问得比钢筋还直。

　　沈暮趴在枕头上，单纯地问："什么叫'全垒打'？"

　　喻涵："先这样，再那样。"然后她发了一个"眼巴巴"的表情包。

　　沈暮还是蒙的，敲出一个问号。喻涵强行矜持了两秒，继而破功："就是'滚床单'啦！"

　　沈暮的心脏差点儿跳出胸口，她说："你好好说话。"喻涵撤回消息的姿势和沈暮的别无二致。

　　喻涵重新发问："那你们……接吻没？"而后她又发了一个"搓搓手"的表情包，进一步表示期待。

　　沈暮面红耳赤地打字："你纯良一点儿。"

喻涵惊呆："不是吧？都没亲亲？那你跟他待了一整宿，到现在才回，都干啥了？"

沈暮理直气壮地回道："看星星啊！"

喻涵："嗬，就这样？"十秒后，她不死心，再问，"真没摸摸抱抱什么的？"然后她像嫁女儿失败一般恨铁不成钢地道："牵牵手也行啊！"

沈暮略微一顿，慢慢地平复情绪，老实地回答："牵了……"

喻涵感觉自己终于活过来了："继续！继续！"

沈暮紧张到以脑袋撞枕头，然后深吸一口气，下定决心要向经验老到的人虚心请教："他咬我……你说他为什么要咬我啊？"她是真的为此感到苦恼。

喻涵叹了一声："刺激！"然后她很正经地说，"宝贝儿，那不是咬，那是爱！"

很明显，喻涵想歪了，但沈暮没有对上喻涵的"频道"。沈暮皱皱眉："什么啊？是真咬。"

喻涵认定自己所想的，没好意思让沈暮说细节，只不怀好意地问："嘿嘿，那你疼吗？"

沈暮认真地回答："疼是不疼，就是吓了我一跳。"谁想得到他会突然低头咬她一口？

喻涵："啥也不说了。恭喜宝贝儿脱单！"之后她发了一个"干杯"的表情包。

沈暮咬着唇："脱什么单，我怎么不知道？"

喻涵一副旁观者清的样子："男朋友才会对你又牵又咬的。"

沈暮的脸猛地涨红，她想弄清楚的问题就是这个，毕竟自己和江辰遇已经在往奇怪的方向发展。她纠结之下，说出心中的疑惑："可他没说……"

喻涵开始情感教学："嘿，成年人谈恋爱，讲究的是心领神会，说出来就破坏气氛了。相信我，宝贝儿，你和江总，郎情妾意！"

沈暮看完这句话，呼吸急促起来。因为按照这个说法，那自己与他已经是恋爱状态了。想到这儿，沈暮感到热浪拂面，心中瞬间生出一种紧迫感。她连忙问："那我现在要怎么办？"

喻涵不留情面地道："你就别想这么高深的问题了。"

沈暮："啊？"

喻涵："乖乖地服从江总的一切安排，你只需要——纵情地享受爱情！"

沈暮"噌"的一下从床上坐得笔挺，悸动不已，脖颈红得像熟透，整个人如同着起火来似的。真的吗？自己和他真的就算是在……谈恋爱了？那一刻，沈暮呼出的气都是烫的。她抬起手，压左脸，捂右脸，试图令面部的热度消退，但毫无效果。

沈暮失魂了片刻，而后，脑中浮现出江辰遇将双唇覆到她颊侧前的一秒，那张逼近的俊脸。沈暮嘴角不由自主地向上扬起，喜悦之情蔓延开，越来越深。完了！完了！完了！自己好像成了个傻子……

第九章
谈恋爱吗

次日，沈暮自然还要照常上班。不过今天要去公司，沈暮有些慌，因为喻涵昨晚下班回来，激动一阵后，没忘给自己打预防针。上周五晚宴的一排热搜，宛若鱼雷发射，在沈暮不在的周一，美工部乃至整个公司，都被引爆。江总的女朋友是宋氏千金，宋氏千金就是美工部的美术助理。这个消息已经尽人皆知。

果不其然，沈暮和喻涵刚进公司里，就撞见三五个美工部的同事。倘若是男同事倒还好，偏偏是一群以张慧琪为首的女同事。几个人前一刻还哈欠连连，看到沈暮后，立马兴奋到清醒，拥上前，围着沈暮一同向电梯间走去。

沈暮还没想好如何面对这件事，因为业内对宋氏向来有成见。但意外的是，同事们并不关心她是谁，只"叽叽喳喳"地疯狂追问她和江辰遇的恋情。偌大的电梯间内，盘旋着女生们激动热烈的声音。

"小暮，你那晚也太好看了，惊艳死我！"

"天啊！这是我离小说女主角最近的一次！"

"这就是俊男美女天作之合吗？爱了爱了！"

…………

她们说得过分夸张，沈暮越来越感到羞涩。不过经过昨天喻涵的一通点拨，沈暮好像也无法否认自己和江辰遇不是情侣关系。喻涵此时也不帮沈暮说话，反倒春光满面地在一旁煽风点火，跟女生们一唱一和。沈暮只好敷衍地笑一笑，装作听不太懂的样子。

一群人走到电梯间等待的工夫，张慧琪突然说道："哎嘿，对了！"

沈暮闻言望过去。张慧琪面露恍然之色："Brant 献唱的电影插曲的 demo，咱们听不到，但江总那儿肯定有啊！"

沈暮眨了眨漂亮的眼睛，心想：然后呢？只见张慧琪正好也眉眼弯弯地望过来："小暮，你问问江总，能不能让我们提前享享耳福？"

其他女同事也是眸光炯炯，七嘴八舌地附和。

"对对对！我怎么没想到小暮这块宝呢！"

"小暮说自己想听，江总那儿肯定没问题！"

"我也太想听Brant唱歌了，想到日不思食，夜不能寐！"

如果她要求提前听没公开的demo，完完全全就是明目张胆地要江辰遇开后门。沈暮愣住，弱弱地道："啊，我……我不行吧……"

她有些为难，也确实没有这份自信。

喻涵勾住沈暮的肩，笑嘻嘻地道："哎哟，自家男朋友，撒撒娇的事情啦！"

喻涵这么一讲，气氛彻底被带动起来。在女生们的激励和挑逗中，沈暮的心跳漏了好几拍，沈暮正想拉住喻涵让其不要乱讲，便在这时，身后响起皮鞋徐徐踏过瓷砖的声响。这踱步声似乎就在电梯间的转角处，仔细去听，隐约透着一种难以复制的优雅气质。沈暮心中微微一动，还未及深思，身旁的女同事们突然齐齐地惊呼出声。

"江……江总！"

"江总早！"

她们讪讪地一笑，顿时调整好站姿，显得很恭敬，但神情中少了些从前的畏惧。大概是她们觉得沈暮是他的女朋友，他多少对她们能讲点儿情面。

沈暮此刻险些被吓得岔了气。突如其来的转折，她猛地屏息回首。江辰遇不知何时出现在她的身后。他今天没有穿西装外套，只穿着黑色衬衫，袖口处泛着宝蓝色的光泽，是别了她送的那对袖扣。他应该是要到专用电梯而经过这边的。

眼下只有沈暮还没跟他打招呼，似乎显得另类，也很不礼貌。沈暮攥了攥裙边，被迫支支吾吾地说："江……总。"想了想，她觉得这样说有点儿生疏，又软软地补上一句，"早。"

江辰遇的薄唇勾起一点儿痕迹，他慢慢地往里走，随后发出一声轻笑。女同事们破天荒地听见他温和地回了一声："早。"他讲话的声音很平缓，像在静谧的林间，忽闻泉水"叮咚"之声。谁都知道他的这句"早"是对沈暮说的，而沈暮的心里也跟着荡漾开几圈涟漪。

不一会儿，眼前暗下来，沈暮轻轻地抬眼，便见江辰遇不疾不徐地在她的跟前停下脚步。他一靠近，沈暮的心突然慌乱得更甚。有昨天的经验在先，她怕他下一秒就要来拉自己的手，在众目睽睽之下，那样也太羞耻了。何况他们现在这般关系，已经没必要遮掩。他看着她，眼里隐隐有光在闪动，像端着一杯清酒在她的眼前晃荡。她这种没谈过恋爱的小姑娘，几乎是未饮先醉，心里的小鹿一下子就横冲直撞起来。

这时，"叮"的一声，电梯门及时地往两侧移开。沈暮如获大赦，正想托词自己要上班好逃走，喻涵和几个女同事反应更快，商量好了似的挤开沈暮一窝蜂地拥进电梯里，而后"叽叽喳喳"地向江辰遇道别。

沈暮准备跟进电梯里，刚往前踏一步，就被喻涵反手推了出来。喻涵说了一句："江总，你们聊……你们聊。"喻涵脸上挂着不敢邀功请赏的谦虚的笑，无情地按下关门键。

沈暮迷茫地看着电梯上升，半响才反应过来——自己已被拒之门外且被遗弃。天啊！她们这是什么魔怔的操作，把她独留在这儿。她是祭品吗？她在心里委屈巴巴地哭诉着，万般无奈之下，也只得转回身面对江辰遇："她们平常……不是这样的……"

沈暮故作从容，但还没从突然被抛弃的情形中缓过来，看起来呆呆憨憨的。江辰遇的眉眼间噙着淡淡的笑意，他只问她："早饭吃过了吗？"

沈暮诚实地点头："嗯，吃过了。"

她向来不敢和他对视，尤其两个人的身高差会让她有种难以摆脱的压迫感，此时她也是收敛着下巴往低处瞟，她的眸光不经意地掠到他的衣袖。衬衫是黑色的，和他沉稳的气质十分符合，但袖扣的深海宝蓝色泽散发着的却是与之大相径庭的性感的魅力。这种差异性的冲突很奇妙，不突兀，反倒为他增添了一分神秘的征服感，容易激起人的幻想——倘若他此刻的领口扣得没这么严实，而是慵懒地解开两颗扣子，隐隐露出锁骨和胸肌，兴许展示出的会是不为人知的野性。

沈暮倏地止住自己荒唐的想法，但为时已晚，她的耳朵已经悄悄自发地热起来。氧气告急，她必须先远离他缓一缓。在江辰遇开口说下一句话之前，她战略性地后撤："我等下一趟。"

沈暮那双纯净的眼睛里，目送的意味非常明显，就差直白地对他说"您先走吧"。江辰遇但笑不语，将长臂一伸，不疾不徐地按了电梯上行键，另一部员工电梯正空着，很快便打开门。江辰遇先往电梯里走，沈暮一时没反应过来，在原地发呆。他又停下，回眸打量她："还愣着？你现在不怕迟到了？"

沈暮蒙了片刻，慢慢地启唇："你要去哪儿？"

江辰遇耐心地回答她："办公室。"

沈暮蹙了一下眉，心想：到总裁办公室分明有专用电梯，他就非要和她挤员工电梯吗？继而，她便听到江辰遇轻笑一声。他问："不让我进吗？"

他像会读心术，将她的心思洞察得很彻底。她心虚地立马摇头否认。她哪儿敢限制领导的自由？她想了想，低声和他商量，毫无底气："那你……不要牵我。"一说完，她的耳尖又红了一点儿，她在心里又补充了一句"也不要摸我"。

或许江辰遇开始没想，但这句话提醒他了。他注视着她："嗯？"

沈暮像说悄悄话似的，将声音放得很轻："有监控。"

她的话，在江辰遇听来能轻易地解析出另一层意思——如果是私底下，她就可以随他怎样都行。他微微笑了笑，故意学她，声音低沉下来："我让他们把监控关了？"

沈暮怕他真打一通电话到监控室里，那简直是欲盖弥彰。她忽然不磨蹭了，三两步跑进电梯里，莞尔一笑，装作听不懂："走吧。"

江辰遇也不揭穿，跟着她走进电梯里，眼中含着一抹笑意。

虽然这不是第一次和他在电梯里独处，但因为是在公共场合，她刻意与他保持距离，反倒有点儿偷情的意思。这种细微的举动，会带来刺激感和紧张感。

随着电梯缓缓地上升，沈暮捏着包带和他并肩站立，呼吸又深又缓。他忽然问："下班陪我吃饭吗？"

他嗓音一贯好听，语气也自然得如同在谈论天气，但"陪"这个字太能引人遐想。这算是约会的邀请吗？沈暮气息蓦地急促起来，心也飘起来。她在蜜罐里浸泡了两秒，而后想到什么，又倏地萎靡下来："晚上……我要加班。"她低头盯着自己的白色小皮鞋，语气里透着细微的失意和歉疚。她清楚和他吃饭肯定不是在食堂里。

江辰遇轻描淡写地说："不加了。"说这话时，他有如古时候一语定生死的帝王。要是江盛总部的那些以加班为常态的经理、主管得知，以严厉著称的江总如此偏心，大概会齐齐哭晕吧。

不过沈暮循规蹈矩惯了，也不喜欢因为自己而拖别人的后腿，而且昨天已经请过假，肯定落下好多工作。她小声地说明情况："不行，美工部的同事都在加班，要赶进度。"

短暂的沉默后，江辰遇无奈地一笑。他想说，自己养她几辈子都绰绰有余，她体验着玩儿就好，不用当真去拼命工作。但思量片刻，他最终没开口，只屈起一指在她的额角上轻轻地一敲，动作带有挑逗和宠溺的意味。沈暮微惊之下，顿时感到口干舌燥，在害羞和慌乱间来回横跳。

电梯停到十八楼。沈暮红着脸，垂下眼，轻声道："我去上班了。"

江辰遇依旧淡淡地笑："好。"

沈暮顿了一瞬，唇角抿出一点儿笑意，声音微涩："再见。"

话音刚落，她就步履轻盈地走掉，头也不回，显然是怕同事经过瞧见他们在一处。江辰遇的眼角弯起弧度，他看着她走远，心想：这姑娘过去跟他聊天儿时倒是挺鬼灵精的，可一当他的面，怎么胆子就小成这样？

沈暮来到办公室，刚踏进门里，就意料之外、情理之中地受到同事们新一轮探究式的盘问。好在她之前已有过类似的经历，搪塞起来还挺自如。

在经过其他女同事的一系列疯狂追问后，突然有个女生半激昂、半吃惊地问："小暮，你和江总真在交往啊？"沈暮愣了一下，当时能想到的应对方式，只有笑一笑敷衍。这个问题，她也不知道啊……

终于到了上班时间，沈暮总算被放过。她长舒一口气，坐到自己的工位上开始赶工，画还未完成的场景图。

办公室里慢慢地安静下来，大家进入令人头痛的工作状态中。人一忙起来，时间不经意地就过去了。大概是因为晚上要加班，所以临近下午五点，办公室里也不见平日里下班时的蠢蠢欲动的迹象，只能听到几声关于晚饭安排的讨论。

这还是沈暮第一回遇上加班。说实话，一整个白天这么画下来，她已经有些头昏脑涨。和喻涵一起在食堂里吃过晚饭后，沈暮又坐回工位上赶进度。

天光渐渐暗下，黑暗从窗外蔓延到桌面上，将画纸上的线稿笼得晦暗不明。办公室里的格栅灯盏盏亮起，桌上的电脑和书籍都瞬间有了清晰的影子。沈暮突然有种梦回高中上夜自修的错觉。

后来不知何时，喻涵踢着办公椅的滚轮溜过来："宝贝儿，这部电影女四号的角色资料，你有详细的没？莫安说我定的这妆和人物形象不符，我得重新看看。"

沈暮正画到一半，暂时停不下手，分心说了一句："我的手机里有备份，在微信传输助手里。你自己找找。"

"成。"喻涵探手拿走沈暮放在桌上的手机，翻开微信文件传输助手，聊天框里显示一列工作文档，影片中的每个重要角色的信息都备注得清晰明了。相比之下，喻涵瞬间觉得自己粗犷透了，简直不配为女人。喻涵一边低头将需要的文档转发到自己的微信上，一边惊叹："宝贝儿，你太厉害了。"

对喻涵的粗枝大叶，沈暮早已习惯，闻言笑了笑，凝视着画纸，流畅地勾勒线条。喻涵利索地转发完所需的文档，准备把手机放回桌上，但在退出微信的前一秒，突然瞟到两个置顶的空白头像：一个是"Hygge"，这是对方的原昵称；另一个备注了喻涵的名字。

喻涵眼珠滴溜溜地转了两下，忽生坏心思，默默地琢磨了一番——嗯，景澜宝贝儿应该不会谋杀亲"前夫"的。于是喻涵控制不住嘴角上扬，悄悄地将 Hygge 备注成"喻涵"，把自己的备注改成"Hygge"。喻涵还难得地细心一回，相当注重细节地确定了一遍两个聊天儿记录的最后一句都是"晚安"，然后还回手机，一副俯仰无愧的坦荡模样。

"我走了啊。"喻涵道。

"好。"沈暮正专注于画稿，回应时，连眼皮也没抬一下。

不多时，桌上的手机振动了一声，沈暮无心搭理。因为画到关键的地方，她正处于头脑风暴状态。过了十来分钟，她终于画完这一部分，又检查了一遍，确认没有疏漏，才松一口气，伸手取过手机，滑开屏幕。

Hygge："宝贝儿，到我的办公室里来。"

沈暮握着笔的右手一抖，险些将画毁了。一见"宝贝儿"这个称呼，她理性思考的能力当场被剥夺，呼吸蓦地不平稳起来。她脑子骤然混乱，没法再去发现这里有什么不对劲。她惊诧良久，强抑着"扑通扑通"地乱跳的心，敲下回复的内容，连文字里都透着娇羞："干吗？"

对方回复消息极快，像在等待猎物，伺机而动。Hygge："想见你。"

沈暮满脸涨得通红，胸腔的起伏越发明显。她根本不晓得下一句要如何接。她咬咬唇，习惯性地装傻充愣："见我干吗？"

Hygge："突然很想吻你。"

沈暮脑中"轰"的一声，画笔从右手中掉落。她错愕不已，在他忽然猛烈的攻势下彻底慌张，就差从座位上弹起。旁边不合时宜地响起低低的笑声，沈暮愣怔着望过去，便见喻涵抱着手机，憋笑憋得很辛苦。喻涵微一抬头，和沈暮对上一眼，又倏地垂下头装聋作哑。凭沈暮对喻涵的了解，喻涵方才的那个表情，肯定是不怀好意，并且喻涵还不敢和自己对视。沈暮狐疑地瞅了喻涵片刻，又下意识地看了一眼微信。沈暮将聊天儿记录往上翻，渐渐地察觉到事有蹊跷，直接点进资料，查看昵称和备注。

一段冗长的沉寂后，沈暮霎时间反应过来，羞恼地嗔道："喻涵！"

喻涵一溜烟逃走，躲进化妆间里保命。沈暮傻眼了好半天，脑子里还在"嗡嗡"作响。自己怎么就中招了？他根本就不可能那样和自己讲话。沈暮委屈地鼓了鼓双颊，明明知道那是喻涵的恶作剧，可自己混乱的心跳偏偏久久难平。

沈暮刚想把备注改回来，好巧不巧地座机响起。她立马接起电话，是莫安要和她交代部分美术工作。思绪顿时被工作占据，沈暮迅速地搁下手头所有的事，直奔莫安的办公室。

将近晚上七点半，沈暮才从莫安的办公室里出来。沈暮记了好几页的工作笔记，抱着一堆相关文件回到工位上。画稿还没彻底完成，沈暮又要开始整理莫安交代的任务，和同事们一样一样地交接。

人在夜晚容易疲乏，尤其已经忙碌一整个白天。沈暮忽然感悟到了已经工作的人的艰辛。她头昏眼花，几乎要被一页一页的图纸淹没。

"宝贝儿，电脑借我用一用。"喻涵悄无声息地蹭到沈暮的身边。

沈暮一时没想起几个小时前喻涵的恶劣行径，神志有些不清地应了一声。喻涵摸过鼠标，点进网页，打字的姿势极为娴熟。两分钟后，一个文件被喻涵下载到手机桌面上。沈暮以为喻涵是要查正在筹备的这部电影的资料文档，就随她去了。只是沈暮整理图纸时，不经意地抬头向电脑上掠了一眼，发现有一个新的文件夹。这一看就不是正经的东西，沈暮嘴角轻轻地撇了一下："这是什么？"

喻涵点着鼠标，在检查文件的完整性："这是我的精神源泉。哦，我的天啊！连想一想我都要流鼻血了。"

沈暮慢慢地放下图纸，凑过去看了一眼。文件夹里有一个 TXT 文档，标题是"男人的喘气声有多性感"，还有一个同名 MP3 格式的音频。

沈暮瞬间目瞪口呆。她怕喻涵偷懒被发现，将声音压到最低："正加班呢，你还敢看这些不对劲的东西。"

喻涵是完成今日安排，对明日任务绝不动一下的人，所以理所当然地在找消遣。她用气声偷偷地和沈暮交流："这个真的绝了，边听边看！既然要追求刺激，那当然要贯彻到底了！"

沈暮能感受到喻涵的兴奋："那你怎么不用自己的电脑？"

"我刚才下载这个，电脑中病毒了。阿珂在帮我修电脑呢。"

"你就不怕我的电脑也中病毒？"

"不会，放心，我这次有经验了。"

沈暮无言以对。

喻涵"嘿嘿"奸笑了两声："很好，文件都没超过 25M。宝贝儿，你在电脑上开个微信，把这两个文件传给我，然后销毁文件夹。爱你！"

在沈暮的工位待太久过于明显，喻涵说完就放开鼠标，美滋滋地溜回了化妆间里，背影透着激动，徒留沈暮坐在原位上茫然。

沈暮回过神来，叹了一口气，着实拿喻涵没办法。沈暮在电脑上登录微信，用最快的速度将不正经的小文章和音频给喻涵发了过去，紧接着退出微信，删除文件夹，又在回收站里将文件夹"销毁"。

提心吊胆地做完这一切，沈暮呼出一口气。她是个不敢违背良心去做坏事的姑娘，现在身为"同伙"，感到心里慌慌的。她平复两分钟心绪后，准备继续工作，手机又忽然振动了两声。她点进去一看。

Hygge："快快快！"而后喻涵又发来一个"搓搓手"的表情包。

沈暮愣了愣，逐渐意识到什么。随着这种意识慢慢地清晰，她顿时大惊失色，如被晴天霹雳击中，突然僵住。微信的备注还没改过来，所以刚刚她发过去文件的那个"喻涵"不是喻涵。脑袋终于转过弯来，沈暮倒吸一口凉气，下一秒便慌里慌张地点进假喻涵的微信，想撤回消息，"毁尸灭迹"。

沈暮还没来得及下手，座机就"丁零零"地忽然响了起来。她仿佛被吓到，心跟着猛地跳了一下。默念三遍"工作为先"后，她颤巍巍地将听筒拿到耳边，尽可能使声音平稳："喂……"

电话那边安静了两秒，随后传来一声令她熟悉的低笑。沈暮的唇角刚刚扯出的弧度瞬间消失，她感到脊背发凉，一股冷气直钻骨髓。

男人声音里含着笑意，在夜里尤为魅惑："你什么时候下班？"

沈暮要哭了。沉默良久，她硬着头皮发出一点儿声："九……九点……"

在她说完后，他停顿了片刻，可能是特意去看了一眼时间，而后，他的声音自听筒中徐徐地蔓延进她的耳底："时间差不多了，你来我这儿。"

沈暮此刻心跳的频率，堪比宇宙射线中高能粒子振动时的频率。她承受不住，仿佛被绑在绞刑架上，只能保持缄默。江辰遇以深沉的嗓音缓缓地道："快一点儿，我在等你。"

这声温柔的催促令沈暮一时无法消化，她的声音微微颤抖："啊？"

他笑了一下，慢条斯理地说："我在等你下班。"

十分钟后，沈暮出现在二十六楼总裁办公室里。他的一句"我在等你下班"，让沈暮无法逃避。这里连灯光都要比员工办公室里的灯光亮一些。沈暮踏出电梯，眼望过去，铺着纯毛地毯的走廊显得有些长。她像走到了另一个地界，前方神秘未知。但她并不恐惧，可能因为尽头有更明亮的光照出来。

只是此时沈暮处于极端紧张的状态中，焦虑到抓耳挠腮。那两条不对劲的微信消息，她撤回得并不及时。不过江辰遇在电话里只字未提，她不确定他有没有看到或者听到消息的内容。宣判死刑前，一般会令人感觉漫长又煎熬。她很深地吸了一口气，走向他的办公室。

玻璃感应门移开时发出声响。江辰遇抬了抬眼，目光从文件上移到门口。沈暮正对着他的方向，熟悉的俊脸出现在她的眼前，两个人的视线直接撞到了一起。

初识江辰遇时的那种望而生畏的心态又卷土重来，沈暮倏地止步，忽然就迈不动步了。

偌大的室内，水晶灯明亮，落地窗的窗帘没有拉上，外面的夜色肆无忌惮地和室内的光亮摩擦。他戴着金丝框眼镜，镜架以及那两颗海蓝色袖扣在灯光照耀下闪着漂亮的光泽。她白日时的幻想实现了。他身上黑色衬衫的衣领处，还真往下随意地解开两颗纽扣，隐约露出颈下的那片皮肤。虽然她从她的角度并不能看清，但就是这种朦胧的效果，将他衬出"男人不坏，女人不爱"的原欲感。尤其他冲着她唇角轻扬，她瞬间慌乱到无以复加。

在他的注视下，她的大脑运转不过来，她本想打招呼，却卡了壳。她一时想不到对他合适的称呼。眼下没有外人，没有监控，她若还叫他"江总"，似乎显得有些生疏，但又没有其他选项供她挑选。她一紧张，双手就习惯地背到身后攥裙子。她极力地克制声音的起伏，弱弱地启唇："江……江总……"

江辰遇含笑望着愣在门口的她："我是豺狼虎豹吗？"

他从某种意义上来说，是的。沈暮紧绷着摇了摇头："不……不是……"

江辰遇耐心地问："怕我？"

沈暮再次摇头："没……"

"站得那么远。"他道。

这是一个轻描淡写的陈述句，却像反问句一样精准有力地质疑她此时的行为。

也许是因为白金钢笔随意地搭在他的指间，他的衬衫上还松了两颗扣子，他往常一丝不苟的严谨的气质被敛去大半，又被金丝框眼镜衬出几分雅痞之气。沈暮觉得这样的他气场更压人，但还是识趣地靠近他的办公桌。

这里她来过很多次，这一次却走出了慷慨赴死的悲壮感。她在他的面前站定，桌子将她与他隔开安全距离。

然而下一秒，他搁下钢笔，屈指在桌面上轻叩了两下，示意她到自己的身边来："过来。"同时，他的目光落到桌子上笔记本电脑的屏幕上。

沈暮不由得哆嗦了一下。尽管江辰遇的语气稀松平常，不见异样，但她做贼心虚。等她磨磨蹭蹭地走近，江辰遇探出手，指腹在电脑的触摸板上滑过。他淡淡地问："想听吗？"

沈暮的脑袋里"轰"的一下，登时警铃大作，她急忙摆手："没有！没有！不是我要听的！我没想听……"

江辰遇抬了抬眼皮，便见面颊通红的沈暮着急忙慌地否认，一副惊恐万状的模样。他淡淡地挑眉，目光中带出一点儿疑惑。沈暮在他沉着的目光中渐渐地平静下来，以余光瞥了一眼笔记本电脑的屏幕，发现他刚刚打开了某DAW（数字音频处理的软件）音频软件，当前音频的备注是《蜜谋》插曲片段Brant版"。

沈暮心里"咯噔"一下，胸腔的起伏慢了下来。反应了小半会儿，她结结巴巴地低声道："你是说……听demo吗？"

江辰遇的目光好似能洞察人心，他明白过来什么，浅浅地笑了笑。他这时候笑，沈暮很难不将其理解成他在示意是她想多了。大概是早晨在电梯间里同事们的声音太大，他听到了她们聊天儿的内容，沈暮如是认为。

提到嗓子眼儿里的心慢慢地落回，她故作轻松地问："可以吗？"

江辰遇依旧气定神闲："随你。"

沈暮此刻认定他肯定是没来得及查看那个什么男人喘气多性感的素材。她光顾着庆幸自己撤回得快，没发觉江辰遇眼底掠过的狡黠。她心头荡漾着绝处逢生后的愉悦，脸上终于牵出一抹甜笑："嗯，好啊！"

白色的吊带裙轻薄飘逸，和红晕未褪的脸蛋儿的颜色形成鲜明的对比，她清澈的双眸里含着笑意。和她方才的紧张相比，前后的反差太强烈，强烈到令她显出几分可爱。江辰遇微不可见地弯了一下唇，垂眸整理散在桌上的几份合同，漫不经心地问："你以为我在说什么？"

沈暮脸上的笑意微微顿住。她看着他将合同叠好，随手放到一旁，而后不疾不徐地站起，一下子变成居高临下地俯视她的姿态。她心头涌上一阵忐忑，突然感到不太自信。就在她惴惴不安之际，江辰遇放缓语速，声音低沉但清晰："上班开小差。"

沈暮唇角扬起的弧度遽然消失，总裁办公室内也倏地陷入死寂。江辰遇今晚是特意在这里等她的，她发来的微信消息自然第一时间就看到了。但起初他没在意，毕竟她错发的乌龙并非头一回。但这姑娘太招人欺负了，很轻易就能惹得男人生出不怀好意地逗一逗她的心思。

江辰遇凝望了她一会儿，故意俯身凑近她的耳畔。沈暮随之梗直脖颈，四肢顿时僵硬。他将唇贴得很近，虽然没碰到，但呵气的热度仿佛已经烧着了她的耳郭。她还愣着，耳边，他讲话的嗓音莫名地魅惑起来："想听吗？"

同样的三个字，却是与先前截然相反的语气，后者暗示的意味过于明显。沈暮的心猛地收紧，她的呼吸渐渐不畅，因为她无法判断他下一秒要做什么。腰肢忽地被他揽过去，她慌张之下，手无意识地往前挡，指尖正好抵在他的胸膛上。属于男人特别的体温传来，隔着薄衬衫，她能清晰地感知他胸前肌肉的硬朗。

江辰遇在她的耳边又问了一遍："想不想听？"

他那低沉迷人、富有磁性的嗓音中似乎含着一点儿欲望。沈暮的脑子瞬间变得空白，她整个人都紧张起来，手指攥住他的衬衫，不由自主地捏紧。

可能是两个人挨得太近的缘故，他的唇无意地在她的耳朵上轻轻地蹭过。她跟着颤了一下，只觉得自己的神经从未如此敏感过。她羞得深垂着头，有如鸵鸟将头埋在沙里。她整个人几乎是窝在他的怀里，小小的一只。她将额头磕在手背上，像是无处可逃，想要钻入他的身体躲进去，生怕后一秒他真要发出喘息声给她听似的。

她害羞的样子太可爱了。世上怎么会有这么惹人喜欢的女孩子？江辰遇的唇角噙着笑，最后他没忍住，鼻间发出低低的笑声。

声声闷笑突兀地传入耳中，沈暮顿了顿，愣怔着仰起脸。沈暮一眼望见江辰遇漂亮流畅的下颌线，再往上，那张俊脸上，称心如意的笑正在蔓延。

沈暮一点儿一点儿地意识到——他在使坏。愣了一会儿，她立马从方才的情绪中脱离出来，满心的惊慌局促一秒被窘迫替代。其他抛诸脑后，她当下羞愤得只想捶他："你烦死了！"

她的拳头没什么力道，软软的，和她的人一样。尤其小女生的娇嗔，男人一向很受用。江辰遇唇边的笑意越来越深。

腰肢还被他揽着，沈暮羞恼地甩开他的手，蓦地扭过身，声音闷闷的："我不跟你说话了。"

江辰遇微微一愣，瞬间失笑。对他而言，这种小情绪极其幼稚。但也许因为对象是她，所以他也愿意纵容着。他握住她细白的胳膊，轻轻地将她拽回到面前："好了，是我不对，我道歉。"沈暮的心现在还剧烈地跳着，她别开眼，一声不吭。

似乎她这回不太好哄。江辰遇将掌心覆在她的发上，揉了揉："不气了。我等了你一晚上。"

他温柔的攻势杀伤力有点儿强。沈暮的眸光轻漾，但她最终坚守住底线。她捂住双耳："不听。"

江辰遇将她的手按住，一点儿一点儿地拉下来。手刚从耳朵上松开，她又马上捂回去，就跟他较上劲了。江辰遇眸中含着宠溺又无奈的笑："把手放下来。"

沈暮撇了撇嘴，不易察觉地哼了一声。绝大多数有社交恐惧症且内敛的姑娘，只是没有遇见那个能让她放肆的对象。沈暮忽然庆幸这四年与他相识、相伴。或许也正因如此，她此刻骨子里的小脾气，都源于对他有恃无恐，而他正乐意惯着她的小脾气，源于在这四年的相处中自然形成的偏爱。

江辰遇的目光落到她微微嘟起的唇上。她的双唇很漂亮，没有涂亮丽的唇膏，呈现天生浅浅的红，润泽饱满，不见唇纹，让人想咬一口，咬得樱桃破。他忽然慢条斯理地开口："真不把手放下来？"沈暮瞥了他一眼，抿了抿唇，用行动告诉他答案。她执拗着不依。

"再给你一次机会。"他说。

沈暮隔着掌心听到的声音。她没想透他的话的意思，慢慢地眨着眼，一片纯稚。他像是给足她思考的时间。两个人大约相视了三秒，他突然低下头，含住了她那适合接吻的唇。

江辰遇好闻的气息毫无预兆地缠来，沈暮骤然瞪大眼睛，眼前电光闪过，思绪轰然崩塌。

她一下慌了，潜意识里想推他，手刚覆上他的衬衫，他已经退开来，前后只有一秒而已。她茫然无措，只记得他的唇好烫。哑言半晌，她寻回一点儿声音："你……"

"还生气吗？"江辰遇的气息变重了，他像是故意要这么问。

沈暮不明白他的这个动作和自己生气有何关联，但已无法深思。他一个眼神望过来，她就被撩得六神无主。江辰遇只穿一件宽松的黑衬衫，配上金丝框眼镜，透出斯文又多情的味道和岁月沉淀的性感。这种独特的气质，是男人想征服女人时才会展露的一面。像他这样的男人，可能女人很难驾驭，但他的每个含情脉脉的眼神，都像是在向沈暮告白——自己甘愿成为她的俘虏。沈暮不知所措，睫毛籁籁地颤着。只一下，她就被他亲糊涂了，面色潮红，思绪凌乱。

江辰遇的眼瞳乌黑如墨玉，他安静地看着这个青涩懵懂的姑娘。他承认自己在某方面对她的耐心容易清零，大概是因为太喜欢她了。他指腹压在她的颊侧，端着她的下巴，嗓音渐趋沙哑："要不要理我？"

沈暮感觉自己完全被他掌控，脸部被他抚着的地方急剧升温。她乖乖地点了一下头。江辰遇伸臂勾着她的腰将她搂回来："知道我在等你吗？"

彼此重新亲近，沈暮不管什么脾气都烟消云散了。她此时是温顺的，语气也放软了："现在……知道了。"

江辰遇轻轻地一笑，声音里含着一丝沙哑："等会儿陪我吃饭。"

沈暮愣怔了一瞬，感到奇怪，已经这个时间了他怎么还没吃饭？但她来不及问出口，随着他压低声音说出最后一个字，他俯身再次吻住她。

落地窗外夜色迷蒙。他没有如刚刚那般一吮而过，而是寻到她的唇，然后慢慢地加深这个吻。水晶灯的光倾洒下来，如水一般濯着他们。整面透明的落地窗都没有窗帘的遮挡。初次与异性亲近的姑娘，心里容易生出被窥探的紧张感。沈暮羞赧地闭了眼，开始还轻轻地发颤，担心有人会目睹这一切，但到最后连脚趾都软了，脑子无法转动，再也顾不得什么，仿佛无数藤蔓从自己的脚下攀爬上来。她感到空气稀薄，心脏被裹住。

女孩子的初吻会有一种圣洁感。尽管发生得突然，但他温柔的品啄，让沈暮无法抗拒，甚至缓缓地沦陷。

在她就要站不稳的时候，他单手将眼镜摘掉丢开，直接将她推倒在桌面上。先前被他整理好的一沓合同从桌上滑落，一张张雪白的纸飞起来，和他们一样失控地散了满地。

　　江辰遇不忘在后面用手托着，护住她的背。她用手臂圈着他的腰，稀里糊涂地想着：这个大她七岁的男人正在吻她，原来这就是接吻。像雾霭弥漫的花园里飘过一场春雨，清净中含着蒙蒙的水汽；像托起一杯斟满美酒的水晶杯，将酒点点滴滴地送入口中，然后恍惚、微醺，她已不再是她。

　　在耗尽她的氧气的最后一秒，江辰遇放开她，把脸顺势埋进她颈侧浓密的发间。她一"获释"，便立马深呼吸吸取氧气。她狼狈地吸了几口气后，注意力慢慢地聚到耳畔他的喘息上。他的喘息，不是如长跑后的气喘吁吁，而是带着失控前寻回理智的隐忍，深沉又缓慢。她听到了属于他独有的性感的声音。明明他一句话也没有，却引得她心潮澎湃。她怕自己躺不住，要往下滑，缠在他的腰上的双臂不由得抱紧了一些。

　　江辰遇以指腹摩挲着她一侧的耳垂，气息还未完全平稳，声音低沉沙哑："你告诉你的朋友，晚上我送你回家。"

　　亲吻过后，江辰遇的嘴唇温和湿润，轻蹭着她另一侧的耳垂。这回他是有意的。他说话的时候，呼出的气呵在她的耳朵上，像迷幻药，诱得她每一根神经都为他着迷。她整个人都酥着，另一只耳朵在他的指腹间被抚摸着，心跳原本就是乱的，现在更乱了。

　　眼前好似有薄薄的光晕，心尖上浮动着的异样的感觉惹得她想躲。也许是他的气息里成熟的男人的味道让她特别安心，她又情不自禁地忍耐着，并未躲闪。这种感觉很奇妙，她觉得自己如一条在吐泡泡的鱼，缺氧，但又不能离开水。她恍恍惚惚地"嗯"了一声，回应他。就发出这么一个短短的音节，她声音都是飘的。

　　等心里的渴望被抑制住一些，江辰遇就将沈暮揽起，怕她半仰在桌面上脊椎受不住。这会儿她站起来，浑身都还软着，不好意思再扶他的腰，下意识地掌心向后撑到桌沿上，虚扶着。她面颊泛着潮红，双唇泛着水光，亮晶晶的眼睛望过来，目光中含着羞涩和稚气，脸部柔和的轮廓线条又显出温婉来。

　　只能说，她太招人疼了。江辰遇的眼神也变得更加温柔，他舍不得对她再进一步欺负。"你还好吗？"他声音又柔和，又沙哑。

　　为什么接完吻他还要问？沈暮羞着点了点头，声音极轻："嗯……"

　　江辰遇用手指轻梳她蓬乱的长发："想吃什么？"

　　他在等她，所以还没吃晚饭。她清醒了一点儿，轻声地说："我还不饿。我可以……陪你吃一点儿。"

　　江辰遇看着她，笑意融进眼底。感觉到他一直在看自己，她越发无所适从，眼睛悄悄地往上瞟。她没和他对上眼，倒是先瞧见他衬衫的扣子多开了一颗——是接吻的时候，她一紧张，不慎扯开的。因为起初她的牙关紧闭，他往她的下唇处小小地咬了一口。

江辰遇隐隐地露出漂亮的胸肌，沈暮的心又乱跳起来。她迟疑片刻后，自己站稳，抬起白白嫩嫩的手规规矩矩地哪里也没有触碰，只帮他扣好第三颗纽扣。

江辰遇笑着说："还有两颗呢。"

沈暮略微一愣，而后瞥了他一眼，感到羞涩，又有些不甘示弱："不是我解的。"那两颗原本是松着的。

"所以你就不帮我了？"

沈暮觉得他有点儿道德绑架的意思，但还是被他拿捏住，乖乖地再一颗一颗地往上扣。其间，他的喉结微微地滚动，她的心脏也跟着动了一下。

两个人倚在桌旁，白裙和黑衬衫对比鲜明。极致温柔的白撞上极致冷峻的黑，摩擦出什么，然后在彼此间野蛮地生长。

沈暮要先回一趟办公室去取包，所以和江辰遇约在负二层停车库里碰面。距下班估摸还有十分钟，沈暮的动作很利索，她知会了喻涵一声后，就挎上包离开了美工部。

沈暮不想江辰遇再等，所以咬着牙早退。整个美工部都猜到她是要和江总约会，所以都对她的早退睁一只眼闭一只眼。

在负二层见到那辆熟悉的布加迪跑车，沈暮小跑过去，轻车熟路地坐到副驾驶座位上。"就要下班了，我们快些走吧。"她轻声地说着，将安全带拉过来，低头系好。

江辰遇将双手搭在方向盘上，不慌不忙地问："怎么了？"

"会被别人看到。"这里是他的私人车库，但开出去后谁都认得他的车。虽然想一想这也没什么，但她就是感到心虚。

江辰遇看着她系完安全带又开始整理裙子，似笑非笑地问："我是见不得人吗？"

沈暮顿了一下，缓缓地抬起眼，望过去。这句话的意味太深了，她已经开始想入非非。可是连亲都亲了，还要她怎么想？她的目光不由自主地落到他的唇上。他的唇形很完美，和他的脸一样完美，每一分都展现着上天的偏心。感官像是有了记忆，她只是看了一眼，就能清晰地回想起他的双唇含吮时的力度和温度，她的心脏不受控地加速跳动。

沈暮微微慌着别开眼，改口道："不是，我是怕你饿。"江辰遇笑了笑，发动了车，驶出地下车库。

南城的晚上九点，灯火璀璨。沈暮向后靠着，静静地在听车里播放出的舒缓的钢琴曲，越发昏昏欲睡，可能是加班到神志不清，又被他吻得一度缺氧的缘故。

"将椅背放下去会舒服一点儿。"江辰遇打着方向盘，忽然说了一句。

闻言，沈暮渐沉的头脑清醒了一点儿。她向上挪了挪，坐端正，摇头说"不用"。如果将椅背放下去，她可真就要睡着了。她努力地让自己保持清醒。突然间，她想到之前在他的车里看到的那包烟："你说你不抽烟。"

她语气乖乖的，但就是像在等他老实交代一样。

江辰遇也很坦白："我会抽，但一般不抽。"

沈暮瞄了他一眼，语气里带着一点儿质疑："你的扶手箱里放了一包烟。"

江辰遇感到有些意外："有吗？"

沈暮肯定地道："有。"

江辰遇想了想："可能是陆彻落下的。"

这个解释完全说得通。沈暮抿了抿唇，收了声："哦……"

其实在问这个问题之前，沈暮就觉得那包烟不是江辰遇的——因为她从没在他的身上闻到过一丝烟味儿。她也不晓得自己为什么要问这件好久前的事。似乎她从前在他的面前太尿，不敢管闲事，而现在莫名地有了底气。她正想着，身边的男人忽地轻笑了一声。

"干什么？"江辰遇分心瞧了她一眼，"查岗吗？"

沈暮轻易就被他调侃得红了脸，顿时哑言，半晌才嗫嚅着说："就……就问问嘛……"接着她便没了声。

江辰遇顺着她的话继续往下说："我没有什么不良的生活习惯，私生活也很检点。"

这话说得倒像是他特意要告诉她一样，但他主动地如实交底，她觉得好羞耻。她挠了挠耳朵，假模假样地望向窗外，好像在看风景："哦。"

江辰遇一笑："'哦'什么？"

半晌，沈暮终于支吾出声："'哦'就是'知道了'。"随后连她自己都忍不住想偷笑，连忙将话题岔开，轻声地问，"你为什么现在才吃饭啊？"事实上她的这句话有试探的意味，她想问，他为什么一定要等她吃晚饭。

"和你一起吃，胃口会好一点儿。"他很随意地回了一句。

沈暮先是疑惑了两秒，待反应过来，心里"咕嘟咕嘟"地冒起粉色气泡。她抿住就要上扬的嘴角，心想：算了，还是不要和他讲话了，好烦，根本说不过他。

静了一小会儿，江辰遇温和低沉的声音再次响起："明天我不在。"

沈暮微微一怔，第一反应不是对他主动向她报告行程感到意外，而是马上侧过脸问他："你要去哪儿？"

正好驶到餐厅附近的停车场里，江辰遇将车停靠好，和她相视："阿修带着他的女朋友回南城，我要和他们一起吃个饭。"

沈暮蒙了片刻，能猜到江辰遇口中的"阿修"是那位从不在媒体前露面的江家二少，否则江辰遇也不用出面吧。但她还是问一句："是你弟弟吗？"

江辰遇回答："是。"

沈暮体贴又温顺地点了点头："嗯，好。"

车内照明灯发着微弱的光，江辰遇凝视她片刻，眉眼间含着笑意："如果你也来的话，奶奶应该会更高兴。"

沈暮在他坦荡的注视里越陷越深。和他在一起时，气氛总是很容易就变得微妙，况且二人前不久刚接过吻，对她来说，这是初次经历。所以一时间，她难免看着他就会害羞。她仓促地垂了眼："我就……不去了吧。"还是下次吧，让她有点儿心理准备。

　　江辰遇没有为难她，笑着说："全看你的意愿。"然后他伸出两指，轻轻地捏了一下她的脸蛋儿，"下车了。"

　　在餐厅用完餐，江辰遇就送沈暮到春江华庭。他大概是看出她加完班疲惫，所以放她回去早点儿休息。她确实很困，洗完澡，一躺到床上，眼皮就开始打架，但还是强撑着熬到江辰遇安全到家。两个人互相道了晚安后，她才抱着星黛露放心地睡过去。

　　在她的梦里，江辰遇又纠缠着她吻了一遍，耳鬓厮磨，分外温柔。他的办公室里却好似着了火，金丝框眼镜和领口敞开的衬衫都将他衬出"斯文败类"的气质。水晶灯的光暗到迷离，在她的耳畔，他的低喘声清晰而醉人。

　　今夜分外寂静，连空气都散发着甜味儿。沈暮像被揉进了棉絮里，沉溺在迷离的梦中，睡颜舒展，唇边漾着笑意。

　　次日天亮，明媚的阳光透过窗帘的缝隙照在沈暮的眼皮上。她睫毛微微地颤了两下，慢慢地睁开眼睛，好半天，才一点儿一点儿地清醒过来。

　　天啊……自己昨晚是做春梦了吗？沈暮呆滞片刻，蓦地拉起被子紧盖住潮红的脸。"呜……"她这也太不知廉耻了！花了好几分钟，她终于接受了这个事实，而后起床、洗漱、上班。

　　江辰遇今天不在九思，昨夜说过此事。沈暮一整日都没有在微信上找他聊天儿，因为自己的工作任务忙不过来，而且也怕耽误到那对小情侣见家长，毕竟这是终身大事。

　　今天不用加班，将近下午五点，办公室里的气氛就渐渐地活跃起来，已经有了下班的氛围。沈暮将手头的分镜头手稿全部归类整理完毕后，终于在工位上长长地舒出一口气。她看一眼手机，距离下班时间还有十分钟。若是在平时，她肯定要争分夺秒地再做些事情，但此刻，只脱离工作的束缚一秒，她的心思就跑到江辰遇那儿了。

　　沈暮托着腮望向玻璃窗外的落日光景。余晖斜斜地照进来，映着她莹白的肌肤。她好想找他，但又怕打扰到他的正事。她发出一声低叹。

　　这时，喻涵坐在办公椅上，以脚撑地，滑着过来，兴奋地撞了一下沈暮的肩："宝贝儿，咱们晚上去吃火锅吧，就在附近，新店开业，四折！"

　　沈暮一般情况下对这种安排不会有意见，不太上心地点了点头："好。"

　　喻涵喜滋滋地翻开手机："我跟那小子说一声，让他直接去店里。"

　　窗外的日光色泽瑰丽，缤纷的光影仿佛有一种魔力，将沈暮的思绪一点儿一点儿地吸进去。她忽然轻唤一声："喻涵。"

　　"嗯？"喻涵正低着头给喻白发微信消息。沈暮轻轻地咬着唇思量片刻，抬手拢在唇边，凑近喻涵的耳朵悄悄地说了两句话。

情绪倏地全部聚焦到瞳孔，喻涵倒吸一口气，就要脱口惊呼之际，沈暮手疾眼快地捂住了喻涵的嘴。喻涵憋得慌，只能发出"嗯嗯嗯"的声音。沈暮小声警告："嘘，不要说。"喻涵如小鸡啄米般点着头，沈暮这才缓缓地松开手。

"天啊！"喻涵震惊得好似连眼白都在发光。她抑制住心中的激动，压低声音，挤着沈暮追问："快说，快说，跟江总亲吻是什么感觉？"

沈暮还真情不自禁地想了想，感觉就是心神荡漾，而且这种感觉强烈到自己事后还做了春梦。沈暮面颊发烫，瞬间敛回思绪，低嗔道："我不是要讲这个啦。我是想问你……"她将声音又压低几分，"我和他这样，真的算是在交往吗？"

喻涵心直口快地道："如果连这样都不算，那你还想怎么算？"

沈暮忙不迭地上下摆手示意喻涵把声音放轻点儿再轻点儿，而后微微发愁："但他连一句两个人在交往的话都没明白地说过。"他不说开，她就总觉得心难安。

喻涵向来是行动派，果断地给沈暮出主意："你要是不放心，就问问他。"

沈暮没胆实践，开始纠结："真的？我可以直接找他问清楚吗？"

喻涵态度格外诚肯："当然，不过江总的人品我是信的，他绝不可能和那些毛头小子一样玩弄小姑娘的感情。你要是真不安心，就去问。多大点儿事啊，没影响。"其实沈暮也产生过直接问他的念头，不过都因胆怯打消了。但喻涵说完，沈暮又逐渐坚定了这个想法。在喻涵回化妆间里整理东西准备下班的空当，沈暮深思熟虑之下，戳进江辰遇的微信。

沈暮做了一个深呼吸，给自己打气，斟酌着组织出一句话："你今天的事什么时候结束？"

沈暮原以为江辰遇在忙，已做好了等待的打算，没想到连一分钟都没到，他就回复了她："还不确定。你要是有事的话，我这边尽快。"

沈暮赶忙回复："没没没，不急的。"她此时心跳如擂鼓，敲下关键的话，"你结束时给我打个电话好吗？"

花城半岛的别墅内，江辰遇靠坐在暗红色金边欧式沙发上。他回复完沈暮的消息后，就继续翻看手边的那份文件。

"快点儿，快点儿，别让人家姑娘等。"不多时，江老太太扶着楼梯扶手着急地下了楼。她穿着一身印花旗袍，搭配着垂线眼镜和珍珠项链，装扮颇为正式，是刚刚精心打扮的。

江辰遇倒没着急走，不慌不忙地站起身："奶奶，这份收购宋氏的意向书是您签的？"

江老太太正经过他的身边，先睨了他手里的合同一眼，再睨了他一眼："怎么？"

江辰遇秉着工作时一贯的公正无私的态度说道："宋氏的财务有明显的问题，都不需要法律方面介入尽职调查，价值以肉眼就能评估。他一语断言，"这份并购意向对公司无益。"

江老太太自然是心明眼亮的，但态度强硬："我有数，这事你不要管了。"

"奶奶……"

他想再劝，江老太太先出声压制："你是董事，还是我是董事？"

江辰遇微微一顿，轻皱了一下眉："好，那关于收购后的债务偿还的问题，您保证双方能达成一致吗？宋氏的商业信誉和征信并不理想。"

江老太太原不想多说，自有主意。但对自己带大的长孙，她最是了解。他那如鹰一般的敏锐性在工作上展露无遗，洞察力使人不得不折服。他无疑是最英明的决策者，江老太太也以他为傲，更何况江盛如今是由他掌权。立场没硬多久，江老太太便理屈词穷地退了一步。她抿着嘴，端着架势说："这破公司，我也没指望它得利，就想着收购了送给暮暮玩儿。"

闻言，江辰遇始料不及："什么？"

江老太太拎起丝绒包甩了一下："我就是要气死宋氏那一家子！"

江老太太的这般举动不合常理，但江辰遇很快明白过来。他叹了一口气，笑道："您怎么还意气用事？"

似乎对他的反应不满意，江老太太恼道："他们这么欺负暮暮，你就不生气？"

江辰遇沉默片刻，露出一丝疑惑。他知道沈暮和家里有矛盾，但不清楚具体原因。江老太太问："方硕还没跟你说？"

"没有。"

方硕讲的，都是表面的，江辰遇认为江老太太要说的并不止于此。果不其然，江老太太恼怒地哼了一声："小姑娘刚成年，就差点儿被继兄给……"她被气得断了声，缓了两口气才继续道，"好在当时暮暮机灵，跑掉了，结果还有更可恶的。她被那个坏继兄反咬一口，说她勾引自己。她的那个继母就不提了，连宋卫这个亲爹都不信她。这一家子除了暮暮，全是缺德的玩意儿！"

江辰遇眼神一凛，面色也随之沉下来。对这些事情，在这四年间，沈暮只字未提，他完全不知情。

"这还是我让方硕找到暮暮的亲生母亲才问出来的。不过她母亲也好不到哪儿去。"江老太太仍继续说着，"这么重要的事，你怎么不知道？追姑娘倒是上点儿心……"

某新开业的潮汕牛肉火锅店，因四折优惠活动力度太大，尽管是在夏季，顾客依然前呼后拥而来。喻白到得早，才算是赶在用餐高峰前占到一个包间。虽说三个人吃火锅要一个包间显得浮夸又费钱，但总不能让喻白摘了口罩坐在大厅里。

下班后，喻涵便拉着沈暮直奔火锅店。沈暮向来随遇而安，喻白也只是陪着来，故而点餐的重任就落到了喻涵的头上。在喻涵点餐的空当，沈暮的手机响了一声。沈暮打开一看，是江辰遇发来的微信消息。他问："下班了吗？"

沈暮愣住。两个人刚通完电话没过多久，她没想到他这么快又来和她聊天儿。沈暮飞快地答道："下班了。"

江辰遇言简意赅："我这边结束后，到你家小区的门口接你。"

沈暮的心"怦怦"地跳了两下，她将火锅店的定位发送给他，甜丝丝儿地回道："我和喻涵在外面吃火锅，还不知道什么时候回去。"

他说："到时候我给你打电话。"

沈暮很乖地回道："好，你先忙正事。"

聊完，沈暮连自己都无意识地唇角上扬。她只是想在电话里确认一下两个人现在的关系而已，没想到他亲自过来。她的心里像浸着蜜，但转瞬她又开始担心，当着他的面，自己会不会没骨气说出口。

这时，喻白一边递餐具给沈暮，一边问："景澜姐，要喝饮料吗？乳酸菌？"

沈暮倏地回过神来，掩饰地一笑："哦，好啊！"

也许是看到沈暮聊微信时脸上不自觉地洋溢着欢喜，喻白淡淡地扫了一眼她的手机，而后仍温和地笑着，没说什么。

沈暮正想把手机放回桌上，好巧不巧地便在这时接收到一条陌生号码发来的短信。她心里"咯噔"一下。此前，她拉黑了所有不想见的人，因此对陌生号码莫名地有种恐惧感。她点开短信，不出所料，正是她不想见的人发来的："景澜，我是爸爸。家里的房子就要拿去抵押贷款了，这两天爸爸要搬回以前的那套老房住。你奶奶给你买的玩偶一直在你的房间里。爸爸知道这些东西对你很重要，你肯定想带走。你今晚方便的话，过来一趟吧。"

看完这段话，沈暮手指不由得攥紧，心里止不住地发寒。她拧着眉，脸上的血色渐失。宋家对她而言是暗无天日的穷极之地，森然可怖，她打心眼儿里不敢回去。可是怎么办？她很想要拿回奶奶留下的东西……

喻白发觉沈暮的异样，目露担忧："景澜姐，没事吧？"

认真点菜的喻涵也抬头看过来，不在状况地问："怎么了？"

沈暮别开眼，沉默良久，闪烁其词："没什么，就是我突然想到有东西落在办公室里了。"

"着急不？我陪你回去拿。"喻涵顺手就放下点餐的平板电脑。

沈暮在喻涵起身前伸手阻止，尽量使自己的声音显得自然："你先点，让喻白送我一下就好。他单独留在这里点菜太显眼了。"

这里离公司也就十来分钟的车程，喻涵没多想，只叫他们快去快回。喻白戴上口罩和帽子，拿上车钥匙，就和沈暮一起出了火锅店。

坐进车里，沈暮轻声地说："喻白，送我到云水湾吧。慢慢开，不要急。"

喻白刚将车发动起来，闻言顿住。云水湾是宋家所在的别墅区，喻白小时没少去。随即他敏锐地察觉到什么，带着顾虑望向她："景澜姐……"

"我去取点儿东西就好。"沈暮先开口，故作轻松地笑了笑。

喻涵的脾气，沈暮再清楚不过了。若是喻涵知道她要去宋家，肯定要亲自送，到时指不定会跟宋家的人发生口角，急眼了很可能还会上手。沈暮想着不惹麻烦，拿了东西就走。

喻白迟疑片刻，最后还是无法拒绝沈暮的那双温柔的眼睛，听了她的话，踩下油门，开往云水湾。

天渐渐地黑下来，车子驶过绿化道。周围草木苍翠，宅区广场的喷泉水柱呈波浪形起伏着，广场向外蔓延开几条鹅卵石铺成的小路。再往前，就能看见散落的几幢精品别墅洋房。

四年了，沈暮重新回到这里。她无法描述自己是抱着怎样的心情。有惧意是必然的，但她真的回到这里之后，心里也生出一点儿感慨，毕竟这里是她长大的地方。

鹭白色小奥迪在其中一栋别墅的双开大门前停下。喻白转头去解安全带，准备和沈暮一起下车，却被她及时拦了下来。她说：“你就不要露面了。只有几个玩偶，我自己去拿出来就行。”

喻白到底是公众人物，若是出面了，被人有心拉扯，再借题发挥，对他在娱乐圈里的发展有很大的负面影响。何况这个时间，宋卫和谢时芳肯定都在家中。

喻白不由得皱起眉头：“我不放心。”

沈暮冲他安抚地一笑：“很快的，你在这儿等我。”

最后是沈暮独自进的宋家。门是开着的，沈暮走到客厅里时，宋卫和谢时芳正在争论，争论的内容大抵是公司危机和离婚。宋晟祈似乎不在，沈暮暗自松了一口气。

争吵声在沈暮出现的那一刻戛然而止。久别四年，再见到女儿，宋卫过于激动，原地怔了半晌才反应过来。宋卫迎上去，想和沈暮小时候一样抱她，脸上的笑容像冰霜开花。他颤着声音唤了一声：“景澜……”

沈暮下意识地避开。宋卫双手落了空，眼神也一滞。真要狠心不去在意眼前这个人的变化很难，沈暮发现，四年过去，他老了很多，鬓发灰白，双目无神，脸上遍满褶皱，人也消瘦了许多。她捏了捏包带，移开视线，不去看他：“耽误您几分钟，我去房间里拿了东西就走。”

话音刚落，沈暮快步去往二楼，不一会儿就消失在楼下两个人的视野里。

谢时芳抱着胳膊，视线从楼梯上转回宋卫的身上：“这婚你离还是不离？”

宋卫冷冷地望着谢时芳，声音也很冷：“就算要离，也得等公司清完财务，算算你到底转移了多少资产之后再说。”

谢时芳涨红了脸：“你……”也许是因为心虚，她咬着牙骂道，“宋卫，你真是一只白眼狼！没有我谢家，你宋氏早该倒了！”

“我还后悔当初没让它倒了！摊上你和你那败事有余的儿子！你知道他玩儿风险投资给公司造成多大亏损吗？否则我也不会到抵押房子的地步！”宋卫怒气冲冲地说完这番话，后一秒，宋晟祈便双手插着裤兜从厨房里出来。

宋卫最烦宋晟祈这副吊儿郎当的样子："你又死哪儿去？"

宋晟祈斜了宋卫一眼："你管我，老东西。"宋晟祈存心气宋卫，之后冷笑了一声，慢悠悠地出了门。

宋卫这会儿没空搭理宋晟祈，强忍着没发作，只盯住谢时芳，一字一顿地警告："公司没别的退路了。现在江盛要接手，不想存续婚姻还债，在程序结束前，你最好别有小动作！"说罢，宋卫冷哼了一声，径直上了二楼。他的身后一声脆响，留在原地的谢时芳被气得甩手砸了手边的花瓶。

沈暮在二楼的廊道上将这一切听得一清二楚。随后，她垂着眼，默不作声地走进自己曾经住过的房间里。那是一间典型的公主房，房间很大，白色的床，还有同色的书桌和镜台，天鹅绒地毯和粉色窗帘都变得陈旧了些，但房间整体看来依旧华丽可爱。

地毯的角落里摆着几个迪士尼玩偶，是奶奶以前送给沈暮的。其实这里大大小小只有四个玩偶，其他的大部分在奶奶的老宅中。熟悉的感觉扑面而来，除了对奶奶的想念，沈暮还想起高三时，自己常常不想写作业，就窝在玩偶堆里和那个人聊微信。

沈暮走进屋里，里面是干净的，显然经常有人打扫。环视一圈后，她深吸一口气，又慢慢地吐出，而后弯腰将地上的玩偶抱起来。左右臂弯里各搂着两个玩偶，她正准备离开，回身时，忽见宋卫站在门口。他唤一声："景澜……"他想说什么，沈暮直接侧身越过他，头也不回地下了楼。

"景澜……"宋卫又唤了一声，沈暮终于还是在楼道上停住脚步。宋卫也不靠近，兴许是怕惊到她。他使声音尽量柔和，小心翼翼地说："爸爸就是想告诉你，如果你和江总真能走到一起，爸爸为你高兴。"沈暮背对着他，眼睫敛着。

"上回的热搜，你应该看到了。你别在意，是……他们恶意做的。爸爸已经解决了，这种事以后保证不会再发生。"

"他们"，毋庸置疑是指谢时芳和宋晟祈。听完这些话，沈暮胸腔起伏了一下。最终，她也没作声，只继续走下楼，出了宋家别墅。宋卫没追，低低地叹了一声，又往女儿的房间里望了一眼，不经意地瞧见桌角处一只玩偶被落下了。

在夜色中，沈暮的眼睛里泛着点儿晶莹的泪光，她走得很快，心情很复杂。她想马上离开这里。

别墅到大门之间是私家庭院，种有苍翠的绿植。沈暮经过时，黑暗中突然伸出一只手，力道很大地将她拽了过去。"啊——"沈暮瞬间慌得惊呼了一声，玩偶掉了一地。

宋晟祈一把捂住她的嘴，将她抵在树上，死死地摁住："宋景澜，还敢回来啊！"沈暮拼命地挣扎，但无济于事，只能发出呜咽的声音。到底男女的力量悬殊。

"老子好不容易搞到唐逸的妞儿，你男人转头就把人家的专柜给撤了，存心不让老子好过是不是？宋景澜，你行啊，够本事！"宋晟祈咒骂着她，像从地府里爬出来的恶鬼。

泪水蓄满眼眶，是源于她的无力和害怕，四年前的绝望感顿时席卷上她的心头，且她感到更加可怖。兴许是她死命挣扎却不得脱身令宋晟祈感到过瘾，他忽然笑得很诡异："哈！上次咬我，这次你还想怎么跑？"

听了这话，沈暮脑子里"嗡嗡"地响了几声。随后，宋晟祈果然猛地要去撕扯她的裙子。此时沈暮才彻底明白，是自己太天真了。恶人之所以是恶人，就是因为没有他做不出来的事情。而她如何也想不到，宋晟祈在周围有人的情况下，居然也敢……

"唔唔唔……"沈暮更强烈地反抗，泪珠接连滚落下来。她挣出一只手，胡乱间摸到一个盆栽，想也没想就抓起来，朝着宋晟祈的头部用力地砸下去。她情急之下是使了狠劲的。宋晟祈闷哼一声，旋即便一失力，松开了钳制她的手，"扑通"一声倒下去，捂住血流"汩汩"的脑袋，整个人因痛楚在地上扭曲。陶瓷盆已经碎了，混着散了一地的泥土。沈暮的手里攥着一个残片，她浑身都在颤抖，什么都顾不得了，跟跟跄跄地逃走。

宋卫拿着落下的那只玩偶想追上沈暮，正好撞见沈暮从树丛后慌里慌张地跑出来。她头发和衣裙都乱糟糟的，一副受惊的神色，脸上满是眼泪。宋卫愕然："景澜，你……是怎么回事？"刚说完，宋卫就听见树后宋晟祈发出吃痛的闷吟声。如此情形，宋卫也不难猜到发生了什么。

这时，喻白撞开大门冲了过来。他刚刚在外面听见了沈暮的尖叫声，担心她出事。"景澜姐！"喻白喘着气奔到沈暮的身边，很快便明白过来，磨了磨后槽牙，攥紧拳头想去打死那个浑蛋。

但沈暮维持着最后一丝理智拉住了喻白。沈暮隔着泪雾，瞪住宋卫，上气不接下气地说："这次……这次你信了吧！"

她喊得撕心裂肺，像是要将这四年的委屈都吼出来。她连玩偶也不要了，扭头就往外跑。喻白忍住打人的冲动，转身追上她。知道她一刻也不想多留了，喻白迅速地开车驶离云水湾。

在回程的路上，喻白担忧地唤她："景澜姐……"

沈暮靠着窗边，将整张脸埋在臂弯里，声音很虚："没事……我没事。"

喻白怎么可能听不出她在逞强？他皱着眉，连呼吸都带着柔情："我带你回家。"

沈暮却摇摇头，虚弱地道："回火锅店吧。我想喝酒……让我喝点儿酒。"喻白没有阻止她。在这种情况下，她大概很想发泄，于是他便带她回了火锅店。

喻涵得知此事后，也没有阻止沈暮喝酒，只是点了度数最低的啤酒。然后喻涵满腔怒火地拨通了宋卫的电话，把积攒了二十多年的恶毒的脏话全都一股脑儿狠狠地骂过去。

沈暮满杯满杯地喝。她的酒量不好，也不喜欢酒，觉得酒的味道很刺鼻，但今晚她一心想要麻痹自己。起初，她只是闷着头喝酒，后来也许是醉意上来了，就开始哭，边哭边喝。

包间的隔音效果还算好，服务员都被遣走。喻白怕沈暮熬不住，对喻涵说："你拦一下。"

喻涵被气得心里不痛快："就让她喝吧，能好受一点儿。"

不知过了多久，响起手机振动的声音。喻涵找到沈暮丢在一旁的挎包，翻出手机。那是一通来电，备注"江总"。当时沈暮正在哭，自言自语地哭。动作只停顿了极短的一瞬，喻涵按下接听键。

江辰遇刚结束饭局，走出远洲国际酒店，就及时给沈暮回了电话。电话接通后，他连一句话都没来得及说，那边的痛哭之声瞬间涌了进来。之后传来沈暮断断续续的话："我爸爸以前对我很好……可他为什么要离婚……为什么要再娶……就因为公司利益，他连家都不要了！是不是他们没有错……只是不爱我了而已……"

江辰遇停下脚步，眉头重重地拧起。他方想开口，电话那边喻涵先说了话："江总……"喻涵简洁明了、毫无隐瞒地把事情告诉了江辰遇，继而问，"景澜被吓着了。她家里的情况，您应该也知道。我担心她这么喝下去吃不消，您要不来一趟？"

江辰遇的目光逐渐阴沉，但他始终保持着冷静："你们还在火锅店里吗？"

喻涵回道："对，我把定位发给您。"

江辰遇往车库走："不用，你看好她，我马上过去。"

挂掉电话，江辰遇紧接着拨给方硕："让司机开车到远洲，送奶奶回家。"

方硕接到命令，马上应道："好的，江总。"

江辰遇拉开车门坐进去，一边系安全带，一边交代："还有，立刻报警，请律师。"

方硕有点儿蒙，随后听电话那边的人又说了两句，才明白大概的情况。强奸未遂，真判了是要处刑的吧。方硕愣了片刻，回过神来，连忙应声。

江辰遇丢开手机，将车发动，开往火锅店的方向。从远洲国际开车过去，路程并不近，且路况稍堵。约莫开了将近一个小时的车，江辰遇才到火锅店，这已是最快速度。

江辰遇到包间时，沈暮趴在桌上，已经没了意识，可能是醉的，也可能是哭累了。见他来了，坐在沈暮身边的喻涵立马站起来："江总……"

江辰遇赶得急，西装微皱，头发也有些乱。他径直迈步过去，扫了一眼一堆东倒西歪的空酒瓶，眉头皱起。喻涵不知怎么的怯了一下。或许是因为沈暮喝酒的过程中自己没拦着，眼下被江大佬瞧见，喻涵有些心虚。喻涵踌躇着出声："那个……景澜喝得有点儿多，睡着了。喀，我去洗个毛巾，给她擦擦脸，让她清醒一下。"

喻涵逃跑一般溜出包间寻找毛巾。江辰遇没等喻涵，也不想吵醒沈暮。他将沈暮小心地扶到臂弯里，轻轻一下，将其横抱了起来。在他要出包间之际，一旁的喻白突然抬手挡了挡，说道："你不能带她走。"

江辰遇的目光淡淡地瞟过去。喻白毫不避让地回视："晚宴的事已经够了。跟着你，她只会受到更多的伤害。"

显然，喻白认为没有江辰遇，沈暮就能躲得远远的，不再和宋家有牵扯。是，今晚的事与自己并无干系，但喻白不想沈暮再有受伤的可能性。

江辰遇当然知道沈暮不喜欢公众场合。他比谁都要了解她。"如果你觉得逃避一辈子是她最好的选择，那才是真的毁了她。"江辰遇声音淡淡的，却能直击人心，冷峻的眉宇间永远不会失去那股成熟男人的稳重气质，"她要的，是绝对的安全感……"而不是因恐惧而躲避。江辰遇斜眸望了喻白一眼，每个字都说得沉稳清晰，不容分说："你，给不了。"

喻白不经意间身躯一震，慢慢地捏紧拳头，可又没法反驳。他要如何反驳？他自己连出门都离不开口罩和帽子，拿什么保护她？

江辰遇抱着沈暮越过喻白后，喻白仍怔在原地。那一刻，喻白忽然好恨自己的年轻。为什么自己要比她晚出生四年？为什么不能是自己年长她四年？……

夜色深沉。灰色调的主卧很宽敞，陈设简约低调，但简于形，奢于心，尽显高级感。屋里的水晶吊灯关着，床边的壁灯发出暖黄色的光，给人以温和舒适的感觉。四下的空气都流淌着一抹令人心安的归属感。

沈暮躺在床上，双手在质感柔软的灰色蚕丝被上搭着，睫毛颤了两下，眼皮很慢很慢地抬起。头昏昏沉沉的，她有种恍如隔世的感觉。酒还没醒，脑袋发涨，她撑着身子坐起来，感觉自己睡了很久。

好难受……沈暮敲了敲额头，苦恼于一时不顺畅的思路。她还来不及想自己身处何处，突然"啪嗒"一声，响起关门的声音。她此刻并不清醒，卧室里的光线也很暗。她怔了一下，抬眼望去，便见江辰遇出现在通往卧室的过道上。

江辰遇身着深色居家服，端着一杯蜂蜜水走过来。沈暮以为自己是在梦境中，不然为何一睁眼就见到他。凭她残存的一丝记忆，分明自己是在火锅店里。她愣怔着出了声："你……"

她还蒙着，江辰遇已经走到她的面前将杯子递过去："先把它喝了。"

沈暮现在没有多余的思考能力，正好喉咙也干得不行，于是便慢慢将杯子接到手里，然后听话地低头一口一口地喝掉蜂蜜水。杯子被捏在手里，沈暮抿了抿微甜的唇，声音里带着点儿醉酒后的哑意，说出的话好像轻飘飘的："这是哪儿？"

"我家。"江辰遇不疾不徐地在床上坐下，将空杯拿走，搁到床头柜上。

沈暮讷讷地重复："你……家。"

江辰遇望过去，直直地和她对视。在昏暗的灯光的照射下，他如点漆般的眸子显得比平日更深沉。目光和他的目光一触，沈暮就愣住了，好像感觉到了他的不悦。

屋子里静悄悄的，一点儿声响都没有，只有自动恒温的空气在室内轻轻地流动。四目相对间，沈暮觉到一阵眩晕，而后渐渐地反应过来，想到一些蛛丝马迹，也想起来自己喝了很多很多的酒。至于为何醒来会在他家里，她没时间再想。因为江辰遇先开口，打破了沉寂："发生这种事，你为什么不第一时间找我？"

沈暮微愕。他问话的语气是低沉的，其中不含恼意，出于在意的责备更多。她垂下眸，过了片刻，混乱的思绪终于畅通一些。她明白过来，晚上的事，他知道了。她忽然哽咽了一下。不是害怕被他欺负，而是他的责问，她听来有点儿委屈。她以为，他应该过来安慰地抱抱她。她收着下巴，索性将在心中酝酿好久的话问出来，哭过后的声音里带着柔弱和沙哑："我以为……我们不是那种关系。"

　　江辰遇沉默半晌后，抬手扣住她的后脑，略微用力，将她拉过来，让彼此的脸靠近。她微微一惊，呼吸和他的呼吸已缠到一处。两个人的脸只隔着一寸的距离，他的气息仍然清冽，而她的气息含着微微醺人的酒味儿。他问："你以为我们是什么关系？"

　　两个人挨得太近了，他的注视太深，沈暮完全调不匀自己的呼吸，声音颤了颤："我……我不知道。"

　　江辰遇突然唤她的原名："宋景澜。"他一字一顿地比宣誓还正经，要她听清，"我没有随便到和不喜欢的女孩子接吻，也不会放着绯闻不澄清。"

　　沈暮心头一跳，醉意冲上来一阵。她有些坐不稳，下意识地攥住他的手臂，借力撑着。她面颊红红的，双眸泛着盈盈的水光。她被他逼迫着眼睛一眨不眨地与他对视，看起来可怜又无助。

　　江辰遇直勾勾地盯着她，片刻后，无奈地叹息一声，终究在她的目光中败下阵来。他抬手抚上她的脸颊，轻轻地摩挲："之前我们的关系是什么，不重要。"他嗓音还是低哑的，但彻底柔和下来，"从现在开始，你要不要和我谈恋爱？"

甜度一百分

Sweet

茶暖不思 著

下 册

青岛出版集团 | 青岛出版社

第十章

和我回家

这句话传入耳中，反复回旋，沈暮当下发蒙，渐渐地走了神儿，脑中一片混沌。也许是她眼前的这个男人过分出色，靠近他，便如蒹葭倚玉，让人深感难攀，所以当他说出这句话的时候，似乎带有一种禁忌感。

像自己仰望的神明步下高贵的圣坛，不再虚幻，不再遥不可及，终于有了真实感；又类似考完试公布成绩的那一刻，在万般忐忑后，终于得到令自己心满意足的结果。在那个瞬间，沈暮如释重负，但过后又只想哭。

沈暮无法描述自己当时的心情。可能他由责备向深情的转变是导火索，先前被她压抑在心底的委屈突然喷涌而出。泪水一下模糊了她的眼，她控制不住地哽咽："我以为……你在忙……我才没有……找你……"

她说着真实的原因，泪珠簌簌地滚落。

江辰遇抚在她颊侧的指尖被泪滴烫到，意识到自己开始时的语气重了。他当时的思绪被担忧占领，但说出的话在她听来倒成了对她的指摘。他用指腹抹着她的泪，声音无限温柔："我忙，你也可以找我，什么时候都可以找我。"

他这么说，沈暮的眼泪掉得更凶了，说她是"小哭包"，这下证据确凿了。他哭笑不得，揽住她瘦削的肩，将她拥到怀里，轻拍着她的头哄着："乖，不哭了。"

沈暮埋首在他的胸前，完全放开，抽搭了一阵。她前后两次的哭，在火锅店里时，是因无援和崩溃，而此刻，是哭诉和撒娇更多，因为他的护短给足了她底气。江辰遇将下巴抵在她的头顶上，手一下接一下地抚着她的背给她顺气。耐心地等她的啜泣声轻下来，他才开口："是我说错话了，你不要生气。"

沈暮依偎在他的怀中愣了愣。她当然没有生气，也知道他的话不是表面的意

· 277 ·

思。片刻后，她一边轻轻地喘着，一边带着哭腔说："那你，现在……是我的男朋友了吗？"

她的声音太过可爱，江辰遇不由得扬起唇角，低笑出声。他低下头，捏了捏她的脸蛋儿，有点儿无奈地说："还要我怎么再讲明白？"

沈暮仰着脸，被泪水浸湿的睫毛一扇一扇的。她不甚自信地望着江辰遇。在她的目光里，江辰遇忽然感觉心情有点儿沉重。他还说人家弟弟给不了她绝对的安全感，其实连他自己都没做好。壁灯的光影半明半暗，为床畔的这一方空间增添了些许温情。江辰遇凝望着她的眼，神色变得郑重起来："从我们正式见面的那晚起，我就默认我们是情侣关系了。"

原来这才是他的标准答案。沈暮怔了一瞬，心开始狂跳。但她还是撇了一下嘴，声音里带出埋怨的腔调："可你不说，我就不知道。"

"是我不对，害你胡乱猜。我本该事先跟你说清楚的。"他诚恳的话足以冲破一切阻碍，先前积压在她心中的所有的郁闷瞬间烟消云散。心变敞亮了，她稍作斟酌，想说"没关系"，他先她开了口。

"我在这方面没有经验。"江辰遇摸了摸她布满泪痕的微凉的脸颊，眼里含着笑意，"给我一点儿时间，我钻研钻研。"

他似乎对此一筹莫展，无所不能的人突然有了盲区和软肋。沈暮第一次见他这般，想着他居然也有挠头无奈的一天，不由得感觉有些滑稽，直想笑。她抿住就要上扬的嘴角，乖乖地"嗯"了一声，吸了吸鼻子，问道："我在你这儿，喻涵他们知道吗？"

江辰遇回答："知道。"

沈暮点了点头，想起一事，垂了眼："我……"

她欲言又止。江辰遇为了让她安心，极其温柔地说："你有事都要跟我说。"

沈暮想了片刻，不自觉地揪住他的衣角，神情有点儿慌张："我砸了他的头……他好像流了很多的血。"

江辰遇瞬间明白过来，她是担心闹出人命。她胆子丁点儿大，也敢使狠劲，可见当时是有多惊恐。他将她搂回臂弯里，揉了揉她的发："别怕，正当防卫，你没有做错。"

他这个人很神奇，不管语气怎样，不管如何措辞，说的话总是容易让人信服。沈暮靠在他宽阔坚实的胸膛上："嗯。"

江辰遇用下巴轻轻地摩挲她的头顶："被吓到了吗？"

沈暮有清晰的自我认知，知道自己一点儿也不坚强。她平时能伪装，但在他的面前，只想卸下防备，放肆地懦弱。她也确实是发自心底地应了一声，表示害怕。江辰遇将手臂慢慢地收紧，笃定地告诉她："这种事情以后不会再发生了，我保证。"

沈暮有种奇怪的感觉，短短的瞬间，由唇齿蔓延至喉咙的苦涩的味道变成甜味儿，好似被蜂蜜水浸过，唇边的笑意悄悄地漾开。她单方面宣布，他现在是她的超级英雄了。

"你会不会觉得我很笨啊？"不知过了多久，她忽然低声问。

江辰遇略微扬了扬唇角。她这不是笨，而是没学会自我保护，典型的零社会经验的人。他柔声说："不会，你还小，不懂世间险恶很正常。"

沈暮感受到了他的宽慰，叹了一声。微醺感还在，所以言语似梦呓，她比平时敢说一些："我以为他的父母都在，他不敢明目张胆地干这种事。奶奶的东西对我来说很重要。"

江辰遇缓缓地抚着她的发："不要把人想得太好，人心远比你认为的可怕。"

脑袋还有些晕，沈暮不由自主地问："那你呢？"

江辰遇沉默片刻，轻轻一笑："我……"他刻意的停顿有些耐人寻味，沈暮的眼中掠过一丝疑惑。而后，她听到他说："有时候也不会太好。"

闻言，沈暮更加迷惑了，不假思索地问："什么时候？"

他有意地微微压低声音："不要问。"

沈暮继续问："为什么？"

"以后你会知道。"

"现在不行吗？"

江辰遇哑然失笑，拿她的纯情没办法。他捏了捏她的耳垂："让你别问，你还来劲了？"

沈暮微鼓着两颊，在心里嗔他小气。旋即她又糊涂起来，慵懒地吐出一口酒气："我想洗澡。"

但江辰遇不让："喝酒了不要洗。"

"可是不舒服。"沈暮闭着眼，窝在他的怀里，半醒半醉地嗔一声，可爱至极。

江辰遇耐不住她撒娇，退了一步："那就擦一下身子。"

沈暮想了想："好吧。"

"你遮一下眼睛，我开灯。"

江辰遇将手臂稍微松开一些。等她把整张脸埋进被子里后，他探身在床头柜上摸过遥控器。

卧室内乍亮，后现代风轻奢水晶吊灯灯罩的透光率很高，四射的光芒明亮又柔和，瞬间将昏黄的壁灯光影覆盖了。沈暮慢慢地睁开一只眼，透过指缝适应了亮度后，又慢慢地放下手。她左右望两圈，这会儿才看清他的房间。

空间宽敞，床品精致，柜台、沙发摆放得很整齐，暗纹落地窗帘闭合着，不见窗外的夜色，地面铺延开灰蓝色的地毯。好舒服的装修风格，虽然没有少女粉，但看上去很舒适。也可能因为这是他的卧室，所以她在心里加了一层滤镜。她一眼就喜欢上了这里。尤其是满室柔软的地毯，女孩子应该都会很想躺上去放纵地翻滚。

她眨着眼左看右看，头发蓬松凌乱，醉颜酡红，白色小裙子外的手臂、脖颈微微地泛着粉红，鼻尖也是红的，不过那是哭的。她本就年纪小，外貌又显嫩，半醉半醒地坐着，像等待初绽的蓓蕾，格外可人。江辰遇笑着问："能下床吗？"

大概是醉醺醺的时候胆子大的原因，沈暮没有羞怯，比以往都显得乖巧可爱。闻言，她"嗯"了一声，然后翻了一下身，想从被窝里爬出来，但身体晃晃悠悠的，四肢不太灵活，甚至可以说是笨拙。江辰遇看了她一会儿，贪恋她的脸蛋儿那柔嫩的手感，忍不住又在她的脸上轻轻地掐了掐："小醉鬼。"

"嗯——"沈暮嘤咛一声，想躲开，但没成功，随后就被他揽到臂弯里。

江辰遇用一只手扣在她的背上，另一只手勾过她的双腿："抱住我。"说话间，他微一用力，就将她从床上打横抱起。沈暮小小地惊呼了一声，紧紧地搂上他的脖颈。江辰遇微烫的体温透过轻薄的居家服传递过来，沈暮将脑袋抵在他的肩窝处，也开始觉得热了。

江辰遇呼吸这会儿重了些，因为女孩子微热的带着酒味儿的呵气在他的颈侧流淌，这感觉有点儿折磨人。他径直将她抱到浴室的矮凳上坐下，而后在盥洗池里放好温水，准备妥毛巾，又去了一趟衣帽间，取出一套睡衣过来，摆到置物架上。

"穿我的睡衣。"江辰遇回过身对她交代，"你随便擦两下就好，别洗太久，门不要锁。"

沈暮乖乖地蹲坐着，醉眼迷离地欣赏不远处的那个女生都向往拥有的大浴缸。她正要跟他说想泡澡，乍一听不让锁门，顿时警惕地将双手抬起，护在胸前："干吗？"

江辰遇突然发现小女生喝醉后原来这么有意思，纵容地笑了一下："怕你晕倒。"

沈暮的眼睫一扇一扇的，她仰头凝望着那张英俊的脸，心想：他是吃什么长大的？怎么能这么帅？笑起来还这么好看！江辰遇和她对望，问道："在看什么？"

沈暮单纯地回答："你啊！"

江辰遇问："看我干什么？"

今晚是沈暮二十多年来喝酒喝得最多的一回。她觉得自己轻飘飘的，像置身于梦境中。她歪了歪头，思忖片刻，认真作答："因为喜欢你。"

她毫无技巧地撩拨，他却轻易被取悦。他弯起唇，慢悠悠地蹲到她的面前，眼睛一眨不眨地望进她晶亮的双眸里。他的这张俊脸太能乱人心智，倒是她先害羞了，嘀咕着反问回去："你看我干什么？"

江辰遇含笑着道："看看我女朋友怎么这么漂亮。"

浴室里散着温柔的暖光，盥洗池里泛着水波。沈暮的目光落入他温柔的眼底，她蒙了半晌，才后知后觉地紧张起来，心脏"怦怦"乱跳。若是在平常，她肯定要窘得找个地方躲了，但今夜，她的羞耻心大抵已被酒稀释，神经末梢不再敏感。她就那么坐着，不避也不闪。

突然间，她蝶翼般的睫毛扇动了一下。她轻声说："你可以在这儿陪我，但是……要背过身去。"

主卧的浴室特别大，灰白色的地砖显得很大气稳重，室内摆着几盆绿植，淋浴间的磨砂玻璃门敞开着，浴缸的另一侧是一尘不染的落地窗，一眼望出去，就是迷人的庭院和夜景。沈暮乖巧安静地坐在那儿，眨着迷离的双眼，像是将夜色里的星月偷走，装进她的眼睛里，明亮动人。

四目相望间，江辰遇生生地怔住。就在刚刚，这世上最纯洁的姑娘，向他发出了最暧昧的邀请。他难得地对自己的忍耐力无甚信心。带她回来前，他没想到这个姑娘醉后这么能折磨人。他沉下一口气："快去擦，不要说话。"

他的语气在沈暮听来有些凶凶的。她微蹙起眉："为什么不让我说话？"

江辰遇避而不答："水要凉了，你先擦洗。"

沈暮不太高兴地鼓了鼓脸颊："我不要。"

她完全暴露出内心深处的小女生本性。江辰遇被打败，摸了摸她的头，温柔地说了一声："听话。"

沈暮慢慢地被他抚顺脾气，宛若炸毛的小猫重新安分下来："那你……陪我吗？"

江辰遇无奈地笑了。他对她束手无策，连应了两声"陪"。她这才将那点儿小郁闷敛起，甜甜地一笑。

落地窗的自动窗帘垂落下来，沈暮站在镜子前脱衣。酒后的她有点儿迟钝，所以动作很慢。江辰遇背向她坐在她原来坐的矮凳上，身后的声音不间断地刺激着他的耳膜。裙子腰侧的拉链被拉开时的声音清脆，衣裙落地时也发出极小的"窸窸窣窣"的响声。每一丝细微的声音，都在招惹一个正常的男人想入非非。

沈暮将毛巾浸湿，拧了拧水，开始轻轻地擦拭肌肤。江辰遇也开始在破防的边缘徘徊。耐性快到极限，他感到口干舌燥，气息也有些不匀。十来分钟后，水声还在。江辰遇低声问："好了吗？不要洗太多遍。"

酒精会促使血压升高，人容易昏厥。在怕她着凉的同时，他感到自己有些煎熬。

"马上。"身后她回答的声音像含着水雾似的，很轻柔，听得他连骨头都发酥。过了一会儿，"窸窸窣窣"地响起一阵穿衣服的声音，他终于听到她说了一句"好了"。

江辰遇站起，回身的一瞬，眸光倏地跳动了一下。她身着宽松的黑色纯棉翻领睡衣。男款衣服的尺寸对她来说显得大了很多，短袖拖到小臂，衣摆也长至臀部以下。她像穿着一条超短连衣裙，衣摆下露出的双腿白皙纤细。睡裤还在台面上，她没有穿。

江辰遇抑着声音问："裤子呢？"

沈暮拽了拽衣服，委屈地道："太长了。"刚刚她是穿过睡裤的，但裤脚拖在地上总是被踩到，连路都没法走。所以她又把睡裤脱了——反正她习惯穿睡裙。

江辰遇看了一会儿，喉结一动。她这么穿倒像故意要勾引他一般，尤其她的眼睛湿漉漉的，面颊被微热的水汽熏蒸得红红嫩嫩的。他突然往前迈出一大步，和她的距离陡然拉近。她恍惚间蒙了一瞬，就被他握住腰肢一提，以坐姿被放到了台面上。

沈暮反应不及，下一秒，江辰遇便按住她的脑袋压过来，快而准地含住她那两片柔软的唇瓣。他觉得自己没有再忍的道理，所以要行使男朋友的权利。他撬开她的牙齿，从吮喋到深吻，像是把她当成巧克力朗姆酒蛋糕，放纵地享用，隐约又带着点儿侵夺的意味。

在这件事上，沈暮根本不是他的对手，那回在办公室里就显而易见。先前她还趁着醉酒撒泼胡闹，而此时气息变短，便虚弱到只能紧紧地扶住他的肩，被他欺负已成定局。

江辰遇的舌尖尝到酒味儿。这种酒香交融着女孩子自带的清甜的味道，能一点儿点儿地占据他的理智。是的，他此刻有失风度，并且有乱来的趋势，但心安理得。毕竟他已经告诉过她，不要把人想得太好，也提醒过她，他有时候同样不会太好，比如现在。

沈暮天生肤色白皙，大腿也是白净的，像是用牛奶做的，并且如玉一样光洁，毫无瑕疵。她的肌肤柔滑又富有弹性，抚摸起来就如抚过奶冻或布丁，让他上瘾，爱不释手。但沈暮渐渐地要禁受不住了。他的攻势过于猛烈，她就要崩溃。她无力地推了推他，往后仰着，想躲掉他的动作。

察觉到她的躲闪后，江辰遇将唇和手很快地拿开。她虚弱无力地靠着他，呼吸和心跳全都乱了。他以指腹蹭了蹭她憋得通红的脸蛋儿，沉住气息，嗓音沙哑地问："难受吗？"

沈暮垂下头，额头软软地抵到他的肩膀上，声音柔弱又破碎："喘……喘不上……"她又缓了好几秒，才将话说完，"气了。"

酒后容易缺氧，沈暮的呼吸比平常的更急促一些，而且她完全不懂亲吻的技巧。江辰遇拍抚着她，慢慢地顺匀她的呼吸。尝到甜头后，他恢复了冷静，温柔地道："你有没有好一点儿？"

沈暮将头埋在他的颈窝处，点了两下。呼吸平复了，但醉意仍存，她觉得更晕了。

"睡觉吗？"他问。

沈暮又胡乱地点了点头。江辰遇将她的睡衣领口上被解开的纽扣扣好，然后直接抱她回卧室里。她已经迷糊了，满脑子都是他刚刚强势占据主导权的吻，而她当时正相反，毫无章法，不懂应对。她胡思乱想起来，所以在被他抱往卧室的中途，扯着他问："你是不是……很有经验？"

江辰遇边走边垂眸看她，一眼便看穿了她的心思："没有。"

"你骗人，明明就很熟练。"她絮絮叨叨地表示自己不信，觉得他肯定同好多女孩子接过吻。

江辰遇回答："你是第一个。"

沈暮狐疑地瞅着他。他察觉到她望向自己的眼神，扬起唇角笑了笑，特意多解释了一句："我遇到你就无师自通了。"

小醉鬼虽然难缠，但也好哄得很。听到这句话，转瞬间，沈暮就将脸埋到他的衣领间，"咯咯"地笑开来。江辰遇脸上的笑意也随之加深。把她放回床上后，江辰遇拉过被子给她盖上，让她躺好。他正要起身去关灯，她忽然拉住了他："你会在这儿陪我吗？"

沈暮攥住他的手指，靠在枕头上望过来。江辰遇的目光越发柔和，他喜欢她的依赖。他低下头，宠溺地吻了吻她的额："会，我不走。"

像是拥有了保护神的允诺，沈暮悬着的心彻底落下。一会儿的工夫，沈暮就安心地睡了过去。她睡着后，江辰遇依然没离开，只取了一床薄被，躺到卧室的沙发上。

沈暮喝得太醉，故而第二天醒得比以往都晚。她缓缓地抬起眼皮，只见屋内通亮，落地窗外，阳光倾泻而下，风景绮丽。她一晚上折腾得狠了，身心俱疲，骨头跟散架了似的。她伸了个大懒腰，觉得热，翻过身来踹了踹被子。

梦和现实交错间，还没回过神来的沈暮盯着天花板上的水晶吊灯好半晌，终于慢吞吞地坐起来，感到一片茫然。房间里突然传来一点儿动静，沈暮循声望去，只见靠坐在沙发上的江辰遇也正转头看过来。四目相望间，沈暮愣了几秒，脑袋"嗡"的一声。她对昨晚发生的事隐约有了点儿印象，这里似乎是他的家。

江辰遇随意地将手里的那本厚实的书放到一边，站起来，不慌不忙地走向她："早安……"他声音温和，略带着微妙的磁性。他坐到床上，瞧着她，微微一笑："女朋友。"

这个称呼从他口中被唤出，有一点儿故意挑逗的意味，也含着更多的亲昵和爱意。沈暮心头蓦地跑起火车，心脏"扑通扑通"地乱跳，昨夜支离破碎的画面，慢慢地在她的脑中聚拢。天啊！自己都发了些什么无耻的酒疯！她顿时羞惭到极致，身子情不自禁地往下滑。她扯过被子，将整个人闷了进去。

江辰遇不由得失笑，将被子从她紧攥着的手指间拽下来一些，露出那双水灵灵的眼睛，只见她的目光中还带着怯意。看来她酒醒得差不多了。他以两指捏住她的鼻尖："翻脸不认人？"

江辰遇没有松手的意思，沈暮的呼吸被堵住。她只好摇了摇头，瓢声瓢气地"嗯"了一声，还带着颤音。他笑了笑，得逞后便放开，俯身凑近："昨晚睡得好吗？"

他那张脸就在她的眼前一寸处，目光像带着热度，灼得她的两颊瞬间通红。她轻轻地咬了咬唇："嗯。"然后她很小声地问，"几点了？"

"十一点。"

沈暮蒙了几秒，而后如同身后有弹簧一般，"噌"的一下直挺挺地坐起来。江辰遇顺着她的动作稍微向后退了一些："怎么了？"

"呜……上班迟到了。"她想哭。

江辰遇还当是什么事呢，闻言忍俊不禁："你朋友会帮你请假。"

沈暮为难死了："可我不久前刚请过。"

"不能再请了？"

"要扣工资啊！"

沈暮略微皱眉，看上去像被割了肉似的心疼起来，并且已经开始默默地计算自己要被扣多少"真金白银"。江辰遇含笑道："我私下给你补。"

沈暮正准备一身正气地说"不要"，但声音融化在他含着温情的眼神里。她穿着男人的睡衣，领子宽大，斜斜地往一侧滑，雪白的肩头半露。沉默片刻，她嘀咕着："你公司的规定太严苛了。"

她这还赖上他了。江辰遇笑道："你当高薪是白拿的？"

沈暮不占理，垂了脑袋，抿唇不语。江辰遇觉得她怎么看怎么讨喜，让他总想上去逗一逗。他将衣领轻轻地拉回她的肩上，慢条斯理地说："我辞退你得了。"

沈暮一激灵，把这话当真了，半嗔半怨地瞪他："你怎么这样啊？！"

江辰遇笑着问："我怎样？"

电影开拍在即，工作任务重，累是真的累，但她也是真的喜欢这份工作。两个人的关系确定了，名正言顺，她连跟他说话都大胆了些。她瘪着嘴埋怨道："你滥用职权。"江辰遇还是笑。沈暮觉得他吃软不吃硬，攀上他的手臂，眼巴巴地望过去："不要……"

江辰遇眼底流露出一丝愉悦："嗯？"

沈暮变乖，晃了晃他。她因刚睡醒，说话时带着点儿鼻音，近乎撒娇："不要辞退我。"

对这一招儿，江辰遇很受用。他压住嘴角的笑意，不再欺负她，稍微倾下身，和她平视："美工部有点儿远。"

在她疑惑的目光中，他缓缓地道："我想调你过来，给我当秘书。"他将唇弯起一个弧度，声音温柔。

她怎么觉得他那么不怀好意呢？在他的话音刚落的时候，她的脑袋上已经开始像有蒸气升腾。谁要给他当秘书啊？她这么想着，心里却像注满甜蜜的气泡水。她咬住下唇，以免唇边的笑意过分明显，而后明目张胆地转移话题："我好饿。"

江辰遇的笑意不减，他完全顺着她的话说："起床吧，阿姨在准备午饭了。"

说着，他将手伸到她的面前。她稍微害羞了一下，还是把自己的手搭上去，握住他的手指，借他的力下床站稳。床下摆着一双玫瑰粉的拖鞋，看起来跟他脚上的是同款。她忘了这双拖鞋是不是昨晚就在，好像是没有的。她当时醉醺醺的，对这些细节印象不深。她将白净的脚伸进拖鞋里，嘴上嘀嘀咕咕的："家里为什么有女式拖鞋？"

这话听着像是她发现他的小秘密，要当场质问。江辰遇笑着说："早上我让阿姨去买的。"

小心眼儿的女朋友暗暗地开心了："哦。"她看了一眼自己光溜溜的两条腿，脸又是一红。她支支吾吾地说："我没衣服穿。"

江辰遇牵着她往浴室去："衣服买了，里面的也买了。"

沈暮一时感到奇怪，直到跟进浴室里，瞧见搁满整层置物架的款式、码数不一的内衣内裤，才明白过来。上回在南城酒店，他叫人帮她买内衣时，也是要了好多尺码给她备着。她愣怔半天，害羞和被照料的美好的感觉交融在一起。她有些忸怩，慢吞吞地说："不用把全部尺码都买一遍，我穿不了会浪费。"

可江辰遇不晓得她的尺码，总不能趁她睡着时上手去摸吧？他自认品行端正，虽然……但还是以女士的意愿为先。他眉梢的笑意耐人寻味起来："那你告诉我你的尺码……"他眸光略微往下滑，滑到微掩着的隐约可见的沟壑上，轻声问，"是多大？"

沈暮感觉到他的视线，蓦地捂住胸口。衣领原就特别宽，以他的高度望下来，近乎一览无余。她羞臊到心跳失控，想着：算了，您还是都买吧。

沈暮面红耳赤，不吭声。江辰遇故意地逼迫了一下："嗯？"

兴许是在两个人确定关系后，她的心里就没那么多的顾虑和忌惮了，因此她忽然大胆起来，不甘示弱地顶回去，不过声音还是柔柔的："你昨晚没摸出来吗？"这个人明明把她摁在洗手台上动手动脚了好久。

沈暮不知自己的回应正中男人的兴奋点。江辰遇轻轻地启唇："没来得及。"他将声调刻意地放低，"不然我现在继续？"他喉结滚动了一下，那样子极其性感。

他倾身靠近她，作势就要吻下来。她顿时举白旗投降，一秒认厌："哎呀，我没刷牙……"她躲了躲，又反手去推他，"你先出去啦！"

江辰遇的眼里含着笑意，很快他就被赶出了浴室。沈暮站在镜子前，心跳猛烈，好像下一秒在身体里乱撞的小鹿就要蹦出来。她没有锁门，此刻的紧张、羞赧，与以往任何一次的都不同，多出一种安心的感觉，以及云开雾散般的愉悦。

这就是谈恋爱的感觉吗？奇妙得无法言喻。他那好听的声音一飘过来，她的心就开始发痒；醒来第一眼瞧见他，她就觉得今天是元气满满的一天；和他待在一起，她会有一种微妙的期待和兴奋，然后想像糖一样黏在他的身边……

沈暮越想，脸上越热。她捂住脸想要淡定下来，但一看见台面上摆的东西，又功亏一篑。除了牙刷、毛巾、梳子，那人贴心到将女孩子用的洗面奶和水乳都给她准备妥当。沈暮听着"扑通扑通"的心跳声，开始刷牙洗脸，含着满嘴的泡沫，嘴角还止不住地上扬。哼，他的牙膏是蜜做的吧，怎么甜成这样？她嘟着嘴嗔怪他，心里却在暗喜。

江辰遇似乎也很懂沈暮的喜好，让阿姨准备的几条小裙子都是沈暮中意的款式，应该是照着沈暮昨晚脱下的那件裙子的尺码买的，所以大小正合适。

沈暮拿了其中的一件香芋紫的裙子换上，走回卧室的时候，江辰遇正坐在沙发上看书。阳光透过落地窗照射到他的身上，映得他好耀眼。他的身上只是简单的白衣黑裤而已，但就是令他显得气质无比高贵。沈暮有那么一瞬恍惚。这个一丁点儿毛病都挑不出的男人，居然真的是她的男朋友了。四年前有事没事便缠着他聊天儿时，她是没有想过两个人的关系会发展到现在这样的。

江辰遇听到动静，放下书，起身走过去："合身吗？"

沈暮的第一反应是以为他问的是内衣，脸又热起来，她低咳一声："还……行。"

江辰遇意味深长地一笑。准备带她下楼吃饭的时候，他发现她的目光突然定在远处，问道："你看什么呢？"

沈暮转过头来，目光中透着乖巧和新奇："留声机。"她刚才无意间望见他卧室的一角放着一架精致的古典描金留声机。原来以前两个人通语音时，他给她放钢琴曲的留声机是长成这样的。

"吃完饭再玩儿。"江辰遇笑着屈指轻轻地在她的额上敲了一下，而后牵着她走出卧室。沈暮跟着他："吃完饭，我要去上班。"

江辰遇言简意赅地道："你今天不用去了。"

闻言，沈暮愣住，觉得还有大半天的时间，自己应该抓紧时间回公司，及时止损才对啊！她的话还没说出口，下楼梯的时候，江辰遇又轻描淡写地说了一句："我下午到总部一趟，你在家里待着别乱跑。"

沈暮想了想，决定听他的话，温顺地服从安排："知道了。"

开放式的餐厅通透明亮。阿姨已将饭菜都端上桌，见他们下楼了，马上招呼他们来吃。沈暮刚一落座，阿姨便热情地问："江夫人想喝点儿什么？家里有果汁和酸奶。如果您对这两样都不喜欢，我再去买别的。"

这个称呼，直接扰乱了沈暮的思绪。她紧张起来，搁在腿上的手攥住裙子："啊，我……"

江辰遇了然地笑了笑，不慌不忙地坐到沈暮的对面，对阿姨说："我们暂时还没结婚。"

阿姨立马意识过来，用力地拍了一下腿："嘿，您瞧我！您头一次带姑娘回家，给我激动得糊涂了。"

沈暮已经羞到极致，笑容不自觉地矜持起来。她腼腆地答道："酸奶就好，谢谢阿姨。"阿姨笑着应了一声，回身到冰箱那里取酸奶。

沈暮的面上浮着羞色，她尴尬又难堪地咬住筷子，随后，发觉对面的那个人在看她，脸一下更烫了。她觑了他一眼："我的脸是不是很红？"

江辰遇继续望着她："挺可爱的。"

沈暮埋首下去，决定安静地吃饭，不跟他讲话。

江辰遇微笑着夹了一块排骨送到她的碗里："前院有个小花房，后院是泳池。你想玩儿电脑或者看书，就到我的书房去。书房就在卧室的旁边，健身房在三楼。"

他走之前事无巨细地都与她交代清楚，怎么像要离开三年一样？沈暮抑制住差点儿破唇而出的笑声，咬着排骨点了点头。阿姨拿了一杯酸奶回来，江辰遇又说："庄阿姨，下午麻烦你陪着她点儿。"

庄阿姨答道："好喽。"

沈暮咕哝着："我又不是小孩儿，不用陪。"

江辰遇道："差不多。"

沈暮嘴里含着排骨肉，两颊鼓着，向他投过去不满的眼神。庄阿姨在一旁看得眉开眼笑。

结束午餐，稍作休息后，江辰遇穿上西装外套就要开车去总部。走之前，他带沈暮到门口，操作了两下智能门锁，又拉过她的手指，在感应区录下指纹。沈暮看着自己的手，一时没回过神，便听他说："我去公司了。"

略一反应，沈暮连忙应了一声"好"，然后乖乖地站着。

江辰遇看了她一会儿："就这样？"

沈暮眨着眼："啊？"

江辰遇轻笑一声，笑容里带着点儿无奈和纵容。他倾身过来，低头亲了一下她的唇角。只是一个随意的浅吻，沈暮整颗心瞬间剧烈地一跳。

"走了。"他又说了一遍。

沈暮蒙了一会儿，脸白里透红。第一次谈恋爱，她完全没经验，不懂他是什么意思，以为刚刚那是他在教她正确的做法。她回味了一下唇角处他留下的温度，心中略微挣扎，最后暗吸一口气，踮起脚，依样葫芦地回啄了他一下。只是他太高了，她只能稍稍够到他的下唇。

意外收获回吻的江辰遇怔了一秒，随后没绷住，笑出声。沈暮的耳尖红红的，她难为情地瞪了他一眼："笑什么？"她已经这么努力地克服自身害羞、柔弱的性格，认真地在学习怎么和他谈恋爱了，他还笑！

江辰遇摇头不答，眼底噙着笑意："进去吧。"

沈暮没走，踌躇再三，又望了他好几眼，才低声问："你什么时候回来？"

"晚饭前。"如果她不在，那他给的答案肯定是睡觉前。

沈暮点点头："那你慢点儿开车。"

江辰遇脸上的笑意加深："好。"

他走后，沈暮进了屋。她想回二楼，不疾不徐地走上楼梯，却慢慢地发觉好像哪里有些诡异。怎么自己就和他相处得像新婚小夫妻似的？这太不对劲了。

江盛集团总部大厦，顶层总裁办公室内。方硕对办公桌前的那人报告："江总，沈小姐的事，公安机关已立案。我已经委托许律师跟进。后续需要的相关材料，许律师会配合公安机关整理和提交。"

江辰遇翻着文件，目光深沉："宋晟祈呢？"

方硕回答："轻微脑震荡，缝了六针，不过他没有生命危险，目前在医院里。"

想想也知道宋晟祈不可能认罪，最后无疑是要去法院的，江辰遇沉下声音："跟紧点儿，不要拖。"

江辰遇此时的语气比他对待工作时的语气更严厉几分，这说明事件很严重，不容疏忽。方硕立刻应声，而后想了想，又说："对了，江总，宋董今天过来了，在和相关部门谈收购预案。"

正翻文件的手指微顿，江辰遇沉默片刻后，淡淡地道："请他到 A27 会客室，我二十分钟后过去。"

用"请"字，源于江辰遇自身的修养，但他的声音凉凉的，透出的尽是冷漠。方硕很快应了一声，下去办事。

二十分钟后，江辰遇处理完手头的文件，起身去往 A27 会客室。

宋卫在会客室内等了有一会儿了。公司面临大量债务，宋卫走投无路，此次来求援，自然不敢怠慢。见江辰遇到来，宋卫立马站起来："江总。"江辰遇略一颔首算作回应，径直坐到单人沙发椅上，抬手示意宋卫坐。

若要论起来，江辰遇该是晚辈，眼前的中年男子也许是自己未来的岳父，但恐怕连宋卫都不敢也没脸再去承认这份关系。宋卫坐回去，有些拘谨地说："江总，贵公司对宋氏的收购决议……"

江辰遇没什么情绪地打断宋卫的话："收购宋氏，是江董的意思，有关部门会交接。我不干涉此事，你没必要和我说。"

宋卫一时语塞，将话咽了回去。这时，方硕送茶水进来。江辰遇将茶杯接过，浅浅地抿了一口茶，随手将茶杯搁到茶几上，轻描淡写地说了一句："不过我看过你们的初步资金流向报告，宋氏存在有人私自转移公司资产的情况吧。"

江辰遇穿着一身剪裁合体的深色西装，双手随意地在膝盖上搭着，黑眸迷人、鼻梁高挺，面部轮廓自带冷硬感，气场强大，不怒自威。尤其他的目光似有穿透力，能将一切把戏看穿。宋卫被江辰遇那敏锐的洞察力结结实实地惊到了。谢时芳确实背着自己转移了不少财产，只是财务部门被她的障眼法忽悠过去了，还是宋卫自己在审计时发现了蛛丝马迹。

"那部分亏空，不可能算在债务转让的范围内，要么按职务侵占罪打官司，要么私下谈拢。我劝你在收购协议签订前把这个事解决干净。"江辰遇始终面无表情，给予宋卫忠告。

宋卫捏了捏裤子，看起来有些坐立不安。他垂着眼保证："我会的，您放心。"

江辰遇又道："我请你过来倒不是要说这个。"

闻言，宋卫顿了片刻，终于抬头和江辰遇对视。江辰遇继续说："我会在花城半岛购置一套房，过户到景澜的名下。"

尽管宋卫不知江辰遇的用意，但花城半岛高昂的房价，足以让宋卫被这个消息彻底惊呆。江辰遇面色淡如水，语调平缓，但所说的话不容争辩："年满十八周岁，拥有独立住房，即满足立户条件，分户手续也不复杂。我咨询过当地派出所，证件齐全的话，当天就能办好。"

言至于此，宋卫再猜不出江辰遇的意思，这辈子就算白活了。宋卫倏地站起："江总……"

江辰遇从容地向后靠着椅背，态度不冷不热："希望宋董能配合，把景澜的户口独立出来。"

其实宋卫清楚，沈暮冲自己绝望地吼出那句"这次你信了吗"的时候，就注定她此生都不可能原谅自己了。尽管宋卫从来没有不信她，但四年前，自己一心为公司，自认没有和谢家翻脸的资本，只能委屈她。他对自己做过的蠢事感到很懊悔，心里也很疼这个女儿。他时常看户口簿，见上面"沈暮"的名字还在，便能感觉到一丝宽慰。所以，当江辰遇说出这句话时，宋卫是无法接受的。

宋卫皱眉正要开口，但江辰遇似乎并不在意他的想法。江辰遇道："和我结婚的时候，她应该不会高兴拿着你们家的户口簿。"这是已成定局的口吻，江辰遇只是通知，而不是商量。宋卫浑身一震，被这句话精准地击中心脏。江辰遇缓缓地说："宋董觉得呢？"

江辰遇依然气定神闲地坐在那儿，而宋卫的脸色已经渐渐地变得惨白。是，宋家的户口簿上除沈暮以外的那三个人，没一个对得起沈暮的。江辰遇的措辞其实不狠，但偏偏无形中让宋卫难以辩驳。宋卫再多活几十年，怕也不具备与其谈判的能力。何况宋卫也心知肚明，对沈暮的事，自己早就没有资格过问了。沈暮和江辰遇在一起，是最能令他安心的结局。宋卫闭了闭眼，声音沙哑又无力："是，我懂。"

江辰遇不准备多费口舌，徐徐地起身："这件事最好尽快，到时候麻烦宋董带上相关证件去一趟派出所。"

话音刚落，江辰遇越过宋卫打算离开。宋卫突然喊住江辰遇："江总！"

江辰遇淡然地侧头看去。宋卫还残存着作为父亲的最后一丝执着："我只是想问，你为什么对景澜这么好？"

江辰遇大概觉得这个问题很多余："不为什么，我只是想让她开心。"他敛眸沉默了一瞬，忽然意味深长地多说了一句，"宋董应该知道，你儿子做的事，公安机关已经立案，我也委托了律师。这次，连带四年前的那次。"

宋卫怎么可能不知道？他重重地叹了一口气，语气里含着认命和悔恨："我愿意做证人。"

江辰遇看了宋卫一眼，话却是对方硕说的："方硕，许律师若有需要，你直接和宋董联系。"

方硕很快地应道："明白。"

将近下午五点，江辰遇开车回到锦檀别墅。他走进客厅里，将外套脱下，扔到沙发上。庄阿姨在厨房里准备晚餐，听到外面的动静便迎出来。

江辰遇左右望了望，问："她呢？"

说到沈暮，庄阿姨无奈又想笑："这小姑娘可真是闲不住。之前她在厨房亲自折腾，要做鱼头汤，说你要补一补。汤熬了两个小时，刚做好，这会儿她又跑到二楼去给你洗衣服了。"庄阿姨笑着叹了一声，"我说我来我来，她就是不肯。"

江辰遇的眉眼间从公司带回的严肃之气尽数退散，他不禁弯了弯唇，径直往楼上走："我去看看她。"

二楼的露天洗衣房，江辰遇到的时候，沈暮正在洗衣池旁搓他的睡衣，满手都是洗衣液的泡沫。他轻步走近，用手臂绕过她细细的腰，从她的背后拥搂上去。

炽热的男性气息突然包裹而来，沈暮条件反射般地浑身一颤，惊叫一声。下一秒，江辰遇将下巴抵在她的右肩上："是我。"

沈暮反应片刻，在警报解除后，长长地舒出一口气。要不是手上都是泡沫，她好想打他啊！她微斜着眼看他，语气中带着娇嗔："你走路怎么没声啊？吓死我了。"

江辰遇在她的耳边轻笑出声，用薄唇蹭了蹭松松地绾着的秀发，又慢慢地移到她的耳垂上，再亲她白净的脸颊。他的动作轻柔徐缓，为余晖渲染下的玻璃房营造出一种特有的温情。

沈暮背对着他，依偎在他温暖的怀里。像一粒石子坠入后，心湖泛起波澜，她微不可见地战栗了一下。江辰遇从她的身后环着她的腰，一只胳膊向上移动。他以两指捏住她小巧的下颌，将她的头转过来。他不说话，直接低下头，吻住她的双唇。

沈暮不由自主地合了眼。因满手都是泡沫，她将无处安放的双手举在空中，就这样又一次轻而易举地被他掌控。空气中都是洗衣液的清香，很清新。她被他吻着，感到浑身一丁点儿的力气都存不住。她的身子往下滑，他环着她的腰肢，将她稳而有力地提住。周遭好似浮起无数带着甜酒味儿的气泡，她慢慢地觉得晕起来。

他们立在夕阳下的玻璃房里，这一吻，漫长而投入。这一刻，特别像男人归家后，和小娇妻享受重聚的甜蜜，耳鬓厮磨，难分难舍。

亲吻结束，已是许久之后。沈暮虚得整个人都倚在了他的怀里，由他扶着才能站稳。她感到迷迷糊糊的，张着嘴不断地喘着气，呼吸轻浅急促，眼尾泛出星星点点的水光，看起来被欺负得有点儿可怜。

"肺活量这么低。"江辰遇声音里含着笑意，还带着点儿沙哑。他用指尖捋了捋她的长发，那是刚刚被他拨乱的。

沈暮红着脸胡扯，声音轻飘飘的，近于气音："那是因为……我没吃晚饭啊……"

江辰遇但笑不语，打开洗衣池的水龙头，调好温度，然后拉过她的双手，边抚边洗地帮她冲掉泡沫。沈暮象征性地缩了缩手："衣服还没洗好。"

"阿姨会洗，你先来吃饭。"江辰遇取过挂在壁上的毛巾，擦干她手上的水。牵她下楼前，他还特意抬头看了她一眼，脸上带着饱含深意的笑："吃饱一点儿……"她才好有力气接吻。

沈暮不知怎的就迅速地懂了他的意思，脸上一阵燥热。她羞愤地用玫瑰粉色的鞋头往他的蓝黑色拖鞋上踢了一脚，其实看上去，就是小姑娘家跟男朋友撒娇。江辰遇脸上的笑意更深了。他将她的手完全握在自己的指间，带她下楼去："阿姨说，你非要煲鱼头汤给我喝。"

这句话的暗示性太强。沈暮跟在他的身后走着，闻言顿时有种被公开处刑的感觉，好难为情："我就是……闲着无聊嘛。"

沈暮扭扭捏捏地回答，偏不承认鱼头汤是专门为他做的。他也不拆穿，微笑着问："你今天都做什么了？"

沈暮跐拉着拖鞋跟在他的身后，一边下楼，一边说："庄阿姨给我泡了一杯花茶，我就在花房里坐了一会儿，还吃了一块红丝绒蛋糕。"江辰遇继续听她说，眉眼间含着温柔。

"然后，我想到今天 IAC 的初赛结果会出来，就到你的书房，用你的电脑查了一下。"她说道。

江辰遇顺着她的话问："怎么样？"

沈暮声音里带着愉悦："通过了。"

她开心得连脚步都轻快起来，往前跟上他半步。江辰遇的眼底又增添了几分笑意。沈暮轻巧地跳下最后一级台阶："后来我想听留声机，可又不会用。"

她往下跳的一瞬，江辰遇的手上多施了几分力道，他怕她摔倒。他拉开餐椅让她坐下，自己再坐到她的对面："晚上我给你放。"

沈暮下意识地想答"好"，开口前又忽然顿了顿。她越发感觉不对劲。自己怎么就顺其自然地像要在他家住下了？她红着脸，木讷片刻，支吾着说："你不送我回去吗？"

江辰遇抬眼凝望了她一会儿，郑重地告诉她答案："不太想你回去。"

沈暮整颗心狂跳起来，从耳尖到脸蛋，红晕迅速地蔓延。江辰遇虽不想她离开，但还是问她的意愿："如果你要回去的话，我也可以送你。"

话音刚落，问题就从他送不送她回家，变成对于他想留下她的这一请求，她是否拒绝。她咬着唇艰难地思忖片刻，说："喻涵会担心。"

江辰遇淡然自若地看着她："嗯。"

沈暮突然不敢直视他的眼睛，在桌下扒拉着手指，话音越来越轻："我还是得……先回去一趟……"

虽然她很喜欢这里，但刚谈恋爱就和对方住在一起，似乎显得自己不是很矜持。主要是她没有恋爱经验，不太敢这样。

江辰遇想了一下，唇角扬起的弧度不变："好。"

他答应得有些容易，以致沈暮不是很安心。她小心地试探："那你……没生气吧？"

江辰遇笑着问："我要是生气了呢？"

沈暮被难住，一时不知如何回答。略作沉吟，她想说：如果他不开心的话，那么她不回去也可以。但她的话还没来得及讲，他先笑了一声，放过她："你别想了。我什么时候生过你的气？"

尽管他这么说了，但沈暮的危机意识很强，她问："真的没有吗？"

"没有。"见她不是很确信的样子，江辰遇耐心地引导，"你不是说先回去一趟吗？"沈暮听出他对"先"的咬字稍重，隐约察觉到其中别有深意，狐疑地瞅了他一眼。后面的话，江辰遇说得轻描淡写的："改天我再接你回来。"

沈暮愣了一瞬才反应过来。她好像给自己挖了坑，有先就有后。这个人怎么这样啊！明明知道她不是这个意思，他还故意曲解。这才刚恋爱，她就有种被他吃死的感觉了。

庄阿姨将最后一道菜端上桌。沈暮索性埋头认真地吃饭，安安静静的，不说话。江辰遇笑了笑，不再逗她，将菜夹到她的碗里。

晚餐结束，江辰遇陪沈暮在泳池边散了一会儿步。晚风拂过水面，吹到身上凉凉的，特别舒服。之后，他送她回到春江华庭。

将近晚上九点，黑色的布加迪跑车缓缓地停靠到小区的门口。沈暮低头去解安全带："我走了。"

江辰遇将手搭在方向盘上："好。"

沈暮刚要侧过身开车门，用余光留意到他正凝望着她的脸，眼睛一眨不眨。她略微停顿，回望过去："怎么了？"

江辰遇含笑道："再看看你。"

沈暮的脑袋倏地"死机"了。他短短的一句话，令她的心头突然涌上强烈的不舍，因为她要等明天才能再见到他。她一时无法将这种真实的感觉淡化下去，于是乖乖地坐着，没再去开门。江辰遇眼中闪过笑意："你发什么呆？"

沈暮微微一愣。什么啊！她是想再和他待一会儿。沈暮抿了抿唇，温温暾暾地道："你过来一点儿。"

江辰遇什么都没问，听话地从驾驶座位上倾身过去。她抑住跳动过速的心，凑上前，往他的嘴唇上亲了一口。四片唇瓣完全贴合，传递着热度。这是中午他教她的分别方式，她活学活用。不过只有一秒，她就想要退开，但转瞬间，江辰遇的掌心就覆上她的后颈，以巧劲将她的头控制住。她"唔"了一声，被他堵住双唇。他时啄时咬，教她什么才是真正的吻别。

布加迪跑车停在路边的树下，夏天的梧桐树枝叶繁密，正好挡着前方，两边的车窗也都是单向透视玻璃。道路上几乎没有行人来往，路灯昏黄的光线透过树叶的缝隙照下来，在车的前窗上投下明暗不定的光影，仿佛是在为这对热恋的小情侣打掩护。

时间一分一秒地流逝，车内的"教学"终于"下课"。沈暮气息急促地伏在江辰遇的怀里，整张脸绯红发烫，埋进他松松垮垮的衬衫领口。她的脑子昏昏沉沉的，她一面想怪他欺负人，一面又虚弱得发不出一点儿脾气。江辰遇微微喘着气："你还能走吗？"

沈暮在心里嘟囔他好烦，摇着头跟他唱反调。他低笑一声，动情后，他的嗓音是哑的。他故意亲她的耳朵，说："那我带你回家了。"

沈暮含糊地嗔了他一句什么，抬起窝在他胸膛前的脸，自顾自地理了理被他弄乱的头发和裙摆："我走了……"

她声音像被蜜水浸泡过，甜甜的，整张脸涨得通红，连颈项都是红的。江辰遇揉了揉她的发："去吧。"这回他是真的放她下了车。

七栋二十四层，门口。沈暮呼着气，用手往脸上扇风。过了好一会儿，脸上总算是降温了，她才按下门铃。

喻涵一开门，愣了愣，随即不等沈暮先进来，就一把将其抱得紧紧的："宝贝儿！你可担心死我了！"

沈暮被喻涵搂得有点儿喘不过气，好笑地说："我没事。"

喻涵立马拉沈暮进屋。两个人坐到沙发上。喻涵把一碗切成小块的西瓜塞到沈暮的手里："你现在的心情怎么样？"

沈暮眉眼弯弯的，实话实说："挺好的。"

闻言，喻涵顿时开心了："我还以为宋家的那个祸害会害你留下心理阴影呢。我就知道，把你交给江总准没错！"

沈暮不经意间怔住片刻。她忽然意识到，自己到现在都没去想那件事。她像一直沉浸在江辰遇打造的香氛乐园里，她的世界里只余欢愉和安逸。原来和喜欢的人在一起，所有的黯然和痛苦真的都会自动弱化。待在那人的身边，就如被圈进保护层里，她连担惊受怕都忘却了。

沈暮的神思不由得飘远，但喻涵接下来的话又登时将沈暮的思绪拉回："宝贝儿，你别怕。等法庭宣判后，宋晟祈怎么也得坐几年牢。"

沈暮结结实实地一怔。喻涵对上沈暮茫然的目光，迟疑了一下，说道："公安机关立案了。江总没告诉你吗？"

沈暮摇摇头，越发蒙。喻涵便将这件事的进展跟沈暮讲了个大概，最后总结："反正呢，江总把一切都安排到最完美了，你什么都不用担心。"

喻涵又开始念叨"大快人心"之类的话，但沈暮连一个字都没再听进去。喻涵撞一下沈暮的肩："你想什么呢？"

沈暮稍微回过来点儿神，垂眸盯着碗里鲜红的西瓜，沉沉地叹出一口气："我突然觉得他对我太好了。我怎么好像……对他有点儿多余？"

喻涵被沈暮的想法惊到："你哪里多余了？"

沈暮苦恼地说："就很无用啊！"她莫名地患得患失起来，认为自己无以回报。

"怎么无用了？"喻涵很正经地点拨沈暮，"你可以满足他的需求，和他一起快乐。"

沈暮忽然间竟搞不清这话的意思，单纯地问了一句："什么需求？"

喻涵的笑慢慢地古怪起来，显得有点儿坏坏的。沈暮明白过来，面红耳赤地嗔了喻涵两句，接着逃回了房间里。

房门关上的一瞬，喻白刚从盥洗室里出来。他身着T恤、短裤，简单随意。他看了一眼沈暮的房间，什么都没说，走回了自己的屋子。

沈暮洗漱完毕，躺到床上。好奇怪，身边没有他的气息，她感到心里空落落的，连呼吸都觉得缺了一点儿味道。

小夜灯暗暗的光影照在床头上。刚与他分开两个小时，沈暮就开始想念他。她想起法国的室友曾经热恋时的模样。原来谈了恋爱，两个人真的会想像牛皮糖一样时刻和彼此黏在一块儿。

沈暮辗转反侧，过了一会儿，终于放弃睡觉，摸出手机，给他拨了一通微信语音。那边的人好像在等她似的，没两秒语音通话就被接通了。她将脑袋侧枕着，把手机搁在耳边。语音通话一通，她就听见他那引人遐想的低沉的呼吸声。心仿佛隔空被他微热的呵气灼到，她如掩饰一般，忙不迭地先开口："我睡不着。"

大抵是有了男女朋友的意识，所以她讲话的声音不由自主地带着些微娇柔的少女音。江辰遇缓缓地做了两个深呼吸，笑着说："我陪你。"

听出他的呼吸有略微加重的痕迹，她微感疑惑，轻声问："你在干什么啊？"

安静片刻，江辰遇回答："我刚健完身。"

也许方才他是在喝水，现在他的嗓音恢复到自然的富有磁性的低沉状态。沈暮的心跳开始加速，因为她情不自禁地想到被他抱在怀里时，隔着薄薄的衬衫，她能清晰地感觉到他的胸肌和腹肌是坚硬的。

"哦……"沈暮羞得将半张脸掩进被里，敷衍地应了一声。

但那人似乎能将她的每一丝语气都琢磨透彻，耐人寻味地笑了笑。沈暮的心跳跟着他的笑声在振动。手机那边令她猝不及防地传来一句："通语音通话挺费电的。"

沈暮微微犯蒙："啊？"

江辰遇可能是在拿毛巾擦汗，漫不经心的口吻显得自然又随意："你老在别人家里打扰也不好。"沈暮呼吸的频率随之放慢下来。他好似温存地与她耳语："你什么时候搬到我这里住？"

他讲这句话时的语气并没有多么正式，听上去不过是顺口一说，但也正因为如此，营造出一种"大势所趋"的氛围。她固有的想法开始动摇，像是有了转圜的余地，继而于无形中有新的认知注入脑内——搬去他家是再自然不过的事。

心飞速地跳动着，沈暮不由自主地屏住呼吸，躲进被窝里，只露出一双晶亮的眼睛。什么啊，这个人，就扯吧！她暗嗔他乱找借口，掩在被子下的嘴角却不可控地扬起弧度。

见她悄无声息了半天，江辰遇问："睡着了？"

自己怎么可能睡着？沈暮连忙故作淡定地说："还没。"

江辰遇平静地道："哦，你故意不理我。"

沈暮的心里"咯噔"了一下，她下意识地声明："不是。"

心头的激动正和矜持缠斗在一起，沈暮一时无法缓解这种又愉悦又忸怩的情绪："就我们这样，会不会……太快了？"她咬着下唇，声音很低。她不太懂常规的恋爱流程。

那边的人沉默几秒后，明显笑了一声，其中的意味难以言喻。沈暮感到奇怪地问："怎么了？"

那边的人明知故问："我们怎样？"

沈暮知道再继续这个话题，自己肯定说不过他，于是马上装傻："没有，没怎样。"

江辰遇不疾不徐地提出方案："你若对我不放心的话，主卧给你，我睡客房。"

沈暮的心思在他的面前永远无所遁形，她捂着脸投降，试图终止对话："好了，别说了。"

江辰遇故意笑着往下讲："我不会让你吃亏。"

这个话题已不只是暧昧了，尤其他性感的声音，很容易引人坠入意乱情迷的境地。沈暮就像被注射了兴奋剂，心脏"咚咚"地乱跳个不停。耳边没有他的声音，她会睡不着；听见他的声音，她又亢奋得更睡不着。他是不是有毒啊？

假装淡定的她实在装不下去了，脸上有热气。她赶他走："哎呀，你快去洗澡吧！"

她的娇嗔传入他的耳中，自带甜腻的味道，他眼底的笑意更加深了。

翌日，沈暮起了个大早。她在厨房里折腾了一个多小时，亲自做了玉子烧和金枪鱼蔬菜卷。她还特意多做出一份，将其装进保温便当盒中，然后仔细地放到袋子里。吃过早餐后，她就和喻涵正常到公司上班。

沈暮的工作态度一向端正，但最近她快成旷工惯犯了，故而反思了一下自己，决心认真地投入工作。不过对于上班，她现在比从前多了几分憧憬。可能是要再见到他了，所以她感到上班是一件幸福的事情。而且与他分开一晚，她竟莫名地有异地恋的感觉。她觉得自己要出问题了。

沈暮和喻涵来到电梯间。在这个时间段，偶遇上班的同事实属常见现象。在两个人等待电梯下降的工夫，有几个女同事就在电梯间里聊了起来。江盛收购宋氏，成了女同事们的首选谈资。"我看江总就是在给小暮出气。"有人突然说出一句，随即便得到一片应和声。

起初，沈暮只低着头，安静地吸着没喝完的豆浆。闻言，她咬住吸管的牙齿微松，有些身在状况外地怔了一下："啊？"

宋家的案件涉及沈暮的隐私，非公开审理。喻涵作为人证才得知，但其他人并不知情。故而，女同事们只是根据宋氏在业内糟糕的名声而这样猜测的。尽管没有恶意，但女人八卦起来都口无遮拦。见几个人有往深了探问的趋势，喻涵果断地岔开话题："周五下班，咱们组队去玩儿密室逃脱呗？"

女同事们的注意力一下子就被吸引了过去。

"哎嘿，这个可以！"

"我也来！我也来！大逃脱的综艺节目，你们看没看？我早就想玩儿这个游戏了。"

喻涵激动地搓手："我看了啊！鬼校那期，我看到半夜，太刺激了！"沈暮默默地瞧了喻涵一眼，心想：不单纯是刺激吧，那晚喻涵明明是被吓到灵魂出窍。

张慧琪忽然想到："我知道临南路那家的实景密室逃脱，有个叫'瞳灵夺舍'的主题，据说得了全国金奖，重度恐惧级别！去不去？"

她一问之下，竟无人退怯，甚至再过两天才是周五，她们已经开始兴奋。这大概就是女人吧，那种越胆小越想玩儿的自虐型选手。

电梯终于"叮咚"一声降到这里，门移开，大家接二连三地往里面进。张慧琪精神抖擞地说："小暮也来。"

沈暮愣了一下，跟进电梯里，唇角牵出不好意思的笑："我应该……不太敢。"她有超级清晰的自我认知。

喻涵笑得无情又大声："哈哈！不怕，不怕，找江总陪你啊！"

沈暮当众被调侃，脸倏地一烫。她悄悄地瞪过去。而几个姑娘闻言顿时兴奋起来，七嘴八舌地议论着。

"对，对！我们正好需要解密的高智商者。"

"妈啊！江总！我这是什么福气啊！"

"完了，我又紧张，又期待。为什么还没到周五！"

张慧琪接下来的话，"啪"的一下，击碎她们的异想天开："天啊！你们还真敢想。江总啊，怎么可能有闲心跟咱们玩儿这个啊？"

喻涵勾住沈暮的肩膀，颇为自信地道："只要我家的宝贝儿来，那绝对可能！"

无疑，姑娘们的观点一致，于是后一秒她们就开始起哄，怂恿当事人去邀请。

"小暮去问问看！"

"对！你们总得培养感情吧！"

…………

然而沈暮全程都是蒙的。她们的思维太跳跃，沈暮有些跟不上。终于电梯到达十八楼，大家一边滔滔不绝地议论着，一边走出电梯去往办公室。沈暮略作犹豫，拉住喻涵，尽量保持平常的语气对女同事们说："你们先走，我有点儿事，很快就回来。"喻涵停顿了极短的一瞬，随后笑眯眯地投来一个"OK，我懂"的眼神。

沈暮抿唇不语。这回，她无法阻止喻涵胡思乱想，因为三分钟后，自己确实出现在了总裁办公室，不过当时江辰遇没在。

沈暮放轻脚步走进总裁办公室，将袋子里的便当盒拿出来，端端正正地摆在他的办公桌上。她在他这里悄悄地留下小惊喜，她的眉眼间洋溢着女孩子甜蜜的欢悦。但她没有等待，也没有说明，直接回了美工部。

江辰遇先在总部处理了一点儿事情，再到九思，大约是半个小时后。看到桌面上的双层浅粉色便当盒时，他略微怔了一瞬，随后，眼中现出一丝了然的神情。

方硕抱着一沓文件正要向江辰遇报告工作，见状明白过来，情不自禁地笑着说："沈小姐真是太体贴了。"

江辰遇坐到办公桌前，没搭腔，只是觉得眼前的那堆待审阅的文件和粉色便当盒一比，黯然失色，毫无吸引力。静思片刻，他忽然说："找人把我书房里的沙发搬走，腾出来做画室，画架之类的美术工具都准备全。"

方硕心领神会地一笑："明白！"他在这方面向来极具灵性。不必领导亲自开口，他便显得很懂地问道："要不要再联系一下 Rita 老师，把 Matteo 今年春夏的服装和新款鞋靴都准备一套，放到您的衣帽间里？"

江辰遇抬头淡淡地睨过去一眼。方硕小小地一激灵，下意识地闭牢了嘴巴。三秒后，只听这位高傲冷淡的领导不轻不重地"嗯"了一声，方硕反应片刻，暗舒一口气。自己差点儿被江总搞得不自信了。

沈暮在工位上整理分镜手稿。自己只是缺席一天，就落下了好多工作。搁在一旁的手机就在这时振动了一声，她手头正忙着，原本没想搭理，但想起什么，转瞬放下手稿，取过手机。果然是那人发来的微信消息。

江辰遇："田螺姑娘呢？"

沈暮无意识地扬起嘴角，知道他是到了办公室，也看到了她留在那儿的便当盒。她正儿八经地回答："她在努力工作。"

他又问："那她现在有没有空？"

沈暮装无知："不知道啊！"

"帮我问问好吗？"

沈暮眼底漾着笑意："好啊！那你先说，找她有什么事？"

这种问题对江辰遇而言无疑是幼稚的。但他倒也乐意陪着这个小姑娘闹："想表达一下我的感谢。"他又着重强调了一句，"当面。"

沈暮唇角的弧度弯得更大了，因为他的无条件配合。她起了玩儿心，故意气他，佯装不情愿地道："可她说很忙，应该没空吧。"

江辰遇哄着："给个面子。"

沈暮的内心一阵暗喜。她继续抬杠："要不然，你等她下班再说。"

之后她又发了一个"为难"的表情包。

江辰遇："可是怎么办？我现在就想见她。"

他简单的两句话好似箭矢，"嗖"的一下就射中了她的心。她红着脸，心脏"怦怦"

直跳，满脑子都冒起粉红泡泡："是吗？有多想？"

谁能料到想见自己的女朋友竟会如此困难？江辰遇失笑，坦白道："无心工作。"

沈暮的心瞬间柔软起来，她当然也想找他，昨晚就开始想了，可这个时候过去也太招摇了。她正绞着两个拇指，心里感到纠结。江辰遇又回复过来，字里行间带着温存："请她来一趟行吗？老地方。"

沈暮鬼使神差地敲下了"好吧"两个字。发送前，她又陷入犹豫之中，因为想到整个美工部都在紧赶慢赶地忙碌，而自己只顾着"沉迷于男色"，实在良心不安。谈恋爱真是太耽误工作了，她拼命地控制住自己，深思熟虑后，回复道："还不行，现在是上班时间。"

江辰遇特意再问："真的不过来吗？"

沈暮坚持自己的想法："嗯。"

江辰遇道："那我自己想办法了。"

最后这一句，他说得似乎有些意味深长。沈暮疑惑了片刻，但没多想，放下手机，继续整理手稿。

办公室里很安静，无人闲聊，只有翻动纸张和敲打键盘的声音，大家都在认真地完成自己的任务。沈暮也开始投入工作，但没过几分钟，她的身后突然响起一阵惊呼声。她感觉到古怪，刚想回头看看发生了什么，就听到恭敬的问候声接连响起。大家唤的是"江总"。她的思绪骤然就空了，耳中阵阵嗡鸣，她还来不及做出任何反应，手腕就倏地被一只带着热度的手捉住。

沈暮的身躯震颤了一下，她倒吸着气，抬头去看。她还在难以置信的状态中，没等回过神来，已被他从座位上拉得站起来。整个办公室里的人都惊愕地将目光聚焦过来。

江辰遇穿着一身高定西装，尤显身材高挑。他的出现，像电影里的一幕特写，辅以光影，所有机位都定格于此，任何溢美之词都不足以颂尽他的外貌和气场。沈暮仰着脸，发蒙地望着他。他过于高，看得她犯晕。

江辰遇唇畔噙着淡淡的笑，手指滑到她的腕间，握住她的手。他毫不介意在众人面前直接将她带离工位。沈暮的意识已经混乱，她无法思考了。她怎么可能想得到他会亲自下来逮她走？

上司在工作中途强行拐走小女友。目睹事发全过程的美工部员工们安分不下来了，这也太甜了。他们躁动起来。

江辰遇大步流星地往外走，而沈暮愣愣地被他一路牵出办公室，牵到电梯里，牵进二十六楼的总裁办公室里。自动玻璃门一合上，江辰遇直接将她吻住。

一切突如其来，沈暮整个人呆住。她根本连思考的时间都没有，还恍惚着，就在这一吻下，浑身血液达至沸点。她在他霸道的占据下，很快就站不住了，习惯性地攥着他的衣领借力，却迷迷糊糊地扯到了他的领带。她下意识地使劲拉住他的领带，他的颈项就被钩着往下，倒跟欲擒故纵似的。

江辰遇揽着沈暮往里走，她得不到半刻换气的机会。之后，不知是被绊倒，还是被他故意推倒的，总之，她往后一仰，跌到沙发上，面前高大的身躯随后压来。

今日的阳光出奇地好，透过落地窗，直直地照在总裁办公室的沙发上。光线毫无保留，将沙发那处的温度照得慢慢地升高。她如坠云间一般，思绪好像要从身体抽离，断断续续的。

她该说是巧合还是注定呢？沈暮偏偏今天穿的不是裙子。沈暮穿的七分小脚牛仔裤，款式修身，包裹着她纤细笔直的长腿，腰身部分也是收紧的设计，穿搭含蓄，但极显身材。只是对男人而言，这肯定不比裙子方便。

兴许是憋得慌，怀里的"小猫"开始发出"呜呜"声来表示抗议。江辰遇慢慢地停下来，屈肘支在她的两侧，眸色很深，隐约透着魅惑。他松开两肘的一瞬，沈暮蓦地偏过脸，大口地呼吸久违的新鲜空气。他居高临下地俯视她。她眼睛雾蒙蒙的，泛着水光，双唇鲜红，清纯的面容此刻现出动情后的明艳。只是她头发、衣衫都有些凌乱，看起来惨兮兮的。

不过江辰遇也好不到哪儿去。原本系得端正的领带被身下的姑娘扯开大半，松垮地挂在颈上，西装外套皱巴巴地被丢在地面上。她的手似乎将他衬衫的第一颗纽扣也拽崩了，当然她并非有意的。

沈暮气息断断续续的："你……你干吗？"他怎么还强制性地捏走她？

她那白皙中泛着潮红的脸，又清纯，又性感，分明在勾人。江辰遇低喘着，尾音短促："是你招我的。"

这是什么贼喊捉贼的新说法？沈暮眼神里满是无辜："什么啊？"然后她又缓了几口气，瞪回去，"是你先把我拉走的，是你先亲我的！"

她羞恼的时候，语气半嗔半怨。她声音脆脆的，有如撒娇；气息不匀，像黏着蜜。他不由得喉咙间溢出一声沙哑的笑，大方地承认："嗯。"而后他唇角略微上扬，"我只想要个早安吻，可你拽着我的领带不放。"

问题被他轻描淡写地抛回来，沈暮愣了一下："我……"

江辰遇垂眸示意自己的脖颈处："没有吗？"他领带的温莎结完全扭曲，这是她"犯罪"的证据。

"那是因为……"因为她站不稳了嘛。她底气不足，然后抿唇不语。

就像故意要给她看似的，江辰遇伸出修长的两指摸了摸领口："我的纽扣呢？"

那是他咬她耳朵时，她没控制住劲扯掉的。她心虚地别开眼："我不是故意的。"然后她又试探着反咬一口，"我推你，你不让开。"

江辰遇温柔的声音里含着笑意。他逗她道："我这样，等下怎么出去？"

沈暮一听，瞬间觉得自己也很吃亏啊！他把她的口红都吃干净了，谁看不出来他们做了什么？

"那我也没法回去呀。"沈暮撇撇嘴，索性想耍无赖。但她还陷在沙发里，被他的身躯压着，整个人软得没有力气。

最后沈暮不情愿地嘀咕道："咱们可以扯平了。"

江辰遇轻轻地笑后靠回沙发上。沈暮想跟着起身，江辰遇将她扶起来坐好。

沈暮的脸颊比抹了腮红还艳丽，她默不作声地低头整理散乱的衣裤，又俯身将脱落的那只小白鞋穿回去。江辰遇倒是没动弹，任由衣服乱乱地堆在地上。

穿好鞋子后，沈暮顺手将地上的西装外套捡起来。

"你等我下班不行吗？"他就这么着急？她一边嘀咕，一边抖了抖西装外套，然后将外套折叠起来摆到沙发的一旁。

江辰遇一直在看她："你在我这儿留了便当。"

沈暮抬眼看他，面带疑惑地问道："怎么了？"

江辰遇说："你故意让我抓心挠肝地想着你？"

沈暮被他怪罪着，没反应过来，老实巴交地解释道："哪儿有？我就是想让你吃便当呀。"

忽然，她心头一紧，问道："不好吃吗？"

江辰遇笑了一下："好吃。"

心意得到了他的肯定，沈暮的眉眼间不经意地浮现出满足的笑意，她后知后觉地害臊起来。

沈暮一向对年轻人的娱乐活动没什么兴趣，所以大家约着玩儿密室逃脱的时候，她的兴致是不高的。但她还挺想和他一起尝试一下新鲜的事物。

因为他的存在，她突然间觉得世界都开始有意思了。

可能是怕他拒绝，沈暮略微斟酌一下，声音低缓地说："喻涵她们说想玩儿密室逃脱，你要一起来吗？"

其实她也认为玩儿游戏对他来说很幼稚。江辰遇却没怎么考虑，只问道："什么时候？"

咦？沈暮的双眸不由得明亮起来，她立刻回答道："周五下班后。"

江辰遇随意地点了一下头："知道了。"

沈暮愣住，惊讶于他居然真的愿意陪她玩儿密室逃脱。她蓦地受了触动，有男朋友的感觉原来是这样的呀，似乎自己做什么都能拥有这个人无条件的陪伴。

沈暮抿住嘴，以掩饰自己内心的愉悦："那我先回办公室啦。"

"你再待会儿。"江辰遇不放她走，把她捞到怀里。

沈暮原是乖乖地坐着的，被他一搂就侧身靠到了他的身上，她的脑袋贴在他心脏的位置上。沈暮右脸压在他的深蓝色衬衫上，能清晰地感受到他坚实的肌肉和男人特别的气息。

沈暮心脏"怦怦"直跳，娇羞地说道："你耽误我上班了。"

说话间，她还是乖乖地在他的怀里窝着。

沉默少顷，江辰遇忽然问道："你真的喜欢这份工作吗？"

沈暮没多想，说："喜欢哪。"

江辰遇问道："你喜欢画画还是工作？"

这真是个奇怪的问题。沈暮微微地一顿后，回答道："工作就是画画。"

江辰遇轻抚她的肩头："不一样，影视美工只能在一定的范围内发挥，你不可能像自由画家那么随意。"

他突然正经地和她聊天儿，她蒙了，而后便又听他不慌不忙地说下一句："除此之外，影视美工也不是纯艺术，与绘画不相干的要素有很多。"

沈暮隐约感觉到他别有深意，抬头问道："你想说什么？"

江辰遇带着笑容说道："我想说，这份工作会限制你的天赋。"

沈暮闻言，又朝他靠近了些，悄无声息地调整了一个舒服的姿势。

江辰遇轻轻地撩开她散落的长发："你为什么想考工业设计专业？"

沈暮回答得理所当然："因为我奶奶是工业设计专业毕业的。"

江辰遇略怔，继而失笑。他无可奈何地掐掐她的脸："所以这也不是你自己喜欢哪。"

沈暮不假思索地说："我不反感呀。"

但她也谈不上喜欢这个专业。

江辰遇用手慢条斯理地抚摸着她的脸颊。过了一会儿，他轻轻地唤她一声："暮暮。"

沈暮长睫忽颤，一股暖流倏然涌上心间。这是他第一次这么叫她。

他的嗓音里蕴含着温柔的稳重感，让人着迷，仿佛是隆冬的雪夜里一杯香浓的热咖啡，那种温暖让她贪恋。

也许他知道"宋景澜"这个名字意味着和宋家有牵扯，她更喜欢自己现在用的名字。

无形的热气霎时间盈满了沈暮的心窝。她愣着，听见他继续说："未来很长，你还小，不要给自己设限。"

江辰遇娓娓道来，他的声音似有安神的功效，能抚平她心中的躁动。

沈暮眼波荡漾着，对他的话若有所思。她听懂了江辰遇的意思，也知道工作和考研都是事出有因。也许她对它们生出了几分兴趣，但那都不是为了自己。

静默良久，沈暮慢慢地从他的怀中坐起来，把半个身子转过去，面对他。

沈暮不否认那些。只是被他彻底看穿，她有点儿憋屈地问道："你是怎么看出来的？"

江辰遇只笑不答——四年的时间足够让他感受到她对画画的热爱。

"去做你想做的事情。"他用轻松的语气说，如同在谈论天气一般。

沈暮的心中却在犯难，她说："我不知道要做什么。"

"水墨画、油画，不都是你的强项吗？"江辰遇摸摸她的头，调侃道，"你是小画家。"

他的温柔致使她重拾幻想。说实在的，毕业之前沈暮都没想过做什么职业规划。她报考美术学院单纯就是因为喜欢画画而已。

成为自由画家是大多数美术生的愿望，可那不切实际。

只消片刻沈暮便泄了气，叹息道："可我没这么多陶冶情操的资本。"她垂首敛眸，想藏起眼底的颓然，"在世的画家要出名特别难，他们的画通常都是死后才有价值。如果真的对一切不管不顾，只画画，我会连自己都养不活的。"

宋家又不是多年前的宋家了，她这就是所谓"梦想很丰满，现实很残酷"吧。

待她讲完，江辰遇静静地看着她，问道："我呢？"

沈暮没明白他的意思，问道："什么？"

江辰遇微笑着说道："你不是还有我吗？"

谁说她没有资本的？他完全可以任她放肆地挥霍金钱。

江辰遇的纵容像温泉般给予沈暮无穷的温暖，但同样也令她患得患失。因为她被他放在最高的位置上，她却什么都给不了他。

当她无法回报给他同等的好时，就会产生心理落差。这种心理落差让她不断地否定自己。

沈暮不敢深入地聊这个话题，随口把话题扯到别处，说："东艺展的两千万欧元就是你讨奶奶开心买的，跟我的画都没关系，我一点儿都不开心。"

她这话听着很像是秋后算账。

江辰遇完全放柔了声音，说："我当时不知道那是你画的。"

在这件事上，沈暮相当清醒，说："你知道了也是一样的结果呀，都不是因为我画得好才买的。"

江辰遇抓住她的手，把她的手握在掌中，轻轻地揉捏着："不要妄自菲薄，能作为应届毕业生入展足以证明你的优秀。"

少女时期的经历对沈暮肯定是有影响的。她向来缺乏自我价值感，而眼前的男人恰恰相反，对方成熟可靠，思想独立，处世一贯有分寸。

这些都是沈暮没有的。故而在他的身边，她容易满足，这是心理上的满足。沈暮无法用语言描述她的感受，安全感大概是最直接的感受。

她像个幼稚的小孩儿一样，不由自主地冲他埋怨道："可是美术学院的同学那么多，基本没人毕业了还选择纯艺术的方向的。"

"那是因为他们没有条件和勇气。"

"我也没有……"

"你有。"

沈暮眼巴巴地望过去。江辰遇迎上她的目光，说："叫你给我当秘书是开玩笑的，我也不能让方硕失业，但我还真想过辞退你。"

沈暮瞬间用委屈的小眼神看着他。江辰遇的薄唇翘起好看的弧度，他说："我不是教过你要物尽其用吗？我可以给你提供安心画画的环境，帮助你好好地准备 IAC 的比赛，只要你想。"

他耐心的引导像檀香一样安定了沈暮的心神，她渐渐地沉溺于其间。

她因为太在意他，所以在这一刻是脆弱的，说："可这样，我会觉得你在单方面地付出。"

江辰遇用拇指在沈暮的手背上摩挲着，用大手握着她的小手，好似分秒都不舍得松开她，说："我是认真的，既然谈了就没想过结束。"

沈暮抬眼认真地看向他。江辰遇深情地凝视着她的眼眸，用郑重的口吻说："你为什么不能坦然地接受我对你的好？"

沈暮有些怀疑情况的真实性。半晌，她轻声细语地说："你是不是傻？"

江辰遇端详了她一会儿："我有私心。"

沈暮盯住他问道："什么私心？"

江辰遇带着笑意说："希望你每天都是真的高兴。"

他不拐弯抹角，用最直白的话来表达心意。

沈暮的心中充满了甜蜜，她觉得在他的宠爱下，自己可以贪心地做永远的小公主。

沈暮的眼前不知不觉地腾起一层薄薄的雾。沈暮从爸爸、妈妈离婚到现在，这么多年来，曾经所有的心酸和苦楚仿佛都有了存在的意义。

这一瞬间沈暮忽然想明白了，原来她的人生是先苦后甜的呀。

沈暮有点儿哽咽，轻轻地倒吸了口气。她此刻是乖顺的，问道："你是不是早就准备要说这些，所以特意带我上来？"

无疑，他是理智和温柔并存的男人。

"不是。"江辰遇若无其事地否认道，"我就是想见你，然后吻你。"

听他故意把自己说成恋爱脑，沈暮压住嘴角的笑意。她才不信呢。

沉思片刻后，沈暮声音温软地开口道："你让我想想。"

江辰遇的笑意不减，他说："好。"

当晚，沈暮早早地就洗漱完毕，坐在书桌前。不得不承认，她被江辰遇说得动了心。

她怎么会不想呢？比起被禁锢在工作的框架里，她当然更向往自在的生活。当今的社会适者生存，可她既不圆滑也不要强，更适合做一个自由画家。

沈暮抱膝坐在靠椅上，半湿半干的长发披散在身后。她正专心地思考着，突然接到一通境外来电。来电的人是霍克教授。

沈暮看着亮起的手机屏幕，吃惊了好半天，回过神来后忙不迭地接起电话。

霍克说："沈暮，好久不见！"

沈暮的心头生出久违的喜悦，她说："你好，教授！"

四年的师生情谊让沈暮印象深刻，并且霍克曾在公开场合说过沈暮是他迄今为止最得意的门生。

他们互相寒暄几句后，霍克说道："我在IAC初赛的入围作品里看到了你的作品，太令人惊艳了。让我猜猜，画里的美丽女子是不是你的奶奶？"

沈暮的眼底含着笑意，她说："对，是我奶奶年轻的时候。"

她创作的灵感就来源于怀表里的老照片。

霍克对她又是好一番盛赞，最后表明来电的意图："你要不要回美术学院待一个月？以你的技巧和能力，只要再接受些指导性的训练，我有信心助你在决赛中突出重围。"

沈暮脸上的笑容略微一顿，愣住。她要回法国待一个月吗？

沈暮没有当场做出决定，给霍克的回答是考虑两天再答复他。然而直到周五，不管是对江辰遇的提议，还是对霍克教授的邀请，沈暮都没想清楚。

这天下班的时候，美工部众人格外兴奋，因为大家准备去玩儿密室逃脱。不过，最主要的原因大概是他们得知江辰遇要来。

他们激动归激动，但没人敢搭大佬的车，故而一群人挤在两辆车上出发。

沈暮和江辰遇约在地下车库里见面。她到那里时，那辆布加迪已经停靠在边上等待她了。

沈暮拉开副驾驶的门坐进去，边系安全带边甜甜地说："走吧。"

江辰遇没有开车，看了她一会儿，突然说了句："怎么不叫人？"

沈暮蒙了一下，说："啊？"

江辰遇不语，眉眼间带着淡淡的笑意。

沈暮的脑子一时间没转过弯来。根据他们之间现在的关系，他们还要恪守上司和下属的那一套吗？出于礼貌和教养，沈暮不情不愿地抿抿唇，叫道："江总……"

江辰遇微愣，两秒后忍不住笑出了声。他用低沉的嗓音说道："谁让你叫这个了？"

呆愣了片刻后，沈暮在他含笑的眼神里渐渐地反应过来。

天哪！她刚刚是脑袋"死机"了吧？原本他那么问一句还挺正常的，这会儿她低而软地叫了一声"江总"，搞得跟小情侣玩儿办公室角色扮演似的。她怎么想都感觉不对劲，还不如直呼他的全名呢……

但她没有经验，实在不晓得怎么叫他才正确。所以他想听的是什么？爱称吗？

沈暮一害羞就会脸红，这种亲密足以让她的面颊通红。就像现在，她整个人迅速地热起来，完全说不出话来。

但她娇羞的反应已经给了男人满足感。江辰遇不由得笑了一声，想：这女孩子为什么这么有意思？

可能是觉得来日方长，江辰遇倒不急于一时，没有为难沈暮。他带着愉悦的神情抬手揉了揉她的头发，将这个话题带过。

不过沈暮可学不会江辰遇的气定神闲，她的心"怦怦"地乱跳，满脑子都是他意味深长的笑。

江辰遇开着车，沈暮悄无声息地摸出手机，赶忙向喻涵请教。

作为二十一世纪逆天改命的恋爱玄学大师，喻涵看完她惶恐的求救后，给她发来一个问号。

喻涵："拜托宝贝儿，你清醒一点儿。"

沈暮："怎么啦？"

喻涵义正词严地打字。

喻涵："你是江大佬的正牌女友，不是搞办公室恋情的小秘书！"

沈暮："我不懂嘛……"

沈暮红着脸，底气不足地发消息。

喻涵："现在，听我的指令。"

沈暮："嗯？"

对面开始手把手地教学。

喻涵："转过头去看他，眼神要含情脉脉，声音要娇要甜。"

沈暮不在状态中，发了个问号过去。

喻涵："喊声'老公'！"

沈暮还没喊就先害羞起来，脸部的温度急剧地上升，心脏不受控制地开始乱跳，但表面上还要装作淡定的模样。

沈暮发了一个"无语"的表情过去。

喻涵："这是谈恋爱的基本操作呀，宝贝儿。"

喻涵："我允许你叫别的男人'老公'。"

沈暮没见过感情上的世面。小女生都单纯，她羞窘万分。

沈暮："我们还没结婚，这样不好吧？"

喻涵："那咋了？要的就是情趣。"

喻涵："我都让你练这么多年了，你不是叫着挺顺口的吗？！"

沈暮怔了一怔，突然感觉有点儿道理。习惯成自然，她叫喻涵"老公"的时候别提多顺溜了。沉思几秒，沈暮偏过脸，望向驾驶座上的男人。

他正在开车，从高挺的鼻梁到下颌线，他的脸部轮廓比有心镌刻的雕像还要完美。

沈暮忽然想起回国的那夜。在戴高乐机场的候机厅里，她第一眼见到他就被这般英俊的侧颜所吸引。

当时她远远地瞧着他，觉得他有些高冷。现在她知道了，他是世界上最温煦的存在，像暖玉。

江辰遇感受到她的视线，抽空儿看了她一眼："怎么了？"

沈暮正羞臊地纠结称呼的问题，偷看他被当场发现后，蓦地心虚不已。她飞快地收回视线，老老实实地坐好："没……没有。"

江辰遇笑了笑，没追问她。沈暮默默地摆弄手指，紧张得叫不出口，根本无法像对喻涵一样自在地面对他。

沈暮知难而退，悄悄地打开微信，发消息给喻涵。

沈暮："没有其他选项吗？"

喻涵："叫'老公'还不行？"

喻涵："难道你要叫'哥哥''叔叔'呀？"

沈暮先是一阵窒息，随后慢慢地缓过气来，因为想起自己还真叫过他"叔叔"……

过了三秒。

喻涵："也不是不行。"

喻涵："江总大你好多岁吧？"

沈暮已经不能和喻涵好好地聊天儿了。她羞耻到极点，直接把手机塞回包里。

密室逃脱的场次在晚上8点，现在过去还早，大家事前说好先去商场里吃晚饭，7点半在门店里见面。

沈暮没有选择去人多的商场，因为江辰遇的出现会引起骚动。而且她已经委屈他陪她来玩儿游戏了，再让他在美食广场里随便地吃点儿，她的良心肯定要受到谴责。

所以沈暮找了一家安静的餐厅，里面只有他们两个人。

但江辰遇似乎并不像表面上那般金贵，听到她为了迁就自己而选择这家餐厅后，淡淡地挑了一下眉梢："我还以为……"

沈暮只听他不紧不慢地说道："你是想单独和我约会。"

刚才沈暮在车里就窘得要命了，这会儿他轻描淡写的一句话令她的心又开始"怦怦"地乱跳。

她装模作样地点单，答非所问地说："我怕……你吃不了。"

江辰遇弯唇："你把我想得这么娇气？"

闻言，沈暮想起之前宝怡的那本言情小说。她翻过几页，印象还挺深刻。

沈暮想了想，好奇地望向他："你为什么和小说里的总裁不一样？"

江辰遇笑着往后靠在椅背上。和她聊天儿时，他总带着几分工作以外的闲心，问道："哪里不一样？"

沈暮虽然不看小说，但念书的时候也一直耳濡目染，对此知道不少。

沈暮的语气和探究学术性的问题一样正经，她说："他们通常都有胃病什么的，还会经常头痛，身上也有烟草味儿。"

但他都没有这些特征。

江辰遇被她的说法惹得想笑，不过还是非常认真地回答她的提问："因为我作息规律，基本不抽烟，会尽量少应酬和喝酒，三餐可能不准时但都会吃，运动习惯还算良好。"

沈暮听完有点儿傻眼，她的那份小心思彻底被他看穿。

江辰遇略含调侃之意地给她总结道："你男朋友的身心很健康。"

他们聊到身体素质时就自然而然地有了暧昧的色彩。沈暮觉得脸热了一下，仓促地垂眼："噢……"

江辰遇的眼中掠过促狭之意，他问道："我怎么看你不是很乐意呢？"

沈暮想说"当然不是"，但话一出口意思就变了："你都不需要我。"

女孩子的脑回路果然是世界上的未解之谜之一。江辰遇加深笑意，问道："谁说的？"

沈暮指尖在平板电脑上滑来滑去，开始耍无赖，说："他们生病了女主就可以照顾他们，我就没机会。"

她的语气里带着酸意，她好像好羡慕女主。

她巴不得他进重症监护室里吗？江辰遇被气笑，又对她束手无策，只能宠溺地叹口气，温柔地说："我照顾你还实际点儿。"

沈暮无辜地问道："什么呀？"

江辰遇说："还是我照顾小孩儿吧。"

沈暮抗议道："我不小了。"

话音刚落，沈暮突然想起以前他说过的一句话。他说在某种程度上，她可以永远是小孩儿。

沈暮的心脏里流动的血液有些沸腾，她现在才明白，原来他当时是这个意思呀。她被他宠着、惯着，其他的一切是虚的。

所以她在面对他时，不自觉地变得有恃无恐起来。沈暮瞥他一眼，故意找麻烦，问道："你是说我幼稚吗？"

江辰遇答得轻松："嗯。"

她还以为他要说点儿好听的话。沈暮不满地皱眉，嗔怪道："你想说什么？"

江辰遇甚合时宜地笑着哄她："你很可爱，我想养你。"

火苗刚冒头就被他轻轻地吹灭。沈暮的小情绪瞬间消失，她抿抿唇，不讲话。

她大概是怕自己一出声就会把愉悦感表现得太明显，让他觉得她很好哄。虽然她确实容易被哄——如果哄她的人是他的话。

江辰遇屈指轻叩了一下她的额头："别愣着了，点菜。"

沈暮"呜"了一声，没躲开。她被欺负后开始不讲理，鼓鼓脸颊，把平板电脑推给他："我不点。"接着她扭过头，像煞有介事地补充了一句，"我生气了。"

江辰遇眉眼间的笑意越发温柔。这姑娘害羞时尿尿的，撒娇的时候又很萌，这会儿连冲他耍小性子都带着甜味儿。

江辰遇并没有所谓择偶标准，大概也不吃这套。只因为对象是她，她是例外，所以他喜欢她。

江辰遇拿过面前的平板电脑："给你点个甜品。"

沈暮轻轻地"哼"了一声。

江辰遇问道："欧培拉还是布朗尼？"

沈暮动了动心，但不说话。

江辰遇极有耐心地问道："那么提拉米苏好不好？"

他温柔又含着笑的声音比任何甜言蜜语都有效。沈暮嘴硬不起来了，任由心窝酥软。她扭捏两下后说："好吧。"

江辰遇笑着看她，无限地纵容她。

结束了晚餐，他们便前往密室，时间刚好到了7点半。

临南路的这家店叫鬼迹密室剧场，配置了很多网红打卡的实景主题，关于沉浸式体验感的好评极多。

他们要玩儿的是店里最热门的主题项目——瞳灵夺舍。它难度系数五颗星，且剧情中有三个真人 NPC（非玩家角色），属于严重恐怖级别，烧脑和刺激的程度都是最高的。

它有多恐怖呢？前台的小姐姐说曾经有十二名青壮年组队进入游戏，刚开局就有三个人被逼真的音效吓到直接退出，随着游戏的进行，又有几个人撑不住后陆陆续续地放弃。进程还没过半，全员就放弃了游戏。

沈暮来之前心情很平静，也许是因为不知者无畏。

直到此刻他们在休息的大厅里签免责协议，按照工作人员的要求开始正确地配戴护腕、护膝时，她才忽然生出紧迫感。

难道这不是简单的游戏吗？工作人员为什么弄得这么神秘兮兮的？沈暮在沙发上开始坐立不安。

江辰遇付完钱后从前台走回来，正挤在沙发上戴护膝的众人眼睛一下子都亮了。

"感谢江总！"他们兴奋又惊喜地说。

江辰遇随和地淡笑着说："就当团建了。"

说罢他很自然地坐到沈暮的身边。

大家都激动了，能和这位领导一起玩儿密室逃脱已是不敢想的事情，谁知他买了所有人的单？他如此平易近人，全然不似平常冷淡严肃的模样。

众人觉得马上要面临的惊悚场面都被这一瞬间的幸福感淹没了。

工作人员来通知游戏即将开始后，他们一起去了一趟卫生间。大厅里瞬间静下来。

沈暮和江辰遇并肩坐在沙发上。

"给你。"沈暮乖乖地递给他护膝和护腕。

江辰遇接过东西，弯腰缠了一下膝盖，又利落地戴上护腕。他穿着休闲衬衫和西裤，全身透出平日里别人难能一见的随意。可他就算是这样也帅得要命。

沈暮盯着他，心想：为什么他的每个动作都可以让人挪不开眼？

江辰遇佩戴好护膝和护腕后，留意到她直勾勾的眼神。他静静地回眸，悠闲地坐着和她对视。

他的眼神里是不加掩饰的端详之意。和他离得近了，沈暮能清楚地瞧见他眼睛的颜色。

沈暮被他看得心旌摇曳，紧张和之前的忐忑交错在一起。她胡乱地问了一句话："你以前玩儿过密室逃脱吗？"

江辰遇还是看着她，说："没有。"

沈暮有一搭没一搭地说："他们说这是严重恐怖级别，很吓人。"

江辰遇笑了一下："那你还挺勇敢。"

沈暮的心随着气氛跳得快了些，她说："我也没玩儿过，这个密室好像有点儿……"

"啊啊啊啊啊——"

"可怕"两个字她还没说出来，女孩子高分贝的尖叫声就传来了，很凄厉，巧妙地制造出了恐慌感。

沈暮的身体猛地跟着一震，她往他的身边缩了缩："她们……她们为什么要叫啊？这么恐怖吗？"

她一靠过来，江辰遇就搂住她的腰。他垂眸便见怀里的女孩子有些花容失色。女孩子用天真的眼神紧紧地盯着他，像是要从他的眼里看出否定的答案。

江辰遇的手指隔着薄衫在她的腰侧处摩挲、他见状思量了一下，没有说宽慰她的话，反而慢条斯理地说："你都说了这个密室逃脱是严重恐怖的级别。"

沈暮瞬间惊呆。她临阵脱逃还来得及吗？

江辰遇的眼底含着笑意，他问道："你害怕吗？"

沈暮僵硬地说："当然了。"

她来之前可没人告诉她密室逃脱是这样的。

江辰遇漫不经心地问道："有多害怕？"

沈暮已经语无伦次了，呼吸不由得急促起来。她皱起眉，不知所措地说："我会不敢一个人睡的。"

她想起自己唯一一次看恐怖片的经历，看完后不敢独自洗澡，任何单独的行动都是梦魇。

江辰遇挑眉，会心一笑："你真的不敢一个人睡？"

沈暮有点儿想哭，说："嗯。"

江辰遇温柔的语气里含着几分耐人寻味的意思，问道："那你还要玩儿吗？"

沈暮想逃走，又怕扫大家的兴。她纠结了一番，权衡了胆量和道德孰轻孰重后，楚楚可怜地说："但我也不能走呀。"

江辰遇漫不经心地问道："那你晚上怎么办？"

沈暮一时无暇思考太多的事情，摇晃着脑袋说："不知道……不知道……"

她带着哭腔说，更像是在撒娇，非要他想个办法不可。

江辰遇微不可察地弯了一下唇，用手臂揽紧她，故意沉吟着给她出主意："不然你跟我回家？"

人对未知的事物容易胡思乱想。或许那些未知的事物事实上也就是那样，但一联想，恐惧的程度就会成倍地增加。沈暮已经开始对密室中的情景胡思乱想起来。

她此刻脑袋瓜不太好使。江辰遇让她跟他回家后，她短时间内没回过神来，只是惶恐不安地望着他。

沈暮的心态这会儿是复杂的，她可能在想他肯定能解决问题，但还没明白过来他的不怀好意。

江辰遇垂眸凝视她那双闪亮而惊惧的杏眸，淡笑间的意味更深几许。他问道："要我陪你吗？"

发愣数秒后，沈暮终于如梦初醒，登时往旁边挪了一点儿，挪开和他紧贴着的身躯，沈暮的眼神四处瞟着："什么呀？"她摸摸微热的耳朵，不看他，习惯性地装傻充愣。

江辰遇也不生气。他似乎对她总是慢悠悠的，有用不尽的耐心。

不多时，组团去卫生间的人归来了。

男工作人员便开始分发身份牌和眼罩，讲解内容："各位玩家，欢迎来到瞳灵夺舍主题密室。当然，这是纯虚构的故事。你们现在是宁河中学的在读生。这所学校实行全封闭式管理，一周前发生了几起学生死亡案，遇难的学生皆是你们的同班同学，真凶至今未落网，学校只能被迫停课。你们作为最后一批要走的同学，被一场暴雨困在教室里，但是校园内突然频频出现诡异的事件……"

沈暮："……"

他讲述前情而已，可以不要用这么阴森的语气吗？他这样怪瘆人的呀！沈暮勉强维持镇静，暗自埋怨起来。

工作人员继续说："有传言说是学校里有不干净的东西在作祟。事件和二十年前的那个离奇失踪的转学生许偶有关。为了报复，许偶夺舍附身到你们其中一个人的身上，现在你们十二个人当中有一个人并非原先的同伴。请各位谨慎，游戏中不要相信任何人。"

果不其然，大家都被震惊了。

"玩儿得这么刺激？！"

"所以我们中还有叛徒藏着？好恐怖！"

"叛徒别是你吧，喻涵？我刚刚就看你的表情很奇怪！"阿珂突然指着喻涵质疑道。

喻涵暴脾气发作，说："你还没看身份呢，就咬我？！我打死你呀！"

看戏的诸位一阵哄笑。

工作人员说："密室中有三个NPC，是你们班死亡的同学的鬼魂。你们遇到鬼魂请立刻躲进房间里藏好，否则会被拖进小黑屋里。"

沈暮听得手指难以控制地打战，随后手指就被江辰遇温暖的掌心轻轻地覆上。

沈暮愣了一下，抬眼，目光撞上江辰遇的目光。他总有种特别的力量，沈暮莫名地安心了一点儿。

"各位请注意，许偶拥有一次借尸还魂的能力，游戏中途随时有同伴被他操纵鬼魂夺舍的可能。你们要淘汰许偶，安全地逃出学校，淘汰许偶的秘密就藏在最后一间密室里。"

随着工作人员的讲解，大家慢慢地进入角色里，还未进密室里就开始瑟瑟发抖了。

"游戏获胜者将获得通关奖励，平分礼包。现在大家可以看身份牌了，要偷偷地看。"

工作人员说完，大家或背身或埋头在角落里看起自己的身份牌来。

沈暮用手遮掩着，瞄了一眼自己的身份牌。沈暮的身份牌上面写着——"您的身份是在读生，祝您好运！"

这是好人的意思吧？沈暮悄悄地松了口气，不然一定会很心虚。

看完身份牌的同伴们很快就互相猜忌起来。

"狗珂！你笑得很不对劲哪！"

"什么不对劲？我还没怀疑你呢！"

"你俩等等，咱们是走流程还是直接开撕？"

"待会儿要是被鬼拖走了，别指望我救你们！"

沈暮回眸，瞄了一眼身边的江辰遇。

他刚看完身份牌，放下身份牌望过来，正迎上她的目光。

两个人四目相对了一会儿，江辰遇突然饱含深意地一笑，没说话。

沈暮的心里"咯噔"了一下。他笑得分明很淡、很随意，可为什么她感觉他这么不正常？

随后喻涵就凑了过来，"嘿嘿"一笑，道："江总，我家的宝贝儿就拜托你啦！"

江辰遇轻轻地挑了一下眉梢，弯唇以示回应。

沈暮羞恼地瞪喻涵一眼，用眼神示意：万一他不是好人呢，她不就进虎口里啦？！

喻涵完全能看懂她的意思，挤眉弄眼，就差把"夫唱妇随"四个大字贴在脸上了。

进密室前，大家排队站在入口处。他们戴上眼罩的那一刻，世界都黑了，就在这一瞬间，所有的惧意因为黑暗而汇聚起来。人心惶惶，"嘘"声四起。

如果沈暮刚才只是像在崖边探头，担惊受怕，眼下仿佛身子倒挂在了悬崖边上，战栗感充满全身。

她此时的感受就是悔恨，无比地悔恨！如果上天再给她一次机会，她一定溜得远远的，就算被打死也不来寻死了！

欲哭无泪之时，沈暮被身边的江辰遇搂过去。他的怀抱暖和又让人有安全感，她被蒙着眼睛，感觉更加强烈。

恐慌感占据大脑，沈暮顾不上矜持，直接缩进他的怀里，揪住他的衣服。

沈暮听到密室的暗门被打开的声音，接着工作人员领着他们一队人往里面走。

他们一进去，阴森森的凉气就扑面而来，密室内回荡着可怖的音效声。

"有一点儿坡，后面的兄弟们小心点儿。"

"我的腿软了。"

"到了吗？搞得这么吓人……"

他们一共有十二个人，算上江辰遇有四五个男同志，剩下的都是女生，所以显得阴气很重。

沈暮将整张脸埋在江辰遇的胸前，害怕到连一声都发不出来，但江辰遇似乎很冷静。听到他稳定的心跳声，沈暮才敢边颤抖边一点点地挪着往前走。

他们不见光亮地走了一段路，可能是到地方了。

"祝各位好运！"工作人员停下来，阴森森地说完这句话后，无声地离开。

接着门锁的"咔嚓"声和门被关紧的声音响起，大家忙不迭地摘下眼罩。

他们身处一间破旧的教室里，灯光昏暗，黑影遍布。外面的楼道位于视野盲区，一片荒芜凄凉之景。

第十一章
她的告白

刚摘下眼罩的瞬间，也许是他们碰到了哪处的机关，忽然有个轻飘飘的东西从上方掉落，在阿珂的眼前晃过，令人猝不及防。

阿珂蓦地"啊"了一声，跳得老高。其他人被他吓到，一窝蜂地惊叫着往角落里逃窜。

沈暮浑身一震，第一反应是跟着逃，但江辰遇过于淡定，纹丝不动地站在原地。她潜意识里不想丢下他自己跑，于是忍受着腿的颤抖，不停地往他的怀里钻。

江辰遇拍拍她的头："别怕，那是试卷。"

闻言，沈暮还没缓过神，挤在教室角落里的受惊的众人就忍不住控诉起阿珂来。

"搞什么呀？就是一张试卷。"

"没见着鬼，倒得先被你吓死！"

面子丢了个精光，阿珂："……"

慢慢地适应了密室的暗光后，大家终于开始在教室里四处活动。

门被锁住了，需要他们自行解谜打开。试卷上有一道未被解出来的数独题，经过一番激烈的讨论过后，大家推断出答案对应教室后的黑板上的空格，那是开门的机关。

然而无人能把数独题解答出来，这个任务自然而然地就落到了他们心目中的智商担当、应用数学和经济管理学双博士毕业的江大总裁的身上。

讲台上的身份档案袋是许偶和死亡学生的，大家挤在前面讨论着。

教室的后方，江辰遇看了几眼手上的试卷。沈暮仿佛强力胶，死死地黏着他。

他过于镇定，沈暮也渐渐地跟着放松了些。她略微仰起脸，觉得不可思议，小声问道："你不怕吗？"

江辰遇垂着眼正在心算数独题，轻翘了一下唇角："我是唯物主义者。"

她无法反驳这个回答。

片刻后，江辰遇看向她，轻轻地笑着调侃她："虽然很想让你一直这么抱着我，但我现在需要你帮个忙。"

沈暮从戴护膝开始，脑袋就不再灵光。听罢，她茫然地眨眨眼："嗯？"

江辰遇微抬下巴示意黑板，说："我说，你写。"

思绪拐了几个弯回来，沈暮才意识到自己始终紧紧地抱着他，宛如一只猫。沈暮脸颊迅速地变红，连忙自己站稳，点点头："好……好……"

江辰遇扶着她，让她踩上椅子，把题目的答案报给她。沈暮捏着粉笔，将他说的数字一个个仔细地填到空格内。

沈暮写完后，江辰遇很自然地把她从椅子上抱下来。喻涵在讲台前看到这一幕后，惶恐的情绪消失了一瞬间，羡慕地"啧啧"感叹："我是不是吃到新鲜的狗粮了？"

喻涵的话音刚落，教室的门锁"啪嗒"一声自动开了。

他们受惊地倒抽一口凉气，紧接着反应过来那是开门的声音，又都舒心地叹了口气。

阿珂试图挽回颜面，自告奋勇地去开门。他朝教室外的楼道看了两眼："门开了而已，走走走。"

楼道里黑黢黢的，诡谲的音效声轻重不一，时不时传来几声他们辨不清是哭还是笑的女声，让人胆寒。

恐怖的气氛完全将大家的情绪调动起来，他们彼此拉扯着，瑟瑟发抖地往前走。

密室的场景过分逼真，封闭的环境里弥漫着一股诡异的霉味儿。他们身临其境，就不难理解为何很多大男人被吓得中途退出游戏了。

谁都不知道前方会发生什么。沈暮走在最后，不自觉地紧紧地缠住身边的江辰遇。

她渐渐地受不了了，脚有千斤重。她用低低的颤音说："我不敢走了……"

江辰遇用手心轻按在胸前的女孩子的脑袋上，状似平常地安抚了她一句："我在。"

听到这句话后，被挤到最前面的喻涵忍不住了，喊："死阿珂，你看看江总，你老把我一个姑娘往前推，你算什么男人？！"

大家哄笑起来。阿珂觉得汗颜。

就在这时，还算安宁的气氛猛地被打破。在楼道的拐角处，他们和一个披头散发、穿着白裙的NPC径直面对面地撞上了。

一声"厉鬼"的叫声响起，出其不意，惊心动魄。

他们似被惊起的一滩鸥鹭，尖叫声此起彼伏，彻底盖过NPC的声音。他们跌跌撞撞地逃进最近的空房间里。

跑在最后的阿珂被NPC抓住并往小黑屋里拖："救命！救命！啊啊啊——"

楼道里回荡着阿珂撕心裂肺的叫声。幸存的众人躲在空房间里，惊魂未定。

喻涵拍拍胸脯顺气："还好我跑得快。"

大家纷纷地为阿珂哀悼："他太惨了。"

刚刚的"鬼"叫声让沈暮的脑子彻底空白。尽管她知道一切都是假的，还是无法突破心理障碍。

被吓傻后，大家慢慢地调整心态，继续进行游戏。接下来的游戏由场控用对讲机提示着进行，解密是其次，他们更多的是沉浸在剧情中，获得新体验。

中途他们多次路遇NPC，疯狂地逃窜。很不幸，每次都有朋友被拖进小黑屋里。

沈暮一直躲在最后面，一听到嘶吼声就条件反射地扯住江辰遇以最快的速度往回逃，所以他们始终安全。

过程中有单线剧情，即每个人独自前往目的地做任务。

女生胆小，场控允许一位男士陪同女生。沈暮自然半步不离地紧跟着江辰遇。

碰到NPC在所难免，单独行动的恐怖系数要比跟着大部队的高出百倍。他们一不小心就被NPC扮演的"鬼魂"突袭，沈暮倏地腿软蹲在地上，完全走不动道，把背抵在墙上，抓救命稻草似的死死地抱住江辰遇的大腿。

她快要哭出来，又不敢大声叫，发出断断续续的呜咽声，又可怜又可爱。当时江辰遇在不厚道地笑，但不忘俯身把她完全护到身躯下。

很奇怪，NPC没有拖走他们，吓唬他们一会儿后就离开了。

随着剧情的进展，他们在不同的房间里搜集到了证据，得知NPC和许偶同为"鬼魂"，NPC不会拖走被许偶"夺舍"的玩家。这也就意味着许偶还藏在剩余的玩家里，危险系数上升了。

每过一间密室，他们就有一次淘汰同伴的机会——将许偶淘汰出局的机会。

最后的一间密室是囚禁人的地下室。剧情发展到校园霸凌案，原来转学生许偶是受害者，二十年前死于这间地下室里。

许偶的目的是回来报复施害者的后代。游戏的规则是他们要在规定的时间内逃出密室，而许偶的胜利条件是他将所有人困住。

在最后的二十分钟、最后的一间密室里，剩下的七个人谁都不信谁。

密室里有三个房间，每个房间对应一个机关，只有三个机关都被解开，他们才算通过最后一个密室的关卡。他们以两人、两人、三人的分组进入了三个房间里。

沈暮无疑和江辰遇在一起，从游戏开始到现在他们就没分开过。如果不是他陪着沈暮，一路给她传递能量，她知道自己肯定撑不到这里。

沈暮和江辰遇随机进入了三号房。这个房间很诡异，台上摆着牌位，灯光和烛光都很暗。

"啊啊啊啊……我们要从尸体的脖子上拿钥匙！这是人干的事吗？！"喻涵崩溃的呐喊声从隔壁的房间里传出。

沈暮不禁一抖，拽着江辰遇的衣角问道："我们怎么办？"

江辰遇垂眸看着她，眼里带着昏暗的光。沈暮被他的目光触动了。

两个人相视须臾，沈暮静了静，突然轻声问道："你是许偶吗？"

　　把整个游戏玩儿下来，沈暮一直是颤抖的。但此时此刻，她的声音十分清亮，她抬起清亮真诚的眼望过来。

　　江辰遇只笑不语，答案显而易见。

　　"我们被抓到了，都没进小黑屋里。"沈暮一点儿不惊讶地搬出证据。

　　每间密室的题都是他解开的，压根没人怀疑他的身份，只有和他一起做单线任务的沈暮才能发现蛛丝马迹。

　　江辰遇慢条斯理地笑："知道了我是许偶，你还敢跟着我？"

　　沈暮当然害怕了，怕得要死，但觉得不管他是什么，自己都是安全的。她置身于虚拟的情境中，灵魂都处于忘我的状态，这大概就是沉浸式体验的魅力所在吧。

　　沈暮还攥着他的衬衫，手心湿湿的。她因环境感到恐惧，但不怕他。

　　沈暮越过他，扫了一眼灵台上的棋盘方阵："是不是只要你不解开那个机关，就赢了？"

　　"是。"江辰遇坦然地承认，却带着她往那里走，一只手揽着她，另一只手开始摆弄棋盘。他在解密，尝试打开机关。

　　沈暮靠着他的身子沉思了一会儿后，忽然说："你不是有一次特殊能力吗？"

　　江辰遇很快找到了棋盘的规律，问道："嗯？"

　　沈暮凝视着幽暗的烛光下他下颔的轮廓，用轻而软的声音正经地说："把我变成你的同伙吧。"

　　江辰遇捻棋子的手指顿了一下。他垂眸迎上她的目光，似笑非笑地问道："你要当我的同伙？"

　　沈暮点头："嗯。"

　　她果断地说，"这样就只有我们俩平分礼包啦！"

　　其实这就是个游戏而已。江辰遇也一直尊重规则，过程中都在隐藏身份、淘汰他人，到最后胜券在握。

　　但说实话，拿到身份牌的那一刻他就没打算赢——因为他只想让她开心。江辰遇微眯美眸，用匪夷所思的目光打量了她片刻。

　　沈暮那双纯真澄澈的眼睛里透着理所当然之意，说："这游戏不是这么玩儿吗？"

　　两个人分礼包多划算。她又带着狡黠的笑意说："肥水不流外人田，而且我躺赢呀。"

　　沈暮愉悦地心想：我这算不算玩儿到了游戏的最高境界？

　　江辰遇被她亲昵的说法取悦到了，轻轻地扬眉："哦，原来你对我蓄谋已久。"

　　他这句暧昧的话倏地将房间里的诡异氛围驱散。

　　沈暮否认道："我没有。"

　　"没有吗？"

　　"没有。"

　　"四年前是谁煞费苦心地缠着我聊天儿？"

他突然说到往事，沈暮的脸蛋儿顿时热烘烘的。她想也不想，说："还不是你非要回我？你晾着我不就完了。"

江辰遇笑道："你还怪起我来了？"

沈暮撇了一下嘴："哼。"她的嗔怪间带着无理取闹的意味，她问道，"你还带不带我赢了？"

江辰遇的那一抹笑意深至眼底。这一瞬间，他情不自禁，很想吻她。

江辰遇慢悠悠地放下了棋子。游戏结束，工作人员将他们带出密室。

喻涵出来就咆哮了一声，说："这不是密室大逃亡，这妥妥是夫妻的深夜恋爱游戏！"所有人都跟着起哄和控诉。

第一个被鬼魂拖走的阿珂哭着"毫无体验感"。

不过大家都很享受这个过程。他们把所有情境都走了下来，沉浸在其中的感觉很奇妙。

沈暮回到明亮的大厅里，第一感受就是解压，太解压了。他们在极度的恐惧中进行头脑风暴，刺激惊险地逃脱，完全能够释放身心的压力。

现实世界真美好！

周末可以放开了玩儿，因此他们又约了夜宵。

喻涵知道沈暮是肯定不吃夜宵的，直接把她推到江辰遇的怀里，落落大方地笑："江总，景澜就麻烦您啦，带回家还是做什么，您看着来！"

喻涵特像古时卖女求荣的老母亲，将她献出去后，果断地和大部队跑了。沈暮哑然。

布加迪行驶在还算空荡荡的马路上。夜幕漆黑，一轮圆月洒下银白色的光。

沈暮坐在副驾驶座位上，抱着一袋零食礼包，这是刚刚他们赢得的密室通关的奖励。密室游戏解压归解压，恐惧也是真恐惧，她逃不过被真人 NPC 吓破胆的结局。

尤其是喻涵去吃夜宵了，喻白的公司另有安排，她现在自己回家里待着实在是一件考验胆量的事。

沈暮扭捏半晌，问道："我们……去哪儿？"

江辰遇开着车说："你说。"

沈暮有点儿想跟他回家了。反正他是自己的男朋友，而且她也不是第一次去他家了。但是女孩子要矜持点儿，怎么能直接说自己要跟男人回家过夜呢？

沈暮启唇支吾道："喻涵不要我了。"她昧着良心给闺密扣锅盖，又平静地低咳一声，"我……我忘带家里的钥匙了。"

沈暮说理由时，心很虚。说完她悄悄地吸口气，假装在望着窗外欣赏夜景。

江辰遇看似在专心地开车，把修长的手搭在方向盘上，但轻轻地勾起了唇。他清楚她藏在其中的那份小心思，所以顺着她，目不斜视地说："那你跟我走吧。"他含笑的嗓音很有磁性，"我要你。"

他们现在是同伙了。沈暮托着脸靠着窗，心顿时"怦怦"地乱跳。他的魅力太强大，让她难以抗拒。

沈暮极力压住嘴角的笑，假装勉强地说："噢。"

江辰遇也笑，什么都不说。

沈暮突然想到关键的问题，为难地低声问道："可是，我没有带换洗的衣服，怎么办？"

江辰遇淡定地说："家里有。"

沈暮有点儿蒙地说："啊？"

江辰遇很坦然地说："家里只缺内衣，因为你没告诉我你穿多大尺码的内衣。"

沈暮瞬间惊呆。为什么？他随时都做好了她去他家里住的准备吗？

江辰遇低笑一声，意味不明地叹息道："连女朋友的内衣尺码都不知道，我好像挺失败的。"

沈暮觉得耳尖滚烫，心在嗓子眼儿处蹦。她明知道他是故意讲得这么惨兮兮的，但依旧落入他的圈套里。

沈暮咬咬唇，好半天才发出一声娇软的声音，含糊地说："34C。"

话音刚落，沈暮先觉得脸发烫，偷偷地把面颊贴到凉凉的车窗上，想要给脸降温。她怎么就说出来了呢？

正开车的人笑了一声："C？"

他别有深意地复述。

沈暮觉得脸蛋儿烧得更厉害，有点儿慌地向他说明："这只是围差啦，很正常的。"

沈暮看着他，迟疑着问道："你不信吗？"

江辰遇投来意味不明的目光，唇边隐约带着笑意。他继续开车，不说话。

他默认了，至少沈暮是这么认为的。姑娘家面对男友的质疑，生怕他有一丁点儿不爱她的心理，第一反应就是要为自己正名。

沈暮非常正经地看着他："我真的有 C。"

江辰遇还在笑："是吗？我不了解。"

他真正想说的话是：不如今晚我亲自了解一下。

为了增强可信度，沈暮搬出充足的理由，说："我在美术学院里的时候有一位来自俄罗斯的室友。她小妙招儿可多了，每天都拉着我们一起尝试她的小妙招儿。"

江辰遇顺口问道："一起做什么？"

沈暮答道："食疗、健美操之类的。"

她想到那位来自俄罗斯的室友，脑海里就浮现出对方在全身镜前挺着傲人的胸做造型的样子。拥有逆天的身材、灵魂又有趣到极致的姑娘，真是太有趣了。

沈暮忍不住笑出声。

她玩儿过密室逃脱后，心情很放松。她一开心就忍不住话多，告诉他自己的几位室友特别注重身材，她们极其严格地吃三餐，锻炼、按摩都不落下。

沈暮枕着座椅的颈垫，怀念独自在法国时难得的美好时光："我那时候还在发育嘛，她们不允许我自甘堕落，就天天监督我。我觉得好辛苦。"

"控制饮食和锻炼身体都太需要毅力了。"沈暮哀怨地说着，眼睛里却含着笑意和明亮的光。

江辰遇很喜欢听她絮叨。从前他只能通过微信和她聊天儿，现在她却实实在在地待在他的身边，他的这种喜欢只会剧增。她的这份开朗只对他展现，太惹人喜欢了。

沈暮望着外面的夜景，笑盈盈地和他聊着："有一回菲娅说，她从C到D全靠按摩，结果另外两个来自法国的室友隔日就带着男友来见我们了。"

光想想，沈暮都能被她们的行动力逗笑。

江辰遇眉目含笑。他爱她讲的每一个字眼，问道："你呢？"

可能是对外向的室友习以为常了，沈暮说起她们时，对这个话题突然就没那么敏感了。

她不含一丝杂念地回答道："我没男朋友呀，也没好意思自己按摩。"

当时她还小，也不像外国的姑娘们那样思想开放。

江辰遇的唇角淡淡地弯起，片刻后他不疾不徐地说："你现在有男朋友了。"

她现在有男朋友帮她按摩了，而且他乐意效劳。

他把这句暧昧到极致的话说得太轻松了。思绪乱了一会儿后，她才回过神来。

沈暮后知后觉地耳尖一热，胆怯地走在恋爱的迷宫里，又不甘这样，酸溜溜地试探道："你很懂吗？"

江辰遇挑眉，不拆穿她，说："没有。你教教我。"

他的语气很淡定，可她偏偏觉得他的话里满是调情之意。沈暮的心跳顿时变快——这要她怎么教，教他如何一只手覆上并握住自己的胸吗？她的耳朵热烘烘的。

沈暮认输，不说话了。

附近有家高端的内衣专卖店还在营业，江辰遇便带沈暮过去了一趟。都把人哄回家了，他不能委屈了这个小姑娘。

出入女士用品的专卖店显得很不绅士，江辰遇给了沈暮一张卡，告诉她密码，让她多买几套内衣，然后自己在店门口处等着。

沈暮想说自己有钱，但犹豫片刻还是乖乖地拿着他的卡进去挑内衣了。

她一直觉得谈钱伤感情，也突然意识到花男朋友的钱要比自己买东西更知足，这段感情好似多了甜丝丝儿的牵绊感。

没几分钟沈暮就出来了。江辰遇很自然地接过购物袋，握住她的手往停车场走。

袋子挺轻，江辰遇问身边的姑娘："我不是让你多买点儿吗？"

沈暮无辜地望望他："我有两套呢。"

她怎么这么像替他省钱的小娇妻？江辰遇笑了笑："够换吗？"

她如果要在他这儿久住的话，内衣是不够的。但沈暮没说这些，只是小声跟他说："我感觉没你那天给我准备的衣服舒服。"

她的语气里含着羞意，江辰遇的心情又添了几分愉悦。江辰遇拉开副驾驶座的门，让她坐进车里，而后俯身在她的头发上揉两下："知道了，明天我让庄阿姨给你买那款内衣。"

沈暮点点头说"好"，娇小依人，看上去特别乖。此刻他们要是在自家的停车库里，江辰遇肯定会掐住她的下巴吻过去。可惜他们还在大街上。

　　江辰遇暂时安分地坐在驾驶座上，正想发动车快些回家，右边的姑娘先递过来一张无限透支的信用黑卡。这是刚刚他给她付钱用的卡。

　　沈暮把卡还给他，夜色里的双眸似匿着点点繁星。她说："花了差不多四千块钱，这个牌子的东西还挺贵的。"

　　不过沈暮是能狠下心的，平时买的内衣也都不便宜。毕竟那是贴身穿的衣裤，她不能随意地买。

　　江辰遇的声音里带着他独有的温柔，他说："卡给你，你想要什么自己买。"

　　沈暮知道自己消费的这点儿钱对他而言微不足道，但手里的可是无限额的黑卡呀，分量重得她在心理上受不了。沈暮略惊讶地问道："你不担心我乱花钱吗？"

　　她能败家到哪儿去？江辰遇的眼底满是笑意，他说："花吧，你的男人养得起你。"

　　这称呼自生蛊惑感，就这么一瞬间，她开始满心都是占有他的骄纵感。

　　见她有几分呆萌感地愣住，江辰遇轻叩她的额头，打趣她："这表情，你怕我破产？"

　　沈暮被敲得清醒了些，偷偷地看他一眼，温柔地轻声说："我怕你把我宠坏。"

　　他太好了，从相貌到品性都完美得无可挑剔。

　　江辰遇的笑眸里渐渐地染上深情，片刻后，他注视着她说："这么年轻漂亮的小女孩儿愿意跟着我，我怎么能让她吃亏呢？"

　　沈暮不敢相信地眨眨眼，诚实得可爱，说："明明吃亏的人是你呀。"

　　在这段感情里，沈暮始终认为自己是受益方。江辰遇若无其事地动了一下眉梢："是吗？我不觉得。"

　　沈暮似乎感悟到了爱情让人变笨的真谛，不解地问道："那你说我亏在哪儿了？"

　　江辰遇翘唇，静思两秒，说："我比你大七岁，算不算？"

　　沈暮一下子笑出声，不假思索地说："当然不算。"

　　沈暮脸上还漾着清甜的笑，后一秒，就在江辰遇深沉的目光里静了静。口语表达是她的短处，但情绪到了，她觉得自己要学着变得勇敢。

　　沈暮咬住一点儿下唇："我……挺喜欢的。"

　　她很喜欢，只要对方是他。

　　江辰遇的眸底泛起波澜，片刻后，他仍不动声色地说："以后我应该还要经常欺负她。"

　　沈暮被欺负过，所以能听懂他的意思，脸颊很快就泛起红色。出于小女生的娇气，她歪歪脑袋，略鼓两腮："那你会让她哭吗？"

　　眼前的小姑娘真的可爱得不像话。她清澈的眼睛望过来，像冬夜里纤尘不染的冰雪。

　　江辰遇的喉结滚了一下，他手指陷入她的发间，握住她的后脑勺儿，轻轻地将她的头带过来些。

　　沈暮和他的脸挨着，有点儿发蒙，只听他用饱含情愫的嗓音说："我尽量轻点儿。"

沈暮一时没懂他的潜台词，也来不及思考，因为下一瞬间，他的吻就细细密密地落了下来。曾经克制的吻现在变得放纵，他难免失控。

她的唇特别软且温暖，他撬开她的牙齿，好似尝到了丝滑的奶茶。

江辰遇再懒得管他们是不是还在大街上、来往的行人多不多，一心想要不顾一切地掠夺她甜美的气息。

沈暮尚存的理智提醒她，他们的车就停靠在大马路边上。可是她该怎么办呢？这个男人太会诱惑人了。

沈暮觉得只要有他在，自己就可以什么都不管。所以她这会儿闭着眼，一如既往地听话。

她大概可以用"天赋异禀"来形容他吻她时高超的技艺吧。他有着索求的霸道，又不失和她合拍的温柔。

沈暮的心脏被他带着跳动，不知何时，她纤细柔软的小手就难以自控地攀上了他的脖颈。

深黑色的布加迪驶进地下的私家车库里。

室内的电梯自地下一层上升至二层，江辰遇带着沈暮径直走进主卧里。

"你要先洗澡吗？有几套睡衣在衣帽间里，你自己去选。"

水晶灯和过道里的射灯都被他打开，熟悉的灰色调卧室里瞬间变得明亮。

沈暮想答"好"，但一张嘴就险些发出笑声来，只能死死地抿唇憋笑，一声不吭。

身边的人没动静，江辰遇回眸看她。这姑娘很明显在努力地忍着笑意，但嘴角压不下的弧度早已将她出卖。

江辰遇反应过来，无可奈何地捏捏她小巧精致的鼻尖："你还笑？"

沈暮垂下脑袋，一瞬间忍不住"扑哧"笑出声。

刚刚在街边吻得太投入，他们被城管打着手电筒劝走。城管甚至在车外大声喊了句"你们忍忍，回家再亲热"，好像他们影响了市容似的。

沈暮当时蓦地推开他，低着头躲在窗边。而江辰遇摇下车窗，只能故作镇定地说"抱歉"，并保证他们马上回家。

当时她羞耻至极，但事后想来只觉得这件事好笑。也许是因为从未经历过这种事，她惊讶地发现成年人叛逆的状态还挺刺激。

他面前的女孩子两颊白里透粉，嘴巴被他吮成樱桃红色，她温柔又甜美可人。只是她还在偷笑，有那么一点儿欠收拾的意思。

江辰遇上前一步，倾身搂住她盈盈一握的腰肢，转眼间将她牢牢地抵在墙上。江辰遇高大的身躯完全挡住灯光。他一俯身过来，沈暮就彻底被阴影笼罩。

他散发的征服的气息好强烈，萦绕在她的鼻端。沈暮的笑容顿时僵住，她呼吸急促，脸上升温。她在他居高临下的气势下咽了咽口水，勉强低声问道："你干什么呀？"

江辰遇把她搂到怀里。他温热的唇轻轻地滑过她的耳畔，低沉的声音在深夜里十分蛊惑人心："现在没人打扰我们了。"

此情此景十分旖旎，沈暮的心率急剧地加快，她能感觉到彼此之间有什么在往不可控的方向发展。

沈暮脸红透了，象征性地微挣两下，欲拒还迎般怯生生地说："我要洗澡了。"

江辰遇用手指拨开她的脸旁散落的发丝，不紧不慢地问道："你敢一个人洗澡吗？"

沈暮："……"

他不说，可能她一时半会儿还想不起来。但他一提这件事，密室里的画面就不断地在她的脑海中浮现了。

沈暮的胆量很快小了下来，她想说"现在不敢了"。

她低垂着脑袋，一动不动地把整张脸埋在他的身前，默不作声，答案不言而喻。

江辰遇的气息拂过她雪白的侧颈，他声音低沉嘶哑地问道："你要不要和我一起？"

过道很宽敞，他们却挤在墙上搂着彼此，薄薄的布料根本阻挡不住彼此体温的传递。尤其当江辰遇发出让人心痒难搔的邀请时，这样的夜晚忽然就变得不再这么简单了。

门廊上的几盏射灯发出柔和的光，有心要将暧昧的气氛烘托到极致。

多数时候，他的声音是缓慢低沉的，像午夜的月光照着她。小姑娘轻易地就被他迷了心窍——万幸他是英俊优雅的绅士，而非渣男。

那句话钻进她的耳朵里，让她的神经都变得麻木。沈暮失神地顺着他问道："怎么一起？"

他可能处在失控的边缘，却仍温柔地浅笑："看你的意愿。"

江辰遇偏头轻吻她的耳朵，带着循序渐进的耐心诱惑她："你想站着，还是躺着？"

他是问她想淋浴还是用浴缸洗澡，但非要故意换个不明不白的说法。沈暮的心"怦怦"直跳，悸动不止，她用纤细的长指攥住正摩挲她的脸颊的手。

尽管沈暮此前没有恋爱的经验，但美术学院的室友们都有着丰富的恋爱经验。沈暮也是被她们科普过的。所以当他这么说时，她明白他的意思。那不是问题，是暗示。

现在都是什么年代了，沈暮虽然没经验，也理解谈恋爱时满足对方的亲密需求再正常不过。

尽管她深陷在未知的领域里，难免有惧意，但事到临头都没想过拒绝他。也许是她太喜欢他了。

"你可不可以……不要太急？"沈暮想和他商量，不经意地带着小女生撒娇时独特的腔调说。沈暮从长睫下羞怯地望着他："我……我……我第一次……"

她是愿意的，但也真的很害怕。

江辰遇一双眼眸深了几分，像幽静的深潭，里面映着她水润粉嫩的面容。

扪心自问，江辰遇从没想过这件事情。在他的认知里，她有过恋情，不是初次也不要紧。因为是她，他完全可以舍弃任何情结。

但不得不承认，听到这话后他是惊喜的。这句话能彻头彻尾地满足男人对喜欢的姑娘的独占欲。

他知道她过于内敛，只是试探着问一问，其实是想要慢慢地来的。不过现在不一样了，她间接地表明了愿意。

"我知道。"江辰遇抵着她的额头说，温柔之中全然哑了嗓音。

就在沈暮觉得自己的心跳要不受控制的时候，江辰遇倏地将她横着抱起，迈步走进浴室里，将她放到洗手台上。

江辰遇确实没有着急，尽可能地让她放松，揉揉她的发，问道："你想不想泡澡？"

那晚沈暮喝醉后盯着浴缸，江辰遇对她憧憬的眼神印象深刻。

沈暮在极力地克制恐惧的情绪，思绪混乱地点了一下头，但依然免不了紧张。

她微哆的声音富有魅力，说："嗯……"

这样的女孩子真的乖到让人不想客气。江辰遇探身，衔住她的唇吻了好一会儿，才与她分开。他走到浴缸旁，给她放水。

白色的浴缸很大，有多个蓄水口，温水蓄到水位线处大概需要二十分钟。浴室里的光温暖且明亮，水声"哗啦啦"地响。

沈暮还坐在台上，悬空的双脚垂下来。江辰遇走回来，蹲下来脱掉她的小白鞋，然后再站起来，和她近距离地对视。他看着她，能感受到女孩儿的纯真和畏怯之意。

"别怕。"江辰遇用一只手揽住她的腰，用另一只手捧起她温热的脸颊，"你不舒服的话我随时停止。"

他的气息很沉，他却始终在哄她："好不好？"

或许这就是沈暮情陷于他的地方，他拥有成熟男人的温柔，所有的索取都建立在疼爱她的基础上。他把她宠爱到骨子里，所以即便对这种事情都会事先给她承诺。

沈暮过于紧张的情绪被安抚。她迷失在他深沉的黑色眼睛里，情不自禁地说出一句："好。"

江辰遇注视着她，深情无限地说："抱着我。"

沈暮便听话地抱住他的脖颈，在他倾身吻过来的时候温顺地垂下睫毛，自觉地张开双唇。

浴缸里的热水徐徐地涨满，暖雾蒸腾着，浴室里的温度逐渐升高。

为了方便玩儿密室逃脱，沈暮今天特意穿了修身的牛仔裤，和那天在办公室里的穿着相同，这让江辰遇很为难。但印花的雪纺衫禁不起拉扯，她躺在了洗手台上，任那件蕾丝的无钢圈法式细带内衣从自己单薄的肩上滑落，那是34C的尺码。

她没骗人，那里轮廓优越，圆润好看。不过他对此没有概念，只觉得小姑娘瘦瘦的。她的腰和四肢都特别纤细，好像她所有的脂肪都不偏不倚地跑到那里去了。

上帝应该也和他一样爱她，所以造物时偏了心，给了她多一分少一分都不行的完美体态。

事态的发展完全脱离掌控，却又特别合乎情理，最后他没有野蛮地扯坏小姑娘的牛仔裤。万一她很喜爱它，事后是要埋怨他的。

江辰遇摩挲着她的脊背，凑近她的耳畔轻轻地说："乖，自己来。"

他的嗓音永远带着诱惑人的魔力。沈暮软软地靠在他的颈窝处，无法思考，无法抗拒，乖乖地听从他的引导献上自己。这一刻她恍若身陷在童话里。

所谓骑士在门外诱惑着城堡里的小公主。明知他意欲不轨，单纯的小公主还是被哄着亲手打开大门迎接他。如愿地进入这座无人造访过的城堡时，假绅士便露出本性，将此处据为领地。

可能是因为羞赧，也可能是因为待在弥漫的暖雾中太热，沈暮支着台面微微地后仰，如雪的肌肤上泛起健康漂亮的红色。

从脸蛋儿到身姿，她都足够赏心悦目。此刻她完全像一只纯情又魅惑的小狐狸，让人分不清她是清纯甜美，还是性感迷人……

沈暮眼前浮出一团水雾，视线模糊，用力地咬着自己的嘴唇。那似玉的双颊泛起红色，她像是单纯的小兔偷偷地喝了酒，尽显难以言喻的醉态。

她还是个无知的少女，完全不能预料事情后面的发展，这会儿也无暇去想那些。尽管她曾被室友们普及过许多相关的知识，但事到临头，那些知识都是理论。

这时候她就像在蹦极，从几百米的高空中望下去，人就成了气泡飘浮着。脱离地面的失重感会让人心慌，心里的情绪十分复杂，她因为太久找不到落脚点，特别渴望站住脚跟。

浴室里的暖光灯都开着，亮得让她有些眩晕。热水被越放越多，蒸腾出的暖雾缭绕着，让她渐渐地有了窒息感。

沈暮的脑子仿佛被雾气蒙住了，她现在很矛盾，抓着江辰遇的短发，想推远他又不知道在留恋什么。

江辰遇察觉到她的情绪，抬起头重新把她抱到怀里。

他用单手搂着她："你还好吗？"

沈暮紧紧地抱住他的脖颈，低下头，脸上满是羞赧的神色。她摇头，但羞得说不出话来，从未有人像他刚刚那般对待过她。

他的额角沁出一层细汗，他却还是忍着欲望，轻柔地啄了啄她的脸颊，又体贴地问她："有没有哪里不适？"

不知道，她无法回答这个问题，也难以描述他给她的感觉，好像炎炎的夏日耗尽了少女的圣洁。越界后她有些奇异的感觉，但惧意仍在，有些不安。

沈暮往后挪了一下，牙关紧闭。她怕自己嘤咛得像猫，谁知却发出几声哼唧声，跟在呜咽似的。

江辰遇以为她要哭，几乎毫不犹豫地松开手，似抱着珍宝一般抱着她："好了，就这样。"

就这样，他到此为止，因为沈暮没完全做好心理准备。跟他回家前她没想过做这些事情，刚才都在咬着牙克服恐惧。他这么一说，她绷着的神经顿时放松下来。

她顺势窝在他的怀中，忍不住低声抽泣，大抵是在宣泄心中没克制住的恐惧。

江辰遇当下就慌了，边轻抚她边哄她。但女孩子是种神奇的生物，越被哄就越委屈，越委屈就哭得越厉害。其实她什么事都没有，可男人就是压根没辙。

最后江辰遇怕她光着身子坐在洗手台上会受凉，轻拍她的背，哑着嗓子温柔地说："等一下再洗澡吧，你先躺会儿。"

怀里的人总算点了点头。

江辰遇关了浴缸的水龙头，把她抱到卧室里，将她放到被窝里后自己也侧躺下来，隔着柔软的深灰色蚕丝被拥住她。房间内安安静静的，只有彼此的呼吸声。

过了一段时间，沈暮的心绪慢慢地平静下来，她意识到身边的人气息很沉，隔着被子也能感觉到他的体温比平常高好多。

沈暮当然知道他这样是什么原因，迟疑片刻，伸出一指轻戳了一下他的手臂。

江辰遇这才抬起眼皮，吻吻她的额头，低声问道："怎么了？"

他显然是在忍耐欲望。

沈暮带着愧疚之意问他："你是不是很难受？"

江辰遇沉默了一会儿，浅笑："还好。"

他这会儿真的没法说"不是"。

沈暮睫毛颤了颤，发现自己对他的心疼要胜过对温存的惶恐。她不放心他，带着鼻音小声地说："我只是有点儿害怕。"

她的语气软软的。

江辰遇用下巴蹭了蹭她的发："怪我，我着急了。"

她不是这个意思。沈暮停顿两秒，呢喃道："我是说……我们可以再试试。"

江辰遇微愣。这姑娘今晚勇敢到让他意想不到的地步，他的眉眼因她的这句话而舒展开，他的脸上浮现出不必言说的愉悦。

江辰遇含着笑沉声说："你别勾引我。"

沈暮于心难安地咬咬唇："你真的不要吗？"

她再问一遍他可能就要忍不住了。江辰遇无奈地笑了一声："嗯。"

在她开口之前，江辰遇又说："没措施。"

他刚才确实忘了这件事。

闻言，沈暮将刚要讲的话悄悄地咽了回去，把脸埋在他的身前，一言不发。

江辰遇很轻地咬了一下她的脸蛋儿："下次我不会这么轻易地放过你了。"

他明明就是怕她再哭，还假装吓唬她。沈暮这会儿比较担心他，稍微仰起脸，望过去："那你现在怎么办？"

她好像从室友那儿听说过，男人憋着不好。

江辰遇将她揽近，只说："你让我抱一会儿。"

沈暮温顺地在他的臂弯里待了片刻，想了想，轻声细语地问道："要不要我帮你？"

她的话音落下的一瞬间，江辰遇索性低头堵住她的嘴，良久才松开她。这姑娘红着脸，果然安分了。

江辰遇反倒餍足了些，问道："刚刚你难受吗？"

沈暮被他亲得迷糊，问道："什么？"

江辰遇说明："刚刚，在浴室里。"

思绪被拉扯回先前她发现的新世界里，他在她这张空白的画纸上轻揉慢捻，画出几笔前所未见的色彩。沈暮的面颊红成一片，但沈暮又觉得应该告诉他自己的感受。

她略微斟酌，用低得几乎听不见的声音说："你碰那里的时候，我是有一点儿难受。"

"哪里？"他明知故问，随即胸膛上挨了一拳。

江辰遇笑着抓住她行凶的小手，语气认真了几分，问道："你很难受吗？"

他要怎么说？在这方面他也是纸上谈兵。所以她一哭，他就完全乱了阵脚，怕自己没把握好分寸。

沈暮却因他真诚的发问而害羞得蜷缩起脚趾。那当然不是他以为的难受感，可她形容不出来，那就是……抓心挠肝的感觉。

她担心他再问奇奇怪怪的问题，自己难以应对，便将脸往被子里缩了缩："不是……"

她可能有了经验，觉得哭这招对他很有效。所以沈暮先发制人，嗔怪他："我第一次谈恋爱，你不能欺负我。"

她这会儿有些软萌。江辰遇正想笑，随后反应过来，顿了顿，说："嗯？"

他深沉地凝视着她："你第一次谈恋爱？"

"嗯。"沈暮说。见他的目光十分幽深，她以为他是在怀疑她，撇着嘴问道："你不信吗？"

静默半晌，江辰遇终于启唇说："不是。"他若有所思地说，"我之前以为你失恋了。"

沈暮微微地瞠目，问道："什么时候？"

江辰遇可能明白过来了，轻轻地笑，说："你发错语音的那次。"

沈暮还发着蒙，问道："哪次？"

江辰遇垂眸看她，缓缓地说："你叫'老公'的那次。"

沈暮的心重重地一颤，她来不及娇羞，转瞬间回忆起先前的那件事，想不到那件事情居然会让他产生这么大的误会。

沈暮面颊上泛起红晕，赧然地看向他："才不是，我那是发给喻涵的。喻涵失恋了，不是我。"

江辰遇不说话，只是深深地凝视着她，眼底蕴含着万般柔情，仿佛宝贝失而复得、完好无损。她没有伤心，他为之愉快。

沈暮望进他那双含着温柔的眸里。两个人对视了一会儿，她说："你是我的初恋。"

江辰遇喉结动了动："嗯？"

他听清了她的话，但想再听一遍。

沈暮乖顺地莞尔一笑，把每一个字都念得很清晰，说："你是我的初恋。"

江辰遇在她清澈的目光里笑了一下，慢慢地吻到她的耳垂上："便宜我了。"

他的唇的温度微烫，他在她的耳朵上轻轻地一啄。他语气慵懒、声音嘶哑地说着动人的情话，沈暮的心尖一下子酥软。

沈暮内心的深处有更深的爱意被唤起，大概在喜欢的人的面前，无论什么性格的女孩子最终都会不由自主地变得温柔吧。

"那你以后都不能让我哭。"沈暮隔着被子往他的怀里钻了钻，轻声说。

他黑色衬衫的领口半敞着，因为方才在浴室里的那段前奏中，往下解了好几颗扣子。女孩子的嘴唇是比棉花糖还软的，她窝过来，轻轻地蹭在了他的心口上。

那一瞬间，江辰遇欲罢不能地想：他怎么舍得她哭呢？他恨不得为了她把心脏掏出来。

江辰遇用修长的手指缓缓地梳着她的长发，眼里含着深情。他用分明是爱怜的口吻说："恐怕不行。"

沈暮怔了怔，仰起脸不满地瞪过去。

江辰遇温柔地笑着，顺势低头吻她："再哭一次。"

沈暮猝不及防地被亲了一口，脸上微热。她索性抬高下巴质问他："为什么呀？"

江辰遇看着她的桃腮："你不懂吗？"

沈暮眨着眼思忖片刻，就快要反应过来，江辰遇先别有深意地浅笑起来："刚才你哭得那么狠。"

她突然明白他的意思了——他下回要是真做了，她还不得哭得撕心裂肺？

沈暮顿时又羞又窘，缩回脑袋，不出声。她真的只是因为没实战经验才哭的，现在懂一点儿了，而且身经百战的室友们时常开解她，她们说咬咬牙疼就过去了。

把心理准备做到位就应该没什么问题，但沈暮不好意思再讲话。她埋头轻轻地呼吸，长长的眼睫微动着，目光无意间扫到他的胸肌上。

江辰遇抱着沈暮，很安静。他的怀抱温暖且踏实，她不知不觉地有些想睡觉。不知过了多久，沈暮身前的蚕丝被似乎被掀开一角。

沈暮还没反应过来，江辰遇就不动声色地躺进来，带着他特有的体温和气息。淡香萦绕在沈暮的鼻端，十分有质感，是让人着迷的寄情香调。

沈暮迟钝少顷，倏地清醒过来，刚想说他怎么穿着衣服就躺进被窝里，后一秒就被他揽入怀中。江辰遇没给她讲话的机会，低头含住她的唇，温柔地吻着她。

沈暮没有躲，唇齿依偎间不自觉地揽住他的背。

这个漫长的吻在良久后结束。沈暮急促地喘气，缓了缓，才想起来害羞。

她当时光着身子，堪比被剥了壳的水煮蛋，光滑的玉肌吹弹可破，可直接满足他的口腹之欲。

江辰遇凑到她的耳旁说："现在你不哭了吧？"

沈暮感觉他问得有些耐人寻味，有点儿犹豫地回答道："嗯。"

他静默须臾，轻轻地一笑，指腹不客气地摩挲着她的嘴唇，又从洁白无瑕的侧颈移到精致美丽的锁骨上。

沈暮突然僵在他的怀中，合拢双腿，但似乎为时已晚。

她刚以为自己没问题了，还说再试试，结果他这么快就故技重演。真面临这件事时，她还是难以自控地心慌。沈暮屏息靠在他的颈窝旁，半撒娇半嗔怪地嗫嚅道："你好烦……"

江辰遇声音嘶哑地轻轻地笑了一下，往里磨着她，在她的耳边循循善诱道："你要提前多适应。"

沈暮连呼吸都不敢太用劲，渐渐地失去力气，像魂要散开。她只能试图转移注意力，强行找话和他聊。

"你……你之前……是什么时候……认出我的？"她问道，声音虚软，话还随着他的力度不时地卡住。

江辰遇毫不费力地回答道："我看到了你画里的字。"

若不是他的嗓音是哑的、声音低沉，沈暮真要以为他十分气定神闲。

显然聊天儿并不能使她的心跳平缓下来，但她被外来者造访的景点反而越发迷人。

由于过分紧张，沈暮不得不找他说话："那么早……你就知道……嗯……是我了……"这会儿她连一句简单的话都说得支离破碎，"你为什么……不……不告诉我？"

听了这话后，江辰遇带着报复的意味略微使劲："还不是某个胆小鬼一直不敢见我？"

沈暮蓦然失声，心虚的同时忍受着战栗，断断续续地低声问道："那后来……呜……在电影院里呢？"

他原想稍微欺负她一下，却没想到将她惹出了哭腔。江辰遇的声音哑下来，他说："我觉得你刚结束一段失败的恋情，需要时间缓缓。"

他用低沉的声音慢条斯理地说着，吻过她的脸颊和下颌。这个理由居然如此合情合理。到了现在，周遭终究寂静了，因为沈暮的喉咙在灼烧，她没法说话。

她不能说他欺负她，他在尽可能地让她愉悦。

在这件事情上女孩子到底是吃亏的，她愿意将神圣的自己交出去，他就必须负起这个责任。所以江辰遇对她温柔，有十足的耐心。

很久后，空气中弥漫着特殊而甜腻的香气。

沈暮绵软地依偎在他的臂弯里，虚弱到连手指都无力动弹，剧烈的心跳和喘气久久难以平复。

给了她一点儿时间缓一缓，江辰遇不紧不慢地摩挲她的后腰："还可以吗？"

沈暮脑子全然空白，此时无法思考他是在问她前面的感受还是现在的状态，只是被他问得害臊，张嘴咬下去。

江辰遇轻微地"嘶"了一声，心口处传来的痛意也只是一瞬间。他摸摸她的头，笑得无声而纵容。在水变凉之前，他把她抱到浴缸里。

沈暮没想到会这么累，明明自己躺着什么都没做。长发被松松地绾成丸子，她虚脱地趴在浴缸里，泡在热水中昏昏欲睡。

江辰遇拿了一盒什么东西回来，蹲到旁边，轻捏她潮红的脸蛋儿，问道："你想用哪个？"

沈暮懒懒地抬起眼皮，看见他手里的木质方盒中有好多星空色和彩虹色的球，它们像是沐浴时用的。

沈暮没见过这些，虚弱沙哑的声音里含着事后特有的娇软意味，问道："这是什么？"

"精油球。"江辰遇用手指拨开她贴在脸上的头发。

这些是极为精致的少女之物。沈暮语气瞬间酸酸的，问他："你怎么有这个？你是带其他女孩子来过家里吗？"

也许是因为两个人亲密后，沈暮对他有了独占的心思，当下要比醉酒后还大胆，不满他对别人也好。

江辰遇被她奇怪的脑回路逗笑："我给你买的，觉得你会喜欢。"

闻言沈暮顿了一下，像一只小兔，戒备地竖起的耳朵又慢慢地垂回去："好吧。"

沈暮枕在浴缸上，温顺地说："我要粉的。"

江辰遇的眉眼间含着笑意，他打开一颗精油球放入水中。精油球遇水就化开了，浴缸里的清水很快便被染成亮晶晶的粉色。

沈暮被好闻的香味儿唤醒，仿佛置身于闪亮的粉色银河中，眼睛一瞬间变得亮亮的。

周围水光潋滟，她在浴缸里露着光滑的肩颈，几缕挂着水珠的发丝散落下来。她用手心掬起一捧水，把它泼掉，再掬起一捧水泼掉，乐此不疲。

江辰遇的呼吸不由自主地粗重起来，他暗暗地吸了口气，抚摸了一下她的耳朵，说："我去洗个澡。"

沈暮笑盈盈地回望："好。"话音刚落她忽然想到什么，轻轻地一咬唇，问道，"你在这里洗澡吗？"

江辰遇无奈地笑起来，反问道："你希望吗？"

沈暮当然希望他不走，单独待着怪可怕的。而且他看也看了、碰也碰了，都没有顾忌了，她没必要再去矫情地介意这件事情。

沈暮就是有点儿害臊，低头撩着亮闪闪的温水，含糊着说了一句："在这里。"

江辰遇弯起唇角："好。"

沈暮舒舒服服地躺在浴缸里的时候，江辰遇在淋浴间里冲了几遍冷水澡。浴室很大，淋浴间离浴缸稍远，距离大概有半个房间那么远。

沈暮望过去，隔着磨砂玻璃只能看见他的影子。

就洗澡的速度而言，女人和男人真的不能相提并论。沈暮刚按摩完双腿，淋浴间里的水声就停了，回眸便见他走出淋浴间。

他洗过了头，围着一条浴巾，湿湿的短发凌乱地垂着。也许是想看看她在做什么，江辰遇斜眸看了过来。

目光和他的目光撞上，沈暮的心一跳，她倏地垂眼，假装什么都没瞧见。

她看一眼就知道他的身材十分完美。虽然他和她离得远了点儿，但她能看清他胸腹的肌理线条。她第一次见他西装下的身姿，登时红了脸，感觉水像要沸腾了。

沈暮沉到水里，只露着绑丸子头的脑袋，侧颜很是乖巧可爱。江辰遇笑了笑，走到置物架前，不慌不忙地穿衣。

也许是事后容易犯困，沈暮泡了十来分钟澡就想睡觉了。所幸她无须冲洗精油，擦干身体就好，精油简直是懒人的福音。

趁江辰遇在洗手台旁吹头发、无暇顾及这边，沈暮起身擦了擦身子，拿过旁边的睡裙穿上。

江辰遇随意地吹了两分钟头发，放下吹风机，抬眼便见小姑娘出现在镜中。

她穿着纯棉的睡裙，泡完澡后肌肤亮亮的，白皙的脸颊透出微微的红色，略显惺忪的双眸里含着懒意。

江辰遇温柔地看着镜子里的她："困了？"

他刚说完，沈暮就打了个哈欠，从鼻腔里发出一声"嗯"。

江辰遇在她的牙刷上挤上牙膏："刷完牙睡觉。"

沈暮乖乖地接过牙刷，和他一起站在洗手台前刷牙。

他们做着相同的动作，望着镜子里的彼此。随后，他们忽然相视一笑，突然就开始向往烟火人间了。和喜欢的人住在一起，他们对生活都有了喜不自胜的仪式感和全新的期待。

他们刷完牙、洗完脸，江辰遇在旁边等她抹水乳。

看了一会儿，江辰遇忽然唤她："暮暮。"

沈暮闭着眼，用指腹抚着脸颊，随口应了一声："嗯？"

江辰遇说："明天你跟我去奶奶家吧。"

沈暮微微地一顿，缓缓地抬起眼，目光对上他的目光。她只见他温柔地浅笑："我想带你去见奶奶。"

这句话里不含任何暧昧的意味，他说得也很平静，但其中令人安心的深情能令她轻易地怦然心动。

沈暮的心口似被暖阳照着，顷刻之后，沈暮弯起眼睛答道："好哇。"

⋯⋯⋯⋯

他的床太舒服，沈暮躺在床上就开始迷糊。片刻后她隐约感觉到床有点儿下陷，接着周围又没了动静，好像是他收拾完浴室回来了。

沈暮把眼睛睁开一点儿，半睡半醒地搭上他放在枕边的手，含糊地问道："你坐着干吗？关灯……"

江辰遇温柔地注视着她乖巧安静的睡态："我在等你安排。"

沈暮蒙了，问道："嗯？"

江辰遇俯身，轻轻地问道："你让我睡沙发还是客房？"

他非要故意多问一句，逗逗她。

沈暮这时候是温顺的，将他的手往软软的被子里拽了拽，奶声奶气地嗔怪他："哎呀，你快进来吧。"

女孩子轻柔的嗲音让人觉得特别好听。江辰遇笑着关了灯，躺下来，将身边柔软的娇躯搂到自己的怀里。

他淡淡的、清冽的气息像能助眠，沈暮困得在他的怀里拱了拱，找了个舒服的姿势窝着。

不一会儿，沈暮感到他的身上泛起凉意，扯着被子盖住他的肩膀，迷迷糊糊地往前凑了凑，想让他取暖。

江辰遇察觉到她的小动作，无声地笑了，收紧臂弯，低头轻吻她的发。

这个夜晚没有星星和月亮，但他怀里的小姑娘睡得很安稳。

次日天亮后，阳光明媚，池水波光粼粼。花园里的植物色泽鲜艳，偶有悦耳的鸟鸣声。卧室里半明半暗，落地玻璃前的窗帘被拉上。

沈暮好像梦到了什么，皱起眉头，扭动着身体，拖长尾音"嗯"了一声，语气慵懒，带着一点儿埋怨的娇意。

江辰遇是醒着的。他向来作息规律，今天却陪沈暮躺到了现在。见她有睡醒的迹象，他轻轻地拍着她的背，有些哄小孩儿睡觉的意思。

沈暮以前很难睡得踏实，也许是心里藏着事，但昨夜整晚都睡得很安稳。可能她不是睡眠质量差，只是缺了一个让她心神安定的拥抱。

沈暮慢慢地睁开眼睛，看见了江辰遇紧致的下颌线和明显的喉结。她睡眼惺忪地望过去，带着哀怨的意味。

江辰遇用手指抚了抚她微噘的嘴唇，用充满磁性的嗓音问道："你做噩梦了？"

沈暮用脑袋在他的手臂上蹭啊蹭，跟猫咪一样，温柔地说："你压到我的头发了……"

女孩子刚睡醒时真的太可爱了，江辰遇的心毫无预兆地化成蜜浆。江辰遇随即抬起手臂，将她的长发捋出来，完事后还轻揉她的头，问道："疼不疼？"

沈暮这才舒展眉头，乖顺地摇摇头，慵懒地呢喃："几点啦？"

江辰遇没有去看时间，只把她的腰肢揽近了，说："时间还早，你再睡会儿。"

沈暮声音轻柔地说："我们还要去奶奶家呢。"

她睡前将他的话放在心上了。

江辰遇加深了唇边的笑意："不着急。"

尽管早就在寿宴上见过他的奶奶了，但这次见面到底意义不同，她对此格外重视。况且她也没有贪睡的习惯。

沈暮戳戳他坚硬的胸膛："我们起床吧。"

"你不想睡了吗？"

"嗯。"

"好，自己捂住眼睛。"

江辰遇摸到床头柜上的遥控开关，拉开窗帘，屋里转瞬间变得明亮。

眼睛适应亮度后，沈暮坐在床上发呆，用朦胧的双眸看着他的背影。

江辰遇开了阳台的窗通风，走回床边，见她头发凌乱地发着蒙，笑着问道："你下不来床了吗？"

沈暮伸伸懒腰，嘤咛了一声"累"。其实她只是随口一说，带着一点儿起床气，但江辰遇听着就觉得有情趣。

江辰遇坐到床上，慢条斯理地拨开她的头发，将头发捋到她的耳后："这样你就累了，下回我动真格的你怎么办？"

他略哑的声音里自生缱绻之意，故意引诱她往那件事上想。

沈暮呆了片刻才明白他的意思。他宛如花间的钢琴师，手指灵活又富有节奏地为她弹了醉人的乐曲。

当时她前所未有地陷入了意乱情迷中。沈暮不晓得自己当时的表情，总之表情不可能有多端庄矜持。

沈暮后知后觉地脸红，蓦地用软被蒙住脑袋，躲起来。

江辰遇笑着捞出她。两个人拉拉扯扯地纠缠了一会儿，江辰遇把她抱到浴室里。

刷牙、洗脸后，他们一起在衣帽间里换衣服。

衣帽间特别宽敞，江辰遇给沈暮让出了大部分的空间，只把一些西装和女孩子漂亮繁多的新款衣裙并排挂在一起。鞋柜底部的两层里放着男士的皮鞋，其余地方摆着的是各种女款的新鞋。

沈暮站在中间左顾右盼，又惊又喜地问道："你怎么买了这么多衣服呀？"

"我不知道你喜欢什么样的。"所以他把各种款式的衣服都买了。

江辰遇取下偏日常风格的衬衫和西装裤，回身笑着看她："以后你自己挑衣服。"

沈暮仿佛穿越回了好多年前，自己还是被奶奶牵着手雀跃地在迪士尼城堡里玩儿的小公主，这种感觉随着眼前的这个男人每个爱意满满的细节，一点儿一点儿地变得真实。

沈暮心里逐渐变得温暖，望着他轻声说："你真的会惯坏我。"

江辰遇只笑不语，也许正有此意。他不以为意地走过去，揉了两下她的头："你想穿哪件衣服？"

沈暮看了一眼挂在他的左臂上的衣裤，那是一件月白色的衬衫，领边有低调的玫瑰刺绣。她想了想，从衣柜里取下一条蓝白色的吊带裙，吊带裙和他的衬衫是同色系的，但颜色要比衬衫稍微深些。

衣帽间的前后是两面全身镜。他们背对着全身镜，能在镜子里看到彼此的后背。

就这么直接地和他一起换衣服，沈暮还是很羞赧的，却又对两个人这般自然的相处倾心不已。原来同居的幸福感可以如此强烈，她情不自禁地笑了一声。

江辰遇正在穿衬衫，循声看向镜中。她脱了睡裙，只穿着浅色的内衣、内裤，乌黑的长发披散下来遮着曲线优美的背，细腰下的双腿白皙修长。

江辰遇用两指扣着领口处的最后一颗纽扣，弯唇问道："你笑什么？"

沈暮抑制住"怦怦"的心跳，说："没有。"

她装着糊涂将裙子套上身上，好像在很认真地穿衣服。

江辰遇没再问，系好皮带后转过身。女孩子的裙子比较容易穿，沈暮这时也穿好了裙子，刚想回身挑一双鞋子搭配裙子，江辰遇先从她的身后拥了上来。

透过薄薄的布料，男人身躯的温度很明显。

沈暮心里春意萌动，放低声音问道："怎么啦？"

江辰遇把头埋在她白如霜雪的侧颈处嗅着、吻着，低声问道："你抹什么了？"

沈暮微怔："没……有奇怪的味道吗？"

江辰遇轻轻地笑："很香。"

他简单的撩拨口吻就能令她的心脏颤动。沈暮抿唇，小声地说："可能是你买的精油球香。"

江辰遇把下巴放在她光滑的侧肩上，看着镜子里。小姑娘的吊带裙不太长，垂到大腿的位置，板型收腰修身，蓝白的配色温柔又浪漫。

他能看出这是她按照他的衬衫特意选的颜色，故而身心愉悦。江辰遇笑着问道："情侣装？"

沈暮害羞地默认了，嘴角勾起浅浅的弧度。她极少穿短裙，但想和他穿情侣装。

沈暮这般乖顺的模样实在让男人心痒难搔。江辰遇的唇带着足够的温热，他舐过她的侧脸和耳垂："你在我这儿会不会不习惯？"

沈暮软绵绵地扶住他搂着自己的腰的手，情意绵绵间听到他关心自己的话，缓缓地掀开眼帘。

沈暮知道他在担心她敏感的心思，在镜中望了他一会儿，摇摇头，而后慢慢地回过身和他面对面。

现在她的心已经完全被他占据。沈暮用奶白的细臂软软地抱上他的脖颈，将他的脖颈拽近，轻柔地在他的耳旁说话："我喜欢和你在一起。"

这句话异常迷人，足以攻陷男人欲望的防线。江辰遇眸光变得深沉柔和起来，低头含住她粉嫩的唇，如获至宝地肆意品尝着，仿佛她的舌上有一颗令人上瘾的糖果。

衣帽间里有一张宽且长的皮质沙发凳，他们不知何时纠缠到那上面，享受这个时刻。一束射灯的亮光正好落在那儿。

他们想起等会儿还要出门，没有过度地温存。事情结束后，两个人重新整理衣着。沈暮坐在梳妆台前化淡妆的时候，面色潮红得可以略去抹腮红这一步。

江辰遇无疑是个细致入微的男人，就连女孩子的化妆品都安排人准备得很齐全。

下楼吃过早餐，他们便出发去花城半岛。

沈暮不想空着手去看奶奶。江辰遇说沈暮人过去就好，但她坚持自己的想法，所以他们中途去买了满满一后备厢的补品。

今日天气很好，风和日丽。江辰遇开了那辆银灰色的汽车。

花城半岛离市中心有几十公里，庄园风的别墅区有着二十多年的历史。它非但不显旧态，反倒越发有浓郁的欧式浪漫主义风情，如今价格飙升。

敞篷的跑车飞驰在空旷的马路上。道路两侧绿植繁茂，远处是草坪，还有清凉的人工湖。

沈暮俯身凑到车门旁边，迎风笑着："这里的风景好漂亮！"

她清脆悦耳的声音随风传入了江辰遇的耳中，他笑着放慢车速，让她多欣赏一会儿风景。

花城半岛的别墅都是分散的。车行驶过一片绿草坪，远处有一幢别墅，像仙境里的豪华玻璃房。

江辰遇示意她看别墅："你觉得怎么样？"

"喜欢呀。"沈暮说。

这儿的风景让她舍不得收回目光。

她笑意嫣然，在风中提高音量说："我好想在这里采风啊！"

画面中有晴空、绿野、蓝裙、雪肤，风吹着她的长发，长发在空中飘动，呈现出特别的美感。

江辰遇的衬衫也在风里微微地鼓起，他望她一眼，含着笑说："喜欢就好。"

沈暮当时沉浸在这片美术生都神往的景色中，没有留意他这句满含深意的话。

车再往前开了十来分钟，他们终于抵达江老太太所居的别墅。

江辰遇昨晚睡前给江老太太发了消息。老人家今早醒来时瞧见消息，心情完全可以用"欣喜若狂"来形容。

他们到那里时，时间将近正午，阿姨正在准备午餐。

江辰遇忙于将一后备箱的补品拎到客厅里时，江老太太已经拉着沈暮的手，坐在沙发上和她说说笑笑了。

见他进进出出，江老太太可能嫌他碍眼，问道："你能坐下吗？"

江辰遇在茶几上放下最后两袋礼盒，略缓了口气，说："这些都是暮暮给您买的。"

江老太太闻言，神情立刻变了。她轻轻地拍着沈暮的手背："哎哟，你这孩子，人来就好了，不用买，不用买。"

沈暮乖巧懂事地莞尔一笑，答道："应该的。"

江老太太乐不可支，带着不知从何说起的喜悦夸赞她漂亮，又问她饿不饿，前一秒刚拿了水果，后一秒又叫江辰遇倒果汁给她喝。

江辰遇因亲奶奶的双标行为无奈地笑了，来回跑了几趟才终于坐到沈暮的身边。

她们聊了一会儿，江老太太突然想起一件事，从衣兜里摸出什么，将东西塞给沈暮："暮暮，来。"

沈暮的手里冷不防地多出一个红包，红包很薄，里面似乎是一张卡。她打了个激灵，猜测卡里的数额不小，忙不迭地将它推回去："不用的，奶奶。"

未来的孙媳妇第一次来家里，见面礼可含糊不得，江老太太压下她的手，假装严肃地说："这你可得收着，不准跟奶奶客气。"

江老太太异常执着。沈暮略显为难地望了左边的江辰遇一眼，想让他帮忙解解围。

然而江辰遇只笑着说："你拿着吧。"

再推托未免小家子气，沈暮很懂分寸，温婉可人地笑着说："谢谢奶奶！"

江老太太见她收下了红包，心里甚美。

没过一会儿，江老太太担心沈暮饿着，说要去厨房里瞧瞧阿姨把午餐准备得如何了，让江辰遇陪着沈暮到处逛逛。

别墅后的私家花园里碧草如茵，开放式的透明温室里，百花争相斗艳。

沈暮吸着果汁，坐在藤编的摇椅上等待。过了一会儿江辰遇从温室后绕出来，身边跟着一只高且好看的成年边境牧羊犬。

沈暮的眼睛里亮起惊喜的光，她把杯子放到旁边的小木几上，起身朝他跑过去。

它总归是大型犬，沈暮不敢靠得太近，站在离它两步远的地方好奇地问道："它是不是以前你拍给我看的那只狗狗？"

江辰遇还记得她那时溢出屏幕的喜悦，说："嗯，为了哄小孩儿开心，只能让它替我卖艺。"

他的说法过于有趣，沈暮忍不住掩唇而笑。这时边境牧羊犬坐下来，冲她吐舌和摇尾巴，样子分外开心。

沈暮的眼底漾着欢喜，她问道："真好看！它叫什么名字呀？"

之前他说要保密，没有透露它的姓名。

江辰遇淡淡地挑眉："多多。"

沈暮愣了一下，似乎不太相信地问道："多多？"

江辰遇唇边的笑意变得耐人寻味起来，说："孙多多。"

奶奶养的狗狗的名字居然如此接地气，沈暮先是不敢相信，随后慢慢地反应过来——"孙多多"这三个字似乎别有深意。

这三个字是她想的那个意思吗？沈暮蒙了一会儿后就脸红了，欲盖弥彰地低咳一声："噢……"

江辰遇也不说破，将夹在指间的那份文件递给她："奶奶给你的。"

沈暮怔了一下，接过文件："这是什么？"

她说话间垂眸，一眼就看到首页上的那行字——宋氏股份转让协议书。

她飞快地翻过几页，甲方处被盖了江盛的董事印章，而受益方是她。

沈暮惊愕了半晌，问道："这个……？"

江辰遇含笑唤她一声："小沈董。"他捏了捏她白嫩的脸蛋儿，故意叹口气，"我的职位还没你高。"

沈暮望着他，傻眼了，良久总算反应过来——这份转让协议书生效后，她便是拥有宋氏集团经营控制权的董事。

宋氏是她的奶奶当年陪着爷爷殚精竭虑地共同创办的，她的父亲宋卫不善规划，公司经历了股权被变卖和被收购后，又突然回到她的手里。

"为什么？"沈暮问道，惊讶之余对这突如其来的权益感到惘然。

江辰遇浅笑着转述江老太太的话："她说她见不得你受欺负。"

沈暮的心里热了一下，和他在一起，她总能有失而复得的感觉。

她失而复得的不是公司，而是情感，除了他的钟情和宠溺，还有奶奶亲人般的疼爱。愣神儿片刻后，沈暮平静地问道："你真的把公司送给我了？"

这其实不是赠予，江辰遇含着笑看她："物归原主。"

"什么呀！我知道江盛收购宋氏的事，你别忽悠我。"

他说得好像公司原来就是她的一样，根本不是这样的。

沈暮还处于难以置信的状态中，问道："奶奶刚给我塞红包了，你又把整个公司白白地给我，就因为我是你的女朋友吗？"

江辰遇不以为意地一笑："这还不够吗？"

奶奶偏心，这个理由足矣。

这句反问直接让沈暮哑了。

江辰遇继续放慢语速说："奶奶刚跟我说……"

他故意停顿，沈暮被勾起了好奇心，问道："什么？"

江辰遇凝视着她弯弯的眼尾，走近一步："我都到这个年纪了，还能交到你这么乖的小女朋友，就偷着乐吧。"

距离被拉近，他身上清淡柔和的味道拂至沈暮的鼻端。沈暮在他的嗓音和气息的双重引诱下，面容上浮起一片红色。她倏地用合同遮住眼睛，嗔怪了一句什么。

吊带裙是天空的颜色，很显身材但不露出太多的皮肤。明亮的光线穿过绿植照到草地上，衬得她滑腻的肌肤白得发光。

那张标致的脸藏在协议书的后面，他瞧不见她的脸，但完全能想象出来她害羞的样子。

江辰遇扶着她的侧腰轻轻地摩挲，安抚道："你别有压力，奶奶很喜欢你。"

静默半晌，沈暮一寸一寸地移下协议书，露出透亮的双眼，犹豫且为难地说："我不懂经营公司，会搞砸的。"

她这副力不从心的模样还真有些董事长任重道远的意思。江辰遇忍着没笑，似真似假地提议道："不如你找我第三方管理。"

沈暮面颊上的红晕还未散去，没意识到他在开玩笑。闻言，她委屈巴巴地看过去："我哪儿雇得起你呀？"

这姑娘怎么这么好欺负？江辰遇心情很好地说："我可以接受你某种方式的贿赂。"

也许是因为他低沉而有磁性的声音里满含暧昧的意味，沈暮机敏地捕捉到了他的暗示，脸红了。但她占理，说："那也得走正当途径。"

江辰遇笑了一声，没继续逗她，在她的头发上揉了两下："公司我会调人打理，你不用操心。"

不知从何时开始，沈暮依赖他成性，觉得自己只要听他安排就好，便没多想，况且想也没用。她安静两秒，转身要走："我去谢谢奶奶。"

江辰遇握住她的胳膊，将人顺势带到怀里，说她去了也要被奶奶赶回来闲逛，让她乖乖地在这里待着。

沈暮听话地和他在花园里打发时间，心里却隐隐地开始不安。

明明江辰遇让她坦然地接受他的好，她也给自己做过思想工作，但他偏爱她的程度在彼此的亲密间越来越严重，她也难以自控地越来越觉得亏欠他。

在这段关系里，江辰遇无疑是最完美的情人。他成熟，所以懂得照顾稚嫩的她；他也不乏温柔深情，在细节处纵容着她。即便对未来的生活，他也教她不留遗憾。

这样的男人如何不令人着迷？他大抵是天底下的女孩儿可遇不可求的幻想。

正因如此，沈暮才更加忐忑。她其实很享受他的体贴，只是做不到心安理得地享受，因为江辰遇从不索求什么。

沈暮一走神儿就沉默。

江辰遇轻轻地捏了捏她的下巴："艺术家都喜欢发呆吗？"

沈暮在他调侃时回过神来，支吾着岔开话："我能看多多表演接飞盘吗？"

江辰遇的态度模棱两可，他有意地打趣她："我能要点儿好处吗？"

沈暮恨不得化身为阿拉丁神灯实现他的三个心愿，听见这话开口便答应道："可以呀。"

也许江辰遇起初只想逗逗沈暮，但听她说出了这句语气缠绵的话后，便改了主意。

江辰遇的目光里含着深深的柔情，他说："那回家，我们去趟超市。"

根据他们当前什么都不缺的情况看，这是一句意味十足的话。

沈暮没过多犹豫，说："好。"

江辰遇微不可察地顿了顿，看了她一会儿，忽然笑起来："你不问我要买什么？"

沈暮无言，抬眼和他对视着。在这片刻的沉默中，她缓缓地动了一下眼睫，好像明白过来了。

他没必要说得太清楚，热恋中的人都理解总要先把措施用品备妥。沈暮可能想到了，也可能压根没往那儿想，轻轻地点头说："都好。"

他们在花园里和边境牧羊犬玩儿了一会儿后，江老太太便喊他们快来吃午饭。从午餐到晚餐的这段时间里，他们会一直留在这里。

沈暮和江老太太也没做什么特别的事，就一直在喝茶聊天儿。到底是校友，她们在专业上能找到不少共同的话题。

除此之外，沈暮自然逃不过被问备孕的计划，江老太太热忱得好像他们明天就要领证和大办婚礼。

沈暮迎上江老太太那充满期待的慈祥的眼神，咬咬唇，只能扭捏和害羞。好在江辰遇沉声提醒了一句，江老太太终于不情不愿地收敛了些。

后来沈暮陪着老人家在按摩室里小憩。江辰遇拿了两条薄毯，给窝在按摩椅里睡着的一老一少盖上毯子。

沈暮没有午睡的习惯。薄毯轻微的重量落在她的腹部上时，她悠悠地转醒。

沈暮睁开眼，便看见他正俯身给她盖薄毯。她眸里带着娇意，迷迷糊糊地伸了个懒腰，像张开细臂要他抱似的。

江辰遇无声地一笑，低头啄了啄她微微地嘟起的嘴唇，用口型告诉她"再睡会儿"。

在按摩椅里舒活完筋骨，沈暮还挺舍不得起来的，也不想让他走，就拉住他的手不放。江辰遇笑着会意，轻轻地坐到旁边的凳子上陪她。

这一天汀老太太也很欢喜。直到天完全黑了，她才难舍难分地放他们回家。

中途，江辰遇把车开到了超市门口。不过情况有变，他不是要买特殊用品，而是要给沈暮买卫生巾。

晚餐后沈暮去了一趟厕所，刚巧遇上"大姨妈"造访。还好她在包里准备了卫生巾，避免了很多尴尬的场景。

江辰遇将车停在车位上，见身边的小姑娘坐起来想跟他一起下车，便按住她解安全带的手："你坐着，我去。"

沈暮的眼神里含着怀疑之意，她从半明半暗的副驾驶座上看他："你知道买哪种卫生巾吗？"

江辰遇语气笃定地说："你用微信把要买的那种发给我。"

解开自己的安全带后，江辰遇又抬起头，拍拍她的头："你在这儿等我，别乱跑。"

沈暮想到裙子是浅色的，迟疑两秒，不再坚持下车。

江辰遇回来得很快，提着满满一袋的东西。

回家的途中，沈暮抱着购物袋低头翻看，发现东西很齐全，袋子里面日用、夜用的，包括各种长度和厚度的卫生巾都有。

沈暮在袋子里找到了一盒红糖姜茶冲剂和月月舒。她抿嘴笑了，看了它们两眼，将它们放回去，随后竟摸出一盒止疼片。

沈暮吃惊了片刻，说："我不用吃这个。"

江辰遇看了一眼她手里的小药盒，继续开车："你不疼吗？"

他刚刚买完卫生巾又去隔壁的药房里问了药剂师，才特意准备了这些药。

沈暮清甜地笑了一声："不疼呀。"

显然他白买这些药了，但这份温暖和细心足够让她心花怒放。

她不知怎么了，忽然想起上回自己问过他——为什么他和小说里的总裁不一样？

沈暮说："我例假还挺准时的，一般不痛经。"她说着望向他开车时英俊的侧脸，一本正经地学他回答道，"你女朋友身心健康。"

江辰遇翘起嘴角，露出笑意。继而笑意变深，他说："那你还需要我吗？"

"需要你干什么？需要你提醒我多喝热水吗？"沈暮故意接话，笑容狡黠，带着恃宠而骄的可爱。

江辰遇和她见招拆招了四年，含笑间语气温柔、游刃有余地说："提醒你忌食辛辣寒凉食物，多摄入蛋白质，好好休息，注意保暖，避免房事。"

沈暮之前还甜蜜蜜地听着，当他慢条斯理地讲到最后一点时，她的心跳加速，耳尖都烫起来。

这人在说什么呀？她就知道他不会安好心。

沈暮"哼"了一声："你很懂吗？"

江辰遇弯唇，不紧不慢地说："我等着收银的时候上网查的。"

他这是在为她恶补生理期的小知识吗？沈暮抿唇偷偷地笑了一会儿。

不多时，沈暮想起白天答应过要给他好处，仍免不了羞怯。

她沉吟须臾，清清嗓子问道："你本来说去超市，是想买……那个吗？"

江辰遇黑色的眼睛在夜色里尤为深沉。他沉默了一下，始终注视着前路："哪个？"

沈暮真以为他没听明白，深深地呼吸，颇具暗示性地着重强调道："那个。"

江辰遇却还问："哪个？"

沈暮瞬间哑然了，嗔怪道："那个呀。"

江辰遇无辜地望过去："那个是哪个？"

也不晓得他是真不懂还是假不懂，沈暮太害臊，已经有些急眼了，说："哎呀，就是……"

她犹豫了一会儿后，咬咬牙，飞快而含糊地说出三个字，而后窘迫地躲到窗边，面颊红成一朵火烧云。

江辰遇的眉眼间含着得逞的愉悦感，他反问道："我要是说'是'呢？"

感情应该是双向的，沈暮希望他也能向她索取。她纠结着措辞，稍稍偏回脸，缓慢而小声地说："那你……等我生理期结束。"

她温柔的话语足以让正常的男人意乱情迷。江辰遇的胸腔缓缓地起伏了一下，他说："你现在别提这个。"

沈暮不解地看他："怎么了？"

窗外绚烂的灯光如水墨般晕染开来，昏暗的车内大概寂静了五秒钟。

江辰遇像是淡淡地叹了口气，嗓音里透出隐隐的哑意，说："会有反应。"

他只说了简简单单的四个字，但室友曾经教过的知识已浮现在她的脑海中，让她明白了那句话的内涵。

沈暮努力地抑制住狂乱的心跳，揉揉自己热烘烘的脸蛋儿，故作镇定地说："回家后我可以帮你。"

江辰遇倏地沉下声音，说："宋景澜。"

突然被他直呼曾用名，沈暮略感茫然地说："啊？"

江辰遇把握住方向盘的手收紧了些，动了动性感的喉结，说："不要说话。"

沈暮心想：自己确实没什么经验，无怪他顾虑。

她眨着那双杏眸，凝视着他："你是怕我弄疼你吗？"

沈暮温柔地轻声说话，语气里没有一丝媚意，但清纯和性感在她的身上产生了奇妙的化学反应，这样强烈的反差感让男人的欲望更加强烈。

万籁俱寂的夜色里，急刹车的声音响起。汽车突然猛拐一个弯，停到路旁。

天意如此，这里正好是个僻静无人的巷口。车篷也关着，跑车恰成一处临时的私密空间。

沈暮的身子随车晃动，她刚坐稳，还在副驾驶座位上发蒙，下一秒就被江辰遇握住后颈。

江辰遇把唇压过来的瞬间，沈暮看见他深沉的眸子和紧绷的锁骨。他没给她留思考的时间，毫不拖泥带水，精准又强势地吻住她。

后来沈暮才明白，自己太高估江辰遇的自控力了。在喜欢的姑娘面前，男人都是不懂克制的流氓，因为男人真正地爱一个人时，身心都不会说谎。

这个吻有别于从前所有的吻，他的耐心和温柔消失了，他把浪漫和热烈都融进了法式深吻里。

此情此景完全不逊于开放的法国街头。被夕阳的光笼罩的巴黎埃菲尔铁塔下，热吻的男女沉醉于激情之中，心跳能达到每分钟一百一十次。

这个吻结束的时候，沈暮像刚从高温的汗蒸房里出来。她被蒸了太久，血液循环让她头昏和气短。

江辰遇的嗓音彻底变得低沉沙哑了，他抚着她润泽的唇，热气全喷在她的耳郭处。

他问道："你在哪儿学的这么多的手段？"

沈暮现在什么声音都发不出来了。椅背在刚才的过程中被放了下去，她躺着，陷入了半昏厥的状态中，只能虚虚地抬起眼睫，看了一眼倾身靠在她的身侧的男人。

这会儿两个人连眼神的接触都带着满满的缠绵之意。

半晌沈暮恢复了一些力气，用额头抵着他的心口，气若游丝地说："我就只是……听菲娅她们聊过……"

她宛如为非作歹的小妖终被收服。

江辰遇捏着她的耳朵，用调教的口吻说："你都听到什么了？嗯？"

沈暮说："说……男人都喜欢……"

她顿住，缓了一口气，用小到难以让人听清的音量说话。

然后没安静多久，沈暮又犹豫地告诉他："没实践过，我会小心点儿的。"

她真的想让他开心，虽然只有干巴又肤浅的理论。

江辰遇刚平静下来的气息再次失控了。他真不该问她。他喉咙干渴，却拿她束手无策，轻掐她的脸颊，被气得笑了："你是不是看我现在奈何不了你，故意那么做的？"

沈暮含冤地说："不是呀……你憋着不舒服嘛。"她的出发点就是这么单纯。

江辰遇今晚被这姑娘拿捏得没办法。他闭眼两秒，再睁眼时低头和她互碰鼻尖，严肃地问道："你以后还说不说了？"这架势好像她再胡闹，他就要治她似的。

沈暮留意到他的神情隐隐地有点儿危险，心里"咯噔"一下，连连摇头。

江辰遇放过了她，重拾温柔。他扶她坐起来，收起椅背，又俯身拉过安全带给她系好，最后摸摸她温热的脸蛋儿："乖一点儿，我们回家。"

沈暮迷糊地应了一声，随后感觉到身前的异样，才想起内衣后面的搭扣之前被他解开了。

因为穿的是连衣裙，没法自己穿好内衣，她说："你帮我把扣子扣回来。"

江辰遇正要发动车，闻言回首望见她水盈盈的双眸，她带着害羞的神色看着他。当时江辰遇只有一个想法——女孩子的例假实在令人头痛。

女孩子生理期时难免会感觉小腹闷闷的，沈暮不痛经，但容易感到累。所以今晚洗漱后，他们就早早地躺到了床上。

沈暮有开夜灯睡觉的习惯，江辰遇就在卧室里留了一盏光亮微弱的壁灯。

"嘴巴有点儿疼。"沈暮枕在他的臂弯里，含着睡意呢喃道。

江辰遇睁眼，低头去瞧她："我看看。"

沈暮乖乖地从他的怀中仰起脸，献吻似的嘟嘴给他看。江辰遇借着微光端详她的唇，她的嘴唇的确肿肿的，甚至有点儿破皮。

但他什么都没说，把她拥回怀抱里，轻描淡写地说："没事，你上火了。"

沈暮捶他一拳："骗人，明明是你亲的！"

他居然还想蒙混过去。

江辰遇无声地弯唇，用下巴温柔地蹭了蹭她的头发，不容置疑地说："快睡觉。"

沈暮将脸埋在他的胸膛上，发出哼哼唧唧的声音。

江辰遇拍着她的头安抚她，合目轻声问道："肚子难不难受？"

沈暮倒是好哄得很，温顺地说"还好"。江辰遇将她往自己这边搂了搂，让她更贴近自己一些。

屋里慢慢地安静下来。

昨夜睡得太快，沈暮都没注意自己的睡姿。眼下她还醒着，双手无处安放。她觉得把手搭在他的肩膀上有点儿奇怪，又觉得把手缩在身前硌得慌，她的手动来动去，不怎么老实。

"手在乱动什么？"

沈暮触碰到了他结实的腹肌，被抓包后打了个激灵，不由得蜷了蜷手指，僵住。

她以前没跟男人躺在一起过，还不能对此习以为常。

江辰遇依然闭着眼，但心里明白她的感受。他用低沉而有磁性的嗓音温柔地说："把手放在我的腰上。"

"哦。"沈暮顺从地抱住他。

安分不了两分钟，沈暮突然又问道："我昨晚是不是睡相不好？"

江辰遇听罢，唇边绽出笑意。说实话她特别乖，在他的双臂内窝成一小团，整夜一动不动。

"怎么了？我睡着之后扯你的被子吗？你昨晚身上好像有点儿凉。"沈暮记得也不是很清楚，因为她睡糊涂了。

江辰遇很平静地说："没有，我冲了冷水澡。"话音刚落，他忽然感觉后半句不该说。

果然，沈暮接着问道："你为什么要冲冷水澡？"

江辰遇沉默。不过沈暮随后回忆了一下昨晚的情形，自己就想明白了。按照她文雅的说法，那叫"降温"。并且她察觉到他现在的体温高到了不正常的程度。

她的面颊不受控制地红起来，但她着魔般地一心想回报他的好，思考一下后从他的怀里钻出脑袋。

"要吗？"沈暮温柔地问道。她可能不懂这句话通常是男人对女人讲的。

江辰遇垂眸，在昏暗的光影里瞧见她抬着脸。她清澈明亮的双眸里闪着真诚的光，话语的含义不言而喻。

江辰遇大概遇到这辈子的克星了，无奈地笑："你想干什么？铁了心折磨我？"

他像是听了个玩笑。沈暮正儿八经地望进他的眼里："我是认真的，你是我的男朋友，这不是应该的吗？"

"不用。"江辰遇将她的脑袋摁回怀里，合眸进行自我调整。

沈暮静默片刻，叹了一声，还挺遗憾。

江辰遇没什么力度地拧了拧她的耳垂，带着若有若无的笑意问道："小姑娘，怎么回事？"

"没有……"沈暮闷闷地把头埋在他的睡衣前，声音瓯声瓯气地说，"我就是觉得自己很失败。"

"怎么说？"

"你对我太无微不至了。"

江辰遇一时哭笑不得，问道："你在拐着弯怪我吗？"

沈暮皱皱眉："我在你这儿好像一只瓷瓶，被碰一下就要碎了一样。"

江辰遇含笑道："这不好吗？"

沈暮静下来，没回答他。

"四年前和你约好见面的前一个晚上，我从宋家连夜跑出去，想找我的妈妈。但她没有留我，只是把我带到酒店里，给我开了个房间。"过了一会儿，沈暮声音轻缓地说，语气里没有太激烈的情绪。

江辰遇心底微微地一凛，睁开眼，目光深沉。他知道那晚发生的事情，只是沈暮从没当着他的面说过。今晚是她第一次主动提起那件事情。

"我能理解。她有自己的家了，不方便带我，怕那位叔叔不高兴。"沈暮说着，颓丧地叹口气，"但我当时还是很生气呀。"

她也很绝望，在亲生母亲那儿遭到了冷遇。

江辰遇低头吻了吻她的脸，允诺道："在我这儿，不会再有那种事情发生。"

就算他不做口头保证，她也相信他。

沈暮迟缓地说："我就是想说，你对我最好了，好到我连见缝插针地让你高兴的机会都没有。"

江辰遇想告诉她：他和她在一起就很开心。

沈暮在他说话之前又温柔地接了一句："这样我会觉得自己百无一用。"

听了她的话，江辰遇把到嘴边的话咽了回去，沉默着，渐渐地懂了这姑娘今晚千方百计地招惹他的原因。

她长期受着过往经历的影响，心思极为敏感。她担心美好稍纵即逝，也对自己没什么信心。他无微不至的关照会给她压力，到最后心理不平衡的人反倒是她。

归根结底，这都是缺爱的后遗症。沈暮没有再说话，也没动弹，只是窝在他的身边。

这时候他说再多"没关系"之类的安慰的话都是空话，都无法让她实实在在地安心。再说，她自己原本就忍了很长时间了。

江辰遇凑到她的耳畔，呼吸间情意缱绻。他说："你的嘴巴肿了，我心疼。"

沈暮微微地一愣，被窝里的手被他攥进掌心里。

他带着暗示的意味握了握她的手。

"会吗？"江辰遇用唇碰碰她的耳朵，温柔地哑着声音问道。

沈暮的心一瞬间"怦怦"地乱跳，反应须臾后，她一下子就红了脸。但欢喜盖过了羞涩，她整颗心好似陶醉在一池甘甜的水里。

她诚实地摇了一下头，声音柔柔地说："你教我……"

第二天是周日，艳阳高照。沈暮依旧在江辰遇的怀里醒来。

她伸伸四肢，打了个哈欠，意识还不清醒，头顶上便响起男人柔和的声音。

"早安。"

沈暮回应了一声。可能是还沉浸在美梦中，她懒懒地抱着他的腰，想再待一会儿。

没过多久，沈暮察觉到什么，倏地僵住。

心跳不受控制地加快，沈暮顿时清醒几分，心想：也许是自己乱蹭的缘故。

不敢再动弹。

江辰遇对她的心思了如指掌，浅浅地一笑，声音微哑。

他想起昨晚事后他抱她到浴室里洗手时，这姑娘整个脑袋都垂了下去。她把头埋在他的身前，像没脸和他对视似的。

事前理所当然的气势烟消云散，后半夜，她总算老实地挨着他睡着了。

无论她之前挺身而出、自告奋勇显得多积极，都掩盖不住她胆小鬼的本质。

江辰遇翘了一下唇角，在她的耳旁慢悠悠地说："别怕，这是我早晨的正常反应。"

"哦……"沈暮说，慌得要死，但还是给足了自己颜面。

江辰遇没接着逗她，抚摸着她的后腰，问道："早餐你想吃什么？"

沈暮本来想说"都行"，思忖片刻后，轻戳他的胸肌："你今天让庄阿姨休息吧。反正在家里闲着，我可以给你做饭。"

她说话时略带鼻音，跟昨夜在枕畔温柔地呢喃时一样。

江辰遇静默片刻后，笑道："好。"

他不动声色地顺着她的心意说："帮我泡杯咖啡，其他的食材冰箱里应该有，你看着做饭就行。"

他这样的小要求可以给她带来强烈的幸福感。沈暮悄悄地露出笑容，乖巧地答应，声音甜美。

又躺了几分钟后，他们便一块起了床。江辰遇坐在客厅里的沙发上处理了几份文件，沈暮在厨房里做早餐。

她用面包机烤了几片香喷喷的吐司，又煎好鸡蛋和培根，做了三明治。食物简单，但她做得分外用心。

两个人都穿着舒适的居家服，在餐桌前吃早饭。很奇怪，平淡的生活里却弥漫起蜜果的香味儿，让人心驰神往。

江辰遇抿了一口咖啡，抬眸看沈暮，便见她斯斯文文地咬着三明治。她细嚼慢咽，低着头吃得很认真。

她把柔软的长发盘成了丸子，他仿佛真的在家里养了个温顺可爱的小娇妻。江辰遇不经意间轻轻地笑了一声。

沈暮望向他的眼神十分迷惘。她慢吞吞地嚼了两下三明治，问道："你笑什么？"

江辰遇倒不隐瞒实情，说："家里有个女朋友的感觉很好。"

他投来的目光和慢条斯理的语气在晨间充满了温柔，尤其让人心动。

沈暮迟钝地反应两秒，压下嘴角，垂眸不看他。

江辰遇弯了弯唇，说："你想笑就笑，这里又没别人。"

沈暮死死地抿住不断上扬的嘴角，偏过脸嘴硬地说："我不。"

江辰遇的笑意犹在，他不紧不慢地放下咖啡杯："生理期什么时候结束？"

他问得很随意，但其中的深意不言而喻。

沈暮脸一红，害羞地瞪他："这才第二天……"

江辰遇只笑不语，起身到厨房里给她冲了一杯红糖姜茶，回来将茶杯递到她的手边："有个重要的项目方案我得亲自制订。上午我在书房里，你有没有什么想做的？"

沈暮一边听他说话，一边接过温热的茶杯，思量片刻后说："那我去一趟喻涵的家吧，把那些画架带过来。我好多天没练画画了。"

江辰遇坐回她的对面，闻言会心一笑："你跟我一起待在书房里吧，书房里什么都有。"

当时沈暮不能理解他的意思。但早餐结束后，她跟着他上了二楼，走进书房里的那一瞬间就明白了。

简约轻奢的书房里空间很大，光穿过一整面的落地窗照进来，满室明亮。

落地窗外是宽敞的阳台，视野极其开阔。人在这样的环境里办公或学习堪称享受。

但这些都不是沈暮惊讶的原因。

真正令她目瞪口呆的是书房另一半的空间里摆着墨色的工作台。

台面上整齐地摆着画笔、颜料、调色盘等各种工具，旁边摆着画架和画凳。画画的工具一应俱全，且专业度极高，这里宛如一个私人的画室。

沈暮惊讶地愣在门口处，反应半响后跑过去。这个什么都不缺的独立区，对美术生而言简直就是人间天堂。

她在工作台前左顾右盼，好半天终于回眸，直直地望着身后安静地含着笑的江辰遇，似乎想从他的眼中看出答案。

江辰遇温柔地一笑："这里缺不缺东西？"

什么都不缺，这里完美得无可挑剔。沈暮的眸中闪烁着雀跃的光，她问道："这些都是你给我准备的？"

江辰遇没有回答，只问道："你喜欢吗？"

沈暮笑逐颜开，飞快地点头，毫不掩饰地抒发喜爱之情："这个牌子的画笔可难买了。"

江辰遇的眼底始终含着柔情，他走近两步，用掌心揉了揉她的发："你自己在这儿玩儿，有事喊我。"

沈暮在他深情的注视下，心间忽然弥漫起暖意来。

她也是在这个瞬间突然明白，原来所谓惊喜并非指他做了什么，而是指他做某事只为了她在某一时刻能真正地开心。

明亮的光流淌进来，窗明几净，这时沈暮特别特别想吻他。

下一秒，她确实也如此做了。沈暮用双臂搂住他的脖颈，踮起脚，仰起脸去碰他的唇。

这不过是一个浅尝辄止的啄吻，但她的主动能轻松地让男人的心融化。

唇边的笑意变深，江辰遇不知足似的单手搂过她纤细的腰肢，让她贴近自己。他垂眼凝视着她："这是什么？表白吗？"

沈暮的双臂还挂在他的脖颈上，她的面颊微热，但她偏要唱反调，说："还人情。"

江辰遇因她的言语笑起来："还不错。"

沈暮疑惑道："什么还不错？"

江辰遇的眼尾轻挑，他说："这些就能骗到你的吻。"

他有意地顿了顿，半真半假地望着她："那我要是再加重筹码，你是不是就得以身相许了？"

沈暮听得心口上似被浇了蜜，心跳也随之加速。她羞赧地道："快去忙你的吧。"

江辰遇笑着，任她把自己往书桌的方向推。

沈暮想起什么，眼波流转，忽然停步拉住他："对了，你可不可以晚几天再辞退我？"

他回首，沈暮迎上他若有所思的目光，眸子清亮地说："我先把手头的工作做完，再准备 IAC 的比赛，要有始有终嘛。"

她的意思就是她想清楚了，她要听他的话，以后只做自己真正向往的事。

江辰遇看了她一会儿，眼神里的笑意丝毫不减。他不说破，用手指在她的额头上点了一下："你自己向人力资源部递交辞呈，不知道的人还以为我针对员工。"

沈暮的心里像有薄荷糖似的，甜而舒畅，但她故意鼓起脸颊，"哼"了一声。

江辰遇笑得眼角弯了起来，要去咬她嘟起的嘴。她一激灵，蹲下身从他的臂弯下躲开，跑回画架旁坐着。

她溜得倒是飞快，江辰遇的笑眸里含着纵容之意。

其实辞职是沈暮刚刚做出的决定。在此之前，她虽早就被他说服，但一直在犹豫不决。

沈暮也说不出为什么会这样做，可能就是希望陪在他身边的人能是最好的自己。

不过，她既然确定要一心备赛了，就要把霍克教授邀请她回美术学院培训一个月的事归入日程了。只是沈暮还没把这件事告诉江辰遇。

在此后的一周里，沈暮还是正常地上班。向人力资源部递交辞职申请后，工作时间里她都在工位上高效地处理积压的美工任务。

不同的是，她每天早上都和江辰遇一起去公司，中午会特意过去陪他吃饭。偶尔下班后赶上他要忙，她就坐在总裁办公室里的沙发上休息，玩儿手机。

她和老板的恋情已是美工部人尽皆知的事情，但她不想过分引人注意。

每次陪他吃完午饭，沈暮都想回工位上午休。但江辰遇从不放她走，一定要她在自己办公室里的房间里好好地躺着睡觉。

沈暮嫌麻烦，每次都说："我就趴在桌上休息十分钟而已。"

江辰遇不让她这样做，说："小心颈椎，在生理期你更要注意。"

沈暮并不把这当回事，说："我就睡一小会儿，不碍事的。"

她顽固的时候江辰遇也有办法治她。江辰遇一本正经地向她科普："趴着睡容易导致眼球受压迫，阻碍眼皮部位的淋巴液和静脉里的血液回流。"

这些名词太专业，沈暮当真被震住，愣愣地问道："啊？会怎样？"

江辰遇不答复她，表情严肃。沈暮察言观色，认定这件事很严重，心想：自己今后还要画画好多年，得爱惜双眼，便认命地躺在他的卧室里睡觉。

沈暮乖乖地推门进去时，完全没留意到江辰遇唇边的那抹笑。

直到某天晚上睡前，沈暮才忽然想起前两天的那件事。她从他的怀里钻出来，一个劲地追问趴在桌上睡觉的后果，生怕自己过往的不良习惯埋下隐患。

江辰遇熟知她的性情，知道如果自己不讲清楚后果，这姑娘今晚不可能安稳地睡觉。

江辰遇只能拉过她乱放的手，将她的手放回自己的腰上。他从她的脸颊上吻到嘴唇上，吻里似乎含着若有若无的安抚之意。过了好一会儿，他才温柔地告诉她："会水肿。"

这个回答让沈暮足足蒙了一分钟。一分钟后，她蓦地从情绪中抽离出来，如一匹脱缰的小野马般开始嗔怪他，闹腾起来。

江辰遇在被窝里紧紧地抱着她，边笑边哄她。

沈暮四肢完全被他抱住，动弹不得，只能张嘴在他的侧颈上咬了一口。她用牙齿咬下去时用了三分力道，但舍不得真的咬下去。

听见他没出声，沈暮又一点儿一点儿地松了口，奶凶地嘟起嘴："你忽悠人！"

江辰遇在暗淡的夜光里委屈地道："没有。"

沈暮说："有！"

江辰遇觉得有些好笑，用手指移开她的脸旁的碎发："那你说，我忽悠你什么了？"

沈暮正要谴责他，张嘴之际却不晓得从何说起，思考半晌，居然讲不出个所以然来。

江辰遇确实什么都没说，就是故意只字不提的。沈暮说不过他，索性憋着气不搭理他。

江辰遇满眼宠溺之意地去吻她。他的唇总有一种神奇的魔力，所到之处仿佛皆要化为一池绵绵的春水。

沈暮勉强地稳住剧烈的心跳，咬紧牙关，闭眼装死。可惜在这个方面，沈暮根本无法与他匹敌。江辰遇用嘶哑的嗓音在她的耳畔说话的时候，她已无力招架。

他问道："结束了吗？"

如果呼吸能放火，那沈暮的耳朵一定是被他烧热的。

沈暮咽了咽口水，装傻充愣地道："什……什么？"

江辰遇倒是有耐心，温柔地笑道："你要我再说得清楚点儿吗？"

深夜，静悄悄的房间里，沈暮的脸颊突然变红。她偷偷地往被窝里缩了一下，支吾了老半天，终于含混地出声："明天……应该……就没了吧。"也许是预想到了明晚的事情，沈暮骤然羞到不行，欲盖弥彰地捶他，"哎呀，你不要岔开我的话，我还在说你忽悠我的事呢……"

她尚未说完话，江辰遇突然堵住了她喋喋不休的嘴。

窗外遥远的地方依稀有蝉鸣声响起，睡前的小插曲最终以两个人甜蜜的温存结尾。明天一定是格外晴朗的好天气，至少某人是这么想的。

翌日清晨，惠风和畅，阳光穿过没有一丝云的晴空，天空一片澄碧。

这是夏季里不可多得的凉爽天气。沈暮舒适地倚在卧室的阳台上，由于例假彻底结束，她的心情尤为愉悦。

听到动静，沈暮回屋。江辰遇正从衣帽间里出来。

"自己在家里别乱跑，我晚上回来陪你。"他用修长的手指系着领带，像对小朋友般细心地嘱咐她。

沈暮在他的面前习惯性地变得乖顺，说："知道啦。"

她留意到他今天的着装让他有种平易近人的感觉，他穿着白衬衫和光面浅卡其西装，外套搭在臂弯里。穿浅色西服的时候，他是有一种别具一格的韵味的，总能表现出白马王子的浪漫风格。

沈暮迟疑了两秒，走近他，接过他手里的领带，随口问道："你上午要去电视台吗？是不是财经频道有专访？"

江辰遇放下胳膊站着，任由她帮自己系领带，垂眸笑着看她："你懂的还挺多。"

沈暮娴熟地把领带绕了两圈，再把它穿过中间的空隙系成一个结，带着点儿调皮回答道："对呀，我还知道下午1点半有家商业杂志要去公司采访你。"

最后她将温莎结轻轻地扯到完美的程度，整理好他衬衫的领子。沈暮抬起弯弯的笑眼："因为方特助把你的行程都发给我了。"

她这时犹如一只狡黠的小狐狸，带着妻管严的架势。

阳光照进来，映亮了江辰遇眸光里的偏爱。他笑着，却故意沉下声音谴责方硕："他成天不干正事。"

这让沈暮有种得了便宜的感觉。她心满意足，甜甜地笑起来。

江辰遇将外套穿上："今天你准备做什么？"

沈暮乖乖地交代道："我和大家约了中午聚餐。"

最后一周的工作日里，沈暮把任务都完成了，已经从九思正式离职。尽管她在美工部工作的时间并没有很长，但乖乖女都容易让人心生好感，大家相处得也都很融洽。故而趁着周六，美工部的同事们约了她一起聚餐。

江辰遇穿好外套后，将她拉过来，亲昵地搂住她，揉了两下她的后脑勺儿："在哪儿？"

沈暮顺势抱住他的腰，思索了好一会儿，说："好像是叫……品居宴。"

江辰遇说："离总部不远。"

她仰起头，脸蛋儿白净可爱。

江辰遇低头吻了吻她的额头，才接着道："叫司机送你过去。"

沈暮莞尔一笑："不用啦，我跟喻涵说好了，她来接我。"

江辰遇向来都顺着她，说："自己要注意安全。"

沈暮点点头。他们在落地窗前相拥，沐浴着晨光，和寻常的情侣一样难舍难分地腻歪了好久。

他们在一起后，沈暮对他的依赖感与日俱增。她声音温柔地说："结束后我去你的办公室里等你。"

江辰遇笑着说："好。"

随后他的眉梢淡淡地一挑，语气逐渐变得耐人寻味起来，他说："晚上回家，咱们一起去买东西。"

沈暮想问"买什么"，话还没出口，自己及时反应过来，登时耳根透红。

例假就像是一层保护壳，但现在这道屏障失效了，她宛如一块迷人的甜点，随时都能被惦记着的某人吞入腹中。

沈暮心里似有千万只小鹿在狂跳，藏不住害羞的神色，催他去上班。

江辰遇开车出门后，沈暮独自在家里。她在书房里待了一会儿，将一幅完成的油画装裱到画框里，闲来无事，又到小花房里给花浇了浇水。

她想起储物室里闲置着几只水晶花瓶和小竹篮，忽然有了插花的兴致。但她怕自己不小心搞破坏，所以蹲在花房里发微信问江辰遇："能否摘花？"

江辰遇："摘吧，自己家的花。"

沈暮笑了，欢欢喜喜地摘了一篮的花，然后坐在花房的木桌前，根据自己贫瘠的插花知识，拿着剪刀剪花枝和多余的叶片。

沈暮是个很有闲情逸致和耐心的姑娘，否则也不会如此钟情于美术。在花房里安安静静地待了两个钟头后，沈暮终于完成了极有情调的小竹篮。

竹篮里的花是粉色和紫色的，漂亮的枝叶伸到篮外，观赏性很强。

沈暮将花篮放在卧室的阳台上。还有一只水晶瓶，她在里面放了几枝红玫瑰，把水晶瓶摆在了卧室的留声机旁。

沈暮心情舒畅地拍了几张花的照片，把照片发给江辰遇求夸奖。江辰遇可能正在电视台里忙碌，所以没有及时回复她。

沈暮颇为惬意地做完这一切后，时间已临近中午。喻涵告诉沈暮"马上到"。沈暮打扮了一下自己后，就出了门。

中午大家在品居宴聚餐，十分愉快。美工部的同事们基本都来了，宝怡也在，大家都是可爱又活跃的人。

话最多的当属喻涵和阿珂两个。

饭局中的话题被他们俩带了起来，最后整桌人都开始起哄，说的都是祝小暮和江大佬百年好合、早生贵子之类的话。

沈暮又发蒙又害羞，全程只能尴尬而不失礼貌地微笑。

大家敬酒的敬酒，敬饮料的敬饮料，搞得这件事像是真的一样。尤其喻涵这种没心没肺的人更是放飞自我了，尽情地和别人碰杯，开始对酒把歌唱。

"宝贝儿，江总这样的男人世上找不到第二个了，你赶紧的！领证结婚生娃！再拖会后悔的，我跟你讲！"

沈暮当时忙不迭地过去捂住她的嘴，唯恐她再说出什么惊天的言论。

但喻涵喝起酒来完全是遇神杀神的气势，沈暮压根拦不住她。

喻涵又接上某姐妹的话头，开始痛斥前男友："蒋路明那个渣男，老娘大好的青春都被那个男的毁了！"

喻涵吵闹着，一把抱住沈暮："宝贝儿，江总一看身材就是个极品好老公，你给我好好珍惜他，带着我的祝福！"

沈暮："……"

她反应过来时已来不及阻止喻涵。

最后的结局便是喻涵醉成一摊烂泥，而沈暮没考驾驶证，不会开车。

沈暮只好给正待在家里的喻白打了一通电话，让他来一趟。他能带喻涵回家，顺便把她的车开回去。

毕竟大家一起吃这顿饭是因为自己离职了，所以沈暮很自觉地付了钱。

喻白赶来的时候，其他人都走得差不多了，只有沈暮还坐在包间里陪醉酒后瘫在沙发上的喻涵。

酒店的地下车库里，他们费了些力气，终于将不省人事的喻涵扛到车里，把她放在后座上。

喻白坐在驾驶座上，摘掉棒球帽和口罩，问右边的沈暮："景澜姐，你去哪儿？"

沈暮正松了口气，闻言边系着安全带，边侧头笑着对他说："送我到江盛大厦就可以。"

喻白似乎沉默了一会儿，才不动声色地笑了一下，说"好"。

少年穿着黑色的便服，侧颜依旧俊朗。他面容俊美，唇红齿白，只是眉目间像是隐隐地泛着些黯然和惆怅的神色。

沈暮不确定是不是自己看错了，想了想，问他："你最近行程紧不紧？学习累吗？"

喻白打了一圈方向盘，看着后视镜，回答中流露出难能可见的乖顺："不累。"

沈暮含笑敛眸："你要早点儿睡，别熬得太晚。"

她一边提醒着他，一边低头从包里翻出手机。

她打开手机就看到了新的消息，江辰遇半个小时前回复了她上午发的微信。

江辰遇："过来，我当面夸你。"

沈暮的眼底漾开笑意，但她没有再回复消息。他肯定是忙了一上午，中午饭局结束后才有空回她的微信。而且现在是下午 2 点，他应该正在接受杂志社的采访。

"景澜姐。"喻白很轻地唤了她一声。

沈暮正闲着，随意地点开微博："嗯？"

身边的少年没有直接出声，而是沉默了片刻，才迟缓地说："如果我做了坏事，你会原谅我吗？"

他的语气不咸不淡，沈暮愣了一愣，一时辨别不出他是在正经地问她还是在开玩笑。

沈暮抬眸，语气郑重了几分，问道："你做了还是没做？"

喻白静静地望着前方："还没做。"

沈暮没多想，说："那我不会原谅你。"

她的态度强硬且坚决，喻白似乎被阳光刺到了眼，控制不住地眨了眨眼。

随即喻白便又听到下一句话。她很认真地说："这样你就不会做了。"

沈暮以为他只是面临着青春期的迷惘，秉持着开导他的态度，用蕴含着暖意的声音继续说："如果你已经做了的话，那我就原谅你，但之后你得好好反省。"

喻白慢慢地平静下来，身上的刺还未立起，就被她的温柔软化。他眸中的乖张仿佛融入了光线里，消失了，但那抹忧郁仍似有似无地闪烁着。

喻白表面上还是那个听她的话的少年，若无其事地一笑："知道了。"

沈暮只当那是男孩子证明自己存在的玩笑话。她面带笑容，垂眸接着滑动微博的界面。

也许有一种巧合，叫"命中注定"。就在这时，沈暮刷到一条热度正在上升的资讯。

这是网友投稿的一条微博。

内容是爆料前段时间某顶级拍卖行的午宴，江辰遇应邀出席，并且以八位数的价格拍下了宴会上最顶尖的珠宝——典藏级深海蓝钻项链。

底下有拍卖行发布的物品图。那还真是他们正式见面的那晚，江辰遇亲手给她戴上的那条项链。

沈暮惊讶到思绪在这一瞬间变成一片空白。她能猜到那条项链很贵，但没想到它会这么贵。

"景澜姐，爱一个人是什么感觉？"喻白怅然地望着前方的路况，突然问了一句。

沈暮慢慢地收回思绪，低眸看着那张图片，发了一会儿呆。

半响后，沈暮用温和轻柔的声音缓缓地道："会想要……时时刻刻都对他好吧。"

可能她不只是在回答喻白的问题，也是在给自己一个答案。沈暮不想外露情绪，默默地吸了口气，故作轻松地调笑道："你姐说了，你还小，不要早恋。"

喻白回眸，淡褐色的眼瞳里一片沉静。最后他冲她乖顺地一笑，不语。

亮黑色的江盛大厦高耸入云。说起来，这还是沈暮第一次来江盛总部，从前就只是在远远的地方望见过它。

这座南城的地标建筑当真可以用"大气磅礴"来形容，拔地而起、气魄雄伟，就像雄鹰在长空中翱翔。相较之下，九思瞬间显得渺小了。

沈暮不由得感慨：那人到底有多强的能力才能把这么大的公司经营得有条不紊、扶摇直上？

和喻白告别后，她径直走进去。

大抵是江辰遇事先有过交代，沈暮到前台表明来意后，负责的人员不多问一句，也没要她登记，直接热情地领她到了顶层的总裁办公室处。

这时沈暮再度被惊艳。他在总部的办公室才真是殿堂级的，九思那间总裁办公室忽然就逊了色。

沈暮走到落地窗前，外面的风景一览无遗，丝毫不啻从南城高塔的顶楼花园里望出去的那般壮阔。

沈暮彻底变成好奇宝宝，参观景点似的在他的办公室里东张西望。最后她在皮质沙发上坐了一会儿，又被那个精致的咖啡台吸引了目光。

她起身过去，新奇地看着那包巴拿马魁特的咖啡豆。端详良久，沈暮正想尝尝他的咖啡是什么味道，玻璃门在这时被打开，发出轻微的声响。

沈暮回首望去，只见方硕抱着很多东西走进来。

沈暮第一反应便是和他打招呼："方特助。"

方硕倒是怔了一瞬间，继而惊喜地一笑："沈小姐。"

沈暮莞尔，朝他走过去。刚要说什么，她看清了方硕夹在臂弯里的东西，愣住："这些是……？"

方硕将那几个玩偶放到沙发上，笑言："您是不是觉得很眼熟？就是您先前遗留在宋家的玩偶。"

那一刻沈暮感到不可思议。去宋家的那晚，她想带走它们，但因突发意外把它们落下了。她问道："它们怎么在这儿？"

方硕告诉她，是她的父亲宋卫刚刚带着户口簿一起把它们送过来的。

沈暮闻言，眸光瞬间闪烁了一下。她接着又神情疑惑地问道："什么户口簿？"

方硕看了一眼手里的文件袋，犹豫了片刻，而后还是把文件袋递给她："江总吩咐说先把这个放在他的办公室里，不过这个原本就是您的，直接给您也是一样。"

沈暮还纳着闷，接过文件袋。在她低头拆封的过程中，方硕继续向她解释。这时她才知道，在她看不见的地方，那人做了这么多事。

事实上江辰遇从未说过爱她，但他的温柔融进了每个不经意间透露出来的细节里。他的爱是从骨子里来的，和那些毛头小子的爱一点儿都不一样。

大多数男人会在口头上天花乱坠地示爱，可最终什么都没有做。女孩子多次因为细节而崩溃时，他们也只会敷衍她们，当细节是可有可无的存在。

江辰遇和他们相反，一向喜欢用行动表示爱意。这给她带来了莫大的安全感，因为他懂她所有在意的事情。

有句话说——Loyal（忠诚），obligation（义务），valued（珍视），excuse（宽恕），合在一起就是 love（爱）。

在回答喻白时，其实沈暮也不知道什么是爱，只是觉得自从她和江辰遇在一起后，世界都是在蜜糖罐里泡着的。

她会忍不住变回幼稚的小女孩儿赖在他的身边，或撒娇，或闹脾气。

但在这一秒钟，沈暮豁然开朗。她喜欢他、爱他，想要和他在一起——永远地在一起。

沈暮想到小时候奶奶跟她说过的话。奶奶说，她不是因为嫁给了爷爷所以感到幸福，而是因为喜欢他，觉得和他在一起很幸福，所以想要嫁给他。

沈暮当时在她的怀里困惑地问道："什么意思呀，奶奶？"

沈曦笑笑，说："等我们暮暮长大以后就懂了，可能就是一瞬间的事。"

沈暮盯着手里的两个红本，恍惚着，鼻子立马酸了。

两个红本之中有一本是房屋所有权证——是那天她去江老太太家的路上，看见的喜欢得不得了的那栋玻璃别墅，另外一本是新的户口簿。两个红本上面都只有她的名字。

沈暮的眼前浮起一层水雾，她吸了一下鼻子："他在哪儿呀？"

方硕万万想不到沈暮看到这个会哭。他一时措手不及，倒吸口气，抓抓头发："啊，那个……江总还在三十七楼的会议厅里接受采访。这样吧，我带您过去。"

方硕想不到其他办法了，只能把人带过去，让老板自己哄她。

··········

三十七楼的会议厅里。

遮光板被调至最合适的角度，室内摆着多架正在录制的摄像机。暗金色的回形沙发上，江辰遇把双手交叠着放在膝上，某商业杂志的女主编坐在他的侧对面。

采访正在进行，两个人交谈融洽。

江辰遇对女主编提出的最后一个经济问题做了精准而简洁的回答后，无意间瞥见那个突然出现在门口的一身白裙的清瘦身影。

显然是方硕带她来的，所以工作人员没有拦她。但江辰遇还是微不可见地顿了一下。

方硕不停地朝他打手势示意。江辰遇也注意到了，那姑娘在哭。

"真的非常非常感谢江总今天在百忙中抽空儿接受我们的采访！"女主编熟练地说了结束语，又自然地问出了那个老婆粉们最关心的问题，"说个题外话呀，圈内外一直对您的恋情保持猜疑，不知道江总方不方便透露一下您目前的感情状态？您有喜欢的女孩子了吗？"

江辰遇始终和沈暮遥遥相望。沉默半晌，他淡定沉稳地答了一声："有。"

他一反常态，女主编震惊得瞬间失声。她大概只想借话题蹭热度，没想过他真会回答这个问题，并且十分坚定。

女主编回过神来，正想趁此机会再问，江辰遇先做了个整理西装的暗示性动作，维持着绅士风度起身："抱歉，失陪。"

话音刚落，他径自走向门口。

沈暮泪眼朦胧，看见他过来就忍不住了，被压在喉咙里的呜咽声传了出来，单薄的肩轻轻地颤抖。

江辰遇快步走到她的面前，看了她一会儿，直接皱眉看向方硕："怎么回事？"

方硕做投降状，说："我……不知道哇……"

沈暮虽然忍不住哭，但也不想让方硕因为自己被冤枉，于是拉住江辰遇的衣角扯了扯。江辰遇回眸，什么都没说，牵住沈暮的手带她离开会议厅，把她领到隔壁的空茶室里，关上门。

"怎么了？"江辰遇声音柔和地问，用指腹不断地擦拭她眼角旁的眼泪。

沈暮摇摇头，说不出话，哭声断断续续的。

只是她用左手紧紧地捏着户口簿。江辰遇很快就注意到这个了，从茶几上抽了一张湿巾给她擤鼻涕："是不是我自作主张，你不高兴了？"

当然不是，沈暮又飞快地摇头。此时此刻，她不想说其他话，只想马上告诉他一件事。

沈暮把他的手拽下来，牢牢地握住，哭着说："我有事要和你说……"

江辰遇见不得她流泪，说："你先别哭。"

沈暮哭着撒娇："你先听我说！"

江辰遇拍拍她的头，纵容地说："好好，你说，我在听。"

沈暮用力地吸吸鼻子，带着哭腔断断续续地说："我之前……一直在想……要怎么样才能对你更好点儿，可我想不到……"她扬起湿答答的睫毛凝视着他，哽咽着把话说完，"你昨天……说对了，你的筹码太重，我想以身相许了。"

江辰遇怔了片刻，似乎有些难以置信。他凝视着她的泪眼："什么？"

"我奶奶以前说，爷爷年轻的时候跑遍全城，起了满脚的水泡，就只是为了给她的衣服配一颗纽扣……"

沈暮看着他，说着细碎的话。她带着很重的鼻音说："她说，就是那一秒，她确定这辈子就是他了。"

江辰遇黑色的眸子十分幽深。他没说话，只是静静地看着她。

"我想过了，我觉得我找不到更喜欢的人了。如果……如果你不要我，我肯定……肯定也不会再想嫁给别人……"沈暮抽搭着，用手指绞着裙边，有些语无伦次地说，"所以……我想一直和你在一起，永远的那种。"

江辰遇将她凌乱的鬓发别到耳后，温柔地安抚她："你又在胡思乱想了，我说过的，我们不会结束。"

他好像没明白她真正的意思。

沈暮轻轻地皱着眉，声音跟着低下来，说："我想说的是，户口簿在这儿，身份证我也带了。"

江辰遇心里有预感，只是一时不敢相信。他沉默了一会儿，目光幽深地凝视着她："这是你希望的吗？"

沈暮哽咽着"嗯"了一声。她的声音很小，但语气无比笃定，她说："周六民政局开着，这个点应该还没下班。"

她眨着湿润的眼睛，泪眼盈盈地望着他。一瞬间，彼此的心意也在对视中呼之欲出。江辰遇很深很深地吸了口气，静默良久，突然笑起来。

要说这姑娘的心思，他懂，也不懂。她很简单，简单到像一条直线，一个结都不打，却又总能给他惊喜。

而且她这么有意思，每回都是自己撞到他的面前来，像一只呆萌的小绵羊似的主动跳进虎口里，他当然没有拒绝她的理由。

江辰遇捧住她满是泪痕的脸庞。沈暮长长的睫毛上挂着泪珠，一颤一颤的。

他垂眸，温和的嗓音有点儿哑，问道："你都不给我求婚的机会吗？"

但他也等不及了，比她更甚。江辰遇低头深吻她被泪水打湿的唇。

"以后补给你。"

一句声音嘶哑的话传来，江辰遇紧紧地握住她的手，拉着她大步地往外走。

第十二章

老房着火

南城民政局的婚姻登记处。大厅亮红色的背景墙上，高悬的国徽两侧镶有八个金色的大字——婚姻自由，依法登记。

沈暮站在这里，突然开始发蒙。一路上她擦干了眼泪，但好像也哭傻了。

她是极其容易被打动的性格。可能方硕讲完那些她不知道的事后，那一瞬间的感动杀伤力太强，让她像干旱的原野被山泉滋润，像病弱的癌症晚期患者忽然被治愈。

沈暮说不出是因为受到了太多喻涵的影响，还是受到了奶奶的影响，当时只有一个念头——给他自己的所有。

除了以身相许，任何报答方式在这种情况下，似乎都显得再无意义。她用行动证明古时报恩和私奔的老套情节不是异想天开。

当然，沈暮也是有私心的。她想独占他的好——这是迄今为止她为数不多的强烈愿望。她一刻都不想等，所以，他们跑来领证这一举动含有冲动的成分。

沈暮现在处于半茫然半清醒的状态中，而江辰遇倒是笃定从容、逻辑清晰地向前台的工作人员咨询流程。

"二位将身份证及户口簿交给我，需要复印一下，然后先到三号厅拍两寸照片。"

江辰遇把两个人的证件放到前台的桌面上，道了声谢，而后牵住身边发呆的人说："走吧，我们先去拍照。"

沈暮愣了一下："啊……好。"

很少有新人会选择在民政局拍照，毕竟行政单位的流水线式照相照出来的照片肯定没影楼的精修照片好看，但他们没有过多的准备时间。

沈暮起初还有点儿迷糊。直到正式坐在影棚里，太阳灯的光线透过反光伞射下来，她忽然有了些感觉。

沈暮的呼吸慢慢地急促起来，情绪是紧张、慌乱还是激动，她分不清了。

负责人员透过相机的屏幕看她："姑娘笑一笑，表情不要太僵硬。"

沈暮抿起嘴角，坐正。

负责人员审视片刻，又说："姑娘的头发挡耳朵了，先生帮她整理一下。"

沈暮马上去撩头发。江辰遇的指腹却抢先滑过她的耳郭，带着他特别的温度。

沈暮心里"咯噔"了一下，偏过头看他。江辰遇轻轻地一笑，温和的笑容很奇妙，仿佛知晓此刻她的心情正漂浮不定，特意给她依靠。

负责人员调整镜头的角度，再次尝试，这回却发现沈暮的眼睛红了，正泫然欲泣。

负责人员是一位阿姨。她直起身瞧了一眼，疑惑着，语重心长地问道："小姑娘，你是自愿的吗？"

读誓词时哭的人不少，拍照时哭的人她还真没见过。

沈暮忙不迭地回答道："是……是……我是。"

她没控制好哭腔，听起来有些委屈，倒真跟被迫结婚似的。

阿姨满眼狐疑地看向江辰遇。

江辰遇笑了一下，有几分纵容和无奈。他揽了沈暮起身，礼貌地说："抱歉，我先哄哄她。"

好在这个点清闲，没有其他等待拍照的新人。

空旷安静的楼道里，江辰遇温和低沉的声音里有几分调侃的意味："你再哭，他们就要当我诱拐少女了。"

沈暮陷在情绪里难以自拔，坠在睫毛上的泪珠倏忽又落下了两滴。

女孩子哭起来，他一丁点儿办法都想不到。江辰遇哑着嗓子笑："你反悔了？"

沈暮匆忙地摇头否认："不是……不是……"

江辰遇弯唇，折了折纸巾，轻轻地擦拭她眼角旁的泪痕。

随后两个人都安静下来。沈暮轻轻地吸了一下鼻子，抬眼看他："你会不会觉得很突然？"

江辰遇略微扬眉："我是挺意外的。"

沈暮敛目，轻轻地叹了口气："我自己也没想到，是唐突了点儿。"

沉默数秒后，她开始反思自己："我这样是不是特别像激情骗婚的那种心机女？"

江辰遇被她的用词逗乐，说："我要是不愿意，你也不能把我骗到这儿来。"说着他捏捏她的脸蛋儿，笑着打趣她，"倒是你，哭得像被逼婚一样。"

沈暮羞窘地辩驳道："我……我是激动……"她又轻咬了一下唇，嗫嚅道，"还有就是怕你后悔。"

江辰遇语气轻缓地说："你想听我的感受吗？"

沈暮心跳忽然急促起来，点了点头："嗯……"

他略微勾起薄唇："我很惊喜。"

这句话犹如刚冲泡的奶茶，浓醇且香甜。沈暮微怔，仰头望着他。

江辰遇把她拥入怀中，一点点地拨开她鬓边的碎发，温柔地说："跟我说说你这么决定的原因。"

沈暮有片刻没吭声，但最后还是老实地交代，带着鼻音说："方特助说，你不愿意让我以后跟你结婚的时候，因为要用别人家的户口簿而不开心。"

他的初衷是这样的，所以她跟着就有了想法。

"所以……"沈暮垂下眼，摆弄着手指，"我一时兴起……"

说完她立马纠正自己的话："不是，是临时起意。"

反应过来后，她又支吾着想改口："也不是……"

沈暮自顾自地思忖半晌，最终发现根本找不到恰当的词汇来描述自己当时的心境。

江辰遇注视她的眼神变得越发温柔，说："我以前以为你是又冷又爱哭的胆小鬼。"他短暂地停顿一下，浅浅地笑了，"现在发现，我还是不够了解你。"

沈暮在茶室里对他掏心掏肺地表白之后，脑子里就一直是乱的。

这会儿沈暮听完他的话后，思维还转不过弯儿来。她含着薄薄的一层泪望着他，略显娇憨。江辰遇微垂目光，收拢臂弯，让她娇小的身躯填满自己的怀抱。

这是一个实实在在的拥抱，沈暮觉得自己从感官到心神都踏实下来。

江辰遇随后附在她的耳旁，意味深长地说："你愿不愿意和我结婚，让我慢慢地了解你？"

他缓慢的语气仿佛来自云端。

沈暮沉浸在他的气息里，如上瘾般着迷地说："嗯。"

他们都是自愿的。

江辰遇抚抚她的发，用含笑的口吻温和宠溺地说："走了，咱们不要耽误人家下班。"

沈暮刚要回答，却扯住了他："等等！"

她低头着急地翻包，找粉饼和口红："我……我补补妆……"

她把妆都哭花了。江辰遇的眼底含着宠溺的笑意，他耐心地等她补妆。

他们重新回到三号厅里，这次拍照很顺利。那位阿姨剪切照片时还对他们这对情侣的高颜值赞不绝口。

早晨换衣裳时，沈暮没想到今天的穿搭会如此关键，就这么机缘巧合地穿了一条法式风情的小白裙，裙子的风格正好和他白衬衫配卡其色西装的风格搭上了。

红底儿的两寸照片上，女孩儿的笑容乖巧、甜美又腼腆，男人的眉眼间蕴含着温柔的神色。两个人自然流露的情绪肉眼可见，是装不出来的。

拍完照后，他们分别进行了婚检，又填写了结婚登记声明书，按下手印。

这些流程结束后，他们并肩站在宣誓台前。台面上有一簇粉色配香槟色的玫瑰花，他们的身后是红色的帷幕。

一身正装的男颁证员端庄地站在前方："我是南城民政局的颁证员，很高兴能为二位颁发结婚证。"

颁证员确定双方的姓名后，依照惯例提问道："请问江辰遇先生、沈暮女士，你们是自愿结婚的吗？"

"是的。"

"是的。"

颁证员抬手示意："请二位面对庄严的国旗和国徽，一起宣读《结婚誓言》。"

身处如此严肃的场合，沈暮难免有些紧张。她抬眸看了一眼身边的人，像是有心灵感应一样，江辰遇这时也正好看过来。

四目对望间，两个人默契地相视一笑，捧着宣誓本，低头宣读誓言。

"我们自愿结为夫妻。从今天开始，我们将共同肩负起婚姻赋予我们的责任和义务……

"相濡以沫，钟爱一生……

"今后，无论贫穷还是富有……风雨同舟，成为终生的伴侣。"

江辰遇的声音沉稳坚定，和沈暮温婉动听的声音一起响起。两个人的声音融合在一起，富有音韵美，空气里好似弥漫起温馨甜美的气息。

连颁证员都不禁想要感叹：这对俊男靓女连声音都是这么般配。

他们是这天在南城民政局办理结婚登记的最后一对新人。

事情的起因真的是她心血来潮。好像就只是在他们稀松平常的一次闲聊中，她笑着说："我们今天去结个婚吧。"

他挑眉说："好呀。"

于是，两个红本上的章不偏不倚地盖在彼此一往情深的四年上。

夜幕降临，这座城市拥有霓虹灯闪烁的动人的夜景，灯光红绿更替，交织流动的光让人眼花缭乱。

他们在南城高塔顶层的餐厅里用了格调浪漫的晚餐，省去了从订婚到喜宴所有冗杂的流程。这是只属于他们的不可或缺的仪式感。

吃完饭后他们去逛了南城高塔底层的百货商场。说逛不准确，其实他们是有目的性地购买了商品，毕竟今夜是彼此心照不宣的夜晚。

只是姑娘家害羞，不好直接跟去，沈暮便找借口说是想买罐糖。

江辰遇噙着笑，不揭穿她，只是在走到摆有品类繁多的小方盒的货架前时，故意含着点儿坏意与她耳语："你喜欢哪种？"

商场里人潮拥挤，买私物免不了尴尬。沈暮羞涩地低头，把脸抵在他的上臂上。她原想一路装死，却没想到突然被他暧昧地发问。

沈暮顿时惊慌，害羞到面颊通红，说："问……问我干什么？"

江辰遇弯了一下唇，体贴地说："我得考虑你，女士的体验感优先。"

沈暮的心"咚咚"地乱跳，被旁边的人来人往弄得十分局促，她索性往前凑，逃避似的把整张脸埋在他的心口处。

"哎呀，我不懂啦……你……你都拿一个算了。"沈暮压着声音嗔怪他。她现在只想快点儿回到车里。

江辰遇显然心情很好，说："好，听你的。"

最后他还真的每种都拿了一盒。

他们回到家时，将近晚上9点。卧室的窗帘没有拉上，落地窗外夜色迷离，有一星半点儿的光影在晃动。

他们进屋时，江辰遇走在前面，只开了几盏射灯。偏暗的光亮射下来，光晕柔和，在房间里朦胧地散开，轻易地便烘托出暧昧的氛围。

沈暮猜测他是故意的。她心尖微微地颤动，一声不响地跟在他的身后。他们回到这儿，她意料之中的事情可能随时会发生。尽管早有心理准备，沈暮还是难免紧绷神经。

江辰遇将购物袋放在边柜里，回头看身后的人。有一束光正好照过来，他的眼眸里漾起微光，微光幽深莫测。

沈暮无法对这样的眼神无动于衷。她浑身迅速地热起来，恍若岩浆浇在灼热的地面上。她慌张到要抓耳挠腮，第一反应就是逃跑。

"我……我去洗澡了！"她二话不说，趿拉着拖鞋跑向衣帽间。

沈暮迈着轻快的碎步，不一会儿就搂抱着衣物从衣帽间里出来。她看也不看他，踢踢踏踏地火速溜进浴室里，关上门。

江辰遇停留在原地，目睹了她这番利落的行动，轻轻地勾起唇，眼底的笑意更深。

浴室里不多时便响起"哗啦啦"的水声。江辰遇听了一会儿这迷人的声音，垂眸静思片刻，慢条斯理地从酒柜里取出一瓶红酒和两只高脚杯。

今晚沈暮洗澡洗得磨磨蹭蹭。一个多小时后，她才犹豫着推开浴室门，挪动脚步走出来。

其实沈暮没想这样，紧张归紧张，但还是特意选了那件极短的豆沙色的吊带真丝睡裙。今晚这么重要，她不能不解风情。

但内里的蕾丝套装她错拿成黑色的。里外的色调反差强烈，这已经不是什么风不风情的事了，完全就是她故作性感。她有刻意勾引他的嫌疑。

所以她磨蹭了半天都没好意思出来，何况睡裙的V领低到不能再低。

沈暮将手掩在身前，深吸口气，走回房间。当时江辰遇正靠着沙发坐着，脱下的西装外套被随意地搭在一旁。

他看起来等了她很久，右胳膊搭在扶手上，指间捏着一只高脚杯，里面盛着小半杯红酒。

酒液暗红，随着他用指腹摩挲杯壁的动作轻轻地摇晃。留声机里的黑胶唱片正转动着，钢琴曲婉转如流水，柔缓地流淌着。

在这样温柔而浪漫的氛围下，他此刻的姿态宛若欧洲中世纪的贵族，迷人的慵懒间透着高贵和优雅。他举手投足间都流露出使万千少女为之倾倒的风华。

她单看一眼那侧影的轮廓，心湖便被激起一阵涟漪，如喷泉溅落。她怦然心动，知道自己无法再将这份悸动归咎到美学中的审美上。

江辰遇听到动静，抬眸看过来，远远地望了她片刻，徐徐地起身走到她的面前。

他不加掩饰地端详她。他一靠近她，男人那独特的、让人遐想的气息便不可忽略。沈暮移开视线，不自在地低咳一声："那个，我好了，你去吧。"

她尽量让自己的声音听上去冷静。江辰遇随意地用鼻音发出轻轻的笑声，这点儿不经意的气音却让沈暮的心脏停跳了一拍。

江辰遇将酒杯递到她的手里，把指尖落到温莎结上。他一边把它扯松，一边缓慢地低下头，含住沈暮尚带着浴室的热气的红唇。

沈暮紧捏酒杯，屏住呼吸，僵住。但他只是深情地啄吮了一下她的唇，便松开了她。

江辰遇解开领带，扯掉它，嗓音里含着诱惑感。他说："坐着等我。"

沈暮不由自主地咽了咽口水。他起身走进浴室里后，她提着的那口气倏地松下来。

天哪！她今晚为什么屃成这样？

沈暮突然想：自己还不如直接点儿，往床上一躺。他营造出如此动情的气氛，她越发感觉今晚很危险。

沈暮认为自己必须借酒壮胆了，于是想也没想，一口闷了手里剩下的半杯红酒。然后她坐到床上，从包里取出那两个红本。那是他们的结婚证。

沈暮翻开红本，用指尖轻抚过照片和名字。明明这是下午他们刚领的，偏偏她就是有种恍如隔世的感觉，好像这一切都是梦一样。

今夜的酒劲上来得格外快，沈暮隐隐地恍惚起来。她后知后觉地意识到，他们真的结婚了。

这时包里的手机振动起来。沈暮将两本结婚证放到床头柜上，接起来电，那是喻涵酒醒后跟她报平安的电话。

随便聊了几句后，沈暮纠结再三，捂着嘴，小声地把领证的事情告诉了喻涵。

喻涵可能怀疑自己还醉着，蒙了几秒，然后说："天哪！我寻思着你没喝酒哇，这么快就开窍了？牛哇，宝贝儿！赶紧给我送喜糖。"

沈暮闭闭眼："我当时就是脑子一热。"她喷出一口酒气，沉吟着说，"而且我也没想到，他就这么带我去了……"

她稀里糊涂地跟他表白，他们稀里糊涂地领了证。现在她想想，这真的是荒诞至极。她到底为什么敢这样做？

沈暮冲喻涵撒娇地"呜"了两声："我现在怎么办哪？我们好像……都不是很慎重。"

"什么怎么办？春宵一刻值千金！去哇！你还在这儿跟我等闲人叨叨啥呢？"

喻涵说完，直接挂断电话，不给沈暮拖延的机会。

沈暮愣了两分钟，咬着唇叹口气，放下手机，拿起空酒杯走到留声机旁的桌柜旁。

上面摆着一瓶红酒和另一只高脚杯。沈暮走近了才发现，旁边还散着各种各样的小方盒，那是他们刚从超市买的。

沈暮的酒量原本就浅。她喝下去半杯酒，身体已经开始微微地发热。

男人洗澡一向利索。不多时，江辰遇便从浴室里走出来。

他身上穿的黑蓝色的真丝睡袍松松垮垮的，带出浴室里蒸腾的水汽。他不疾不徐，径直朝着她的方向走来。

沈暮刚刚一直在发呆，还捏着空酒杯。她微醺地看见他过来，视线一片模糊。

江辰遇打量她片刻，矜贵的俊脸上掠过笑意，问道："你怎么不等我？"

他的声音总有迷幻的效果。沈暮腿有些酥，往后倚在桌柜上，右边的吊带随着她的动作从光滑的肩头上滑落。

江辰遇的眸色便在这时幽暗下来，他迈步走近，用膝盖抵着她，轻声说："你等得久了吗？"

沈暮心跳极快，脑袋有点儿不听使唤了："我……我……"

江辰遇完全能感受到她的慌张和颤抖，修长的手越过她的肩，捏起她身后的桌上盛着酒的高脚杯。他慢慢地把些许的红酒倒入她的空杯中。

他轻轻地和她碰了一下杯，附在她的耳旁，声音温和而有磁性地说："新婚快乐。"

沈暮前一刻还有满肚子的话想和他说，然而眼下，她的话皆被他的这句温柔的话化成糖浆。醉意上头，她竟然忘却了自己准备好的台词。

沈暮变得乖巧，甜甜地回应他："嗯……新婚快乐。"

江辰遇把酒杯抵到唇边，将酒喝完，把空杯放回桌上，隔着沈暮单薄的豆沙色真丝睡裙搂过她细软的腰肢。动人的钢琴曲在播放，二人鼻息间酒香弥漫。

江辰遇缓缓地亲吻着她的耳垂："放轻松。"

他低而哑的嗓音里含着若有若无的笑意，他说："我也很紧张。"

沈暮心尖似有电流流过，颤颤的，迷糊的脑袋在他的低音里死了机。

直到他意图犯罪的气息拂过沈暮的颈窝，她才冷不丁地战栗着回过神来。

她指尖如珠玉般白润，一只手在身前握着酒杯，另一只手无意间往前伸，碰到他微凉的真丝睡袍，似挡非挡。

"你……紧张什么？"沈暮小声说，语气里的抑扬顿挫都在悸动。

江辰遇修长的手指梳入她的发间："我怕自己忍不住。"

他的嗓音都是哑的，他顿了顿，方说出后面的字眼："慢慢来。"

沈暮还没喝他刚分到她杯里的小部分红酒。但先前她喝了他剩下的那半杯酒，涌上来的醉意足以让她如醉如痴、神魂颠倒。

沈暮的心跳如小鹿乱撞，脸颊上红晕渐重，事到临头的怯意终究挥之不去，她提前做再多的心理建设都无济于事。

她委屈地说："这次还能随时停止吗？"

江辰遇将她堵在自己和后桌柜之间。唇的温度堪比熔岩的炽热，他在她侧颈的雪肤上留下他的烙印。

沈暮缩了缩肩想躲，但被他用一条臂膀牢牢地箍着腰。她宛如被生擒住的秀色可餐的小兔，被猎手五花大绑，无处可避。

和她温存了片刻，江辰遇抬起头。他这番不慌不忙的模样倒还真像是将她当成了珍馐美馔。此刻他温柔的眼神里溢出贪婪，垂下眼凝视着她，仿佛在思量从哪一处开始下酒。

"恐怕不能。"他语气宠溺依旧，却也多出了几分不容拒绝的强势。

沈暮扬起脸，不满地瞪他。她像被夺走糖的孩子，总归是被他惯坏的。

江辰遇的目光直勾勾的，他眼前的姑娘水润的眼睛里泛着微醺感，酡红的脸蛋儿只有巴掌大。她羞醉参半，纯洁得不染一丝杂质。

那件豆沙粉的吊带睡裙也就有一星半点儿的布料。这和她往日保守的形象大相径庭，它掩盖不住她的任何姿色。

尤其这个年纪的女孩子，青涩的稚气还未退尽，连难得展露的小性感都带着点儿纯真的味道，简直就是在诱惑人。

江辰遇微微地前倾身子，两个人之间突然再无距离。他低头，和她的前额相抵："《婚姻法》里写了，夫妻应该相互慰藉，维持和睦的家庭关系。所以……"他连哄带骗似的唤她，"暮暮。"

江辰遇低沉的声音响起："今晚你不能拒绝我。"

沈暮蒙了一下，现在她的脑子不灵光。她猜测他又是在跟她瞎掰扯，但支吾好几声后，还是找不到话反驳他。

她彻底喝醉后的胆大可爱，江辰遇是见过的。这会儿她可能还没到那种程度。

江辰遇突然愿意再耐心地等等。视线在她里面的黑色蕾丝的肩带上停留半晌后，江辰遇略微垂下眼帘。

从自身居高临下的角度，他能轻易地窥探她睡裙的深 V 间露出的风光。

江辰遇大概生了点儿心思，从她的手中一点点地抽出玻璃酒杯，稍稍倾斜杯子，把酒杯慢条斯理地递到她的唇边。

"你是不是上回跟我说过，你室友以前是靠着男朋友从 C 到 D 的？"江辰遇嗓音低沉地说，亲自喂她喝酒。

沈暮呆了一秒，微微地启了唇，顺着他仰头，慢慢地饮尽了酒。

甘冽的红酒流入沈暮的喉间，直浸肺腑。

酒是好酒，原谅她不懂品尝，只觉得酒千回百转地在肠胃里烧灼，好像要把她的头绪都烧成灰烬。

沈暮皱起眉，轻轻地"吧唧"了一下嘴，略显恍惚地呢喃道："有吗？"

江辰遇把空酒杯放在桌柜上："嗯。"

沈暮在彻底眩晕前努力地回想："噢……是菲娅说的。"

她掰着手指细细地道来："她让我们注意饮食，要按时健身，每天跳操，还教我怎么自己按摩。"

可能是他一时没多做什么，沈暮渐渐地放松了警惕，醺醺然的神情很呆萌。她开始自言自语。

江辰遇望了一会儿她雾茫茫的双眸，不动声色地把臂弯绕在她的身前。

"是这样吗？"江辰遇低头看她，动作和动听的音乐一起刺激着她的神经。

沈暮倏地失了声，话语含糊地卡在喉咙里，思绪都凝聚在那上面。

沈暮黑色蕾丝后的搭扣悄然之间开了，细带滑下来，隔着吊带睡裙即将掉在地上。

沈暮头皮一紧。

"嗯，我忘了……"她无措地攥紧他睡袍的前襟，企图敷衍过去。

她想思考他是什么时候知道的，但脑袋已经反应不过来了，连要害羞的那一分神志都不清不楚。

她好似清晨盛开的水仙花，湿答答地沾着朝露，盈盈的，既娇且媚。

江辰遇的喉结明显动了一下，他眸底是化不开的幽深的浓雾，听觉和视觉都在挑战他的耐心。他平日在人前虽一贯是正人君子的形象，但也是不能免俗的男人。

忽然，沈暮被连人带裙地推到桌柜旁。她失去了力气，刚好也不能再站稳，整个人柔若无骨地就这么跌倒了。

留声机里的黑胶唱片奏着扣人心弦的小夜曲。卧室里的几盏射灯半明半暗。有一束昏暗的暖光刚好照在桌柜上，散开一圈光晕，好像在给他们营造一方浪漫的舞台。

沈暮用牙齿死死地咬住自己的手背，把声音咽回去，然而下巴却还是难以自控地仰起来。

柜面上摆着一只玻璃瓶，里面插着她早晨精心修剪的一小把玫瑰花。

沈暮眼里含着水汽，偏头望过去，双眸眯成月牙。她失神地瞧着那红艳艳的玫瑰花瓣，犹如离水的鱼儿窒息在他的口中。

这是他二十五岁就读完博的原因吗？他遇到知识盲区就求知若渴，必须马上亲自验证答案。

而她，就是那张他正在书写的空白的试卷，软绵绵地铺展在桌面上，第一题就是品尝堪比棉花糖的香甜的滋味。

直到这一刻，沈暮才恍恍惚惚地感觉到，刚才那些都只是引导和前奏。他填完了专属的姓名信息后，要正式开始答题了。

但江辰遇并没有过于迫切，仍旧照顾着女孩子的感受。对沈暮，他有着视如珍宝的无尽的宠爱。

待到时机成熟，他才逐渐脱下禁欲的外衣，要给涉世未深的小姑娘留下此生都难忘的印象。

沈暮都不清楚自己是什么时候被他抱回床的，当时醉意已经占据了她的所有思维。只是在跟过去二十二年的自己告别之际，她有那么一瞬间的清醒。

她事先了解再多都是白费功夫，终结少女时代的痛楚只有亲身经历了才懂。

沈暮的手像猫爪攀在他的后背上，沈暮都在失声地呜咽了，尚存最后一缕神思，舍不得用力抓伤他。

江辰遇到最后关头还在给予她温柔和细致。他抱着她，哄着她，嗓音柔和，哑到了极致。

彼此怀揣真心的时候，双向的爱恋就成了止痛药，能够减少恣意和割裂般的恐惧。所以后来，他们呼吸与共。

沈暮可能是醉到了纵意的程度，也可能是因为太喜欢他了，眼角悬着动人的晶莹的泪珠，却主动挽住了他的腰。

顷刻间，定时装置被引爆。

江辰遇深深地喘着气，毅力失效。散落在鬓边的几丝湿发落下一滴水，他蓦地以吻宣告他进攻的起始。

夜早已深了，窗帘没有拉上，照进丝滑的月光，窗外的散尾葵在夜色里伸展着暗影。

好一番挣扎后，沈暮坠落进了新世界里。在那里，她目睹一束纯美的玫瑰花绽放，汲取空气里甜美的氧气。

正如法国诗人特瓦尔的诗里的那句——

"不可思议的欢愉正降临。"

月上梢头，星光渐暗，夜幕已深，浓稠似墨般难以化开。

终于，新婚之夜的美妙也随着凌晨时分的到来落下帷幕。

留声机里的黑胶唱片早已转至末端，乐曲戛然而止。

室内却也不是静悄悄的，仿若悠扬的乐曲继续婉转地流淌，犹如小奶猫好听的甜音，屋外夏夜的风吹草动间，还裹挟着比任何一支钢琴曲都动听的韵律。

男人偶尔也缺乏时间观念。

大约到了凌晨两三点，卧室里盛夏的温度仍难以降低。

若不是他牢记初次不可欺她过甚，恐怕他们等东方将明都难以收场。

沈暮最后在一片光里迷失，被他拥着沉沉地睡过去。

再卓越的作家都描写不出那特殊的甜腻的香味儿。

翌日沈暮醒来，艳阳高照，明净的阳光透进落地窗，丝丝缕缕地倾洒在床畔上。

沈暮迷迷糊糊地睁开眼，自然睡醒。她很少有一觉醒来便至午后的情况，今天是特例。

或许是昨夜疯狂得过了头，沈暮花了好久才费劲地坐起，思绪恢复后，她的双颊倏地泛起羞赧的红色。

身边是空的，他不在。沈暮抚抚被褥，被褥还有余温，也许他刚起床没多久。

屋里整洁如常，昨夜撕了一地的塑料包装袋和桌柜上的红酒都被收拾干净了。

沈暮侧侧身，想去找他，回眸间忽然看见床头柜上的结婚证，不禁发起呆。尽管昨晚他们彻底互相拥有了对方，她还是觉得这一切荒诞不经。

起床洗漱的时候，沈暮瞧见镜中自己的颈间有不少某人犯罪的印迹，仿若朵朵梅花掉落在雪地里。

沈暮深深地吸了口气，暗自埋怨了他半晌，然后不情不愿地换了一身纯白色的短袖睡裙，缓步走下楼。

江辰遇正在厨房里做着什么，燃气灶和抽油烟机的声响交杂在一起。他穿着一身深灰色的居家服，站在宽敞的厨房里，背影高大挺拔。

"你在干什么？"沈暮问道。

她兴许是昨夜哭得太过了，软软的声音里含着一丝沙哑。

江辰遇循声回首，才发现沈暮不知何时站在了他的身后，她一副刚睡醒的慵懒模样。

江辰遇盖上砂锅盖，回身把她揽到怀中，揉揉她的头发，轻声说："你醒了怎么不叫我？"

沈暮浑身都有点儿散架，懒懒地搂上他的腰："在二楼没找到你，我以为你去公司了。"

他怎么可能在事后把她一个人丢在家里？江辰遇的脸上浮起笑意，他问道："手机呢？你睡傻了？"

沈暮低头把脸埋在他的胸膛上，不自觉地就变得娇滴滴起来，说："我忘记放哪儿了嘛……"

说着她还在他的怀里蹭了蹭，乖巧甜美，十分讨喜。

江辰遇俊雅的面庞上流露出温柔，说："待会儿我给你找手机。你刷牙了吗？"

"刷了。"

"乖，来吃饭。"

沈暮愣了一下，意识到他刚刚在做什么，惊奇地扬起脸："你还会做饭？"

江辰遇含笑地看着她："不会，我第一次做饭。"

沈暮发自内心地皱了皱眉。那饭还能吃吗？

看见她略带嫌弃的表情，江辰遇好笑地在她的脸颊上轻掐了一把："我刚问了庄阿姨，不难。"

显然沈暮不是很信任这位厨房新手："还是我来吧，你为什么突然要做饭哪？"

江辰遇任她上前查看砂锅里的虾仁粥，含着笑意慢条斯理地说："我想给你赔罪。"

沈暮尝了一勺粥，抿了抿嘴，意外地发现这锅粥他煮得出奇地完美，稠度和味道都恰到好处。

她垂着脑袋认真地用汤勺搅拌着粥，分心回了他一声："嗯？"

江辰遇慢悠悠地从她的身后抱住她，俯身将下巴放在她的肩上，温和浑厚的声音响在热腾腾的烟火气里。他说："我怕你今天下不了床，要怪我。"

他的这句话这么简单，沈暮却顿时脸上一热，心"怦怦"地乱跳不止。

沈暮潜意识里想故作镇定，回身捶他一下，侧过颈露出红痕，控诉他："你看，我怎么出门哪？！"

江辰遇笑着抬起指腹，轻柔地抚了抚那里："我陪你待在家里。"

沈暮低而软地"哼"了一声，随后察觉到什么，又看他两眼。

她心里有些不平衡，问道："你怎么这么精神哪？"

她都拖着双腿走路了，他居然跟没事人一样。

江辰遇故意自贬，逗她开心："老牛吃完嫩草，比较神清气爽吧。"

沈暮稍微反应两秒，钻到他的怀里，低低地笑出声来。江辰遇的眉眼间漾着柔情，他顺势把她抱了个满怀。

此刻，一个简单但实在的拥抱都充盈着心动。

沈暮在他的臂弯里窝了一会儿，想到一件事，忽然抬头望着他。

江辰遇捏捏她的耳垂，含着笑回望着她："怎么了？"

"那个……"沈暮踌躇片刻，奶声奶气地问道，"我们的事，能不能先不告诉奶奶？"

江辰遇的眼神里充满询问的意味。

沈暮的声音一点点地低了下去，她说："我还没做好怀孕的准备……"

奶奶要是知道他们领证了，肯定会催他们赶紧备孕。

江辰遇立马明白了她的意思，弯弯唇："所以我们现在是……"他停顿了一瞬间，略挑眉梢，"隐婚？"

沈暮突然觉得自己不是很厚道。好像她忽悠他结婚，又无情地翻脸了似的。

而且这说法好像还挺委屈他。沈暮想嘴硬却不占理，迟疑着，含混地道："也不能这么说吧……就只是晚一些告诉奶奶。"

她在极力地减轻自己的罪责。

江辰遇不以为然地说："奶奶是唠叨了点儿，但你又不是嫁给她，在我这儿就算你想丁克也没问题。"

沈暮倏地抬头："那怎么可以？"她皱眉，郑重地表达自己的想法，"没有自己的宝宝会有遗憾的。"

江辰遇瞬间笑了，把手伸过去，关掉燃气灶："我的意思是，你什么时候想要宝宝了，通知我就行。"

沈暮顿了顿，迎上他投来的目光。江辰遇看她的眼神里永远都不会缺少耐心，这份耐心和他工作时的耐心不同，后者意味着管制，而前者只代表着纵容。

他偶尔指引她，但从不约束她。也正是因为如此，沈暮对他的依赖日渐超出预期，可能已经到了没有他就会失落的程度。

他们相视片刻，沈暮忍不住对他掏心窝子，说："老实说，我还是感觉自己昨天太冲动了。"

"昨天？"江辰遇很平静地问道，"下午还是晚上？"

沈暮："……"

他又想故意带偏她。沈暮的脸上微热，她看着他，清晰地说："下……午。"

江辰遇颔首，不慌不忙地解读她的意思："你和我结婚是一时冲动？"

这罪过有点儿大，沈暮搂紧他的腰，连着否认几声后说明情况："我就是觉得这不是小事，但我们都没有慎重地坐下来好好地商量过。"

江辰遇用指节轻叩她的额头："你想什么呢？结婚还要先开会研讨战略方案吗？你情我愿就够了。"

沈暮眨眨眼，没觉得自己亏，说到底是在为他着想。但她看目前的情况，不放心的反倒是自己了。

"为什么你这么淡定？"沈暮在他的怀里仰起脸，一脸疑惑。

江辰遇答："因为我不是一时冲动。"

这句话让沈暮的心里甜蜜了一下，她之前莫名的惶恐和忧虑好像都被融化掉了。

沈暮想说"那就好"，表示自己也没有后悔，但话到嘴边就成了含着娇意的嗔怪："你没冲动也不劝劝我？"

他直接带她去了民政局，现在的情况跟她想骗婚反被骗一样。

江辰遇脸上浮现笑意，半真半假地说："你知道，商人多少都有点儿算计的心理。"

"算计什么？"

"对送上门的好处，我应该不会傻到拒绝吧。"

沈暮哑口无言。

果然最后只有她还是一只天真的羊羔。她撇撇嘴，但这回没与他计较。反正这婚都结了，事情已成定局，她讲什么都为时已晚。

而且如他所说，这就是一件你情我愿的事。沈暮这么想着，心境就豁然了些。

那天江辰遇真的一直在家里陪她。两个人也不出门，吃完那顿早餐后，到清凉的泳池边牵着手散了一会儿步，又悠闲地在花房里坐了很久。

沈暮一时心血来潮，喜欢上了插花。江辰遇全程陪着她插花，笑容满面地在旁边给她打下手。

他没穿正式的西装，她也没穿端庄的裙子。两套简洁素净的居家服透着生活的气息，他们窝在舒适的新婚小天地里，散漫地做着无聊的事。

这一段闲暇里，空气里都漾着温柔的甜味儿。这是最简单的时光，但它带来的满足感胜过以往所有的日子带来的满足感。

当晚他们也没迫切地入睡。沐浴完后两个人穿着同款睡袍，坐在客厅里看电影。

电影是沈暮选的。她心血来潮地想重温一遍他曾推荐过的悲情片。这就是起初在回国的飞机上，她因看哭而被他嘲笑的那部电影。

江辰遇还记得当时她死不承认自己是爱哭鬼，倔强和可爱溢出屏幕。

"你还敢看这个？"他从鼻腔里发出一声笑，握着遥控器给她选片。

沈暮把双腿搭在沙发上，靠在他的怀里，颈周的肌肤微微地泛着被热水冲淋后健康的粉红色。她说："上次光顾着哭了嘛，我都没来得及细品这部电影。"

电影的前奏响起，偌大的客厅里熄着灯，只有超大寸的曲屏电视机闪烁着光亮，他们仿佛置身于私人小影院里。

"还是不要看了。"话是这么说的，江辰遇下一秒却放下遥控器，将她拥紧了些。

沈暮不解地瞅他："为什么？"

江辰遇垂眸，点了点她弧度漂亮的眼尾："你又得把眼睛哭肿。"

他这个说法在沈暮听来简直就是不可思议。沈暮抬高下巴，当他是在开玩笑，说："我都看过了，怎么可能还哭？"

对她的自信，江辰遇只笑不语。

沈暮察觉到他的怀疑，为自己辩解："第一次看我也就哭了一小会儿而已。"

"这样啊。"

"对呀，然后我就睡觉啦。"

然后她当时就在被窝里哭着睡着了。但沈暮讲得脸不红心不跳。

江辰遇略扬了一下眉，点点头，相当配合地说："好，我明白了。"

沈暮满意地笑了笑，在他的怀中找了个舒服的姿势窝着，眉眼弯弯地看向电视。

果不其然，电影播放到中后段，男女主角相爱却又不得不放弃彼此时，沈暮瞬间红了眼睛。

江辰遇感觉到怀里的人的肩膀一颤一颤的，很快便意识到沈暮哭了。只是她一声不吭，可能是不想被他发现自己哭了。

见她忍得很辛苦，江辰遇觉得有趣又好笑，倾身抽了几张纸巾，小心地擦拭她眼角旁的泪痕。他用温柔里带着调侃的语气说："想哭就哭，你跟我还客气什么？"

打脸来得措手不及，沈暮红着眼睛，用力地咬住下唇。

女孩子的嘴唇软嫩，好像被碰一下就会破似的。江辰遇皱起俊眉，心疼地用指腹抚过她的唇，将她的唇从她的牙齿下解救出来，轻轻地摩挲着："别咬。"

沈暮一松口，听着电影里感伤的背景音乐，直接就发出了呜咽声。

江辰遇心目中最揪心的事大概就是她哭。他马上把她的脑袋按在自己的胸膛上，拍拍她的头："好了，好了，不看了。"

也许是抱着破罐子破摔的心态，沈暮把整张脸埋进他的睡袍里，放声哽咽起来："我就是想到……真实的情况远比电影里惨，我就……就忍不住……"

这部电影是由真实的案例改编而来的，无论戏里戏外都不是都市童话，只有缺憾和永失。沈暮这个"小哭包"的名头也不是白来的——她哭起来比发洪水都凶，眼泪压根止不住。

江辰遇怜惜她，又忍不住失笑，只能反反复复地哄着她。他开始质疑自己：为什么他要告诉她这部电影？

思绪回到几个月前。哦，那时她还在法国，看完《复仇者联盟4》意难平，对他说想看点儿小女生喜欢的电影。

他一个大男人被限制在那样的范围里给她挑选电影，所以局面就成了现在这样。

沈暮哭了一会儿，还是想继续看电影。她枕在他的身上，转开脸，泪眼朦胧地望向发光的电视屏幕，同时还在有一下没一下地抽搭着。

沈暮散落的长发湿答答地粘在脸颊的两旁，有些碍事。沈暮摸了摸手腕，上面空空如也。她坐起来，带着一点儿委屈说："我的头绳不见了。"

江辰遇在沙发上摸索了一圈，没找到头绳，便随手扯出自己睡袍的墨蓝色细带，用修长的手指拨开她粘在脸蛋儿上的发，把它们拢到后面挽住。

"将就一下。"他说。

沈暮吸吸鼻子，乖乖地窝回他的怀里，啜泣不止地看完电影最后的三分之一，偶尔打两个哭嗝。

重温一遍电影，她还是光顾着哭了。不过这回有他从头至尾地在旁边安慰自己，她完全没像独自看电影时一样感到抑郁，反倒体会到一种救赎感——他全程都在悉心地呵护她。

画面停留在"谢谢观看"四个字上。沈暮缓了口气，声音里带着浓重的鼻音："早知道我就不看了。"

江辰遇折折纸巾，闻言无声地笑了一下，低头给她擦眼泪："我看你就是想骗我哄你。"

恋爱中的女生容易被宠到骄纵的地步，沈暮不满地嗔怪他："那你别哄我。"

她在他的臂弯中"哼"了一声，坐起来，别过脸，闷声说："让我自己静静地哭。"

江辰遇被她的小脾气逗笑。没有哪个女人敢冲他这般娇气地耍性子，沈暮是第一个，无疑也是唯一一个。

谈恋爱能够改变一个人的性格，沈暮温柔寡言，有轻微的社交恐惧症，但遇见他后时常也会变得肆无忌惮。

江辰遇冷漠、不讲情面，永远自带生人勿近的气场，但也有柔情的一面。

有句话说，真正爱你的男人在你的面前一定是色狼和流氓。如果不是这样，那他一定没那么爱你。如果嫌弃他的色，那你一定不够爱他。

江辰遇将她抱起来，让她坐到自己的腿上，用指尖在她纤薄的脊背上抚摩着，问道："你还要看电影吗？"

他的睡袍没有了腰带的束缚，衣襟半敞着。沈暮一靠过去，手就抵在了他硬实的胸肌上。男人的体温微烫，心跳清晰有力。

沈暮蜷了蜷手指，打了个激灵，一下子就尿了，问道："干什么？"

江辰遇拉过她的手，和她十指相扣："不看了就回屋，我慢慢地哄你。"

他好听的声音里似带着微电流，沈暮的心一跳，但面上她只是心不甘情不愿地"噢"了一声。

沈暮认为他会抱她上楼，搂住了他的脖颈。可他好像没什么反应。

沈暮晃荡两下细白的长腿，催促道："走呀。"

沈暮等了一会儿，他还是没有动静。她用余光偷瞄一眼，发现他一直在看她。

他深沉的眸光像是能束缚她的心脏，她的面颊热了热，她迅速地移开目光："你老看我干吗？"

江辰遇轻笑不语，面色越发柔和起来。对呀，他老看她干吗呢？他也不知道。

他不知足，怎么看她都看不够。

江辰遇抓住她的下颌，把她的脸转过来。他什么都没说，径直吻了上去，含住她温软的唇瓣。

沈暮蒙了一瞬间，颤着长睫，闭上眼睛。等回过神来的时候，她已经被他揽着腰摁进了沙发里。

屋外夏夜炎热，蝉虫吟唱，室内开着舒适的恒温空调。幽暗中只有屏幕发出微弱的光亮，一片缱绻醉人的气氛。

前半程江辰遇温柔地带沈暮徜徉在泉韵里；后半段他心里的野兽逐渐冲破禁锢，沈暮被拿捏得娇音四起。

因为东西在卧室的抽屉里，他只能中途撤退，抱她上楼，否则客厅里的沙发今夜怕是得遭殃。

这对说领证就领证的新婚小夫妻从此陶醉在隐婚的生活里，过着可以用"骄奢淫逸"来形容的日子。

江辰遇有时也"昏庸无度"，早起后都不着急去公司了，要先和还在被窝里熟睡的姑娘纠缠小半天。

沈暮都忍不住怀疑，桌柜上自己每天更换的红玫瑰可能不是单纯的红玫瑰。它偶尔会悄然地变成罂粟，招人成瘾，尤其在夜里。

但生活的调味剂不止糖这一种，也交融着微微的酸味儿和苦味儿，比如纠结和分别。这段时间里沈暮一直在想：要不要去美术学院呢？

如果去了美术学院，她得在法国待至少一个月，这就意味着长时间见不到他。沈暮不想重新回到和他互发微信的过去。

但如果不去法国，没有霍克教授有针对性的教学，她心里确实对 IAC 国际性的决赛没什么底。

这么多天以来，她始终犹豫不决，但事情已经不能再往后拖了。

某夜，江辰遇在浴室里洗澡。

沈暮先沐浴过了，吹干了头发。她伏在枕头上，纤细白腻的小腿摇晃着，真丝睡裙因她趴伏的姿势贴着身躯，显出优美的曲线。

沈暮闲来无事刷微博的时候，又在前几条热搜上看到了江辰遇的名字。

#江辰遇喜欢的女孩子#

#江辰遇《新世纪》周刊专访#

沈暮只顿了一下，便见怪不怪地点进去。

上面显示出的第一条是《新世纪》周刊官微的微博，文字下配的是一段采访视频。

穿着黑白套裙、拥有熟女气质的主编笑容得体地问道："圈内外一直对您的恋情保持猜疑，不知道江总方不方便透露一下您目前的感情状态？您有喜欢的女孩子了吗？"

英俊的男人坐在暗金色的回形沙发上，面色从容。他把双手交叠着放在膝上，随意地往后靠着沙发。

"有。"他说，低沉缓慢的声音像午夜的深林里"叮咚"作响的泉水。

他有片刻的沉默，却不是在迟疑。他回答时，深沉的目光似乎移到了镜头之外。

评论区里都是再无"老公"的心碎现场，热评第一倒是有点儿意思。

"关于我是江总的老婆这件事，我不想多解释，中间牵扯到太多利益，所以网络上的信息都被删除了。你们也别来问我，只能说懂的都懂，你们自己细品吧。"

此楼下面的都是关照式的回复：

"我直呼内行。"

"兄弟这是喝了多少啊？"

"那啥，就几粒花生米，不至于，不至于。"

"酒精过量会导致大脑的神经被麻痹，这是真的。"

"八珍醒酒汤的制作方法如下：将十克青梅果、三十克山楂卷切割成粒，把三十克梨子切成片，加水烧开……最后滴白米醋出锅。"

…………

沈暮看得弯起眼尾，唇角忍不住弯起弧度。她心里虽然有那么一些醋意，但更多的还是占有他的满足感。

她回想起来，这就是那天去江盛采访他的那家商业杂志发的微博。当时她也在场，只不过是在门口哭。

沈暮的身后传来动静，江辰遇洗完澡出了浴室，走到床边坐下。还沉浸在有趣的评论里的沈暮偏过头望向他时，脸上挂着盈盈的笑意。

江辰遇擦了两下头发，把毛巾放到床头柜上，轻掐一把她雪白的肌肤，勾起薄唇："你看什么呢？笑成这样。"

和他对视间，沈暮眨了眨眼睛。

眼前的男人当真是生了一张迷倒万千少女的脸，眉骨隆起，鼻梁英挺，冷白皮在灯光下十分好看。

他低下头来，湿湿的碎发凌乱地垂着。他此刻卸去了那张严肃的假面，有了另一种惹人沉醉的气质。

沈暮突然有了正主的意识，眸中掠过一丝狡黠，一骨碌从床上爬起来。

她歪着白白净净的脸蛋儿，有几分娇蛮和几分可爱，直勾勾地盯住他，正儿八经地复述热搜的内容："听说江总有喜欢的女孩子呀？"

江辰遇的眉宇间有了些困惑的神色。沈暮压下嘴边的笑，把手机塞到他的手里，故意阴阳怪气地质问他："谁呀？"

她现在就是个不折不扣的刁蛮小媳妇，想听他亲口说喜欢她。

江辰遇垂眸扫了两眼她的手机页面，瞬间便了然了，笑了笑，将手机放回床上。

四目静静地相对片刻，她也不见他开口。沈暮被他看得不自在，皱皱眉，嘟囔道："你怎么不说话？快点儿回答。"

江辰遇还是淡淡地笑着，从喉咙里发出一声："嗯。"

话音刚落，他就抓住她细细的脚腕，往下一拽。

沈暮正要嗔怪他，还没来得及说话，整个人就被他拉扯过去。她失去平衡仰面跌倒之际，他跟着俯身过来。

然后她就一个字也说不出了，因为江辰遇堵住了她的嘴，用手迫使她抬高下巴，然后轻车熟路地和她唇齿相碰。

彼此的舌尖上都还残留着清新的牙膏味儿，味道微甜，带着点儿薄荷的凉意。

沈暮的吐息被他牢牢地掌握，沈暮很快便陷进迷迷糊糊的境地中，都不知睡裙的细肩带是何时脱落下来的。直到她听见抽屉的响动，耳边传来塑料包装被撕开的声音。

沈暮迟钝地察觉到什么，刚软软地撑起半个身子，马上就被他捏住手腕摁回了枕边。

这是个解放自我的过程，她全身心地感受着他带来的雀跃和兴奋。

第一回割裂的阴影早被他的温柔抚平，沈暮也开始懂得享受，品味这个特殊而美丽的世界的妙不可言。

不好的地方就是每回结束后她都浑身无力。沈暮靠在江辰遇的怀里，听着他沉稳的心跳声，累到连脚趾都不想动了，也没忘记事前他避而不答的问题。

她用轻飘飘的声音嘶哑地控诉他："你还说不说了？"

江辰遇合目靠着枕头，唇角略弯，轻轻地说："我不是做给你看了吗？"

这句话颇有深意，沈暮愣两秒后居然听懂了。她脸颊上的潮红还没消散，耳尖倏地又红了起来。

他的回答是行动式的，沈暮的心脏成了一颗害羞的蜜果。

尽管如此，她红着脸也要让他回答那个男人必答的问题。

"你是从什么时候开始喜欢我的？"沈暮甜腻腻地问道。

江辰遇笑了一声，用手搂着她白皙的肩膀，往上摸到她的耳垂，拨弄着它。

他耐人寻味地道："我说喜欢的是你了吗？"

沈暮心猛地悸动了一下，蓦地坐起，着急的语气里带着不悦和责问的意味："那是谁呀？"

江辰遇睁眼便见她撇着嘴，满脸恼意。他再逗她，恐怕这姑娘今晚就要让他睡在沙发上了。

江辰遇把她拉回怀里，顺毛似的揉了揉她的头，含笑间倒是说了句真心话："不知不觉。"

不知不觉中就非她不可了，连他自己都没有回神的余地。

"什么不知不觉？"沈暮愤愤地回了一句后，一瞬间又反应过来。

刚刚他是在故意拿她取乐吗？沈暮半是恼怒半是害羞地"哼"了一声，悬在嗓子眼儿里的心慢慢地放了下来。

她一副难哄的模样，找他的碴儿："原来你不是从一开始就喜欢我呀？"

"你是吗？"

"对呀。"

对呀，她从一开始就喜欢他了，不然干吗有事没事地缠着他聊天儿？虽然那时候可能连她自己都没意识到她喜欢他。

江辰遇问得很自然，沈暮一下子就被套了进去，等回过神来，话已经溜出了口。两个人都沉默了几秒，江辰遇忽然笑了一声。

沈暮红着一张脸，鼓起的双颊像生出的奶膘。她连生气都流露着乖巧和甜美。

沈暮不小心说漏了嘴，索性豁出去了，轻轻地踢他一脚："我就是蓄谋已久、处心积虑、煞费苦心，怎么了？"

江辰遇弯了弯好看的唇，轻轻地笑起来："挺好的。我被你骗到手了。"

他认栽般地发出一声低低的叹息。沈暮抿嘴片刻，还是闷闷地笑出了声。

在他的怀里安静地窝了良久，沈暮在想：她二十二年来做过最勇敢的三件事——和他聊天儿，和他见面，和他结婚。

她突然庆幸自己当时的勇气。沈暮沉默了一会儿，翻了个身，趴到他的身上，目光清亮地凝望着他。

江辰遇用指尖掠过她雪白的颈背，慢条斯理地拂开她散乱的长发："你想说什么呀？"

沈暮低声说："有件事我还没跟你讲。"

在他温和的眼神下，沈暮犹豫再三，还是将去法国一个月的安排告诉了他。

江辰遇听完她的话后，面色没有太大改变。一直以来，他都很少有明显的情绪起伏。只是他沉默半晌后，眸光沉静地问她："什么时候？"

"就这几天吧……"沈暮轻声细语地说。

她的心情像玻璃球一样脆弱，可能是因为她太舍不得和他分开了。

沈暮把下巴放在自己的手背上，思索片刻，垂下月牙般的眼睛，乖巧地说："如果你不愿意，那我不走也可以。"

她小小的脑袋搭在他的胸膛上，没什么重量。江辰遇把掌心放到她的头顶上，极尽温柔地爱抚她："去吧。"

沈暮愣了愣。刚才她还觉得他可能不乐意，得到他肯定的答复后，心里反倒不是滋味了。沈暮望着他问道："你希望我去吗？"

江辰遇同样深深地注视着她："我不能阻止家里的艺术家追求梦想。"

这句话是关键，沈暮直接红了眼睛。

见她眼睛里泛起一层泪花，江辰遇顿了一顿，心疼又想笑地问道："你怎么又要哭鼻子了？"

他一问，沈暮瞬间就忍不住眼泪了，噙在眼眶里的泪水碎成珠子滚落下来。

江辰遇有那么一点儿无措，捧住她白腻的小脸，用指腹不断地抹着她滑下的眼泪，但她哭得停不下来。还没走呢，她就跟被剜了肉一样，已经开始依依惜别了。

她的眼泪对他有腐蚀性，灼得他的心十分酸疼。江辰遇把人抱在怀里，抚摸并拍打着她的背，耐心地哄着她。

沈暮上气不接下气，悲伤地呜咽着："我不想……和你分开这么久。"

江辰遇眼波微漾，眸子里充盈着深情："你想我了就告诉我，我随时过去。"

他的话语间饱含着浓浓的温柔，沈暮的呜咽声顿了一顿。她慢慢地抬起湿答答的脸，哽咽着说："真的吗？"

江辰遇从床头柜上抽了两张纸巾，擦拭她脸颊上的泪痕，笃定而温柔地说："真的。"

沈暮的眸底含着无法减少的难舍之情，她抽泣着，自己都无意识地为难他："我要是……每天都想见到你怎么办？"

江辰遇垂眸，沉思了一瞬间，说："那我留在法国，等你一起回来。"

他说得非常轻松，像谈论三餐一样简单，但沈暮知道这不现实，江盛离不了他。

不过这话沈暮听着还是很治愈的。这件事能不能行先不提，至少他愿意陪她。

沈暮不问了，也不吭声了，把脑袋埋进他的怀里。

她突然间想到那部悲情电影里，男女主角明明深爱着对方却不得不分离的一幕。

沈暮被触动了，抽抽搭搭的，像个伤心的痴情人。

江辰遇拥紧她，用骨节分明的手摩挲着她的脸蛋儿。他也沉默着，但面上多了几分思索的神色。

这天晚上他们谁都没再提这件事。只是在午夜梦回的时候，沈暮一个劲地往他的怀里钻，呢喃了一句什么，大抵是在说梦话。

江辰遇慢慢地掀开眼帘，借着那盏壁灯微弱的光晕，细细地看了她一会儿。

"我知道。"最后他轻轻地说。

为避免发生时间上的冲突，沈暮得在美术学院开学的前一个月开始学习相关的课程。

她确定好了去法国的日子——三天后，机票是方硕帮她订的。期间方硕告诉她可以安排私人飞机送她出行，但她拒绝了这个提议。

她觉得没必要劳师动众，这也不是什么紧急的事。

方硕笑一笑，说她和江辰遇讲了一样的话："江总出差也一直是从简。"

沈暮脑海中的记忆因这句话翻涌了一下，想起几个月前他们在戴高乐机场时的情形。江辰遇出差也一直从简，所以她那时才有机会遇见他。

那天，沈暮整个下午就只是坐在阳台上，眼神空洞地望向遥远的蔚蓝色天空，也不知道在看什么。

回忆有时很神奇，按下开播键，它就像影片一样循坏往复地播放。

那趟从戴高乐机场飞往中国的航班，仿佛是他们的电影拉开序幕后的第一个场景。

之后的每一帧画面里，他都在她的身边。

从几番机缘巧合的偶遇，到进入九思实习，再到她惊奇地意识到他和 Hygge 重合在了一起，这真的是一段奇妙又难得的体验。

她曾经以为回国是新的磨难，但其实不是。她回国后才和他相遇，那是温柔的开始。

如果当初她选择留在法国，事情会变成什么样呢？

想到这种可能的结果，沈暮靠在阳台上的躺椅里沉沉地叹了口气。还好她这个聊天儿时都要挑半天表情包的人有过那么一回无畏的决定。

数个月前她是和他一起回来的。虽说当时他们都不了解对方，但这次彻底是她一个人过去了。尽管出国只有一个月，她还是免不了失落。

再过几天，她就要被迫从他建造的甜蜜花园里出来，去法国独自面对一切。

拥有过再失去的痛苦是成倍的。

离开前的天数进入倒计时，沈暮每分钟都想和江辰遇赖在一起，但他最近似乎特别忙。

白天他照常待在公司里。他虽然每天都会准时回家陪她吃晚餐，但饭后没多久就要到书房里处理工作，一直忙到睡觉。

沈暮好想问他能不能这几天多陪陪她，但犹豫了好多次都没开口。

江辰遇偶尔留意到她踌躇不定的目光，会从大堆的文件里抬起头，隔着半间书房朝她望过来。他沉着嗓音，轻轻地笑着问："画累了？"

沈暮每回都支吾两声，最后只是摇头，安安静静地垂眼继续动笔。

每当这种时候，江辰遇都会站起来，暂时放下手头的工作，走到她的身后。他抱着她，将唇凑到她的颈窝处蹭着。

沈暮没法接着画，只好放下画笔，转过脸去。他的吻便随之而来，他摩挲着她的脊背，啄吻间带着安抚的意味。

她是一朵小雏菊，但一点儿都不顽强。一旦汲取到他的温柔，她就只想躲到他的庇佑下，不想再自己经受风吹雨淋。

沈暮还在凳子上坐着，紧紧地搂住他的腰，把整张脸都埋在他的腹部上。她不说话，也不放他走。

江辰遇的指尖陷进她的发间，他用温和的语气意味深长地问道："你不想画了吗？我们回屋里睡觉吧？"

沈暮尾音颤抖地"嗯"了一声，音量小得跟猫叫一样，声音里含着甜腻腻的撒娇意味。

她表现出这般模样，就是同意但不好意思说出来的意思。江辰遇的眼尾浮起笑意，他直接用公主抱的姿势抱起她回卧室里。

他们耳鬓厮磨时，沈暮恍惚着想：她可真是太好哄了呀。只需要他的一点儿宠溺，她心里下了一天雨的天就放了晴。

沈暮出国的前一晚，江辰遇请了几位密友到家里做客。

迫于奶奶的压力，他们目前尚处于隐婚的状态，推迟了婚礼，可私下还是得先和朋友们聚上一回，提前庆贺。

沈暮当然只喊了喻涵来做客。虽然沈暮和大家皆保持着和谐友好的关系，但关系都没到她能和他们无话不谈的地步。

说起来，这还是沈暮首次以爱人的身份出现在他的好友面前。

她都直接跳过了女友的阶段。

沈暮对社交有点儿恐慌，面对来家中造访的一群客人，有些手足无措。在他们热情地进行自我介绍时，她全程站在江辰遇的身后，拘谨地笑着回应。

人群里也是有熟面孔的，比如秦戈和陆彻。况且他的朋友品行都不错，喻涵来得也及时，沈暮倒是很快就变得自在起来。

大家无疑都是给沈暮带了东西的，礼物有厚实到一只手拢不住的红包，以及各式名贵的珠宝或箱包之类的。客厅里，茶几上摆满了红包和礼物袋。

喻涵惊讶地呆了半晌，附到沈暮的耳边悄声地说："天哪！宝贝儿，快把我的那份礼物藏起来，这显得我多寒酸哪……"

沈暮忍不住被她逗笑，掩唇低声回答道："我最爱你送的那份礼物。"

喻涵瞬间露出"好姐妹没白交"的欣慰的眼神。

江辰遇正在一旁跟几位朋友说话，陆彻便趁机蹲到沈暮的身边坐下："小仙女，你怎么就嫁给他了？我遗恨终生啊！"

沈暮无言以对，唯余两声尴尬的笑。

看戏的喻涵朝沈暮挤眉弄眼：这位是痴情的男二号吗？

沈暮迷惑地摇头：我也不知道哇。

陆彻想再说点儿什么，秦戈抢先上前把他拉走了，而后才回来同沈暮寒暄。沈暮马上从沙发上站起来，和他随意地聊了两句。她面对熟人时，说话也自然多了。

秦戈也十分周到，不忘沈暮身边的姑娘，温和谦逊地伸出手："你是小暮的朋友吧？你好，我叫秦戈。"

秦戈拥有典型的书香子弟的外貌，戴着一副轻巧的眼镜，衣着大方得体。他的长相不能说多俊、多完美，但他温润儒雅的气质总让人感到舒适。

可偏偏喻涵对这种文化人有恐惧的心理，大概这是上学时班主任给她留下的阴影。

社交大户喻涵突然慌张了，在裙边上偷偷地擦了一下手才握上他的手。她尻尻地一笑，报出自己的名字："喻涵。"

秦戈笑容坦然地侃侃而谈。喻涵假笑着挠头，手足无措。

沈暮还是头回见她有如此憨厚的时候，觉得有趣，抿唇暗自偷笑。

今晚庄阿姨做了整整一桌的菜。其实人也不算很多，统共有八个人。晚餐时大家有说有笑，都在惊叹江辰遇这位黄金单身汉居然玩儿闪婚，得有多少花季少女痛心疾首。

江辰遇倒是不搭腔，只是淡淡地笑着给沈暮夹菜。他盛了汤，又温柔地叮嘱小娇妻"小心烫"。

甚至他都毫不介意地接过沈暮吃不完的半碗饭，把自己的空碗推给她。江辰遇自然地握了一下她搭在桌边的手："少喝些饮料，晚上你要睡不着。"

沈暮便将倒满饮料的玻璃杯移到他的那边，乖顺地点点头："知道了。"

这对江辰遇而言不过是琐碎的小事，但在他们的眼里，这完全是在旁若无人地秀恩爱。

一桌人开始打趣叫嚣，嚷着"今晚的狗粮太噎人了"，并对他虐单身狗的无耻行为狠狠地痛斥了一顿。

男人多的饭局难免有人劝酒，劝的自然是主角。但江辰遇帮沈暮躲酒，自己三言两句地糊弄过去，也只喝了几杯。

酒过三巡，有朋友喝多了，嚷道："你俩昨天可又上热搜了呀，我瞧着也瞒不了多久，网络上的那群人眼可尖了。这婚期呀，你们还是得早定！"

沈暮正在疑惑，陆彻嚼着花生米先问了："啥热搜？"

"前几天不是有个《新世纪》周刊的采访视频，网友鬼着呢，都在猜辰遇喜欢的姑娘是那回老太太的寿宴上的女伴。"

沈暮听罢慢慢地反应过来，松了口气。反正奶奶早知道他们的关系了，只要不是领证被曝光，就什么都好说。

饭局结束后庄阿姨清理了桌面，但酒局还在继续。

这时候大家总要玩儿点儿有趣的游戏把气氛炒得更热，于是陆彻将特意带来的独家珍藏——所谓精品桌游，献了出来。

他滔滔不绝地介绍起来，最后在力荐赌命锦标赛和恐怖的剧本杀游戏时，被秦戈手动禁了麦。

秦戈的嫌弃从眼神里溢了出来，他说："你这还不如真心话大冒险。"

陆彻醉意上头，涨红着脸，振振有词地说："这可是你说的，让我准备点儿接地气的节目哇！"

秦戈扫了一眼一桌被他当成宝的桌游，用为人师表的语气说："我让你接地气，活跃活跃气氛，给二位新人贺贺喜，没让你接地府。"

陆彻抱着他的赌命锦标赛在一旁委屈，引得满桌人哄笑不止。

这场私下的小聚会持续到 23 点，大家都懂分寸地先后离开，给这对新婚的小夫妻留甜蜜的空间。

时间已是深夜，秦戈得知喻涵是打车来的，甚有风度地说要捎她回家。

喻涵正在和沈暮说喻白搬回公司住的事。闻言她一个激灵，忙不迭地婉拒。

但最后她实在盛情难却，今晚注定要历这个劫。

临睡前，沈暮又哭了一回。因为检查行李的时候，她遏制不住涌上心头的离情别绪。

江辰遇送最后一位醉话连篇的友人上车，回到卧室里时便看见这姑娘蹲在行李箱旁，她把脑袋埋在双膝间抽搭。他大步走过去，将人拉到怀里安抚。

沈暮被他的体温包裹着，情绪缓和了一些。理性告诉她，在分别的前夕，她不能让他担心。

沈暮努力地止住眼泪，带着哭腔含糊地说："没事……我就是困了。"

胡扯！江辰遇怎么可能信她的话？他完全能预想到她独自在法国会是什么模样，她一定会像一只忧郁的小猫，蹲在夕阳西下的岸边，拉长的背影孤寂又惆怅。

"你晚两天再走。"江辰遇吻了吻她的发。

沈暮也想这样，但不能违约。她忍着哽咽的冲动，温柔地说："我已经跟教授约好了。"

夜色弥漫的窗边，江辰遇深深地拥住她，沉默片刻后问道："是明天下午 1 点的航班吗？"

沈暮闷闷地把头埋在他的心口处，鼻音很重地"嗯"了一声。

江辰遇低下头看她。沈暮垂着湿漉漉的睫毛，眼角和鼻尖都变得通红。见她明显压抑着哭腔，江辰遇心疼地低叹，轻轻地捧起她的脸颊，用拇指拭去她的泪痕。

"明天上午我去一趟公司，你在家里等我。"他用充满温柔的语气说。

听完这话，沈暮有点儿蒙。她想说工作重要，他不用亲自送她去机场。但她没出声，想和他多待一会儿。

在这个夜晚，入睡时沈暮把他的腰抱得很紧，抱得比以往都要紧，好像稍微松开一丁点儿，他就要消失一样。

人都是贪心的，所以潜意识里对彼此都会有更多的渴求。

次日，江辰遇一早便去了公司。沈暮昨晚其实没怎么睡好，好多次半梦半醒间突然想到今天要走了，就猛地醒来。

他出门后，沈暮就没再躺着。她开始留意家里的每一处细节。

浴室里的洗手台上有他们的同款电动牙刷；置物架上的木盒里是一颗颗亮闪闪的精油球；衣帽间里她的裙子和他的西装并排挂着；静置的桌柜里，两只彩色的玻璃水杯是她特意挑的。

…………

她已经彻底融入了他的生活中。

书房的画架上有一幅她刚完成的素描，画的是他在书桌前敛眸办公的情景。沈暮将画取下来卷好，小心地把它放到行李箱里。

飞机是下午 1 点起飞的，时间宽裕，但沈暮一向不喜欢紧赶慢赶的。家里有司机随时接送她，所以 11 点不到，她就准备前往机场。

走前沈暮坐在床上看了一会儿他们的结婚证，最后望了一眼空旷的卧室，轻轻地将门带上，门发出"砰"的响声。

屋外分明是晴空万里的好天气，可沈暮怎么瞧它都跟阴天没两样。她毫无打扮的心情，素面朝天地出发了。

中途司机问沈暮要不要先同江总说一声。她想想，说："不用了，他应该在忙。"

司机只是听命行事的，就没再多讲话。不过他迟疑之下，还是给方硕发了消息。

到了南城机场，沈暮没让司机帮忙托运行李，下车后就自己拉着行李箱往机场大厅的方向走。

她穿着一套玫瑰粉的无袖连衣长裙，裙子有宽肩带和法式方领，裙摆是轻羽毛的设计，脖颈的曲线和锁骨都特别漂亮。白净的素颜并没有拖后腿，反而衬得她宛如春日里的一朵温柔甜美的戴安娜。

金光将薄薄的云层染了色，向下照耀着，沈暮的睫毛和她披散的长发都被镀上了亮光。她不由自主地略眯起眼，加快了走进大厅的脚步。

不远处似乎有人影晃动，沈暮隐约感觉有不少人开始朝她的方向奔跑。她狐疑着，停顿两秒，只当那是自己的错觉。

但接下来发生的情况向她证明，那不是错觉。

"沈小姐——"伴随着高声的呼唤，一群人挑明目标朝她冲来。

沈暮蒙了一会儿，回过神来时已经被娱乐八卦的记者团团围住。他们似乎提前掌握了她的航班信息，特意在机场的大厅外等待大新闻。

无数只话筒和录音笔伸到沈暮的眼前，摄像机的镜头直直地对准了她，相机"咔嚓"的快门声不停地响起，闪光灯刺得她睁不开眼。

"沈小姐，我是《南鱼娱乐报》的记者……"

"江总在前几日的采访中所指的女孩子是您吗？"

事情从发生到现在也就一两分钟，面临突如其来的追问，沈暮惊愕地愣在原地。

呆了半晌，她深吸了口气，勉强地一笑："不好意思，我赶飞机。"

但记者们直接忽略了她的诉求。

"请问您和江总的恋情绯闻是否属实？"

"此前您就陪同江总出席过寿宴，江盛后来收购宋氏与您有关吗？"

…………

这般被过度关注的场景于沈暮而言是可怕的炼狱。她内心的恐惧和焦虑顿时蔓延开来。她愣愣地不再说话，慌乱间心跳加快、心悸强烈。

"沈小姐，您和江总目前是恋爱的状态吗？"

"是江总追求您，还是您主动的呢？"

"沈小姐能否正面回答问题？"

…………

孤立无援的状况引发了她极度的焦虑。阳光变得眩目，沈暮的手心出了汗，她越发心慌胸闷、呼吸不畅。怎么办？如果他在就好了……

这一刻，沈暮无比想念那个人。她想奔回他温暖的怀抱里，躲在他的身后，被他有力的臂弯护着，什么都不去想。

可是他不在。耳边"嗡嗡"的连串提问声在持续地响着，沈暮大脑一片混乱，单薄的肩背眼见就要佝偻下去。

麻木的手指忽然被攥在暖热的掌心里，沈暮来不及发愣，抬眼间就被人牢牢地牵住。那人拨开人群，快步地带走她。

他在前面健步如飞，她跟在他的身后迈着小碎步。

渐渐地，高悬的那轮红日在沈暮的眼前重新变得清晰。

沈暮看到了他轮廓完美的侧颜，他乌黑的短发迎风飞扬。可能是赶得有些急，他还戴着那副金丝框的眼镜，来不及穿西装外套，一件白衬衫有点儿凌乱。

空气中飘来他身上独特的雪松木质调的淡香，她的世界突然变得安静。玫瑰粉的裙摆扬起，光亮之下她的脸蛋儿清纯白净，被吹起的发丝在半空中划过优美的弧度。

你知道在绝望的深渊里，明知见不到那个人，却等到了对方的幸福感吗？

欣喜若狂。

…………

那群记者此刻还留在原处发愣。

"刚刚那位是江总吗？"

"是，是江总！"

"快快，跟上去！"

方硕及时阻止他们："各位稍等——"

记者们循声一起回头，只见方硕穿着一身正装，露出体面的职业性的笑容。

"各位媒体朋友，我是江总的特助，姓方。今天江总的行程是私人的，不方便对外公开，各位有问题不妨与我移步到会客厅，我代为回答。"

这群人对沈暮肆无忌惮，但面对江辰遇时到底还是不敢放肆的。他的助理已将意思表达得如此清晰，他们再追过去就是不识好歹。

没人敢和江盛硬碰硬。故而他们只能作罢，纷纷地答应了方硕。

方硕向未走的司机交代，让司机将沈暮遗落的行李送过去后，便开始和这群记者周旋。

…………

宽阔的机场大厅里，白色瓷砖带来阴凉和舒适的感觉。江辰遇将她拉到一处无人经过的地方，方停步。

他原是想好好地训她两句，但一回身，便见她眼睛泛红。她明明想哭，却藏不住喜悦，盈盈地望向他。

江辰遇的心瞬间软下来，和她相视片刻后，他在她含情的眼神中败下阵来，无奈而宠溺地摸摸她的头："你不在家里等我，就这么自己走了？"

他低沉的声音传入沈暮的耳中，沈暮心一动。她忘了问他为何突然出现，也不管他在说什么，倏地踮脚搂住了他的脖颈，窝进自己万般渴求的怀抱里。

女孩子馨香柔软的娇躯是温热的泉水，轻易地浇灭了他的恼意，没留下一丝余烬。

江辰遇笑着叹气，回拥住她。

"我好想你呀……"沈暮闷闷地把脸埋在他的身前，委屈地说了一句。

刚和他分开小半天，她就开始想念他了。沈暮无法想象自己要如何度过接下来的一个月。

江辰遇唇边的笑意渐深，抚抚她的发，说："我陪你去。"

也许是一时间没反应过来他的话，沈暮愣了好半天，才忽地从他的怀里仰起脸。

"什么？"她问道，惊喜到难以置信的地步。

江辰遇重复着肯定的答案："我陪你去法国。"

沈暮凝视着他："真的？"

他的眼底含着温柔的神色，他说："真的。"

沈暮心口微微地起伏，揪住他衬衫的一角，犹豫着问道："你陪我多久？"

江辰遇的笑容变得更灿烂，他说："你在那里待多久，我就陪你多久。"

在雀跃的感觉彻底蔓延开来前，沈暮还有一丝忧虑，问道："公司呢？你走了公司不会乱套吗？"

江辰遇声音沉稳地说："江盛要是连这点儿秩序都没有，我这么多年算是白忙活了。"他轻轻地笑起来，捏捏她挺拔的鼻梁，"本来我就打算陪你的，这几天都在安排后面的事情。"

难怪他最近忙得都没空陪她。

沈暮的心里盈满了甜蜜，她的眉眼间荡漾着欢喜的神色，但她还是要嗔怪他："那你不早告诉我，害得我难受了这么多天！"

"上午有个重要的项目会议，如果没敲定，我不确定晚多少天才能离开。"

所以他让她在家里等他，谁知道这姑娘不想耽误他工作，自己走了。

江辰遇对她束手无策，浅笑着说："说早了，我怕你空欢喜。"

沈暮的血液彻底被糖浆充盈，她不知道怎么表示自己此刻的激动和欣喜了，只能凝望着他。她鼻腔泛酸，但露出洁白的牙齿，冲着他甜甜地笑。

江辰遇无奈而宠溺地弯了弯唇。这姑娘的心思当真简单得不像话，像纯白的雪地一般，悲喜落在上面，染出显而易见的颜色。

她睡觉也藏不住心事，那天说梦话时都在说"不想一个人待着"。他怎么舍得让她一个人出国呢？

骤然想起一事，沈暮顿时抛开情绪，惊呼道："啊，那你的机票呢？好像来不及买了。"

江辰遇笑而不语。

沈暮当时还疑惑他为何如此淡定，但一个小时后，终于明白了一个道理——有他在，事情肯定都是万无一失，她真的不需要操任何心。

私人飞机沿着提前申请的航线，从南城按照原计划起飞。

休息舱里的设施完全是奢侈的代名词。一眼望去，休息舱颇有星级套房的豪华感，明亮的舷窗尽可让人眺望高空中湛蓝澄澈的景色。

他的陪同让人太惊喜，沈暮兴奋过头，和他陷在舒服的双人沙发椅里聊得心花怒放。

"美术学院旁有一家下午茶餐厅，我一直没去成。"

"你怎么不去？"

"因为里面都是情侣呀，就我单独一个好尴尬。"沈暮靠在他的臂弯里，抓着他的手指玩儿，"我好想吃下午茶呀，我们一起去吗？"

江辰遇的嘴角上扬，他说"好"。

沈暮满足地蹭蹭他的心口，撒着娇。

江辰遇用指腹爱抚着她白腻的脸蛋儿："昨晚你没睡好，翻来覆去的，现在困不困？"

他不说，她还没感觉；他一说，她还真有些倦意。可能是因为系在心上的那根细细的线松了绑，她整个人都轻松了。她说："有点儿困。"

"过来睡一觉。"江辰遇让她把脑袋枕到自己的腿上。

沈暮舒舒服服地调整了一下姿势，攥着他的手，不一会儿便睡着了。

他清冽好闻的气息有助眠的效果，沈暮身处其间，做了个梦。

她梦到在戴高乐机场的贵宾厅里，他穿着一身高定西装出现在门口，架在鼻梁上的那副金丝框眼镜让他尽显俊雅和斯文。

那时她只轻轻地扫过一眼，没心思看他。因为她正纠结要不要跟微信里的那个他约见面。

后来他第二次出现在头等舱里，朝她走来时，她多看了他一眼。只是他径直坐到了右边的座位上。他们没有任何交集。

数月前在回国的航班上，现实里的他们素不相识。而现在，在南城飞往巴黎的航班上，她在他的怀里窝着，好似一只家养的娇猫。

一切都如一场梦，和梦不同的是，这是真实的。

沈暮不知睡了多久，醒来的时候感觉舷窗外的天色有些暗了下来。

江辰遇正在阅读一份商务杂志。沈暮伸了个大大的懒腰，侧侧身，姿势从枕在他的腿上变成趴在他的腿上。

她还有点儿迷糊，揉揉惺忪的睡眼，凑过去想瞧瞧他在看什么。

江辰遇笑一笑，将书放低了些，又摘下自己的金丝框护眼镜，把它架到她的鼻梁上。

入目的尽是看不懂的专业术语，沈暮两分钟不到就没了耐心。正感到无趣，她突然想起喻涵昨晚给她的 U 盘。

沈暮一骨碌坐起，从包里摸出 U 盘，把它插在他的笔记本电脑上，再把笔记本电脑放到面前的桌子上，准备开始观看影片。

她动作干脆利落地钻回他的怀中，在等待影片播放时说："我们一起看吧，这个好像特别好看。"

她的声音像含着蜜一般，带着点儿刚睡醒的娇意和哑意。

沈暮足足僵了十多秒，猛然回过神来，"啪"的一声用力地盖上笔记本电脑。男人粗重的喘息声随之戛然而止，即便如此也为时已晚。

沈暮要窒息了。心脏要跳出来，她没勇气看身后的那人的表情。

她就不能相信喻涵。深受其害多回，她早该想到的，喻涵的东西能有多正经？！

果不其然，江辰遇笑了一声，笑声很轻，但意味深长。沈暮绝望地掩面，下一秒就被他抱到他的腿上。

江辰遇搂着她细细的腰肢，握住她的下颌摩挲，慢条斯理地笑着说："你想要就直说。"

沈暮的脖颈都在灼烧，心猛跳不止，她蓦地垂头把脸埋到他的肩膀上，没脸再抬起头来。

"这不是我的……"

江辰遇问道："嗯？"

在正义的面前，沈暮只能如实招供："这是喻涵给我的，上回的那个也是她的。"

江辰遇花了两秒回想——哦，上回那是"男人的喘气声有多性感"的音频。

见她的肌肤羞红得犹如裙子的颜色，他漆黑的眸里溢满笑意，说："我和你做的时候……"

他故意把一句话分成两段说。沈暮忍不住稍稍抬头，觑他一眼。

她只听见他语气平缓地说："不喘吗？"

他还垂眸，无辜地望着她问道："你为什么还要听别人喘？"

明明他的语气十分平静，沈暮也知道他是在明知故问地逗她，但心偏偏就激烈地跳个不停。

她羞赧到极点，马上将头低回去，支支吾吾地抵赖："在人体课上都看厌啦，我……我对裸男……没兴趣。"

江辰遇微微地挑了挑俊眉："没兴趣？"

沈暮说："嗯。"

沉默一会儿，江辰遇慢悠悠地问道："是谁之前想要我给她当裸模的？"

沈暮："……"

他这是把她往日的罪孽公开处刑。

沈暮竭力压下就要跳出胸口的心，索性装不懂，眨着金丝框眼镜下充满稚气的双眸看他："啊？什么呀？"

江辰遇似笑非笑，不慌不忙地说："她说画没红是因为没有我这样的优质模特。"

他的记性，真的不必这么好！

沈暮闭眼认命，话果然不能乱讲。她用失去灵魂的口吻说："那不会……是我吧？"

江辰遇抱着她，语气里带了点儿笑意："应该是你。

"要用三倍的薪资长期包下我的那位。"

沈暮羞耻得用双手盖住脸，对他撒娇："哎呀，不要说了，不要说了，好丢人哪！"

江辰遇短促的一笑里带着诱人的气音。他握住她的手，静静地看她，眉眼温柔。

他什么都没做，两个人对望间，气氛却渐渐地升温。

沈暮的脸颊比裙子玫瑰粉的颜色还要红上几分，她眼睛水灵灵的，咬了咬下唇，问道："你当时在飞机上注意到我了吗？"

江辰遇如实地回答道："注意到了。"

沈暮的眼里漾起期待的光亮，她问道："那你对我有什么印象？"

江辰遇轻轻地笑，凝视她的目光里带着细密的暖意。说："我觉得这小姑娘怪好看的。"

沈暮大概是世界上最好哄的姑娘了。她只听到了这么一句话，唇齿间就跟含着甜蜜的果饯一样。

沈暮嘴角溢出笑意，凑过去亲了亲他的唇。江辰遇也笑，扳过她的脑袋啄了一下她。

沈暮不甘示弱似的，"吧唧"一声用力地亲回去，全然不知自己此刻脸颊发红、头发凌乱，一副诱人的模样。

如丝的眼神相互交流几秒，江辰遇略微眯起眼，转瞬箍住她的腰，将她放倒在沙发椅上，俯身深吮她的唇。

舷窗外逐渐稀疏的光影似细碎的钻石般滚落。

沈暮温柔地抱着他的脖颈说："你都没说过爱我。"

虽说彼此的心意不必宣于口，可她没听到那句话还是会有遗憾。

江辰遇撑起身，呼吸微沉地俯视着她："我喜欢用行动表示。"

她用女孩子可爱的哆音说着："我想听。"

江辰遇的眼底含着笑意，他说："其实，我每天都感觉自己爱得不够。"

沈暮的脸蛋儿红红的，她问道："嗯？"

他黑曜石般的眼睛里像蓄着全世界的深情，他说："我只能以后每天都不遗余力地爱你。"

沈暮笑了，把他的脖颈重新拽近。

休息舱内的情况再次一发不可收拾，他的动作也不再小儿科。二人在长时间的拥吻里，沈暮偶尔发出微弱但动听的嘤咛声，而他永不失温柔。

他们尽享情人间的美妙，沈暮想。

她十八岁时喜欢上一个人，二十二岁时和他结婚。她年少时遇见的惊艳的人是终其一生的真实，世上还有什么比这更美好的事吗？

你翘首望月的时候，月亮也正奔向你，这种感觉叫"得偿所愿"。

沈暮觉得自己很幸运。暖风过境，她的世界不再大雾四起。

所以她也会爱他，不遗余力。

第十三章
和心上人

　　江辰遇名下有套房子，房子离美术学院有二十分钟左右的车程。得知沈暮的行程后，方硕就提前找人清扫过房子。

　　那是一栋临近塞纳河的独立别墅，是典型的法式巴洛克风格，恢宏雅致。

　　法国时间晚 7 点，沈暮和江辰遇到达住处。司机停车的时候，沈暮靠着江辰遇睡着了，江辰遇没舍得叫醒她，直接将人抱到卧室里。

　　主卧被重新布置过，主色调是高级的粉灰色。当时方硕不知道江辰遇也要来，所以是按照女孩子的喜好找人规划的。

　　沈暮正睡得迷糊的时候，好像有什么东西在轻轻地碰她的右脸。她感觉到微微的痒意，不悦地皱起眉，哼哼唧唧地睁开眼。

　　她模糊的视线慢慢地变得清晰起来，看见江辰遇坐在床上。他换了一套衣裳，略倾着上身看她。

　　沈暮带着点儿孩子气嗔怪道："干吗呀？"

　　江辰遇仔细地拨开她脸旁的乱发："虽然我不忍心吵醒你，但我们该吃晚饭了。"

　　沈暮把他的手指拽下来，重新闭上眼睛，微弱地说："我再睡一小会儿。"

　　江辰遇温和地笑着说："你不是说想坐埃菲尔铁塔下的旋转木马吗？"

　　她想坐旋转木马，但也想赖床。不过江辰遇不让她赖床，担心她再睡会无法适应时差，所以软磨硬泡地把她叫了起来。

　　坐到餐桌旁吃饭时，沈暮还睡眼惺忪。她低头闷闷地咬比萨，满脸不高兴。她其实有那么一点儿起床气，只不过平常都是自然醒。

　　江辰遇笑着看了她片刻，叉了一块牛肉递到她的嘴边："乖，明天有新的阿姨到家里给你做中餐。"

沈暮在法国待了四年，法式料理对她来说早已索然无味。她一听还能吃到中餐，眼睛倏地亮起来，埋怨荡然无存。

"那阿姨接下来的一个月都待在咱家吗？"

江辰遇迎上她殷殷期盼的目光，眼底含着笑意，说："嗯。"

沈暮扬唇露出洁白的牙齿。她的快乐真的很简单，只是一顿中餐。

曾远在国外的四年里，如果谁能给她一点儿归属感，她都不会觉得时间有那么难熬。但当时她只有隔着微信的他，而现在他陪在她的身边。

晚餐后沈暮想要散散步，江辰遇就没让司机接送他们，牵着她从别墅一路溜达到埃菲尔铁塔附近。

晚9点后，埃菲尔铁塔的灯光会亮起，每隔一个小时闪烁五分钟，像把满天的星星吸附过来，闪亮耀眼。

此前沈暮对巴黎的浪漫的认识只浮于表面。直到今夜和江辰遇牵着手漫步在塞纳河畔，她感觉自己重新认识了这座城市。

她和喜欢的人在一起，连感知都是别样的。

沈暮的左手被他握住，从塞纳河上吹来的风带来令人微醺的凉意。

她问了一句："你以前来过这儿吗？"

江辰遇坦然地说："来过。"

沈暮皱了皱眉头，问道："和谁呀？"

江辰遇倒是认真地思索了片刻，才回答道："挺多的。"

沈暮听完后，语气里瞬间多出一分酸味儿："女孩子吗？"

江辰遇侧过头，沈暮刚好睨着他。她眼含控诉之意，显然是想多了。

江辰遇和她对视两秒，突然笑了一下，说："Rita和她的丈夫在这里办的婚礼，当时宾客不少。"

沈暮知道了原因，"哦"了一声，挪开视线，唇边抿起的弧度间泛出骄傲的意味。

散步的途中，沈暮都紧紧地挨着他走，带来亲密的触感。她的依赖会在细枝末节里体现得透彻。

江辰遇摩挲着她的手指："说说你。"

沈暮抬头："什么？"

江辰遇问得比她更明确："你和男生单独来过这儿吗？"

沈暮却先想到更深的意味。他也会吃醋吗？她悄悄地勾起唇，实话实说："没和男生单独来过这儿，但学校组织采风的时候，倒是有好多男生来了。"

江辰遇屈起指节，轻敲她的额头："你有没有乖乖地和他们保持距离？"

沈暮理所当然地说："我们当时又没在一起。"

这句话的意思很容易让人误会——她和他们都是单身狗，走得近不是很正常吗？

江辰遇瞥她一眼："嗯？"

他的口吻十分淡然，可就是隐隐地透出胁迫之意。

沈暮蒙了一会儿，问道："怎么了？"

江辰遇凝视着她，沉默不言。江辰遇那双眼瞳犹如墨玉，被夜色衬托得格外有压迫的气息。

她习惯了他的温柔和宠爱，就像吃完整罐糖果后突然被塞了一口酸辣粉，会对两者反差的口味极其敏感。

沈暮委屈地低声问道："你是在凶我吗？"

江辰遇微微一顿，慢慢地舒展眉眼："不是。"

他让步，沈暮就顺着往上爬，很轻地"哼"了一声："你都这么看我了，还说不是？"

江辰遇欲启唇却难以反驳，只能默默地吸了口气，望向前方看路，说了句："你长痘了。"

沈暮一惊，胡乱地摸了摸自己的脸，慌张地问道："有吗？哪儿呀？"

江辰遇没想到她的反应这么大，失笑，把她的手拉下来："没。"

沈暮从慌乱中缓过神来，意识到被他忽悠了，没什么力度地打了他一下："你想干吗呀？！"

江辰遇颇无奈地说："长了痘也没事，你别紧张。"

沈暮苦恼得跟真长痘了似的，说："太丑啦！"

江辰遇自然很难理解她，满脸写着"不至于"。他说："一颗痘而已。"

"一痘毁所有！"她理直气壮地说。

江辰遇被姑娘家奇怪的想法逗笑："之前又砸鼻梁又撞额头的，你都没在意成这样。"

沈暮："……"

他就非要提她的糗事不可吗？

沈暮也没多想什么，有的只是"女为悦己者容"的心思。她说："那我现在谈恋爱了，当然要好好地打扮自己呀。"

江辰遇挑了挑眉梢，被她的话取悦。

沈暮歪歪脑袋看他，又说："而且我画画很认真，不开小差。"

所以男生再多也跟她没关系。

江辰遇弯弯唇，笑起来。

塞纳河的水"潺潺"地流淌，时不时有观光的游轮驶过。河岸旁有出租的气球，左岸上有人流攒动的咖啡店，景物和那首《告白气球》里歌词描绘的景象别无二致。

河边的风吹过来有些凉，江辰遇脱下外套披到沈暮的无袖连衣裙上，再牵着她继续散步。

沈暮突然扯住他："我们还是别往前走了。"

江辰遇侧眸，问道："你不坐旋转木马了？"

沈暮指指远处更亮的路道："走那条路吧。"

江辰遇倒没意见，只是好奇地问道："为什么不能往这儿走？"

这个问题让沈暮很难为情。

她模棱两可地说："一般情况下，前面都有很多很多情侣。"

江辰遇为她的下句话起头："所以呢？"

他们不也是情侣，甚至能把亲密表现得更过分。

沈暮微窘，把声音压在喉咙里，说："他们可能要做些事情，需要安静的气氛。"接着她又善解人意地说，"我们不要打扰人家。"

江辰遇浅浅地颔首，眼底掠过一丝笑意。他耐人寻味地问道："他们要做什么事情？是——"

听他拖长的尾音里满含深意，沈暮忙不迭地阻止他发散思维："你千万别乱想，就是接吻啦。"

法国的情侣亲吻时自然又坦荡，毫不羞于展示爱意。河边、桥下、长椅上、草地上，这个浪漫之都无处不是唇舌依偎的圣地。

只不过在暗些的地方，他们也更忘情些。亲吻通常伴随着别有情调的爱抚，将夜晚的空气都弄得热了起来。

江辰遇气定神闲地说："我知道。"随后他又瞧她一眼，噙着笑问道，"你以为我在想什么？"

他一副压根没浮想联翩的模样。

沈暮低咳着否认道："没有，我什么都没想。"

江辰遇翘起唇角，故意慢条斯理地说："我们也不是不能去那里。"

沈暮秒懂他的意思，双颊忽地发热。她立马拽着他往亮的地方走："快走啦！"

她随即岔开这个令她面红耳赤的话题："明天你要不要和我一起去见霍克教授？"

江辰遇将她的手反握在掌心里："好。"

一阵有些冷的风吹来，沈暮缩了缩脖颈，随意地聊天儿："他有两撇小胡子，看着有一点点滑稽，不过超可爱的。但在专业方面，他可严肃了。"

江辰遇的眸子里含着笑意，他静静地听着她讲话。他很喜欢听她讲话，向来寡言的女孩子对你言之不尽，会给男人成就感。

"教授对我很好，之前的四年里特别关照我。"沈暮抬眼望向他，笑了起来，"他看到你应该会很高兴的。"

江辰遇含着笑，温和地说："你准备怎么向你的教授介绍我？"

刚听到这句话时，沈暮还觉得没什么。但她想了两秒措辞，不经意间就红了脸——她已经不能称他是"男朋友"了，因为他们现在的关系更近一层。

沈暮偏不说他想听的答案，故作严肃地说："江盛集团博学多闻的江总。"

江辰遇轻轻地嗤笑一声，就地驻足，强劲而精准地把她搂到臂弯内。他垂下眼睫，问道："还有呢？"

沈暮冷不防地撞进他的怀里，略显惊诧。他们的身躯贴近，他只穿了一件薄薄的衬衫，男性特别的炙热体温传递过来，她的心脏被迅速地灼了一下。

他用深沉的目光凝视着她，旁边还有游赏夜景的人群经过。

尽管亲昵的拥抱在巴黎的街头上并不算什么，但在灯光闪烁的埃菲尔铁塔下，他们这一对情侣的颜值过分养眼。男人的外套披在女孩儿的肩上，暧昧的氛围无限升温，在这样一个充满浪漫的地方，来往的行人都投来了被惊艳的目光。

沈暮羞赧地小声说："我就是实话实说呀。"

江辰遇用指腹轻轻地碰着她的耳垂，也放低了声音，说："我听听。"

沈暮知道他想听什么，低下头，可动了好几下唇也没把称呼叫出口，脸倒是先红成烈焰玫瑰的颜色。

沈暮心"怦怦"地乱跳，心里也在发酵着令人愉悦的甜蜜。那两个字在嘴边打转半天，最终沈暮还是没喊出口，糊弄了过去。

沈暮不是不愿意那样喊他，可就像有心理障碍一样，话到了嗓子眼儿里，心也跟着要蹦出来……她好难为情。

和喻涵开了十多年的玩笑，她可以很自然。但在他的面前，沈暮做不到脱口而出。因为他在她心里的分量太重了，她无法嬉皮笑脸地对待这件事。

沈暮想：她有必要先自己偷偷地练习一下那样喊他。

江辰遇从不为难她，懂得她内敛的性格，完全耐得住性子慢慢地引导她突破自我。所以他只是捏捏她微烫的双颊，笑语中都是拿她毫无办法的迁就和宠溺。

他的温柔如细线般把沈暮的心脏缠绕起来，她觉得内疚感逐渐变得强烈。

当晚他们没有去坐旋转木马，沈暮兴致不高，心事重重地和他一起回到别墅里。

江辰遇当时直接赶到机场找她，没有时间准备行李。方硕安排人重新购置了他的衣物和生活用品，把它们都送到了别墅里。

洗完澡后，沈暮倚在卧室里的米白色软质皮沙发里，搂着一只靠枕，给喻涵发消息。她想请教喻涵如何自然又不失亲昵地喊出称呼。

沈暮斟酌着措辞把消息发送出去后，突然想起国内现在差不多是凌晨，喻涵肯定还在睡觉。

沈暮正想睡醒后再看消息，几秒后手机的提示音响了两声。

喻涵："笨！你把他当成我不就完了！"

喻涵："我都心疼江总了！你那儿是深夜吧，今晚就给我喊！"

沈暮："……"

沈暮："……"

沈暮："……"

连续发了三串省略号后，沈暮吃惊得忽略了她的话，打字。

沈暮："你是醒了还是没睡？"

喻涵："被迫清醒，神经衰弱。"

沈暮发了一个问号。

喻涵沉默了两分钟，认命地发消息。

喻涵："黄敏女士非要我今天回去相亲，我得早起开四个小时的车回家。"

黄敏女士是喻涵的妈妈。

沈暮想着不能耽误她的人生大事，通情达理地打字。

沈暮："那你快起来吧，有空了我们再聊，路上开车小心点儿。"

喻涵："……"

喻涵："你就这样轻轻松松地抛弃你的'前夫'了？"

沈暮："阿姨的眼光一向很好，我觉得挺靠谱的。"

喻涵严厉地批评了她十分钟不和自己坚守同一阵线后，愤愤不平地结束聊天儿，起床奔赴"火海"。

沈暮无声地笑了一会儿后，江辰遇走出了浴室。

他拿着一条毛巾随意地擦拭了两下头发，在沈暮的身旁坐下，抽走她握住的手机，把它和毛巾一起丢到茶几上："别玩儿手机了，睡觉。"

沈暮歪倒在沙发上："我还不困。"

在飞机上她就睡了好久，到别墅后又在睡，压根不能适应法国的日夜。

江辰遇说："再不睡，你明天起不来。"

沈暮想了想："中午我和教授约了饭局。"

江辰遇含笑捏住她的鼻尖："你也知道啊？"

沈暮"呜"了两声挣脱，用那双亮晶晶的眼睛巴巴儿地望着他："可我真的睡不着，怎么办？"

随即她经过短暂的思考，又说："我们做点儿什么吧。"

比如他们可以看个电影，或者到楼下喝杯牛奶。

江辰遇略挑眼尾，说："做……点儿什么呢？"

他在"做"后别有用心地停顿一秒，沈暮很快领悟了他的意思，红着脸嗔怪他："你正经点儿。"

江辰遇笑了笑，随后用臂弯揽住面前的人的细腰，将人拉过来。沈暮便坐到了他的腿上，伸出手搂住了他的脖颈。

江辰遇环抱着她的腰肢，当真用商量的语气说："好，正经的小朋友，跟我说说，为什么晚上不坐旋转木马了？"

对此沈暮毫无底气。她移开目光，声音又低又弱地说："我就是突然不想坐了。"

江辰遇定定地看着她。他的目光总是带着极强的穿透力，沈暮根本忽略不掉它，嗫嚅着胡扯道："今天太晚了，我想早点儿回来睡觉。"

三秒的沉寂后，江辰遇轻轻地笑出声。她真的不适合说谎，刚刚还说不困，没讲两句话就自己说漏了嘴。

沈暮似乎还没反应过来，和他对视着。

见她盯着自己看，江辰遇问道："嗯？"

沈暮抿抿唇，踌躇着——没坐旋转木马是因为她在自我检讨，忽然无心玩乐。

怎么会这样呢？她还能不能行了？平淡无奇的两个字而已，说出口很难吗？一回生二回熟，她咬咬牙不就喊出来了？！

沈暮给自己洗脑，深深地吸了口气，决心一鼓作气破除心魔。话都涌到了喉头，可张嘴的那一刹那，她却又瞬间失了声。

沈暮傻眼了，宛如气势汹汹的士兵冲进战场里才发现自己没有携带武器。

江辰遇被她的欲言又止逗笑："你干什么呢？"

"没。"沈暮支吾两声，放弃了，这件事只能下次再说。她若无其事地咳嗽一声，俯身取来茶几上的毛巾，给他擦湿发："你吹一吹头发，我们睡觉。"

绝大多数男人不会愿意让人碰自己的头发，但江辰遇躲也没躲，甚至把头低了低，任由她擦拭头发。

江辰遇隔着薄薄的睡裙摩挲她的侧腰，故意不紧不慢地调笑："不做点儿什么了？"

沈暮想捶他一拳。

可她想起他们当时在飞机上纠缠了半天，情到深处却发现没准备防护措施，他都没委屈她，自己强忍着欲望。她一想起那件事就止不住地心软。

沈暮轻轻地擦着他的湿发，咬住一点儿唇，用含羞的语气又娇又软地说："那你也……先把头发吹干。"

话音刚落，江辰遇有片刻没动弹。沈暮的态度足够明显，她说完话后，自己的脸都热了几分。好在江辰遇没有反应，她以为他没多想。

沈暮正要舒口气，手腕却倏地被抓住。在她发愣之际，江辰遇扯下毛巾丢开，托住她的后脑勺儿，细密的吻径直强势地落下。

沈暮闷闷地"嗯"了几声，回过神的时候推了推他的肩，想让他慢些，谁知他回应的是更深的吻和舐舔。

卧室里的吊灯洒下柔光，沈暮的脸被映得十分红润，她洗过澡后，身上沐浴露的香味儿很明显。

唇齿间的温热难解难分，沈暮抱住他的脖颈不久便软了下来。思绪一片空白的时候，她只隐约听见他嘶哑地低声说了一句"做完再吹头发"。

除了起初挣扎了那么两下，沈暮后来变得无比温顺。米白色的丝质吊带睡裙挂在腰间，她整个人像没有骨头一样，乖乖地窝在他的怀里。

最后江辰遇也没去吹头发。他们从沙发上纠缠到床上，后半夜他的头发已经干了。

翌日上午，温煦的阳光透过落地窗照进室内，洒下一片明朗的光。放在床头柜上的手机突然响起闹钟的铃声，接连不断的"嘀嘀"声打碎了屋内的宁静。

沈暮正睡得熟，冷不丁地被烦人的杂音吵醒，皱起秀气的眉，扯过被子蒙住脑袋。她一边往他的臂弯里钻，一边发出不满的哼唧声，要他快关掉闹钟。

江辰遇便睁开眼，侧身摸过手机，关了闹钟。"嘀嘀"声戛然而止，卧室里重新归于宁静。

江辰遇抚抚怀里的人的发，嗓音里带着睡醒后自然的嘶哑："起床了。"

沈暮赖着不动，把搂着他的腰的手臂收紧了些，似乎是在抗议。

江辰遇讲话的语气依旧耐心温柔："乖，再不起当心迟到。"

沈暮浑身酸疼，没什么力气动弹，只是"嗯"了一声，声音拐了好几个弯。

女孩子刚睡醒就这么撒娇，男人容易顶不住。江辰遇的胸腔略有起伏，片刻后他沉下心来，下巴在她的发间蹭了蹭："和你的教授约了 11 点半见面，你忘了？"

听到这句话，沈暮顿时清醒了些。她迷迷糊糊地掀开眼皮，问道："几点了？"

江辰遇说："10 点。"

沈暮："……"

已到了不得不起床的时刻，可她实在酸疼疲惫。沈暮声音里还带着睡意，哑着嗓子娇声地冲他撒气："都是你，折腾到那么晚！"

江辰遇轻轻地笑，亲着她的耳朵说："对不起。"

对不起，他一时没控制住自己。

沈暮想到昨夜的情况，思绪清醒了一瞬间。她忙不迭地仰起脖子给他看："有痕迹吗？"

江辰遇垂眸望向她雪白的身上："没。"

沈暮狐疑地瞄他两眼："真的？"

她怎么这么不信呢？

江辰遇脸上的笑容意味深长："嗯。"

或咬或吮他都避开了显眼的地方，她穿上裙子就能把痕迹遮盖住。

鉴于他过去的表现，沈暮不是很相信他的话。直到起床后站在浴室里的镜子前，她仔细地检查了一番自己，才发现肩颈周围果然白白净净的，那里连被捏出的红印都没有。

只不过沈暮的内衣里和后腰上，宛如玫瑰花瓣的印记深深浅浅地覆盖着她的牛奶肌。

她就知道没这么简单！沈暮在浴室里闹了好久，像一只撒泼打滚又哄不好的布偶猫，娇憨且可爱。

江辰遇从背后把人拥进怀里，笑着安抚她，又是拍头又是哄她别生气。沈暮从镜子中瞪他两眼，就准备赶时间出门。

他们并肩刷牙时，沈暮的目光对上镜子里他投来的温柔的目光，她莫名地开始想：把这个错归咎给他好像也不合适。

男人能有什么坏心思呢？他只不过是贪图媳妇的美色罢了。

见面的地点是霍克教授选的。这是巴黎最地道的一家中餐厅，店主夫妇都是华人。将近 11 点 20 分，他们到达餐厅，万幸没有迟到。

江辰遇将沈暮从商务车上牵下来，就没再松开她的手，握着她的手走进餐厅里。

法国餐厅很少提供包间，里面基本都是卡座。江辰遇问道："哪个座位？"

沈暮回忆了一下："好像是 A16。"

可能是瞧出他们并非法国人，来接待他们的服务员直接说了英语，把他们领到 A16 卡座。座位在靠窗的位置，宽敞舒适，明媚的阳光透过明净的窗洒进来，视野极好。

座位上的男子有两撇小胡子，金色的短发不是很浓密，小圆眼镜下的眼睛是浅浅的蓝色。他尽管脸上微有皱纹，看得出已有四五十岁，但散发出的气质足够让人想象他年轻时的倜傥。他用手托腮，安静闲适地欣赏着窗外的风景。

沈暮一眼望见他，倏地挣开江辰遇的手，笑盈盈地跑过去："教授——"

霍克循声回首，惊喜地说："沈暮！"

他十分高兴地站起来，张开手臂拥抱了她一下。江辰遇垂眸看了一眼自己瞬间变空的手，无奈地抬了抬眉，摇头淡笑，神情间倒没恼意，只有纵容。

和恩师再次见面，沈暮很是愉悦。她和霍克就这么站着寒暄，像是有讲不完的话。他们聊了好一会儿后，霍克欣喜地握着她的手说："你能回来我真的太开心了。"

沈暮莞尔一笑："我也很想念您。"

霍克注意到她身后高大英俊的男人。也许是因为这两个人的外形过于般配，他一下子就敏锐地察觉到了情况。

霍克扬了扬小胡子，挑眉问道："昨天你说要带个人见我，是他吗？"

沈暮这才恍然记起自己把江辰遇丢在后面了，忙不迭地回身拉住江辰遇的手，说："是的。"

她刚刚太激动，将他忘掉了。沈暮特别心虚，抬头瞪他一眼，讨好般地冲他笑得很甜。她想着反正他听不懂法语，便大大方方地说："教授，我结婚了。他是我……先生。"

霍克惊喜参半，略微瞠目。

江辰遇的眸光十分幽深，他不动声色地弯了一下唇——她说的是"mari（丈夫）"，"mari"在法语里是"丈夫"的意思。

这对霍克而言是个惊喜。他从没想过自己最文静的学生竟是最快结婚的。在他的印象里，沈暮这样的乖女孩儿绝对是无心谈恋爱的，但此刻她的笑容里真切地洋溢着他从未见过的幸福。

霍克喜不自胜地道："太不可思议了！祝贺！祝贺！这真是个令人开心的消息！"

沈暮甜蜜的笑意蔓延到了整张脸上。她回过头，对江辰遇说："这位就是霍克教授。"

江辰遇轻轻地弯唇，颔首示意。沈暮正想介绍他们认识，下一秒便见江辰遇伸出手，他礼貌且优雅地向霍克介绍自己。

他十分谦逊，只简单地说了名字，但法语的发音很是标准，并且很流利。沈暮反应了一瞬间，唇边的笑顿时僵住了。

霍克欣喜地微笑，和他握手言欢，分外热情地邀请他坐下聊。

他们落座后，霍克似乎想到了什么，凝神思索间，用略显蹩脚的中文又念了一遍江辰遇的名字。随后霍克便猜测着问江辰遇："是不是江盛集团的那位掌权的江总？"

江辰遇浅笑着默认。

其实这两个人都没必要多做自我介绍。他们一个是享誉中外的艺术大师，另一个是誉满全球的企业家，都应对彼此略有耳闻。

霍克惊讶地一笑："难怪瞧着这么眼熟。"

霍克说着，目光右移，落到沈暮的身上。他调侃间带着难以置信的意味，问道："沈暮，你是怎么把这位传闻中清心寡欲的江总追到手的？"

他们刚才在用法语毫无障碍地交流，沈暮听得有些走神儿，闻声倏地顿了一下："啊？"

江辰遇坦然地含着笑说："是我主动的。"

霍克满脸欣慰，接了句什么，大概是说沈暮这姑娘单纯内敛、不太爱说话，但她非常优秀，是个知恩图报的好孩子。他的语气里颇有老父亲嫁出女儿后的宽慰。

江辰遇还真像是女婿，谈吐得体，和眼前的老丈人相谈甚欢。

反倒是沈暮插不上话了。

点完单后他们又聊到江老太太。江慈四十多年前以设计学博士后的身份毕业于巴黎美术学院后，一直是美术学院里受人敬佩的荣誉校友。

男人之间似乎很容易话题不断，两个人侃侃而谈，很快便熟络了。

为了满足霍克的好奇心，江辰遇又同他粗略地聊了一会儿和沈暮的相识，提到了巴黎东方艺术展上的那幅画，当时他们在机缘巧合之下相识。

霍克听后"哈哈"地笑着说，没想到自己无心地促成一桩良缘。

沈暮把江辰遇懂法语的事暂时放在一边，不禁感叹——自己的交际能力和临场应变能力和他的一比，真的是弱爆了。

这顿午餐他们吃得很愉快，吃完饭后霍克热情地邀请江辰遇改日到家中做客，江辰遇欣然答应。

走之前，霍克在餐厅门口对江辰遇说："沈暮是个特别讨喜的好女孩儿，就跟我自己的女儿一样。别看她对人都是笑盈盈的，其实就是个小孩子，你得好好保护她呀。"

听着他像是随口那么一说，但江辰遇从每个字眼里都能感受到来自长辈的温暖。

江辰遇虚心受教，说："您放心，我会的。"

沈暮被触动，轻轻地唤了一声："教授。"

霍克拍拍她的肩，笑着沉声说："你明天上午9点去学院的第二画室，先做两组构图练习。"

在专业方面，他的严厉一如既往。短暂的感动烟消云散，沈暮倒吸一口气，答应得不情不愿。

他们回到别墅的时候将近下午2点半。下午他们没什么安排，在客厅里的沙发上，沈暮抱着一本艺术论的书籍，窝在江辰遇的怀里。

沈暮看着书，突然想到中午的那件事——当时和教授聊得太投入，她就把那件事给忘了。沈暮蓦地扭头，定定地看着江辰遇。

江辰遇正在审批方硕传来的一份项目报表，用余光都能感受到她的凝视。他转头望向她，问道："怎么了？"

沈暮眯起眼，一副秋后算账的表情，问道："你懂法语啊？"

她这么一问，江辰遇就明白了她的重点是什么。他没有回答，只往上扬了一下唇角，笑而不语。

沈暮不放过他，把书往边上一放，翻身攥住他衬衫的领子："你什么时候学的法语？"

她凶巴巴的逼问里都带着奶气，江辰遇觉得她可爱，听话地交代道："我上中学的时候，奶奶要求我学法语。"

沈暮蒙了好半天。她算了算日子，他学法语怎么也有十多年了。那他岂不是比她还懂法语？

沈暮不轻不重地打了一下他，质问道："那你之前还假装不懂法语？！"

江辰遇唇边弯起不易察觉的弧度，明知故问道："什么时候？"

"就是之前哪，你……"话就要脱口而出，沈暮及时闭嘴，没好意思直白地说出来。

她咳了一声，避重就轻地道："就是你帮我抓星黛露的那天晚上，我们打电话，你还记得吧？"

那晚她说了一句法语向他表白，还以为他听不懂呢。

江辰遇慢条斯理地说："记得。"

他一承认，沈暮就气冲冲地给他安罪名："你是故意的！你明明就知道我说的是什么！"

沈暮舍不得掐他的脖子，就揪着他的衬衫撒泼地乱拽。

江辰遇失笑，抓住她的手放到胸前："你没问我。"

沈暮被这句话噎住，哑口无言，想了想，瞪他一眼："可你那时候就是一副不懂的样子呀。"

"那是你自己以为的。"江辰遇无辜地望过去，"你是不是没问过我？"

沈暮："……"

她瞬间理屈词穷。

这男人怎么这样，明明知道她是误以为他听不懂法语才敢表白的，现在倒是被她冤枉了似的委屈起来……可是她好像完全狠不下心再责备他呢。

沈暮抿抿唇，没什么底气地说："那你当时也没点儿反应？"

江辰遇摩挲着她的手，把它牵到唇边，吻了吻她的手背："我说了。"

沈暮疑惑地问道："你说什么了？"

江辰遇说："自己想。"

沈暮顿了两秒，抽回手，开始耍无赖："你什么都没说，还要我自己想？！"

在和她有关的琐碎的事情上，江辰遇都有万分的耐心："我说'知道了'，你没当回事。"

沈暮还靠在他的臂弯里，问道："就这样？"

谁晓得他的"知道了"是什么意思呀？

江辰遇弯唇说："后来我约你当我的女伴。"

沈暮抱了抱臂，肆无忌惮的小骄傲都是被他惯出来的。她问道："然后呢？"

江辰遇说："你还不懂吗？"

沈暮瞅他："什么？"

江辰遇笑着看了她片刻："我在追你。"

沈暮的心弦被这句话拨得颤悠悠的，她压住就要上扬的嘴角，勉为其难地说："是吗？"

江辰遇眼底的笑意加深，搂她的肩的手绕过来，点了一下她的鼻尖："你才知道啊？"

这句话比任何甜言蜜语都管用，沈暮忍不住绽开雀跃的笑容，但马上又把它抿了回去，将他刚刚的无辜学了个十足十："你没告诉我嘛！你是不是没告诉过我？"

眼前的姑娘双眸清澈，仰起瓷白的脸蛋儿，自下而上地瞧过来，带着狡黠和娇嗔的意味，惹人喜爱得能让男人放弃底线。

江辰遇可以为她无条件地退一万步。他眉眼间含着笑意，自觉地认罪："是，是我考虑不周。"

沈暮容易满足，听了这话就开心了，乖乖地靠回去，抱住他的腰，又变回了那只小猫。

江辰遇抚摸沈暮的头发的时候，她想起自己对霍克教授说他是自己的"mari"的话都被他听去了，她的面颊不由得开始发热。

可是很奇怪，这么一来她的心情反而明朗起来。

沈暮把脸贴在他的胸膛上，隔着衬衫薄薄的布料感受他传递过来的体温。他的体温暖暖的，偏烫，彼此的热度交融在一起，让她留恋到无法自拔。

"晚上陪我去坐旋转木马吧。"沈暮顺手戳戳他的腰。

江辰遇笑："你又想去了？"

沈暮说："女人都善变，不行吗？"

江辰遇想了一想："是你的话……"

听他略微停顿，沈暮抬眼，警告地瞪他一眼。

江辰遇浅浅地笑了："都行。"

他故意要她紧张一下，坏死了。沈暮轻轻地"哼"了一声，温顺乖巧地重新窝进他的怀中。

塞纳河南岸的埃菲尔铁塔矗立在战神广场上已有百年之久，刚硬的铁塔之下是充满少女心的旋转木马。一刚一柔对比强烈，这座举世闻名的高塔也因此有了几分铁汉的柔情。

晚上9点多，他们又沿着塞纳河畔散步。今夜岸边的风依旧凉爽，来往的情侣依旧甜蜜。

沈暮心情相当愉悦，因为晚饭他们吃的是中餐。她蹦跳着，被他牵着走："阿姨是当地人吗？做的排骨好好吃呀！"

"嗯，不过她是在中国长大的。"见她踩上岸边的高台阶，要沿着边缘走，江辰遇腾出一只手扶住她的腰，防止她摔倒。

沈暮一走在他的身边就仿佛回到孩童时代，情不自禁地变得玩儿心十足。她踮着脚在边缘上晃晃悠悠地走了好一段路，突然踩空，被他的臂弯护住才免于跌倒。

江辰遇把她抱下来，让她听话地好好走路。沈暮有一点点心虚，走后面的路时都安分地和他十指交握。

铁塔下浪漫的旋转木马已经成了热门的打卡地，尤其在入夜后灯光最美的时刻，所以他们走到的时候人很多。

绝大多数女孩儿对旋转木马都没有抵抗力，因为她们的心里都有一个公主梦。

这种置身于童话中的感觉唯美浪漫，令人陶醉于其中，幻想自己就是那个城堡里的公主，在等待温柔体贴的王子。沈暮童年时也不例外。

但男孩子不同，他们的心里住的大概都是奥特曼。江辰遇当然不坐旋转木马，支付费用后，揉揉沈暮的头说他在外面等她。

沈暮也不勉强他，这种少女的玩物和他的气质确实格格不入。她独自开开心心地进去坐了旋转木马。

旋转木马启动，灯光耀眼，协奏曲响起。当时沈暮在想：他这样的男人，童年的记忆该不会都是几何题、微积分以及各国的语言吧？

江辰遇站在原处等着。每当沈暮坐的那匹小白马转到江辰遇的视野里时，江辰遇都能望见她在笑容清甜地朝他招手。

她穿着白色的长裙，乌黑的头发随风扬到身后。她抱着那根细柱，随着白马一起一沉，周身像被金光照耀着。她完全拥有公主的纯真和甜美。

江辰遇也跟着情不自禁地加大了笑容的弧度。

"亲爱的，我要在这里拍张照。"

"没问题，亲爱的。"

江辰遇不经意地看去，那是一对法国的情侣。女人金发碧眼，穿着露脐装和短裤性感地倚在栏杆边，背景是绚丽的旋转木马和巴黎埃菲尔铁塔。

男人拿着相机，特别专业地用蹲姿为她照相。

拍完照片后男人走过去，给她看了一眼照片。女人转瞬露出被惊艳的笑，直赞他拍得太美了，并且毫不掩饰爱意地献上红唇。两个人就这么旁若无人地热吻起来。

江辰遇垂眸，若有所思。不得不说他各方面的领悟能力都很强，故一下子便悟到女孩子在漂亮的地方都喜欢拍照留念。

数秒后，江辰遇从裤兜里掏出手机，打开相机。不过他从没给谁拍过照，拍照全凭自由发挥。

旋转木马转一次也就几分钟的时间。旋转木马停下后，沈暮跟随着人群走出来，迈着小碎步，笑盈盈地跑回来找他。

"我还想再坐一次。"沈暮挽住他的胳膊，抬起脸眼巴巴地看着他。

江辰遇点头："好。"

沈暮留意到后半程里他都在看手机，好奇地问道："你在看什么？"

江辰遇用指尖滑动屏幕，将照片欣赏一遍，似乎还挺满意，而后把手机递给她。

沈暮接过手机，第一眼看去便惊奇又欢喜——他居然给她拍照片了。但很快她就渐渐地平静了下来，开始发觉不对劲。

"都拍糊了。"

"这张好丑哇……

"为什么后面的照片都是背影？

"我跟你打招呼的时候你怎么都不拍？"

沈暮朝他投去一个埋怨的眼神。

江辰遇："……"

他可能不是很理解她的反应，问道："不好看吗？"

沈暮不满地说："你说呢？"

这根本就是死亡角度！直男的审美！

"我觉得很漂亮。"他发自内心地说，倒也不是哄她。

沈暮无法跟直男多解释，从他另一边的裤兜里摸出自己的手机，点开相册，搬出证据："你看嘛，菲娅以前的男朋友给她拍的照片可不是你拍的这样的。"

江辰遇瞄了一眼照片。有了对比，他终于无话可说。

江辰遇静静地沉思几秒："给我一点儿时间。"

沈暮奇怪地问道："干吗呀？"

江辰遇很认真地对待这件事，说："我学拍照。"

沈暮蒙了一会儿，无理取闹的心思顿时消散，忍不住笑出声来。

虽然他拍得不好，但她能感受到他的用心，所以心里还是甜甜的。

他对她真的很好。她突然就有了一点儿勇气，拉住他的手。她迟疑片刻，带着些娇羞的意味说："你陪我再坐一次旋转木马吧，老公。"

她听上去语气平常，好像在某个日常的瞬间里很随意地就说了出来。最后两个字很轻很轻，风一吹他就可能听不见了。

她说完这句话后，两个人突然都安静下来，周遭雀跃的欢笑声好像都渐渐地远去了，天地间只余彼此。

江辰遇足足沉默了十多秒，没有回应。沈暮忽然生出了羞耻心，但说出去的话就像泼出去的水，已经收不回了。

沈暮还拉着他的手，晃了晃他的手臂，硬着头皮问道："行不行啊？"

她装得若无其事，好像刚刚那只是顺其自然的称呼，可乱瞟的目光还是暴露了她的紧张。

沈暮没听到他的回答，但下巴在下一秒被他的手往上抬。

沈暮那张泛红的脸落入江辰遇的视线里，江辰遇的眸色又幽深了几分。随即他低头俯身，吻住她，像捕猎的野豹扑向目标。

沈暮承受着他铺天盖地的亲吻，不断地往后仰脑袋，慌忙抱住他的腰才得以站稳。

在巴黎的街头上，他们也成了一对上演缠绵的爱情片的情侣，十分恩爱。

突如其来的强势的深吻结束了，沈暮的心尖都在发烫，她把脸埋在他的胸膛上好半天才缓过气来，还糊涂着。

她的耳旁热了一下，他的气息有点儿急促，但他低而哑地说了一声"好"。

沈暮把脸埋得深了些，整个人都要融化掉了。她第一次这么亲昵地称呼异性，难以启齿很正常，但哪怕轻声细语都是赤裸裸的引诱，因为江辰遇是第一次听她这么称呼他。

被深爱着的姑娘喊"老公"的心情，很奇妙。她的声音软软的，听起来让人上瘾。

虽然还想听，但江辰遇没有马上逼她再叫"老公"。他知道昨晚的事她其实很在意，今天她就鼓起勇气这样叫他，很不容易。

江辰遇陪沈暮坐了旋转木马。他的小马和她的挨着，旋转木马转动的时候她缓缓地起伏，四下张望片刻后回眸冲他笑，他伸手就能揉到她的头。

旋转木马似乎也没那么无聊。可能是见她玩儿得开心，他对这游戏也有了好感。

江辰遇还挺乐意陪她再多坐几回旋转木马。

玩儿够了旋转木马，沈暮又拉着江辰遇去坐塞纳河的游轮。他们站在二楼的甲板上，晚风吹来，让人神清气爽、无比惬意。

沈暮欢悦地欣赏夜景的时候，江辰遇的心思全在她的身上，他总怕她磕着或冻着。江辰遇脱下西装外套披到她的肩头上，一定要她将两条裸露着的细胳膊伸进袖子里才行。

沈暮正舒服地吹着风，突然被严严实实地裹住，委屈地抬头，眨巴着眼："我不冷。"

沈暮想脱外套，江辰遇搂住她的肩，按下她的手："穿着，别感冒。"

沈暮很听他的话，尽管不是很乐意享受不到这么美妙的晚风，还是乖乖地靠在他的怀里："好吧。"

很巧，之前在旋转木马旁照相的那对情侣和他们登了同一艘游轮，刚好就在离他们两步远的地方耳鬓厮磨。

法国人大都健谈，抽根烟都能聊上半天。女人听到他们的交谈，留意了几眼，用不太标准的中文和他们搭话。

"你的女朋友太漂亮了！"她挽着男人健壮的手臂，扬起红唇。

江辰遇偏眸，淡淡地笑了一下，不紧不慢地纠正女人的话："她是我的妻子。"

沈暮心跳快了一拍，悄悄地抿着唇笑。

她以前遇见陌生人搭讪时都不知所措，现在有他在身边，就可以心安理得地不出声了。所以沈暮温顺地倚在他的臂弯里，也不搭腔。

女人眼中闪过惊讶，随后神情里带上了那么一丝可惜的意味。她也许是觉得，外形和气质都如此完美的男人只要不属于自己，都是英年早婚。

男友在场，她也不收敛艳羡的目光，继续攀谈。她大概是在说，看得出来江辰遇很爱他的妻子，他的妻子幸福得令人羡慕。

他们随口聊了两句，那对情侣便去了甲板的另一侧拍照。那对情侣走后，沈暮抬起白净的脸，盯着他。

江辰遇垂眸，迎上她的目光："我也给你拍照吧？"

沈暮当然不是要讲这个，莫名地变得小家子气起来："她说得好像你爱我比我爱你多一样。"

江辰遇微微地一顿，笑笑说："这样不好吗？"

沈暮蹙了蹙眉："可是，我也很爱你呀！"

自己的爱被忽略了，她心里不是很平衡。

江辰遇加深了笑意，用双手撑着栏杆，把她围在中间："你有多爱我？"

沈暮撇嘴："反正不比你少。"

这语气倒像她在和他商量。江辰遇的眸中含着愉悦，他低下头，抵住她的额头："嗯，我知道你心里有我。"

他突然好温柔……这要她怎么招架得住？沈暮发出很轻的一声"哼"，接着小手不声不响地环上了他的腰。

显然她不生气了，但江辰遇还是含笑哄着她："乖，又不是做戏给别人看的，我清楚就好了。"

他的声音低沉温柔，她立刻就软了心肠。沈暮偷偷地翘起一点儿嘴角，仰起下巴飞快地往他的嘴唇上啄了一口，随后立马扭开脸，假装没看到他的笑。

坐了一圈游轮后，他们就高高兴兴地回了家。当晚他们睡得还算早。

被摁在被窝里欺负的时候，沈暮迷迷糊糊地说明早还要去学校。江辰遇听进去了，只做了一回就让她睡觉。

沈暮软软地窝在他的怀中，半梦半醒地呢喃道："明天你在家里吗？"

她肯定一整天都待在学校里。

江辰遇吻了吻她柔润的唇，嗓音里含着些事后的沙哑："我去公司。"

沈暮还想说什么，但没力气再问了，轻飘飘地"嗯"了一声后，不知不觉地睡了过去。迷糊间她想到，江盛在巴黎好像是有分公司的……

第二天清晨，金光闪闪的晨曦斜斜地洒进屋内。

沈暮起得很早。有好些天没动画笔了，她怕自己生疏得太明显，到了学校会被教授揪着小辫子批评。

沈暮坐在落地窗边，抱着速写本，勾勒着窗外的风景。她想画一幅简笔画提前找找手感，以免被严厉的霍克教授识破自己疏于练习的事实。

她起床了，江辰遇也没有继续睡觉。洗漱后他到衣帽间里换了一套灰调的西装，翻了翻抽屉，没找到那只和西装搭配的银色领带夹。

可能是昨天他们见完霍克教授回家，他亲她的时候随手解下领带夹，把它放在了某个地方。

江辰遇想了想，走出衣帽间，唤了一声窗边的人："暮暮……"

话还没说出口，他就瞧见她柔和的侧颜，垂落的长发被银色的领带夹别在耳后。

沈暮在矮凳上坐着，把速写本摆在腿上。她凝视着画纸："嗯？"

勾线的笔没有停顿，她也没有抬头。她的模样很专注，江辰遇浅浅地弯了一下唇，不再问，改口说："下来吃早餐。"

说完他回到衣帽间里，随意地取了一只领带夹别上。沈暮应了一声，加快速度画画。

他们在餐桌旁吃早饭的时候，江辰遇的手机突然响起铃声。他看了一眼手机，放下筷子，接起电话："奶奶？"

沈暮正在低头咬一片吐司，闻言瞬间顿住，抬眸望向他。

江辰遇静静地迎上她的目光，回答手机那边的问题："是。"

沈暮不晓得奶奶在问什么，愣愣地凝视着他，像是要从他的眼里看出答案。出于直觉，她有一种不祥的预感。

这时，她自己的手机也响起微信的提示音。沈暮取过一旁的手机，滑开屏幕。

那是喻涵的消息，对方发来一张微博热搜的截图。

@娱乐大师姐：#江辰遇恋情#有网友拍到江辰遇和美女夜游巴黎，两个人在塞纳河的游轮上忘我地拥吻，十分亲密。女方疑似原宋氏千金宋景澜，此前两个人曾有过多次情况，但尚未公开恋情，网友爆料两个人是在婚后的蜜月中，各位怎么看？

后面的照片抓拍了昨晚沈暮仰头亲江辰遇的那一瞬间。她抱着他的腰，他把她搂在怀里，他们看起来还真像是在"忘我地拥吻"。

沈暮生生地呆了好半天，失语了。在国外她居然都不能省心……

喻涵继而开始控诉她。

喻涵："你俩要不要这么虐狗？！"

喻涵："我昨天差点儿被相亲的妈宝男气死，劝你善良！"

沈暮没再去听江辰遇和奶奶在说什么，垂眸认真地敲字。

沈暮："什么呀，都是他们胡编乱造的。"

喻涵："行，那你说说看，这张照片是怎么回事？"

沈暮："就是我亲了他一下而已。"

他们是在旋转木马旁边拥吻的，不是在船上。当然，沈暮没有说这句话。

死寂三秒后，喻涵发来一个问号。

喻涵："还'而已'？"

喻涵："'而已'的话，江总把你搂得这么紧干什么？怕你太轻了被风吹走？怕你掉下船被淹死吗？"

喻涵："你们怎么看怎么像在度蜜月！"

喻涵："我就是知情人士，知道这是事实，不然肯定也跟着猜！"

沈暮："……"

沈暮："有这么明显吗？"

喻涵："你俩的事已经是全网公开的了好不好？！"

沈暮："……"

她们再继续说这个话题，喻涵肯定会滔滔不绝地说话。沈暮赶紧岔开话题。

沈暮："咯，昨天的相亲对象你不满意吗？"

说到这儿，喻涵立马被激起怒火。

喻涵："我都说了我妈的那眼光不行！你们还不信！"

喻涵："那狗男人上来就问我谈过几个？同居过没有？你说气不气人？"

看完这句话后，沈暮皱起眉头。连她都忍不住生气了。

沈暮发了一个问号。

沈暮："他有病吧？"

对于"他有病"的结论，喻涵不能再赞同了。

喻涵："也就是我有素质，没当众抽他。"

沈暮义无反顾地站在好姐妹这边。

沈暮："你直接走了吗？别生气，不理他。"

喻涵："没走。"

喻涵："我告诉他，我集齐了十二生肖。"

沈暮反应片刻后，"扑哧"笑出声来。

沈暮："你也太损了吧。"

喻涵："你猜他怎么着？"

沈暮："嗯？"

喻涵："他立马打电话给他妈，说着说着还被气哭了，笑死我。"

沈暮笑起来，不过是被喻涵逗乐的。

喻涵又接连抨击了几句那位妈宝男，说他要是长相赏心悦目也就算了，他偏偏生了一张大耳朵图图的脸，让她感觉在跟儿子相亲，真硌硬。

最后喻涵吐槽黄敏女士。

喻涵："明天还有一场联谊会等着我，不知道又有几款极品男。"

沈暮："阿姨这回是铁了心要把你嫁出去啊？"

喻涵："嗯，她太闲了，想抱外孙吧。"

沈暮冷不防地怔了怔。她可……太能理解了。

这边江辰遇还在敷衍着江老太太："好了，奶奶，这件事等我们回国再说。"

他应付两句，然后挂断了电话。

江辰遇正要放下手机，就看到了秦戈发来的微信消息。他停顿片刻，随手点进去。留意到前方，他又抽空儿抬眸看了沈暮一眼："你愣着干什么？趁热吃。"

"噢。"沈暮乖乖地放下手机，继续吃吐司。

她没问他和奶奶在那通电话里都说了什么，事情无疑是奶奶看见了热搜，然后催他们抓紧时间结婚、备孕。

江辰遇低头扫了一眼微信。

秦戈："江总，哥哥，救急！"

秦戈："我爸安排了一场联谊会，非要我明天过去，你帮我说两句，劝劝他。"

秦戈："相亲还说得过去，几桌单身男女一块儿见面叫什么事，跟清仓甩卖似的。"

秦戈："我爸肯定能听进去你的话。"

江辰遇面无表情地看完他的文字。秦戈面临的局面看上去相当惨烈，但江辰遇没怎么被触动，只是被"哥哥"两字恶心到了。

"我有个问题想问你。"面前突然传来沈暮温柔的声音。

江辰遇望过去，按灭屏幕，无情地把手机丢到旁边，对秦戈的处境坐视不理。

他面对沈暮时，面容都自然温柔起来。他说："你说。"

沈暮眨了眨澄澈的眼睛，对昨天跟喻涵相亲的那位介意婚前性行为的妈宝男有感而发，嚼着吐司，含糊地问道："你有处女情结吗？"

江辰遇也不晓得这姑娘为什么会问这么奇特的问题，瞧了她一会儿，低低地笑出了声。

沈暮觉得很不解。原本没觉得怎样，现在她倒是被他笑得开始不自在起来。

沈暮慢慢地放下手里的吐司，看着他，神情里依旧带着几分认真。她问道："有什么好笑的？"

江辰遇唇边还挂着弧度，不紧不慢地抿了一口咖啡。等浓郁的醇香在唇齿间蔓延开来，他才慢悠悠地开口道："忘了之前我给你的失恋建议了？"

沈暮咽下嘴里的吐司："什么建议？"

问完，她自己紧接着也回忆了一下。那时她一心想着帮喻涵走出阴影，就询问他办法，他的回答是什么来着？哦，他说的是"开始一段新恋情"。

沈暮瞄了他一眼，后知后觉地懂了点儿他的意思。

江辰遇看出了她的若有所思，用修长的手指拿了一颗水煮蛋，在盘边上磕了磕："你知道我当时的想法吗？"

沈暮摇头，老实地说"不知道"。

江辰遇微垂目光，慢条斯理地剥着蛋壳："我在想，你这种脆弱的小姑娘，走出失恋的阴影可能需要很久。"

什么叫"这种脆弱的小姑娘"？沈暮有些不乐意，但这不是重点。这些和她的问题有什么关联呢？他是在逃避问题吗？

她迷惘又不满，轻轻地瞪过去："所以呢？"

江辰遇剥好鸡蛋，光滑的蛋白完好无损。他伸手把鸡蛋放到她的小盘子里，说："所以我得耐心地等着。"

他等什么？他要等她恢复元气后跟他开始新恋情吗？沈暮嘴角情不自禁地上扬起来，觉得这场始料未及的误会似乎挺不错的。

心里愉悦了，她把手里的吐司换成他剥的蛋，掰了一块蛋白斯斯文文地塞到嘴里。她正咀嚼着蛋白，脑门突然被人很轻地弹了一下。

沈暮蒙了一瞬间，抬眼望过去。江辰遇凝视着她，眼中泛着浅浅的笑意，问道："你说我有没有处女情结？"

他这算是回答了她的问题。他又是等她分手，又是等她调整心态，她怎么还会认为他在意那种无关紧要的情结呢？

沈暮想把心尖上的那股甜蜜藏匿起来，不让他发现，却还是表露了三分，低头掰蛋白："知道啦，我就是问问嘛。"

"到你了。"江辰遇拿起桌面上的骨瓷奶罐。

沈暮微愣。什么呀，这变成坦白局了吗？

反应片刻，沈暮垂下脑袋把蛋白吃得干干净净的，嘴里含糊着，回答得却很坦荡："是你的话，我就没有处女情结。"

江辰遇笑了笑，往她的杯子里倒满牛奶。

沈暮把孤零零的蛋黄丢回盘里，喝了一口牛奶，舌尖上弥漫着纯净的奶香。她正经地说道："但如果你有过别人，我会吃醋的。"

她在他的面前已经不再隐瞒任何心思。江辰遇含笑望着她，这姑娘怎么就这般讨喜？他也不藏着掖着，说："我没别人。"

沈暮舔着嘴角边的奶渍，闻言顿了一顿："什么？"

江辰遇耐心地说："我只有你。"

他的嗓音带有磁性。她无论听了多少次他的表白，都觉得不够。

沈暮转了转玻璃杯，把杯子往上移，用杯子挡住漾开笑意的唇，故意说："我没听清。"

江辰遇扬眉，神色莫测地问道："你是真没听清还是假没听清？"

沈暮有点儿心虚，嗫嚅道："真没听清啊。"

端详了她须臾，江辰遇忽然笑了。他用湿巾擦了擦手，站起来，走到她的身侧，抽走了她手里的玻璃杯，把它放在桌上。

沈暮正发着蒙，下一秒江辰遇就把她按在椅背上，抓住她的手放到自己的腰间，俯身吻下去。

沈暮连思考的时间都没有，唇舌上很快便化开他刚喝的咖啡微苦的味道。咖啡味儿和她的牙齿间残留的牛奶味儿融在一起，绵香又浓醇。

绵长而深情的早安吻结束，江辰遇放开沈暮，把左手搭在她背后的餐椅上，用右手抚着她发烫泛红的脸颊。

"我只有过你一个女人，从前、现在和以后都是。这次你听清了吗？"他缓慢低沉的声音在她的耳畔响起。

沈暮软软地靠着椅背喘了一会儿气。她闻言，脸倏地又红了几度。她没好意思娇羞得太明显："嗯。"

对于她的敷衍，江辰遇用指尖抚过她的侧腰，缓缓地描绘着有致的曲线："你还要不要去学校？"

沈暮突然生出警惕之心，问道："干吗？"

江辰遇轻轻地笑，存心放低喑哑的声音说："不去我们回房间……"

他停顿两秒，说："再睡会儿。"

沈暮打了个激灵，突然推开他，利索地站起来："当……当然要去了！"

她忙不迭地将放在空位上的包包挎在身上，站得端端正正，一副"我准备好了，可以出发了"的神情。

江辰遇眼底的笑意加深，她真的是禁不起逗。他用下巴示意了一下她的餐盘："吃完。"

沈暮扫一眼，皱了皱眉，扭捏了一会儿，只拿起玻璃杯喝完了牛奶："蛋黄就不吃了吧。"

江辰遇轻捻她的耳垂："营养都在蛋黄里。"

沈暮其实也没什么挑食的毛病，就只是今天不太想吃蛋黄而已。但江辰遇这么说了，她想了想，就捏过来蛋黄咬了一口。

然后她把另一半蛋黄递到了他的唇边，用纯真无害的目光看着他，要他帮忙解决它。江辰遇觉得好笑，张了嘴，吃掉了剩下的一半蛋黄。

他们在去公司的路上刚好经过巴黎美术学院，司机先将车停到了美术学院的门口。

"几点结束？我接你。"

沈暮认真地想了想。她也不确定会画到什么时候，只好反问道："你要忙到几点？"

江辰遇略挑眉梢："看你。"

沈暮不解地眨了眨眼："嗯？"

他含着笑说："我这个月的时间都归你。"

只要是他口中说出来的，哪怕是普普通通的字眼儿都奇妙地蕴含了动人的温柔。

沈暮抿着嘴笑，看着他："这么好？"

江辰遇用指腹蹭蹭她的脸蛋儿："你以为呢？"

"那你这个月之后的时间呢？还归我吗？"沈暮倚着座椅，倾身向他靠近了一点儿，抬着下巴，一副故意为难他的模样。

江辰遇的唇边漾开好看的笑容，他说："你说了算。"

沈暮听到这回答就开心了，偷瞄了司机一眼，趁他没注意，迅速地在江辰遇的唇上亲了一口。

"我走啦，有事发微信说。"沈暮声音甜甜的，像柔软的棉花糖。

江辰遇摸了摸她的头，笑着应了一声。

赶在9点前，沈暮到了学院的第二画室。她很熟悉这里，过去的四年里，课业外的大部分时间窝在这儿练习画画。时隔几月回来，她倒是生出了几分归属感。

沈暮轻车熟路地坐在了半弧窗扇边的画架前——这是她最喜欢的座位。阳光恰好打进来一束，映亮了她雪白的脸。

沈暮在工作台上摆好雕塑及其他参照物，夹上新画纸，开始完成霍克教授布置的构图练习。

正值暑假，美术学院里很是清静，校园里只有小部分留校的学生。他们可能是留下准备考研的，也可能是来参加学校里夏令营之类的活动的。

沈暮正画得投入，教室的门突然"吱呀"一声被推开。沈暮以为是霍克教授来了，停笔望过去。

一个女人站在门口。她穿着红色的低胸吊带开衩短裙，有着一眼就能看出是 D 码以上的傲人身姿，白金色的大波浪披在身后，右肩上挂着一只美术工具包，全身上下洋溢着性感迷人的风情。

见画室里有人，她微愣，随即那双蓝眼睛骤然一亮。

沈暮有片刻的意外，但很快露出惊喜的笑，放下画笔，站起身快步迎上去："菲娅。"

她是沈暮在美术学院时的室友，就是那位身材很好、经验丰富的俄罗斯美人。

菲娅丢下工具包，"啊"了一声，奔向沈暮，兴奋地一把紧抱住她："沈暮——我的宝！"

沈暮被她带着蹦跳了两下，笑逐颜开地问道："你怎么在这儿？我还以为你回国了。"

激动过后，菲娅终于放开她，简单地解释了自己决定留校考研的计划，又说："我和 Abel 复合了。"

沈暮惊讶地愣住。如果她没记错的话，Abel 应该是菲娅的前前任男友，是隔壁商管专业的。

菲娅像煞有介事地强调是 Abel 哭着求她复合的，说真是拿男人没办法，她只好勉为其难地留下陪他一起考研。沈暮不拆穿她，只是笑了笑。

这两个人读书时谈过一段时间的恋爱，Abel 长得酷似简易版的雨果·贝克尔。虽说外貌是简易版，但他也称得上是商学院的门面，聪明有才——就是思维模式一根筋了些，他时常惹得菲娅气不打一处来。

他们分手后，菲娅很快又谈了新男友，不过分手也快。沈暮还真没想到菲娅愿意和 Abel 复合。

她们在画室里聊了一会儿。得知沈暮是回来准备 IAC 比赛的，菲娅连连惊叹，说自己看人一向很准，沈暮肯定是未来惊艳四座的艺术大师。

沈暮掩唇，被她逗笑。

最后菲娅说 Abel 买了后天的车票从里昂回学校，到时候邀请沈暮一块儿聚聚。沈暮答应，随后又咬着唇沉吟了一会儿。

"如果你们不介意的话，我想带上我的先生。"沈暮温声细语地用法语和她交流。

菲娅瞪目，不敢相信自己的耳朵，问道："等等，你说的是 husband（丈夫），不是 boy friend（男朋友）？宝贝，是我听错了吗？"

沈暮轻轻地笑起来，告诉她自己结婚了。菲娅的震惊可想而知。

沈暮发微信和江辰遇说了大概的时间。傍晚 6 点左右，江辰遇到美术学院的门口等她。

沈暮已经很久没有画一整天的画了。突然经历这么一次，她累得眼睛有些昏花。回家后，沈暮在沙发上倒头就睡。

江辰遇让阿姨先别做饭，以免沈暮醒来时菜凉了，然后轻轻地把沈暮抱到卧室里。

沈暮睡得迷糊，江辰遇把她放到床上。他准备起身的时候，沈暮懒洋洋地伸手搂住了他的脖颈，就不松手了。她睡着时习惯性地要抱点儿什么。

江辰遇笑了笑，陪她躺下来。

将近睡了一个半小时，沈暮终于动了动，慵懒地睁开眼睛。

见她醒了，江辰遇弯唇，拍了拍她的头。他刚要坐起来，马上就被沈暮抱住脖颈拽了回去，接着这姑娘将脸埋到他的胸膛处。

"你去哪儿呀？"沈暮问道，刚睡醒的声音又软又哑。

江辰遇只能躺回去，轻声说："我去让阿姨做饭。你不饿吗？"

沈暮撒着娇，又往他的怀里拱了拱，显然还不想起床。

江辰遇低头吻她的发，语气里泛着纵容和心疼的意味："你画了一天就累成这样？"

沈暮在他的怀中蹭了蹭，像个因完不成作业而泄气的孩子："霍克教授今天请来的男模，我怎么都画不好。"

好没劲哪……她闷闷地发了一会儿呆，想到什么事，慢慢地抬起头。

沈暮水盈盈的双眸直勾勾地盯着他："你要做我的模特吗？"

她问得那样诚恳，那双美丽的眼睛里充盈着对艺术的渴望，没有丝毫杂念。

江辰遇轻轻地勾起薄唇。他怎么不可以当模特了？

"哪种模特？"江辰遇故意问上一句。

沈暮还抱着他的脖颈，两个人的脸离得这样近，他们就差鼻尖相碰、呼吸相缠了。

沈暮心想：就是正常的模特呀，那还能是哪样的？

她动动唇："你只要坐着就好。"

江辰遇将她散乱的长发慢慢地拨到枕头后："今天学校里的那个……"

他突然说到其他事情，沈暮翘翘睫毛，看过去。江辰遇的目光和她的相撞，他问道："脱了吗？"

沈暮起先没懂，愣了约莫三秒才明白过来，他在问白天霍克教授带来的男模是不是脱衣服了。

这不是理所当然的吗？沈暮看他一眼："模特都是要脱的。"

自己的媳妇看其他男人的身体，一看还一整天，他怎么想都不是很痛快。江辰遇低了低头，这回两个人的鼻尖真的碰上了。

他深沉的眸子似海，沈暮莫名地生出些心虚，小声地说："他没全脱……还是有底裤的。"

江辰遇笑着"哼"了一声，声音很轻，且意味不明。

沈暮赶忙解释道："是教授要求的，我也不想看他。"

她着急地解释，生怕他有半点儿不满。谁没事会盯陌生的裸男好几个小时呢？在她的专业看来，这叫为艺术牺牲；到了别处，她就是个变态。

两个人紧紧地挨着，江辰遇没出声。沈暮亲了一下他的嘴角，相当真诚地说："他们都没你好看。"

江辰遇略微勾了勾唇，可就是不说话，只是凝视着她。

他明明就不是在生气，偏偏又是一副记仇的样子。她心里没底了，不晓得他是故意不说话的还是真在意这件事。

沈暮没什么办法，咬咬唇，无辜地看着他："真的。"她嘴巴甜起来，"你在我这儿最好看。"

这小姑娘都学会说场面话哄他了。江辰遇轻微地挑了挑眉梢："我哪里好看？"

沈暮接话很快："哪儿都……"

话音突然顿住，因为沈暮隐约察觉到他的话里别有深意。她凝眸瞧他，果真迎上了他耐人寻味的目光。

这人好像又在给她下套了。沈暮脸登时红起来，默默地将话收了回去，硬着头皮换了个招儿："你到底当不当我的模特？你还说时间都归我呢，是糊弄我的呀？"

她蛮横地控诉，眼中却又溢出委屈。她像是吃准了他对她的这般模样无计可施。

江辰遇也确实对她没办法，瞧着她红润润的脸蛋儿，浅笑了一下："你想让我怎么做？"

他一答应，沈暮马上就乖巧下来，用双臂搂紧他："今天先不画，我手疼了。"

随后她想了想，虽然自己是故意的，但自己刚刚似乎太骄纵了，有点儿无理取闹。于是沈暮凑近他的嘴，用自己柔软的唇瓣压实他的唇。这是一个真心诚意的吻。

这跟她泼过去一碗苦药后，又甜甜地喂他吃糖似的。

沈暮不看他的表情，把脸靠在他的颈窝处，说着哄他的话："我以前不太挑男模特，但现在就是觉得得看着你才有灵感。"

她在他的耳畔呢喃，带着温热的气息。江辰遇垂眸，看了一眼温顺地把头埋在他身前的女孩子，转瞬笑了。为什么反倒是他像个小男生一样被她玩弄于股掌之间？

"你的灵感是怎么来的？"

沈暮睡醒后，声音里的奶气还没全退去："你能让我想入非非，不行吗？"

她没多思考，不管不顾了。

江辰遇笑了一声，摩挲着她的脊梁："你想什么时候画？"

沈暮认真地思忖了一下："我今天遇见菲娅了，她回学校准备考研，会和我一起跟着教授练习。"

江辰遇顺着她的脊梁骨继续往下抚摸，也继续听着她说话。

"我不想让其他人看到你……"沈暮停下来组织语言，顷刻后补上一句，"光着。"

江辰遇笑着心想：小姑娘的占有欲还挺强。

不过他很满足，隔着裙摆漫不经心地抚摸着她的大腿，轻描淡写地问道："那你准备怎么办？"

沈暮刚要说话，却倏地随着他的动作住了嘴。他……他刚刚不是还在说要下楼叫阿姨准备晚餐的吗？怎么他的手就探到里边来了？什么人哪？！

沈暮抿抿唇，尽力转移注意力，削弱他带来的感觉。她无事发生般地道："我白天在学校里学习技巧，晚上回来实践。"

晚上她回来在卧室里画他。

江辰遇用指腹抬起她的下巴，低头含住她的唇，抵着她柔软的唇启齿，模糊地说了一声"好"。事态的走向不知怎么就偏了。

他侧身压过来，将吃晚餐的事情暂时抛在了脑后。沈暮的胳膊还在他的肩上挂着，这会儿她连后退的空间都没有，想躲也躲不了。

当薄款的冰丝无痕内裤落到膝间的时候，沈暮试着挣了挣："还没……吃饭……"

"等会儿。"江辰遇不容置疑的声音里带着低沉和嘶哑。

刚刚她不让他走，现在他不想走了。沈暮把额头软软地抵在他的心口上，悄悄地呼着气，觉得自己快要因他的手指而昏厥时，听到了金属扣"啪嗒"开了的声音。

他刚才说"等会儿"，其实事情根本就不是那样。大骗子！

沈暮在心里暗骂，双眸如雾般迷离，眼角不停地溢出生理性泪水，"呜呜"的声音分不清是哭还是呻吟。

那天近 23 点时，沈暮才吃上晚餐。

沈暮突然怀疑：到时候他真的能安分地坐着，让她心无旁骛地画他吗？

翌日一早，7 点左右。他们睡前都会将手机静音，但昨晚沈暮被折腾得太累，直接忘了把手机静音。

于是这个清早，手机"丁零零"地振动着响起铃声，比石子猝然砸碎镜面的声音还要令人心肌梗塞。

沈暮被惊醒，转头又缩回江辰遇的怀里，用柔若无骨的手推搡着他，声音又软又哆地说："好吵……"

他们的手机放在一起。江辰遇伸手摸过在床头柜上振动的那部手机，不适应光亮地眯着眼扫了一眼手机，上面显示喻涵来电。

江辰遇关掉声音，用唇碰了碰怀里的人的耳朵，嗓音微哑地问道："是你的朋友。接电话吗？"

沈暮睡眼惺忪地反应半晌，慢慢地抬起脸。得知是喻涵来电，她思维不太敏捷地点点头。江辰遇这才接通来电，将手机放到她的耳旁。

"喻涵？"沈暮重新闭上眼睛，蹭着江辰遇的胸膛，打了个哈欠。

"宝贝儿！啊啊啊啊——"那边乍然传来喻涵惊心动魄的一声尖叫。

沈暮生生地被她叫唤得清醒了些，问道："怎么了？"

喻涵冷静两秒，问道："你在睡觉吗？"

沈暮刚睡醒鼻音很明显："我这儿才7点。"想着对方着急打电话，她又问道，"出什么事了吗？"

"我……我……我……我……"喻涵居然语无伦次起来，"我真不该听我妈的鬼话，今天来参加联谊会，死了……死了……死了……"

沈暮记起她昨天的话，一下子戒备起来，从江辰遇的指间拿过自己的手机："你又遇到奇怪的人了？"

"嗯……也不是奇怪。"喻涵扭扭捏捏地说，"我现在在在酒店的安全通道里躲着。"

沈暮当她是被好多极品的男人骚扰到了，毕竟联谊会是群体活动，可不是相亲那样双方单独相处。

"要不你直接走了吧，"沈暮皱起眉，有些担心她的情况，"别跟狗男人玩儿。"

江辰遇刚把她的被角掀到一半，闻言顿住，瞟了她一眼，不动声色地盖住她露出的雪肩。"狗男人"？小姑娘是什么时候学坏的？江辰遇拥着她，听她继续打着电话。

那边讲了长长的一段话，他不知道内容是什么，喻涵可能是在复述前因后果。

沈暮紧接着突然发出一声惊呼："谁？"

话音刚落，她仰头惊诧地望了一眼江辰遇，对着手机问道："你说……秦老师？"

江辰遇和她交流了一下眼神，再听到后面的那句话，就大概了解了情况。

"他也在那里？不会吧？"

喻涵似乎在仰天长叹："我无了。"她悲怆地说，"你知道我刚刚有多想从这个世界上消失吗？他就坐在我的旁边！旁边！"

喻涵在出生于书香门第还大了她小半轮的大学教授的面前，畏惧的情绪能达到极点。沈暮却不这样认为，反而觉得机缘来得正好。

沈暮灵机一动，有了主意，说："要不然这样，你不是不想留在那里吗？让秦老师给你打个掩护，出了酒店你就回家，你说好不好？"

喻涵嚷嚷道："好啥呀，不如一拳要我猪命！"

她的语气里满是抗拒的意味，沈暮以为她是不好意思开口，耐心地劝她说秦老师人很好，不用担心。

可无论沈暮怎么说，喻涵都闭口不应，宛如正在被开水烫着的死猪。

沈暮拿她没办法，暂时放下手机，戳了戳江辰遇的胸膛："你跟秦老师说说，他们在远洲酒店的联谊会上遇见了，能不能麻烦他送喻涵出去呀？"

那边的喻涵把沈暮的话听得一清二楚，原地大骇。

"别——别呀！

"宝贝儿别说了！不用，真的不用麻烦了！

"哎哎哎，人呢？说话呀，别光让我吃你俩的狗粮啊！"

就在喻涵哭天抢地地呼唤沈暮的时候，沈暮的手机里多出一个谦和的男声。

"小涵？"

"啊？秦……秦老师。"

"我半天找不到你，你怎么到这儿来了？"

"我那个……"

"在打电话？"

"对对对！打电话！"

"我等你吧，打完电话一起回去。"

"好……好的。"喻涵声音弱了下去。

沈暮重新低头看手机时，上面已经显示"通话结束"。她奇怪地嘀咕道："喻涵怎么挂电话了？"

江辰遇不慌不忙地问道："还要问吗？"

沈暮迟疑片刻，说："等等吧。"

江辰遇便把沈暮的手机放回床头柜上，将她揽回臂弯里："你再睡会儿还是起床？"

她当然要再睡会儿，这才几点？沈暮伸伸懒腰，抱住他："你今天跟我一起去学校吧？"

江辰遇沉默了一会儿，不轻不重地掐了一下她的腰："要我看着你画其他男人？"

江辰遇也不说起床了，把她摁在被窝里。

沈暮还得到学校去，怕他真折腾起来自己要迟到，对他软语央求了好一会儿，他还是放过了她。

沈暮没有其他想法，就是想要他陪着自己。他陪着，她也许就能多有些创作欲，不至于跟昨天那样无从下笔。

IAC初赛的作品被淘汰了大半，但余下的也并非真正入围了决赛。

根据美国的官方历届的规则，决赛分为两回。首次比赛需要以线上的形式投稿，九月初截止，由评审团评判决议淘汰名单。选手通过了首次比赛，才能获得第二回参加现场比赛的资格。

尽管首次比赛也是线上，但难度比初赛时的难度高了不止一点儿。霍克教授时常说他特别看好沈暮，但说实在的，她对自己没多大信心。

她只是刚进入社会的毕业生而已呀。在英才云集的赛事中，她就是个排不上号的小透明。

但沈暮这姑娘呢，虽然缺乏自信心，但从不自暴自弃，总会尽力做到最好。每次她都是一边哀叹着自己不行，一边又能百分之百地投入去画画。

沈暮经常质问自己：能不能自信一点儿？

自信一点儿，说不定她就能做得更好呢。

可这又不是靠嘴上说说就能成功的，所以沈暮才想让他陪着她试试。

"你在我就心情好，心情好我就能画得好一点儿。"

江辰遇在盥洗台前洗脸的时候，沈暮倚在旁边。浴室的灯光照下来，她的眼睛里倒映着波光，她巴巴儿地望过去。

她说得很温柔，他都分不出她是在胡诌还是在正经地说话了。

江辰遇轻轻地笑了一下，拧干手里的湿毛巾，把它折了折，将温热柔软的毛巾覆在她的脸颊上，轻而缓慢地擦拭她的脸。

沈暮乖乖地站着，仰起脸由他擦。

"行吗？"她拉扯了一下他睡袍的腰带。

江辰遇仔细地擦干净她的脸，把毛巾浸回水里，只说："你去换衣服吧。"

沈暮没松开他的腰带，赖着不走。

江辰遇拧着毛巾，侧头瞄了她一会儿，突然说："你带来的裙子都这么短？"

"不短呀。"沈暮不解地眨眨眼。

几条裙子里，最短的裙子都只有一丁点儿距离就到膝盖了，以前她也没听过他说裙子短。

她忽然想到：他该不会是因为教授带来的男模而心里不舒坦吧？她昨晚不是哄过他了吗？

沈暮垂眸思量片刻，眼底泛起浅浅的笑意。她问道："那等今天的练习结束了，你带我去商场里买几条长的裙子好吗？"

江辰遇擦了一把脸，洗净毛巾，随手把它挂到一旁。他的动作慢条斯理，他也慢条斯理地弯起一点儿薄唇："嗯。"

他不会听不出她的意思。买裙子是假，她想让他陪着自己才是真。

沈暮绽开了笑容，踮起脚来亲他的嘴角，然后蹦跳着去了衣帽间。

江辰遇看着她的背影，笑着。她说什么他没答应过？本来就是要陪着她去的，但他没直接说。他觉得被这姑娘笨拙地哄着的感觉还不错。

江辰遇真的在学校里陪了沈暮一整天。不过他也无事可做，除了受邀和霍克教授一起在学院里逛了逛，便是坐在窗边看书。

阳光被扇形的窗格割裂，屋内一半明亮一半黑暗。他漆黑的眸子在光里发亮，颀长俊挺的身子沉在暗处。他坐在一把椅子上，拿着一本《微观经济学》。

他修长的手指偶尔捻起书页翻过，他的坐姿和动作都很随意，但举止间就透着一种让人移不开视线的优雅。

沈暮的画架也支在窗边，和他的距离不超过两步。

一想到他就在旁边，沈暮下笔都多了几分冲劲。她不想掩饰自己的依赖，就是好喜欢这样的感觉。

菲娅突然觉得对面肌肉健硕的男模不香了："你老公在这儿我无心画画。"

沈暮把手心贴在她的侧脸上，轻轻地摆正她的脑袋，把她饥渴的目光从江辰遇的身上转到远处的男模上："专心点儿，否则教授回来又要批评你了。"

菲娅又瞄了江辰遇一眼，红唇微张。她咬住铅笔："我能请你老公当模特吗？"

沈暮看着她，果断地回绝道："不可以。"

"虽然你老公一看就不缺钱，但为了表示我的诚意，我出双倍的价格。"菲娅努力地争取这位长相优越的男人。

沈暮笑起来，想起自己当初也是这样的反应。没什么好奇怪的，美术生对一见钟情的专属模特的渴望近乎疯狂。

菲娅用肩膀撞她一下："问问你男人，他愿不愿意？"

沈暮没问他，也不必问他，因为"我不愿意"。

江辰遇始终垂眼静静地看书，唇边掠过一点儿微不可见的笑意。

菲娅捂住胸口，痛心疾首。对面那位突失存在感的男模低咳了一声，企图从她们那儿找回一点儿男人的颜面。

菲娅抬头敷衍地宽慰了他两句，昧着良心夸赞他，转瞬又转回目光："告诉我，我还有得到他的机会。"

菲娅口中的"他"当然不是男模。

沈暮温柔地笑："Abel 一定乐意的。"

菲娅故作虚弱地抚了抚额头："我已经不想再看见 Abel 的那张脸了，让他退了明天的票不必再来。"

沈暮被她的演技逗笑。

事实证明，沈暮心情愉悦时画出的线条都能流畅许多。昨天怎么画都不满意的人体轮廓，今天沈暮只花了小半日就完成了。

当晚，江辰遇带她去购物。

沈暮来时只带了一只行李箱，没带多少衣服。那时她以为他不来，也没什么打扮的心思。但他在，她就想多置备几条裙子了，裙子还得是他觉得好看的。

沈暮从换衣间里进进出出，可江辰遇都说"好看"。只是在营业员夸她身材好并推荐超短裙或低领装的时候，他才会皱起眉头来表示不悦。

沈暮悄悄地抿着嘴笑，只试穿了几条长裙。她自己也不爱穿那样暴露的衣服。

江辰遇十分耐心地陪沈暮逛街，她居然一逛就逛到了晚上 10 点多。

回家前，沈暮去专柜那里买了几套薄款的内衣套装。在这样的天气下，她现在穿的内衣有些厚了。

沈暮在内衣店里挑选的时候，店员向她力荐新品，那是一套有黑色网纱的透明深 V 和低腰的蕾丝绑带的内衣。

沈暮觉得这风格不是她能穿的，但难以拒绝店员的热情，又想着：说不定他会喜欢这衣服呢?

他们走出百货大楼,朝司机停车的地方走去。

"我平时是很少逛街的,"沈暮随口说着,"最多陪菲娅或喻涵逛一会儿。"

今晚她竟然一逛就逛了三个多小时。

江辰遇一只手提着很多购物袋,另一只手牵着她,微微挑眉,问道:"这也是我给你的灵感?"

沈暮忍不住笑出声。

"可能以前逛街时我缺了一个帮忙拎包的。"她甜而软的声音里含着点儿俏皮。

江辰遇抬了抬唇角,跟着她笑。他倒是乐意被她使唤:"明天你还要我陪吗?"

沈暮认真地思考后说:"都行。"

昨天她怎么也画不下去,今天他一来,自己就画得顺了,按理说明天完成剩下的部分应该没什么问题。

但是……

"你想不想?"他不慌不忙地问道。

沈暮闻言仰起头。

江辰遇也正垂眼瞧向她,那双黑眸像是有看透她的一切心思的能力。

沈暮卷翘的睫毛掀动两下,说:"我想呀。"

"想就说。"江辰遇松开她的手,将人揽得离自己近些,"跟我客气什么!"

他的语气缓缓的,有着安抚心神的作用。

沈暮压不住脸上绽开的笑容:"噢。"

第二天江辰遇也在画室里陪她。

在给画上色时,沈暮走了一会儿神儿。望着在工作台旁和霍克教授从容地谈笑的江辰遇,她忽然对决赛第一轮的线上画稿有了一些想法。

沈暮觉得自己的念头好像还挺不错的呢,她的想法坚定了几分。

当天 Abel 从里昂回到巴黎。说好要聚聚的,菲娅便和他们约着在一家歌剧主题餐厅里吃饭。晚餐在歌剧表演的美妙氛围中进行,沈暮对奶油南瓜汤和小牛肉碎印象深刻。

菲娅、Abel 与沈暮都是同龄人。但面对江辰遇时,他们不必知晓他的年龄,他本身的气质足以令人心生敬畏。

沈暮起初还担心他们会不会像面对领导时那样拘谨,但很快就知道自己多虑了。菲娅不懂商界的情况,但 Abel 是商管专业的,一眼认出江辰遇。

Abel 全程兴奋地和江辰遇交流经贸方面的问题,因为沈暮的关系,江辰遇淡淡地笑着回答他的问题。江辰遇清俊儒雅,很好相处,没有半分对待工作时的严厉。

于是他们把一顿晚餐吃成偶像见面会。沈暮和菲娅两个美术生压根听不懂他们的谈话,便一起小酌了两杯果酒。

晚餐结束后，Abel 还像个小媳妇似的对偶像依依不舍，甚至提出再去酒吧继续聊，可当时沈暮已经不是很清醒了。她再次刷新了对自己的酒量的认知——两杯低浓度的预调果酒就能让她难以站稳。

江辰遇将她横抱起来，对 Abel 说："下回吧，我妻子醉了，我得带她回家。"

沈暮从江辰遇的颈窝处软软地抬起脸，跟他们告别。

黑色的商务车一路驶往别墅。沈暮摸出手机，眼前模模糊糊的。她陷在柔软的座椅里，眯着眼刷朋友圈。

第一条朋友圈就是喻涵发的。巴黎和南城有时差，这条朋友圈大概是她睡前发的。喻涵一改往日里狂野的画风，居然转发了一段文绉绉的文字鸡汤，标题是"汪国真最美短诗，此生必读"。

秦老师在下面点了个赞。

沈暮歪了一下脑袋，疑惑两秒，但这会儿脑子转不过弯来。

她正思考着，手机突然被抽走。江辰遇将她的手机放到自己的裤兜里，拧开一瓶水递给她："先别玩儿手机了，你不晕吗？"

她确实晕乎乎的。沈暮没再想那件事，接过水喝了两口，然后伏到他的腿上。

"说好要给我当模特的，你不要忘了呀。"她带着醉意的声音软软的，没什么气力。

江辰遇摸摸她的头，应了一声。

沈暮把脸在他面料微凉的西装裤上蹭了蹭："我现在就想画……"

江辰遇笑了笑，当她是醉后说胡话。

他们回到别墅后，江辰遇将沈暮抱到卧室里的沙发上，让她坐着。他去浴室里拿毛巾，准备给她擦脸。

江辰遇用温水浸湿毛巾，把毛巾拧干，走出浴室的时候，就看见沈暮晃晃悠悠地在沙发旁支画架。

江辰遇愣了愣，快步走过去，扶住她不稳当的身子，屈起手指敲了一下她的额头："你做什么呢？"

沈暮在他的怀里仰起脸："画画呀。"

她眸子水盈盈的，眼神特别无辜。

江辰遇无可奈何地笑了一声，不打算跟这个小酒鬼周旋，将她攥在手里的画笔抽走放到茶几上，将人拉向沙发："明天再画。"

沈暮鼓鼓绯红的脸颊，就是想今晚画。她刚这么想着，一个趔趄往前扑倒。江辰遇护住她，被她拽到沙发上。

她直接揪住他衬衫的领口，想要解纽扣。她醉得迷迷糊糊，低着脑袋盯住眼前晃来晃去的纽扣，手指不大灵活。

沈暮解不开扣子，就是解不开……她不耐烦了，蹙起眉头，红润润的嘴唇也跟着撇了撇。她烦躁地胡乱拉扯起他的领口来，用蛮力接连拽开了领口最上面的两颗扣子。

江辰遇把掌心覆到她的后腰上，握住她的腰，不给她乱挪乱动的机会，但没阻止她折腾自己的衬衫："听话，洗脸睡觉了。"

沈暮还在闷头跟纽扣较着真，嘟囔了一句。

江辰遇没听清她的话："嗯？"

沈暮抬起歪着的头，双颊被酒意染得嫣红，像逢春的三两枝桃花。

她这会儿不太讲理。沈暮斜斜地从他的胸膛上撑起身，攥住他的手指，把他的手指拉过来摁到纽扣上。她蛮横起来奶乎乎的："你……脱！"

第十四章
巴黎街头

江辰遇对她红梅落雪般的诱人的脸蛋儿瞧了片刻，无奈地笑了一声。她喝了点儿酒就跟小霸王似的了，还要他自己脱衣服。

"你非要现在画？"江辰遇拖长腔调说，目光定在她的脸上。

沈暮的思路不太清晰，她满脑子想着离线上投稿截止只有半个多月了，可急死人了。她用力地点了一下头："嗯。"

江辰遇的眼中含着纵容的笑意，他开始慢悠悠地往下解扣子。他还能说"不行"吗？她就是半夜喊他起来，他也得顺着她。

他很快脱下被她扯崩两颗纽扣的白衬衫，随意地把它丢在沙发上。

沈暮突然安静下来，盯着他看。说实在的，她至今还没凑这么近仔细地瞧过他西装下的身材。虽然……他们"那个"过好多回，但每次她都是全程闭着眼睛，不敢乱看，或者说是每次都没多余的精力关注其他。

沈暮将目光往下移动，然后定格了好半天。眼前的画面比她想象中的要完美百倍。他不像欧美的肌肉男那样野蛮鲁莽，也不像文弱的书生那样瘦骨嶙峋。

他是带着美感的，穿不穿衣裳都散发着矜贵优雅的气质，显然平常对自我的管理非常严格。他流畅的肌理线条和冷白皮都是绝对赏心悦目的。

沈暮想：如果那天在飞机上，他不是规规矩矩地穿着西装，而是随意地穿一件显身材的 T 恤，她可能会放下矜持，咬咬牙当面询问他愿不愿意长期给她当模特。

特调果酒的味道在彼此的唇齿间蔓延开来，沈暮含含糊糊地发出细碎的声音。

热烈的吻暂时停下，江辰遇抵着她的额头，闭眼感受那独特的柔软，沉住气问道："你在说什么？"

沈暮依偎在他的身前说："画画……"

江辰遇被气得笑了，还挺希望她经常喝醉，如果她没这么执着地要半夜动画笔的话。他耐着性子，摸摸她的头："明天画。"

沈暮掐着手指开始算天数，屈起一根手指，再屈起一根手指……她算不明白了，索性直接带着哭腔说："呜呜，要来不及了……"

"不差这一晚。"江辰遇抚抚她光洁的后背，诱哄着她，"乖，先睡觉好不好？"

沈暮不依，一个劲地嘀咕着"要快点儿画"。

江辰遇也没动弹，依旧保持着那个姿势，向后靠在沙发上。

沈暮在工具包里胡乱地摸索了一会儿，找出铅笔。她用水灵灵的眸子盯了半天画纸，脑袋也跟画纸一样空白。她咬咬唇，又用笔戳戳脑门，然后全凭本能"唰唰唰"地落下了笔。

江辰遇忽然笑了一声，眼神里含着宠溺和探究的意味。他还挺想看看这只小醉猫能画出些什么。

沈暮也不知道自己在画些什么，思绪乱着，握笔的手指也虚虚软软。不过她有扎实的基础，抬眼又低眼，还真将靠着沙发的那人画出了形来。

她时而咬咬笔，时而皱皱眉头，脸颊上起着红潮，蓬松的长发丝丝缕缕地钻进领子里。她把可爱和性感都展现到了极致。

江辰遇弯起薄唇，欣赏她的一举一动。豹子狩猎的时候，一般先等待，到了最恰当的时机，再精准地一口把猎物吞入腹中。

沈暮去看自己心心念念已久的模特，一抬眸，见他笑得意味不明，不满地嗔怪他："你笑什么？"

江辰遇不说话，只静静地望着她笑。沈暮心想哪里不太对，但此刻神经都麻木着，什么都想不到。

她突然又羞又恼，倏地站起来，跺了一下脚："不准笑！"

以后他还是禁止她喝酒吧。

江辰遇束手无策，松开她的手，将人抱到怀里，亲了亲她的耳朵："明天都听你的，今晚先听我的，好不好？"

江辰遇浅笑："你真听我的？"

沈暮极具契约精神地点头。

江辰遇垂眸凝思片刻，意味深长地附到她的耳边说："那你再叫我一遍。"

沈暮发蒙，问道："什么？"

江辰遇提醒她："坐旋转木马的那天，你是怎么叫我的？"

沈暮稀里糊涂地思考半天，倒是想起来了，但羞臊被酒劲冲淡，只余下恍然大悟。

"你只听一遍吗？"她得问清楚。

江辰遇的笑意加深，他咬咬她的耳垂，刻意引诱着她："你可以一直这么叫我吗？"

沈暮琢磨了一会儿，想着今晚她要听话，明天他才能安安分分地坐着让她画。

沈暮慢慢地抱住他的腰，也凑到他的耳边："老公……"

她呵气间带着淡淡的酒香，语气温柔，话语不知不觉中带有调情的意味。

次日，沈暮不出所料地睡过了头。她在江辰遇的臂弯里掀开眼睫的时候，四肢酸痛得连翻身都懒得翻一下。

沈暮哼哼唧唧地往他的怀里钻，用慵懒的声音又娇又哑地问道："几点啦？"

"不着急，再睡会儿。"江辰遇摸了摸窝在自己的胸膛前的脑袋。

其实闹钟已经响过两回了，但她没醒，他也舍不得把她叫醒。沈暮正好也不想动，懒懒地"嗯"了一声，抱着他的腰，眼睛闭上了。

昨晚醉酒的情形，沈暮记得不是很清楚了，但倒是有些隐约的印象。

也不晓得那是梦还是真的，夜很深很深了，她好像被海浪卷着，也可能是她的身体乘着海浪不断地起伏。

江辰遇睁开眼睛，垂眼便见一阵惊骇从她惺忪的双眸里涌出来。

"你做噩梦了？"江辰遇带着安抚的意味拍拍她的背。

沈暮张张嘴。她可太希望那是个噩梦了："我昨晚……是不是醉了？"

江辰遇言简意赅地说："嗯。"

沈暮已经觉得不妙了，咬咬唇，勉强出声问道："我那个……没做什么奇怪的事情吧？"

他们对视片刻，江辰遇忽然笑了一声："没有。"

沈暮眉头一松，暗暗地舒了口气，那是梦就好。

"你主动起来很可爱。"江辰遇拨开她的耳边散乱的长发，慢条斯理地补充一句。

刚放下的心转瞬吊起来，沈暮倏地抬眼。他的眸中含着耐人寻味的笑意，答案显而易见。

沈暮脸颊"唰"的一下涨红，气势不足地瞪他一眼："你……你不要乱讲。"

江辰遇还真乖乖地不说话了，只是唇边的笑意犹在。

沈暮因他的笑而越发羞臊难堪，在被窝里用脚踢了一下他："老趁我喝醉时欺负人！"

江辰遇没躲，笑了一声。姑娘家醉酒这么有意思，她昨晚还逼着他脱衬衫，做时也扶着他的肩，叫着一声声的"老公"，放得开得很。这酒一醒，她又贼喊捉贼了。

江辰遇捏了捏她的鼻尖："你自己不肯睡觉，还怪我了？"

沈暮想反驳来着，刚要开口，隐约想起一些零星的片段，又不清楚自己具体是在闹腾什么。

"我不信，肯定是你。"沈暮嘴硬地说。

江辰遇将她往怀里揽近些，十分耐心地含着笑问道："我什么？"

"你……"

他揽着她的腰，不让她从身上下来。沈暮抿抿唇，没好意思说，后面的话语都成了一声娇软的"哼"。

他们僵持了一会儿，沈暮决定不跟他计较。毕竟她自己都稀里糊涂地记不清了。

沈暮又问了一遍时间，江辰遇才告诉她就快要9点了。

"那你不叫醒我，还让我再睡？！"沈暮立马清醒，忙不迭地从被窝里爬出来，拖着疲软的身躯挣扎着要起床。

江辰遇没拦着，在沈暮踩到地面腿软歪倒的时候扶了她一把。

沈暮回头睨了罪魁祸首一眼。她没多少力气，可脸颊红红的，气色倒红润得很。

江辰遇对着她明媚的脸蛋儿凝视了片刻，想到昨夜她如一朵娇艳的玫瑰在身上盛开，内心便开始骚动。他轻轻地摩挲她的侧腰："你要不要我抱？"

沈暮嘟囔道："我才不要。"

这会儿身上空荡荡的，她随手捞过地上的衬衫就往身上套，赤足踩着地毯跑进了浴室里。江辰遇笑了笑，也跟着起身。

他到衣帽间里帮沈暮拿了内衣裤和更换的裙子，然后才不慌不忙地走向浴室。

卧室里的画架上还夹着昨晚的画纸。画纸上已经起了稿，明暗的线条热烈又奔放。

沈暮走出浴室的时候，嘴唇殷红。她念叨着什么，可能是想起了昨晚大致的情况，也可能是在抱怨江辰遇大清早又动手动脚。但她赶时间，来不及多思忖，匆匆地找手机和包包准备去学校，也没注意画架上的画。

今天沈暮要到巴黎圣母院的附近采风，没让江辰遇陪。送她到学校后，江辰遇就去了公司，说她要回家就随时给他打电话。

虽然昨晚和今早，他都坏得要死，但沈暮走之前还是难分难舍地亲了他一口。

"自己要按时吃午饭呀，别一忙就忘了。"下车前，沈暮一边叮嘱，一边给他整理领带。

江辰遇用指腹蹭了蹭她的脸颊，笑着说："知道了，你在外面注意安全。"

沈暮听话地点头说"好"。

早上起得有些晚，但沈暮居然是最早到画室的，菲娅和霍克教授都还没到。等待他们一起出发的过程中，沈暮恍惚地想到了喻涵的那条像被盗号的朋友圈。

沈暮翻出手机，点进喻涵的朋友圈里看了看。昨晚那条"汪国真最美短诗，此生必读"还在，秦老师也确实在下面点了赞。而且沈暮发现，喻涵的朋友圈变成三天可见。

这不符合喻涵二十多年来有槽必吐的人设。她是个不藏秘密的人，开心时光明磊落，生气和骂人时也光明磊落。

她曾经的朋友圈是这样的——

喻涵遇到气人的傻子时。

喻涵："女娲娘娘造某些人的时候没土了吧，某些人缺胳膊少腿，脑子也不完整！"

喻涵买到某无良博主推荐的劣质化妆品的时候。

喻涵："无良奸商，离老子远点儿！"

当然喻涵也有兴奋雀跃的时候，比如吃到沈暮亲手做的美味的晚餐，不必点腻人的外卖时。

喻涵："啊哈哈……我还能再吃三碗！我的老婆最棒！耶耶耶耶！"

所以当她的画风从狂野突然转变成文艺，沈暮措手不及。

沈暮敲了一句话发给她。

沈暮："前两天的联谊会不愉快呀？"

此刻在国内是将近下班的时间，所以喻涵回得相当快。

喻涵："〔昏迷.jpg〕。"

沈暮："怎么啦？"

喻涵："别提联谊会，让它随风而去吧。"

喻涵："〔躺棺材.jpg〕。"

沈暮琢磨了一下，换了个问法。

沈暮："你和秦老师那天是什么情况？"

喻涵："没有！什么情况都没有！！"

沈暮："……"

沈暮："别激动，我就是问问。"

喻涵平复了十来秒心情，然后不打自招。

喻涵："你那个什么秦老师，不就上回在你和江总的家里聚了一次餐，他也太热情礼貌了吧。联谊会结束时他要我加他的微信、到家给他报平安，这我能拒绝吗？"

沈暮坐在画室里阳光照耀的窗边，笑了，用白嫩的指尖继续打字。

沈暮："那你的朋友圈是怎么回事？"

喻涵："他老人家空降朋友圈，我不得经营一下朋友圈，做个人吗？"

沈暮："人家也才三十岁不到，怎么就成老人家了？"

喻涵："差不多啦！"

沈暮知道她对老师一向有阴影，何况对方还是教授级别的。

沈暮："秦老师人真的很好，你不用怕的。"

喻涵："我这叫尊师重道！"

沈暮："……"

那好吧。

喻涵："今后你将看到我频繁地转发各类鸡汤、箴言和文人雅句，请不要误删我。"

沈暮独自蹲坐在矮凳上，扬起的唇角带着笑意。无法无天的喻涵好像有了克星呢，好神奇！

落日时分，巴黎的街头好似镀了一层金。江辰遇去美术学院接了沈暮回家。

沈暮在车里举着白天的写生作品，反复观赏："我还是觉得建筑比人物难画多了。"

见她一副很不满意的模样，江辰遇接过画纸看了看。她画的是巴黎圣母院的中远景，饶是他这种和美术不沾边的人，都看得出线条的精准到位。

江辰遇略挑眉梢："这还不够好？"

沈暮撇撇嘴："太小儿科了。"

如果是校内组织的比赛，她的画倒还能拿出手。可这回是国际赛事，她的画和那些艺术大师的作品根本没有可比性。

画建筑并非沈暮的强项，三思之后她决定画擅长的部分。她靠过去，抬起又卷又长的睫毛，巴巴儿地望着身边的人。

江辰遇垂眸，含着笑瞥她："你又在打什么主意？"

被他看穿，沈暮也不藏着掖着，把下巴放在他的肩上，乖而甜地笑着说："这次比赛的作品，我想直接画你。"

他还以为是什么大不了的事呢。江辰遇看看近在咫尺的那张精致漂亮的脸蛋儿，眸底含着笑意，用指尖拨弄了一下她的睫毛："噢。"

沈暮颤了颤眼睫，像一只被他撸着的小猫，温顺地眯起眼睛。

"但是……你可能会被认出来。"沈暮抱住他的一只胳膊，软软地说。

原本只想要他帮助自己练习的，但沈暮发现，其他模特都不及他。而且，比赛她也不想将就。

但如果她直接画他，他肯定会被认出来的。到时候不管她得不得奖，关于江总性感的身材的画都要被营销号传得满天飞。

沈暮独自愁着。

江辰遇摸着她的发，依旧毫不在意地"噢"了一声。

沈暮悄悄地觑了他一眼，以为他不是很情愿露脸，小声地说："你只脱上面的衣服就可以。"她想想，又连声改口说，"不……不，你还是穿整齐吧。"

江辰遇笑了笑："我真不要脱？"

沈暮坚决地说："不要。"

江辰遇慢悠悠地点了一下头，又慢悠悠地说："昨晚某人把我的一件衬衫扯坏了。"

沈暮一惊，捂住了他的嘴，偷偷地瞄了一眼开车的司机。然后她回眸瞪他，把声音压在喉咙里说："你别乱说，咱们还没回家呢……"

江辰遇倒是淡定如常，抬了抬眸示意。沈暮警告地瞪他一眼，缓缓地移开手。

"他听不懂。"江辰遇轻弹了一下她白净的额头。

沈暮一愣。对，司机不懂中文，是地地道道的法国人。

"我就是不想你被别人看光了。"沈暮扭扭捏捏地出声说，轻咳一声，搂着他的手臂撒娇，"但我有个小要求。"

江辰遇没问，只说："我也有个小要求。"

沈暮略歪脑袋："你先说。"

江辰遇眸底染了一丝缱绻的意味，语气却不紧不慢："你什么时候公开我？"

公开？沈暮想了两秒，脸倏地红了一片。她听着这话，他怎么有点儿可怜呢？他说得好像是她在和他偷情一样……

沈暮低咳一声，佯装若无其事地说："喻涵说过的，全网都已经知道我们俩的事了。"

所以他们不公开也没太大关系吧？他们确实有关系，也不急于一时公开，对吧？

江辰遇淡淡地瞥她一眼："在成为真相之前，猜测永远只是猜测。"

他很少用这样正经的态度和她讲话，大多数时候眉眼间都是含着温和的笑意。沈暮其实也辨不清此刻讲道理的语气是真的还是故意的，但感觉到了他的无奈。

她知道，自己该哄哄他了。沈暮把半个身子伏过去，用下巴蹭了蹭他的肩头，用软绵绵的嗓音说："再等我一段时间吧。"

江辰遇漫不经心地开口道："多久？"

"等线上提交的作品出结果后。"沈暮像棉花糖一样粘着他，晃晃他的手臂，"下个月，最晚下下个月结果肯定就出来了，好吗？"

江辰遇的嘴角随她的撒娇浅浅地弯了一下，但这也只是微不可见的一瞬间。原来她只让他等一两个月呀，他还以为她要把他藏个两三年呢。

等了那么四五秒，他才"嗯"了一声。

这听起来还真像是他认真地考虑后的回复。

沈暮舒了口气，温柔甜蜜的笑容在面上蔓延。

江辰遇含着浅浅的笑意看了她一会儿，捏捏她的耳垂，忽然说了一句："昨晚答应我的事，你没忘吧？"

"昨晚……什么？"沈暮大致想起来了，但一时没反应过来他指的是哪件事。

江辰遇迎上她困惑的目光，弯了弯唇，低头在她的耳边轻语两句。

驾驶座上的司机不懂中文。但在后座上卿卿我我的领导夫妇突然没动静了，他便好奇地瞄了一眼后视镜。

他看得不清楚，但随后就听见领导的小娇妻软软地"哼"了一声，她在嗔怪她的丈夫。

以前江总到巴黎出差，都是沉着一张俊脸，司机可没见他和哪个姑娘这样过。"啧啧啧"，这恋爱真是该死的甜蜜！

女孩子太乖容易被欺负。沈暮身体力行地证明了这一点的真实性。

回家后趁等晚餐做好的工夫，沈暮准备动动画笔，事先思考一下画他的哪个姿势。她刚进卧室里，就被跟在身后的那人捞了过去。

她被压到卧室的门上，门"砰"的一声被关上。沈暮惊呼着，都来不及反应，江辰遇便掐着她的腰吻下来，将她围在自己和门之间。

"等一下……呜……"沈暮说，断断续续的话音含糊不清。她把手抵在他的胸膛上，推了推他，没推开。她下车前脸上好不容易散去的红晕又爬上了耳尖。

江辰遇当然也不是临时起意。她在车里乖乖地唤"老公"的声音太好听了。

也许她当时是害羞，不敢放开声音，所以才贴过来，轻轻地和他咬耳朵。她醉酒时十分妩媚，清醒时也别有风情。

下楼吃晚餐的时候沈暮不太理他。

沈暮闷声吃饭，殷红的唇一张一合。她往嘴里一口接一口地填着菜，夹了大块的红烧肉也整个塞进嘴里，用牙齿用力地咬着肉，像是把肉当成他。

江辰遇见状，情不自禁地轻轻地笑出声。他不就把她摁在门上亲了一会儿，她至于这样吗？

沈暮抬眸，气鼓鼓地看他："你还笑？"

他把她的内衣的搭扣都拽坏了，还好意思笑？！

江辰遇的眼中含着纵容，他把一块剔掉刺的鱼肉夹到她的嘴边："我再赔你一套新的衣服。"

沈暮不张嘴，甚至唱反调地把嘴抿了起来。

江辰遇对其他人可能只有严苛，对沈暮却有着无尽的纵容，完全把她当小孩儿哄："是我不对，宝宝乖，别生气了。"

他温和的嗓音像柔柔的春风，沈暮的心湖被吹得漾了漾。他一服软，她就倔强不下去了。

沉默片刻，沈暮"哼"了一声，含住他的筷子，将那块鲜嫩的鱼肉卷到了舌尖上。

江辰遇放回筷子，用拇指轻轻地揩了揩她的唇角旁的汤汁，温柔地笑着问道："鱼肉入味儿了吗？"

沈暮细细地回味鱼肉的滋味，点点头。

江辰遇垂眸仔细地剔出鱼刺，再把鱼肉夹起来喂她。沈暮张口含住鱼肉，吃得很香，心里却觉得自己未免太过好哄了吧。

沈暮温暾地看他一眼，语气间没有不悦，倒像是在跟他撒娇："晚上我得好好画了，你可不许再跟昨天一样。"

江辰遇慢悠悠地道："昨天……"

他还没讲话，沈暮已经联想到整宿的迷乱，面颊蓦地滚烫发红。她打断他："你还说？！"

江辰遇弯唇笑了笑。她不让说，他就不说了。

没过几秒，沈暮的气势就弱下去了些，她瞟他两眼，咬咬筷子，小声地问道："你能穿那件黑蓝色的睡袍吗？"

他可能不愿意穿那件睡袍，但沈暮想画。

他随意地穿着睡袍、半湿的短发碎而凌乱的样子，要比他西装革履时多一份慵懒和性感，有让人眼前一亮的惊艳。至少她初见他时这样的感觉很强烈。

她私心不想让他把衣服全脱掉，而且觉得自己的脑海中的画面要更好，毕竟半遮半掩才能让人浮想联翩。

江辰遇拿起一只空碗，一边舀汤，一边挑了挑唇："这就是你的小要求吗？"

沈暮眨着眼睛："是呀。"

她正担心自己的要求过分，江辰遇却只慢条斯理地"噢"了一声。她等了一会儿，江辰遇并没有说下文，仅仅是盛好一碗莲藕排骨汤，把汤摆到她的手边。

"就这样？"沈暮狐疑地问道。

"你要画多久？"江辰遇不答反问。

沈暮用勺子搅着汤，从碗里飘来莲藕排骨的浓郁香味儿。

"顺利的话，我要画四个晚上。"沈暮吹了吹勺子里的汤，小口地喝掉它，思忖后又说，"如果出了差错，我也可能会重画。"

江辰遇淡淡地点了一下头，没说话。

这栋别墅的主卧是按照沈暮的喜好重新装修的，拥有米白色和藕粉色相融的色系，和她设想的效果不是很搭。于是，沈暮将画架架到了书房里。

书房里有一张香槟色的皮质沙发，背景是摆满整面墙的书柜。书籍的颜色繁复不一，能给画面增加层次感，但不抢镜。

沈暮又从衣帽间里翻找出一条柔软的酒红色长毯，把它很随意地披在沙发上，长毯的一端悬在沙发的背后，另一端垂在前面的地面上。

准备妥了，沈暮才让江辰遇在沙发上坐下。蓝黑色的睡袍，酒红色的长毯，黑和红这两种醒目的色彩永远都能演绎出不落俗套的经典。

沈暮从书桌旁挪来落地灯，调整好光源，然后又把他最近在看的那本金融类的书递给他。

江辰遇慢悠悠地接过书，唇边含着任她摆布的笑意："沈老师要我怎么做？"

沈暮的脸一下子就被他打趣得泛红，她站在沙发前，踢了他一脚："别乱喊……"

"噢。"江辰遇很听话，下一秒却抓住了她的手腕，往自己的身前轻轻地一拽。

沈暮没留神，身子一斜，跟跄着跌坐到了他的腿上。她正想起身，江辰遇用臂弯箍着她的腰肢，将人揽到怀里。

男人偏高的体温透过真丝睡袍轻易地传递过来。沈暮被迫趴伏在他的胸膛上，指尖触到夏日余韵般的温度，鼻间是他身上的沐浴露的淡香。

"我真的得开始画了。"沈暮心跳加速，扭扭腰，声音软绵绵地提醒他。

江辰遇倒也没想干什么，只是要在事前向她问清楚。他捻了捻她发红的耳垂："你得先告诉我，我中途忍不住了怎么办？"

沈暮"呜"了一声躲开，轻轻地望过去，呢喃道："我不是给你书了嘛，就是怕你闲不住。你尽量别太大幅度地动弹就好啦。"

江辰遇轻轻地笑："你的老公是正常的男人。"

他总不能一连四个晚上都被她盯着看，还没反应吧？

沈暮突然哑口无言，找不到反驳的话。因为她也理解，如果他真的无动于衷，自己才该生气。

沈暮咬住一点儿下唇，戳戳他的腰窝："你……你……你乖一点儿。"

她的两只耳朵都灼了起来，她搭着他的肩，低头凑近他，主动亲了亲他的嘴角。

"我早点儿画完，我们早点儿回国嘛。"沈暮软着身子依偎着他，"好不好？"

江辰遇的神情一片平静，让人瞧不出故意与否，他用指腹不慌不忙地摩挲着她的细腰。

见他不说话，沈暮拉住他的两根手指，摇啊摇："好不好？好不好？好不好？好不好？好不好？好不好？"

她耍无赖似的，在他的耳边絮絮叨叨个不停。江辰遇稍稍往后避了避，笑着拍她的后腰下方软翘的部位："好，你去吧。"

沈暮得意地在他的侧脸上亲了一口，笑眯眯地向画架跑去。这四个晚上她应该可以安心地画了。因为他答应了她，就一定会做到。

江辰遇的唇边依旧带着笑意，他看着她坐到画架前，她在工具包里东翻西找地挑画笔。他就只是逗逗她而已，可不想给家里的艺术家拖后腿，但小姑娘实在是太好忽悠了。

这晚江辰遇都在静静地看书，沈暮起稿很顺利。第二天晚上他也很配合她，靠着沙发照常看书。

第三晚，他大概是把这本书翻到了底。看完了书，他随意地把它合上握在手里，抬眼远远地望过去，开始看她。

沈暮调着颜料，无意间发现他直勾勾的目光，手里的调色盘顿住，心跳的频率开始加快。

她抿抿唇，和他商量："你能不能不看我？"

江辰遇笑笑，移开视线，看到她的右手边有一面靠墙的落地全身镜。镜子很大，够长够宽，镜面也十分洁净。他不动声色地打量了一会儿这面全身镜。

"回国前，我们拍一套婚纱照吧。"他突然说了一句。

沈暮愣了一下："啊？"

江辰遇的目光慢慢地转回到她的脸上，他笑容平静地说："巴黎的风景还不错。"

在正式的婚礼之前，哪怕临时起意和他先领了证，沈暮对夫妻的认知依然不是很清晰。当他说要拍婚纱照，沈暮一下子就被触动了。

沈暮的动作放慢了许多，她垂下眼，脸颊微红地捏着油画笔："还有好多地方的风景也漂亮呀。"

江辰遇听着她含羞的呢喃声，静静地望着她："你喜欢哪儿？"

"圣托里尼、罗马、苏格兰，还有马尔代夫。"沈暮戳戳调色盘，"日本的樱花也很好看的。"

她明明心里欢喜，面上却一本正经地和他抬杠。嗯，女孩子要矜持一些。

江辰遇唇边的笑意加深，说："你这是要环球旅行啊。"

沈暮瞅一瞅他，悄无声息地撇了一下嘴。看，他为难了吧，哼。

"不行吗？结婚就一次，当然得认真地对待呀！"

江辰遇看似沉吟了一会儿，悠闲地倚着沙发："也成。"

嗯？沈暮瞥他一眼。

江辰遇慢条斯理地说："给我几天的时间，我回总部安排一下工作，腾出半年的时间陪你度蜜月。"

沈暮的心变得暖烘烘起来，耳根也升了温，她抿着嘴笑，低语道："婚礼都没办，谁要跟你度蜜月啦？"

"也是。"江辰遇往后屈起手臂，把手臂搭在她铺的酒红色长毯上，慢悠悠地说，"我让方硕从明天开始准备。"

他们再说下去，就又要绕回到公开的问题上了。沈暮低头不看他，也不应答，假装在认真地调色："你别乱动，我要上色了。"

"好。"江辰遇笑了笑，然后安静地坐着。

这幅画从起稿、构图到铺色都非常顺利，也许她是因为投入了更深的感情，所以画得格外仔细。

这就和她画东艺展的那幅《捕捉白日的春夜》一样。作那幅画时，她满心念着奶奶，希望白日再长一点儿，希望那一抹橙色的余晖可以永不消逝。

对眼前的这幅画，她想用"盛世美颜"来形容画笔下的男人。

他怎么长的呀？他怎么可以这么好看呢？而且他穿着宽松的睡袍，是外人从未见过的模样。

第四晚给画收尾的时候，沈暮看着画架上的画，忽然有些舍不得把它和别人分享了。

她想到之前在微博上看到的评论，那群女孩子真的好疯狂呀！如果……这幅画被展示出来，那她们肯定会对他的男色越发垂涎欲滴吧。

沈暮撇撇嘴，心里不是很乐意。

江辰遇今晚换了一本沈暮看不懂的书，因为书是意大利文原版。他还是在沙发上坐着，不焦不躁地时不时翻一页书。

书房里静悄悄的，只有翻书和画笔作画的声音。

为了不影响光线的效果，偌大的书房里只有两处光源：一处是沙发旁的落地台灯，灯光照着江辰遇的周身；另一处是壁顶的射灯，射灯打下一圈明亮的光线，照亮画架。

沈暮画完的时候已经将近 11 点。她认认真真地检查一遍画后，长舒一口气，脱下帆布围裙。

"画完啦！"沈暮开心地告诉他可以动了，然后起身，拎着笔筒小跑进书房的洗手间里，冲洗笔筒。

江辰遇正好看完某一段文字。他抬眼间，她纤细的身影一晃而过，只在洗手间的门边留下一截浅蓝色的裙摆，裙摆转瞬也消失在了视线中。

他不慌不忙地合上了书。沈暮清洗画笔的时候，江辰遇走到画架前，悠闲地欣赏陪她熬了四个晚上的成果。

油画的颜料还没干透，尽管他不懂美学，无法评判这幅画，但足以见得她的画无论是在色彩上还是在笔触上，技巧都很纯熟。如果在画展上，这是他会驻足多看一眼的作品。

只是……她画得太好，要想不被认出画的是他，看样子没可能。

江辰遇轻轻地一笑，一圈光晕下的油画映入他的眼底，带着温柔的颜色。

把工具都清洗干净后，沈暮又嫌身上不舒服，把自己也重新洗了一遍，跑到卧室里换了一套白色的睡裙。

她走出浴室，没有在屋里看见他。沈暮奇怪地张望两眼，回到书房里，才发现他没走。他坐在她的画凳上，在看一卷画纸。

暖黄色的光晕洒下来，在他完美如镌刻的侧颜上柔和地覆盖了一层。

"你为什么还不回屋呀？该睡觉了。"沈暮倚在门边上，歪着脑袋望过去。

江辰遇把目光从画纸上转向她，唇边露出一丝别样的笑意，朝她招了招手。沈暮不晓得他要做什么，但还是毫不犹豫地走进了书房里，趿拉着拖鞋走到他的身边。

"怎么啦？"沈暮迷惘地小声问道。

"我陪完你，你就不陪我了？"江辰遇将画放回手边的桌台上，把她拽到怀里，捏了捏她白皙的下巴。

沈暮被他揽到双腿之间，软软地站着，抱住他的脖颈，对这句话有些疑惑。

短短的几秒后，沈暮就想明白了。也是，他都好多晚没解决需求了，身心可能都不是很舒服。

沈暮的脸红了红，羞赧和愧疚交织在一起，她用手指绞着他颈后的睡衣的布料，嗫嚅道："这跟回房间里有什么关系？"

江辰遇没说话，自下而上地看她，淡淡地笑着。

他的目光太直白，沈暮被瞧得不好意思，咳了一声，指指画架："好不好看？"

"好看。"江辰遇还是凝视着她，目光没动。

他都没看画……沈暮在心里想，表面上乖巧地说："那我就拿这幅画参赛，你说好吗？"

江辰遇将她搂得更近些："好。"

他的脸几乎贴在了她身前，沈暮的心"怦怦"地乱跳。她索性就着他的腿侧坐下来，温柔地说："这样的话，大家都知道我画的是你了。"

江辰遇说："嗯。"

沈暮补充说："大家都知道你是我的模特了。"

他求之不得。江辰遇在她的后腰处十指交扣："我是你经过法律认证的丈夫，又不是奸夫。"

"我没这么说！"沈暮打了他一下。

江辰遇笑了笑，用指尖点了点他刚放在桌台上的画纸。

"什么？"

"你喝醉的那晚画的。"江辰遇轻轻地掐了一下她没有一丝赘肉的腰，忍俊不禁地问道，"你自己都忘了？"

没忘，但她记不得自己都画了些什么。而且那天她醒来时也没看见画架上有画纸，就没在意。

江辰遇又漫不经心地告诉她，窗边太晒，所以他帮她把画纸收起来，把它放在了收纳筒里。

回想了一阵，沈暮伸手取过那张画纸。目光触及画面时，她的双手很明显地颤抖了一下，转瞬她倏地将画纸丢回到桌台上。

沈暮傻了两秒，怔怔地出声问道："这应该不是我画的吧？"

江辰遇凝视着她："不是你，我脱给谁看？"

沈暮："……"

明明印象里自己只脱了他的一件衬衫，可是为什么，她画的居然是……全裸的他？

沈暮面如死灰。她这辈子就没对自己这么无语过。

"我这不是还没画完嘛。素描讲究层次，裤子那些我肯定后续会添上去的。"

"把它画完。"

沈暮半惊半愣地瞟向他。

江辰遇刚好也望过来，用命令的口吻继续说："你画完送给我。"

江辰遇没说话，只是用温热的唇蹭了蹭她的耳朵。果不其然，他要她画画只是噱头，他的意图能正经到哪里去？！

第二天，沈暮一丁点儿起床的力气都没有。

昨晚站在全身镜前太久，以致今早醒来时四肢沉到抬不起来，她累得连手指也不想动弹一下。

手脚使不上劲，沈暮就在江辰遇的怀里"呜"了一声，哼唧了一句。

江辰遇低头，把耳朵凑近她的唇边："嗯？"

沈暮重复一遍，声音软而无力。

这回江辰遇听清楚了。她说今天不想去学校，然后脑袋还往他的胸膛上蹭了两下。

江辰遇的唇畔漾开笑意，昨晚他确实要她要得狠了些，也不能怪她今天犯懒。江辰遇摸过床头柜上的手机，编辑了一条信息发给霍克，说她身体不适，需要休息一天。

江辰遇把手机放回床头柜上，将她拥紧，吻着她的发，温柔地说："睡吧，我帮你请假了。"

听他这么说了，沈暮也就安心地睡了过去。

沈暮再醒来时已是午后。她没有赖床，因为肚子饿了。但她还是很累呀！

狗男人！沈暮在心里骂他。虽然她是偷偷地骂，但骂出来还挺痛快。狗男人！狗男人！狗男人……于是她又连着骂了他好多遍。

沈暮坐在床上，双腿虚软。她走不动，也不跟他客气，委委屈屈地张开手臂要他抱。江辰遇便把她的胳膊搭到自己的脖颈上，将人横抱起来。

浴室是他抱着她去的，裙子是他帮着她换的，最后他们下楼吃饭时，她还赖在他的怀里。

"你这体力不行，得多锻炼。"江辰遇说，笑容意味深长。他剥了一只虾，把它递到她的嘴边。

沈暮把虾咬过来，嚼着鲜香的虾肉，后知后觉地明白了他的意思。她愣了几秒，生气地瞥他一眼。

江辰遇用微凉的指腹蹭了蹭她发烫的脸蛋儿，噙着笑说："你打算什么时候回国？"

沈暮透过睫毛觑他一眼，轻言细语地说："等我把画给霍克教授看一下，再把剩下几天的课程练完，就好了。"

想了一会儿后，沈暮说了个大概的时间。江辰遇点点头，也没说什么，继续给她剥虾。

当天下午，沈暮将油画转成电子版，发到了霍克的邮箱里，请他帮忙看看画。

霍克回复得很快。他不像沈暮毕业前那样总是俨乎其然，此番说了很多夸赞之词，直言她的作品令他惊艳。

午后的阳光强烈炽热，沈暮倚在泳池边的躺椅上，阵阵清凉的风从泳池上吹来。她一边看着手机，一边优哉游哉地吸着冰果汁，漾开浅浅的笑。

沈暮自己也对这幅画很满意。

以前沈暮想：她的画没红，肯定是她缺了一位优质模特的原因。现在看来，果然如此，画家有心仪的模特很重要。

沈暮咬着吸管，开始琢磨：要怎么哄骗他下回再乖乖地坐着让她画呢？

她正沉思着，捏在手里的玻璃杯突然被抽走。沈暮抬起头，就见江辰遇把她的果汁放到了一旁的小木几上，他回身坐到她旁边的躺椅上。

"别喝太多冰的。"江辰遇展开一条薄薄的凉被，把它盖到沈暮露在裙外的膝盖上。

沈暮靠着椅背，舔了一下唇角上残留的果汁，撇撇嘴，嘀咕道："我才喝了一半……"

江辰遇笑而不语。她是喝了一半，喝了第三杯果汁的一半。沈暮也没什么底气，声音轻轻的，说完还悄悄地瞄了他一眼。

他的白衬衫被风吹得微微地鼓起，纽扣松了两颗。他搭了一条休闲裤，慵懒随意地坐着。他在家里陪她，所以穿得简单，可就是好看得要命。

沈暮鬼使神差地攥住他的手指，声音低而软地问道："下次你还让我画吗？"

江辰遇见她的眼神里满怀期待，笑笑说："你画上瘾了？"

"嗯。"沈暮点头，十分认真地说，"你比他们都有美感。"

她这么夸一个大男人，他听着似乎不太得劲。江辰遇淡笑，微微地挑了一下眉："是吗？"

"对呀。"沈暮老实巴交地说。

"你不是又起了色心？"江辰遇笑得慢条斯理，把"又"字咬得清晰。

这个"又"太过耐人寻味，沈暮蒙了几秒，突然想到自己当初在飞机上偷画他，而后发微信告诉他，自己一时起了色心，下次不敢了。

当时她哪里知道他们是同一个人呢？！沈暮的脸倏地就红了，被他取笑着，她索性抬眸瞪回去："我就是馋你的身体，怎么了？怎么了？"

她说不过他就无理取闹，但撒泼也很可爱。江辰遇笑起来，轻轻地捻了捻她发红的耳尖。他不说话，沈暮的耳朵更烫了。

"你给不给我画？"沈暮把身子伏过去，拽住他的手晃着，耍无赖，"给不给？给不给？给不给？！"

女孩子红润的嘴巴在江辰遇的眼前张张合合——她像一只小黄鹂"啾啾"地叫个不停。江辰遇无奈又好笑，反握住她的手，百般依顺地说："给给给。"

沈暮嘟起的唇转瞬弯起来。

时间过得很快，他们仿佛刚来法国不久，但转眼间就到了要回国的时候了。

尽管沈暮能否进最终的决赛还是未知数，霍克还是对她进行了针对性的训练，主要是锻炼她的现场思维能力和临场应变能力。

霍克始终认为，沈暮是他门下最得意的学生。故而他对她抱有很大期望，倾囊相授。

沈暮在美术学院的最后一天结束了。当晚霍克邀沈暮和江辰遇到家中做客，菲娅和 Abel 也在。

晚餐是霍克的妻子亲自做的。她是一位美丽大方的报刊主编，岁月在她的脸上留下的仿佛不是痕迹，而是风韵和魅力。

沈暮对这顿地地道道的法式家常菜并不见怪。在法国的四年里，她是霍克家里的常客。

"丝诺老师做的白汁炖牛肉特别好吃。"沈暮叉了一块牛肉，笑盈盈地把它递到江辰遇的嘴边，"你快尝尝。"

江辰遇弯唇，就着她的手吃掉牛肉。

"俊男靓女秀起恩爱来都特别赏心悦目。"霍克的妻子丝诺温和地笑着揶揄这对小情侣。

沈暮的脸微红，她抿嘴笑着，垂下眼帘，喝了一口气泡水。她只是想把自己喜欢的东西马上分享给他而已。

菲娅见状，用手肘用力地撞了一下 Abel，假意生气地说："看看人家的觉悟。"Abel 揪揪耳朵，说："宝贝，是不是反了？难道不应该是男士被喂吗？"

满桌人笑起来，开始拿这对冤家取乐。

归家之际，沈暮依依不舍地和他们相拥。这次是长久的告别，因为下回他们不晓得何时才能再见。

江辰遇轻轻地笑着，忽然开口邀请他们参加婚礼。作为当事人的沈暮自己都蒙了。她抬眼，带着疑惑望过去。

江辰遇与她相视一眼，而后看向在场的诸位，从容优雅地笑着说："时间未定，请柬到时一定送到。"

大家在这件喜事里沉浸了片刻，相继兴奋雀跃起来，并提出要向他们送上祝福。

他都不事先和她商量……沈暮心里想着，面颊上却泛出红晕。随即她便成了小媳妇，乖乖地挨在他的身边，听候他发落似的。

做客结束后，他们回到别墅里。

临睡前，沈暮踩着拖鞋，在卧室和浴室间"嗒嗒"地来回跑，把自己捯饬干净。她又涂抹完了水乳，掀开被子先躺了进去。

江辰遇在沙发上处理好几份方硕传来的电子文件后，合上笔记本电脑，去了一趟浴室。等从浴室里出来，准备上床时，他看到露出被窝的那一颗漂亮的小脑袋，不由得笑了一下。

沈暮没睡，而是等他忙完。她听见动静后，睁开眼，见他笑着侧坐在床上。她用困倦的声音含糊地问道："怎么啦？"

江辰遇眼底的笑意加深，摇了一下头。他没怎么，就是她温温柔柔的模样太招人疼。

沈暮用暖暖的手拉了拉他的手腕："你快躺进来呀。"

江辰遇便抬腿上床，侧身关了灯。他一躺进被窝里，沈暮就往前挪呀挪，挪到他的身前，钻进他的怀里。江辰遇轻轻地笑着展开臂弯，将她搂得更近些。

"早点儿睡。"江辰遇低头，吻她的额头。

沈暮把脸埋在他的胸膛上，嘀咕道："我能不能早睡还不是看你？"

她的声音很轻，但江辰遇还是听见了，故意沉下嗓音说："嗯？"

"没有，困死了。"沈暮将脑袋在他的怀抱里拱了拱。

江辰遇不拆穿她，摸摸她的头说："我让方硕约了摄影师。"

"你要做什么呀？"沈暮闭眼酝酿睡意，声音又懒又缓。

江辰遇用微凉的唇碰了碰她的耳朵："明天我们拍婚纱照。"

静默数秒，沈暮忽然扬起睫毛："啊？"

借着壁灯昏暗的光晕，江辰遇看到她呆呆愣愣的样子，含着笑重复道："拍婚纱照。"

原来他那天的话是认真的吗？他真的要和她在巴黎拍婚纱照？沈暮眨眨眼睛，看着他。

江辰遇抚了抚她滑腻的脸颊："下次旅行我们再在其他他喜欢的地方拍照。"

想到那天他们的对话，沈暮讷讷地道："你不会……真要和我环球旅行吧？"

"快睡。"江辰遇用温和缓慢的语气说，轻轻地拍了拍她的头。

沈暮确实困了，等了好一会儿也没听到他的回答，不知不觉地就睡了过去。

次日一早，摄影团队就到了家里。沈暮和江辰遇原定后日回国，方硕为了方便安排行程，昨日便坐飞机来了法国，今早也刚到。

摄影师和造型师在法国都十分知名，沈暮听说是 Rita 帮忙联系的他们。以 Rita 在时尚圈的经验和人脉来看，她推荐的摄影师和造型师肯定可靠。

他们带来三套服装：一套是鱼尾款的婚纱和黑西装，一套是少女款缎面的大蝴蝶结礼裙和米白色的西装，还有一套是偏日常的黑色蕾丝的吊带长裙。

虽然事情发生得意外，但沈暮觉得惊喜更多。有哪个女孩子能拒绝这么美丽的婚纱呢？而且他还答应，会带她一一去她喜欢的地方拍照。

她在法国待了四年，塞纳河畔的风光这样美，他们是应该留下些什么。

沈暮坐在梳妆台前，合目任由造型师化妆的时候，想着：如果他们真要环球旅行，下一站要去哪儿呢？

这个季节，圣托里尼的海和天应该都很蓝。沈暮的嘴角不禁往上抬了抬。

她穿的第一套衣服是有鱼尾曲线的那款，一字露肩。裙身上是细腻的法国白色蕾丝，尾纱拖了一地。娇媚、优雅以及丝丝的小性感，都融合得恰到好处。

相比之下男人的造型比较简便，他不需要长时间做妆发。所以在等待的时候，江辰遇就在书房里处理近期的工作，方硕跟在旁边细细地汇报事情。

书房里照进明亮的晨光。江辰遇翻看几眼方硕带来的文件，指了指其中的一份："北城的项目，启动资金上调到五亿元，后续问题再派人跟进。"

"明白。"方硕马上记下来。

他们正说着，方硕的裤兜里的手机振动起来。方硕摸出来手机一看，迟疑片刻，说："江总……江董的电话。"

江老太太直接给他来电，方硕不用想都知道，她想说的必定是与工作无关的问题，八九不离十是老板的情感生活。

江辰遇握着白金钢笔签字，淡淡的语气听起来并不在意："接吧。"

得了准许，方硕这才接通电话："喂，江董。"

江老太太问了一句话。方硕笑答："噢，江总还在法国呢，定的是后天回国……

436

是，对的……您放心，肯定第一时间通知您。"

手机那端，江老太太还在问，也许是在催他们没事了就提前回国。

"江总和沈小姐今天拍婚纱照呢，可能不……"还未讲完，方硕瞬间就意识到了自己的失言。话音骤断，他蓦地捂了嘴，惊恐万分地望向书桌前的领导。

江辰遇指间的钢笔顿了顿。江辰遇抬抬眼，眸色凛然而幽深地看着他。他要完蛋了……方硕咽了一下口水。

这两个人还瞒着江老太太领证的事，拍婚纱照当然没让她老人家知晓。现在这些事情被自己一张嘴说出去了，方硕想：领导会不会将他割喉抛尸？

果不其然，手机的那端，江老太太的声音忽地提高了几度，她揪准方硕的这句话刨根儿问底儿起来。

惊恐让方硕的反应变得迟钝，他偷瞄了面色沉静的领导一眼，察言观色，把手谨慎地半掩到嘴边："喀，江董，那啥，我嘴快说错了，是……是艺术照。对，巴黎风景好，江总陪沈小姐拍艺术照呢，哈哈……"

他也不知江老太太说了什么，总之，那不会是信他的话。不过方硕能稳定地待在特助的岗位上，肯定能言善道，十分诚恳地暂时应付了过去。

方硕匆匆地结束和江老太太的通话后，腰杆笔挺地站在江辰遇的面前，瑟瑟发抖，等待处置。

冷酷无情的老板会怎么惩治他呢？扣工资？降职？总不能老板还惦记着遣他到江老太太家里饲养孙多多吧？

江辰遇垂眼继续签字。他还一言不发，方硕已经吓得冷汗直冒，完全是"山雨欲来风满楼"的心境。

书房里他能清晰地听见笔尖流利地滑过纸页的声响。寂静良久后，江辰遇合上手头的那份文件，把指间的白金钢笔随意地搁在桌面上。

方硕顿时绷紧了身子。来了，老板要来收拾他了……

"到隔壁看看需不需要我过去。"江辰遇说，语气淡淡的，很平静。他取过另一份合同文件翻开，审批时神色如常。

方硕愣了愣："啊？"

江辰遇慢悠悠地抬起眼看他。方硕蒙了一瞬间，忽然意识到自己可能是被饶恕了。趁着老板心情好，他谄笑着将话一圆，忙不迭地逃离书房去办事。

方硕离开没两分钟，江辰遇的手机响起铃声。

他不慌不忙地圈出待修改的内容，浏览完这一页文件，才去取一旁的手机。他对屏幕上显示江老太太的来电并不意外。

"奶奶。"江辰遇打开扬声器，将手机放到桌面上，用白金钢笔继续在文件上书写漂亮的字迹。

江老太太单刀直入地问道："辰遇，你和暮暮是不是在法国拍婚纱照呢？"

江辰遇从不说谎敷衍任何人。他没说话，心无旁骛地批着文件。

江老太太倒也没等他的回答，"哼"了一声，径自道："就方硕那一句句话说得跟花儿似的，破绽百出。他还想忽悠我老人家，再修炼两千年吧！"

江辰遇的唇角无声地弯了一弯，他也这么认为，全程听下来方硕的话拙劣且无脑。

"婚纱照都拍了，婚礼也得尽早办。"江老太太向来不爱拐弯抹角，直截了当地说，"你俩什么时候回国？先把证领了，婚礼你就甭操心了，我来安排。"

江老太太的语气近乎通知，而非商量。但沈暮说过她还不想生小孩儿，所以江辰遇必然不会答应奶奶。

"奶奶，这件事先不提，我们不着急。"江辰遇泰然自若地说。

江老太太一听不乐意了，责备他："我说你也是要三十岁的人了，怎么回事呀？人家女孩子跟着你，没名没分的多委屈！"

在听到这话之前，江辰遇依然面不改色。在听完这话之后，他捏了捏高挺的鼻梁，颇为无奈。这要他怎么解释呢？不是她的孙子不想要孩子，是她的孙媳妇怕被催生。

江辰遇垂下笔帽敲了敲文件，默默地思考须臾后，坦白地说："奶奶，我们近期没打算要小孩儿。"

"那怎么成？！"江老太太坚决反对，"孩子当然得趁着年轻要哇，再晚几年身材难恢复还好说，这容易落下毛病，对身体多不好！"

江老太太的心思也简单，她不过是想早日抱上曾孙。江辰遇不听她半真半假的说辞，慢慢地扭开笔帽，说话的语速也是慢慢的。

"暮暮还小。这个年纪有梦想是好事，她在绘画上也很有天赋。如果这时候逼着她生儿育女才是委屈了她。"江辰遇将笔帽缓缓地盖在笔尖的那头上，"我不想让她被婚姻套牢。"

他的语气是那样正经，江老太太听罢，也知道他并非开玩笑而是在郑重其事地和她相谈。

人年纪越大，对儿孙满堂的执念就越深。儿子和儿媳二十多年前双双出了车祸死亡，对这个家已是重创，后来老伴儿也走了，留给她两个孙儿和公司。到如今，江盛在商界举足轻重，江辰遇管理公司的能力也没的挑。能做到这样，江老太太早已练就了强大的心理素质。

何况江老太太也不是那些家庭伦理剧里的恶毒长辈。她能理解孩子们的想法，也尊重他们。江老太太故意重重地叹了口气。

"行，你们年轻人的事我老太婆也插不上嘴，但好歹婚礼得先办喽。暮暮这姑娘多乖，又懂事又漂亮，你三番五次地跟人家小女孩儿闹绯闻，又不给人家个说法，那可不行啊！"

江辰遇垂了眼，略微沉思后，轻轻地笑了一声。这样乖巧、甜美又讨喜的女孩子，他确实该早点儿给她个说法。

"知道。"江辰遇放下钢笔，随手理了理文件，"阿修和姜小姐快订婚了吧，您多帮衬着，我这边您就先别担心了。"

他轻描淡写地将话题岔开，江老太太果然轻易地就被带了过去，念叨两句后就挂了电话，忙活订婚的事宜去了。

过了一会儿方硕便过来，说是沈暮那边差不多了，造型师请他过去搭配西服。

江辰遇穿着一身黑色西装，内搭白衬衫。造型师在他的短发上做了点儿轻微的纹理，他俊雅沉稳的绅士气质便展露无遗。

他换好服装走出更衣室的时候，沈暮也正从浴室里出来。

Rita 考虑得周到，请的两位造型师中其中一位是女性，名叫 Lola，在业内也有相当大的名气。

Lola 帮忙托着礼服的尾纱，沈暮踩着蕾丝绣花的缎带系小高跟鞋，小心地踏出浴室。

江辰遇整理西装袖口的动作一顿，隔着半间卧室的距离，他的目光停留在沈暮的身上便再难移开。

原来口口相传的那些话都是真的。当男人看到心爱的女孩儿为自己穿上婚纱，会激动、会满足，哪怕见过她再漂亮的模样，还是觉得这一刻的她美到无法用言语描述。

总之，心情是难以平静的，他也不例外。

沈暮纤瘦苗条，但该有肉的地方都有肉。这条法式白色蕾丝的鱼尾婚纱在她的身上就跟量身定制的一般，把她身材的曲线勾勒得正好。

她露在一字领外的肩膀线条优美，天鹅颈像纯牛奶般雪白。她漂亮的锁骨上被轻扫了些亮粉，带有少女感的编发后别着白色的薄纱，使她有种温婉如玉的优雅气质。

有那么一个瞬间，她会让人觉得——这世上仙女真的存在。

沈暮的双颊上原本扫了淡淡的腮红，现在颜色更深了几分。这不是因为屋里其他人发出的惊叹，而是因为江辰遇站在那儿。四目相对，他凝视着她，沈暮一羞赧就忍不住咬了一下唇。

这种害羞很特别，和两个人私下亲密时的羞臊不同，沈暮也说不上来具体哪里不一样，只是觉得心跳的频率仿佛都是美满的。

沈暮提着拖地的裙摆，缓缓地朝他走过去。

"好看吗？"沈暮弯着眼睛问道，声音轻而柔，唇边那抹浅浅的笑容好像将空气都染上了甜味儿。

江辰遇看着她漂亮的脸蛋儿，往前迈了一步，和她拉近距离。

"百看不厌。"他温柔的嗓音里蕴含着深情，和他的眼神一般。

沈暮晶莹的眼眸里浮上笑意，好似清风漾过春水。

摄影团队都是有经验的，每一对小情侣来拍婚纱照时都要卿卿我我一会儿，这是常事。Lola 很识眼色地赞叹两句女主角的美丽后便走开了，和其他人一起收拾物品准备出发去拍摄地，给他们俩腾出独处的空间。

不一会儿，其他人都离开了屋子。

江辰遇伸手想摸摸沈暮的脸，碰了一下她的脸又停住，怕把她今天精致的妆蹭花。他指尖轻轻地掠到沈暮的耳侧，揉了揉她泛红的耳垂。

"你为什么不说话？"沈暮把双手背到背后，抬了抬卷翘的睫毛，看他一眼，呢喃般地说。

江辰遇慢悠悠地说："我在想怎么夸你。"

"那你想到了吗？"

"想不到。"

沈暮秀气的眉头皱了一皱。她还没说出来嗔怪他的话，便听见他低笑了一声。

江辰遇俯下身，吻了吻她的耳朵。他也不着急站起来，轻握她细细的腰身，把薄唇贴着她的耳畔说："我想不到词夸你，言语好像都太肤浅了。"

沈暮嘴角不禁翘了翘，耳尖好似因他发烫的气息而升了温。

"不，我就要听。"沈暮捶了一下他的胸口，看起来凶凶的，声音却软绵绵的。

江辰遇眼底含着笑意，唇瓣往她的耳垂那里凑近了些。他咬了咬她的耳垂，又含了含那里。沈暮心尖都跟着他的动作颤着，脸颊红得让那抹腮红在此时显得多余了。

"你快说。"沈暮微抬小高跟鞋的尖头，轻轻地踢了一下他的黑皮鞋。

江辰遇眸底的那抹笑意染上了温柔。他拉过她的手覆在自己的心口上，说着她想听的话，半真半假地开始哄她开心："这里，被江太太迷得神魂颠倒。"

沈暮唇角勾起的弧度越来越大。她想把头埋到他的怀里，可是鱼尾裙的一字领不方便她乱动，脸上的妆也容易蹭到他的白衬衫上。她只能低着头，发出微弱的笑声。

"还有呢？"沈暮蜷了蜷贴在他的心口上的手指，戳戳他，故意为难他。

还有什么？他真的想不到。他只是觉得任何词汇都配不上此刻的她。

"宝宝。"江辰遇便柔柔地唤她一声。

心脏瞬间"扑通扑通"地跳得厉害，沈暮放低声音，一点儿气势也没有地说："干吗？"

她果然变得乖巧了。江辰遇笑了笑，把她搂得更近，声音低而哑地说："老婆。"

沈暮的心跳蓦地漏掉一拍，从脸到脖颈的皮肤都烧起来，她突然就僵住，不吭声了。

江辰遇有意地在她的耳畔又嘶哑地唤了一声"老婆"。

沈暮的头又低下去几分。

他故意一遍又一遍轻柔地叫她，她的脑袋也随之一点儿一点儿地往下埋，雪肤上都泛起了红晕。早知道她刚刚就不刁难他了……

"走……走啦……他们都还在等咱们。"沈暮赧然地打了他一下。

"好。"江辰遇抚了抚她发上的薄纱，含笑放过她。

沈暮挪了半步，伸手扯扯鱼尾裙摆，委委屈屈地看向他，小声地说："你扶扶我，穿着高跟鞋不太方便走路。"

鱼尾裙包裹着腰和腿，沈暮不是很方便走动。她正想着待会儿要怎么下楼梯，江辰遇已经在她的面前弯下腰，半蹲了下来。

江辰遇将她裙摆的尾纱拢到臂弯里，而后直接把她横抱起来。

很久之后沈暮回想起这一天，都还会面红耳赤。

不仅仅是因为他第一次叫她"老婆"，反反复复地唤到她害臊，还因为这一天，为了达到拍照效果，他们在镜头前吻了不下六十次。

第十五章
合法同居

南城下了几天的雨，绵绵细雨抚过炎热的空气，降了降盛夏的温度。

回国已有四五天，沈暮也调整好了时差。她倒时差似乎比以前更容易了，可能是有江辰遇每晚哄着她睡的缘故。

沈暮回想起从巴黎的别墅回到锦檀别墅的那一晚，仍然对走进熟悉的房子里时的感受记忆犹新。

沈暮当时内心一片释然和舒畅。原来这就是回家的感觉呀，她喜欢这种包裹着身心的归属感。

这天清晨，南城连绵的小雨终于停歇了，天空放晴，雨后的空气格外清新，天幕也是怡人的淡蓝色。

那辆迈巴赫商务车已经等在了家门外。吃过早饭后江辰遇就准备去公司，沈暮在门口踮起脚帮他整理了一下领带，又低头仔细地抚平他的灰色西装。

江辰遇站着任她整理衣服，凝视着她素净的面容，半开玩笑地说："你倒是贤惠。"

沈暮鼓鼓脸颊："你才知道吗？"

江辰遇笑了笑，轻轻地去捏她娇嫩的脸蛋儿。沈暮"呜"了一声躲开，轻轻地打了他一下，随后又拉住他的手说："我今天要去喻涵家。"

"好，"江辰遇摩挲着手心里她的手指，"让司机送你。"

沈暮乖乖地点头，主动告诉他："筹备的电影要开机了，喻涵明天就要进组，你送我的项链还留在房间里呢，我去把它带回来。"

那就是他们见面的那晚，他送她的那条 GRAFF 典藏级的深海蓝钻项链——所谓见面礼。沈暮当时觉得它太贵重，不敢把它戴出去，怕弄丢了它，就仔细地把它装进盒子里保存着。

后来她无意间刷微博才知道，那条项链的价格其实要比她想象中的贵得多。

她原本早就想把它取回来的，但那天临时和他一起去领了证，之后就一直任由事态发展，把取项链的打算抛到脑后。沈暮前两天瞧见他系着她送的袖扣，才突然想起来这回事。

"我送你的东西，你就这么乱丢？"江辰遇垂眸凝视着她，捏了捏她的耳垂，但语气里一点儿责怪的意思都没有。

"你还说呢。那条项链这么贵，你干吗乱花钱？"沈暮一想到戴着那么贵的项链出门，脖颈就不自觉地僵硬。

江辰遇不以为然，微微地挑了挑眉梢："我觉得它和你很配，就买了。"

他说得那样轻松，仿佛只是买了点儿简单的食物。早上喝的蜂蜜水好似慢慢地淌进了心窝里，甜甜的，沈暮心里欢喜，又忍不住觉得他这样做过于奢侈。

沈暮略微歪着脑袋看他："如果我们没有在一起，那你岂不是亏大发了？"

"不会。"他说。

"万一我不答应呢？你就这么确定？"沈暮露出狐疑的神情——当时他们都还没有互相表明心意。

江辰遇老实地说："不确定。"

在沈暮再次追问前，他嘴角微抬，凝视她的目光中带着半真半假的笑意。他说："所以我想砸钱套住你。"

沈暮愣了两秒，害羞地瞥了他一眼。他显然是一副稳操胜券的模样，说的肯定是玩笑话，她才不信！

"你少贫嘴！"沈暮脸颊浮上一丝红色，语气却又因他的那句话软下来，"你下班来接我。"

"知道了。"江辰遇俯下身，温柔地吻了吻她的唇角。

毫无疑问，周末喻涵肯定是要睡到午后的，所以江辰遇去公司后，沈暮也不急着出门。

连续下了几日小雨后，天气十分凉爽。沈暮在书房的阳台上练了一会儿线稿，又到花房里浇了浇水，悠闲地修剪了枝叶。临近中午，她收拾好后才准备出门。

沈暮坐在客厅里的沙发上等司机过来。她闲来无事，打开微博，随意地滑了两下热搜和资讯的页面。

前几条热搜几乎被电影《蜜谋》占据。沈暮看到热搜的时候怔了一瞬间，但很快便淡定下来——这倒没什么奇怪的。

毕竟今天电影的新闻发布会和开机仪式一并举行，又官宣了之前始终保密的演员阵容，霸占热搜再正常不过。

热搜的头一条是喻白的名字。尽管网络上喻白参演《蜜谋》的消息时常传来，但今天正式的官宣还是引起了轰动。

女主角是圈内一线的实力演员。作为如今演艺圈里炙手可热的当红小鲜肉，喻白搭档这位前辈出演这部姐弟恋的古装电影，粉丝的呼声很高。

此番喻白的角色是身陷阴谋的少年将军，和他以往的戏路有着天差地别。网友在惊讶他居然会接这个角色的同时，更加期待他带来的惊喜。

说起来，喻白加盟这部电影，沈暮其实也很吃惊。她先前参与了部分场景初稿的绘制，自然对电影的内容有过详细的了解，知道男主的人设和他现实中的形象并不相配。

他还这么年轻，就想着跳出舒适圈竭力转型了吗？他好努力呀！

想到这儿，沈暮弯弯唇浅笑开来，点进这条热搜，屏幕上跳出的第一条就是喻白转发《蜜谋》官微的那条微博。

@喻白："你是我年少时的所有念想。"

沈暮在心里默念了一遍。但她没细想，只当这是他配合电影宣传的一句话而已。

沈暮给喻白发了一条微信，无非是站在姐姐的立场上，说了些关心和加油的话，让他在剧组里照顾好自己。

随后司机到了，沈暮将手机放回包里，出了门。

…………

不出所料，沈暮到春江华庭时，喻涵刚从床上爬起来。喻涵睡衣松松垮垮的，顶着鸡窝头，睡眼惺忪地给她开了门。

论睡觉，喻涵是真的让沈暮服气。倘若肚子不饿，喻涵能睡整整一天，只恨一天没有二十五个小时。沈暮笑得很无奈，推着她去浴室里梳洗，然后到厨房里给她做了一碗面条。

"你这是报复性睡眠，明天进组了怎么办？"餐桌旁，沈暮托着腮看她吃面条。

喻涵鼓着两颊，大口地嚼着面条，含糊地叹了口气："熬呗。"

喻涵一脸命苦的女人相，这让沈暮心疼又好笑。

"靠枕什么的别忘了带，没你的活儿的时候要注意休息，还有……"沈暮开始事无巨细地提醒她。

喻涵一口接一口地吃着美味的面条，一边听她念叨，一边点着脑袋答应。

沈暮垂眼细思片刻，觉得交代得差不多了，放下心来。话没经过大脑，她随口就问出一句："你和秦老师怎么样了？"

"咳咳……"喻涵突然呛咳起来。

见她咳得厉害，沈暮忙不迭地倒了一杯水递给她："你慢点儿吃呀，又不赶时间。"

喻涵喝了整杯水，半晌总算缓过来，喘着气抬了抬手："别提了！老师果然是世界上最恐怖的生物，没有之一！"

"怎么啦？"沈暮眨了眨眼睛，迷惘且好奇。

喻涵心有余悸地咽了一下口水："我前几天睡前复制了一段文字发朋友圈卖弄，叫什么'人人必懂的十大经济学原理'，你猜怎么着？"

沈暮被她勾起好奇心，眼巴巴地等下文。

喻涵"啪"地把筷子往桌上一放："秦老师看到了！你说他大半夜不睡觉刷什么朋友圈？！"

"可是……"沈暮笑了一会儿，又开始慢慢地琢磨，"你把朋友圈经营成文艺范儿，不就是给他看的吗？"

喻涵愣了半分钟。

道理是这个道理……但喻涵立刻恢复理智，语气激烈地继续说："可他还以为我对经济学感兴趣，那天顺着那条朋友圈来找我聊，我能怎么办？自己耍的酷哭着也要装完哪！"

喻涵用右手拍了拍自己的左掌心，神情好似吞了口苦瓜。她说："结果，好嘛，他越聊越起劲，像被经济学狂魔附体了一样，拉着我一口气聊到凌晨2点。唉……"

听完她这段长吁短叹的抱怨后，沈暮发了一会儿蒙，忽然轻轻地笑一声。沈暮理解喻涵的心情，身陷未知的领域里能让人崩溃。

沈暮想：好在江辰遇曾经只是偶尔用经济学的道理安慰她，没有秦老师这么夸张，否则他可能会被她拉进黑名单里。

"我懂啥经济学呀！"喻涵重新拿起筷子吃面条，"巨恐怖！"

嘴里嚼着面条也阻止不了她的怨念，她还在说："好家伙，太恐怖了！"

沈暮弯着眼睛，忍俊不禁地听她抱怨。难怪她的朋友圈安静了好多天。

《蜜谋》剧组明天就要进北城的影视城里开机拍摄，喻涵是随行的化妆师，务必跟去。当晚摄制团队临行前要聚餐，沈暮就没有和喻涵约着吃晚饭。

红日即将西沉，迈巴赫商务车停在春江华庭的小区门口。

沈暮坐进车里，笑盈盈地望向身边的男人："你来得好早呀，我还以为你要忙到很晚。"

"早吗？"江辰遇含笑指指车窗外，"太阳都落山了。"

沈暮将目光从窗外转回到他英俊的脸庞上："以前你经常忙到半夜的。"

那是他们在一起之前。

江辰遇的眉眼间含着笑意，他轻轻地揉乱她的头发："现在有家室了，我得顾家。"

沈暮没说话，回过身坐正了，心里像含着跳跳糖，白净的脸蛋儿上绽开甜甜的笑容。

坐在副驾驶座上的方硕突然有点儿心绞痛。但凡老板对他有对沈小姐万分之一的温柔……

"对了。"沈暮回忆起一件事情，从包里摸出手机，低头翻找着，"Carey老师下午给我发样片了，让我们挑挑。"

Carey 是在巴黎给他们拍婚纱照的主摄影师。

沈暮找到手机里的照片，把手机递给他。江辰遇接过手机，把每张照片都认真地看了一遍，不像是在挑选照片，倒像是在慢条斯理地欣赏它们。

沈暮的肤色白皙透亮，她稍微热一点儿，脸颊就红得很明显。

比如现在，他在慢慢地看他们那天拍的婚纱照，她的脸就一点点地变得烫起来。

是他们受了法国浪漫风情的影响，还是摄影师钟爱那样亲昵的画面？不然为什么几乎每一张照片上他们都在接吻？

最让沈暮感到羞耻的是那天晚上天黑后，他们在别墅的泳池里拍的照片。

她穿着黑色蕾丝的吊带小礼裙，他只穿着一件松着纽扣的白衬衫，隐隐地露出肌理。他们在泳池里湿着衣服和头发，倚在池壁上拥抱着。

江辰遇搂着她，将她的裙子后背上的拉链拉开一半。她肤色雪白，水珠晶莹，他则低头吻在她的颈侧。

沈暮心想：这位 Carey 老师怎么有这么多花样？！和他在镜头前这么亲密，她不可能不害臊。

还好镜头是在侧后方，否则她当时脸红成那样，都要被拍进去。

还有一张照片是在搭建的露天白纱吊床旁拍的，她穿的是第一套鱼尾婚纱，远景是碧绿的梧桐和塞纳河粼粼的水光，有风拂动着白纱。

Carey 要求她坐在吊床上往后仰，一只手在后面撑着，另一只手去拽江辰遇的领带。她把他拉得弯下腰，然后咬他的下唇。

天知道那一段她重拍了多少次。到最后江辰遇捻了捻自己的下唇，浅笑着说："我的嘴唇都要被你咬破了。"

沈暮坐在吊床上，无辜地朝他望过去，他的眼神好像深了几许。沈暮怀疑后来的拍摄是他在打击报复她，他们偷欢似的伏在草地上拥吻的那一段，Carey 又反复拍摄了无数遍。

Carey 那天格外兴奋，说他们是迄今为止最能激起他拍摄欲的一对，还说俊男美女格外般配，所以他要精益求精地拍照。但沈暮还是觉得那是江辰遇故意的。

江辰遇正好看到吊床的那张照片。

拍摄是动态的，照片抓拍出来的效果极有电影的质感。她的一张俏脸又纯又欲，她牵着他的领带想躺下去，奔赴爱的欲河，但照片上只有这一个画面，后面会发生什么让人浮想联翩。

江辰遇的嘴角勾起一丝弧度，他想起了那天晚上她喝醉时的主动。不如……他要买个相框，把这张照片放在床头上。

他垂眼凝视着这张照片，神情逐渐变得耐人寻味起来。沈暮的脸热热的，她突然抢回手机，低咳一声，声音低而柔地说："你看完了吧？"

当时他们从白天拍到夜幕落下，一共拍了一百多张照片，就这么短短的两分钟里，他哪里能翻得完它们？

"还没。"江辰遇靠着椅背，笑着看她。

沈暮觑了他一眼，将腿上的手机翻了个面，把它压到掌心底下："后面的照片都差不多啦。"

她泛起红晕的脸颊和藏手机的小动作都映在他的笑眸里。江辰遇用指关节轻叩了一下她的额头："我不认真看，怎么挑照片？"

沈暮的脸一下子又红了些，可她又没法反驳这句话，而且车里还坐着方特助和司机呢。

"回家再说。"沈暮喃喃地说。

江辰遇从鼻腔里发出一声好听的低笑。他没说话，把手伸过去，捏了捏她搭在腿上的手指，她的手指又细又软。

后座安静了，可坐在副驾驶座上的方硕却是大气也不敢喘。他应该在车底，而不是在车里呼吸老板夫妇带来的甜蜜空气。

方硕等待了一分钟，确定后座上的小夫妻没在谈情说爱，才试探着开了口："江总！"

江辰遇不知何时已将沈暮的手拉到了自己的腿上。他拢着她的手指，把拇指的指腹摁在她的手背上，好似对待珍宝一般摩挲着。

沈暮的耳尖红红的，她望着窗外正在后退的街景，假装对此毫不知情。

听见方硕的话，江辰遇淡淡地应了一声。

方硕识趣地没往后看，端坐着斟酌言辞："江董最近都在忙活小江先生的订婚宴。其他事情都安排得差不多了，但她老人家似乎对设计师提供的宴会方案都不是很满意，还没拿定主意。您看，是再联系联系其他设计师，还是……"

还是您去劝劝江董？江老太太极有想法，过于挑剔，他可真没办法了。

毕竟江老太太是巴黎美术学院设计学的博士后毕业生，水准摆在那儿，她的要求自然不低，哪怕是国际一流设计师的方案，想入她的眼也不大容易。

只是她年纪大了，实在没这个精力亲自操刀。

奶奶一旦重视某件事就会变得无比严苛，江辰遇对此习以为常，故而反应平淡地说："她在设计圈的人脉里都找不到满意的，还能联系谁？"

方硕为难地沉吟道："那……"

"实在不行，你去问……"江辰遇原想说让方硕找 Rita 帮忙引荐引荐，但把话说到一半，忽地顿了顿。

方硕还等着江辰遇吩咐，但江辰遇没再说话，不慌不忙地带着深意看向身旁的人。

耳边突然就没了声音，沈暮有点儿奇怪。转过头去的那一瞬间，她迎上了他含着笑意的目光。

沈暮有点儿蒙，眸中逐渐浮出茫然的神色。他为什么要这样看着她？

他们在锦檀别墅里吃晚餐的时候，沈暮终于解开了疑惑。

"这怎么行？！"听完面前这人的提议后，沈暮几乎惊呼出声。

江辰遇只笑不语，看起来并不在意，慢条斯理地夹了一只虾饺递到她的唇边。

"我是学纯艺的呀，没设计方面的经验。我是辅修过互通的学科，但美学和实用艺术的差别还是很大的。"

沈暮对他提出的由她来设计订婚宴的想法不敢苟同。话音刚落，她垂眸看了一眼嘴边的虾饺，低头咬下一口。

"你试试吧，就当体验了。"等她将剩下的半只虾饺也咬到嘴里，江辰遇才不疾不徐地收回筷子。

沈暮的眉头微微地皱起，这么好的实践机会，她倒也想尝试。如果真要考设计类的研究生，设计宴会厅比单纯手绘的相关性要高得多，她能积累一些经验也是好的。

可人家正经的订婚宴又不是过家家，她这样的门外汉哪儿敢贸然上手设计？

"可我怕把事情搞砸。"沈暮咀嚼着鲜美的虾饺，小声地说。

江辰遇看上去并无半分担忧，随意地一笑："别担心，他是自家的小叔子，出问题了也不要紧。"

"得了吧。"沈暮细嚼慢咽着，抬眸看向他，"婚宴这样重要的场合，怎么可以随便开玩笑呢？我会感到愧疚的。"

沈暮又咬了咬筷子："而且，那么多专业的设计奶奶都看不上，我肯定不行……"

江辰遇的唇依旧弯着，他说："奶奶联系的都是业内一等一的设计师，他们拿出来的方案绝对是领域里顶尖的。"

他循循善诱的语气里透着一贯的温柔和耐心，沈暮乖乖地听他继续说话。

"她不中意，不是设计的问题。"

"那是什么问题？"沈暮歪歪脑袋，和他对视。

江辰遇提醒她吃饭，让她别愣着。等沈暮低头接着吃饭了，他才一边给她夹菜，一边缓缓地说："因为那些方案都缺少让她动容的点。"

江辰遇对江老太太的性子再懂不过。她也不是觉得方案差，无非是对孙儿的喜事看得太重，觉得那些设计都不够有新意。订婚宴总要设计得特别一点儿，无关资金，也无关规模。

沈暮似懂非懂，眨巴着一双亮晶晶的眼睛。

江辰遇语气平常地说："如果这场订婚宴是你操刀的，不管设计得如何，她一定都会很开心。"

沈暮静静地望着他，有点儿明白了。他让她设计订婚宴是因为奶奶会惊喜吗？还是因为看见晚辈们相处得其乐融融，她老人家心里会高兴？

"真的吗？"

"嗯。"

沈暮想了想，反正最近无事，闲着也是闲着，便点点头说："那好，我试一试。但你最好先预备备用方案。"紧接着沈暮柔着声音说，"我不想给你的弟弟添乱。"

江辰遇笑了一声，伸出两指，轻轻地捏了一下她柔嫩的脸颊："快吃饭。"

沈暮不情不愿，轻轻地"哼"了一声："噢……"

身上忽然有了重要的任务，沈暮相当重视这件事。当晚临睡前，她还在床上翻看手机上的资讯，了解今年的热点元素。

她看久了手机，困得脑袋一点一点的，跟小鸡啄米似的。江辰遇洗完澡从浴室里走出来，瞧见沈暮靠在床头上。她耷拉着脑袋，像是不小心睡过去了。

江辰遇放轻脚步走近，从沈暮的指间慢慢地抽出手机，把它放到床头柜上。而后他揽着她的后背，用另一只手扶住她的后颈，将人缓缓地放躺下去。

这时沈暮还未睡沉，打了个激灵，瞬间醒了，茫然地回望他。她那双惺忪的睡眼像蒙着一层薄薄的雾，纯真又呆萌。

江辰遇坐在床上，还没收回被她压在颈后的手。他面上浮出温和的笑，俯身吻在她的唇角上，用指尖理着她鬓边的碎发。

他的呼吸轻轻地拂过她的耳旁，他说："睡吧，明天再看。"

他的声音如静静地流淌着的温泉，又似窗外飘落的细雨，能舒缓神经。

沈暮非但没清醒，反而睡意渐浓。她哼唧了一声，迷糊间抱住他的手腕，把脑袋贴过去。

不一会儿，沈暮就没了动静，大概是睡着了。

她睡熟的时候永远像一只安静乖巧的小猫，要抱着什么东西，还喜欢蜷缩在他的怀里。

江辰遇唇边泛出无声的笑意，伸出空着的那只手，用指背蹭了蹭她温热的脸蛋儿。

江辰遇凝视了一会儿她温润的睡颜，心绪慢慢地沉静下来。

江辰遇突然意识到，这姑娘在操心人家的订婚宴，但他都没和她举办过正式的订婚仪式。而且，他还欠她一场求婚的仪式。

江辰遇蹭着她的脸颊的指尖慢慢地滑下来，落到她柔软的嘴唇上。他温柔地抚了抚她的嘴唇，又仔细地将被子掖到她的肩膀处。

他没做更多的动作，也没起身，只是垂眼凝视着她温软的脸庞。那双俊眸里流露出的神情很沉静，谁也看不出他在想什么。

晚上9点半，时间还不算太晚，卧室里静悄悄的。沈暮的呼吸声几不可闻，又轻又柔。

不知过了多久，江辰遇将被沈暮抱着的左手缓缓地抽出来，用指腹在她的无名指上摩挲片刻。

她的手指纤细又漂亮。江辰遇屈起手指，微微地钩了一下她的手指。

敛眸沉思两秒，江辰遇探身摸过床头柜上的手机，用灵活的指尖敲下一条微信，把它发给方硕。

他刚发出微信，秦戈的消息随即而至。

秦戈："江大总裁睡了吗？"

江辰遇静默了一会儿，冷漠地发过去一个问号。

秦戈："没打扰您甜蜜的夜生活吧？"

对方打扰他了吗？当然，秦戈打扰他陪媳妇睡觉了。江辰遇对秦戈的调侃无动于衷。

江辰遇："说事。"

他好无情。秦戈倏地想到上回联谊会时他见死不救，趁机吐槽了他两句，随后附上一张表情包以示不满。

叨叨完秦戈才开始问正事。

秦戈："阿修订婚是在几号来着？"

秦戈："明天我要去一趟北城，调研一段时间，看看能不能赶回来。"

江辰遇回了他一个日期后便放下了手机。

沈暮突然扭动了一下身子，微微地蹙起秀气的眉头，梦呓一般地"哼"了两声。这应该是因为旁边空空的，她抱不到东西，睡得不舒坦。

江辰遇正想关灯躺进被窝里陪沈暮，便在这时，她的手机忽然响起"嗡嗡"的振动声。

江辰遇担心动静太大会吵醒她，不假思索地取过床头柜上的手机。按下挂断键的瞬间，他留意到屏幕上的来电显示——那是喻白的来电。

江辰遇没有表情地沉默了一会儿。

方硕可能是想着沈暮也为这部电影投入了不少心血，所以今天跟江辰遇提了一句电影要开机的事。

江辰遇知道喻白配合电影官宣的那条微博，那是方硕无意中讲到的。

方硕说这位少年男主角没有复制官方要求的宣传文案，而是自己编辑了一句话。

"你是我年少时的所有念想。"

在方硕的手机上看到这句话的时候，江辰遇倒是气定神闲如旧，微不可闻地"哧"了一声，情绪没有任何变化。他仿佛只是看到了一幕幼稚的儿戏。

方硕自顾自地继续说虽然这个年轻人的行为有点儿叛逆，但陈制片夸喻白自己写的这句话更好。

"噢。"当时江辰遇漆黑的眸底没有一丝波澜，随后兴致不高地将手机扔到一边。

能在商海里几经沉浮的都是心思缜密的高手，尤其是江辰遇，他对人心的洞察力一向敏锐。

旁人对喻白的心思云里雾里，他却能轻易地识破它。毕竟老婆被别人惦记着，他总要更敏感些。只是江辰遇并不把它当回事，觉得没兴趣也没必要那么做。

江辰遇短暂地思索一下，把指尖从红键上移到绿键上，摁下绿键。

少年清朗温和的声音从手机的听筒里传出来，听起来气息不大稳，像是着急解释什么。

"景澜姐，今天我们都在忙电影发布会的事情，我刚刚回到酒店才看到你的消息，想着这个点你应该还没睡，就直接给你回电话了，没吵到你吧？"

江辰遇面不改色地听对方讲完话，漫不经心地回答道："她睡了。"

他深沉的嗓音富有磁性，低音炮般的声音里透着慵懒的味道。他的话里没有任何挑衅的意味，听上去只是简单的陈述句而已。

然而那端蓦地陷入死寂之中，他隔着手机仿佛都能感受到空气的低压。

江辰遇对对方的反应毫不意外，淡淡地笑了一下："明天我会提醒她回你的电话。"

他讲话的声音平和优雅，每一个低沉的音节都在体现成熟和宽容。

当晚沈暮睡得很沉。她对设计订婚宴的事太过上心，梦里还在反复筹算着订婚宴的布景设计。

直到身子被拥进一个温暖的怀抱里，有人用掌心轻轻地拍打沈暮的后背，她紧拧的眉头才终于慢慢地舒展开来。

次日一早，艳阳透过落地窗照进来，一室明亮。

沈暮自然地醒来，微掀眼睑，发现身边的男人还在。她"呜"了一声靠过去，把头埋到他的颈窝处。

她奶声奶气地问道："你怎么还没去公司？"

平常他早该起床了，有时沈暮也跟着起来，但偶尔也想多睡一会儿。离开前江辰遇都会过来吻吻她的额头，告诉她自己要出门了。今天他居然还躺着。

江辰遇摸摸她蓬松的头发："我在家里陪你。"

闻言，沈暮想起他说过"要多顾家"的话，情不自禁地"咯咯"低笑出声。

"你笑什么呢？"江辰遇把她搂在臂弯里，合目弯了弯唇，轻揪了一下她的耳朵。

沈暮用软软的脸颊蹭着他的颈侧，摇摇头。

他这个人不常将"爱"挂在嘴边，但每个举止都能让她切身地感受到深情。而且他说到做到，从来不会骗她。

有一种说法是，人类的情感就像风筝。飞上天空的风筝被绳索束缚着，地面上放风筝的人时刻控制着它，得收放自如，得张弛有度，得把力量维持在一定的平衡点上。可这样绳子随时都有可能会断，风筝会飞远，很难再被找回来。

但他们之间不同，因为他自始至终没有约束她。被自由和信任筑起来的情意，是任何外力都无法打垮的。

沈暮无声地笑，懒洋洋地往他的怀里拱了拱，把环在他的腰上的手收紧些。

是不是人早晨醒来时都会比较敏感？她突然强烈地觉得自己好爱他呀！

沈暮想着想着就把话说了出来，嗫嚅的声音又低又细。

她也不知道江辰遇有没有听清她的话。

他把脑袋低了低，把耳朵贴近她的唇边："嗯？"

沈暮抬头瞅了他一眼，觉得他肯定听见了她的话。

"我说……好喜欢你。"沈暮语气间带着几许羞意。

他干吗非得故意要她再讲一遍？！

江辰遇的薄唇勾起弧度，他把下巴抵在她的头上，亲昵地蹭着她："嗯，我也很爱老婆。"

温柔的声音里蕴含着笑意，他轻轻地说那两个字的时候，声音里带着刚睡醒的沙哑，只言片语像春雨点点滴滴地沁入了人的心脾。

沈暮耳根一热，瞬间被撩拨到脸红。也许他什么都不必多讲，只要在她的耳旁那么轻柔沙哑地唤她一声，她就能羞臊到像被煮熟的虾，连脚尖都要蜷起来。

沈暮嗔怪地往他的小腿上踢了踢，但踢的那脚没什么力道，跟挠痒似的，反倒多了几分挑逗的意味。

江辰遇的笑意加深，他偏过头咬了一下她敏感的耳垂，低声说："你等到晚上再招惹我。"

这话题再发展下去就该不对劲了。沈暮战栗后回过神来，马上把话岔开："啊！法国的那家情侣下午茶餐厅，我们忘了去吃了。"

说完话后，沈暮心想：还真是这样。

"你想吃我随时陪你过去。"江辰遇轻松地说。

又错过了心心念念四年的下午茶，沈暮懊悔地叹了口气："你以为那家餐厅是在家门口呢？"

江辰遇轻轻地笑了一声。

"也可以。"他摩挲着她的肩头，睡裙的吊带已经滑落下来，"我让方硕去一趟巴黎，商谈一下授权经营的事，在南城给你开一家餐厅。"

沈暮蒙了两三秒才反应过来，他的意思是要给她在家门口开一家同款的餐厅。

这怎么显得她那么像古时劳民伤财的红颜祸水呢？

"不要啦，哪里有你这样任性的？！"说话间沈暮猛地抬头，头顶撞到他的下巴上，撞得不轻。

江辰遇低低地"嗞"了一声。沈暮一惊，忙不迭地用手心捧住他的下巴揉搓，慌慌张张地问他"痛不痛"。

见她满眼心疼，江辰遇抿了抿嘴角淡笑，垂眸无辜地望着她。

"难道我不是为了讨老婆的欢心煞费苦心吗？"

这怎么能说他是"任性"？

沈暮想说"得了吧"，还没把话说出口，先瞅了一眼他泛红的下巴。沉默片刻后，她"哼"了一声，没反驳他。

她的心软显而易见，江辰遇噙着笑，蜻蜓点水般地啄了一下她的脸颊。

"你把婚纱照发给我，我找人做个相框。"

"哪张照片？"

看着她纯洁的眼睛，江辰遇不紧不慢地说："我的嘴唇快被你咬破的那张照片。"

沈暮："……"

二人周身突然弥漫起粉红色的气氛来。

最后沈暮在被窝里和江辰遇闹腾，他好说歹说，好半天才哄着人起了床。

早餐是沈暮爱吃的素汤和小笼包。小笼包是庄阿姨亲手包的，包子特别迷你，沈暮刚好可以一口吃掉一个包子。

沈暮两颊微鼓地咀嚼着鲜美的小笼包，含糊地说"好好吃"。

江辰遇看了她一会儿，慢条斯理地说了一句："昨晚你睡着了，有个男孩子给你打了一通电话。"

沈暮夹了一个小笼包刚要往嘴里塞，握筷的手顿了一下："男孩子？"

谁呀？沈暮才起床没多久，双眸还有些惺忪。

"嗯。"江辰遇用修长好看的手指捏住勺子，搅了搅温热的素汤。

沈暮吃掉那个小笼包，边嚼边拿起手机。那个男孩子应该是喻白吧，沈暮想着。

毕竟她也没有其他相熟的男生了。她翻开通话记录看了一眼，电话果然是喻白打来的，屏幕上还有两分钟不到的通话时长。

喻白进组后不一定有空接沈暮的电话，所以她没有把电话回拨过去，只回了一条微信。

沈暮低头敲着字，问："他说什么啦？"

"他说白天在忙，回酒店后才看到你的消息。"

"噢……"

沈暮放下手机，抬眼便见对面的人抿了一口汤。他的动作慢条斯理，十分优雅，只是脸上的神色淡淡的，没什么情绪。

沈暮忽然想起自己好像没告诉过他喻白是谁。

"他是喻涵的弟弟，就是之前在南城高塔的那个弟弟，你们见过的。"

沈暮又一五一十地交代，喻白就是九思那部电影的男主角，并表示因为他的家庭情况对外保密，所以她一直没跟他说这件事。

"噢。"江辰遇平淡地说，似乎对这件事兴趣不大，把一个小笼包夹到她的小碟里，轻声地说，"再不吃就凉了。"

沈暮没动筷子，略微歪着脑袋："你在吃醋吗？"

她的目光清澈温和。江辰遇抬眸瞧过去，和她相视片刻，笑而不语。

他不说话，她就当他默认了。沈暮甜甜地笑起来："你怎么连弟弟的醋都吃？"

沈暮和喻涵的感情太好，喻白对沈暮而言也是亲弟弟一般的存在。除此之外，她对喻白从始至终并无其他感情。

江辰遇抽出一张纸巾擦拭了一下唇角上的汤渍，落落大方地说："嗯，你的老公心胸狭隘，见不得你和其他异性走得太近。"

他的语气很平静，漫不经心中又透着几分正经的意味。

大半夜有小男生给她来电，好像是不太好。沈暮这么想着，突然就没了底气。

她悄悄地把餐桌下的脚从拖鞋里伸出来，踩了踩他的脚背，娇声娇气地说："没有……"

眼中点点的笑意掩不住，江辰遇任由她的足尖踩他的脚："快吃吧。"

他不表态，沈暮也看不出他在意与否，思忖了一下，格外诚恳地说："你要是不放心，我们就公开。"

"你不怕被奶奶催了？"江辰遇看着她。

"那也没办法呀，我是想晚两年再要宝宝，但……"话音顿了一顿，沈暮欲言又止。

江辰遇淡淡地挑了挑眉梢，耐心地等她继续说。

"但你不小了。"沈暮迟疑着，声音越来越低，"再等下去……我们算不算老来得子呀？"

"老来得子"是什么破说法？江辰遇啼笑皆非，捏捏她的鼻子，佯装严肃地沉声说："不至于。"

"哦……"沈暮低头去吃碟子里的小笼包。

随后的几天里，沈暮都没闲着，专心地设计订婚宴的场厅布置。

期间她才得知，江辰遇的那位从未在公共场合露过面的弟弟江迟修，原来是某知名电竞战队的队长。

沈暮不了解电竞圈，上网搜了一下，它看起来似乎很厉害。

沈暮意外地发现江迟修是法国 M 大学毕业的。她曾经还去 M 大的校园里采过风呢。

认真地思考后，沈暮决定采用巴洛克和洛可可的风格，在她擅长的领域里设计总不会出错的。

沈暮连轴转了几天，赶出了设计稿。她心里没底，将图片发给奶奶过目。果真如江辰遇那日所言，江老太太打了一通电话过来，压根不在意沈暮设计得怎样，乐陶陶地连声称赞。

沈暮握着手机，站在卧室的落地窗前。窗外的夜色十分深沉，风很大，狂乱地呼啸着，吹得外头的树枝发出声响。

"暮暮啊，你和辰遇的婚事也一块儿订了吧，我看不错！"

她们聊着聊着，江老太太突然说了这么一句，话顺口得完全听不出转折的痕迹。

沈暮反应了半晌，才讷讷地出声："啊？"

打完这通电话后，沈暮还有些蒙。江辰遇在书房里处理好文件，回到卧室里，从她的身后将她拥进怀里。沈暮感受到颈侧传来他的唇微凉的温度，才回过神来。

沈暮往后靠了靠，跟他说了奶奶的话。

"你怎么说？"江辰遇没抬头，闻着她的肌肤上沐浴露淡淡的清香。

他的气息拂过她的颈窝，她感到痒痒的。沈暮扭了一下脖子，声音不自觉地温柔下来："我说……听你的。"

反正她把解决不了的问题推给他，准没错。

江辰遇笑了一声，用两指钳住她的下巴，将她的脸转过来，偏过头含住她的唇。

江辰遇在书房里工作的时候，沈暮先洗过澡，此刻穿的是睡裙，吊带很快就被他挑了下来。

他的吻总是将温柔和强势两种极端融合在一起，偏偏不突兀。他一步步地掠夺氧气，让她沦陷。

沈暮没一会儿就被亲得迷糊，不知不觉中手被他抓住并放到了他领带的温莎结上。

沈暮懂他的意思，脸色绯红。明天有台风登陆，窗外风声阵阵，她的心也跟着跳跃不已。唇齿相碰间，沈暮不大利落地解开了温莎结。

沈暮刚想把他的领带拉出来，不知何时掉在地毯上的手机突然响起铃声。

沈暮混乱的思绪一瞬间清醒了几分。

沈暮走到床边坐下，把电话打回去。然而她电话才打出去没几秒，就被对方拒接了。

沈暮正奇怪，微信的消息提示音响了两声。

喻涵："现在我在车上，人多，接不了电话了！"

喻涵："哼！"

喻涵："我被气吐了！心肝脾肺肾都要冒火了！"

沈暮发着蒙。有这么严重吗？她轻轻地叹息，心想：刚哄好某个男人，又要开始哄自己情比金坚的"前夫"了。

沈暮正要敲字，喻涵的消息先一步发过来。

喻涵："今晚难得收工早，我们就去外面吃了一顿，回来的时候居然在商场里碰到了蒋路明！我的心脏要被气得冒烟了！"

沈暮愣了一下，反应过来，喻涵气的不是她没接电话，而是偶遇渣男。喻涵怒气滔天，沈暮已然能想象出那种画面。

沈暮忙不迭地打字问她。

沈暮："他没把你怎么样吧？"

喻涵的字里行间都透着无所畏惧的意味。

喻涵："他要是敢怎样，我直接一拳呼上去了！"

沈暮："那就好。乖啦，不理他，别生气！"

喻涵："剧组的同事都在，我是想放他一马。"

喻涵："你猜怎么着？"

喻涵："他带的新女友非要跟我叫板！"

喻涵："老子排队买一串鱿鱼，她居然都要过来阴阳怪气。"

原来是现女友欺负前女友的戏码，上位者得意扬扬，仗着所谓身材和脸蛋儿的优越感对喻涵冷嘲热讽了。

可想而知，蒋路明这种出轨的狗男人为了讨新女友的欢心，背后肯定没少恶毒地贬低喻涵。

沈暮蹙起眉头，挠挠头发。怎么办呢？事情似乎很严重，看样子喻涵是真被气到了。

沈暮认真地思考了一下，觉得这样安抚不到她，得让她痛快地把怒火发泄出来才行，于是斟酌着回复。

沈暮："别气，别气，你回酒店时告诉我，我们在电话里聊。"

那边沉默了一段时间，最后喻涵只说啥事没有，又笑嘻嘻地祝沈暮春宵愉快，无事发生一般。

没过多久，江辰遇洗完澡走出浴室。他回到屋里，就看见沈暮愁眉苦脸地捧着手机。

江辰遇走过去，面不改色地抽走她的手机，把它放到床头柜上。他正准备将她摁下去好好地欺负一番，她突然抱住他的腰，把侧脸贴在他腹前的睡袍上。

"如果明天能去北城就好了。"沈暮发出一声叹息。

江辰遇沉默少顷，抬手揉了揉小姑娘的头发："有台风。"

沿海地区正逢台风季，明天预计有强台风在南城登陆，车辆通行很危险。沈暮当然知道这点，否则早就订去北城的动车票了。

沈暮听着窗外呼啸的疾风，又叹了口气。

"你想去北城？"江辰遇低下头，目光落在她的头顶上。

"影视城。"沈暮幽怨地说。

江辰遇突然默不作声了。她从他的脸上看不出什么情绪，但他的眉头皱了起来。

沈暮意识到什么，仰起脸解释道："我是想去看看喻涵，有点儿担心她。"

怕他多想，沈暮告诉他大致的情况。

沈暮太懂喻涵的性子了，别看喻涵刚才还不停地骂骂咧咧，像个毁天灭地的小霸王，说不定一回到酒店就躲在被窝里开始哭了。

喻涵就是典型的外刚内柔的性格，看上去有脾气、从不诉苦，其实心里早就碎了个稀巴烂。

"怎么办呀？这两天我又过不去。"沈暮觉得这时候喻涵需要别人陪着。

江辰遇拍拍她的头："别想了。"

沈暮闷闷地说："我不放心……"

江辰遇见她都要操碎了心，觉得她惦记着喻涵今晚必定睡得不安稳，敛眸静思须臾，问道："她在哪个酒店里？"

"远洲。"沈暮顺口回答道。

话音刚落，沈暮奇怪地眨巴了一下眼睛。江辰遇拿起床头柜上的手机，拨了一个号码。

"你在哪儿？"江辰遇淡淡地问道。

手机的那端传来秦戈回话的声音："到北城当然是住在你们的远洲酒店里了，怎么了？"

江辰遇用稀松平常的语气说："我老婆的闺密失恋了，正好也在远洲，你先替我老婆安慰安慰她。"

沈暮的目光和他望过来的目光撞在一起，她的双唇呆滞地微张着。

那边的秦戈同样措手不及，愣了半晌，控诉道："听听，这是人话吗？又逮着我一只单身狗虐，是你不做人，还是你没把我当人？"

江辰遇置若罔闻地说："你们见过的，在我家里。"

这话倒是让秦戈冷静地想了想："你说小涵？"

"嗯。"

秦戈沉思片刻，语气里生出疑惑的意味："哟……我怎么感觉你们小夫妻在忽悠我呢？我在前一段时间的联谊会上还碰到她了，她单身还能失恋？"

江辰遇没说话，将手机递给沈暮。

沈暮忙不迭地接过手机，三言两语地和秦戈说明情况。女孩子说话总是好使些，而且这对秦戈而言也就是举手之劳。

更何况秦戈也觉得和喻涵这个小妹妹有缘，于是便答应了下来。

"麻烦您了！秦老师，如果方便的话可以带一份排骨汤给她。喻涵喜欢吃排骨，也许心情容易好点儿。"

秦戈说自己换身衣裳就过去，让她放心。

通话结束后，沈暮长长地舒了一口气，可转瞬又发觉不对劲。喻涵似乎很怕秦老师呀……这样真的好吗？

但沈暮没有时间再多想了，下一秒就被江辰遇横抱起来裹进被窝里。

台风在次日来势汹汹地登陆，飞沙走石，电视和网络都在实时播报台风的信息。在这种天气里他们去不了外面，只能在家里待着。

沈暮迷迷糊糊地醒来的时候，身边的人不在。他大概是在厨房里给她准备早饭。

在心里埋怨江辰遇千百遍后，沈暮探身拿过床头柜上的手机，然后窝回被子里，一边听着屋外的风雨声，一边玩儿着手机。

沈暮刚摁亮屏幕，就看到喻涵几秒前发来的微信消息。

喻涵没头没脑地发来一句话。

喻涵："我死了……

沈暮："我也死了……"

喻涵："你咋了？"

沈暮揉了揉自己的腰窝，侧身时牵扯到的膝盖也跟着一阵发酸。

狗男人……沈暮蹙着眉在心里埋怨了江辰遇三千遍，用手指戳着屏幕打字。

沈暮："没……你怎么了？是秦老师来陪你，你紧张了吗？我昨晚也是说完才想到。"

喻涵："我……"

喻涵欲言又止，聊天框里一度死寂。

半分钟后。

喻涵："罢了。"

喻涵："我先缓缓，冷静一下。"

她的字里行间都透着深深的绝望和无力感。

沈暮以为喻涵还是对老师有着不可避免的抵触心理，于是开始给她做心理建设，告诉她秦老师是多么温文尔雅，多么平易近人。

然而喻涵回应一个"呐喊"的表情包后就匆匆地逃离。

沈暮独自在被窝里发蒙，隐约觉得不大对劲。可她对昨晚那边发生的事一无所知，又不好胡乱地揣测。不过确定喻涵没难过，沈暮还是放心了。

卧室的门极轻地"砰"的一声关上。沈暮靠在枕头上的脑袋转向后方，她越过自己的右肩，望向门的方向。

下一秒，高大挺拔的男人走出过道。江辰遇托着一个方形的餐盘，黑色丝质衬衫的纽扣松了两颗，显得他休闲随意，又十分英俊。

见她醒了，江辰遇弯了弯唇："去刷牙。"

他走到沙发旁，将手里的托盘放到茶几上。

沈暮和他相视了一瞬间，目光又不经意地掠过床头柜上那条皱巴巴的领带。沈暮倏地回想起昨晚他百出的花样，心一颤，凉凉的脸蛋儿一下子热起来。

沈暮正裹着被子羞臊，江辰遇已经回过身来，坐到了床上。

江辰遇用指背蹭了蹭她的脸颊："你还不想起床？"

沈暮原先是有一肚子的不满要冲他发泄，但这会儿一瞧见他那张英俊的脸，突然就像条颜狗一样没了脾气。

赏心悦目是真理。沈暮"哼哼"两声，表示自己的不满。

江辰遇俯下身，把薄唇贴着她的耳畔，语气轻柔地说："你再赖床，早饭就要凉了。"

他温热的气息喷在她的耳郭上，痒得她想挠耳朵。沈暮把下巴往被子里收了收，不由得放软了沙哑的声音："累。"

闷闷地出完声，沈暮清了清干涩的喉咙。喉咙沙哑着很不舒服，她委屈地皱了皱眉头，说："我渴……"

江辰遇轻轻地笑一声，捏捏沈暮的脸，起身到茶几边倒了一杯清水后回来，扶着沈暮坐起，亲自将水杯递到她的嘴边。

江辰遇今天不方便去公司。他们窝在沙发里吃过早饭后，江辰遇便把沈暮抱到书房里，将她放在旁边的摇椅上，自己坐在书桌前处理文件。

他工作的时候总是很投入，安静深沉，用修长的手指握着白金钢笔，在文件上流利地写字。沈暮端详他片刻，撇撇嘴，搂着抱枕低头玩儿起手机来。

恶劣的台风天气里，屋外的风雨在呼啸怒吼。大风十分强劲，卷着支离破碎的雨水，一阵又一阵斜斜地击打在落地窗上。

书房里十分阴暗。外面明明是白天，书房里却开着最亮的吊灯。

"你想做什么就跟我说。"江辰遇垂眸凝视着文件，分心温柔地说了一句。

"嗯……"沈暮懒懒地应了一声，在柔软的躺椅里调整了一个舒服的姿势，百无聊赖地浏览着微博的热门。

刷到一条热门微博时，沈暮停下滑动页面的动作。

@八卦协会："来分享分享社死的经历，说出你的故事。"

社死……心底有百般触动，沈暮看了一眼热评第一。

"刚刚想吃辣条，勇敢地顶着台风去对面的超市，走到马路一半连衣裙被风掀走了。连衣裙上天了，看不见了。奉劝沿海的诸位不要挑战台风的底线，穿裙不出门，出门不穿裙。"

回复的姐妹深表"同情"：

"乖，一辈子很快就过去了。"

"救命，笑到打鸣。"

"哈哈哈哈……笑吐了。"

…………

沈暮慢慢地往下看。

"谢邀，被前男友性感的新欢刺激到了，在酒店里喝了点儿酒，断片儿了，当着正经大叔的面脱光了衣服，就记得这么多了，已购火星的票，等待移民。"

此楼的跟评：

"没事的，下辈子注意点儿就好了。"

"必须送你上热评第一！"

…………

这条微博的内容让沈暮觉得有点儿熟悉。她疑惑了两秒，但没多想。她迫不及待地开始敲字跟楼。

对社死的经历，沈暮可太有发言权了。她能列出一箩筐的事——从砸肿鼻梁的视频邀请，到那本《总裁老公轻点儿宠》，再到发错语音叫"老公"，甚至到后来她转发错的男人的喘气声，等等。

沈暮回忆起这一系列的经历，心想：她可真是坚强呀！

果不其然，她的评论被迅速地往上顶。

"这真是封神！见证爱情的开始！"

"我人差点儿笑过去了。"

"如果社死一回就能认识帅哥，我愿意！！"

"甜甜的恋爱什么时候轮到我？"

⋯⋯⋯⋯⋯

北城，远洲国际4103。

喻涵向剧组请了一天假，此刻弱小可怜又无助地趴在床上，用头撞枕头。

"啊啊啊啊啊啊⋯⋯"喻涵绝望地哀鸣。她这都是造的什么孽？！

就在这时，门铃声突然响起。八成是她点的麻辣烫到了。

喻涵瞬间收声，秉持着民以食为天的准则，转眼间抛开手机，奔向门口。

她兴冲冲地把门打开的那一刹那，没见到外卖小哥，精瘦高大的男人那张温和儒雅的脸倒先骤然映入眼帘。

喻涵浑身一震，倒吸一口凉气："秦⋯⋯秦老师⋯⋯"

秦戈上下打量了两眼她的白T恤和短裤衩，沉吟片刻，说："你收拾收拾，咱们一起吃个午饭。"

"啊？"喻涵怀疑自己的耳朵出了问题。

"小暮说你喜欢排骨汤，特意让我给你带一份，昨晚酒店没供应，今天我带你去吃吧。"

秦戈衣冠楚楚地站在她的面前，把话说得有条不紊。

喻涵目露惊恐，连忙摆手假笑："不用！不用！我点外卖了，不耽误您的时间。"

"别客气了，我在一楼的大厅里等你。"

秦戈一向言出必行，不会敷衍答应沈暮的事，所以是一定要带喻涵去喝排骨汤的。

他们来回拉扯几句后，秦戈依然坚持带喻涵去吃饭。她不好直说"不想去"，只能硬着头皮答应下来。

秦戈离开后，喻涵简直无法呼吸。她死死地掐住人中缓过气来，颤巍巍地拿过床上的手机，打开微博，在自己的评论下追评一句。

"抵死装失忆，于是十分钟后要和大叔一起吃午饭⋯⋯问天再借一张脸。"

酒店附近有一家颇为出名的中餐厅。

从南城到北城，秦戈是自己开车过来的，眼下带喻涵去餐厅也方便。

喻涵一改往日豪爽的坐姿，在副驾驶座上坐得端端正正，但帆布鞋里的脚趾在不停地抠地。

她换了件黑 T 恤，搭牛仔裤。这已经是她出门穿过的最正式的衣服了。

喻涵死命地回想昨晚她撺掇他拍她的裸照后的情况。但她当时彻底断片儿了，现在连一丁点儿蛛丝马迹都想不起来。

当然，喻涵一口咬定自己把昨晚的事忘了个精光，不可能告诉他自己还记得前半段的事。

还有比这更社死的吗？她的经历不配登顶热评第一吗？喻涵在心里冷哼着，不服气。

"那啥……"喻涵纠结老半天，终于出声试探他的口风，"昨晚……没给您添麻烦吧？"

昨晚她没再继续做丧心病狂的举动吧？

秦戈开着车，透过薄镜片侧头望她一眼，目光又不慌不忙地落回前方。

"女孩子出门在外，没事少喝点儿。"他斟酌着言辞说。

喻涵："……"

他什么都看见了吗？他还不如把事实直接说出来，让她死个痛快得了！

喻涵闭了闭眼，欲哭无泪。随后她又默默地开始咬牙切齿。

死渣男蒋路明！要不是他那个新女友挺着个胸叨叨，害得她攀比心切，她怎么也不会做出那样的傻事！

当晚，书房里，江辰遇有一个总部的电话会议要开。他们吃过晚饭，沈暮休息了一会儿后，就去浴室里泡澡。

窗外的风雨依旧猛烈，浴室里弥漫着一丝诡异的气氛。沈暮独自在温热的浴缸里浸泡了不到十分钟，就被疾风突如其来的一声呼啸吓得打了个激灵。

浴室里，缭绕的暖雾和灯光一起烘托出诡谲怪诞的气氛，沈暮忽然想起先前玩儿密室逃脱时的情景。

恐惧的情绪在心里蔓延，她害怕了。沈暮连忙探身拿过置物台上的手机，给江辰遇打了一通电话，可他不知在做什么，电话迟迟无人接听。

"哗啦"一声，沈暮倏地从水中站起来。

与此同时书房里，江辰遇微闭双眸，把双手交握着搭在桌面上，蓝牙耳机里正传来各部门经理汇报工作的声音。

江辰遇捏了捏高挺的鼻梁，沉稳的声音不留情面："江盛和徐氏合作十多年了，北城的项目也有足够多的资金，我不在乎其中有多少效益，但至少要让我看到你们的价值。后天之前再做不出可行的方案，负责的团队尽早换人。"

"江总，这……"

沉沉的气氛被"砰"的一声打断，门开了。

江辰遇抬眸望过去，只见沈暮突然跑了进来。

她微湿的长发散落在肩背上，身上只裹着一件他的黑色衬衫，双腿纤长白皙，连拖鞋都没穿。江辰遇的眸光沉了几分。

"你怎么不接我的电话？"沈暮语气里含着埋怨的意味，迈着小碎步跑到他的面前。

她攥着身前松松垮垮的衬衫领口，用水润的双眼凝视着他，委屈地哼着："我在浴室里害怕，刚刚还找不到睡裙……"

江辰遇张了张嘴，一时没说出话。那边已连接电话会议的众人也都蓦然变得鸦雀无声。女孩子甜美的声音传来后，书房里一下子安静下来。

落地窗被疾风撞得"砰砰"作响，风声里裹挟着"淅淅沥沥"的雨声，突然间，屋内寂静得突兀。

江辰遇看着她，微动薄唇，却迟迟不语。

"你干吗不讲话？！"沈暮蹙蹙眉，往他的小腿上不轻不重地踢了一下，尚未擦干的右足把他的西装裤弄湿了一点儿。

江辰遇将目光低垂下来，落到她忘穿拖鞋的脚上。

二楼的地板干干净净的，上面铺着一层简灰色的地毯。女孩子白净又漂亮的双足踩在地毯上，男人黑色的丝质衬衫穿在她的身上长及屁股后，那双秀腿白皙匀称。

沈暮撇着嘴，纯净明澈的眼中满是委屈和不悦。

他们相视数秒，江辰遇默默地将她揽过来，让她侧坐到自己的腿上。

"我刚才在忙，手机静音了。"他语气温柔，动作也温柔，慢慢地把她散乱的长发别到耳后。

沈暮瞪他一眼："哼……"

彼此的衬衫都薄薄的，她离得近了，他结实的肌理和偏高的体温格外明显。

沈暮听完他轻柔的话语后，那一丁点儿火气也都瞬间被浇灭。

"那……"沈暮刚发出乖而软的声音，江辰遇先开了口。

"北城的项目方案后天下午4点前交给方硕。"江辰遇用一只手抱着她，用另一只手缓缓地敲着桌面，嗓音微沉地说，"如果还不可行，方硕，立马安排换团队。"

沈暮慢慢地意识到他不是在与自己说话，怔住了。

蓝牙耳机里，方硕回魂后连忙说："明白！"

"就这样。"江辰遇淡淡地说了一句，关掉笔记本电脑里的通话软件，摘下耳机丢到办公桌上。而后，他抬眼去看怀里的小姑娘。

"你要说什么？"江辰遇用指背碰碰她的脸蛋儿。

"我……"沈暮呆愣了半晌，一个字一个字地往外蹦，"你刚刚……在开会吗？"

江辰遇："嗯。"

沈暮慌张地问道："那你不跟我说，他们不会都听到了吧？"

江辰遇没说话，但唇边掠过浅浅的笑意。

答案不言而喻。

沈暮的脑海中"轰"的一声，她苦着脸把头埋到他的颈窝里："你怎么这样啊？好丢人……"

江辰遇觉得好笑，捏捏她的耳垂："你丢什么人？"

明明是他在公司高层心里的铁面形象尽毁了。

沈暮还在郁闷着，苦恼不已，闻言却静思起来。

对，也没人晓得刚才的那些话是她说的，除了方硕。而且方硕肯定不会把这件事告诉别人的。

这么一想，沈暮突然觉得自己的薄脸皮贴回来了些。她重新抬起头，把双手搭在他的两肩上，用水润的双眸看过去。

"那……他们都知道你的屋里藏女人了。"

江辰遇用双臂环抱着沈暮那截细腰，修长的手指在她的身后交扣。他往后靠着椅背，笑得漫不经心："知道就知道了，咱们是合法同居。"

沈暮脸颊上泛起红晕："可他们不晓得呀。"

他们不晓得她和他是已经领证的合法夫妻。

见他脸庞上的神情并无异样，好像全然没把这当回事，她反而烦恼起来。

沈暮觉得她刚刚这么一闹腾，似乎对他和公司的影响都不太好。万一有人私下嘴碎，再在网络上一造谣，说什么江总疑似和神秘女子同居，他的名誉肯定会受到影响。

沈暮思索片刻，为了保险起见，软着声音说："要不……我们还是公开？"

江辰遇看着她笑了笑。他当然没意见，也一眼看出了她的心思。不过他不在乎外面的声音，反正人都到手了，只要她高兴就好。

江辰遇没说话，抱着她站起来，将人放到办公桌上，俯下身把双手撑在她的两侧。

"你还不知道吗？我凡事都听你的。"

可她被困在他高大的身躯和桌子之间，半寸都难移。她只能往后稍微仰了仰身子。

江辰遇俯身过来。

男性特有的炽热气息拂面而来，沈暮忽然就觉得不自在了。

"咳，我现在知道了。"沈暮若无其事地转过脸去。

江辰遇的眼底含着笑意，他把修长的指尖伸过去，合上笔记本电脑，把它推到角落里，又慢条斯理地将分散的文件摞到一起，把它们随意地丢到笔记本电脑上。

桌面上被他腾出了一块空地，沈暮奇怪地看着他的动作。

在江辰遇回身的刹那，沈暮正要开口问他想做什么，下一秒下巴先被他捏着抬起。

沈暮还没出声，江辰遇的吻便落了下来。

他的吻和他的人一样，从容、沉稳且温柔、耐心，没有进攻也没有试探，可偏偏又坚定得不容她躲避。

这场强台风预计在半夜登陆，此时正是风势最猛的时刻，房子外飞沙走石，与书房内的温馨形成强烈的对比。

第十六章
他的公主

次日，沈暮意外地发现那条分享社死经历的微博登上了热搜。

更令她意外的是，她的评论竟然被顶上了热评的首位，其下的跟评直接歪了楼，都在热烈地叫嚣着也愿意这样社死偶遇帅哥。

沈暮坐在书房的摇椅里，嘴角抽搐了一下。她抬眼望向坐在书桌前办公的男人。

他五官立体，面容生得俊雅，身材亦挑不出刺。除了要她的时候强势、不讲理，平常他都是那样温柔。

沈暮仔细地想了想。嗯……她好像确实不亏，甚至社死得还挺值。

江辰遇也许是察觉了她的打量，目光从文件上移过来，对上她的视线。

和他四目相对时，沈暮倏地想起那晚他俯身在桌前额鬓渗汗的模样，心颤了一下。她倏地低头看手机，假装对此一无所知。

江辰遇薄唇无声地轻翘，垂眸继续批阅文件。

还好他没问什么。沈暮呼了口气，随即看了一眼热评第二，那是那位喝了点儿酒的网友写的。

昨天看见这条热评的时候，沈暮还没觉得怎么样。今天又看了它一遍，她突然就想到了喻涵和秦老师。

沈暮还是没去想热评写的就是他俩，毕竟这件事完全可以用"惊悚"二字来形容，谁能想到呢？但喻涵昨天早上的反应又那么奇怪。

沈暮抱着调侃的心态将热评第二截图。她正想把图片发给喻涵，喻涵的消息先发了过来。

喻涵发来一段视频。

喻涵："天哪！今天有人在影视城求婚，路上摆了一万朵红玫瑰！我这辈子都没见过这么多玫瑰！男方还在大庭广众之下表白！虽然词很老土，但是太浪漫了！"

沈暮收回发图的手，点了视频。她刚打开视频，一声声"嫁给他"就传了出来。

沈暮一激灵，忙不迭地调低音量，悄悄地朝书桌那边瞄了一眼，见他没留意声音才放下心来，静音看完了这段求婚的视频。

沈暮："真好呀！"

喻涵："江总私下没求婚？"

沈暮："没有。"

喻涵发来三个问号。

喻涵："也没啥，亿万少女的梦中情人已经是你的了，你就偷着乐吧。"

喻涵把这话说得像沈暮捡了个大便宜似的。沈暮抿抿唇，不接这个话题，直接将热评第二的截图发过去。

沈暮："怎么看怎么有你的影子。"

喻涵连着发了三个省略号。

喻涵："不是我！"

沈暮："别激动，我就是问问。"

喻涵连发一串癫狂的表情包，以此封沈暮的嘴。

沈暮："呃……"

好吧，看来喻涵是真的对秦老师有 PTSD（创伤后应激障碍）倾向。

订婚宴安排在远洲国际南城的总店里举行。沈暮作为婚宴的主设计师，近几日都在往酒店里跑，得确保宴会厅的布置万无一失。

订婚宴举办的当天，沈暮在衣帽间里琢磨了好久。最后她挑了一套小西装，冰蓝色的西服和西裤简约、温婉又大方。最主要的是，西装在得体之余能衬托出她的职业感。

沈暮年纪小。她觉得婚宴这样隆重的场合，奶奶又如此放心地全权交由她来安排，西装可以显得她没那么稚嫩。她在晚宴上控场的时候，穿上西装多少能给她增强一点儿信服力。

尤其是奶奶安排了一个叫成愉的设计师过来协助她，那位小姐姐似乎不是很待见她。对方大概是不服她的能力吧，毕竟她在设计圈里是个无名之辈。

沈暮也不在意，化了个淡淡的妆，把柔顺的长发撩到耳后。她准备妥当后，江辰遇也换好衣服走出衣帽间。

"我这样穿可以吗？"沈暮从梳妆台前起身走过去，抬抬手给他看。

江辰遇整理了一下温莎结，端详了她片刻，目光里一瞬间闪过被惊艳的神色。

她穿西装倒是别有韵味，他还没见过她这副装扮。这个年纪的女孩子像太阳一样温暖明媚，换了一种穿搭，转眼间就多了一分似月的轻盈和成熟。

"我突然觉得奶奶的提议不错。"江辰遇勾起唇。

沈暮没懂他的意思，略歪脑袋，茫然地问道："什么？"

江辰遇系好领带，又去整理身上的西装，同时笑着说："我们的婚事也顺便订了吧。"

简单的话被他用轻柔嘶哑的嗓音说出来，总会带上暧昧的味道，能轻易地让她脸红。

沈暮嘟囔道："证都领了，婚事还订什么订？"

话音刚落，她想起了那天看到的求婚视频。

"婚都没求过，便宜你啦！"沈暮娇声娇气地嗔怪他一句后，又嘟起唇"哼"了一声，转身便往卧室外面走。

江辰遇站在原地，望了一眼她趿拉着拖鞋远去的背影。

静默片刻，他轻轻地笑了笑。也是，他当然不会让她吃亏。

沈暮"嗒嗒嗒"地跑下楼后，床头柜上的手机响起铃声。

江辰遇拿起手机，接通电话，方硕的声音传来："江总，宾客和媒体记者都来了不少了，江董问您和沈小姐什么时候过来？"

江辰遇慢悠悠地走出卧室："马上。"

"好嘞。"方硕说完没挂电话，沉吟片刻，谨慎地斟酌着言辞说，"那个……江总，晚宴上各大媒体记者都在。"

他暗示的语气很明显。江辰遇下了楼梯，淡淡地说："然后呢？"

方硕支吾了一会儿，低咳了一声："您如果还没打算和沈小姐公开，我觉得……得避着些。"

他和那晚参与电话会议的高层领导不敢乱说话，但广大的媒体记者可不见得会这样。非但如此，他们还会添油加醋地大做文章。

其实方硕真正想要说的是——万一你俩在晚宴上情不自禁地温存起来，到处都是眼睛，那可不得了……

当晚，远洲国际酒店里。偌大的宴会厅里人头攒动，人声鼎沸。

那位从未在公众前露过面的江家二少突然放出订婚的消息，不仅各大媒体记者都赶来了，各界有头有脸的大人物也聚集在晚宴上。

晚宴比江老太太办寿宴时的规模更大。好在宴会厅足够宽敞，再容纳千人也不成问题。

大厅的设计别出心裁，主打的玫瑰金色调融合了巴洛克和洛可可风格的豪华和唯美。从甜品台到主舞台，以及欧式旋转楼梯的金钻坠花装饰，都极致地体现了法式的浪漫情调。

边台上的香槟酒、红酒被摆放得整整齐齐，每张桌上都摆有今晨空运过来的粉玫瑰。大厅里传来宾客的交谈声，他们都在猜测江老太太请的是哪位设计师，居然有这样的水平。

各大媒体记者都架起摄影机，守在旋转楼梯旁，等待着神秘的江家二少和他的未婚妻姜氏千金出场。

按照安排，半个多小时后主人公就要携手走下楼梯。那时大厅里所有的水晶灯都要被调到最暗，只余一束灯光聚焦在楼梯上。

沈暮冰蓝色的身影在宴厅里来回穿梭，仔细地嘱咐每一个流程的负责人。

时间一分一秒地流逝，在这种节骨眼儿上，控制灯光的人员突然用对讲机告知她聚光灯出了一点儿问题。

沈暮站在场厅的正中心，傻了眼。

"昨天你们不是检查过聚光灯吗？"在灯控的后台，沈暮焦急地看着维修人员修理聚光灯。

维修人员边拆电板边回答道："左边第二盏灯的电源不知道为什么突然接不通了，排查需要一点儿时间。"

沈暮皱皱眉，心里很急，但又没什么气势："那 8 点前能修好吗？"

"难说……我尽量。"

沈暮见他一时半会儿也难以解决问题，愁得叹了口气。

"如果用我的那套方案，就不会出现这样的问题了。"一个冷冷的声音在沈暮的身后响起。

沈暮回眸，便见女人身着一身通勤的包裙朝她走来，那双细高跟鞋在瓷砖上踩出清脆的声音。

沈暮自然是认得她的。

她叫成愉，有二十六七岁，是国内知名的新晋设计师。原本宴会厅的设计该由她来操刀，但因为沈暮，她的方案被江老太太拒绝了。

起初沈暮对此并不知情，担心自己做不好这件事，便跟奶奶说想请原来的设计师一起商量。江老太太当然高高兴兴地答应了，叫成愉协助她设计宴会厅。

江老太太亲定最终的方案采用沈暮的，沈暮甚至还跟奶奶说过成愉的方案很有参考价值。

不过，人家好像还是对她有敌意呢。

和成愉相比，沈暮年纪小，在设计圈里又没有成绩，也就没有底气。沈暮看得出她在针对自己，但无法反驳。

聚光灯的事确实是自己考虑不周，出了差错。

沈暮默默地转开目光，对维修人员说："你尽量快点儿修理聚光灯，我先去想想其他办法。"

"好嘞。"

沈暮准备离开后台，经过成愉时，听见她不冷不热地开口。

"沈小姐和江总是什么关系呀？这么重要的宴会江奶奶都敢交给你。"

沈暮停下脚步，却不知该如何回答。

成愉侧头瞥了沈暮一眼，忽然笑了一下，语气里含着恍然大悟的意味："江奶奶一直惦记着江总的婚事，去年和我的父亲也聊过呢。也对，沈小姐这么年轻，我能理解。"

沈暮皱了皱眉头，很不喜欢她阴阳怪气的说法。

沈暮虽然性子柔弱，但听完成愉的这段话，心里突然闷得慌，心头像是被巨石堵住了。也许是因为女人的直觉，沈暮认为成愉是对江辰遇有那么一些心思的。

"成老师，您如果对这个问题感兴趣，可以直接去问江总。"沈暮扯出笑容，礼貌地回望着她，"正事要紧，我先去忙啦。"

说罢沈暮便越过她走出了后台。成愉凝视她的背影的目光不太友好，片刻后，跟了出去。

刚离开后台，沈暮就给江辰遇打了电话，但他可能是在招呼宾客，电话半天都无人接听。

沈暮急着解决聚光灯的事，跑回大厅里去找他，从二楼往下望，一眼就瞧见了他。他穿着深色的高定西装，身形挺拔。他即便被一群人围着也格外显眼。

沈暮眸光一亮，正想下楼，便见他走向相反的方向。

宴会厅里人潮涌动，他走了，她就很难再找到他了。她心里一急，冲着楼下呼喊了一声。

"江辰遇——"

这一声呼喊娇软又清亮，一楼附近喧闹的声音仿佛被按下静音键，大厅里瞬间静下来。

江辰遇的指间捏着一杯香槟酒，他循声抬起头，望向二楼的扶栏处。

正和江辰遇谈笑的一群宾客心里都"咯噔"了一下，也跟着好奇地看过去。

他们都得恭恭敬敬地叫一声"江总"，想看看到底是哪家的小姑娘胆子这么大。

等候在旋转楼梯下的各媒体记者敏锐地对焦镜头。

四周忽然这么一静，沈暮才意识到她喊得不合时宜。可她刚刚太着急了，实在不想让晚宴出差错。

先解决问题，其他的事再说吧……沈暮这么想着，咬咬牙，硬着头皮快步下楼。

"失陪。"江辰遇淡笑，向身旁的一群商业合作伙伴抬抬酒杯。

话音刚落，江辰遇朝楼梯迈出两步，那个一身冰蓝色西装的小姑娘"嗒嗒"地踩着低跟鞋走下楼梯，已经忙不迭地跑到了他的面前。

江辰遇握住她细细的胳膊，扶了她一下："慢点儿，当心摔着。"

"你的司机在哪儿呢？"沈暮站稳后直接问，指了指天花板上的灯光设备，皱着眉忧愁地说，"聚光灯坏了一盏，我想去附近的采购中心看看有没有三脚架的补光灯凑合一下。"

江辰遇沉思了一下："这是必要的吗？"

沈暮点点头，微抿玫瑰豆沙色的双唇："嗯，是奶奶安排的。奶奶说媒体记者要拍照，这个流程不能少。"

她也认为仪式感很重要。

"可是再过半个小时，晚宴就要正式开始了。"沈暮的声音低下来，她用只有彼此能听见的音量委屈地哼着，"怎么办呀？"

她避开周遭的千百道目光，用清纯的目光惨兮兮地望着他。

江辰遇将酒杯递给经过的侍应生，把空出的手放在她的发上："走吧，我陪你。"

他的动作极其随便，沈暮也习以为常了，一时间没察觉出他的动作在这种场合下显得有多突兀。

"我自己去就好了，你不好走开。"沈暮不动声色地往旁边扫了两眼。

江辰遇却说"没关系"。

沈暮心想犹豫太耽误事，就轻轻地点了点头，跟着他出了宴会厅。

在一旁随时听命的方硕见状咽了咽口水。你俩还真是不避讳，他就猜到事情会是这样……

旋转楼梯下这短短的一幕，铁定逃不过媒体记者的眼，方硕已经开始默默地思考今晚的公关语了。

"哎，刚刚喊江总的女孩子，就是江老太太寿宴的时候江总带的女伴吧？是吧，是她吧？"

"对，我记得她好像叫宋景澜，江盛收购宋氏后，宋氏集团就转到她的名下了。"

"你说她和江总会不会真有事呀？啧，绯闻都传了那么多回了。"

"应该是有事，今晚盯紧点儿，把这头条抢到。"

"行……"

守在楼梯口的媒体记者都在窃窃私语。

成愉在二楼的扶栏处静静地目睹一切。她下楼经过他们时，无意间听见了几段对话。

媒体记者见缝插针的本事确实令人惊叹。他们逮住新闻就奋力地挖掘，见她走下来，离得近的几个记者立马迎上前，递过话筒。

"成小姐，网传今晚宴会的设计师原先定的是您，后来突然换成沈小姐，方便透露原因吗？"

"是因为沈小姐和江总的特殊关系，所以成小姐被替换了吗？您是否知情？"

…………

记者刨根儿问底儿的提问传入成愉的耳中，成愉的脚步顿了顿。她静默了一瞬间，回头间就敛去了眼中的阴郁，从容地浅笑。

"江总的事我就不知道了。不过，我把机会让给小姑娘是应该的。"

她大大方方的一句话，仿佛已经为各位媒体记者起好了通稿的标题——"江辰遇为绯闻女友开后门，原设计师成愉被打压"。

是呀，这么一听，任谁都会同情她的吧。

毕竟成愉前一段时间刚获得了国际性的设计大奖，父母都是圈里的大人物。她被圈里一个无名无姓的小女孩儿抢走风头，怎么说得过去？

今晚的首要新闻是那位神秘的江家二少，眼下晚宴开场在即，故而记者没再追问她。

但还有宾客私下猜测：江总突然被那个小女孩儿叫去做什么了呢？

留下善后的秦戈和方硕一人捏着酒杯，一人站得笔直。他们都只笑笑不说话。

二十分钟后，沈暮匆匆地赶回来，领着工作人员带回三脚架式补光灯，让他们把它安装在旋转楼梯下。

修理聚光灯的维修员果然没解决问题。沈暮舒了口气，总算来得及挽救这一切。

回到宴厅后，江辰遇先去招呼了几位前辈。在晚宴开始前的几分钟，他走回旋转楼梯的附近。

沈暮正拿着对讲机等在那儿，一分一秒地掐算着主人公下楼的时间，随时控场。

"别紧张。"江辰遇含笑走近，递给她一杯果汁。

见他贴心地帮她在杯子里放了一根吸管，沈暮接过杯子，乖巧安静地低头吸了一口果汁。

沈暮再抬头时，始料未及地和站在正对面的楼梯另一侧的成愉遥遥地对视了一眼。

沈暮愣了愣，移开目光，假装没看见对方。

沉默数秒，她突然对江辰遇轻声地说了一句："人太多了。"

江辰遇坦然地回眸："嗯？"

沈暮尽量无视他的存在："你别离我太近。"

闻言江辰遇静了片刻，低低地笑出声。

沈暮奇怪地皱起眉，悄悄地侧头瞥他一眼。

江辰遇身穿一身炭黑色的鱼骨淡纹西装，气质低调沉稳。叠在口袋里的白色格纹方巾衬得整个人温雅有礼，他有着游刃有余的气势，从眉骨到下颌的轮廓尽显英气。

沈暮抿抿唇，悄无声息地收回视线。

难怪整个宴会厅里大半的女性都有着想将她生吞活剥的眼神，尤其是成愉。

就凭他这一张祸害苍生的脸，有姑娘不喜欢他才是出了大毛病。唉……

"你和成小姐熟吗？"趁着周围没什么人，沈暮用闷闷的声音酸酸地问道。

江辰遇浅啜了一口香槟酒，漫不经心地在唇齿间品尝着，用不紧不慢的语气问道："谁？"

沈暮将果汁移到唇前，咬住吸管，含糊着吐出两个字："成愉。"

沈暮思索少顷，补充一句："就是先前的晚宴设计师。"

江辰遇的食指点在杯壁上，他垂眼想了想，如实地回答道："没印象。"

"喏，穿包裙的那个。"沈暮可能不太相信他的话，悄悄地用目光示意成愉，继而低哼，"她说去年奶奶还给你们谈婚论嫁过呢。"

江辰遇往前扫了一眼，又不咸不淡地收回目光，从眼神到头发丝都写满了"不感兴趣"四个字。

"奶奶聊过的姑娘多了。"他从来没把她们放在心上过，只当那是无关紧要的小事情。

沈暮一听这话，突然有种正主的占有欲受到侵犯的感觉，心里很不是滋味，那双纯真清澈的眼睛嗔怪地瞪向他。

江辰遇的眼底含着纵容的笑意，他和她相视着。他抬起指间的高脚杯，用凉凉的杯壁碰了碰她的脸颊："你也就敢窝里横。"

沈暮偏偏头躲了一下，别在耳后的长发散落下一缕。她边将头发往后撩，边"哼"了一声埋怨他。

"那我也不能当面给她脸色呀。人家怎么说也是前辈，而且……"沈暮停顿两秒，微微地皱着眉头，像个娇气的小怨妇一样，"她肯定是因为对你有意思，才不待见我的。"

都是他招蜂引蝶。沈暮理所当然地将过错归咎到他的身上。

听到这儿江辰遇也大致懂了，眼中的笑意渐渐地加深。他有点儿无奈，又觉得小姑娘吃起醋来还挺可爱。

江辰遇故作沉吟后问道："那我该怎么办？"

沈暮咬着吸管望过去，和她并肩而立的那人的目光也正撞进她的眼中。

"我要怎么样做才能让老婆开心点儿呢？"江辰遇轻轻地翘起唇角，故意在低沉柔和的话语里夹杂了忧愁的叹息。

沈暮心一跳，脸颊倏地有了发烫的迹象。

"旁边都是人，你小点儿声说……"她羞臊地咬住一点儿下唇，反应了一瞬间又连忙改口道，"你别说了！"

江辰遇的笑容犹在，他俯下身子靠近她，轻声和她咬耳朵："今晚行业内的主流媒体记者基本都在，你可以去告诉他们……"

沈暮疑惑地眨眨眼，等着他说后半句话。

片刻之后。

"我是你的。"他说。

沈暮感到自己的心跳猛地漏掉一拍，在她的感知里只余下灼在耳郭上的温热呼吸。

与此同时，不远处，秦戈和方硕静静地留意着他们。

单身狗瞧着这样的场景，很不舒服。

秦戈一只手插兜，另一只手握着一杯红酒，用手肘撞了一下身旁的人："哎，我说，你倒是去提醒提醒他俩，这么多镜头都在，他俩过分了呀。"

方硕站得笔直，叹着气摇头："来之前我提醒过他俩了。"

"那他俩在想什么？不公开还卿卿我我的，他们生怕这群记者缺东西写呢？"

"我哪儿敢妄自揣测老板的意思……"方硕哀怨地小声说。

这边沈暮摸摸自己的脸颊，脸烫烫的。

沈暮担心脸再红下去太明显，立马害羞地赶他走："晚宴要开始了，你快到奶奶那儿去。"

被他的三言两语一逗，沈暮顿时觉得厅室里的温度好高，将了将披在背后的浓密长发，突然后悔没带皮筋来。

江辰遇也不急着走，眉眼间含着笑意地看着她。

过了少顷，江辰遇将酒杯塞到沈暮的手里，取下自己叠在西装口袋里的方巾，不疾不徐地把它斜着折成条状。

沈暮奇怪地微微一愣，江辰遇随后已一步迈到她的身后。

在众人的注视下，吊顶投下的灯光洋溢着玫瑰金的色彩。

江辰遇的指尖陷进她的发里，他用修长的手指轻轻地梳了两下，将她柔顺的长发拢到指间，用他的白色格纹方巾绑住，系了个结。

秦戈仰头喝红酒时瞥见这一幕，酒液入喉，被惊得蓦地呛咳起来。

方硕赶紧从侍应生那儿拿来一条湿帕递过去。

低咳半晌，秦戈缓过来，把帕子按在嘴上："哎，他们这样下去还得了？你快私底下向媒体交代一下吧，别让他们乱发通稿。"

说不定他们拍到照片，已经在撰写文案了。

方硕苦恼又为难地说："可我问的时候，江总没说不允许他们拍……"

老板没指示，他怎么敢擅自行动？

"难道就由着他们把通稿发出去呀？"秦戈从裤兜里摸出手机，点开微博看了一眼。

这会儿微博上还只有江家二少订婚的热搜。

秦戈把手机放回兜里，叠了叠湿帕擦手，低声说："估计一个小时后，他俩就得把热搜给爆了。"

方硕："……"

要是热搜真爆了，他该不会被辞退吧？不会吧？

方硕心里正叫苦着，又见不远处的那个西装革履的男人捏着酒杯走开了。

方硕立马挺直脊背，紧跟上去："江总……"

没等他说话，江辰遇先抬了一下手，语气微沉地说："你去我老婆那儿帮着点儿。"

话音刚落，江辰遇步履未停地径自走向主座。

方硕发着蒙在他的身后跟了几步，反应过来，慢慢地停下脚步，保持着微笑说："好的。"

谁都知道他是江总的特助，他往沈小姐的身旁那么一站，就是明摆着表示江总和沈小姐这俩人不清白了。

方硕深吸一口气，好吧。

江辰遇离开后，沈暮独自站在楼梯外。

沈暮一身冰蓝色小西服高级又显白。米白色小低跟鞋和发上松松地绑着的白色格纹方巾既衬出了沈暮成熟的韵味，又衬出了沈暮少女的窈窕，尤为吸睛。

周围来往的人频频地往她的身上瞟。男人好奇的眼神里含着没看过瘾的意味，而女人的眼神里大多是艳羡的神色或暗暗的妒意。

不过江辰遇刚刚和沈暮这般互动，这会儿倒是没人敢上来搭讪她或阴阳怪气地说话了。

尤其是因为刚才方硕又过来了，沈暮这里变得格外清静。

临近定下的时间点时，主持人做了开场白。场厅里的灯光倏地暗下来，天花板上的聚光灯打下一圈明亮的光，全场安静下来。

主人公携手出现在旋转楼梯上，随即明亮的补光灯从侧面打过去一束追光，两个人轻易地成了焦点。

楼梯上的男人穿着纯白的高定西装，展示出他完美的身材比例，他的眸里泛着淡淡的笑意，透出几分慵懒。

宴会厅内忽然响起一片惊诧的低语声。

沈暮不知原因，也没在意，只是在想：他就是那位神秘的江家二少呀。

说起来，这还是沈暮第一次见江辰遇的弟弟。原来江家的男人都长得这样俊啊！

他身旁的漂亮姑娘穿着胭脂粉的斜领小礼服，挽着他，看得出很紧张。

场厅里的纯音乐悠扬动听，在主持人热情的介绍下，媒体记者的闪光灯"咔嚓咔嚓"地响着，响声此起彼伏。

沈暮在原地遥望着，在喜悦之余颇有一番成就感。

"这不是修神吗？！"

"江总的弟弟就是修神？这是什么情况啊？"

"天呀！不会吧？"

"快继续编辑文案，赶紧蹭热度……"

媒体记者乃至经过的年轻女孩儿都在震惊地交头接耳。沈暮静静地站在原地，隐约听到两句话。

方硕见她一副好奇的模样，主动解释道："沈小姐，是这样的，小江先生对经商没兴趣，因此从未公开过身份。他私下成立了电竞俱乐部，在国内很有名气，所以有不少粉丝。"

沈暮点点头，笑着应了一声。

"哦，对，那位姜氏姜小姐，听说就是小江先生的粉丝。"

听完方硕的后一句话，沈暮微微地一愣。

晚宴进行得十分顺利，在主持人的引导下，主舞台上的订婚仪式圆满地结束。

沈暮暗暗地舒了口气。

今晚的宾客这样多，沈暮想着江辰遇应付社交都来不及，就没急着去找他。

甜品台上方的欧式喷绘彩灯不太整齐，可能是被玩闹的小朋友碰歪了。沈暮回头问道："方特助，可以帮我把那盏灯调个位置吗？"

方硕欣然答应——他本来就是被老板派来给老板娘打杂的。

欧式镏金的甜品台很长，呈回字形，是双向两面的，中间隔着一层粉玫瑰组成的半镂空花墙。

沈暮在台前等着方硕整理彩灯，无意间瞥见一个胭脂粉的身影。

她是江迟修的未婚妻，好像叫姜颜。

但在沈暮回眸的那一瞬间，她已经一晃而过，去了甜品台的另一面。

不一会儿，低低的对话声透过花墙传来。

"我就知道你在这儿，还不快来见长辈！"

"我妈……吓我一跳。"少年缓过来，小声地说，"姐，我就不去了吧。他们神神道道的，又不是我和姐夫订婚。"

女人没说话，但空气里仿佛有了森森寒意。

少年大概是嘴里含着甜品，口齿不清地示弱道："不是！不是！不是！姐，是这样的，我刚见过辰遇哥哥了，辰遇哥哥知道我在这儿，我跟辰遇哥哥说了……"

"闭嘴！成天'哥哥哥哥'，母鸡下蛋哪？！"

"……"

"赶紧走！"

"噢……"

沈暮静静地听着，无声地笑了一下。

没想到刚刚在镜头前温柔无比的姑娘竟然这样暴躁，骂起人来居然这么熟练，这叫"假乖"吗？

沈暮正思考着：要不要过去打声招呼呢？毕竟那是江辰遇弟弟的爱人。

但沈暮还没得出结论，对面就没了动静。他们似乎已经走了。

沈暮便不再想这件事。方硕整理好彩灯后，她准备到后台去看看。

她刚一回身，只见穿着一黑一白西装的两个男人并肩朝她走来。

沈暮顿时怔在原地。

不得不说，这颜值高、腿长的两个人站在一起，实在让人大饱眼福，再亮丽的风景都没这幅画面惊艳。

江辰遇走到她的面前："奶奶让你过去。"

沈暮迎上他温和的目光，回过神来："啊……好。"

话音落下后，她慢慢地看向江辰遇身边的男人。

"初次见面。"江迟修轻轻地翘起唇角，从侍应生那儿接过两杯香槟酒，递给她一杯。

沈暮连忙伸手去接香槟酒："谢谢。"

只是她的手还没碰到酒杯，酒杯先被江辰遇截了下来。

他说："她不能喝酒。"

对沈暮的酒量，江辰遇再清楚不过。

江迟修瞥他一眼，意味深长地说："哥，我敬未来的嫂嫂，就一杯，不要紧吧？"

沈暮听见这称呼，脸一下子就红了。

"没关系，没关系。"沈暮连忙从江辰遇的手里拿过酒杯，和他的酒杯相碰，带着轻柔又腼腆的笑容说，"订婚快乐！"

江迟修笑了笑，举杯一饮而尽。

他刚才说的当然只是玩笑话。江家世代的教养没有为难女士的道理，所以他只让沈暮抿了抿酒意思一下。

见完这个未来的嫂嫂，江迟修便去找姜颜一起向长辈敬酒。

江辰遇还留在这里，拿走沈暮只喝了一小口的酒，不让她再喝了。

"去奶奶那儿吃点儿东西。"江辰遇把手搭在她的后腰上，声音柔和地说。

沈暮知道今晚的场合他很难有半刻的缺席，不想耽误他的正事，乖乖地"嗯"了一声："知道了，你快去忙。"

江辰遇垂眸静静地凝视着她。他突然很想吻吻她再走，但现在还不行。

"江总，您放心，我这就带沈小姐过去。"方硕察言观色，极有分寸地说道。

江辰遇轻轻地拍了拍她的头："去吧。"

沈暮浅笑点头："嗯。"

宴会厅里主座的位置是极显眼的，其实不需要方硕带领，沈暮也能找到主座。

沈暮一来，江老太太瞬间乐开了怀，把她拉到身边坐下。沈暮看得出来江老太太今晚特别高兴，毕竟孙儿要定亲了。

"江奶奶。"

沈暮正和江老太太边吃饭边聊得其乐融融，一个熟悉的女声突然响起。

沈暮握筷子的手顿了顿。

江老太太抬头看清来人，慈眉善目地笑了几声："哎哟，愉愉呀，来来来，坐。"

江老太太拍拍另一旁的椅子。

成愉笑容端庄地坐了下来，不动声色地瞥了沈暮一眼，随即便和江老太太说笑起来。

听了大概两三分钟，沈暮预感到成愉可能又要说些阴阳怪气的话。她不想听那些话，准备借故离开："奶奶，我先去后台看一看。"

江老太太闻言捏了捏她的手，又轻拍她的手背："让他们自己想办法去，你先吃饱。"

"我已经吃饱了。奶奶，您和成老师先聊，我过会儿就回来。"沈暮温柔安静地笑。

听到她还会回来，江老太太犹豫了好一会儿才放她走。成愉把目光从沈暮走远的背影上收回来，回眸间若无其事地笑着问道："江奶奶，沈小姐在设计方面很有天赋，您是怎么发现她的？"

成愉说到这儿，江老太太讲话的语气里便带上了双喜临门的喜悦："暮暮是自家人，和辰遇谈着恋爱呢。"

成愉闻言，嘴角的笑意倏地变得僵硬了。

"什么时候的事呀？从前我怎么都没听您提过？"成愉故作从容地问道，重新扯出笑容，"没想到是这样，她的年纪还这么小。"

江老太太倒是不以为意："多好哇，暮暮年纪轻轻，又乖又懂事，长得还漂亮，我老太婆可是喜欢得不得了。"

成愉的眸色逐渐黯淡，她勉强地笑了一声，不再说话。

没过多久，江辰遇便过来了。一见他，成愉马上起身，笑容再次在唇边绽放："江总。"

然而江辰遇只略微点了点头，连个眼神都没给她，便开口问道："暮暮呢？"

等江老太太说完话，江辰遇若有所思地说："哦，我去找她。"

宴厅里笙歌鼎沸，盛况空前。厅外的走廊里无人来往，所有的声音都被厚实的墙壁隔开，走廊里显得安静许多。

沈暮安安静静地站在长廊的尽头。那儿的灯光微暗，玻璃窗开着，时而拂过脸颊的晚风带着夜里微微的凉意。

手机"嘀"的一声，收到一条微信消息。沈暮低头点开微信。

喻涵发来一张图片。

喻涵："这女的是谁呀？我都看得生气了！什么破烂玩意儿，懂不懂自己几斤几两啊！还让让你？你是江总的老婆，关她屁事！她找什么存在感呢？！"

喻涵上来就骂了一通，沈暮怔了一会儿，才想起来去看图片。

喻涵发的是微博热搜的截图。图片上大致的意思就是，成愉被沈暮打压，因为沈暮和江辰遇有不明的关系。

沈暮粗略地扫了一眼图片，倒是不怎么意外。她轻轻地叹了口气，刚想回复喻涵的消息，屏幕上突然显示江辰遇来电。

沈暮几乎毫不迟疑地接起电话。男人温和低沉的嗓音传入沈暮的耳中："你去哪儿了？"

沈暮知道自己出来得有点儿久了，不自觉地软着声音说："我在外面，出来透透气，马上回去。"

那端有片刻没有声音。沈暮等了等，还以为江辰遇把电话挂断了，刚想从耳边拿开手机，他的声音再次轻轻地响起："站在那儿别动。"

"啊？"沈暮垂眸看手机，上面显示"通话已结束"。她奇怪地皱起眉，似乎听到身后有靠近的脚步声。长廊的瓷砖上铺着地毯，所以声音微不可闻。

沈暮正欲回首，脑袋倏地被人不轻不重地拍了一下。她轻轻地惊呼了一声。她抬头的瞬间，江辰遇英俊的面容映入眼帘。

"你自己躲在这里做什么？"江辰遇站到她的身旁。

沈暮愣愣地回过神来，白皙的脸蛋儿在酒后泛起微微的潮红，说出的话也变得又轻又柔："里面有点儿闷。"

江辰遇将目光垂下来，落到她的手机上。手机的界面还停留在喻涵发的那张截图上。

沈暮还没反应过来，手机就被江辰遇拿了过去。等她反应过来，江辰遇已经看完了上面的内容。

"我不生气的。"沈暮连忙说。

其实在他来之前，她确实有那么一点儿委屈，但一看见他，忽然又觉得反正那都是一些无关紧要的人，不用把他们当回事。所以她是真心地说这句话的。

江辰遇没直接开口，先将她的手机放进自己的裤兜里，又深深地凝视了她片刻。走廊里的光影淡淡的，他们被笼罩在这一小束不明不暗的光亮里。

过了一会儿，江辰遇才不慌不忙地对她说："和我公开吧。"

他在这种时候突然这么说，沈暮猝不及防地愣住。

江辰遇抬起手抚摸着她的脸颊，动作和他的语气都蕴含着柔情。他问道："好不好？"

他的目光似温泉般温暖，沈暮仿佛被融了进去。愣神了半晌，她不由自主地动了动柔软的唇瓣："好。"

江辰遇笑起来，上前一步，贴近她的身躯。沈暮还未反应过来，江辰遇已经低下头，含住了她的唇。

沈暮双唇被堵住，只能微微地瞪目。这个吻让她惊讶，在这样的场合下，明里暗里有太多的摄像头和眼睛，可江辰遇似乎对这些不管不顾。

江辰遇覆在她的脸上的指腹滑到她的耳垂上。他摩挲着她的耳垂，用另一只手揽住她的腰，逐渐加深这个吻。

沈暮觉得自己要晕了，可能是被他的舌尖上残留的酒味儿一点点地弄醉的。

不知过了多久，江辰遇难分难舍地放开她温软的唇，将她拥进怀里。沈暮把绯红的脸埋在他的身前，喘了好一会儿气，才缓过来一点儿。

"你干什么呀？"沈暮软绵绵地嗔怪道。

江辰遇把下巴抵在她的头上，蹭着她笑了一声，嗓音里带着动情的沙哑。他轻轻地说："公开呀。"

沈暮不解地皱皱眉，想问江辰遇是什么意思。他先牵起了她的手，带她往回大厅的方向走。

他们还没走几步，经过一间储物室时，江辰遇突然停下脚步。他瞥了一眼门后鬼鬼祟祟的人，也不将那人揪出来，只是淡淡地说："麻烦挑她漂亮的照片发。"

说完，江辰遇不顾沈暮迷惘的神情，直接牵着她的手回到宴会厅里。

走廊里重新恢复静谧。藏在储物间夹层里的狗仔抱着相机，虚脱地用袖子给自己擦了一把汗。圈里的人都当江大佬是令人"闻风丧胆"的存在，没人敢想被他抓到偷拍照片的下场。狗仔刚刚险些腿软。

眼下狗仔理了理思路，又回忆了几遍江辰遇方才留下的那句话。电光石火般，他蓦地瞪大双眼，忙不迭地掏出手机，把这个惊天的独家新闻向上头报告。

新闻的标题他都想好了——"江辰遇恋情再曝光，深夜酒店走廊里和绯闻女友亲密热吻"。

沈暮被江辰遇带回宴会厅里。他们一路上从长廊走过来，他就始终没松开过牵着她的手。

场厅内的各家媒体记者乃至宾客都震惊地愣住了，四下里的欢笑声和交谈声小了很多。众人直勾勾的目光射来，沈暮感到很不自在，可偏偏又无处可避。

"他们都看着呢……"沈暮嗔怪道，稍微往他的手臂后躲了躲。

江辰遇回眸看她一眼，浅浅地笑了一下，但没说话。在记者和镜头的包围之下，他直接牵着她的手走上了旋转楼梯。

可想而知，在江迟修的身份及其订婚宴震惊了电竞圈后，微博上即将迎来更劲爆的热搜。尤其是众人眼睁睁地看着江总带着他的绯闻女友往楼上走了，谁都知道楼上不是宴会区，而是休息区和套房。

江辰遇确实将沈暮领进了一间套房里。

"在这儿歇着，别乱跑了。"江辰遇把她带到沙发旁，将她一缕散落的头发别到耳后。

沈暮不太放心，皱起秀气的眉头："我得去后台看着呀，万一出问题了怎么办？"

江辰遇轻轻地笑道："你确定要现在出去？"

沈暮狐疑地瞅了他两眼："怎么了？"

"记者都在楼下守着，你愿意露面的话，我带你下去。"江辰遇淡笑。

沈暮："……"

反应了数秒，她突然就想明白了，原来这就是他说的"公开"呀……这么简单明了。

"那……我不用出面吗？"沈暮沉吟着问道。她作为当事人不出现在现场里，不太好吧。

"不用。"江辰遇握住她单薄的双肩，轻轻地把她按在沙发上，"而且阿修和颜颜已经走了，晚宴的流程也差不多走完了，别担心。"

沈暮愣了一瞬间，抬起头："他们走了？"

"嗯。"

"这么任性……"

江辰遇含着笑揉了揉她的发："你整个晚上都忙里忙外的，饿不饿？我让酒店送些吃的过来。"

他在跟前站着，而沈暮坐在沙发上，只能仰起头看他："刚刚我在奶奶那里吃了好多东西，已经饱啦。"

沈暮一放松，声音便变得娇软起来。她乖乖地仰望着他，客厅里水晶灯的光洒下来，她的脸颊像珍珠一样白得盈润。

江辰遇低头凝视着她。她今晚化了淡淡的妆，原本在唇瓣上涂了玫瑰豆沙色的口红，但现在口红所剩无几，是方才被他吻掉的。

和他对视片刻，沈暮发现他的薄唇上残留了一点儿玫瑰豆沙色，那是她的口红的颜色。

他的唇形很好看，平常的唇色都是健康的浅红色。眼下他的唇上多了淡淡的玫瑰豆沙色，他那张脸瞬间减少了寡淡和清冷的意味，居然还挺好看。

沈暮盯着他的嘴唇，突然问道："好吃吗？"

江辰遇挑了一下眉梢："嗯？"

沈暮抿抿嘴角，调皮地眨了眨眼，带着调侃的意味说："口红好吃吗？"

她说的话耐人寻味，她的笑容俏皮。江辰遇迟疑了一瞬间，用拇指轻轻地抹了一下唇，口红残余的一丁点儿色彩染在了他的指尖上。

他垂了眼，勾唇轻轻地笑了一声。啧，小姑娘还真是大胆，都学会嘲笑他了。

沈暮的眼底盛着盈盈的笑意，她见他还站着不动，探过身从茶几上抽出一张纸巾，想给他擦擦嘴。

但她还没来得及站起来，江辰遇突然俯下身。沈暮还没惊呼出声，迫于男人压倒性的力量，转瞬已经仰面摔在了柔软的沙发上。

那张纸巾正好盖在江辰遇的唇上，他双唇灼热的温度透过薄薄的纸巾传递到沈暮的指尖上。沈暮不禁颤了颤，又觉得不能将手移开。眼中警惕和羞赧的神色交杂在一起，她咬着唇，故意嗔怪他："你重死啦！想干吗？"

江辰遇慢悠悠地张嘴，隔着纸巾轻轻地啃咬了一下她的手指。

沈暮发出"哎呀"一声，蓦地收回指尖。虽然她不痛也不痒，但被咬的感觉好奇怪。

她刚拿开手，江辰遇就把阻隔在彼此的唇间的纸巾抽出来，随手把它扔了。她也不知道他把它扔去了哪里。

"刚刚的口红，我没吃出味道来。"他嗓音低沉下来，头也低了下去，他的脸和她的脸贴得极近。

沈暮听懂了一二，心倏地狂跳起来。她有点儿慌地移开视线，却被他的气息弄得口齿不伶俐，问道："什……什么？"

江辰遇发出一声笑，慢条斯理地说："我再尝尝口红。"

话音方落，沈暮连思考的余地都没有，便被江辰遇吮住了仍留有残余的口红的唇。

沈暮发出"呜呜"的几声后，第一反应是后悔。她后悔自己的胆大包天——刚才她怎么敢去挑逗他？

江辰遇将她唇齿间的甜美细细地尝了一遍后，暂且放开她。沈暮连忙偏过头喘息。她还没缓两分钟，江辰遇的吻又落在了她小巧的耳垂上。

沈暮的心尖都跟着抖了抖，她将手抵在他的心口处，声音里含着绵软的鼻音："你……你不下去了吗？"

他和她在套房里待了这么久，别人用脚指头都能猜到他们在做什么，那些媒体记者肯定要写出各种各样天花乱坠的文章了。这也太羞耻了呀！

沈暮推推他，想赶他走。然而江辰遇恍若未闻，用臂弯箍着她的腰，慢慢地把唇往上移动。

"你快走吧……"沈暮软软地低声央求他，又怕自己发出奇怪的声音，紧紧地抿住唇。

冰蓝色小西装的外套还挂在她的肩上，但她的白色衬衫中间的两颗纽扣松了，他隐约看见里面纯白色的蕾丝和柔美的弧度。

江辰遇咬住绑在她的发间的白色格纹方巾，像是腾不出双手了似的，用牙齿扯开了绑的结。方巾一松，沈暮柔顺的长发便散了下来。

头发是他绑的，现在也是被他扯散的。沈暮又是闭眼又是咬唇，被从颈侧传来的温热抽空儿了思绪。

一个小时后，江辰遇回到宴会厅里。他下了楼，又是一副西装革履、衣冠楚楚的模样。

当然他只是占了她一点儿便宜，没动真格的。毕竟套房里的措施不适用，况且他也不能真的一晚上都不现身。

当时，记者团团围着主座上的江老太太追问。江老太太平日不喜媒体记者的采访，但今晚不同，一说到孙儿的恋情便乐不可支，十分配合地回答每个问题。

直到江辰遇再次出现在众人的视野里，记者和扛着机器的摄影师们蜂拥而上。

各种各样的声音从四面八方传来，他们虽然问得七嘴八舌，但那些问题终归都是关于恋情的问题。

江辰遇锃亮的皮鞋在楼梯的最后两阶上停下。江辰遇淡淡地垂下眼，看了一会儿面前的一支支话筒，神情平静地说："如你们所见。"

记者们终于听到他亲口承认恋情。当事人淡定从容，反倒是他们既震惊又难以置信。不过他们紧接着便兴奋地开始追问，问题包括感情状况、结婚的打算，等等。

江辰遇的眉毛微不可见地挑了一下。他们问的是感情状况和结婚的打算吗？他们应该问婚后的状况才对。如果是那样的话，他可能会思考要怎么回答。

不过眼下江辰遇什么都没有再说，因为得先做一件事。他侧眸看了一眼在外围站着的方硕。

方硕立刻明白过来，上前遣散记者，为他开出一条路来。

"江总，怎么就您一个人下来？沈小姐呢？"江辰遇刚走出两步，就听到身后嘈杂的声音中裹挟着这么一句话。

沉思须臾，他又慢慢地停住脚步，不慌不忙地回头，用好听、沉稳的声音说："哦，奶奶很喜欢暮暮的宴会设计方案，所以请了她当今晚的主设计师。她忙了一晚上，在楼上休息，烦请各位不要去打扰她。"

有条不紊地说完后，江辰遇随手整理了一下西装，迈步离开。

记者们听懂了这段话的深意。原来是江老太太请的人家，那先前成小姐还说什么要让让小姑娘，合着是江老太太瞧不上她的方案呗。

各大媒体记者是连夜编辑新文案。江迟修订婚，江辰遇和绯闻女友拥吻，江辰遇承认恋情，江老太太盛赞准孙媳妇，成愉的方案被江老太太拒绝……

这处处都是新闻哪。他们喜不自胜，今夜可谓是满载而归。

在一旁的成愉听得脸都快青了，攥紧包裙的边缘，指关节发白。

她说那种话之前，怎么可能想得到那姑娘已经和江辰遇谈恋爱了？！她更没料到江辰遇偏偏在今晚公开恋情，他当众这样打她的脸。

成愉死死地咬住唇，倏地扭头，疾步走开。她可不想留在这儿丢人。

成愉绕过旋转楼梯，想从酒店后门的无人处离开，然而迎面走来一人拦住了她。方硕极有礼貌地颔首："成小姐，您好，我是江总的特助。我叫方硕。"

成愉一听到"江总"，心脏就抽搐了一下。可人难免都抱有侥幸的心理，她犹豫少顷，问道："有事吗？"

方硕笑着说："是这样的，江董对晚宴很满意，辛苦您协助江夫人，我们会按照主设计师的双倍价位将酬劳打到您的账户里。"

给了对方一些反应的时间后，方硕甚有职业素养地补充了一句："这是江总的意思。"

成愉在乎的当然不是钱。她央求了父亲好久，才将自己的方案送到江老太太那儿。她是想在晚宴上出风头，博取江辰遇的好感。

江盛的晚宴这么有话题度，也是她声名大噪的好机会。可谁晓得事情的发展竟然是这样的？她功亏一篑，非但如此，还把自己的人品都搭了进去，现在网上的人肯定都在说她阴阳怪气。

成愉心里堵得慌，原来想敷衍他后一走了之，但霎时间敏锐地捕捉到了那三个字。

"江夫人？"成愉深深地皱起眉头。

"没错，江总和沈小姐已婚，只是暂时不方便在公开场合提起这件事。"方硕把双手交叠着放在腹部上，始终规规矩矩地谈笑着，"不过看情况官宣也快了，成小姐先知道了也没什么。"

虽说这是他的猜测，但他觉得江辰遇和沈暮的婚事是肯定要举办的了，且对自己的猜测十分有信心。因为就在几分钟前，他将刚收到的全球独家定制的对戒交到了老板的手里，并且老板要他尽快安排人去布置场地。

方硕笑了笑。

而成愉这回彻底愣住了。她今晚在这里就是自取其辱！

二楼套房的盥洗室里，沈暮站在镜前，反复瞧着自己的脖子，那一抹红痕真的是怎么看怎么显眼。

被江辰遇摁在沙发里欺负后，沈暮就躺着睡了一觉，醒来便到了这儿。她还不知道，此时此刻，关于她的几条火爆的热搜就快把微博弄得崩溃了。

"哼……"沈暮撇撇嘴，气得跺了一下脚。衬衫胸口的纽扣开了，她还能拿外套遮掩一下，别人倒是瞧不出什么端倪。可她颈上的红痕怎么办？她没带粉饼，头发也遮不太住红痕，在这样的天气里又不能戴围巾。

她等会儿还出不出去见人啦？！啊啊啊……狗男人，气死了！气死了！

沈暮心想：等他再来时，她一定要找他算账。

她暗自咬牙切齿地埋怨了江辰语一通，叹口气，捋了捋披散的头发，准备到客厅里坐会儿消消气。

她刚回过身，就见江辰语不知何时站在了盥洗室的门口。沈暮倏然一惊，猛地倒吸了一口凉气。等看清来人，她拍拍心口，平复了一下情绪。

"你就不能出点儿声？吓死我了！"沈暮趿拉着拖鞋，带着怨气跑过去，不轻不重地打了他一下，瞪过去的眼神里含着娇嗔的意味。

江辰遇笑了笑，握住她的胳膊，轻易地将人带到了怀里，搂住她。

被他抱着并摸了摸头，沈暮不自觉地变得温顺些。但一想到他的罪行，她又不满起来。她用力地戳了戳他的胸膛，指名道姓地说："江辰遇，赔我的衣服。"

啧。

"你叫我什么？"江辰遇微眯着眼，看了一眼怀里的人，眼神和声音里都透出一丝危险。

沈暮一听便知他话语间的深意，见势不妙，立马从纸老虎变回了小尿猫，揪揪他西装的衣摆，乖而软地说："喀，我们要走了吗？"

江辰遇这回却没轻易地让她蒙混过关。江辰遇捏了捏她的耳垂，温润的声音里隐含着惩罚的意味："你是要现在叫，还是回家再叫？"

沈暮心里"咯噔"了一下，他指腹的温度从她的耳朵一直烫到心尖。

"你骗小孩儿呢？"沈暮咬了一下唇，嘀咕两声后抬抬眼睫，嗔怪地看他，"难道我现在叫了，回家就不用叫了吗？"

而且……而且他们回家后，叫法肯定就不是那样简单了。这么多回了他还当她不懂吗？！

她一副"看透一切"的模样，江辰遇不禁笑了起来，摸摸她的头，温柔地说："回家后你可以轻点儿叫。"

沈暮还是瞅着他，鼓鼓两颊。这是什么奇奇怪怪的话？！再说了，她可一丁点儿都不信他，这个男人在某件事上没有信誉可言。

江辰遇没再说话，只是不慌不忙地垂眸笑着看她。他们对视片刻，沈暮先认了怂——她要是现在不听他的话，晚上不知道要被他怎么折腾呢。

沈暮撇撇嘴，不情不愿地"哼"了一声，声音低而含糊地叫了一声"老公"。

她比他矮许多，垂着脑袋窝在他的身前，只有那么一小只，可可爱爱的。江辰遇眼底的笑意加深，满足地揉了揉她的发。

"过几天我要到北城出差。"江辰遇揽着她往客厅走。

闻言，沈暮怔了半晌，反应过来的时候，她已经被他按着坐到了沙发上。

"啊？"沈暮还有点儿蒙，转眼间又皱起眉头，略显焦急地问道，"你要去多久呀？什么时候回来？"

江辰遇蹲下身，拿过摆在旁边的米白色低跟小单鞋，又将她的脚从拖鞋里拿出来，慢条斯理地给她穿上鞋。

"你和我一起去。"江辰遇说着话，捏住鞋上的珍珠一字带，将它绕过她白净的脚背扣住。

沈暮一边惊讶于他的举动，一边又有点儿木讷地问道："什么？"

江辰遇把另一只鞋也帮她穿好后，缓缓地站起身，将她也拉起来："我说，带你一起去北城。"

江辰遇目光落在她敞开的衬衫上，伸手给她的小西装外套扣上纽扣，含着温和的笑意说："你不是想去看你的朋友吗？"

沈暮张张嘴又闭上，悄悄地抿嘴笑了。原来他都打算好了呀，这样他们一天都不用分开了。

"我怎么觉得自己这么像幼儿园的小宝宝呢？"沈暮用甜甜的嗓音说，低头看他给自己扣纽扣。

江辰遇抬了一下眼，弯起唇："谁说你不是宝宝了？"

沈暮听出他在取笑她，刚想埋怨他几句来着，转瞬就想起他们每次温存的时候，他都会咬着她的耳朵叫"老婆"，但有时也会气息缠绕地叫她"宝宝"。

突然间，沈暮就红了脸。她欲盖弥彰地抬起鞋尖，故意把他的皮鞋踩脏："我是说，你工作还得随时随地带着我，不嫌麻烦吗？"

她明显是在故意嘴硬。江辰遇轻轻地笑一声，很配合地说："不麻烦，我恨不得把你时刻揣在兜里。"

江辰遇扣好她的外套，确认外套把中间松了两颗纽扣的衬衫遮住了，才慢悠悠地抬眼看她，用两指轻掐她的脸蛋儿："回家吧，宝宝。"

听见他的语气无奈又纵容，沈暮低低地笑出声来。

沈暮次日才知道昨晚火爆的微博热搜。昨夜他们回到锦檀别墅后，她就被江辰遇摁在了浴室里的洗手台上。沈暮本来就为宴会操了一晚上的心，事后累得倒头就睡。

第二天沈暮醒得也迟，快接近正午时才起床，当时江辰遇已经去了公司。

吃过午饭后，沈暮到书房里打开他的电脑。

IAC 第一轮的赛事还没出结果，不过考研预报名的时间就快要到了，就在九月二十八号的前几天。九月二十八号是沈暮的生日。

沈暮坐在书桌前沉思了片刻，在手机上添加了提醒事项，以防自己错过报名的时间。

这时她才看到喻涵昨晚发来的消息，一张张微博截图和照片几乎在轰炸她。

江辰遇在宴会厅里用方巾帮沈暮绑头发，温柔地笑着，低头和她耳语，牵她上楼……许多他们亲密的画面都被记者们精准地捕捉到了。

他们在酒店无人的走廊里热吻的照片更是无比清晰。

天哪……沈暮自己都看得面红耳赤，感到羞耻又甜蜜，耳尖红得跟要滴血了似的。

沈暮继续往下看，下面是一张热搜的截图，内容是江盛的官方回应。

@江盛集团总部："老板的爱情是真的。呜呜呜……附上准老板娘的美照。"

那是她在甜品台旁的照片。在一堵粉玫瑰组成的花墙前，她一身的冰蓝色小西装特别显眼。沈暮愣住，也不知道自己是什么时候被拍的。

后面还有江辰遇牵着她上楼的一段视频，喻涵对此仰天长笑。

喻涵："哈哈哈哈哈……我爽了！不愧是江总！"

沈暮花了好几分钟把前因后果了解清楚。昨晚她睡着后，外面的世界居然这么热闹……她敲了一串省略号发过去。

喻涵的消息来得很快。

喻涵："现在才回我？！你是不是和江大佬度了一整晚的春宵？！"

沈暮没法否认这话，心虚地回复消息。

沈暮："别乱讲，我昨晚把手机静音啦！"

沈暮："剧组今天很闲吗？"

喻涵："忙啊，正拍着呢，我就这会儿闲。"

喻涵："今天都是喻白的戏，我想给你偷拍一张路透照，但被抓到可能会死。"

沈暮："过几天我去北城找你呀。"

喻涵："真的假的？什么时候？"

沈暮说了个大概的时间。

喻涵："妙哇！来来来，给我的宝贝儿过生日！"

沈暮窝在办公椅里浅笑。

在沈暮生日的前一天，江辰遇带她去了北城，是司机开着车送他们去的。

他们上午出发，到北城时大概是当天下午2点左右。然后他们入住了远洲酒店的总统套房，《蜜谋》剧组也住在远洲酒店里。

沈暮开开心心地给喻涵发了消息。

喻涵说今天下午4点回来，所以沈暮便与她约好下午5点半吃晚饭。

沈暮从南城坐了一路的车过来，腰酸背痛，就先睡了一觉。醒来时天色已然昏暗，她恍惚了一下，问道："几点了？"

江辰遇正靠在窗边的沙发上翻看着一本商务杂志，闻言看了一眼腕上的表："下午5点20分。"

沈暮愣了两秒，倏地一惊，忙不迭地从床上爬起来，哭丧着脸控诉他："完了，完了，要迟到了，你怎么都不叫醒我？"

江辰遇若无其事地笑了笑。她睡得那样香，他当然不舍得吵醒她。

见她跟跟跄跄地下床，江辰遇起身走过去，扶稳她："别急，餐厅就在楼下，来得及。"

晚饭他们就约在酒店四楼的餐厅里吃。

"那也快来不及了呀，都是你，都是你！"沈暮一边手忙脚乱地脱睡裙，一边娇哼着撒泼。

她的身上很快只余一套肉粉色的薄款法式内衣，肌肤莹润瓷白，腰和腿都生得纤细窈窕，但该有料的地方依旧有料。

沈暮坐到床上，把双腿伸进浅色的连衣裙里，从下往上穿裙子。然后她站起来，将宽吊带拉到肩头上，瞪过去，刁难地说："你是不是故意的？"

对于她的问话，江辰遇淡定地一笑。他目光在她的身上转了转，意味深长地哑着嗓子说："你再多话，可能真的会来不及。"

他的话中满是要使坏的危险气息。沈暮转过身，将雪白的背朝向他。

"帮我把拉链拉上来。"沈暮反手扯了扯裙子的拉链，示意他。

江辰遇笑了一下，拨开她披散的长发，小心地拉上裙子的拉链，还顺手帮她把内衣整理了一下。

酒店四楼的餐厅是西式的设计，大理石的方形餐桌是黑色的，搭配黑柄白凳的靠背软椅。

沈暮到达餐厅时发现喻涵已经在那里了，除此之外，喻涵的对面坐着一个人，那个人竟然是秦戈。

喻涵扯出笑容说了一句"江总好"，然后向沈暮投来求救的眼神。沈暮和秦戈打完招呼后，坐到了喻涵身边的座位上。

秦戈和江辰遇让两位女生点菜，但沈暮和喻涵都把菜单推回去，说"随意"。

趁着他们分心和服务员点菜的工夫，喻涵悄无声息地往边上凑了凑，把声音压在喉咙里说："你怎么没跟我说秦老师也在？"

沈暮低咳一声，不动唇地说："那个……我也是刚刚才知道。"

喻涵险些一口气没喘上来，问道："你又不谋财，为什么要害我的命？！"

沈暮想了想，明白秦老师已经彻彻底底地成了喻涵的克星了。

沈暮突然觉得好笑，偷偷地靠过去，低声说："冤有头债有主吧。"

喻涵傻了，问道："什么玩意儿？"

沈暮想说导致自己社死的罪魁祸首大半就是她，但没来得及说话。

"酒就不喝了吧，给你们点果汁。"秦戈合上菜单，突然抬头说了一句话，目光不知怎么就落到了喻涵那儿。

沈暮不动声色地坐正，接过江辰遇递来的一杯水，笑着说："好。"

而喻涵被秦戈的这一眼看得直冒鸡皮疙瘩，顿时回忆起那恐怖的一夜。她小鸡啄米般地连连点头，反得要命。

沈暮压下嘴角，忍住笑出声的冲动。

晚餐结束后，沈暮本来是想和喻涵去外面逛逛的，秦戈却将喻涵留下了，说是找她有事。

他们能有什么事？沈暮有点儿意外，但还是和江辰遇先离开了。

他们走后，喻涵还坐在餐桌前瑟瑟发抖。这种氛围简直令她窒息。

她深深地吸了口气，强自镇定地问道："秦老师，什么事呀？"

秦戈喝了一口茶，扬扬眼皮，瞧她两眼："你这是在害怕吗？怕什么？怕我？"

喻涵肯定不承认这件事。她假笑着连声否认："没！没！没！当然没！哈哈哈……"

秦戈凝视了她片刻，突然绽开笑容："剧组那边，辰遇给你批假了。"

喻涵愣了片刻，张开嘴问道："啥？"

秦戈慢悠悠地放下茶杯："迪士尼乐园的票也给你们预订好了，明天你把小暮约出来。"

喻涵十分惊讶，脑子一时半刻转不过来。

"明天是景澜的生日，她不和江总过吗？

"去迪士尼得玩儿到晚上啊……"

远洲在北城开的这家分店在顶楼设计了露天的休闲区和游泳池。

吃过晚餐后，沈暮和江辰遇来到顶层散步和吹风。天完全黑了下来，四下里亮着明亮而柔和的灯光。

"明天你忙吗？"沈暮和他牵着手走在清凉的泳池边。

江辰遇无声地弯了一下唇，淡淡地答道："嗯。"

沈暮思忖了一下，问道："那你什么时候回来呀？"

"可能很晚吧。"江辰遇漫不经心地说。

泳池边的地面微湿，江辰遇怕她滑倒，将她拉过来和自己换了个位置，又说："你自己记得吃晚饭，不用等我。"

沈暮沉默了一会儿，声音略闷地问道："你不能早点儿回来吗？"

江辰遇瞥了一眼她不乐的神情："嗯？"

沈暮原本是要说什么的，但看见他的态度这么平淡，张张嘴，又把话憋了回去："哼。"

他居然都不记得她的生日！这一整晚，沈暮都不太想搭理他。

她也不是为他不能回来陪自己而生气。她一直以来都是个懂事且不任性的女孩子，所以他没空陪她倒也罢了。可是，他竟对她的生日毫无印象！

当晚他们睡前，江辰遇在浴室里洗澡，沈暮先洗好澡躺进了被窝里。她侧枕着枕头，神情有点儿幽怨。

沈暮觉得自己还是别想那件事了，睡着了就一了百了。但她刚闭上眼，手机就发出"嘀"的一声响。那是喻涵发来的消息，约她明天去迪士尼乐园玩儿。

沈暮在被窝里抱着手机琢磨了片刻，觉得这个提议挺好。她小时候是迪士尼乐园的常客，一有空奶奶就会带她去玩儿。只是奶奶沈曦离世后，这么多年来，她都没再去过那里。

其实沈暮很想让江辰遇带她去一次迪士尼乐园，但今年过生日时他们是去不成那里了。况且，她也觉得工作更重要。

答应喻涵后，沈暮放下手机，往被子里钻了钻，闭着眼睛给自己洗脑：乖一点儿，乖一点儿，不能无理取闹。

想着想着，沈暮渐渐地有了睡意。

她半梦半醒时，身边的床似乎陷下去了一些。沈暮迷迷糊糊地感觉到有一片硬朗且温暖的物体正从背后拥上来。

仅存的那点儿意识告诉她：自己正被熟悉的臂弯抱着。

沈暮正睡得糊涂。他一拥过来，她就"哼"了一声，转了身，向那片温暖蹭过去。

她睡着时是极乖的，像一只软绵绵的小猫一样挤进他的怀里，把脸蛋儿在他的心口处磨蹭着。她轻微地发出软软的"哼"声，然后继续睡。

江辰遇轻轻地笑，摸了摸身前的小姑娘的脑袋。他已经关了灯，时间差不多已到零点，卧室里只有一盏小夜灯微微地亮着。

江辰遇低下头吻在她的发间，而后轻柔地说了一句话，好似在她的耳畔呢喃。

"生日快乐。"

沈暮当时睡得也不算很熟，隐约听见了这句话。但醒来后，她只以为那是自己日有所思夜有所梦。

第二天清晨，四个人一起吃过早餐后，江辰遇就安排了司机送她们去迪士尼乐园。

她们出发前，江辰遇拍拍沈暮的头，提醒沈暮要注意安全。沈暮没说什么话，点点头，十分乖巧。

秦戈向一旁的喻涵递去眼神。喻涵收到暗示，悄悄地比了个 OK（好的）的手势。

黑色的商务车驶往迪士尼乐园的方向。途中，喻涵装模作样地问道："宝贝儿，我还以为你今天和江总有安排了呢，你没和江总约呀？"

沈暮窝在座椅里说："他忙。"

她说得言简意赅，随后有气无力地叹了口气。

喻涵死死地压住嘴角的弧度，低咳一声，一挥手："没事，我陪你！今天你生日，放开玩儿，我包了！"

她既然都出来了，就不应该垂头丧气的。沈暮这样想着，深深地吸了口气，用力地点了一下头："嗯，我要坐三次创极速光轮！"

胆小的喻涵闻言心里"咯噔"一下，说："别了吧，那个好像有点儿刺激呀！"

沈暮回眸，眼睛亮亮的："很好玩儿的！"

喻涵："……"

行，为了胜利，她今天豁出老命了。

司机将她们送到迪士尼乐园后，两个女生下了车。她们远远地望见那座壮丽的糖果色公主城堡，顿时雀跃起来，生出巨大的玩儿心。

她们刚入园，喻涵就买了一大串气球，拉着沈暮拍照。

喻涵买了冰雪奇缘的蓝色甜筒后，也拉着沈暮拍照。

喻涵买了星黛露浅紫色的兔耳朵头箍，把头箍给沈暮戴上后，又拉着沈暮拍照。

沈暮吃着甜筒，随口问了一句："你什么时候这么喜欢照相了？"

喻涵边走边翻看手机相册，刚给秦戈发了一句"已到达，目标未起疑，请组织放心"以及一系列的现场实况照，听了这话后，瞬间就心虚了。

她支支吾吾着说："嗯……这个……哎呀！难得出来玩儿，你自己说，都多少年没跟我合照了？！"

沈暮想了想，事情确实是这样的。于是，她说："好吧，那我们今天多拍些。"她侧首看向喻涵，笑得比冰激凌还甜。

"嗯！"虚惊一场的喻涵点头。

沈暮四下望了望园中宽敞的道路，咬了一小口甜筒，有点儿疑惑地道："今天人好像挺少的，都不用排很长的队，好奇怪呀。"

喻涵的心霎时间又吊了起来，喻涵又提高了警惕。废话，那是因为你的老公怕你玩儿得不尽兴，斥巨资包场了，限制了游客的数量，不然你以为呢？

但喻涵只在心里叨叨，嘴上没这么说。她在想另一件事——虽然她对迪士尼乐园的包场服务略有耳闻，但这得花多少钱哪！

"有什么奇怪的，学生差不多都开学了，旺季都过啦。"喻涵随口说。

沈暮觉得有道理，点点头，没起疑心。

喻涵偷偷地松了口气，伪装卧底传递情报的活儿可真不容易干。

在迪士尼乐园里玩儿就好像置身于梦幻的童话中，应该没女孩子能拒绝这种美好。还因为沈曦，迪士尼乐园对于沈暮而言有着特殊的意义。这里都是她的童年回忆呀。

沈暮从包里拿出江辰遇给她准备的那盒薄荷糖，取出一颗糖含到嘴里。虽然他不能陪着她，她很遗憾，但还是挺开心的。

这一天，沈暮和喻涵彻底放飞了自我。她们不需要排长队，所以玩儿了好多好多项目。

沈暮还真的坐了三回创极速光轮。第三趟游戏结束后，双脚落到地面上时，陪她玩儿的喻涵脸色惨白。喻涵直接腿一软，坐到了地上。

沈暮一边笑她胆小，一边拉着她去坐旋转木马。喻涵抱着杆子虚弱地说这个才最适合她。

她们看完梦幻世界的演唱会后，天色已经暗了。她们去吃了点儿东西，然后到奇幻的童话城堡里看藏品。每个藏品沈暮都好想买。

夜晚的迪士尼城堡特别美，宛如梦境。烟火秀开始前，沈暮和喻涵跑到城堡的最中间。

随着"砰砰砰"的响声，烟花在夜幕上绽放，一次又一次地映亮漂亮的城堡，花火像流星雨一般点点坠落。她们的耳边是游客阵阵兴奋的欢呼声。

"来多了迪士尼乐园容易做梦啊！"喻涵在她的身旁情不自禁地感叹道。

沈暮静静地仰望着这场绚烂的烟花秀。她的第一反应就是——她好想和那个人一起看这场烟花秀。

沈暮转眼间翻出手机，录了一段烟花的视频发给江辰遇。但他似乎还在忙，沈暮等了一会儿，没等到他的回复，默不作声地将手机放回包里。

就在她的情绪有点儿低迷的时候，喻涵突然振奋起来，拉住她的胳膊，指着远处呐喊："宝贝儿，你看！是你最喜欢的星黛露哇！"

沈暮抬眸向那里远眺。那是花车在巡游，霓虹灯在闪烁，悠扬的音乐传来，一辆辆主题花车缓慢地驶过街道。车上有许多玩偶角色，还有迪士尼乐园的演员们装扮的主题人物。

沈暮的双眸顿时直放光，这还是她第一次在迪士尼乐园看到星黛露呢。

"我好想抱它呀。"沈暮向往又羡慕地说。

"走哇，还愣着干吗？！"喻涵拉上她就往人群里跑。

那只星黛露就跟着巡游的车队走，晃晃悠悠地拍着手，跟路边的游客打招呼。见沈暮过来了，星黛露竟主动朝她挥挥手。

它好可爱呀！沈暮带着笑容走上前，想抱抱它。但沈暮一靠近它，它就蓦地退开几步，看起来有些慌张。

沈暮停下来，受挫地抱怨道："它不跟我抱。"

"怎么会呢？"喻涵身体力行地走上去一把抱住这只星黛露。这回它完全没躲开她。

喻涵摊摊手，"嘿嘿"地笑："这不就抱了吗？"

沈暮皱皱眉，走过去想再尝试一下。星黛露一见她张开双臂就马上躲开，却偏偏就待在她的身边，不走远。

"它是不是不喜欢我呀？"沈暮气馁地问道。

"怎么可能？！"喻涵一口否认。

尽管这在自身预知的范围外，但她确定这里面肯定有蹊跷。

抱不到星黛露，沈暮苦着脸，不高兴了。

"不要它了！走，我带你抱别的去！"喻涵在口头上安抚着沈暮，按计划拉着她靠近后面的花车。

"快看！快看！那辆花车！"

"哪辆？哪儿呢？"

"冰雪奇缘的那辆，在中间！"

"哇！好多蓝玫瑰！"

"咦？好像是有人求婚，是不是呀？"

"真的吗？难怪今天的门票限量免费抢购……"

沈暮被喻涵搂着一路走到附近。在一片欢笑声和音乐声中，她隐约听到游客的对话，于是说："喻涵，我们别去了。"

"咋了？"喻涵被她扯住，茫然地回头。

沈暮指了指不远处那辆缓缓地驶来的冰蓝色的花车，花车上摆满了蓝玫瑰。沈暮凑近她，悄悄地说："有人求婚呀，我们不要过去妨碍人家。"

喻涵愣了足足五秒，无语地闭上眼，捏了捏鼻梁："宝贝儿，你……"

你就没想过被求婚的对象是你自己吗？

沈暮全然没察觉出端倪，欣赏着漂亮的花车，莞尔地说："我们就在这儿看吧，也挺好的。"

喻涵眯起眼。

那！不！可！能！

她可是发过毒誓保证要完成任务的，不能拖组织的后腿！

算了，直接把她拖走吧。喻涵这么想着，转瞬就上了手，拽住沈暮的胳膊，将人往花车的方向拖。

"哎……你干吗呢？"

花车前站着驯鹿Sven（斯文，动画片《冰雪奇缘》中的驯鹿名），后面拉着晶蓝色的冰雪城堡车。城堡悬空的圆形站台上站着扮演艾莎和安妮的两位演员。

沈暮不情不愿地被喻涵拉到前面时，花车突然停了下来。

天哪！好丢人！她肯定打扰到人家了！快放她走啊！！

沈暮自顾自地感到难堪，刚想逃，车上的两位演员忽然走下来，二话不说，前拥后簇地把她带上了花车。

"哎……喻涵……喻涵——"

喻涵离她越来越远，竟也不来救她，甚至还笑意盎然地跟她挥手，又是给她加油，又是冲她比了个大大的心。

沈暮一脸迷惘地被迫站上了悬空的站台，而那两位演员转眼间就下了车。

这是什么？这是迪士尼乐园的新节目吗？随机抽取一位幸运游客亲历花车巡游的全过程？沈暮被台下的那么多双眼睛盯着，心脏都要被吓得停止跳动。

她想逃跑，谁知一转身就看到了那张熟悉的面孔。江辰遇的身上穿着一身正式的西装，西装笔挺合体，皮鞋踏在花车的阶梯上，他负手登上站台。

他望过来，深沉的目光里蕴含着充满柔情的笑意。沈暮呼吸一滞，忽然间紧张的情绪直钻入心底。

当江辰遇不疾不徐地站到沈暮的面前时，她彻底愣住，心都快要从胸口里跳出来。

他为什么会毫无预兆地出现？现在他这是……要做什么呢？

沈暮难以置信地看着他，突然就不会说话了。在听到台下的声声尖叫和呐喊后，她才回过神来。

"今天玩儿得开心吗？"江辰遇问道，眼底含着笑意。城堡绚丽的灯光照射过来，他本就立体好看的五官在夜色里显得更为迷人。

沈暮花了一点儿时间反应，确认这是他。真实的他，她心心念念的人，此时此刻出乎意料地就站在自己的面前。

沈暮鼻子倏地一酸："你怎么……来了？"

他的宝宝要哭鼻子了，但他没有上前去抱住她。

"嗯，我想跟我的公主求婚。"江辰遇温柔地凝视着她，慢条斯理地伸出背在身后的手。

沈暮的心脏在这一刻骤然"怦怦"地乱跳起来，她看到他的手里有一顶雪色的钻冕，发箍上镶嵌着璀璨的水晶和钻石。她突然就有了一种童话成真的错觉。

江辰遇用指腹摩挲了一下晶莹的钻石，抬眸间眉眼温和。他轻轻地将钻冕戴到她的头上。

璀璨晶亮的钻冕被固定在她柔软披散的长发上，一瞬间白天里所有的黯然失色都被染上了明媚的色彩。

原来，他说"没空"是为了给她准备求婚的惊喜。原来，他没忘记她的生日，对吗？

沈暮的眼里泛起泪光，她很紧张，深深地吸了口气，语无伦次地说："我昨晚梦到你跟我说'生日快乐'了。"

江辰遇轻轻地笑了笑："那不是梦。"

那不是梦，是真的。沈暮低下头，眼睛红红的，嘴角旁却悄无声息地掠过一丝笑意。她的喜怒哀乐在他的面前变得无比简单。

沈暮抿抿唇："可我不开心。"

江辰遇深深地看她一眼："因为我瞒着你？"

沈暮很快摇头。

"那只星黛露……不让我抱。"她细细的声音很绵软，像是在外面受了委屈的孩子，用小手指过去，跟他打小报告。

江辰遇淡淡地挑眉："老秦？"

沈暮愣了一愣。那里面的是秦老师？

江辰遇轻翘薄唇："当着我的面抱你，他敢吗？"

什么嘛……沈暮在心里幽怨地念叨着，心头却又似裹了一层蜜。

沈暮垂下眼，又看到自己穿着一点儿都不漂亮的牛仔裤，忽地就生出几分委屈。参加这样重要的场合，她都没能好好地打扮打扮。

"你不早说要求婚，哪里有公主穿牛仔裤的？"沈暮想哭了，吸吸鼻子，声音哽咽地故意跟他抬杠。

全世界仿佛都成了某人的仆从。她的话音刚落，那位扮演艾莎的演员就解下冰雪礼服的披风，跑上站台，将它系到沈暮的身上，而后转身下去，也不多停留。

沈暮怔住。穿着冰蓝色雪花刺绣的长披风，戴上那顶钻冕，她好像真的变成世界的公主。

江辰遇笑了起来，那是从未在公众前展露过的笑容。他把手伸进西装外套的内口袋里，取出一枚戒指。

在沈暮迷离的目光下，江辰遇弯了弯腿，单膝跪了下来。

第十七章
蜜月旅行

在别人的眼中，他是那样高不可攀的神明，可望而不可即。

但这一刻，这个男人却为她跪倒，满怀深情、坚定不移地向她臣服。沈暮怔怔地看着他单膝跪在自己的跟前。

城堡的灯光秀有些耀眼，沈暮肩头薄薄的冰雪披风随风微扬，发上的那顶钻冕带着璀璨的亮光。

江辰遇的指间捏着一枚钻戒，他抬眸望过来，那双漆黑的眼睛是那样深沉，但此时因为只容了她，尽是温柔。

沈暮把双手静静地交握在身前。她好像紧张到一定程度时，心反而能沉静下来。

她轻轻地眨着明亮的眼睛，也放缓了呼吸，生怕一点儿动静都会破坏此刻的气氛似的。

游客的欢呼声停了，音乐声也停了，只有一个人的声音在响着。

"我来之前想了很多话，准备跟你说，但现在突然又觉得没什么好说的。"

他嗓音十分低沉，比任何cv（角色配音员）都好听。

可是，什么叫"没什么好说的"？沈暮皱了皱眉，既生气又疑惑地垂眸凝视着他。

江辰遇却轻轻地笑了笑："你这么好的女孩子，可爱、懂事、年轻、漂亮，还有才华。你那么讨人喜欢，我不想错过，所以不应该三言两语地敷衍你。"

他向来从容不迫，哪怕是告白和求婚，依旧能做到方寸不乱。倒是沈暮微敛下巴，被他连串的词夸到害羞。

"我得用一辈子慢慢地说给你听。"他温柔的声音缓缓地响起。

沈暮心跳的速度开始加快。她交握在身前的双手正好抵在心口处，她能感觉到自己的心脏在剧烈地跳动。

江辰遇慢慢地举起指间的钻戒，在这样正经的场合之下，他的目光中依然蕴含着坚定的笑意。

"除了你，我从没想过娶别人。

"所以，暮暮……"

虽然他们已经领证了，但他还是想问她："你愿意和我结婚，用后半生慢慢地听我说吗？"

沈暮的心跳越发剧烈，她还没反应过来。他话音方落，台下已经激昂地呐喊了起来，场面和之前她在视频里看到的一样，一声声高调的"嫁给他"此起彼伏。

眼前的人还举着戒指，望着她。

沈暮的胸膛起伏了一下，她太紧张了，眼里因突如其来的惊喜而泛出水雾。现在她要做什么呢？她完全没有经验。

江辰遇倒也不着急，含笑跪着，耐心地等她反应过来。直到听见喻涵夹杂在激动的人群中喊破喉咙的声音，沈暮打了个激灵，回过神来。

她突然慌张起来，连连点头。见他还跪着，怕他膝盖疼，沈暮忙不迭地伸手想拉他起来。她还没把他拉起来，左手却被他握住了。

四目相对间，江辰遇的眼底盛满笑意，他略微抬了一抬拿戒指的手，示意她。

沈暮看了看钻戒，又看了看他，眼睛一眨，泪珠就这么掉下了一滴。

"我愿意……"她小声地说，声音里略含鼻音，还带着女孩子独有的温软的羞意。

江辰遇眼里的笑意中泛着温柔。他捧起她的手，轻轻地将钻戒戴在她纤细的无名指上。指圈不松不紧，刚刚好。

台下一瞬间欢呼雀跃，掌声雷动。沈暮从垂眼到仰头，看着他慢慢地站起来。

面前的男人的脸俊雅，眉骨深邃，比镌刻的还要好看。与她相视的时候，他永远带着耐心和温柔。

沈暮忽然像他的那群迷妹一样，心脏飞速地律动。万千少女完美的梦中情人向她折了腰，所以，她是不是……应该表示一下？

沈暮想了想，轻轻地一咬唇，拽住他的领带。

江辰遇刚被她拉得弯下腰，沈暮就踮起脚凑过去，碰到他的唇，再把唇瓣的柔软压实。

这一吻点燃了台下的热情。不过只有短短的一秒，沈暮便站了回去。

她后知后觉地感觉到羞臊，低头盯着自己的小白鞋，偷偷地扯了扯江辰遇的衣袖。

"好多人看着呀，我们走吧……"沈暮低而软地说。

"好。"江辰遇轻轻地一笑，牵着她走下城堡车。

他们很快就走远了，在夜色里别人看不清他们的去向。

喻涵蹦跳两下，越过高高低低的拥挤的人群，连忙想追上去。可她还没走两步，突然被什么拽住了后衣领。她回头，看见了那只星黛露。

"干吗呀？"喻涵茫然地打量它两眼，想拉回自己的衣领，但这只大宝贝完全没有松手的意思。

喻涵指着它的鼻子，眯着眼威胁它："赶紧放开，要是害得我跟丢了姐妹，你这么可爱我照样打！"

她一副吓唬小孩儿般恶狠狠的模样。那只星黛露非但不惧，反而用另一只手叉着腰，似乎在说：我就要看看你还要搞什么鬼。

喻涵瞪着它，"喊"了一声，一下子拍开它的大胖手。她转身想走，又被它扯住胳膊。

"你想干吗呀？"喻涵不耐烦地又回了头，想到刚刚它不让沈暮抱，不假思索地瞅着它，"喜欢我呀？"

她义正词严地教育它："啧，跨物种恋爱是违背自然法则的，你知不知道？"

"跨物种恋爱不会，跨物种繁殖才会。"男人低沉的声音从厚重的玩偶头套里传出来。

喻涵蒙了一下。这个声音……

思忖片刻，喻涵忽然想明白了什么。完了，她是不是又作死了？

喻涵慢慢地倒吸一口气，干笑："严谨，严谨。"

她想溜，但胳膊被抓着，没溜掉。

星黛露玩偶装里的秦戈不紧不慢地说："他俩独处，你要去当灯泡？"

"啊，对，不应该！不应该！"喻涵失了智一般，扭头就往反方向走，"哎呀，好渴呀，渴死了，我去找水喝……"

"跟我过来。"秦戈拉着她走。

这无意中透出的口吻，听得喻涵欲哭无泪。她只能做鸵鸟状跟在他的身后。

今天园区内的游客本就是限量的，眼下江辰遇一求婚，游客都被花车巡游吸引了过去，米奇大街上的行人很少。

秦戈把喻涵带到这儿，伸手去摘自己的头套。但穿着玩偶装行动难免笨拙，他费了一番劲，还是没能把头套摘下来。

喻涵袖手旁观了一会儿，最后于心不忍，谨慎地开口道："那啥……我帮您？"

秦戈无奈地叹气。他快要被闷到喘不过气了。

"后面有个拉链。"秦戈不客气地背过身去。

"好的。"喻涵坚强地微笑，抻着脖子琢磨从哪儿下手，僵硬了三秒，说，"您……蹲一蹲？"

秦戈屈膝，喻涵三下两下地把他的头套取了下来。

"呼……"秦戈终于能大口地呼吸新鲜空气。玩偶装厚实闷热，他这会儿凌乱的短发被汗打湿，有几根头发粘在额头上。

喻涵瞧他有几分可怜相，大发善心，从包里拿出湿巾递给他："您怎么在这里边待着呢？"

不然她刚刚也不敢那么嚣张。

"辰遇说小暮喜欢这玩意儿，本来这玩偶装是让方硕穿的，那家伙竟然跑了。"秦戈接过湿巾。

喻涵："……"

组织的队友们居然牺牲如此之大。

"走吧。"秦戈粗略地擦了把脸。

"啊？去哪儿？"喻涵疑惑地问道。

秦戈看她一眼，开始脱身上的玩偶装："给你买水。"

喻涵顿生胆怯之心，正想开口说"不用"，一个耳熟的声音突然从身后响起："哟，路明，那不是你前女友吗？"

喻涵眉头一皱。她回首，果然看到了蒋路明和他的新女友。

她的运气就这么背？这都能碰上冤家对头？见这两个人勾勾搭搭着朝自己走过来，她在心里骂了一句：他们不知道自己很讨人嫌吗？

"她好像找新男友了呢，前段时间不还离了你要死要活的吗？"这女人看着年纪不大，长得也不错，但妆很浓，说出来的话也阴阳怪气。

喻涵听了就来气："你哪只死鱼眼看见我要死要活了？"

"涵涵，没了我你受刺激了？"蒋路明就是一个略带痞气的公子哥，瞥了一眼她后面穿迪士尼玩偶服的男人，新人不如自己的优越感就这么来了。

蒋路明单手插着裤袋，抬着下颌："怎么找了个卖苦力的小员工啊？你品位就这样？缺钱你就跟我说，好歹爱过。"

喻涵忍住不当场作呕，点头："可不是。"

蒋路明满意地笑了起来。

"我要是品位好也不能找你。我不仅品位低级，还眼瞎。"喻涵不带感情、一字一句地说道。

蒋路明听了这话，嘴角僵住，笑不出来了。

女人娇弱地挽着他的胳膊，看似大方地说："算了，路明，我们走吧。"

男人大都好面子，蒋路明当然不甘心在新女友前吃了前女友的亏。

"喻涵，分开这么久了，你怎么嘴还这么欠呢？"蒋路明没好气地说。

喻涵瞬间进入吵架状态中，面不改色地骂回去："分开这么久了，你怎么还老在我面前晃悠呢？阴魂不散的狗男人！"

蒋路明最烦她这种刚硬的劲："你……"

"不跟女孩子吵架是素质，不懂的话，过几天南江大学开学，我可以带你去上几堂思想道德修养课。"

秦戈的语气淡淡的，他上前将喻涵往身后拉了拉。虽然他还穿着滑稽的玩偶服，但玩偶服掩不住他沉静的君子气质。

那女人看清他的脸，不知为何一瞬间花容失色。但蒋路明没注意到，自顾自地上下打量着秦戈，心想：他眉清目秀的，难怪喻涵喜欢他。

蒋路明嗤笑道："你一个打工的跟我扯思想道德？"

"秦……秦教授……"女人惶惶不安地出声。

蒋路明狐疑地瞥她一眼："你在讲什么呢？"

秦戈神情淡淡的："我看你挺眼熟的。"

女人再没了先前的傲慢，忐忑地站直了，声音很轻地说："我是南江大学广告学专业的，上学期上了您的经济学概论必修课……"

蒋路明愣住，半晌才明白过来。眼前的男人并非迪士尼乐园的员工，而是女友在读大学的老师。

秦戈想起一些事，也不留情面，明明白白地讲了出来："你期末考试没过，开学要补考是吧？"

对方嚣张的气焰像是突然被浇了盆水。

喻涵左看看右看看，突然感觉自己变身爽文女主角。

这样的剧情发展让她浑身舒畅。

她忍不住"扑哧"笑出了声。后来她又觉得有点儿狂妄了，抿住嘴佯装低咳。

这时传来"砰"的爆裂的响声，远处的城堡竟然开始举办新一轮的烟花秀。

"真的可以再看一遍呀！"沈暮站在桥上，雀跃地遥望着漫天绚烂的烟火。

江辰遇把她半搂在怀里，用指背抚了抚她的脸颊："你想看多少次都行。"

闻言，沈暮倏地回眸，看着他说："你真把这儿包下来了？"

江辰遇笑了笑，没有否认。

"花了多少钱啊？"她问道，看起来十分心疼。

江辰遇说："你老公不至于被这点儿钱压垮。"

"哼……"沈暮抿着嘴笑，低头去看左手无名指上的钻戒。那颗钻石很漂亮，带着一点儿很淡很淡的粉色光泽。

"喜欢吗？"他含着笑问道。

"我要是说不喜欢呢？"沈暮歪歪脑袋，存心刁难他。

江辰遇挑眉，将她头上的钻冕摆正了，慢悠悠地说："那我怎么办？我再求一回，求到你满意为止。"

沈暮甜甜地低笑出声。她其实有些懊恼，因为觉得自己刚刚的表现不够好。

他那么正经地求婚，她倒是紧张得手忙脚乱，话都不会说了。

这世上不会再有第二个人如他这般把她捧成公主，跪在城堡下立誓，今生今世、永生永世，只做她的不贰臣。沈暮垂着头，假装在玩儿他的领带。

"喀，我觉得吧，你马上就三十岁了，也不小了。"她突然说了这么一句。

江辰遇翘了翘薄唇："你又嫌我老了？"

"不是！"沈暮含羞地觑他一眼，声音越来越低地说，"我是说……应该准备准备……要小孩儿了……"

沈暮的话音渐弱，她说完轻咳一声，低着头，略显紧张地用手指将他的领带缠得皱皱巴巴的。

江辰遇垂眸，目光落在窝在他身前的女孩子的发上，冠冕的钻石纯净生辉。

"嗯？你在嘀咕什么？"江辰遇唇畔的弧度微扬。

沈暮抬头，微愣片刻。他竟然没听清她鼓起勇气说的话，可她不好意思重复一遍。

沈暮撇撇嘴，孩子气地低哼道："不告诉你。"

江辰遇也没问，温柔地说："还想玩儿吗？"

"玩儿啊，钱都花了。"他都挥金包场了，她当然得先玩儿痛快了，怎么能就这样回去？

江辰遇轻轻地笑，握住她的手。

他们牵着手走了一段路，沈暮时不时地瞄一眼江辰遇的神情，他却始终一言不发。最后沈暮沉不住气了。

"你真就不问了？"她含着怨气闷闷地说。

江辰遇偏过脸，见她拧着眉头。

她一副委屈又不高兴的样子。

"我问什么？"他笑着问道。

沈暮一听这话，越发不悦了。她那样认真地说，他压根就没当回事。

沈暮看了他一眼，转过头不理他。见状，江辰遇握住她的肩膀，将人轻轻地扳回来。沈暮"哼"了一声，把头扭了过去。

江辰遇笑着叹气。老婆生气了，他得哄哄她。

"我是觉得你还小，被家庭束缚住太可惜，宝宝的事再迟两年也不要紧。"江辰遇用双手捧住她的脸，看着她说。

沈暮在他沉静的眸光里蒙了，一瞬间心旌摇曳。她顿时就消了气，突然间却不晓得要说什么，扭捏少顷，上手捶了他一下："你这不是都听见了吗？还装不知道！"

江辰遇躲也没躲，含着笑结结实实地挨了她一拳，但不痛也不痒："我是为你着想，你怎么还不乐意了？"

"那我也是为你着想呀！奶奶都说你老大不小了，还没小孩儿……"沈暮垂眸小声地说。

江辰遇笑起来，用拇指的指腹摩挲她的脸颊："我老婆年轻着呢，要考研，还要参加比赛，别被这件事耽误了。"

他这么一说，沈暮不知怎么回事，眼睛里忽地就泛起了暖暖的热意。

他们从网上相识以来，他一直是这样的人啊。他温柔而耐心，始终记得要保护她敏感的心，从不会遗忘她，每时每刻都让她感受到自己是被爱着的。

沈暮想说，生孩子不耽误她。但她同样也不想用三言两语去敷衍他。

最后沈暮什么都没说，抬起双臂搂住他的脖颈，踮脚吻了上去。

远处的城堡上空还放着烟花。夜空一明一暗，烟花爆炸时发出一声又一声的巨响。

尽管两个人亲热已成常事，但她难得主动，仍旧显得生涩。她唇齿笨拙地辗转，很快便不知所措。

但她主动的亲吻味道更好。江辰遇轻抬唇角，用掌心托住她的后脑勺儿，反客为主。两个人唇齿相缠，温软一片。

烟花秀结束的时候，这个吻也一起结束。沈暮胸膛起伏着，整张脸埋在他的胸膛上。她一深一浅地呼吸着，双颊被惹得嫣红。

"我想带你环游世界。"江辰遇抱着她，缓缓地抚摸她柔软的长发。

她的性格很好，乖巧又听话，但受到太多来自家庭的影响，她胆怯怕生，习惯于逃避。他应该多陪她出去走走，带她重新领略世间的纯粹。

"如果你觉得逃避一辈子是她最好的选择，那才是真的毁了她。

"她要的是绝对的安全感。"

从在火锅店里和喻白说出这两句话时起，江辰遇就有了带沈暮去旅行的想法。

和他们在法国的那一个月不一样，他想要她彻底放松地玩儿，把过去的四年里丢失的快乐都补回来。

沈暮在他的怀里愣了一下。

随后江辰遇却又轻轻地笑一声："但我怕影响你考研。"

烟花秀停了，远处游客的欢笑声尤为清晰，桥上突然陷入了安静中。

良久，沈暮听见自己轻声地说："我报的是美术，不用考数学……其他都还挺简单的。"

她其他学科的成绩一直很不错。所以，她去旅行应该也对成绩没什么太大的影响。

江辰遇捏捏她的耳朵："你不考工业设计了？"

"不是你之前教我说，要做自己喜欢的事情嘛。"沈暮用双手环着他的腰，把侧脸贴在他西装内的衬衫上。

江辰遇弯了弯唇，说："乖。"

"那我们什么时候走呀？"沈暮温声细语地说着，声音里像是含着棉花糖。

江辰遇沉吟两秒，说："明天。"

沈暮愣住，抬头狐疑地瞅过去："这也太突然了吧，真的假的呀？"

江辰遇说："嗯，我们出去避避风头。"

他的语气半真半假，沈暮越发迷惘地问道："江盛……欠债了？"

她的想法很古怪，江辰遇抬指敲了敲她的脑袋瓜："你在想什么呢？"

"是你说的避风头哇。"沈暮嗔怪他。

江辰遇笑了一声："我的意思是，求婚太高调，容易被记者打扰。"

他们这会儿在这里卿卿我我，他在迪士尼乐园里求婚的事肯定早就被传出去了，说不定微博现在已经崩溃。

沈暮回过神来："噢……"

这场说走就走的旅行虽然来得让沈暮猝不及防，但她的心头好似被浇上了蜜浆。她抿着嘴笑，声音绵软地说："那我们就这样跑了吗？也太厉了。"

“不是。”他说。

“嗯？”沈暮疑惑地问道。

江辰遇在浅笑间，一本正经地说：“我们是去度蜜月。”

沈暮反应了片刻，眼底渐渐地蔓延开笑意。

“我的呢？”江辰遇突然把左手伸到她的面前。

沈暮眨眨眼：“你的什么呀？”

“戒指。”江辰遇的眉毛轻轻地一挑，他说，“得让别人知道我已婚吧。”

她现在要去哪儿找出个戒指来？沈暮猜到他又是在故意逗她，鼓鼓两颊，拉过他的手，飞快地往他的无名指上咬了一口。

她咬得不轻不重，但还是在他的无名指上留下了一圈浅浅的齿印。

“喏。”沈暮略微抬高下巴，露出柔美的下颌线，带着一点儿骄傲的意味说，“你可要收好了，这是独一无二的。”

江辰遇看了看自己的手指上淡淡的齿痕，低低地“嘶”了一声：“你这么狠？”

沈暮略微一怔，琢磨顷刻，问道：“你疼吗？”

江辰遇颇为认真地点头：“嗯，挺疼的。”

沈暮倏地就没了脾气。就因为他说疼，她刚咬了他没半分钟，就开始后悔了。

沈暮沉默了一瞬间，握住他的手指揉了揉，又心疼地低头给他吹了吹。

江辰遇垂眼静静地凝视着她，唇边的笑意无声地加深。

“我们回酒店吧。”沈暮小声地说。

“不玩儿了吗？”江辰遇不慌不忙地问道。

沈暮抚摸着那圈齿痕，声音轻柔地说：“要早点儿睡呀，不然明天怎么起得来？”

江辰遇十分顺从地笑着说：“老婆说得对。”

沈暮当然不知道在这场说走就走的旅行中，他们要先去哪儿，还有签证什么的临时要怎么解决，不过他一定有办法的。而且万能的方特助肯定可以设计出完美的路线和万全之策。

这样一想，沈暮无比安心：“我给喻涵打个电话。”

沈暮想从包里拿出手机，让喻涵过来和他们一起回去，却被江辰遇按住了手。

他说：“不用，老秦会带她回去的。”

与此同时，迪士尼乐园外的一家烧烤店里。

虽然这家店是烧烤店，但环境还算得上舒适，让人没有任何烟熏火燎的感觉。眼下尚未到吃夜宵的时间点，故而店里只有三两桌的客人。

喻涵抱着一瓶啤酒，“咕嘟咕嘟”地一口气灌了半瓶酒，紧接着打了个饱满的嗝。

坐在她的对面的秦戈看得有点儿傻眼。这也不能怪他——他是头回见女生喝酒这么豪爽。

“行了，心情不好也不能这样喝。”秦戈伸手想拿走喻涵的啤酒。

可她虽醉得不轻，反应还是快的。她像只护食的小鸡崽儿，蓦地把酒瓶藏进臂弯里，就是不给他。

"谁心情不好了？"喻涵醉眼迷离地抬高下巴，"我这是高兴，高兴当然要喝酒庆祝啦。"

秦戈按了按鼻梁。他就不该担心她又受了情伤，带她来吃夜宵。

喻涵还在说着胡话，抓起一瓶新的啤酒，一把塞到他的怀里："来！喝！别跟我客气！这顿姐姐请了，尽管喝！"

瓶盖是开了的，她这么猛地把酒瓶往秦戈的怀里一塞，酒洒了他一身。从衣摆到裤子，他的衣服湿了一片。

秦戈忙不迭地将酒瓶拿稳，闭了闭眼，颇有几分忍无可忍的意味："小姑娘……"

"喝呀！"喻涵骤然大声地打断他。

秦戈："……"

秦戈没法跟酒鬼讲道理。在她恶狠狠的眼神下，他只好喝了一口酒。

喻涵非常不满意，"啧啧"着说："你瞧瞧，你瞧瞧，喝这么一小口，剩下的还能养鱼呀？"

她喝多了就像一匹脱缰的野马，秦戈是见识过的。他也不跟她多争论，深吸一口气，仰头一连喝了好几口酒。

"嗯，对了！"喻涵神志不清地笑起来。

她往嘴里丢了一颗花生米："我跟你说，那俩货就是欠收拾，敲打敲打就老实了，嘿嘿……

"不过我都不知道，那女的居然挂了你的科。哈哈，你说我怎么就舒服了呢，这多不好意思呀。"

喻涵嚼了几粒花生米，又嚼着金针菇和培根。

她嘴上说着难为情，却开心到摇头晃脑。秦戈静默地坐着，听她絮絮叨叨，突然笑出了声。她这小人得志的嘴脸，居然还挺有趣。

喻涵抬头，拍拍他的手背，忽然语重心长地说："听我一句劝，这样的女同学你就得严加看管，补考的试卷必须得用高难度系数的呀。谁让她不好好学习，你叫她长长记性！就这么说定了。"喻涵抓起酒瓶用力地和他碰杯，发出清脆的声响，"干杯！"

她又"咕嘟咕嘟"地大口干掉了剩下的半瓶酒。

秦戈面无表情地端详她半晌。他拦不住她，算了，不拦了。

秦戈干脆自己也喝了一口酒。

喻涵"吧唧"了几下嘴，思绪混乱地想到什么，突然凑过去，压低声音说："上回我喝酒脱衣服的事情，你不记得了吧？"

秦戈看着近在眼前的那张红润润的脸。

这可能吗？

"嗯。"他面不改色地点头。

喻涵的双瞳涣散，没有焦点。听完她就笑嘻嘻起来，一副开心到想旋转跳跃的模样："我也……假装忘记了，咱们都当不知道……"

喻涵断断续续地说完，见对面的人没立刻回答，猛地提高音量说："你听到没有？！"

秦戈合目叹气："听到了。"

"真乖。"喻涵摸摸他的头，嬉皮笑脸。

她刚想坐回去，一垂眼，看到他的衣服和裤子都湿透了。喻涵"哎哟"两声，抽出几张纸巾，跟踉跄跄地站起来。

"你怎么喝酒喝到裤子上去了呢？"

喻涵刚要给秦戈擦裤子，他迅速地抓住她的手："别乱碰。"

"我好心帮你，你凶什么凶……"喻涵生气地嘀咕道，扭头想走。谁知脚一软，她蓦地扑进了秦戈的怀里。

秦戈本能地扶住她，谁知她直接坐到了秦戈的腿上。

喻涵这会儿脑子不清醒，只觉得这个姿势舒坦极了。她把脸埋在他的颈窝处，呵出带着酒味儿的热气。

秦戈呼吸一滞，伸手去拽她的胳膊，发现根本扯不开她。

"喻涵。"秦戈沉声说。

"嗯。"她哼哼唧唧地不知道在说什么。

秦戈再三尝试后，叹了口气，放弃了。

"爸爸……"喻涵可能是要睡了。

秦戈有那么一点儿生无可恋："别乱叫。"

老板娘来上菜的时候，偷偷地笑了笑，看他们的眼神意味深长。

秦戈百口莫辩，舔了一下干燥的唇："请问，这附近有环境好点儿的酒店吗？"

次日清晨，江辰遇站在落地镜前系领带。

沈暮突然趿拉着拖鞋，"嗒嗒嗒"地跑到他的旁边，身上还穿着吊带睡裙，头发也乱乱地散着。

"快去换衣服。"江辰遇笑着看她一眼。

沈暮捏着手机，皱着眉，很是焦急地说："喻涵一整晚都没回我消息，电话也不接，会不会出事了？"

"不会。"江辰遇系好领带，牵着她往衣帽间走，"有老秦在，你别担心。"

沈暮急得声音里带上了一点儿哭腔："可是……可是秦老师也没回我微信。"

"应该还睡着呢。"江辰遇不以为意，从衣架上取下一件水绿色的连衣裙，把它叠了叠，又将她牵回卧室里。

沈暮无心关注其他，自顾自地念叨着："可昨晚回来前我就发消息了，他们睡前肯定也看到了呀。"

江辰遇在床边停下脚步，回过身，简单地用指尖梳了梳她凌乱的长发，仔细地把她的长发撩到她的身后。

"而且，我刚问了前台的工作人员，他们好像一直没有回酒店……"沈暮任他拨弄头发，愁眉苦脸地说，"不行，我觉得还是得先联系上他们。就这么走了，我不放心。

"还有……还有……"

她的后半句话还未出口，面前的男人突然俯身。他迅速而精准地在她的嘴角上咬了一口。

他没有用力，但沈暮吃痛地"呜"了一声，捂住嘴唇，可怜又委屈地问道："你干吗？"

江辰遇轻轻地掐了一下她的脸："小唠叨婆。"

沈暮拍开他的手，瞪过去。

见她一副小孩儿生气的模样，江辰遇轻轻地笑了一声，摸摸她的头："好了，他们都是成年人了，你还怕他们被绑架？"

沈暮无法反驳，低低地"哼"了一声。

江辰遇把手里的裙子递给她，慢条斯理地说："你自己穿，还是我帮你穿？"

话题换得有些快。沈暮心境突变，脸一红，飞快地接过裙子："自……自己穿。"

转眼间她就抱着连衣裙跑进了浴室里。江辰遇笑了一下，坐到沙发上等她。

他们走出总统套房，乘电梯到四楼。沈暮挽着江辰遇的胳膊，踩着纹理华贵的地毯，乖乖地跟在他的身边，往餐厅里走。

虽然这很突然，但她一想到就要开始旅行了，心里还是止不住地兴奋。

沈暮问道："我们先去哪儿？"

"马尔代夫。"

"那机票什么的怎么办呢？"

"方硕都会安排的。"江辰遇从容地看她一眼，"你有想法的话，让他提前计划。"

沈暮把头摇了一摇。她能有什么想法，一向随遇而安。出去玩儿还有人将一切打理好，她再满意不过了。

"我有个很好奇的问题。"沈暮歪过脑袋说。

"嗯？"

沈暮凑近他，压低声音说："方特助的工资……有多少呀？"

江辰遇好笑地问道："怎么？想给我当秘书了？"

"谁要当你的秘书。"沈暮含着羞意嗔怪他，边思忖边道，"我就是觉得，方特助好像什么事都得管，我们出国了他还得跟着，很辛苦的样子。"

"薪资也不是白拿的。"

他说完这句，沈暮投过去新奇的眼神。

江辰遇见她似乎很感兴趣，他的薄唇扬起好看的弧度。他低头凑近她的耳旁，轻语了一个数字。

沈暮顿时惊诧到瞠目，问道："真的吗？"

他点头，沈暮认真地问道："你还缺秘书吗？"

江辰遇笑着轻叩了一下她的脑袋："我是亏待你了吗？"

沈暮往后躲了躲："开玩笑的嘛。"

他都给她无限额的黑卡了，她还有奶奶先前给的那张不知道有多少钱的卡。沈暮本来就不是喜欢肆意地挥霍金钱的人，现在更不晓得怎么花钱。

"你花这么多钱聘用他，那得好好地使唤他，不能跟他客气。"沈暮秉持着不能让自家老公亏本的心态，一本正经地说。

女孩子独有的柔软的身体完全压到他的臂膀上，绵绵的，让人愉悦。

江辰遇的俊眸中拂过笑意，他用百般纵容的语气说："你使唤他吧，有需要的尽管找他，不够我再给他加工资。"

沈暮用脸蹭着他的胳膊，被惹得"咯咯"地笑出声。

此时正在张罗着联系马尔代夫白马庄园的住宿的方硕，要是听到领导夫妇的谈话，不知道是该高兴还是该悲伤……

两个人有说有笑，正要转进餐厅时，刚巧和一个人迎面偶遇。男生高高瘦瘦的，穿着简单的白T恤和灰色的工装短裤，头上戴着一顶棒球帽。

遇见他们，男生似乎愣怔了一瞬间。他戴着墨镜，沈暮只能看见他的半张脸，但还是一眼认出了他。

"喻白？"沈暮问道。

喻白沉默顷刻，慢慢地摘下墨镜，露出那双桃花眼和淡淡的褐瞳。

"景澜姐。"喻白眸中盛着笑意。

"真的是你。"沈暮半惊半喜地说着，看向喻白身边的女助理。

女助理背着包，出乎意料地望了望沈暮，又偷偷地窥了江辰遇两眼。

当沈暮看过来时，她才倏地回过神来，不动声色地打招呼道："宋小姐，好久不见！"

沈暮点头，礼貌地应答。

女助理年纪不大，但极有眼力见儿，转瞬便笑着说："这位就是江总吧，我看到求婚的热搜了。恭喜恭喜，两位太般配了！"

女孩子家难免是要害羞的，沈暮的脸颊微红，她轻轻地笑着，不知道该怎么回答。

江辰遇大方地淡笑："谢谢。"

得到回应，女助理受宠若惊。她可想不到传闻中高冷严厉的江总竟如此平易近人。

沈暮温柔地笑着说："喻白，拍戏很辛苦吧？"

喻白一和她对视，就不经意地收敛了眼底的冷漠，目光中只余温顺。他说："还好。"

沈暮想着：喻涵也在剧组里，平时倒是能照应他，自己不用太担心。

她点了点头，眸中含着笑意。她问道："你是不是还没吃早饭？我们一起吃吧。"

远洲酒店一向把对顾客的隐私保护做得很到位。

喻白向来很听沈暮的话。她这么一说，他本能地就要答应。可他还未开口，眼睛忽然被一丝光泽刺到。

喻白凝神看过去。那是她挽着江辰遇的臂弯的左手无名指上的钻戒发出的光。

"江辰遇迪士尼求婚"的热搜昨晚轰动了整个微博，喻白当然也看到了。尽管他本意是想无视它，可每一条资讯都是相关的新闻。

喻白的眸色黯了黯，他拿墨镜的手不由得收紧。顷刻后，他从钻戒上收回目光，下一秒目光却无意地与江辰遇的目光相撞。

两个人相视了一瞬间。江辰遇始终气定神闲，浅浅地笑着。

喻白垂了眼。再抬眸时，他望着沈暮，扯出一抹笑容："今天我有好多场戏，去剧组好像有点儿来不及了，下回吧。"

听了他的话，女助理一脸疑惑。他今天的戏份明明午后才拍呀！

女助理刚要问，喻白抢先打断她："让司机把车开过来吧，别迟了。"

女助理虽然感到奇怪，但还是走远些，打电话通知司机。喻白的眼神里没有任何情绪，他将目光不动声色地掠过江辰遇，而后落到沈暮纯真清澈的瞳仁上。

"我先走了。"在她的面前，他还是一如既往地乖顺。

沈暮也怕耽误他的时间，莞尔地道："嗯，好，路上小心。"

喻白转身走出几步，又慢慢地停下脚步。沉默须臾，他回头，低低地唤了一声："景澜姐。"

沈暮和他隔着数步远的距离，问道："怎么啦？"

喻白深深地看了她一眼，声音温和低沉地说："再见。"

喻白含着笑说完，戴上墨镜，渐渐地走远。这次他没再停下脚步。

再见，他整个青春的念想。

他好像突然明白爱一个人是什么感觉了。得不到她时，心中有满心的负面情绪，可只要她看他一眼，他就永远都记得。

她喜欢听话的、懂分寸的男孩子，所以他要听话，要懂分寸。

这个世界上，爱而不得的人有那么多，他这样的人又算得了什么？而且，她现在那么幸福……

喻白挺拔的身影消失在走廊的转弯处后，沈暮回眸笑着望向江辰遇："我们进去吧。"

她的眼睛十分清澈，像璞玉般纯粹。江辰遇便也不说任何话，温和地翘起薄唇："嗯。"

这时沈暮放在他的裤袋里的手机振动起来。江辰遇取出手机，看见喻涵回电了。

沈暮顿时惊喜万分，接通电话便问道："喻涵！你去哪里啦？"

"嗯……我……在回来的路上。"喻涵回答的声音听上去很不对劲，哑哑的，轻飘飘的，有一种就要失去生命迹象的生无可恋。

沈暮奇怪地问道："怎么回事呀？你昨晚真的没回酒店吗？秦老师呢？"

那边大约有十秒陷入了死寂中。

"那个啥，我没事，我没事，先挂了呀，挂了，挂了……"喻涵开溜似的挂断了电话。

沈暮迷茫地看着屏幕上"通话结束"的界面。

深色卡宴开在回城区的高速公路上。

喻涵这只小鸡崽儿在副驾驶座上缩成一团。她放下手机，悄无声息地、一点点地瞟向左边。

她想观察观察秦戈此刻的神情，可没瞧见他的神情，倒是一眼看到他的颈侧那一抹触目惊心的红痕。

喻涵的嘴角抽搐了一下。像有感应似的，秦戈就在这时瞥她一眼。

喻涵浑身一激灵，立马把目光转向窗外。她抓抓头发，欲盖弥彰地笑了一声："哈哈，你说真的是，那个酒店里的蚊子也太狠了。"

那抹红痕不会是她吸出来的吧？

秦戈没什么表情，看向前方，继续开着车。

"是狠，"他用轻松的语气缓缓地接着说，"蚊子还挺能喝血的。"

很好，喻涵跳车寻死的心都有了。

这次她的经历肯定能登上热评第一，她有信心。

这次和江辰遇出去旅行，也不知道什么时候能回来，所以沈暮想等喻涵回来，当面跟对方道别后再走。

于是吃完早餐后，沈暮和江辰遇便回到套房里。

客厅的沙发上，沈暮坐在江辰遇的腿上，拿着平板电脑窝在他的怀里。她在看方硕发过来的马尔代夫的行程计划。

"要去海岛，可我不会游泳。"

"抱着游泳圈漂在水上也挺好。"

"不要，你教我游。"

"嗯，我如果教不会你呢？"

"学不会我再抱游泳圈。"

茶几上的手机突然响起铃声。沈暮以为是喻涵回来了，拿过来手机一看，屏幕上显示是奶奶的来电。她不用想，这必然是奶奶知道了昨晚江辰遇求婚的事。

沈暮接过电话，甜甜地唤了一声："奶奶。"

"暮暮哇……"江老太太的声音从手机里传来，她十分喜悦地和沈暮说笑着。

她们说着说着，就说到了沈暮和江辰遇办婚礼和生孩子的事。

沈暮一点儿都不感到意外。可江老太太糖衣炮弹的攻势太猛，她有些难以应对。

沈暮支支吾吾了半响，给江辰遇递眼神，要他来说。可江辰遇只淡淡地笑着看她，就是不接电话。

沈暮咬唇瞪他，鼓起两颊。她暗自埋怨他一通后，灵机一动，生出一点儿报复的心思。她清了清嗓子，用绵软的语气说："奶奶，是辰遇说他还不想要孩子。"

她的话里含着撒娇的意味，好像在告状。

江辰遇凝视着她，眯了眯俊眸。

马尔代夫的美有口皆碑，这里有着百分之九十九的海水和百分之一的白沙滩，是千岛之国，向来是情侣度蜜月的胜地。

他们在当地时间晚上6点左右到达港丽岛。沈暮来时一路打瞌睡，上了岛还迷迷糊糊地依偎在江辰遇的怀中。直到她走进水下餐厅里，睡意瞬间全没了。

餐厅坐落在海底的透明玻璃隧道里。这里拥有全景视角，海水是纯净的Tiffany（蒂芙尼）的蓝色，深幽而宁静，色彩斑斓的海洋动物纷纷自此游过。

这里梦幻到让人有种置身于电影大片中的感觉。沈暮的双眸里闪烁着被惊艳的光，她挣开江辰遇的手，三两步跑过去伏到玻璃上，连连惊叹。

江辰遇见沈暮开心，不慌不忙地让方硕先去安排上菜，而后走到她的身边陪她看鱼。

"这是小丑鱼。"她用手指点在玻璃上。

海里有一条橙红色和白色相间的鱼游过来，隔着玻璃隧道把嘴贴到她的指尖上，嘴一张一合，好似在亲吻她。

"真的很可爱。"沈暮笑盈盈地回眸，眼底含着新奇的神色。她问道："这里会有鲨鱼吗？"

江辰遇弯唇："会。"

沈暮张了张嘴，愣住了，问道："真的呀？那我们明天去游泳和潜水不是很危险吗？"

"你乖乖地待在浅水区里，鲨鱼过不来。"江辰遇揉了揉她的头。

沈暮似懂非懂地点点头。

马尔代夫正处于淡旺季之间，游客还不多，整个水下餐厅里只有三两桌的客人。

沈暮坐在餐桌前，托着腮，晃荡着双脚欣赏海景："好想快点儿天亮啊。"

她迫不及待地想出去玩儿了。

江辰遇剥出龙虾肉放到勺子里，笑了笑："先好好地睡一觉，你想待几天都行。"

他把勺子递过去，沈暮张嘴咬住它，嚼着马尔代夫鲜美的龙虾肉说："我想玩儿水上的滑梯。"

"你敢下水了？"江辰遇调侃她。

"不敢又没关系。"沈暮眨眨眼，调皮地笑起来，"你在水里接着我。"

江辰遇轻挑眉毛，原来她是打的这个主意。他唇边浮着淡淡的笑意，安静地剥着龙虾。

沈暮没听到回答，低低地"哼"了一声："你不乐意吗？"

江辰遇纵容地拖长尾音说："乐意——"

他将新剥好的龙虾肉递到她的嘴边，俊眸里含着笑意。他说："家里你说了算。"

沈暮眉眼弯弯，眼里荡漾着欢喜。她用甜美的声音说："你最好了。"

她张开嘴，一口含住龙虾肉："方特助说我们住的别墅有两层套房，有一层在水下，应该就和这里一样。如果看到鲨鱼，那不是整宿都要睡不着了？"

沈暮捏着吸管，搅动着杯里的果汁，说完话低头喝了一口果汁。

"那正好。"江辰遇用湿帕擦了擦手。

沈暮不解地抬头："啊？"

江辰遇抬了一下眼："我们可以做点儿要紧的事。"

他的语气温柔得犹如微风拂叶。只是他太过温柔了，沈暮总觉得他那浅笑的眼神里暗含着危险的意味。

琢磨了一会儿后，沈暮还是问了："什么要紧的事？"

江辰遇抿了一口葡萄酒，放下高脚杯，慢悠悠地说："我被奶奶教训了一个多小时。"

沈暮："……"

他的语气温和平静，她听不出任何情绪，但预感到不太妙。毕竟当时被奶奶催着要孩子，她把过错全推给了他。

确实是她害得他被奶奶训了好久的话。沈暮良心未泯，还是怀揣着那么一些歉意的。

可她再仔细想想呢，那晚自己都明示要准备生宝宝了，确实被他周旋了过去，尽管他的初衷是为了她着想。

"本来就是你不想要小孩儿……"沈暮嘀咕道。

她的声音很低，低得让人难以听清。但江辰遇偏偏就听清了她的话，轻轻地笑了一下。

"那我开始努力。"他说，语气半真半假。

沈暮分辨不出他是在认真地说话还是在开玩笑，她的脸颊微红，体内有害羞的因子在作祟。

"这……这有什么好努力的？"沈暮咳了一声，捋捋头发，若无其事地说，"这也不全是你的错。"

她托着腮佯装看海景，一副善解人意的模样。

江辰遇慢条斯理地笑着："是谁跟奶奶说得那么委屈，怪我没有满足她的？"

沈暮呆了一呆。他的措辞是不是奇怪了点儿？什么叫"没有满足她"？

沈暮咬住吸管，看他一眼，嗫嚅道："你好好说话。"

江辰遇笑而不语，没答应，但也没再追着沈暮欺负。他伸手取过她的碗，给她盛了一碗汤。

"那个……"沈暮想到什么事，顺势岔开话题，正儿八经地问道，"秦教授谈过恋爱吗？"

江辰遇把碗轻轻地放回她的面前："怎么了？"

"我想知道嘛。"沈暮撒了一下娇。

"他……"江辰遇略作回忆的模样，说，"大学的时候交过女朋友。"

沈暮舀了一勺汤正想低头喝，动作却顿住了。她抬起头，有一丁点儿惊讶。

她还以为秦老师那样的人在高中肯定是一个一心只读圣贤书的学魔呢，想不到他还早恋。

"你们上大学时是同班同学？"

"嗯。"

"那他有过几个女朋友呀？"

"一个吧。"

沈暮用手心托着下巴，用指尖在自己的脸颊上点了点。她略带狐疑地思索着："这么多年他就谈过一个女朋友呀……"

"他们是大学毕业分的手，好多年了。"

江辰遇说完话，凝视着她淡淡地笑了一下，眼神里却透出一丝危险。他问道："你向我打探其他男人，安的什么心思？"

这人真是越来越小气了，她连问问都不行。明天他该不会连泳衣都要她穿连体长袖的吧？

沈暮否认得很果断，郑重其事地说："今天上午喻涵和秦老师一起回来，你就没发现他们怪怪的吗？"

"怎么个怪法？"江辰遇用修长的手指轻叩杯壁。

沈暮撑着桌面，把身子伏过去些，将声音压到最低，一字一句地告诉他自己发现的小秘密："我看到秦老师的脖子上有吻痕。"

这倒是让江辰遇感觉到了一瞬间的意外。但他见多了世面，淡定地说："你观察得倒是仔细。"

沈暮在这双俊眸的含笑注视下，脸一红。她忽然有些不好意思。

当时她是无意间看到吻痕的。那两个人只说车出了点儿问题，在迪士尼乐园附近的酒店里将就过了一夜，她就没再追问他们。

现在她越想越觉得事情不简单。再说了，吻痕长什么样，她还能认错吗？

"你说他们俩是不是有情况？"沈暮正色地问道。

她以前从没有过这样强烈的第六感。

"那也不是没有可能。"江辰遇叉了一只虾球喂到沈暮的口中，笑着认同她的看法。

沈暮点了几下头，也觉得可能性很大，那俩人很有问题。

不过沈暮认为秦戈人很不错，所以这是好事，就是喻涵似乎很怕他……

沈暮斟酌了一下，想着不如回酒店后她给他们拉个微信群吧。

咽下他投喂的虾球后，沈暮舔了舔嘴角旁残留的汤汁："秦老师和前女友是因为什么分的手呀？"

他这人哪怕是随意地吃一口东西，骨子里都透着斯文和优雅。

江辰遇边吃饭边不紧不慢地回答道："老秦大学毕业后还要硕博连读几年，异地恋太久，有矛盾不能沟通，感情淡了。"

沈暮皱皱眉，情侣分居在两地，感情就容易淡了吗？她没这方面的经验，并不能完全理解这件事。

她只知道和喜欢的人分离很痛苦。那回她以为自己要独自去法国，就对此深有体会。

沈暮沉思片刻，说："我设身处地地想了想，如果现在我们要分开很多年，我也会难受，但感情绝对不会淡。"

她温声细语地说得很认真，并且这番话能轻易地取悦一个男人。

沈暮停顿了一下，冲他微笑："因为我要是不高兴了，你肯定会哄我的，对吧？"

江辰遇凝视着她白净精致的脸，嘴角弯起的那抹弧度变得越发温柔。

"对。"

海岛上他们入住的那栋别墅的确如方硕说的一样，有水上和水下两层。

沈暮和江辰遇自然要住在海底的套房里，方硕和管家便住在地面上常规的房间里。

坐了八个小时的飞机还是有点儿累的，沈暮原本想着回到酒店里舒舒服服地睡上一觉，可一进房间里就完全像个刚刚涉世的孩子，看什么都觉得新奇。

从特大的浴室、宽敞的卧室再到客厅都是由一百八十度全景的玻璃打造的，海底的景观比刚刚他们在餐厅里看到的更壮丽。

四面八方都游动着叫不出名字的、大大小小的海洋生物，让人恍惚地以为自己也是一条生活在海里的鱼。

沈暮在餐厅里只看到了种类繁多的小鱼，但在别墅的海底套房里竟然看到了好多条小鲸鲨。

"我觉得我今晚睡不着了。"沈暮站在卧室的中央，仰头望着海底壮阔的景象。

江辰遇将脱下的西装外套随意地放到沙发上，解开袖口，走过去："你害怕吗？"

沈暮摇摇头，一秒也舍不得移开视线："这也太漂亮了，造物主好神奇。"

江辰遇轻轻地笑，用双手从她的身后环过她的腰，将她搂住，用温热的唇吻了吻她的耳垂："乖，去洗澡。"

他的嗓音缱绻含笑，带着略微的沙哑。若在平常，沈暮肯定能听出他的不怀好意，但这会儿光顾着看美景去了。

沈暮回过头，眼睛很亮。她说："我想泡澡。"

她舒服地泡在浴缸里，隔着全景玻璃观赏海底世界，这想来就十分美妙。

江辰遇轻挑眉毛，觉得这个主意不错。

"好。"江辰遇俯身，在她的嘴角上轻轻地啄了一下，"那我们一起洗澡吧。"

沈暮微愣着，一时没反应过来。

江辰遇已经转身走到浴缸旁调节水温。

浴缸很大，容纳两个人绰绰有余。温水被放好后，沈暮站在浴缸边，低头解着腰间的裙带。江辰遇却先走过来，把一盒措施放到洗手台上。

沈暮发着蒙，用手心捂住胸口。

金属扣"啪嗒"一下被打开，江辰遇扯出皮带，也把它随手放到台面上。而后他解开衬衫领口的纽扣，朝她走近。

沈暮的心突然跳得飞快，她问道："你要干吗？"

江辰遇垂眸扫了一眼她平坦的腹部："努力。"

玻璃穹顶的上方游着成群结队的鱼，浴缸紧挨着玻璃壁，他们像是能和鱼群亲密接触，"哗啦啦"的水声此起彼伏。

他们不知在水里亲热了多久，沈暮突然被他拉起来，站在浴缸里。她把掌心压到玻璃壁上，身前的绵柔之物也被迫贴在冰冷的玻璃上。

沈暮觉得凉，颤了一下。

成千上万条鱼在附近的海域里游来游去。

沈暮双眸里升起一团雾气，四肢丝毫没有力气。想到在海底做这样的事，她只能咬唇忍着不出声，面红耳赤地将脸侧过去，避开海里的那一双双眼睛。

次日她肯定是睡到自然醒。沈暮哼哼唧唧地在江辰遇的臂弯里扭了扭，懒懒地掀开眼皮，入目的是一片海蓝。

她迷糊着愣住，仰了仰脑袋，便见床头的玻璃外游着一条小鲸鲨。

"妈呀！"沈暮蓦地往江辰遇的怀里钻。

江辰遇被她的动静惊醒了。她一躲进他的怀里，他便将人拥紧，摸摸她的头："怎么了？"

"鲨鱼……吓我一跳……"沈暮这会儿被吓得清醒了，把脸蛋儿往他的胸膛上蹭，向他控诉。

江辰遇笑出一点儿气音来，说："胆小鬼。"

沈暮本想嗔怪他，再踢他一脚。但此刻他的嗓音里含着睡醒后的沙哑，那样温柔迷人，一时间她突然就不知道该往哪儿发小脾气了。

"它真的很吓人的。"沈暮声音里带着一点儿委屈的鼻音。

江辰遇吻吻她的额头，又拍拍她的背，哄小孩儿似的温声细语地说："宝宝乖，不怕，不怕。"

沈暮的心一下子就软成棉花糖。好吧，她不跟他计较。她软软地"哼"了一声，戳戳他的胸口："你是不是很会带小孩儿？"

"没实践过。"他笑着说，又问道，"做什么？"

沈暮把脑袋从被窝里移出来些，枕到他的胳膊上："我觉得你很有潜力。"

· 511 ·

他们以后有了宝宝，带宝宝的事好像不需要她操心呢。

江辰遇耐人寻味地一笑，用被她枕着的那只手轻轻地捏着她的耳朵："你是在暗示我吗？"

"没有！"沈暮想也不想地否认道。

她才不是在暗示他，要他快些把那盒措施用完，早生贵子。

可话音刚落，沈暮又觉得有些不对劲了。她怎么有种不打自招的感觉呢？

沈暮心想不能躺在床上和他多聊，容易生事端，于是踢了一下他，娇软地嗔怪道："你快起来啦，我想出去玩儿。"

江辰遇轻轻地笑："好。"

昨天一觉醒来时，他们还是在北城的远洲酒店里。今天起床后，他们就在马尔代夫了，像在做梦一样。

马尔代夫没有都市的车流和高楼，天空晴朗，阳光细细柔柔地倾洒在这些美丽的群岛上。

这里是印度洋上的一颗遗珠。放眼望去，整片清澈见底的海水是浅浅的碧蓝色，水清沙白。

江辰遇牵着沈暮在白色的珍珠沙滩上散步，脚下的白沙像粉末一样柔软。

沈暮穿着一身粉蓝色吊带的碎花长裙，长发用丝带侧编成麻花辫。她戴了一顶宽檐的白色蕾丝边草帽，唇红齿白，肌肤如雪。她完完全全就是个温柔甜美的小仙女。

沐浴在暖光和舒服清凉的海风之中，沈暮环顾着美景，忽然笑了一声。

江辰遇透过茶色的墨镜看向她："你笑什么？"

"开心呀。"沈暮笑盈盈地回望过去，"我第一次出来旅行。"

"你以前都没旅行过？"

沈暮摇摇头："小时候只有奶奶会带我玩儿，但她年纪大了不方便出远门，我们去得最多的地方就是迪士尼乐园。"

江辰遇伸出指尖，拨开她被风吹到嘴边的发丝。

"后来我就去法国念书，但也没有好好地出去玩儿过。"沈暮停下脚步，抬头看着他说，"如果上个月和你一起在巴黎算旅行的话，那现在就是我第二次旅行。"

清风拂过她的长裙，一片粉蓝色轻轻地飘动。她的眉眼间含着笑意，她提及过往的时候，眼里不再是黑白的颜色，取而代之的是明艳的色彩。

江辰遇注视着她的草帽下那双清澈的眼睛，顷刻后说："以后无论去哪里，我都带着你去。"

在他温柔的注视下，沈暮的心里漾起融融的暖意。

"万一我要去外太空呢？"她调皮地抬杠道。

江辰遇捏捏她的鼻尖："这么有冒险精神？"

沈暮"咯咯"的笑音犹如林籁泉韵，随后她略歪脑袋思考了一下，认真地回答道：

"那我想看极光。"

江辰遇挑了挑眉毛，对此也有几分兴趣。

"罗马神话说极光是黎明女神欧若拉，看见极光的人注定幸福。而且我听说对着极光许愿很灵。"沈暮眼睛亮亮的，里面是女孩子特有的单纯和憧憬。

江辰遇的眼里含着笑意，他说："阿拉斯加、苏格兰、冰岛、挪威、俄罗斯，你想去哪儿看极光？"

沈暮倒觉得出乎意料了，问道："真去啊？"

江辰遇点头，笑意加深。

沈暮甜甜地笑起来，露出牙齿："那我要好好想想。"

她扬起卷翘的睫毛，直直地凝视着他："我奶奶说的果然没错。"

江辰遇一直在看她："她说了什么？"

"她说结婚要找年纪大的，年纪大的男人懂得照顾人。"沈暮短促地偷笑了一下。

啧，这姑娘又开始调侃他老了，看来昨晚他还是太温柔了。江辰遇轻轻地眯起俊眸，开始思考今晚要怎么把她收拾得更服帖。

这人薄唇旁的淡笑犹在，但沈暮从他幽深的眼神中瞧出了几分不对。

她好像……要完呢。沈暮瞬间安静下来，轻轻地一咬唇，突然想到讨好他的法子，说："你在这儿等我。"

说完她扭过头，迈着小碎步跑向海边。她薄薄的裙摆飞扬着，江辰遇望着她的背影，还真听了她的话，乖乖地站在原地等她。

马尔代夫干净的阳光洒落在她的身上，露在吊带裙外的奶油肌白得发光，她撩起粉蓝色的长裙在海边蹲下，翻着白沙，似乎在找东西。

这个画面很美。粼粼碧水，万里晴空，画面自带柔和的滤镜。江辰遇摸出裤袋里的手机，点开相机。

过了一会儿，沈暮笑逐颜开地从海边跑回来，手里捏着一只贝壳，贝壳是浅紫色的。

"给你！"沈暮把贝壳递到他的面前。

江辰遇放下手机，慢悠悠地接过贝壳看了两眼，笑着说："你去了这么久，就找了这个？"

沈暮颇为无辜地说："紫色的贝壳代表生生世世的爱。"

什么叫"就找了这个"？她可是花了心思的。

江辰遇垂眸重新端详指间的紫贝壳。很奇怪，他忽然就觉得这东西怎么看怎么好看。他噙着笑说："我收下了。"

沈暮笑盈盈地看着他，十分乖巧甜美。

随后江辰遇把自己的手机递给了她。

"什么呀？"沈暮好奇地接过手机，用一只手遮住耀眼的光线，看到屏幕上的照片。

其中一张照的是她从海边跑回来的瞬间：她笑得很甜，一只手拿着紫贝壳，另一只手压在草帽上，麻花辫尾端的蝴蝶结的白色丝带飞扬着。

从美学的角度来看，这几张照片无论是色彩还是构图都值得称赞，和上回他在埃菲尔铁塔下的旋转木马旁拍的那几张被她嫌弃的照片截然不同。

现在的他，完全能够和菲娅的摄影师前男友媲美了。

沈暮惊奇地抬眸："你拍的？"

江辰遇慢悠悠地回答道："嗯，这回你满意我拍的吗？"

沈暮对江辰遇突飞猛进的拍照技术难以置信。在她的印象里，她在巴黎时已经见识过了他的真实水平。

"你该不会是找女模特苦练过拍照技术吧？"沈暮不假思索地问道，语气里夹杂着不满和醋意，眼神敏锐地盯住他。

所以他才会突然变得这样厉害。

江辰遇屈指轻敲她的脑门："胡言乱语。"

沈暮往后躲了躲："那你为什么突然拍得这么好？"

这很难吗？江辰遇漫不经心地说："我让方硕找了几个摄影教程，看了看。"

沈暮狐疑地问道："就这样？"

他笑："就这样。"

这就是传闻中的学神吗？他极快地从摄影的门外汉成为专家，太厉害了。

"肯定是这儿的风景太美了，随手拍都好看。"沈暮找了个合乎情理的理由。

江辰遇含笑点头："也是。"

其实沈暮的心里早就流淌着糖浆了。她刚想夸夸江辰遇，他先慢条斯理地笑着说道："我老婆太漂亮，怎么拍都好看。"

沈暮内心荡漾起一圈圈的涟漪，抿着嘴角说："江总不是见过很多漂亮的女生吗？之前在纽约 SOUL 创刊十周年风云盛典，你被那么多大美人围着。"

她像个记仇的小媳妇。

江辰遇眼底的笑意加深，问道："有吗？"

他一副毫无印象的模样，说："我只仔细看过你。"

沈暮没压住唇边的笑意，笑意瞬间就漾了出来。这时从远处结伴走来四五个年轻的欧洲女人。她们大概有二十四五岁，拿着游泳圈。

"哥哥，我们的游泳教练临时有事，你可以教我们游泳吗？"她们娇声娇气地问道，勾搭的意味不言而喻。

江辰遇今天不似往常穿着矜贵笔挺的西装，只穿了一件纯色的打底黑 T 恤，搭配简约的雾灰色沙滩裤。饶是这样，他也别有气质。他那张俊脸和完美的身材足够招女人喜欢。

沈暮见她们穿着性感的比基尼，露了不少勾人的地方，慢慢地皱起眉头。

江辰遇还没说拒绝的话，沈暮往前走了一步，护食似的挡在他的身前，用英语流利地与她们交流："抱歉，我老公不会！"

那几个欧洲女人面面相觑，似乎对此感到惊奇。

"老公？"其中一个前凸后翘的女人上下地瞧着她。

沈暮被这种打量的目光看得很不舒服。虽说欧洲人确实思想开放，可她们这样明目张胆地勾搭有妇之夫，道德也太沦丧了。她们都看不到她的存在吗？

沈暮在心里这么想着，同时也在告诉自己面上不能失了正室的气势。

她挺了挺胸膛，自信地莞尔一笑："对。"

沈暮这样的女孩子白白净净的，看上去年纪很小。她又有着细胳膊和细腿，在健美的欧洲女人面前就显得越发清纯娇弱了。但她该有的地方都生得恰到好处。

女人挑挑眉，从沈暮的吊带领口处收回目光，转而朝江辰遇抛去一个媚眼，轻轻地甩了一下细软的金色卷发，才重新看向沈暮。

"我还以为你是他的妹妹呢。"她语气很随意，脸上带着半真半假的笑。

沈暮张开嘴，却欲言又止。她都说他是她的老公了，还要再怎么解释？她们就这么臭不要脸？！沈暮生气地撇撇嘴。

江辰遇的唇边翘起好看的弧度，他用两指摘下金丝细框的墨镜，把它轻轻地架到沈暮的鼻梁上。

"我太太确实年轻貌美。"他轻轻地笑着说，温和低沉的声音自带魅力。

他标准的英文发音十分温柔好听。他是在哄她，也是在说给旁人听。但他说这话时，目光始终落在沈暮的脸上。

沈暮抬眸，透过浅茶色的薄镜片望向他，从他的俊眸里看到了她自己，并且只看到了她自己。她开心了，笑起来。

江辰遇把她的宽檐草帽调整正了，自然地搂住她的细腰："该回去了，吃个午饭休息一下。你不是说下午想跳伞吗？"

"好呀。"沈暮声音甜美地说，完全是乖乖的小娇妻形象。

他们就这样依偎着慢悠悠地走了，那群欧洲女人还站在原地。

"我早就说不要问了，看吧，他对咱们没兴趣。"

"第一次见到这么帅的中国男人，近距离地看看也不亏呀。"

她们欢笑着向海边走去。

别墅内有专属的管家和厨师。他们回到别墅后，江辰遇陪沈暮靠在甲板上的吊床上。他们悠闲地吹着清凉的海风，等待午餐做好。

管家是一个漂亮的当地女人。她端着托盘走上甲板，给他们送新鲜的椰子。

"谢谢。"沈暮正好口渴了，欣悦地接过椰子。

女管家笑着将另一只椰子递给江辰遇时，才说了句："二位慢用。"

也许是因为女管家的声音十分妖媚，沈暮听了这句话后皱了皱眉头，盯着女管家走回别墅里。

江辰遇将椰子放到旁边的桌子上，一起被放在桌子上的还有他的墨镜和她的草帽。椰子是被冰镇过的，他的手也变凉了，他便用指背去蹭她的脸颊："你在看什么？"

沈暮转回脑袋，洁白的脸蛋儿上浮出些许的幽怨："我怎么现在看谁都像情敌呢？"

见她一脸地位受到挑衅的模样，江辰遇低低地笑了一声。

沈暮瞪他一眼。他还笑？！

"都是你。"沈暮不讲理地埋怨他。

江辰遇靠在枕头上，随意地屈着一条腿，伸过去一只手腕："这样，你找个手铐把我铐起来。"

沈暮在吊床上盘腿坐着，咬住吸管，吸了一口新鲜的冰椰汁，闻言迷惘地抬头："我铐你干吗？"

"让她们知道，我心有所属，唯你是从。"

沈暮并不是经常有小脾气的人，但在江辰遇的面前就另当别论了——她可以放纵自己的任性。

"那我得买个结实的手铐。"沈暮嘟起嘴唇。

江辰遇轻轻地笑，抬手摩挲她的唇，她刚喝过冰椰汁，唇瓣凉凉的。沈暮突然使坏，张嘴咬住他的手指。

她没松口，江辰遇也没躲。他把指尖往下压了压，将指尖抵到她冰冰凉凉的舌上。沈暮全身像有微电流窜过，忽然觉得舌尖有点儿麻，迅速地松齿退开，红着脸盯着他，把双唇抿得紧紧的。

周边是晴天碧海、热浪微风，气氛倏地带上了丝丝缕缕的暧昧。

江辰遇含着笑微蜷手指，似乎是在回味刚才指尖上冰滑湿软的触感。

"给你喝。"沈暮飞快地把椰子塞到他的手里，不让他再看她，随后扯过一个靠枕抱着。她今天用丝带侧编着麻花辫，眼下羞赧得面颊上如同扫了腮红。

她显得越发娇俏可爱。江辰遇愉悦地笑了笑，将椰子放到一旁，把她拽过来。沈暮被迫直起身往前倾，姿势从坐着变成跪着。

没等沈暮反应过来，江辰遇握着她的后颈，微微地偏过脸，含住了她的唇。他的吻犹如柔暖的风徐徐地拂过海面，他像是技艺高超的大师，极有节奏地带着她陶醉和沉沦。

沈暮起初"呜"了一声，后来慢慢地把双手环上他的脖颈。她伏在他的身上，开始回应他。

在这么浪漫的海岛上度假，他们沉醉于其中。

"江总——"方硕突然迈出别墅，声音和人一起出现，打散了这一刻弥漫在吊床上的粉色雾气。

沈暮打了个激灵，蓦地推开江辰遇，退到枕边，坐得端端正正。

目睹这一幕的方硕倒吸了一口气，猛地转身想溜，但身后先响起了老板冷淡、低沉、沙哑而含着情意的声音："什么事？"

方硕深深地呼吸，平复了一下心情。他扯出笑容，硬着头皮回头，拿着平板电脑走过去："也没什么，就是我做了一份这几天的游玩安排，想给您和……老板娘看看。"

沈暮的心脏跳动得本就不稳定，她听到这声称呼，心酥得要命。她害羞地抱着椰子，沉默不语地低头喝椰汁。

从两个人嘴唇上的口红足以看出方才的情况有多激烈，方硕心虚地咽了咽口水。

他可真是太多余了。方硕不敢乱看，垂下眼讪讪地一笑："我不知道您在忙，下次注意，下次注意。"

他说完这话，沈暮低低地咳了一声，双颊又热了几分。

江辰遇不冷不热地看了他一眼，接过平板电脑，把它放到沈暮的面前，慵懒而慢条斯理地说："你老板娘说想看极光，你把这个安排进后面的行程里。"

"明白，明白，我这就去！"方硕如蒙大赦，麻利地三两步跑回别墅里。

确认方硕不在了，沈暮才收回目光，抿抿唇。

江辰遇伸手捋捋她被弄乱的麻花辫，轻抬下巴向她示意吊床上的平板电脑："你看看？"

"噢……"沈暮甜甜地应了一声，用冰冷的掌心摸了摸自己滚烫的脸。

虽然刚刚有那么一刹那，沈暮羞耻得想一脚把方硕踹进海里喂鱼，但不得不承认方硕做事尽职尽责、全面周到。沈暮压根挑不出这份行程计划的刺来，方硕的能力完全对得起他的薪资。

"跳伞、水上飞机、私人沙滩晚餐、双人潜水艇、夜钓……"沈暮一项项地看过去，咬咬吸管，很满意。

午餐以当地的特色海鲜和水果为主。吃饱喝足后，沈暮又懒懒地躺回吊床上休息，对下午的跳伞满怀期待。

她置身于岛屿之中，望出去，视野里皆是清澈浅蓝的海水和白色的沙滩。这里静谧无比，仿佛和外面是两个世界。她第一次体会到原来放松是这样的感觉。

其实江辰遇也是同样的心境。他从小便开始接触家业，后来读完博后接管整个江盛，这么多年来经历的一切都与工作相关。

他哪怕时常去各地出差，也从来不是抱着闲心去的。而现在他抛开所有的工作，和爱人在旅行中放空。他发现他不仅带着她学会了勇敢、开朗，也让自己重新享受生活——往后的余生里，他都要和她在一起生活。

沈暮闭着眼睛，脑袋枕着他的腿。江辰遇展开一条小凉毯给沈暮盖上时，她又睁开了眼。

"睡个午觉。"江辰遇揉了揉她的头。

"我想到一件事情。"沈暮翻过身，仰头看他。

江辰遇问道："什么事？"

沈暮倏地坐起来，探身摸过桌上的手机，用手指灵活地操作了两下。不一会儿，江辰遇放在桌上的手机响起提示音。

江辰遇取过手机，看到微信里多了一个四个人的新群聊。除了他俩还有一个人是秦戈，另一个人不在他的好友列表里，但他能猜到那是喻涵。

江辰遇轻轻地笑："你在打什么主意？"

"我给他们拉个群呀。"沈暮抬眸，眨眨纯真清澈的眼睛，"增进他们的感情，万一他们真成了，多好！"

她这个想法还挺有意思。

江辰遇挑眉："增进感情？让他们私聊不好吗？"

"你不知道，喻涵最怕老师了。别看她风风火火的，以前读书的时候看到老师立马绕道走，所以……"沈暮放低声音，悄悄地告诉他，"喻涵对秦老师有心理上的恐惧。"

江辰遇故作恍然大悟状，唇边勾起气定神闲的弧度。他问道："那你准备怎么促进他们的感情？你怎么解释这个群的存在？总不能直说是相亲群吧。"

"我……"沈暮瞬间有点儿傻眼，"还没想好。"

江辰遇笑着问道："拉群之前不考虑清楚，你不怕他们更尴尬？"

沈暮一下子泄了气，用温润的双眸委屈地望过去："你是说我鲁莽了吗？"

江辰遇笑而不语。

沈暮低低地"呜"了一声："那怎么办？拉群都拉了……"

她鼓鼓脸颊，用手攀住他的胳膊晃了一晃，撒娇道："你想想办法，说句话嘛。"

这时，群里先有了动静，两个人的手机同时响起提示音。

秦戈："这是狗粮观众群？"

喻涵："［暗中观察.jpg］。"

"哎呀，快回，快回……"沈暮用一只手拿着手机，用另一只手扯住他的衣袖，顿时手忙脚乱起来。

江辰遇啼笑皆非，用两指轻掐她滑腻的脸蛋儿，而后垂眸从容地敲字。

江辰遇："我和暮暮的婚期在即，劳烦二位担任伴郎和伴娘。"

沈暮看到微信上他发的这句话，眼睛倏然一亮。她笑盈盈地说："你好聪明呀！"

沈暮机灵地顺势往下问。

沈暮："秦老师方便吗？"

秦戈："你俩结婚，我当然辞职也要腾出空来。"

秦戈："小涵呢？"

喻涵："……"

喻涵突然被点名，发了一串万念俱灰的省略号后，死寂了三秒。

沈暮见状忙不迭地盘腿坐正，认真地敲起字来。

沈暮："喻涵肯定来的。"

一个表示乖巧的表情包紧随其后出现在屏幕上。

事态到了如此境地，喻涵已经没有装死的机会了。她坐在影视城里的某个休息间的小马扎上，盯着屏幕，两眼发昏。她这是千防万防却没防住自家的姐妹。

沈暮把她和那谁关在同一个群里，完全就是在折磨心理脆弱的她。

喻涵深吸一口气，保持冷静，开始周旋。

喻涵："这伴郎、伴娘，不能只有我俩吧？"

她宛如一个杠精，揪住一点儿破绽就刁难。

秦戈："这倒是。"

喻涵："是吧。"

秦戈："再拉点儿人进来？陆彻？"

沈暮被他们突然的默契堵住了嘴，无言以对地望向江辰遇，在他含笑的目光里忽然又想到了办法。

沈暮："现在伴郎和伴娘只有你俩，其他人后面再通知啦。"

喻涵："那你们的婚期定了吗？"

秦戈："是呀，婚期呢？"

"他俩怎么像妇唱夫随似的……"沈暮"呜"了一声，苦着脸，对付不了他们。她指尖点在屏幕上，迟迟没回复。

沈暮抬眸，抓住身边的男人的手腕又摇又晃，求助他："婚期……婚期是什么时候？"

她要怎么说呀？

江辰遇从容淡定地在吊床上坐着，屈着一条腿，那条胳膊随意地搭在膝上，被她拽得微微地晃动。

他失笑地说："婚期不得问你？"

只要她高兴，他没有任何意见，并且巴不得尽快将彼此的婚姻关系公之于众。

沈暮琢磨了一会儿。她把时间说得早了容易露馅儿，但也不能说得太迟，不然显得建这个群没什么意义。

几经思考后，沈暮"嗒嗒"地敲字。

沈暮："年后。"

江辰遇看到群里她说的这句话，薄唇轻轻地勾起弧度，目光从屏幕上转向她。他说："十月了。"

沈暮正等着那两个人的反应，闻言抬了抬眼帘，眨着天真的双眸问道："嗯？"

"我是不是应该开始找人准备婚礼了？"江辰遇带着意味深长的笑容慢悠悠地说。

沈暮听出他正借机诱哄她，脸颊微红，心里却有丝丝温柔甜蜜的喜悦。她不甚在意地拨了拨鬓发，又假意忙于聊天儿没空分心，说："你随便啦。"

江辰遇含着笑，无声地点了点头，懂了她的意思。沈暮想再找些话题给喻涵和秦老师牵线搭桥，但江辰遇转眼间就没收了她的手机，让她先午睡。

下午她要跳伞，还想玩儿水上滑梯。度假是放松不是受罪，她当然得先休息足了。

反正人都在群里了，跑不掉，她也不急于一时完成牵线搭桥。沈暮便枕回他的腿上，乖乖地闭上眼睛。

马尔代夫午后的骄阳破开云层，而北城的影视城正值日落时分，夕阳的斜晖渐淡。

喻涵依然坐在小马扎上，打字的速度迅猛到起飞。她带着咆哮般的气势给沈暮接连发私信。

喻涵："说！"

喻涵："你意欲何为？！"

喻涵："你想谋害前夫是不是？！"

喻涵："别跟我扯伴郎、伴娘，我还不了解你？！"

喻涵："爱没了！爱没了！爱没了！"

但沈暮当时靠着江辰遇舒舒服服地入了梦，对喻涵的微信轰炸一无所知。

阿珂抱着盒饭走到她的面前："喻涵，你吃完饭搭慧琪的车回酒店去吧。"

喻涵抬眼瞧了瞧，吸口气，暂时休战。她放下手机，接过盒饭："晚上没我的事了？"

"就拍两场戏，用不着你跟妆。"

阿珂坐到她旁边的马扎上，拆开盒饭的塑封盖，扬了扬两道黑眉："不错呀，今晚的饭有虾有鸡腿。"

喻涵从进了这个行业当实习生起，就是阿珂带领的她。虽说平常他们打闹斗嘴不忌讳，但阿珂也算得上是她的半个老师，在专业上一向精益求精地要求她。

故而他方才额外给喻涵放假，她还有点儿感动。她沉默片刻，盯着温热的盒饭微不可闻地叹了口气，低头拆盒饭："算你有良心。"

"最近你遇到什么事了吗？"阿珂咬了一大口鸡腿肉，看似很随意地问道。

"遇到了屁事。"喻涵想也没想地说。

阿珂吃着饭说："那你这两天怎么魂不守舍的？"

喻涵对这样的形容极度不满，用蛮力"啪"的一下掰开竹筷："你说谁呢？"

阿珂知道她的性子，她能在潇洒和暴力之间来回切换。他说："我就是关心关心你，收……收着点儿！"

他不是在说她化妆时走神儿，化丑了演员的妆吗？喻涵狐疑地瞅他两眼。

"你真没事呀？"阿珂怎么看她都觉得不对劲。

平日里她在工作之余不是嘻嘻哈哈就是偷偷地摸鱼，现在老自己蹲在角落里发呆，好像一只遭受了霹雳的呆头鹅。

喻涵拧起眉，嫌他唠叨。"有鬼的事"四个字刚要涌出嘴边，喻涵想了想，将话咽了回去。

"哎，"喻涵屈肘捅了阿珂一下，"请教你一个很严肃的问题。"

阿珂边吃饭边侧耳倾听。

喻涵清清嗓子，正儿八经地道："事情是这样的，我的一个姐妹某天晚上和一位男士去吃夜宵，结果不小心喝醉了，稀里糊涂地咬了人家，你说这个……碍不碍事？"

这段话的信息量颇大，阿珂嘴里的鸡腿"啪嗒"掉回餐盒里。他目光呆滞地回看她："你咬谁了？咬哪儿了？"

"脖子……不是我，是我姐妹！姐妹！哪句话说是我了？！"

喻涵反应激烈。

阿珂的眼神突然变得敏锐，他似能看破一切地说："能让你愁成这样的姐妹，是小暮吗？她能咬谁？咬江总？"

阿珂略作停顿，若无其事地一笑，耐人寻味地压低声音说："人家那是情趣，你操心什么！"

喻涵像看傻子一般看着他。

阿珂留意到她的眼神，稍稍挺直脊背："也不是她？"

罢了，罢了。喻涵放弃询问，无语地摆手："你吃，你吃，吃你的饭。"

阿珂重新叼住鸡腿，口齿不清地说："喝醉了咬人，可能是有什么大病吧。"

喻涵："……"

按理说她这时候该一拳挥过去了。但听完这话，喻涵竟觉得有几分道理——她要不要去精神科挂个号？

"你说的那位男士现在在哪儿呢？"阿珂扒拉着米饭，含糊地问道。

喻涵愣愣地坐着，自顾自地想着事，用没有灵魂的语气说："他回南城了，学生都要开学了。"

"哟，这还是位老师呀！"阿珂放下竹筷，"啧啧"两声，提高声音问道，"可别是南大的秦教授吧？"

喻涵难以置信地怔住："你咋知道？"

"就是你被前男友气死的那回，早上我打你的电话你不接。我去叫你出发，结果看到秦教授从你的房间里走出来。"

喻涵："……"

阿珂继续说："好歹南大是我的母校，我应该没认错人。"

听到这里喻涵已然生无可恋。

阿珂摸摸下巴，思索起来："你们俩……"

"你住嘴吧！"喻涵夹起自己的鸡腿，把它一下子塞进他的口中。

太阳坠到了海平线下，马尔代夫明媚的阳光也逐渐暗下来。黄昏时的风从海面上拂来，无比清凉。

出海半日的游轮停靠在岛上，江辰遇牵着沈暮跳下跳板，他们沿着长长的木板路往别墅的方向走去。

"好开心哪！"沈暮连蹦带跳地走着，十分兴奋。

下午她体验了一万五千英尺的高空跳伞。从自由落体到开伞降落，整个过程里充斥着她从未体会过的惊险和刺激，相比之下迪士尼乐园的创极速光轮突然就逊色了。

江辰遇摸摸她的头："你的胆子还挺大。"接着他又调侃她，"之前在密室里你怎么被吓成那样，抱着我不撒手？"

"才不是，我怕黑怕鬼，但不恐高哇。"沈暮为自己辩解，鼓鼓脸颊看着他，"再说了，我抱你一下怎么了？不行啊？"

江辰遇含着宠溺的意味笑道："行。"

沈暮这才嫣然一笑，说："在那么高的天空中俯瞰大地，感觉特别好，跳完还有一种……"

她沉吟着思考措辞，江辰遇轻轻地笑着看向她。

"有一种烦恼都宣泄出去了，重新做人的感觉。"沈暮语气愉悦地说。

江辰遇翘起唇："你一点儿都不怕？"

沈暮仰头，也笑："跳之前还是挺怕的，但我想着既然来了，总要做点儿什么，不然太可惜了。"

"你呢？你怕不怕？"她眨着眼，狡黠地反问道。

江辰遇的眸色微沉，他很轻地笑了一声。

"怕。"他说。

可他当时哪里有害怕的样子？沈暮有些出乎意料地望着他。

江辰遇握着她的手，慢悠悠地走在海面上的木板路上："以前我不觉得有什么，现在总怕自己出什么意外，留下你一个人该怎么办……"

沈暮想嗔怪他不要乱讲话。但她还没说话，思绪微微地一动。

是呀，除了朋友，她好像只剩他了呢。他们安静地走了一小段路，沈暮突然停下，踮起脚往他的侧脸上亲了一口。

沈暮带着温润的笑容说："你会一直陪着我吗？"

身后的海面半明半暗，木板路底侧的光折射出海水的青蓝色，江辰遇静静地站着。黄昏到夜晚的过渡间，光影将他漆黑的双眸衬得更加深沉温柔。

他轻轻地说："嗯，我只陪你。"

沈暮笑起来，用细细的声音真诚地说："我好爱你呀！"

不知从何时起，她不再拘束，也不再如起初那样敏感。她起初总是小心翼翼地迎合他，习惯逃避，现在会大大方方地露出笑脸，至少在他的面前是这样的。

他们相视片刻，江辰遇的眼中掠过极深的笑意，他说："你再这么笑，今晚恐怕睡不了觉了。"

沈暮瞬间听懂他的意思。无论他这样说多少次，她的心还是会跳得飞快。

沈暮拉着他的手继续走，低声嗔怪他："走啦！"

晚餐被安排在离别墅不远的私人沙滩上，沙滩上有蜡烛、篝火和躺椅。这片静谧的小天地极具浪漫的情调，据说在这里看到的星星特别亮。

吃过晚餐，他们在沙滩上散了步，回来闲适地坐进双人躺椅里。这时，沈暮才看到自己被喻涵轰炸的微信。

"哎呀，我要被喻涵骂了……"沈暮枕在江辰遇的臂弯里，自言自语地拿着手机开始回复消息。

沈暮咬咬唇，最后试探性地发给她一张自己下午跳伞的照片。

大约过了五分钟。

喻涵："你想气死我？"

沈暮低笑出声，直入正题。

沈暮："你觉得秦老师怎么样？"

喻涵显然是蒙了，数秒后才回了一串问号。

沈暮："秦老师品貌端正，德才兼备，而且十分稳重，是个不可多得的好男人。你认为呢？"

喻涵也不知是不是心虚了，狂发十来个"发蒙"的表情包，将她的这句话刷了上去。

喻涵："闭麦，我玩儿着游戏呢。"

沈暮："玩儿什么呀？"

喻涵："斗地主。"

沈暮把双脚搭在江辰遇的腿上，半仰靠着躺椅，看到喻涵的这句话，忽然灵机一动。

她算了算国内的时间，现在是晚上8点多，还不晚。

沈暮："以前你常喊我陪你组队的那个斗地主的app（应用程序），是不是可以四个人玩儿？"

喻涵把app的图标截图。

喻涵："这个？"

沈暮："对！对！"

"你快把手机拿出来，我们斗地主。"沈暮踩踩江辰遇的大腿，随即退出聊天框，点进四个人群的聊天框。

沈暮："@秦戈 @喻涵"

沈暮："秦老师有空吗？要不要一起斗地主？"

江辰遇看了一眼怀里的姑娘，揪了揪她的耳垂，调笑道："你又有什么鬼主意了？"

"方特助之前告诉我，你弟弟和你弟弟的未婚妻就是因为游戏熟起来的。"沈暮相当正经地回答道。

所以，她就想组局斗地主，让那两个人培养感情？江辰遇被上心的她逗笑。

没多久，群里就有了动静。被点名的两个人几乎同时回复，但顺序还是分出了先后。

秦戈："哈哈哈。"

喻涵："［捕捉楼上，取名为儿子.jpg］。"

然而就在下一秒，喻涵迅速地撤回了她发的表情包。尽管喻涵撤回表情包的动作很快，但不幸的是，所有人都看见了表情包。群聊天框一时陷入寂静之中。

这样的情况显得有点儿尴尬，沈暮的嘴角微微地抽搐，她有那么一点儿感同身受，可也不晓得要如何帮喻涵打圆场。

倒是秦戈先开口。

秦戈："小涵。"

他只发了简简单单的两个字，别人看不出他的态度和语气，但可怕之处就在于他不明朗的情绪。

喻涵兴许在瑟瑟发抖。

喻涵："在。"

喻涵："［愣住.jpg］。"

秦戈："［当场抓获.jpg］。"

喻涵："……"

喻涵："［我尽量哭得很小声.jpg］。"

秦戈："［没一个字是我爱听的.jpg］。"

秦戈："［这座城里多了个伤心的人.jpg］。"

喻涵："［小脸煞白.jpg］。"

兴许表情包能化解网络聊天儿中的一切诡异的气氛，于是这两个人一来一回，就这么斗起了图。

他们斗图斗到最后，秦戈："［我知道你在找图并妄想打败我.jpg］。"

喻涵大概想就地挖洞钻进去。静悄悄地旁观了半天，沈暮早已见识过喻涵存的海量表情包，所以知道这绝对不是喻涵真正的实力。

在秦老师的面前，喻涵不发那些嚣张狂傲的表情包了。

见怀里的人攥着手机似在沉思，江辰遇握了握她的肩："还要玩儿斗地主吗？他们聊得不是挺开心的？"

沈暮抬起头，疑惑地看过去。他们开心吗？气氛难道不是越来越僵硬了吗？

"玩儿哪……"沈暮想了想，低头打字，终结了这场无休无止的斗图大会，呼唤他们来斗地主。

游戏开始前，喻涵突然开口。

喻涵："等等。"

沈暮："怎么啦？"

喻涵在游戏的方面十分精打细算。

喻涵："你俩在一块儿都能随时商量了。"

喻涵："有一说一，我觉得不公平。"

喻涵："［修拉之鄙视.jpg］。"

好像确实是这样。在二对二的斗地主中，虽然队友是明牌，但他们坐在一起更方便交流。沈暮刚想敲字，秦戈先发出一句话。

秦戈："不要紧，咱们打电话。"

喻涵："……"

沈暮看到后愣了，而后轻轻地"扑哧"笑了一声。喻涵当时肯定想掘地三尺，再在自己的坟头上贴一张"就你话多"的表情包。

沈暮忽然有了个小想法，眨着眼，眼巴巴地看着江辰遇："你的牌技好不好？"

江辰遇刚抿了一口茶，闻言笑了一下，不慌不忙地将杯子放回手边的桌子上："玩儿斗地主需要什么牌技？"

"你是什么意思呀？以前喻涵带我玩儿，我的胜率只有百分之二十……"沈暮不满地嘀咕道。

江辰遇轻轻地笑："扑克有很多玩儿法。"

他把玩着她的一缕头发，说的话听起来像是在安慰她。

"那你是不是很厉害？"沈暮仰起头，双眼亮晶晶的。

海浪拍打在岸边上，发出轻轻的响声，夜色下的私人沙滩静悄悄的。江辰遇也难得地放松下来，倚着躺椅，拥着她："还行吧，大学的时候，男生都会在寝室里偷偷地玩儿扑克。"

沈暮没想到他这么会玩儿牌，也没想到他也会做这样的事。她之前还以为他的青春里只有学习呢。

"你和秦老师是大学同学，那……"沈暮歪过脑袋，目露新奇地问道，"他玩儿得好吗？你俩比起来谁更强一点儿？"

江辰遇的思绪渐渐地飘远。他俩谁更强不好断定，但……

"老秦发红包比较多。"他笑着说。

沈暮也笑起来，有了打算，立马拿过江辰遇手里的手机，"啪嗒啪嗒"地用他的微信敲起字来。

江辰遇："输得最多的人回头请客。"

江辰遇看着她笑眯眯地按下发送键，她眼中的笑意越发深了。啧，她又在给那两个人创造相处的机会了，还是以他的名义创造。但他对自己的老婆能有什么办法？他当然要宠着她。

那边，秦戈率先表达了不悦。

秦戈："你嚣张成这样？"

江辰遇拿回手机，也没跟他废话。

江辰遇："开始吧。"

带着女生玩儿斗地主，男人总是有些胜负欲的。江辰遇和秦戈是策略型选手，步步都在揣测人心。喻涵也常玩儿斗地主——如她的人一般，她是斗地主的生猛型选手。

这么说吧，她极容易被"炸"出脾气，丧失理智后开始和敌方"对炸"，直到"炸"不过敌方，才会愤愤地罢手。

而沈暮这样温柔安静、鲜少玩儿游戏的女孩子，打牌时就尤其保守。她看了一眼自己的牌，牌有小的三连对、三张2、四个7、五个Q，还有几张散牌。

她是先手方的上家，想把小的三连对先打出去。

江辰遇提前制止了她："你先出三带一。"

沈暮出牌的手顿住，不解地皱眉，但还是听了他的话，将三张2带散牌先打了。

出牌后沈暮才问道："万一被他们'炸'了，那我的小牌怎么办？"

"三个2他们压不过，换一个'炸'也不亏。"江辰遇见她没明白，继续解释道，"你的三连对被压的概率太高，你又没有大的牌，到时候才亏。"

玩儿斗地主还有这样的路数？

"哦……"沈暮无疑是游戏黑洞，似懂非懂地点点头。

与此同时，在北城的远洲酒店里，喻涵趴在床上，看着对面一上来就打出了三个2。她此时不"炸"，更待何时？！

耳麦里响起男人温和低沉的声音："我不出，你过。"

喻涵出手的动作霎时间顿住。不情不愿地点下"过"后，喻涵忍不住弱弱地出声："不能放她走……"

秦戈不紧不慢地说："谁说要放了？你最小的都是王炸，我先来。"

向来冲动的喻涵竟头次听进去了道理，听话地小声应道："行。"

数秒后，秦戈打出了四个6。躺椅上的沈暮"哎呀"一声，倏地从江辰遇的怀里坐起来。

"我出吗？可我还有那么多的小牌呢……"出牌也不对，不出牌好像也不行，沈暮乱了阵脚。

游戏萌新慌慌张张的模样还有几分可爱，江辰遇笑着，也慢慢地坐起来："出。"

"真的呀？"沈暮嘴上迟疑地问他，手已经打出了四个7。

喻涵激动地咬着枕头，自认为没有再忍的道理，"轰"的一下，甩出大王小王这一对王炸。

秦戈惊呆了一瞬间。耳麦里，他用愣愣的语气说："小涵？"

秦戈的声音顿时浇灭了喻涵的气焰，她畏缩了一下，试探地发出一个轻音节："哎？"

秦戈有一瞬间的无语，但最后只是笑了笑，带着很不明显的无奈说："没事，你玩儿得挺好。"

其实喻涵玩儿游戏是人菜瘾大，这还是第一次有人夸她技术好。喻涵心情瞬间愉悦起来，憋笑两声，隐约带着点儿得意说："是吧？"

"嗯。"秦戈倒也肯定了她，或许这就是老师典型的鼓励式教育法。

秦戈过牌后，又轮到沈暮出牌。

"喻涵打牌还是这么凶……"沈暮嘟囔道，问身边的那人，"我出牌吗？"

江辰遇摇摇头："我来。"

"好。"沈暮乖乖地没出牌。

江辰遇打出一个五炸，分析给全程发蒙的姑娘听："她敢这么果断地出王炸，说明她的手里至少还有一个五炸。"

喻涵本就是极容易冲动的性子，开局就被连环地"炸"，一下子气血上涌。她想也没想，猛地从床上蹿起来，把五个 A 打出了要把全世界都炸掉的气势。

秦戈："小涵……"

原来女孩子打牌是这样的呀，比一群大老爷们儿都生猛，他今晚好像长见识了。

"这回他们没有五个 2 应该压不过我了。"喻涵塞了塞耳机，自信满满地说。

秦戈不露破绽地、真诚地问道："咦？你那边能看到我的牌吗？"

"能啊。"喻涵毫不犹豫地说。

她的语气还挺单纯，秦戈听后突然一笑："挺好！来吧，他们都要不起了，你出牌。"

游戏的界面上，对面的小夫妻都选择了"跳过"。

喻涵没听出秦戈话里的无可奈何，只觉得心里一阵雀跃。可短暂的喜不自胜后，她看着自己余下的那些零零散散的牌，蓦地傻了眼。她好像无从下手了呢。

"这个……"喻涵后知后觉地感到事态不妙，终于想起询问队友的意见，"我出啥？"

秦戈大概是放弃了想赢的念头，低声笑着叹气道："你怎么高兴就怎么来吧，一顿饭我还请得起。"

喻涵："……"

考虑再三，她在最后一秒小心翼翼地打出一张 6。

沈暮顺势就把散牌打了出去。

场上已经没有比五个 Q 更大的炸弹了，最终沈暮以五炸占据优势，打出了最后的三连对。

"我们赢了！"沈暮眼底盛满欣喜。

见她开心，江辰遇也乐在其中。

喻涵的私信随即而来。

喻涵："昔日的闺密终成敌军！"

喻涵："准备好，我要发威了！"

沈暮在江辰遇的怀里笑得前仰后合。

四个人分隔在三地，有着三个钟头的时差，却越发起劲地斗地主。这分明只是个基础的小游戏，可他们都玩儿得有滋有味。

马尔代夫月色溶溶，海上的星星格外明亮，一颗颗星星洒满黑蓝色的天宇。

方硕走过来，想给沈暮送望远镜，方便她赏星。但他一走近，就听到谁的手机里响起一句"快点儿吧，我等得花儿都谢了"。方硕止步，怀疑自己幻听了。

"我出三个9好不好？"那是他熟悉的老板娘甜美的声音。

随后老板温柔的声音传来："好。"

方硕拿着望远镜愣在不远处。他费尽心思筹备如此浪漫的沙滩晚宴，老板夫妇居然在这儿……斗地主！方硕叹着气，识趣地后退。他来也悄悄，去也悄悄。

今晚的牌局也是有意思，开始时江辰遇和秦戈掌局，到后来两个姑娘渐渐地越来越兴奋，最后俩男人倒是成了陪玩儿的人。

国内将近11点半时，这场游戏终因明日的工作而终止。

四个人的微信群里。

秦戈："行，我们愿赌服输。"

秦戈："你俩什么时候回国？这顿饭我先记着。"

江辰遇："过年的时候。"

秦戈："现在可才十月初，你们要在外面旅游三个月？江大总裁，您求婚的热搜可都挂好多天了，您也不回应一下？"

其实如果不是要回去过年，他们还能再旅游半年。江辰遇不以为意，但听到秦戈的后半句话，垂眸陷入沉思中。

沈暮的关注点不是这件事，她忙不迭地发问。

沈暮："喻涵呢？剧组还要多久杀青？"

她约这顿饭就是为了找时机撮合他们，吃饭肯定不能少了喻涵。

喻涵隐约察觉到她有阴谋，但思忖了片刻，还是回答了。

喻涵："年底。"

沈暮忽然开始发愁。那这三个月该怎么办呢？喻涵在北城，秦老师在南城，他们压根没有相处的可能。

"别想了。"江辰遇似乎看透了她的心思，好笑地捏捏她的鼻尖，然后把自己的手机递给她，"帮我下载微博。"

沈暮不知道他要做什么，狐疑地看他一眼，没问什么，低头操作手机："噢……"

当晚，一个新号发了一条微博。

@ 江辰遇："蜜月。"

配图是他白天拍的沈暮在海边捡贝壳的照片。

那边，喻涵和秦戈还连着麦。

秦戈说："很晚了，你早点儿睡。"

喻涵在床上抱着枕头，本想说"好"，但转念间斟酌一下，一闭眼睛，决定勇敢地面对死亡。

"那啥，"喻涵一改往日直爽的说话风格，支支吾吾地说，"那天晚上，我把您给咬了，抱歉……抱歉……"

喻涵良心实在不安，立马道："下回您再看见我醉了，赶紧躲远！"

那端的秦戈沉默了一瞬间，忽然发出一声低笑。

秦戈问道："你这次喝醉了还记着事？"

喻涵听完这句话后，不知为何忽然警惕起来，问道："我没做其他过分的事吧？"

秦戈用温和的声音慢条斯理地说："那倒也不是过分的事。"

他的意思是，她还做了过分的事？喻涵倒吸一口凉气，讷讷地问道："我还干啥了？"

秦戈安静三秒，随后说："你叫我……。"

酒店的卧室里瞬间变得鸦雀无声。喻涵呆呆地坐在那儿，呼吸都仿佛停滞了。

不是吧？对此她没有丝毫印象，不免开始怀疑这件事的真实性。

灵魂出窍片刻后，喻涵假装无事发生，勉强地干笑两声："您可真会开玩笑。"

"呵。"那边的人短促地一笑。

喻涵心里"咯噔"了一下，脖颈好似被高高地吊起来，不敢吱声了。

她可别是……真叫了他……吧？喻涵闭上眼睛，顿时万念俱灰，不愿再笑了。

"那什么来着……明天南大开学吧，您早点儿睡。"喻涵强颜欢笑，用轻快的声音说，"晚安。"

秦戈平静地答道："后天国庆节。"

南大放假一向慷慨。开学本就晚，又遇到国庆节，南大肯定假期后才开学。

喻涵愣住，意识到自己问了一个愚蠢的问题。她以前不是这样的……她以前很聪明的……

"睡吧，晚安。"秦戈倒也没多难为她，只是语气间似乎带了一点儿不明意味的笑意。

得了话，喻涵忙不迭地挂断电话。通话结束的那一瞬间，她死里逃生一般深深地叹了口长气。

缓和情绪后，喻涵随即点进沈暮的微信对话框，责问对方。

喻涵："小东西！出来！"

沈暮当时正吹着舒服凉爽的海风，吸着甜甜的果汁，惬意地窝在江辰遇的怀里看星星。桌面上的手机发出"嘀"的一声响，她伸手把它拿过来。

江辰遇把手心覆在她的脸颊上，问道："是谁？"

"喻涵。"沈暮看了一眼手机后回答，随后又低低地笑起来，"她来寻仇了。"

沈暮在他的胸膛旁寻了一个舒服的位置靠着，垂眸打字。

沈暮："怎么了？"

喻涵："你想干啥？！"

喻涵："我险些丧命于群你知不知道？！"

喻涵："我就差把人家供起来喊声秦……"

沈暮笑得合不拢嘴，说话却十分诚挚。

沈暮："我就是觉得秦老师是个不可多得的好男人，你错过了好可惜。"

喻涵惊呆了，一连打出三行问号。

沈暮："以前你还说我呢，这么关键的事你都藏着掖着，还是我自己发现的猫儿腻。"

喻涵："你说什么傻话呢？"

沈暮："在迪士尼乐园的那晚，你和秦老师一夜未归。"

沈暮："秦老师脖子上的红痕，我看见啦！"

喻涵或许是当场窒息了，大半分钟后才发出一串省略号。

喻涵："我们那是……"

还没解释完，喻涵就没了下文。她根本无从说起那件事，怎么说似乎都显得他俩的关系不对劲。

沈暮："我已经看出来了，你对秦老师很特别，和对别人都不一样。"

喻涵这会儿听明白了对方的意思。可她那是出于敬畏心，对其肃然起敬！

喻涵受惊之后，心如死灰。

喻涵："你居然……想让我和我这辈子最害怕的生物谈恋爱！"

沈暮："难道你对秦老师没感觉吗？"

喻涵像是被问住了，半晌没回信息，随后开始敷衍沈暮。

喻涵："哎呀，困死了，睡啦！睡啦！"

今夜的话题就这样被一带而过。沈暮心想来日方长，对感情的事也不能着急，便体贴地和喻涵说了"晚安"，重新窝回江辰遇的怀中。

海上的夜空一望无垠，广阔的银河望不见边际。沈暮在江辰遇温暖的怀抱里躺着，望着星空，整个身心都放松了下来。

"这里好美呀！我想赖在这儿一辈子不走了！"她情不自禁地感叹道。

江辰遇略微收紧搂她的臂弯，轻描淡写地说："明天我让方硕在这里购置一套房子。"

沈暮微愣，琢磨了片刻他的意思。难道他就这么随便地决定在此久居了吗？

"你是怎么回事呀？"沈暮扭过头，轻蹙秀眉，反倒先训起他来，"我是开玩笑的，你不管公司啦？"

他"工作狂"的人设都是假的，沈暮现在感觉这人放飞自我时比她还肆无忌惮。

江辰遇用指腹摩挲着她细腻的侧脸，全然没把那当回事："北城的项目敲定了，近期我没什么要紧的工作。"

他做事一贯有分寸，既然带她出来旅行了，那肯定之前把所有的事情都安排妥当了。沈暮也知道自己不需要多担心他。

她心绪慢慢地宁静下来，抬手攥住他摩挲她的侧脸的手指，用温柔的声音说："这里美是美，但我觉得这里的星星还是没有南城高塔塔顶的星星漂亮。"

江辰遇垂眼看她。她把脑袋枕在他的臂弯里，露出一张瓷白的小脸，望着遥远的星河。

江辰遇还没开口，手指就被沈暮拉到她的唇上，他的手指贴着她温热柔软的嘴唇。

"我们约会的那晚的夜景，是我见过的最好看的夜景。"她轻轻地说，声音甜美。

和心上人在一起时的风景胜过所有风光，最初的夜晚是其中最美丽的。

江辰遇用指腹抚过她的嘴唇，眉眼柔和——这个曾经畏惧社交、怯于表达的女孩子最近经常勇敢地向他表白。

她克服了以前很难克服的心理障碍，他很高兴。江辰遇的眸光里含着笑意，沈暮也正抬起头，目光和他的目光相融在夜色中。

他们相视片刻，江辰遇慢慢地低下头去。他的唇带着微微的凉意，和她的那两片温软的唇从相触到纠缠。沈暮颤了颤眼睫，轻轻地闭上眼，逐渐适应他慢吻的节奏。

他刚才品过茶，所以唇齿间留有茶香。茶香淡淡的，很清新，在双唇相依间又渐渐地变得温热醇厚起来。

沈暮的双臂不由自主地搂上他的脖颈，江辰遇便也侧过身去。搭在私人沙滩上的躺椅终于寸寸升温，生出这里本该有的浪漫和旖旎。

方硕见夜已深，思忖着他们的牌局应该结束了，于是又拿着望远镜往那里走。

那里果真再无"花儿谢了"的语音。方硕心里一喜，正要继续向前走，一声娇而婉转的"哼"声忽然响起。

沙滩上那簇篝火燃烧着，火苗轻轻地晃动。不远处的躺椅处在一片暗影中，让人看不清，但方硕察觉到不妙。

他蓦地屏息，再一次悄无声息地连连后退。先前是他误解了，领导并非不解风情，领导的情调不是他等凡人能想象的。懂了，他今夜不会再踏足此地。

次日上午，北京时间 10 点。

微博上，火爆了两天的求婚热搜还未降低热度，新的蜜月热搜又上了头条。

尽管原始的微博只是由一个无简介无认证的新号所发，但"江辰遇"三字和那张容貌熟悉的女孩子的照片足以掀起新一轮的讨论热潮。

于是，"江辰遇蜜月"的热搜直登榜首。有媒体向江盛官方求证，江盛公关部只是回答——那是江总私人的行程，他们不便过问。

答案模棱两可，却也显而易见。原来江总刚求完婚就出国不是去开拓海外的市场的，而是去陪小娇妻度蜜月的。

沉浸在那场迪士尼乐园的浪漫求婚中的网友还未平复一颗颗艳羡的心，转眼间又遭受到这记暴击。

全网失恋，号叫一片。

"啊啊啊……我哭得好大声！"

"终于等到老公注册微博，结果他和其他女人秀恩爱，我好不了了……"

"等等，蜜月是什么意思？是扯证了？！"

"众所周知的秘密不是才公开吗？就一点儿机会都不给我吗？呜呜呜呜。"

"这节奏不会明天就要官宣婚礼吧，哽咽了。"

"修神订婚了，江总度蜜月了，短短几日痛失两爱，我只剩喻白弟弟了，哭唧唧。"

…………

江辰遇的那条"蜜月"的微博下，评论亦如热浪般上涌。

"情敌成了我嫂子，羡慕了，苦恋多年的单身狗抹泪祝福。"

"终于不用自己抠糖了，正主发的糖就是香！"

"哇哇哇！嫂子绝美！"

…………

第十八章
终身浪漫

南大的教务处里。

虽说明天就是国庆节的小长假了，开学的时间也延后了，但秦戈今天还是去了学校，和其他老师商量这学期教课的任务。

人到齐之前，秦戈坐着随意地翻了两页书，已经来了的几位女老师在旁边"叽叽喳喳"地聊得起劲。

秦戈隐约听到"江总""蜜月"几个字眼，想了想，拿起手机看了一眼微博。

好家伙，果然有事发生。他迅速点开微信群讨伐他们。

秦戈："你俩高调得过分了呀！"

然而两位当事人还相拥在睡梦中。度假时他们相当疏懒悠闲，并没有及时看到消息。

不过刚化完女二号的妆的喻涵倒是瞧见了消息。这场戏在金銮大殿里拍，她习惯性地又坐到了角落里的小马扎上，边玩儿手机边等待补妆。

喻涵盯着聊天框陷入沉思中。她是回复他呢，还是假装没看见消息，就这么晾着他呢？如果她回复了，好像显得自己没什么骨气。可就这样让他冷场，喻涵又有点儿于心不忍。

右手的指尖还悬在那个"暗中观察"的表情包上，喻涵犹豫了很久，迟迟没动弹。这可真是令她为难呀……

就在喻涵的思想斗争进行到白热化之际，阿珂神不知鬼不觉地出现，突然撞了她的右胳膊一下："你干吗呢？又发呆？！"

"哎哟……"喻涵连手带身子猝不及防地被撞得往前一滑。她坐稳后，抬头恶狠狠地瞪过去："你？！"

阿珂也就是玩闹，立马笑嘻嘻地举双手投降，随后坐到旁边的小马扎上。喻涵颇为嫌弃地瞅了他几眼，目光慢慢地落回手机屏幕上。

聊天框里。

喻涵："哈哈哈哈哈。"

喻涵蒙了半分钟，总算反应过来——她刚刚手滑点错了表情包。

她发成了那个笑得格外猖狂的熊猫头表情包，这很不对劲。

喻涵惊得龇牙，刚要动手撤回表情包，秦戈的消息先一步发过来。

秦戈："你这图……"

他欲言又止。

秦戈："有点儿意思。"

喻涵顿时屏住呼吸，连撤回消息的机会都没有了，在心里骂了一句。抓耳挠腮了片刻，喻涵再次闯进自己的图库里，疯狂地搜索那个乖巧地揣手手的表情包，试图挽尊。

但她还没找到表情包，又被阿珂的手肘不轻不重地一碰："哎，你中午想吃啥？"

阿珂随口问话的时候，喻涵又身不由己地点到一个表情包，把它发了出去。

喻涵还没反应过来。

秦戈："……"

消息被他看到了，她再撤回表情包显得欲盖弥彰，但又不可能承认这是她的意思。喻涵死死地盯着屏幕，如鲠在喉，整个人直接想哭了。

她蓦地站起来，上手就掐阿珂的脖子："老男人！我跟你拼了！！"

阿珂还发着蒙，就被她原地收拾了一顿。

事发一个小时后，在马尔代夫度蜜月的那两个人才醒来吃早餐。

今早管家给他们准备了泳池漂浮早餐。马尔代夫 8 点钟的阳光十分温柔，映得别墅的私人泳池里波光粼粼。青蓝色的水格外澄澈，水面上洒了一些红玫瑰的花瓣，浮着一只大独角兽的充气漂垫，椭圆形的藤编早餐托盘也漂浮在水面上。

沈暮穿着红色的连裙式泳衣，外搭了一件半透明的罩衫，绑了个马尾，盘腿坐在独角兽的漂垫上。

这样宁静闲适的环境真的是太舒坦了，舒坦到让人全身心地放松下来享受生活。

沈暮边吸着玻璃瓶里的酸奶边低头玩儿手机，群消息停留在秦戈的那串耐人寻味的省略号上。

沈暮翻看完聊天儿记录，忍不住低笑出声，转而点开微博去看热搜，顺着热搜点进江辰遇的微博。她翻看到下面热闹的评论时，嘴角抑制不住地上扬。

被祝福和羡慕，她当然开心啦。

"你在微博上发照片也不先跟我讲。"沈暮看向靠在池壁上给她剥鸡蛋的江辰遇，甜腻腻地嗔怪了一句。

他穿着白色的短袖，早已在泳池里湿了身。湿透的衣衫下，他好看的肌理线条十分明显。

江辰遇垂眸剥着鸡蛋，闻言轻轻地翘了一下唇："你现在知道了。"

沈暮内心像含着蜜似的，嘴上却撒娇地"哼"了一声。再翻微博时，她又发现他只关注了她一个人。

"你怎么知道我的微博的？"沈暮有些惊讶地问道。

她和喻涵都没有互相关注微博，因为她们不用微博联系，一直没想到这个，也没必要这么做。

江辰遇好笑地说："你不是昨晚帮我下载微博后，自己关注的我吗？"

他只是回关而已，毕竟她的星黛露头像太明显。

沈暮想了想，被他说服了："噢。"

江辰遇把剥好的鸡蛋放到盘中，抬眼望过去，继续笑着说："你不准备理理我？"

理理他？沈暮有一瞬间的迷惘，但很快就明白过来。她笑盈盈地举起手机，找好角度，拍了一张他在泳池里的性感的湿身照。

她一时也没想起换个小号发微博，直接用常用号在他的微博下跟评了这张照片，并附上相同的文字："蜜月。"

她发的这条微博尽管处在众多评论中，还是很快就被眼尖的网友顶到了第一的位置。她对此感到毫不意外。

此条微博由于热度再次上涨，很快升至热搜榜上。

当时在影视城里休息的喻涵午睡后刚醒来，刷微博时看见了热搜，反手就发了一条评论。

"带着老子的祝福走人！"

发完评论后，喻涵点进沈暮的微博，关注了沈暮，然后把界面截图发给沈暮。

喻涵："这是你'前夫'，赶紧回关！"

沈暮还没回复消息，喻涵又盯了半晌那个星黛露的头像，越看越觉得不对劲。

喻涵："我咋也觉得你的头像这么眼熟呢？"

收到喻涵的微信时，沈暮刚玩儿完滑翔伞，和江辰遇一起靠在别墅的客厅里的沙发上休息。

沈暮关注了喻涵的微博，看了看她的头像和昵称的信息，同样感到一阵熟悉感扑面而来。但她一时就是想不起来在哪儿见过这些信息。

沈暮："你这么一说，我感觉你也挺眼熟的。"

喻涵没把这件事当回事。

喻涵："嘿嘿，看来你心里有我。"

喻涵："你们啥时候回来呀？真要玩儿到过年？"

沈暮也没在意微博的事，很自然地发了一行字。

沈暮："别听我老公乱说，十二月我们得回去一趟，我还要考试呢。"

喻涵："哟哟哟，'老公'，现在你张口就来了？"

沈暮才意识到这称呼不知不觉地就成了习惯，脸一红。她悄悄地觑了一眼身旁的江辰遇，他在看文件，虽然在外旅行，但闲暇时也常有工作需要处理。

这样的日子有一种特别的完满。沈暮偷看了一会儿他完美的侧脸，轻轻地弯起唇，低头打字。

沈暮："不跟你说了，我去睡一觉，下午要出去钓鱼啦。"

喻涵："这就是学霸的快乐吗？你玩儿得那么放纵，还不用担心耽误考研？"

沈暮的嘴角旁掠过笑意，她当然没做得这么夸张，没事时还是会背背书做做题的。而且她许久不动画笔肯定会对画画生疏，所以方硕还给她准备了一套画画的工具。

沈暮玩儿归玩儿，但一向还是非常自律的。她放下手机，径自躺下去，习以为常地枕到了江辰遇的腿上。

"我睡觉啦。"沈暮温柔地说。

江辰遇把目光从文件上移开。见她乖巧地闭着眼睛，他眼底的笑意变得更浓。他展开沙发旁的薄毯，把它盖到她的腰腹上。

"乖，出发时我叫你。"江辰遇摸摸沈暮的头。

她轻而甜蜜地"嗯"了一声。

出国旅行的这段日子是沈暮二十二年来最快乐自在的时光。跟着他，她不必操心任何事，体验到了真正的无忧无虑。

也许她还是有思虑的。譬如她想给他生个宝宝，但一直找不到好的机会。

毕竟这是一件长期的事，眼下她还要考研，IAC 的结果也没有出来。现在想想，她还真不能贸然地决定要宝宝。

不过江辰遇对这件事不着急，向来把她放在第一位。沈暮便也暂时心安理得地将旅行和考研放在首位。

他们在马尔代夫玩儿了小半个月后，去了捷克。

十月底的布拉格正值秋天，当地的红屋顶和绿教堂都别有特色。五彩的玻璃窗外，金黄的秋叶落了满地，像是调色盘的颜料泼洒出的童话中的美景。

沈暮好喜欢那儿的波西米亚风情，隔三岔五就拉着江辰遇出来采风。

他们在布拉格的查理大桥上接过吻。传说中，在那里接吻的爱侣能得到一生的幸福。

十一月中上旬时，他们在意大利的永恒之城里度过了浪漫的罗马假日。

作为文艺复兴时期的文化发源地，罗马帝国有着无数拥有百年历史的艺术真迹，它们大概是每个艺术爱好者的心之所向。

江辰遇带着沈暮在特莱维喷泉那里许过愿，在西班牙广场的台阶上吃过赫本吃过的同款冰激凌，去过古罗马斗兽场、万神殿，还去佛罗伦萨、威尼斯和米兰自驾游……

等到十一月下旬，他们在北海道很幸运地看到了初雪。

漫天纷飞的雪浪漫得惹人心动。沈暮突然想滑雪，可惜这时积雪尚浅。

江辰遇将她颈上的围巾裹严实，又把一只毛茸茸的雪白色耳套戴到她被冻得冰凉的耳朵上。

他说等她考完试，他再带她来一回。那时候，北海道肯定已经被厚厚的雪覆盖了。

愉悦的时光总是过得很快，十二月份他们不得不结束这场旅行，回到国内。

沈暮在锦檀别墅里度过回国的第一晚时，心还在国外，不过回家的感觉也不赖。

旅行期间，她画了好多幅写生的作品。归家后，她马上把它们装裱起来，将它们和她参赛时画的那幅某人的睡衣图一起放在了书房里。

这两个月，沈暮经常叫着国内的秦戈和喻涵组局斗地主，回来后也没忘记对方欠下的越来越多的饭局。

当晚，沈暮洗完澡后趴到熟悉的大床上，开开心心地点进微信群，开始讨二十一顿饭的债。

对沈暮的那点儿撮合的心思，喻涵早就明白得透透的了。见此，喻涵立马蹦出来，义正词严地发消息。

喻涵："胡说！我记着呢，明明是二十顿饭。"

秦戈先平淡地回了她一句话。

秦戈："昨晚的你没算上去。"

喻涵："……"

喻涵面对被她坑了二十一顿饭的队友，气焰顿时熄灭。她再一次开始反思自己的牌技。

沈暮完全能想象出喻涵这时的模样，忍不住在床上笑出声，又问了一句。

沈暮："喻涵还在北城吗？剧组多久杀青？"

喻涵毫无防备地回答了她的问题。

喻涵："你考试的时候。"

沈暮："那太好啦！我们可以一起过圣诞节。"

喻涵一看"我们"的"们"，就觉得不简单。兴许是被迫在秦戈的面前暴露了太多次本性，喻涵也不演了，直接甩出一张动图。

喻涵："说出你的目的。"

沈暮笑眯眯地先回了个萌萌的表情包，正要打字，脚踝却突然落入温热的手心里。

慵懒地趴在枕头上的沈暮回过头，便见江辰遇不知何时洗好澡走出了浴室。他坐在床上，抓住她的脚，给她穿袜子。

十二月份天已入冬，沈暮穿着厚实的棉睡衣，双脚却露在外面，冰凉冰凉的。

"天冷，你要注意保暖。"江辰遇将一双藕色的绒袜套在她白净的小脚上，把她的脚裹得严严实实。

沈暮坐起来朝他挪过去，仰着白里透红的脸蛋儿说："我没觉得冷。"

江辰遇看着她："你的脚是冰的，我自己会摸。"

他神情严肃，说得也不容置喙。沈暮知道在某些事情上，任她怎么撒娇，这人都不会允许她那么做的。

沈暮抬起脚，踩了踩他的大腿："房间里不冷，我都要出汗了。"

江辰遇捏捏她作乱的脚，不听她胡扯，直接搂着她的腰，将人抱到自己的腿上："婚期定在五月初，那时候比较暖和。"

闻言沈暮愣了一下，抬眸望进他的眼睛里。

江辰遇温柔的目光里含着浅笑，将她微乱的长发往后撩了撩："过两天我先带你去预订婚纱。"

怔了半晌，沈暮"啊"了一声，还没反应过来，说："这么突然……"

"不是你自己说的随便吗？"江辰遇觉得好笑，用指背摩挲她的下颌，"想赖账？"

沈暮侧侧脸，思索片刻。噢……先前拉群的时候，她好像是这么说过来着。

沈暮的胳膊在江辰遇的颈上挂着，她坐在他的腿上，故而彼此离得极近。他微烫的呼吸就在旁边，她的面颊仿佛被灼伤。

沈暮的脸微微地发热，手却是凉的，她垂着眼，带着一丝害羞的意味问道："那你告诉奶奶了吗？"

"还没。"江辰遇将指尖慢慢地滑到她敏感的耳朵上。

他用两指轻捏着沈暮的耳朵，她缩了缩身子。耳垂酥酥的、麻麻的，她身子也跟着变软了些。

沈暮伏到他的肩头上，小声地问道："你怎么不说？"

江辰遇淡笑，俯下身，在她的耳边吻了吻："等你先答应我。"

沈暮嘀咕了一句什么，大概是嗔怪他的话。她怎么可能不答应他？

江辰遇的怀抱很暖和。沈暮虽然不冷，但还是不由自主地依偎着他，把泛着凉意的手从领口伸进他厚实的睡袍里取暖。江辰遇便扯松腰带，展开睡袍，将她小小的身子裹进来。

"阿修月底结婚，在巴厘岛。"他说。

沈暮抱着他的腰，闻言顿了顿，用脸颊在他的颈窝处蹭了蹭："我要考试。"

"知道。"江辰遇抬手抚上她的头。

"我不能陪你去了。"沈暮软软地说。

沈暮忽然想到什么，用手指戳戳他的心口："到时候会有很多漂亮的小姑娘吧？我不在，你自己注意点儿！"

江辰遇很轻地笑了一声。

"有什么好笑的？"沈暮抬起脸看他。

江辰遇轻轻地掐了一下她娇嫩的脸颊："大家都知道我是有家室的人了，你还怕我做什么？"

沈暮自然不是不信他的说法。

"哼，那可说不准。"她故意瞪过去，微微地嘟起红润的嘴唇。

江辰遇略勾薄唇，意味不明地看了她一会儿。

"生物钟还没调过来吧？"他突然慢悠悠地说。

沈暮隐约察觉出他话里有话，但一时没想明白，只是狐疑地看着他。

江辰遇搂紧她的细腰，用掌心缓缓地抚着她的后背："那我们今晚有的是时间。"

这晚沈暮被他一折腾，生物钟倒是调过来了，就是腰肢和腿窝像被擀面杖碾了一样酸痛。故而江辰遇把预订婚纱的事往后推迟了几日。

当天，江辰遇带她去了 MATTEO 南城店的礼服馆。

这时沈暮才知道，原来他专门请来了 Rita 的丈夫——MATTEO 的总设计师 Luke，让 Luke 为她定制婚纱。

MATTEO 的品牌影响力在时尚圈里可谓极大。总设计师有多厉害，但凡是个女孩子，不论买不买得起高定的礼服，基本都对他有所耳闻。

沈暮着实惊诧，低低地对江辰遇说："你怎么也不跟我说这件事？"

早知道他把人家总设计师都请到了中国，她就不磨磨蹭蹭，前天就过来了。

江辰遇却大方地笑着说："老熟人，不要紧。"

Luke 是个留着络腮胡的型男，十分有设计大师的气质。

江老太太的寿宴上，沈暮穿的那条燕尾式的香槟色公主裙就是 Luke 的春季新作。Luke 见到沈暮，直赞那件衣服是为她量身打造的，溢美之词不绝于耳。

Luke 相当热情，说要亲自操刀为她定制独一无二的婚纱。那天沈暮试穿了好多套婚纱，最终还是钟爱一字肩荷叶边袖的拖尾纱款式。

Luke 当场就按照沈暮的喜好画了大致的基础样式草图。她很惊喜，就这样顺利地把主婚纱定了下来，随后也确定了几套晚礼服的样式。Luke 会根据她的婚纱定制江辰遇的西装。

礼服从设计到完工需要四个月。按照工期计算，礼服完工后正好是他们五月的婚礼。

婚纱被预订下来了，婚礼的其他事情似乎都不需要沈暮再操心。后面的时日她就安心地待在家里，背背书，做做题，准备月底的研究生考试。

而 IAC 决赛的第一轮结果尚未公布。

随着日子一天天地过去，沈暮的心里变得越发没底。霍克教授倒是对她的作品信心满满，让她别担心，打包票说她肯定没问题。

直到考试的前一晚，IAC 官网公布了决赛第二轮的入围名单。沈暮颤抖着手用江辰遇的电脑搜索，好似回到了多年前查高考成绩的那个晚上。

鼠标滚动着，页面滑下去，那幅熟悉的美男睡衣图出现在第二页。

沈暮反应数秒，在书房里一蹦三尺高，喜不自胜地冲回卧室里，蓦地扑进刚洗完澡走出浴室的江辰遇的怀里。她像个小孩子，兴奋不已。

江辰遇揉揉她的发，也笑起来："我老婆这么厉害！"

努力过后的成就感太令人欣喜了，沈暮环住他的腰，不掩饰自己的开心。

"嗯……模特应该也有功劳。"她抬起脸，狡黠地一笑。

江辰遇唇边的弧度变大了，十分配合她，说："那我很荣幸。"

沈暮笑得甜美又动人："官方会给第一名办个人画展，好羡慕哇，等下一届我一定要努力。"

"这次呢？"江辰遇笑着摸摸她的脸。

"能入围我已经很开心了。决赛上都是有好多年造诣的大师，我才哪儿到哪儿。我还是很有自知之明的。"沈暮对现实十分理智。

江辰遇弯起唇，俯下身慢悠悠地啄了一下她的耳朵，轻柔缓慢地说："我给你办这件事。"

沈暮低低地笑出声来，当他是在开玩笑。

身后有雾气弥漫出浴室，江辰遇去拉她的手，想带她到沙发上坐下。沈暮却怎么也不肯放开他，将他抱得紧紧的。

江辰遇无奈地轻轻地笑着，依着她的意思回拥住她。沈暮生怕不能和他融为一体似的把身子往里挤，把脸埋在他的心口处："你明天就要走了，我一个人在家。"

他要去巴厘岛参加弟弟的婚礼，而她明天刚好要开始考试。

"最多三天，我肯定回来。"江辰遇跟她保证。

沈暮委屈地闷哼一声。

江辰遇吻吻她的发："乖，想我就给我打电话。"

沈暮不是经常无理取闹的性子，只是舍不得和他分开，哪怕只分开三天而已。

当晚，她是被江辰遇哄着入睡的。

江辰遇没有一早就动身前往巴厘岛，而是先亲自把沈暮送到了南大的考点。

南大的商学院，秦戈的办公室里。

江辰遇看着面前的姑娘："中午你到这儿来，让老秦带你吃午饭。"

沈暮和把双手背在身后的秦戈对视了一眼。

"好。"沈暮乖乖地应了一声。

江辰遇把掌心放到她的头上轻抚："下午司机会等在校门口，考完你直接回家。庄阿姨会做好晚饭，你别乱跑。"他随后又问道，"你认得自家的车吧？"

沈暮点头，沉默一会儿后又忍不住嘀咕了一句："我又不傻。"

就算把那辆迈巴赫的车牌号蒙住，她都认得出来它。

"多穿点儿衣服。"江辰遇将她的浅驼色大衣扣上扣子，再抬手拢了拢她的围巾。

想了想，他又说："要不你中午还是回家吧？"

沈暮立马摇头："不要，来回跑浪费时间。"

江辰遇也没勉强她，环顾一下还算宽敞的教授办公室，指了指沙发，温柔地说："那你将就一下，中午在这儿睡个觉。"

一旁的秦戈听到这话不是很乐意，江辰遇说得好像把沈暮放在这儿多虐待他的小娇妻似的。

秦戈安静地端详了片刻这对难分难舍的小夫妻，忍不住说了江辰遇一句："您这是养女儿呢？"

沈暮听到这个奇怪的说法，双颊上一下子就浮起了红晕。她垂下头，既感到甜蜜又感到羞涩。

江辰遇看了秦戈一眼，也不搭腔，慢条斯理地说："我老婆不吃辣，喜欢吃甜。天气冷，你别带她吃凉的东西。"

秦戈险些感到一口老血涌出咽喉。若按照年龄来看，他都不是"单身狗"了，该是"单身鳖"。爱情都是别人的，他却要在这里受尽摧残。

秦戈认命地说："放心，肯定不委屈您的老婆。"

两个老男人在这儿说得一本正经。沈暮年纪小，还是容易害臊，听得两颊越发红了。

"我……我要去考场了。"沈暮找借口先溜，攥攥江辰遇的手指，轻轻地用甜美的声音说，"走啦。"

"我送你。"江辰遇刚抬起腿就被沈暮拽住。

"不用。"沈暮望向他的目光十分温顺，"你太显眼了。"

其实沈暮想说：你去了要影响人家考试的。

江辰遇没坚持，低头轻轻地吻了一下她的额头："这几天有事你就找方硕或者老秦，随时都可以给我打电话。"

沈暮听话地应了一声，背着小书包快步地走出办公室。

沈暮走后，秦戈这才收回目光，心理不平衡地看向江辰遇："你当我是死的？你这样对单身人士伤害很大。"

"我们这是婚后的第一次分别，你体谅一下。"江辰遇用淡淡的语气说。话是这么说，他却连半点儿歉意都没有。

秦戈默默地吸了口气，承受不住打击，说："打住。"

江辰遇微微地一笑，抬了一下手："走了。"

"别忘了把我的红包带给阿修——"秦戈冲着江辰遇不慌不忙地出门的背影提醒了一句。

可惜秦戈要负责监考，不能去婚礼的现场。

沈暮第一天考政治和英语都很顺利。

沈暮白天还没有太大的感觉，可当晚回到家里便情不自禁地开始闷闷不乐。卧室还是那个卧室，但他不在，它突然就变得空荡荡的了。

沈暮轻轻地叹口气，抱着膝盖坐在沙发上，无聊地玩儿着手机。

微信忽然响起一声提示音。

江辰遇："到家了吗？"

沈暮双眸顿时清澈明亮起来，秒回他的消息。

沈暮："嗯，我吃完晚饭了，在房间里。你呢？"

江辰遇："我喝了点儿酒，回酒店了。"

沈暮："婚礼结束了吗？"

江辰遇："还没。"

沈暮："那你就先走了？"

江辰遇："嗯，我想你了。"

沈暮愣了两秒，轻轻地咬着一点儿下唇，漾开笑意。也是，现在才几点，婚宴哪里会这么早就结束？

沈暮盯着他的昵称看了一会儿，略微思索了一下，点进他的空白头像，填了个备注，而后截图给他看。聊天框上方的"Hygge"变成现在的"老公"。

发完截图后，沈暮不说话，红着脸静静地等他回消息。

过了一会儿，对面竟没有动静。沈暮的指尖有一下没一下地点在屏幕上，她刚撇了撇嘴，微信就"嘀"了一声。随后，她看到了那张备注"老婆"的截图。

沈暮心尖颤悠悠的，激动了一瞬间，倏地把手机贴到发烫的脸上，低低的笑声溢了出来。

沈暮像是觉得对方能听到笑声一般，咳了一声，故作冷静地告诉他自己要去洗澡。

江辰遇没戳穿她，只是问了一句话。

江辰遇："你一个人怕不怕？"

沈暮的唇边绽开浅浅的笑。

沈暮："有一点儿。"

江辰遇："要不要我陪你？"

看到这句话，单纯的沈暮发着蒙，一时没懂他的意思。

沈暮："什么叫'陪我'？"

她刚说完话，几秒后，手机就响了起来，屏幕上显示"老公邀请你进行视频通话"。沈暮一瞬间感到惊喜交加，想也没想，立刻就接通了视频通话。

屏幕上随后便显示出江辰遇俊雅的面容。他还穿着晚宴上正式的深色西装，高挺的鼻梁上架着那副金丝框的眼镜，清俊斯文中隐约透着一丝图谋不轨的意味。

江辰遇用手指钩住领带的温莎结，正慢悠悠地把它往外扯。视频通话接通时，他看了一眼屏幕。

见她瞧着屏幕乖乖地坐着不动，江辰遇轻轻地笑了一下："你不洗澡？怎么还没脱衣服？"

说话间他扯落了领带，随手把它放到一旁。他指尖再往上移动，解开了衬衫领口的两颗纽扣。

沈暮还捧着手机呆坐着，耳朵倒是泛了红。

江辰遇往后靠到沙发上，看着屏幕里一动不动的人，微勾唇角："屋里冷吗？"

"不冷……"沈暮乖巧地轻声说。

"浴室里又没别人。"沈暮软软地说，背过手去摸搭扣。这回她却没当着他的面做这件事，而是转过了身，边解搭扣边往淋浴房走。

她的身影很快消失在视野里，江辰遇只能听到"哗啦啦"的令人浮想联翩的水声。

视频通话还通着，江辰遇无奈地笑了一声。小姑娘都学会撩他了，就是撩完后不负责后面的事，让他在生理上颇为难受。

可他又有什么办法呢？他只能回去后再把债讨回来。

尽管浴室里还算暖和，但沈暮怕冷，所以并没有洗很久的澡，不一会儿就裹着厚实的睡袍出来了。

她又麻利地刷牙洗脸，而后拿起手机小跑回卧室，飞快地钻进被窝里。

江辰遇中途似乎也去洗了个澡，回来后便见她靠在床头上在抱着一本书看。他深深地看她一眼，含着笑问道："你是故意的吗？"

她的身上裹的是他的睡袍。

沈暮把目光从专业书上移到手机屏幕上，眨眨眼问道："怎么了？"

"睡衣。"江辰遇擦着湿发坐回沙发上。

沈暮的眼里含着无辜，她问道："你的睡衣不能给我穿吗？"

江辰遇和她对视一眼，笑着叹口气。他今晚算是看出来了，这姑娘就是趁他不在，故意打击报复他。

"能。"他说，语气里透着温柔和宠溺。

沈暮抿唇偷偷地笑了一下，拿起明天要考的专业书，翻过一页继续看。

"我回去收拾你。"他擦着头发突然淡淡地说了这么一句，让人听不出任何情绪。

沈暮的内心"咯噔"了一下，她忍不住咽了咽口水，低咳一声，当作没听见他的话，假装在认真地复习。

她临睡前，江辰遇反复叮嘱她把暖风的温度调高点儿，让她裹紧被子别乱踢，以防感冒。

他哄沈暮睡着后，才悄悄地挂掉了这通视频通话。

爱人不在身边的日子总是煎熬又漫长。

考完试后的第一天，沈暮睡到自然醒，百无聊赖地在家里待了整个白日，还没等到江辰遇回来。于是临近傍晚时，她便让司机先送自己去 JC 中心广场。

剧组杀青了，喻涵今天从北城回来。沈暮刚下车就接到了江辰遇的电话，他说在回家的路上了。

"我和喻涵约了一起吃晚饭，你过来。"沈暮将手机放在耳旁，边甜甜地说着，边往商场里走。

"在哪儿吃饭？"

"JC 广场。"

"好。"

沈暮讲话的声音里荡漾着重逢的喜悦："那我先去占座啦！你有没有想吃的呀？"

"都好。"江辰遇温柔地说，一如既往。

挂电话前，沈暮忽然灵机一动："对了，你叫秦老师也来。"

电话那端的男人失笑，问道："你还没死心？"

沈暮支吾少顷，随口说："哎呀，秦老师带你的老婆吃了两天的午饭，你不表示一下感谢吗？"

江辰遇笑了笑，拖长尾音纵容地说："好，知道了——"

经过超市时，沈暮将手机放回包里，唇边还带着笑意。再抬头时，她却毫无预兆地撞见了一个人。

沈暮脚步忽然顿住，目光径直撞上不远处那人的视线。

女人大概有四五十岁，但依然能让人看出几分年轻时美丽的容貌，眉眼和沈暮的有点儿相似。

她刚拎着购物袋走出超市，认出沈暮后，亦面露震惊之色。

好半天女人才回过神来，眼中似乎有水光。

她难以置信地一步一步走近："景澜……"

JC 广场的一间咖啡厅里，服务员将两杯拿铁端到她们的面前。

这个时间点的咖啡厅并不清静。她们坐在靠窗的位置，幽暗的灯光静静地照着她们，咖啡厅里正放着一首纯音乐的曲子。

咖啡还冒着丝丝缕缕的热气，但谁都没去动咖啡。女人静坐良久，攥紧了放在腿上的手，终于先艰难地开了口："你的事，妈妈都听说了。"

沈暮垂目光凝视着咖啡漂亮的拉花，情绪没有太大的波动。她只是浅浅地弯唇，说："我现在很好。"

女人的眸光轻闪，随即逐渐黯淡下来。她知道从四年前没收留女儿的那晚起，自己早就没了作为母亲关心沈暮的资格。

"对不起，妈妈也……"

"您不用抱歉。"沈暮淡淡地打断对方。她现在已经不会哭了，能够安安静静地面对这件事："我理解。"

她越是这样说，女人的心里越是揪得紧。她们坐在这里聊了一会儿，可最后女人回想起来又觉得她们像是什么都没聊。

女儿的反应太平静了，仿佛曾经已成过眼烟云，她对一切都不再在意。

女人作为母亲，内心难免百感交集。她竟不知是该为女儿想开了而开心，还是该为彼此间的最后一丝情感终结了而伤怀……

"您现在应该有自己的孩子了吧。"沈暮抬手端起温热的咖啡杯，抿了一口咖啡。

女人低头不语，不知道从何说起。

"您快回去吧，如果那位叔叔知道您和我见面，可能会不高兴的。"沈暮放下咖啡杯，若无其事地说了一句话。

沈暮到底是女人亲生的女儿。纵使女人自己重新成家，血脉亲情还是在的。女人不能多做什么，能再见女儿一面，知道她过得好，也该知足了。

女人合目叹了口气，再睁开眼时，扯出沈暮幼时熟悉的微笑："你外公、外婆很想你，他们不会用手机，座机里又没存你的新号码，联系不上你。"

沈暮的眼波一漾。

"你有空去看看他们吧。放心，妈妈绝不去打扰你们。"女人藏起眼底的伤感，轻言细语地说。

沈暮走出咖啡厅时，落日的余晖散尽，天幕已被暗色覆盖。

沈暮突然不晓得要如何描述自己此刻的心情。她酸楚吗？好像没有。她似乎也没有想象中的那么难以释怀，也没想到自己会这样淡定。

可能是波澜过后，那个人让她有了新的温暖。在他的世界里，她有新的、曼妙的开始。所以旧的故事结束了，那些都不重要了。

沈暮不觉莞尔，想起江辰遇的叮嘱，将白色的羊绒大衣裹紧，加快脚步往商场走去。刚走了两步，她就瞧见江辰遇朝自己走过来。

他穿着深墨色的翻领商务风大衣，十分干练挺拔，沉稳地向她迈步而来。

沈暮双眸瞬间绽放出亮光，唇边扬起弧度。她想也没想，迈着碎步就跑了过去，蓦地扑进他的怀里。

沈暮也不顾他们是在大庭广众之下，把双手伸到他的大衣里，抱住他。

"你回来啦……"她撒娇道。

江辰遇顺势把她拥了个满怀，揉揉她的头说："外面冷，你怎么还没进去？"

他刚到这里，正想去找她，没想到在这儿遇见了她。

江辰遇想去拉她的手，商场里更暖和。可沈暮"哼"了一声，不依他，抱着他不放。他拿她没办法，轻轻地笑了一声："听话，先到里边去，回家后我随你怎么抱。"

沈暮慢慢地抬起奶白色的小脸，双唇粉粉的。她冷得呵出团团的白雾。

"我好想你。"她说，眸子如钻石一般闪闪发亮。

江辰遇凝视了她一会儿，笑容变得暖了几分："我也想你。"

有时候千言万语都敌不过这样一句简单的回答。

沈暮冲他笑，张开双臂，声音甜美地说："抱抱。"

江辰遇的目光融进她脉脉的目光中，他在这一刻彻底败下阵来。

他一秒也不想等了，要不为什么有种说法叫"小别胜新婚"呢？江辰遇俯下身将人横抱起来，往停车场的方向走。

沈暮抱着他的脖颈，把脑袋放在他的肩头上，踢了踢悬空的双脚："你走反啦。"

"回家。"江辰遇言简意赅地说。

"可我已经和喻涵约好了呀。"沈暮温柔地抗议道。

江辰遇深深地看她一眼，不以为意地说："这不是正好吗？让他们也单独相处。"

他将"也"字咬得重了一点儿。

沈暮的眼底含着笑意，她用胳膊将他搂紧了些："这样放鸽子，喻涵要骂我的。"

江辰遇笑着说："你让她来找我。"

女人在咖啡厅的门口遥遥地望见了这一幕。静静地停驻片刻后，她终于也回过身，朝反方向走远。

气氛尴尬的包间里，收到江辰遇的微信的秦戈放下手机，捏捏鼻梁。

喻涵在他的对面坐得端端正正，见状察觉出不对劲，心里一紧。她试探地问道："他们……堵车了？"

秦戈抬眸，和她四目相对片刻，露出迷之微笑："他们不来了。"

短短的五个字让喻涵足足愣了半分钟。随后她猛然意识到自己正处于危险中，惊讶地问道："为啥呀？"

秦戈摊摊手。

她也不晓得他是想说"谁知道呢"，还是"那还用问"。

喻涵蜷了蜷脚指头——面前的男人光是坐在那儿都足以令她恐惧。

她的手脚突然无处安放，她说："那我们……"

我们就地解散吧。

"点菜吧。"秦戈倒是气定神闲，将菜单推过去，"记他们一顿饭。"

喻涵的呼吸顿住，她一瞬间心死。就算她现在记了他们一顿饭，他们不是还记着她和秦戈二十顿饭吗？！

"就……我们俩？"喻涵挣扎着投了个眼神过去。

秦戈颔首："嗯。"

话音刚落，他又瞧她一眼："你不愿意跟我待在一起？"

"不是，不是，不是……"喻涵连连摆手。

秦戈习惯了她一见自己就犯怵的模样，笑了笑，打量她两眼："你瘦了？"

喻涵怔了一下："有吗？"

他们两个月没见面，她的双颊上那一点儿可爱的肉明显没了。秦戈倒了一杯茶递到她的面前，问道："你工作很辛苦？"

喻涵难为情地摸摸耳朵，憨笑道："还行，剧组嘛，伙食都是统一的，也没办法。"

女孩子独自在外打拼也真是不容易。秦戈看了看她，突然道："你想喝酒也行。"

喻涵愣住，只听他接着不紧不慢地说："我尽量看着你，不让你跑出去祸害别人。"

喻涵听了这话，险些从座椅上摔下去。

与此同时锦檀别墅里，浴缸里的水泛着涟漪，周围暖雾缭绕。

从门口的地毯上到浴室里的瓷砖上，毛衣、西裤和蕾丝内衣被丢了一地。

沈暮懒洋洋地把半个身子浸入水中，躺在江辰遇的怀里，却把双手搭在置架板上。她滑动着平板电脑，看方硕传来的全球观赏极光最佳地的资料。

"芬兰可以在玻璃屋里看极光呀！

"瑞典好像也不错，还有雪山呢。"

沈暮觉得这些地方都好，拿不定主意，扭过头用脸颊蹭了蹭江辰遇的颈窝："你喜欢哪里？"

江辰遇靠着浴缸壁，从后面拥着她，一只手搭在浴缸的边缘上，另一只手的指腹沾了水，湿漉漉的。他摩挲着她盈润雪白的肩头。

他温柔地隔着水雾说："听你的。"

沈暮仰起红润的脸蛋儿和他相望了一会儿。江辰遇抬起手，伸过滴水的手指，摸湿了她的脸。

水面上荡漾着波纹，他的眸中含着缱绻的意味，氤氲的水雾容易让人沦陷在情欲中。

沈暮忽然将置架板推远，回身搂住他的脖颈。白嫩的身子从水中跪起来，滴着水珠，她凑过去，主动吻住了他的唇。

这一晚沈暮尤为积极主动。她被他从浴缸里抱出来，连擦干水珠都等不及，如藤蔓般缠着他的脖颈，踮起脚就去亲他的下巴。

他们像是分别了三年而非三天，怎么亲热都亲热不够。

江辰遇对她有足够的耐心，但在这件事上终究禁不住撩拨。何况老婆难得把自己送上来投喂他，他没有不笑纳的道理。

江辰遇低头回吻她柔润的唇，同时扯过置物架上自己的那件宽大的棉绒睡袍，裹住她湿答答的身体。他情至深处时还担心她光着身子会受凉。

沈暮却不大安分，把微凉的小手从睡袍里伸出来，非要环着他的腰。他们拥吻过后，江辰遇放开她的唇，垂眸去看她。

那双漂亮的眼睛湿漉漉的，她隔着薄薄的水雾迷离地望过来，又纯又欲，格外勾人。四目相对，情愫弥漫在充满暖雾的浴室里。

这回沈暮先抬起白皙的胳膊搂住他，娇软地唤他："老公。"

就是这么一声"老公"让江辰遇瞬间失去理智。江辰遇蓦地横抱起她，回到卧室里，把她摁到被子上，像要将前一晚的债变本加厉地讨回来。

十二月二十四号是平安夜，在圣诞节的前夕。

虽说这是西方人的节日，但每年这个时刻凑热闹的年轻人都会参加不少庆祝活动，故而商业街上十分热闹。

南城高塔的顶层，东京久藤的日本料理分店里，正宗日式装修的包间清幽雅致，里面并了一张八人位的长桌。

江辰遇将沈暮牵进温暖的包间里时，里边就座已久的几个人顿时吆喝起来，责备他们这么晚才到。

秦戈拿起装清酒的和风陶瓷酒壶，用壶底敲了敲桌面："你们来得这么晚，不得先罚三杯？"

陆彻现在见到江辰遇如见情敌，盯了一会儿他们相握的手，"哼"了一声："阿遇，夺妻之仇，不共戴天！"

他把这话叫得响亮，江辰遇却连个眼神都没给他。江辰遇将沈暮脱下的外套挂到椅背上，拉开椅子让她坐下，随后自己也脱了大衣，坐到她的身边。

喻涵不动声色地凑近旁边的人，悄悄地问道："现在才来，你干啥去了？"

沈暮的脸微红，她咳嗽着也将声音压了下去，用显得有些虚的语气说："没……"

今晚来聚餐的都是相熟的人。上回他们私下庆祝江辰遇和沈暮领证，在家里一起吃过饭。

"来，嫂子先来一碗味增汤，暖暖身。"其中一个人殷勤地盛了一碗汤递过去。

沈暮在网上看到了太多回这个称呼，现在已经习惯了。她坦然地伸手接过那碗汤，莞尔一笑，道了声"谢谢"。

这几个男人难得聚齐，还没吃两口菜，倒先叫嚣着劝了好几杯酒。

"哎，我说，你俩的婚礼在哪儿办？"秦戈问道。

他问到了关键之处，其他人纷纷地附和他。

"我猜法国！"

"那得在意大利吧，意大利多符合嫂子的艺术气质。"

"我猜一个海岛，你们都没看大哥大嫂的微博？那叫一个美！"

他们争论得不亦乐乎，最后还是沈暮浅浅地一笑，说出答案："就在南城。"

一桌人都惊讶了。他们都以为江辰遇这种男人要结婚，他肯定要别出心裁地在国外意义非凡的圣地隆重地举办婚礼。

他们还等着一趟全包的旅游呢，这下旅游泡汤了。

"难道你和小仙女的蜜月还没度完，要留着其他地方继续度蜜月？"陆彻眯起眼睛，联系前因后果猜测道。

"嗯。"江辰遇点头，把一块蒲烧鳗夹到沈暮的碟子里，淡淡地说，"你们多余了。"

整桌人听了这话都要掀桌控诉了。

"听听，他们要单独快活，不带咱们。"

"得，这兄弟没法做了！"

"走了，走了，别拉我！"

"除非你干了这壶酒，我们考虑考虑原谅你。"

他们一副摔筷造反的架势，江辰遇轻轻地笑了一下，这次倒是很给面子，大方地喝了那壶酒。

放过了这一对，这几个闲人又将矛头对准另外一边，接二连三地举起酒杯要敬秦戈和喻涵。

"老秦也搞快点儿，就等你了呀。"

"在辰遇那儿玩儿不成，你们怎么也得来个海岛一价全包大婚吧？"

沈暮正咬着鳗鱼，闻言不禁略微扬起嘴角。

这群人彼此太熟了，说起话来也口无遮拦。秦戈用指关节叩了叩桌面，让他们安静点儿。

只是秦戈还没来得及说后面的话，惊得心脏险些停止跳动的喻涵先连连摆手，解释道："误会了，误会了，我和秦老师就是普通朋友。"

普通朋友，普普通通的朋友。秦戈看了她一下，没再说话，面上也不显出情绪的起伏。

周围满脸好奇的人都怔了怔，对这个说法半信半疑，却又一时分辨不出真假。

"这样啊……"他们面面相觑地说。

沈暮吃东西的动作慢下来，用胳膊肘撞了喻涵一下。喻涵回头，低声问她"怎么了"。喻涵的眼神很无辜，好似无事发生，她完全不在状态。

沈暮突然开始怀疑自己之前的判断，一时竟不晓得要说什么了。

日本的清酒口感纯正绵密，但后劲大。酒过三巡，这群人大都已经东倒西歪，有说胡话的，也有趴在桌上中途歇息的。

江辰遇和秦戈是仅有的两个还清醒的男人——他们的酒量还不错，而且他们本就喝得不算很多。

"吃饱了吗？"江辰遇把薄唇抵着沈暮的耳旁问道。

沈暮乖乖地点头："饱了。"

"我和暮暮明天要出国，就不陪你们了。"江辰遇握住沈暮的手，将她从座位上拉起来。几个近乎不省人事的醉汉有意见也说不出。

秦戈随意地往后靠着椅背问道："你俩又要去哪儿？"

江辰遇展开沈暮的羊绒大衣。沈暮将手伸进袖子里，穿好大衣，才含着笑意回答道："去芬兰看极光。"

小夫妻热恋的甜蜜真是羡煞单身汉。秦戈欲言又止，最后抬了抬酒杯示意，一饮而尽。

"秦老师，麻烦您送喻涵回家了。"沈暮说。

喻涵没喝酒，想说"不用"，但秦戈先开口说了"放心"。知道要喝酒，所以他们今晚都让家里的司机开车来的。

沈暮冲喻涵眨眨眼，轻轻地笑："走啦。"

仿佛已经习惯了被秦戈送回家，喻涵也没了想法，对此习以为常。

迈巴赫开回锦檀别墅的途中，沈暮望着车窗外不停地后退的夜景，发呆良久。

江辰遇抬手轻捏她的耳垂："你在想什么？"

静默片刻，沈暮回过头，明亮的双眸里有些迷惘的神色。她问道："你说我是不是做错事了？"

她突然冒出这么一句没头没脑的话，江辰遇愣了一下，摸摸她的脑袋："怎么了？"

"喻涵和秦老师……"沈暮稍稍歪了歪头，颇有几分苦恼地说，"他们好像没那个意思。"

就今晚的情况来看，这两个月她明里暗里地撮合他们，似乎是多此一举了。

江辰遇喝酒后俊眸里含着宠溺的神色，失笑道："他们都是成年人，都懂分寸。感情的事你情我愿，你操心了也没用。"

沈暮沉思少顷，做错事一般软软地说："知道了……"

"乖，他们自己都有数。"江辰遇将她搂过来些。

沈暮侧身靠到他的怀里，点了点头。

上回他们去北海道时，那里只下了初雪，积雪不深，沈暮没能滑雪。现在雪肯定已经积了厚厚的一层。

江辰遇原本是想再带她去一回北海道的，但芬兰也是大雪纷飞，他们一样可以在芬兰滑雪，还能乘坐雪橇在辽阔的雪原上驰骋。

于是，沈暮说要直接出发去芬兰。大概是受到了幸运之神的眷顾，到达芬兰的第一晚，他们就看到了极光。

在芬兰语中，极光被称作"狐狸之火"，有幸见到极光的人就是遇见了欧若拉女神，那是雪国唯美的童话。

神秘梦幻的极光出现在三百六十度的透明穹顶外，奇异的光泽忽明忽暗地闪烁。沈暮被惊艳到了，在温暖的玻璃屋里欢呼雀跃。

江辰遇在旁边看着她，笑得温柔。沈暮忙不迭地合掌，闭上眼睛认真地许愿。

"你许什么愿了？"江辰遇拢了拢她雪白的围巾。

沈暮睁开亮晶晶的双眸，带着调皮可爱的笑容对他说："希望下辈子还是你娶我。"

不得不说，这是十分取悦男人的一句话。江辰遇笑容的弧度变大，眼角眉梢皆带上了笑意，伸手把她揽到怀里。

在布满璀璨的极光的夜幕下，他将自己永生永世都会深爱的女孩子吻住。

在萨利瑟尔极有名气的滑雪场里，沈暮如愿以偿地滑了雪。

不过作为初学者，沈暮不可避免地摔了好多跤。但这里的雪不同于硬硬的人造雪，又松又软，她跌倒了也不疼。

最后沈暮被江辰遇带着，才能滑上一小段缓坡。再滑得远一点儿，她还是得摔跤。

沈暮滑雪滑到生气，抱怨他为什么学得这样快——明明他们都是新手，她却怎么都学不会滑雪。

被埋怨的江辰遇很无辜，无奈地笑着，透过护目镜望着她，隔着厚实的羽绒服抱住她。反正老婆生气的话，他哄着她就对了。

沈暮终于不再纠结于高难度系数的滑雪，被他哄着开开心心地坐上了雪橇。

后来他们去了圣诞老人村，在驯鹿园里看到了温驯漂亮的驯鹿。沈暮还往南城寄了好多明信片。

在芬兰游玩儿了小半个月后，他们去了瑞典和挪威，在北欧的三个国家都玩儿了一遍。等他们再回国时，时间已临近春节。

除夕夜时，家家户户都团聚了，其乐融融。然而，沈暮却在这一晚和江辰遇分别待在了两地。

这该是他们在一起过的第一个年，但沈暮决定去陪陪外公和外婆，毕竟老人家年事已高。哪怕妈妈再嫁了，有了新的家庭，也有新的孩子叫他们外公、外婆，但是他们还是常常念叨着沈暮。

尽管这么多年过去了，时过境迁，但沈暮依然是他们的心里唯一的外孙女。

除了奶奶，外公、外婆在她小时候对她都好。只是他们住在距离南城的市中心两百多公里的城郊，随着沈暮长大升学，他们见到她的机会逐渐变少。

当然，沈暮只在外公、外婆家里待除夕一晚。因为明天是大年初一，她的妈妈会带着丈夫和孩子来拜年，沈暮并不想与他们见面。

江辰遇和她约好，第二天一早就来接她。

除夕这晚，城郊下起了小雪。雪花飘落下来，天地间纷飞起白色碎片。

老人家一向睡得早，但沈暮一来，他们就不免高兴地拉着她说这说那。到了晚上9点，他们才终于回屋睡了。

城郊的房屋大多是自建的小别墅，房间静谧舒适。沈暮在二楼的房间里安安静静地望着窗外的雪。

他现在在做什么呢？他应该是在花城半岛上陪奶奶吧？她不知道那边是不是也下雪了……

沈暮失神地想着。握在指间的手机突然响起"嘀"的一声，她低头去看手机。

江辰遇："睡了吗？"

沈暮的唇边终于浮现出笑容。

沈暮："当然没，现在才几点！"

江辰遇的字里行间都似藏着温柔。

江辰遇："明天我几点去接你？"

沈暮："都行。"

那边沉默数秒。

江辰遇："我还以为你会想早点儿见到我呢。"

沈暮的指尖顿了一顿。他再这样说下去，她可能真要克制不住飞奔回他的身边的冲动了。但现在，她只能若无其事地打字。

沈暮："咱们之间的距离有两百多公里呢，再早你也不能零点就来呀。"

沈暮想了想，突然生出一点儿刁难的心思，将难题交给他。

沈暮："你什么时候想我，就什么时候来。"

她刚发出这句话，卧室的门就"咚咚咚"地响了三下。

沈暮赶忙放下手机，快步走过去开门，冲门口的人一笑："外婆，你怎么还没睡呀？"

外婆抱着一床被褥站在外面："我怕你冷，被子够不够暖和？"

"够啦。"

"还是多盖一床被褥吧，可不能冻坏了我的澜澜。"

外婆不放心地走进屋子里，亲自给沈暮铺好床铺。外婆的手脚不大利索了，外婆却依旧把床铺得整整齐齐，和照顾小时候的沈暮一样。

"我自己来就好了。外婆，你快回去睡觉。"沈暮拉住她布满皱纹的手。

"你也早点儿睡，明早外婆给你煮饺子。你想吃什么馅儿的饺子？"

沈暮的笑容乖巧甜美，她说："虾仁玉米的！"

外婆也高兴地笑了起来："好好好。"

这时外公从屋外走进来，把一杯热牛奶递给沈暮："澜澜，趁热喝。"

沈暮用双手接过牛奶："谢谢外公！"

确定她什么都不缺了，两位老人家才一步三回头地离开了她的房间，回三楼睡了。沈暮却毫无睡意，不太习惯一个人睡。

窗外的雪似乎有下大的迹象。沈暮裹着厚厚的棉衣棉裤，抱膝蜷在床头边。

微信里没有江辰遇回复的新消息，倒是喻涵"嘀嘀嘀"地连着发来几条消息。

喻涵："天哪！宝贝儿！"

喻涵："我真收到你从芬兰寄来的明信片了！"

喻涵："太绝了！！！"

沈暮的笑意蔓延开来。

沈暮："我还给你带了一张鹿皮垫，明天把它给你。"

喻涵："我就知道宝贝儿是最爱我的！"

喻涵说要隔空陪她跨年，两个人就这样有一搭没一搭地聊着。然而离零点只剩最后十来分钟的时候，对面却逐渐没了动静。

沈暮呆呆地盯了手机几分钟，基本能确定——喻涵没熬住，一下子睡着了。

沈暮好笑又无奈，刚准备放下手机尝试入睡，微信就在这时故意似的又响了一声。

江辰遇："你睡了吗？"

他迟了两个多小时的回复令沈暮欣喜又奇怪——他怎么又问这个问题？

兴许是因为他回消息得回得晚了，沈暮带着点儿埋怨的情绪打字。

沈暮："干吗？"

那边发来简洁的消息。

江辰遇："下来。"

沈暮愣了好一会儿，蓦地反应过来。她忙不迭地跳下床趴到窗户上，从二楼望下去。

别墅外宽敞的道路旁果真停靠着那辆熟悉的布加迪。车灯亮着，明亮而刺眼。那人逆着光站在车门旁，漫天碎雪随风飞舞，宛如柳絮，在他的身边摇曳着降落。

那一瞬间，他恍若神明——能实现她所有念想的神明。

沈暮抑制着内心的激动，呵出的热气将玻璃蒙上了一层雾气，窗外他的身影变得模糊起来。

沈暮慌忙去抹玻璃，抬手间回过神来，倏地转身，飞快地往楼下跑。

江辰遇等待半晌，别墅的门"吱呀"一声开了。他抬眸望过去，只见那姑娘穿着一身田园风的棉睡衣，图纹很是可爱。她踩着棉拖鞋朝他奔来。

她的眼中泛着光，似乎有晶莹的液体，但江辰遇没看清，因为她跑得太快。他还没来得及细看，她已经带着奔跑的惯性猛地撞进了他的怀里。

"你从奶奶家开车过来的吗？"沈暮把脸埋进他的大衣里，蹭着他。

江辰遇弯起唇，把下巴抵在她的发上："嗯。"

沈暮仰起头。她心里分明十分欢喜，嘴上却还要哼哼唧唧地责备他："还下着雪呢，万一半路雪下大了怎么办？"

江辰遇不以为意地笑了一下："不是你说，我什么时候想你就什么时候来吗？"

沈暮扯住他的大衣里的黑色小高领，嗲声嗲气地说："我就是随便说说。"

江辰遇凝视她的目光变得越发柔和："你不想见到我吗？"

沈暮一愣，委委屈屈地抱着他的腰说："想。"

雪夜十分寒冷，沈暮让他将车熄了火，然后轻手轻脚地合上门，带他上楼回到自己的房间里。

"外公、外婆呢？"江辰遇扫了一眼她干净的房间。

"他们睡了，明天你再见他们吧。"沈暮抱着暖暖的热水袋，把它塞到他的手里，"路上是不是很冷？"

刚刚她就注意到了，他的手不似往常一样温暖。他的手是冰的，而且还被冻红了。

江辰遇眼底的笑意加深了："还好。"

沈暮拉着他到床边坐下，捧住他的双手哈气，心疼地搓搓他的双手，想快些让他的双手热起来。

片刻后她又倏地站起来，让他脱掉沾满雪的大衣，接着跑到浴室里拧了一块热毛巾，回来给他擦脸，拂去短发上的残雪。

"你快躺进去。"沈暮掀开被窝，把他推上床，又想去浴室把毛巾浸热。

江辰遇笑着将她拽到臂弯里，在床边搂着她："你别跑来跑去了，让我抱抱。"

"抱抱就不冷了吗？"沈暮坐在他的腿上，把半个身子依偎过去，像是把自己当成小暖炉给他取暖。

"嗯。"他笑着应道。

沈暮安静顷刻，忽然抬起脸往他的嘴角上迅速地啄了一下，又将脸埋回他的胸膛上。江辰遇用臂膀把她揽紧些，轻轻地笑了一声。

没过一会儿，沈暮又抬头亲了他一口。

江辰遇唇边还带着笑意，嗓音却变得低沉下来。他说："你别招我。"

闻言，沈暮不满他的反应，软软地"哼"了一声："怎么啦？"

江辰遇垂眸凝视她，用两指摩挲着她的下巴，微沉的声音里隐约带了一丝嘶哑。他说："我没来得急，没带东西。"

他的语气别有深意，沈暮一瞬间便懂了。双颊上不经意地泛起红晕，她却没有逃避，和他对视着。窗外的雪花一片一片轻柔地飘落。

"那……不戴了。"她声音又轻又娇柔，双眸里含着动人的风情。

江辰遇的眸色随之变得幽深了几分。

沈暮用双臂搂上他的脖颈，将身子倾过去，轻轻地咬住红润的双唇："我想……"

她想和他有个宝宝，不为任何人，只是遵循自己内心的渴望。

时间过了零点，烟花爆竹声如约而至。绚丽的烟火升腾到高空中，在雪夜的窗外绽放，流光溢彩。

但这样美丽的夜色在这时也只能成为背景，他们的眼中唯有彼此。

"嗯？"江辰遇的声音里不经意地透出嘶哑，他托住腿上的姑娘的下巴，用拇指在她奶白的脸颊上轻轻地抚弄。

沈暮盈盈的双眸里倒映着烟火的光，眸光闪烁，近距离地凝视着身前的男人："我想要。"

她的眼睛自带少女的清纯，在这时却又如桃花一般，多了几分勾人的媚意。

"我问过秦老师，成绩过了能保留入学资格一年。"沈暮收紧搂在他的脖颈上的胳膊，轻咬着唇，慢慢地低下头，将额头抵在他的肩窝处。

她用低而软的声音在他的耳边说："我们可以……先要个宝宝。"

江辰遇漆黑的眸子中的欲望变得越发强烈。心爱的姑娘愿意为你生小孩儿，对男人来说，没有什么比这件事更令人心驰神往。

江辰遇指尖陷进她柔顺的发间，缓缓地梳着她的发。

两个人静默片刻，沈暮听见他用温和浑厚的声音说："新年快乐。"

沈暮微愣，不懂他的意思。她都那么直白地说出来了，他是同意还是不同意？

她刚抬起脸想要质问江辰遇，他先低下头来，含住了她的唇。

窗外的小雪还在下，鞭炮声不绝。今夜他的吻比以往要放肆，像新鲜的氧气纠缠在彼此的唇舌间。他们交换并汲取着氧气，或许他是被她点燃了心里的焰火，所以久久地难以平复激情。

沈暮被他拥着躺下。他高大的身躯倾覆过来的时候，她想到了第一次和他接吻的经历，那是在九思——他的办公室里。

而现在，他们在这个从她小时候起外公、外婆就留给她的房间里接吻。

厚实的印花棉衣和棉裤被丢到床边，彼此的唇互相追逐着，渐渐地升温，他的身体也终于不再寒冷。

他的唇流连着，沈暮的双眸跟着失神。她眼前浮起薄薄的雾气，喘气也变得短促。她双手稀里糊涂地探到背后的搭扣上，自己解开了搭扣。

新年的鞭炮声"噼里啪啦"地响，响声中夹杂着烟花"砰砰"地绽放的响声，在这个夜晚此起彼伏。

女孩子的脚踝骨肉匀称、纤细白皙，像暖玉一样漂亮。腿在他的双肩上挂着时，沈暮忍不住蜷起脚趾。

窗外的声音倒成了他们的掩护，爆竹声将二楼那间屋里娇而甜的声音彻底盖了过去。

这个夜晚是烫的，一点儿也不冷。

第二天，沈暮醒得有些晚，也许是昨晚过于放肆了。

沈暮迷迷糊糊地睁开眼时，两床被褥暖暖地裹在她的身上，枕边却无人。

沈暮反应顷刻，起床洗漱和穿衣。下楼的时候，她听见谈笑声从餐厅里传来。

"这孩子，昨晚你来了也不告诉我们。"

"我是临时过来的，冒昧打扰了。"

"好孩子，跟外公、外婆就不要客气了，你把这儿当自己家就行。饺子好了，澜澜还睡着，咱就不等她了，你先吃。"

这时外公从厨房里端出两大盘饺子，江辰遇随即站起身，接过饺子放到餐桌上。

"澜澜昨天说要吃虾仁玉米馅儿的饺子，辰遇有没有忌口的？"外公一边问着，一边又回头去取碗筷。

江辰遇陪着他进了厨房，笑着答道："没有的，我的口味随她。"

坐在桌前的外婆听了这话，开心得直乐。

外婆抬头便见外孙女一头雾水地走过来，笑着招招手："呀，澜澜醒了，快来，快来！"

沈暮走过去，刚望了一眼厨房，就被外婆拉着坐到身边说悄悄话。

"你说外婆也真是的，现在才知道你结婚。辰遇这孩子长得可真好，又礼貌，大你七岁不错，知道疼人。你要乖，和他好好的。"

闻言，沈暮蒙了一下。外公、外婆不上网，肯定不晓得江辰遇是谁。那人是怎么做到只聊了几句就讨到老人家的欢心的？

就在沈暮疑惑之际，江辰遇和外公从厨房里走出来了。

外公高高兴兴地招呼他们快趁热吃饺子。

江辰遇坐到沈暮的身边，把一只碗和一双筷子放到她的面前。

"你怎么自己下来了？"沈暮凑过去耳语道。

江辰遇又给她倒了一小碟酱油醋，含着笑说："我看你睡得太香，没舍得叫醒你。"

沈暮随即想到昨夜，双颊上倏地浮起桃红色。她轻咳一声，佯装无事，低头吃饺子。

江辰遇笑而不语。他习惯了她勾引他的时候胆大包天，事后她又总是羞赧得不承认自己做过的事。

外公、外婆见他们感情好，都特别欣喜。他们上了年纪，难免要关心小辈打算何时要小孩儿，并不是催促他们，就只是随口问问。

沈暮到底是姑娘家，虽然昨晚很主动，但一被问起来便害臊得一个字也说不出口了。

倒是江辰遇十分淡定，温和地回答道："我们在准备了。"

外公、外婆对此感到喜悦，连说"真好"。

沈暮的脸蛋儿红红的，她抬手把饺子夹到他们的碗里，撒娇道："哎呀，外公、外婆，再不吃饺子要凉啦！"

老人家怎么会看不出自家的外孙女在害羞？他们被她逗得直乐。

江辰遇轻轻地翘起薄唇，轻言细语地开口道："再过三个月我和景澜办婚礼，就在南城。到时候外公、外婆可一定要过来。"

两位老人家听到这个消息，别提有多开心了。

沈暮嘴里含着饺子，抬头和他对视一眼。江辰遇笑起来，用指背蹭了蹭她鼓鼓的两颊。

妈妈和那位叔叔大概在下午过来拜年，故而沈暮和江辰遇留在外公、外婆这儿吃过午饭后，便回了市中心。

小雪飘了一夜，天亮时就不下了，路上并无积雪。

沈暮坐在副驾驶座上，用戴着手套的双手握着一杯暖暖的奶茶。她想到什么，嘟起唇瞄他一眼："你和外公、外婆说什么了，让他们这么喜欢你？他们上来就让我乖乖的。"

她好像在争风吃醋，江辰遇开着车，唇边勾起一丝弧度。他说："他们是喜欢你。"

"嗯？"沈暮吸着奶茶纯真地眨眨眼，看向他的侧脸。

"爱屋及乌。"江辰遇慢条斯理地说。

他的回答过关了，沈暮甜甜地抿着嘴笑。突然想起一件事，她松开吸管问道："奶奶是不是还不知道我们五月要办婚礼？"

江辰遇打着方向盘说："我还没告诉她。"

沈暮奇怪地问道："你怎么不跟她说这件事？"

春节时市区内交通拥堵，他们又遇上了红灯，江辰遇踩住刹车才回眸。

他静静地看了她片刻，眼中的笑意多出几分耐人寻味的意味："现在可以说了。"

沈暮瞬间听明白了。现在他们准备要孩子了，奶奶没什么可唠叨的了。

沈暮歪过头，害羞地看了他一眼。江辰遇露出好看的笑容，抬手宠溺地揉了揉她的头。

其实奶奶是真的盼着他成家，倒也不会真催他们要孩子。之前江辰遇不说这件事，只是想让沈暮安心地玩儿。

"就一次，谁知道有了还是没有？"沈暮故意嘀咕了一句，话里有那么一些恃宠而骄的意味。她戴着白绒绒的围巾，穿着红色的大衣，大衣衬得她的肌肤和雪一样可爱白净。

江辰遇略微眯起俊眸。这话的意思是……她怀疑他不行？

"噢……"江辰遇若有所思地说，随后微挑眉毛，笑了一下。

"今晚早点儿回屋。"他回头说，继续将车往前开。

"为什么？"沈暮纯真地顺着他的话问道。

开车的男人好像抬了一下嘴角，拖着尾音说："争取多来几回——"

沈暮的脸"腾"地红起来，她好像不该在这件事上挑衅他呢，压根对付不过他嘛……

她正后悔着，只听江辰遇温和低沉的嗓音再次慢悠悠地响起："回去把你的小爪子剪一剪，抓得我还挺疼。"

他似乎只是随口开一句玩笑而已，她却觉得他像是将意乱情迷的午夜细细地道尽了。沈暮面颊的颜色变得更深，蓦地将脸侧向车窗。

哼！老男人！他就知道逗她，她不跟他讲话了！

春寒料峭，新岁却比过去的任何一年都暖入心窝。

这是他们相识后过的第五个新年，也是他们在一起后过的第一个新年。

前四个春节沈暮都在美术学院里度过。当时她独自坐在宿舍的窗边，看着巴黎的天色慢慢地暗下来。

江辰遇会将国内烟花绚烂的夜拍给沈暮看，那时候，她才会有笑意。

如今她终于不用再一个人生活，想去哪里都有他陪着，那是一种幸福失而复得的感觉。有了他，她的生活有了醉人的温柔。他也尤其……没羞没臊。

他像是要跟沈暮证明自己似的，那一夜过后，她被要得每天起床都要花费好久的时间，从腰肢到腿窝都酸得战栗。江辰遇倒是餍足了，一天比一天神清气爽。

他美其名曰"努力造崽"，可沈暮慢慢地意识到，狗男人根本就是在趁机欺负她，还那么理所当然。

有几回做到中途禁不住，沈暮"嘤嘤"地哭着想溜，却次次都被江辰遇轻而易举地拽回怀里。

"又想偷懒了？"他声音喑哑地说，咬着她的耳朵。

沈暮只能紧紧地抓住他，眼睛泛着水雾。

这样的日子在将近一个月后落下帷幕。

某天江辰遇联系了医师，让医师给沈暮做妇科检查，因为她的生理期推迟了一周，现在还没来。

沈暮事先用验孕棒测过，棒上是两条红线，去医院是想进一步确认怀孕。

不过从发现状况到现在尚不足月，时间短，从 B 超上看不出什么，她只能先做血液 HCG 检查。

果不其然，HCG 的含量明显升高。医生交代了注意事项后，让他们过两周再来做 B 超。

虽说 HCG 值升高基本可以确定怀孕，但怀孕的可能性也不是百分之百，沈暮总担心自己没怀上。对这个小生命，她满怀期待，因此也怕空欢喜一场。

她的情绪无论再细微，江辰遇都能察觉到。他安抚地抱着她，告诉她不着急，他们有的是时间。

直到两周后沈暮做完 B 超，医生指着检查单上小部分的阴影区域，对他们说："这就是孕囊。"

沈暮当时第一反应是半惊半喜，那双清澈的眼睛里像是有光亮："我是真的怀孕了吗？"

医生笑着肯定，说"都很正常"。

医生之前都交代过饮食上的问题，这次就没再多说，只是再次强调了一遍："头三个月胎儿不稳定，切忌同房，要记得按时来做产检。"

喜悦冲淡了羞涩，沈暮点头，乖乖地应了一声。

沈暮没问其他的问题，江辰遇却很细致地将注意事项都询问了一遍，彻底地了解每一件事之后才向医生道谢，牵着她离开。

当晚临睡前，沈暮还坐在床头看那张检查单，怎么看都看不腻似的。

图上的孕囊还很小，却真实地存在，沈暮情不自禁地伸手摸自己的小腹。虽然她现在还摸不出什么，但这种感觉太奇妙了。

她已经忍不住开始想：宝宝出生后会像谁更多呢？

江辰遇回到卧室里，递给她一杯热牛奶。

"早点儿睡。"江辰遇摸摸她的脸，"冷吗？要不要把温度调高点儿？"

沈暮摇摇头，接过牛奶杯，将检查单递给他："喏，你的宝宝。"

江辰遇在床边坐下，垂眸瞧了一会儿图上的阴影区，薄唇弯起温柔的弧度。

"我现在是孕妇。"沈暮喝了半杯牛奶，舔舔嘴角，软绵绵地对他说。

江辰遇一下子笑了："嗯。"

他用拇指蹭过她润泽的唇，拭去她唇边的奶渍。

沈暮清亮的眸子里掠过一瞬间的狡黠："医生说不能同房了。"

江辰遇隐约察觉出她的坏心思，轻轻地挑眉。知道他现在肯定拿自己没办法，沈暮开始肆意妄为，要将先前被欺负的账还回去。

江辰遇的眼底含着温柔而纵容的笑意，他看着她闹。

自从家里有了个小孕妇，江辰遇便很少去公司了，基本都在书房里办公。他通过电话会议解决必要的问题，批过合同文件后再由方硕交接工作。

他近乎步不离地陪在沈暮的身边，尤其在沈暮出现早孕反应的那段时日里。她只是头晕嗜睡倒也罢了，江辰遇能哄她，还能抱着她睡觉。但她还频繁地孕吐，他实在束手无策，只能干着急。

沈暮经常难受得哭出来，把头埋在他的怀里哽咽，打着哭嗝赌气地说不想生了。

她娇而哑的哭腔让江辰遇万分心疼。他却也只能温柔地吻吻她，轻轻地拍着她的背安抚她，做不了别的。

"他们说，这叫'吐'女郎。"江辰遇讲笑话逗她。

沈暮"呜呜"的哭声顿了顿，反应过来，一瞬间破涕为笑。她握着拳头，没什么力道地捶在他的胸膛上，带着浓重的鼻音"哼"了一声："你从哪儿看的？奇奇怪怪的……"

江辰遇神情温柔地摸摸她的脑袋。除了工作，他现在关注最多的就是医生推荐的某款孕妇app，上面有很多宝妈在分享经验。

一贯严肃冷淡的江大总裁如今竟混迹于孕妈软件，苦学妇产知识——这件事若被外人知晓了，肯定是会立马上热搜的。

万幸糟糕的情况没有持续太久，大概上天对善良温顺的女孩子都格外垂怜，小半个月后，这折磨人的早孕反应就慢慢地消失了。

朋友们得知沈暮怀孕后，江辰遇和沈暮家几乎每天都有亲近的人登门造访并道喜。

有一回，喻涵和秦戈不约而同地上门拜访，在锦檀别墅的临时车位上同时停车、开车门、下车、关车门。回身的一刹那，他们彼此打了个照面。

喻涵的一口冷气险些没倒抽上来，躲是没法躲了，她只好故作从容地打招呼："秦……秦老师，没想到您也在这儿，哈哈……"

"你是来看小暮的？"秦戈不慌不忙地走过去。

"嗯，我这当干妈的，肯定要来。"喻涵摸摸后颈，佯装轻松地和他谈笑。

秦戈瞅她两眼："巧了，我也来看我干宝。"

喻涵："……"

缘分有时就是这样妙不可言，能将两个看似不相干却又有千丝万缕的联系的人来来回回地拉扯，任谁也料想不到事情后续的发展。

四月凉意退却，气温已然回暖。

本该在家里舒舒服服地养胎的沈暮不太安分。不再受早孕反应的影响后，她又恢复了生气，坐不住了。

IAC现场的决赛在即，参加研究生复试后，沈暮想去美国参加比赛。

"虽然得奖很难，但直接弃权太可惜了。"沈暮搂着江辰遇的胳膊，仰着白嫩的脸蛋儿撒娇道。

尽管医生说孕期的前三个月里不宜劳累，可她努力了那么久，江辰遇确实也不忍心让她留下遗憾。他们临行前去医院检查，得知妈妈和宝宝都很健康。

江辰遇答应让她去，但也明白地告诉她：她得听话，不能再和以前那样没日没夜地画画。

沈暮温柔地笑着点点头。肚子里怀了他的崽后，她变得越发乖巧了。

月初，江辰遇亲自陪着沈暮去了美国，还请了两位私人医生同行，让他们随时关注她的身体情况。

毕竟这是国际性的赛事，比赛举行的那天媒体云集。

比赛场地在纽约的一座城堡庄园里。主办方给每一位晋级的参赛者准备了一个有二十四小时监控的房间，里面的工具应有尽有。比赛要求参赛者在房间内完成作品，参赛者可以随意地离开房间，但不能携带画稿出去，时间期限是两天。

沈暮正处于怀孕的敏感期中，不方便接触颜料，故而放弃了擅长的油画，选择了中国画。沈暮虽然画中国画不像画油画那样游刃有余，但一向对中国画有着深深的情怀。她没有精妙绝伦的技艺，但有一腔爱意。

沈暮画的不是什么波澜壮阔的山水，而是家里春暖花开的小花房。因为那是他们的家，所以她特别喜欢它。

沈暮本着重在参与的心态完成了这幅中国画，也不去在乎比赛的结果，开开心心地和江辰遇回了国。

然而他们待在美国的这两三天里，IAC决赛的消息早已传到国内。

"江辰遇现身纽约陪女友参赛"的热搜也在微博上沸腾了两天。这时女网友都意识到，她们梦寐以求的老公的女友是从巴黎美术学院毕业的、被霍克教授称为"最得意的门生"的才女。

网友纷纷地流泪和艳羡，只能表示"输了，输了""比不了，比不了""嫂子优秀"。

有人查到了IAC官方公布的入围作品。由此，那张令人血脉偾张的美男睡袍图也广为传播。

热搜的评论直呼"惊为天人"，没人见过这个冷漠的男人还有这般性感的一面。

于是，这引发了一系列"江总为爱当模特"的热议。

…………

回家后的那晚，沈暮在微博上目睹了这一切。

"还好我没画全裸的你，不然你就要被她们看光了。"沈暮在餐桌前哼哼唧唧地说，轻轻地嘟起红润的嘴唇。

江辰遇好笑地弯起唇："一幅画而已。"

"可她们好疯狂呀……"沈暮带着醋意说。

在他那儿，她有不讲道理的特权。沈暮又瞥了他一眼，问道："都赖你，你干吗长得这么好看？"

江辰遇无奈地笑起来，想敲敲她的脑袋，已经抬起手来了，在半空又顿住了。他把手放了下来，只抽走了她的手机。

"快吃饭。"江辰遇佯装严肃地说。

沈暮一点儿都不怕他，撇撇嘴，奶凶奶凶地冲他"哦"了一声。

时节如流，树木枝繁叶茂，五月终于到了。

五月二十一日，天空晴朗，微风柔和，初夏的阳光都比往常要多几分明媚。

这天是他们举办婚礼的日子，也恰巧是江辰遇的生日。于是这一天变得更有意义了些。

花城半岛，沈暮名下的那栋玻璃别墅里。

化妆师和造型师为沈暮做好妆发和出门纱后，沈暮便待在房间里，等着江辰遇来接亲。

喻涵和菲娅也换好了藕粉色的伴娘裙。

沈暮坐在床上等待，把手心叠放在腹部上，不太自信地问她们："这样明显吗？"

"宝贝儿，你不说我真的一丁点儿都看不出来。"喻涵比了个"发誓"的手势，如实地回答道。

菲娅将演技发挥到极致，说："你怀孕了？没骗我吧？"

喻涵接茬儿，操着一口不太流利的英语说："我们一定都被她骗了。"

"噢！"菲娅夸张地惊呼一声。

沈暮被挨在一起的这两个人逗笑。

沈暮怀孕已有三个月，胎儿也稳定了。但她天生骨架小，四肢仍然纤细，只是肚子稍微隆起一些。她穿着纱裙时，别人压根瞧不出她怀孕了。

她怀孕后，气色反倒变得更好了。

喻涵和菲娅的鬼点子都多，江辰遇来之前，她们在屋里"叽里呱啦"地商量给他出难题。江辰遇想接走美丽的新娘子，哪里有那么容易？

沈暮倒是先听得心疼了，娇软地帮江辰遇说话："你们就别整他啦。"

喻涵和菲娅先是调侃她还没被接走就开始护夫了，然后教育她不能心软。但她们最后还是妥协了。

怎么说呢？就算谁借给她们胆子，她们也不敢惹那个视妻如命的男人呀。

好吧，既然新娘子舍不得老公，那她们就只能对伴郎下手了。

于是新郎和伴郎们到来的时候，喻涵和菲娅宛如女战士，死死地守着房门不放行。

她们统一了口径，来的人要想让她们开门，除非诚意到位。

秦戈和陆彻的声音隔着门传过来，他们说是红包太厚塞不进来，请她们行行好。

喻涵和菲娅都不容易被忽悠，任门外的伴郎们如何软磨硬泡都死活不开门。沈暮坐在床上偷笑。

不一会儿，门"咚咚咚"地被叩响三下，江辰遇低沉动听的声音从外面传来。他没说其他的话，只是温柔地唤了一声"老婆"。

沈暮脸颊瞬间红了，心脏也随即剧烈地跳动起来。她含着羞咬唇，低低地咳了一声，小声地说："让他进来吧……"

喻涵和菲娅哀号着说她肯定是男方派来的间谍。

两个伴郎好像生怕屋里的人反悔，门刚被开了条缝就拥进了屋里。秦戈是被陆彻推进来的，喻涵想抵门但没抵住，倒是和被推进屋里的秦戈撞了个满怀。

以为喻涵要摔着，秦戈揽住了她的肩。两个人就这么猝不及防地抱在了一起。

他们相视了两秒，不约而同地立马放开彼此，退开几步。

好在无人发觉这个小插曲。江辰遇拿着一束玫瑰望向床上的人——她穿着纯白色的抹胸缎面纱裙，长发微卷，妆容甜美精致。

他望过来的时候，沈暮也正抿着嘴看向他。江辰遇的眼底含着深深的笑意。

他今天的服装都是搭配她的婚纱来挑选的。她穿着纯白色的缎面裙，他便穿米色西装，搭配香槟色的领带，那俊雅的气质被衬托到了极点。

有情人互相对视着，这是多么缱绻动人的画面。但尽职尽责的两位伴娘不给他们眉来眼去的机会，直接抛出难题，新郎必须完成难题才能带新娘走。

不过新娘饶了新郎，所以那些稀奇古怪的游戏只能由两位伴郎来玩儿。

玩儿游戏是陆彻的强项，这些小把戏对他来说都不在话下。但踩上趾压板时，他疼得直叫唤。

他不行，秦戈便上阵了。秦戈抬手让喻涵过来。喻涵狐疑地打量他片刻，扭扭捏捏地走近，问他："怎么了？"

"你们的规则上写了，伴郎得抱着伴娘走趾压板。"秦戈扬了扬手里的纸，坦然自若地说。

喻涵一颗心一下子吊了起来："有吗？"

秦戈把纸递给喻涵。

她接过来看了一眼，嘴角抽搐，纸上还真写了那些规则。

这一关，秦戈完成得轻轻松松。反倒是喻涵认命地把眼睛一闭，像一具尸体般被他横抱着。

到了最后的问答关，她们把矛头重新对准新郎。

菲娅将那张清单隆重地捧在手心里，一本正经地对新郎提问道："江辰遇先生，请听题——"

江辰遇抬抬手，示意她开始提问。

菲娅颇有老者威严的气势，问道："你和沈暮是什么时候认识的？"

"五年前，四月十九号，我买了她的画。"江辰遇回答道，含笑的目光始终落在沈暮的身上。

沈暮浅浅地笑着，露出小部分洁白的牙齿。

菲娅将事先准备好的问题一连串地问下来，却都难不住面前的男人。

见势不妙，菲娅不假思索地跳到终极问题，问道："你们是在哪里第一次接吻的？"

闻言，沈暮一愣。

在场的亲友们瞬间八卦地竖起耳朵。

静默少顷，江辰遇轻轻地笑了一下，说出了他们想听的话，声音温和得恰到好处。

"我的办公室里。"

此话一出，各位都"哇哇哇"地开始起哄，唯独沈暮面色绯红。她羞臊得低下了脑袋，而江辰遇如愿以偿地接走了他的新娘。

沈暮是被外公、外婆送上婚车的。两位老人家许久没这样开心过了，一直在笑着，眼中却含着水光。他们舍不得沈暮，但也放心把她交给江辰遇。

与此同时，江老太太倒是在忙里忙外、进进出出地张望，等着她喜欢的孙媳妇过门。

江老太太害怕沈暮怀着孕会过于劳累，反复念叨着，让他们别太闹腾。

婚宴就在南城的别墅庄园里举办。江辰遇按照沈暮的喜好托人策划，把庄园布置成繁花簇拥的宫廷风的城堡。

被粉色的花海包围，让人仿佛置身于爱丽丝梦游的仙境中。主舞台的背景是古罗马纹理的白色宫门，每一处细枝末节里都透露着男人对女孩儿的情思。

这是一场她置身于其中却不用醒来的童话，是他给的。

婚宴的规模堪称近年之最。婚宴盛大而奢华，到场的宾客涉及各大圈子，媒体记者的闪光灯"咔嚓咔嚓"不停地响着，他们连一秒都怕错过。

得知这场婚礼的证婚人是享誉中外的霍克教授后，媒体记者们已经纷纷地当场撰写起了文稿。

然而这只是开始。柔和明亮的灯光打在穿着主婚纱的沈暮身上，她的出现十分惊艳，所有人顿时屏息凝神，仿佛呼吸重那么一点儿都会破坏这一瞬间她惊人的美。

沈暮穿着一字肩荷叶边袖的大长摆拖尾婚纱，圣洁的白纱上镶满闪耀的水晶珠。她仿若身披银河，身上闪着星光，华丽而优雅。

即使有人说这是殿堂级的公主嫁衣，也无人有异议。

江辰遇牵过沈暮的手，一步步地走上主舞台。从交换戒指到亲吻，他给足了她女孩儿都憧憬的仪式感。

沈暮的双手被他握着，她眸光盈盈地仰望着他。

这似乎是她第一次在如此热烈的掌声和欢呼声中，这么勇敢地表露自己的爱意。

江辰遇凝视着她，眼中有无限的温柔。她今晚真的很美，美得让他移不开眼。

婚礼后半部分的惊喜是喻白的现身。

他身穿纯净的白色西装，屈起一条腿，随意地坐在舞台一侧的高凳上，握着麦克风唱了一首 Beautiful in White（白色新娘）。他唱得那样动听，那样深情。

毫无疑问，当晚的微博热搜被关于这场婚礼的新闻占据。

"江辰遇、沈暮结婚""喻白现身婚礼献唱""粉色仙境宫廷风城堡婚礼""MATTEO主设计师 Luke 亲自设计的绝美婚纱""霍克教授证婚人"……

今夜的评论区更是热闹至极。

"啊啊啊啊，我直说了！江总好帅！"

"嫂子真的不是仙女转世吗？！我一个女的都想跟江总抢老婆了！！"

"呜呜呜呜，谢谢，被甜到了！"

"满意了！CP 粉今晚过大年！！"

"喻白弟弟居然也在，这是什么梦幻联动？！"

"弟弟唱歌了啊！有生之年系列！"

…………

情绪激昂的网友中，也有人理智地察觉出端倪。

"姐妹们，我好像发现了什么不得了的事！"

不超过半个小时，那条分享经历的微博时隔数月再次登上热搜。网友惊奇地发现，此条微博下被封神的热评第一，不就是今晚美貌惊艳全网的新娘发的吗？

她们的 CP 是真的，绝美的爱情确实存在！

婚宴还在继续举行。

沈暮换了一套便于走动的粉蓝色晚礼裙，跟着江辰遇向宾客敬酒。当然了，她有孕在身，喝的是果汁。

伴郎和伴娘自然也不能闲着。宾客热情似火，他们是要时不时地上去帮忙挡挡酒的。

一轮酒喝下来，喻涵先撑不住了，再喝酒可能就要兴奋得当场唱跳《野狼 disco（迪斯科）》了。于是她和菲娅商量好轮换着喝酒，悄悄地溜到宴厅外吹风，想清醒清醒。

刚巧，秦戈和陆彻也是这么达成一致的。

今晚喝的红酒后劲很足，秦戈在侧厅的沙发上坐了一会儿，随意地翻看着手机。

兴许是酒劲有些上头了，他用左手支着脑袋，用右手滑着微博，胡乱地点进了那条分享社死经历的热搜。

秦戈看完热评第一中新郎、新娘的故事，唇边浮起看好戏的笑意。目光继续往下移动，他看到了热评第二。

秦戈略显迟钝地沉默了两分钟，这才醉醺醺地反应过来，慢悠悠地"啧"了一声。

关键词太精确，他完全能确定热评第二是谁发的。而且除了她，这世上应该也没人喝醉后会那样做了。秦戈的睫毛垂下来，搭在眼睑上，他低低地笑了一声。

他坐在这儿似乎并不能解酒。片刻后，他起身往外面走，准备去呼吸呼吸新鲜的空气。

别墅外的不远处有一方露天的迎宾台，夜幕下，星星和月亮将微凉的光洒在那里。

喻涵正靠在那里，克制着体内的小野兽。秦戈走出别墅，一眼就看到了她，顿了一会儿，还是朝她走了过去："你不舒服吗？"

秦戈喝了红酒后，声音变得嘶哑了些。喻涵一怔，循声抬起头，花了半分钟看清他后，倏地站得笔直。

"没……没……"喻涵在他的面前总是会丧失语言功能，笑得也憨，"还行。"

秦戈点点头，没说话，靠在迎宾台的另一边。两个人就这么安安静静地望着夜空，一起站了几分钟。

"你现在是不是喝得断片儿了？"秦戈突然问道。

喻涵愣了一下，随即拍着胸脯笑："我好着呢！"

话音刚落她就猛地一晃悠，忙不迭地扶住迎宾台才站稳。

喻涵吸了口气，冲他尴尬地笑了笑。秦戈瞧她两眼，一下子笑出了声。

她今晚穿着粉裙子，长相虽不是多么美，但也属于很耐看的那种漂亮。

沉思顷刻，秦戈突然转过身和她面对面，问道："你当我是大叔？"

喻涵本来就醉了，闻言发着蒙问道："啥？"

秦戈拿出手机，点开那个热搜的界面，把手机递给她看——热评第二的原话说那个人是"正经的大叔"。

喻涵仿佛被按了暂停键，足足盯了屏幕两分钟才回过神来，疯狂地摆手否认。这不是她，绝不是她！

可谁会信她欲盖弥彰的反应呢？秦戈笑了笑，也没打算逼她承认这件事。

他半醉半醒地望着天空，不知过了多久，低沉缓慢地说了一句："跟你在一块儿挺解压的。"

喻涵尚处在惊恐之中，听到这话再一次蒙了，问道："啥？"

"我说你挺好的。"秦戈不紧不慢地回答道。

喻涵彻底茫然了，微微地张着嘴，发傻地看着他。

秦戈安静地回过头："我说……"

他顿了顿，似乎是在和酒意做斗争——最终她也不知他是败了还是胜了。

他缓缓地接着说："被看透心思不是输。

"你要不要和我处处看？"

喻涵听得腿一软，差点儿跌倒，秦戈手疾眼快地拽住她的胳膊。他搀扶她时，她不小心就倒在了他的怀里。

她明显站不住了，秦戈也没松开她。

"嗯？"秦戈垂眼去看身前的姑娘。

喻涵听了他的这一句低沉沙哑的话后，心跳变得飞快。她隔着薄衬衫把头埋在他滚烫的胸膛上，一动不动。

她想说：处处……就处处。

婚宴结束后，江辰遇带沈暮回到了锦檀别墅里。她习惯住在这儿。

卸妆后，沈暮换了一身睡裙。江辰遇在厨房里给她加热牛奶，她便靠在床头上，等他回来一起睡觉。

沈暮百无聊赖地玩儿着手机，看到喻白更新了微博，并且他提到了她。

@喻白："景澜姐，新婚快乐。"

评论区的状况可想而知，粉丝更羡慕她了。沈暮纯真清澈的双眸里含着笑意。

或许她永远也不会知道这个少年曾对她有过情意，但这样是最好的结局。

江辰遇推门进来，一如往常地将那杯温热的牛奶递给她。

"你累不累？"江辰遇坐到床上，摸摸她的发。

沈暮抿了几口牛奶，闻言委委屈屈地抬起眼说："累。

"婚纱好沉，我的脚都站得酸了。"

沈暮从被窝里伸出脚，把脚放到他的腿上，哼哼唧唧地撒娇。

江辰遇的唇边掠过笑意，他用修长的手指握住她白净的脚踝，又轻柔又缓慢地给她揉着。沈暮弯起眼睛，靠着柔软的枕头，喝着暖暖的牛奶，心安理得地享受他的好。

她的目光不由自主地落在他的脸上，游走过他的眼睛、鼻子、薄唇，再往下移动，停留在他半露在真丝睡袍外的锁骨上。

"有你真好。"沈暮忽然发自肺腑地说了一句。

江辰遇抬眸，轻轻地笑："你现在才发现？"

沈暮也笑："我早就发现啦！"

她甜甜的声音里像含着蜜："我现在又发现，你一天比一天好。"

江辰遇唇边的笑意随之加深。他也觉得自己一天比一天爱她了。

沈暮情不自禁地盯着江辰遇的眼睛。他的瞳仁是很纯的黑色，仿佛沉静而神秘的黑夜。他笑起来的时候眼尾会勾起一丝弧度，脸上浮现出令人神往的温柔。

"宝宝的眼睛会像爸爸的比较多吗？"沈暮歪歪脑袋，温柔地说。

江辰遇慢悠悠地把双手撑到她的两侧，饶有兴致地问道："怎么了？"

沈暮眨眨眼，笑容清甜地说："爸爸的眼睛好看呀。"

江辰遇含着笑望向她笑盈盈的眼睛，俯过身去，轻柔地亲了一下她的嘴角。

"还是像妈妈吧。"他说。

"为什么？"沈暮不解地追问道。

江辰遇看着她笑："因为爸爸喜欢。"

他凝视她的目光像是含着世间所有的温柔，沈暮的双颊上微微地泛起红晕。

她的心里正甜着，下一秒江辰遇又附到她的耳边，用沙哑的声音慢条斯理地诱惑她说："我的眼睛是要用在你身上的。"

她肯定是被他带坏了。他只说了简简单单的一句话，沈暮却联想到了许多不正经的画面。她心尖一颤，耳朵顿时红了。

她蓦地将牛奶杯塞回他的手里，钻进被窝里说："睡觉啦！"

江辰遇笑了笑，把杯子放到床头柜上，关掉水晶灯，在她的身边躺下。

沈暮挪过去，挪到他的怀里。江辰遇拥住她，用掌心轻轻地覆上她略微隆起的小腹，温柔地说："乖，小心点儿动弹。"

"嗯……"沈暮软软地应了一声。

房间在深夜里慢慢地陷入宁静中。

沈暮半梦半醒间唤了他一声："老公。"

江辰遇用唇碰了碰她的耳朵："嗯？"

"老公。"

"嗯。"

她打着哈欠，困到声音里带上了一点儿鼻音："老公……"

他笑着说："在。"

慢慢地，小孕妇终于窝在他的臂弯里睡熟了。

屋里一如既往地亮着一盏小夜灯，幽暗的光照在一侧的床头柜上。床头柜上摆着两个相框：相框里一张是他们在巴黎拍的婚纱照，另一张是他们在芬兰的极光下自拍的照片。

床头柜上还有一只水晶瓶，里面存放着她在马尔代夫送他的紫色贝壳。他们好像真的得到了神秘的祝福，能这样在一起，一直到永远。

这个夜晚，沈暮梦到了江辰遇曾对她说过的话。

他在陪她去法国的飞机上说过以后每天都要不遗余力地爱她。他没有骗她。

沈暮在他的怀里睡熟了，睡梦间，她的唇边漾起甜甜的笑容。

她也要不遗余力地爱他，永不止息地爱他，和他一样。

不，比他更甚。

汀上白沙，白首不渝

一年后，九月的最后一天。

初秋的风徐徐地拂过，温度清凉宜人，南城的暑热散尽了。

落日的光倾洒在那辆黑色布加迪的前玻璃窗上。

江辰遇靠在驾驶座上，把双手随意地搭在方向盘上。淡淡的金色余晖落在他的眉睫上，衬得他的脸越发清俊。

他透过前窗望出去，和他隔着一条马路的是南江大学的大门。

不多时，校门口出现了一个纤细的身影。她穿着白色的及膝连衣裙，在外面搭了一件香芋紫色的薄西装小外套，背着单肩包，长发被风吹得微微地往后扬起。

江辰遇的目光随之变得温柔了几分，但马上，他那眼神又沉了下去。

那个刚出校门的姑娘被一个男生拦住了，男生的手里似乎还拿了一个礼物盒。

江辰遇略微眯起双眸，神色看上去不慌不忙。但他转瞬推开了车门，迈开被灰色西装裤包裹的长腿走过去。

"谢谢你，但这个我不能收。"沈暮将被塞到手里的铝盒推了回去。她的声音温暖而有魅力，她说英语的时候发音特别好听。

男生长相有点儿韩剧男主角的清爽帅气。他没接盒子，只和沈暮说了两句什么话。

男生还想再聊时，忽见一位高俊挺拔的男人走近，男人极为自然地牵住了面前的女同学的手。

"有麻烦吗？"江辰遇言简意赅地问她。

沈暮摇摇头，浅红的唇瓣旁透出几许笑意。

江辰遇斜眸淡淡地看了那个男生一眼。他看别人时，眼神总是自带压迫感。他还只字未言，男生就已莫名地打了个激灵。

男生一看便知这位先生不好惹，慌不择路地退开，转身溜走时还被自己的脚绊得踉跄了一下。

"你干吗吓唬人？"沈暮问道，差点儿笑出声来。

江辰遇回眸，略微挑了挑眉毛。他半句话都没讲，怎么能叫"吓唬人"？那人纯粹是因为勾搭别人的老婆被逮个正着，心虚了。

江辰遇将目光扫过她手里的小铝盒："他想干什么？"

沈暮老老实实地交代："他想约我吃晚饭。"

江辰遇闻言微微地皱起眉头，十分不满。

沈暮清亮的眼睛弯弯的，挽上他的胳膊，仰起小脸说："我说我要回家，我老公来接我了。"

她越发熟练地哄这个男人开心。江辰遇果然舒展了眉，轻轻地笑了笑，捏捏她柔软的手说："走了，回家。"

沈暮点头，笑容甜美。

那个男生送的小铝盒里是某品牌的限量糖果。当然，它转瞬就被江辰遇毫不留情地随手丢进了路边的垃圾桶里。

"汀白今天乖吗？"沈暮坐到车里，边系安全带边问。

"还不错。"江辰遇将车发动。

沈暮偏过脸，带着点儿埋怨说："他没有想妈妈吗？"

江辰遇没有直接开车走，而是回头看向身边的姑娘，饶有兴致地看了她片刻后笑着说："爸爸比较想妈妈。"

沈暮抿着嘴笑，软软地"哼"了一声，将脸转了回去。

去年十一月，她顺利地诞下一个天蝎座的男宝宝。

宝宝很可爱，越长越白嫩。他的眼睛像江辰遇的眼睛一样好看，瞳色是纯净的黑色，嘴巴和沈暮的嘴巴有几分相似，他时常带着浅浅的笑容，很是讨喜。

江辰遇给儿子取名"江汀白"。汀上白沙，忠贞不渝。

在这样的家庭里，汀白自出生起便受尽宠爱，曾祖母和外曾祖父母也都很疼他。

只有爸爸十分严格，汀白一闹腾必定被训斥。江汀白还小，再过一个月才满周岁，压根听不懂爸爸的意思，但还是每次都被爸爸训得"哇哇"地大哭。

好在妈妈漂亮又温柔，次次都会赶紧来哄他。

当晚，小汀白躺在摇篮里睡着了。宝宝的智能摇篮就摆在主卧的床边，江辰遇下楼给儿子泡奶粉去了，沈暮便坐在床上陪着小汀白。

放在床头柜上的手机"嗡嗡嗡"地响起来。怕吵醒宝宝，沈暮连忙拿过手机看，那是喻涵的来电。

江辰遇正好回来了，推门进屋。沈暮举举手机示意了他一下，随后趿拉着拖鞋轻轻地跑到阳台上，接起电话。

"宝贝儿，明天出来玩儿！"电话一接通，喻涵大大咧咧的声音便传入沈暮的耳中。

沈暮坐在阳台上的藤木躺椅里沉吟须臾，道："可是汀白还在家里呢。"

"哎呀，汀白不是有阿姨带吗？我们都多久没好好地聚过了，难得有国庆节小长假，你没课，我也没工作，抽一天的空出来嗨一嗨，我干儿子会理解的。"

喻涵说得振振有词。

沈暮思考了一会儿，拖着尾音"嗯"了一声。也是，自从汀白出生，她几乎每天都在陪小孩儿。现在又开学了，她就更没时间玩乐了。

沈暮想了想，调笑着问道："秦老师也放假，你不跟他约会呀？"

她这么一说，喻涵的语气里瞬间带上了惊恐，喻涵说："别提，千万别提！我当初是疯了才答应跟教授处对象的！"

沈暮以为他们的感情生变，马上关心地问道："你们怎么了吗？"

"我在他不在的情况下，已经杜绝一切娱乐活动十六个月了。"喻涵大概是闭着眼，一副生无可恋的表情。

反应了片刻，沈暮忍不住笑了一声。

她刚刚还心慌了一下，原来事情只是浪得飞起的人间小浪花有了治自己的男朋友，喻涵憋得久了，心痒痒。

"秦老师管着你是对的，你要听他的话。"沈暮难得不站在闺密的这边，帮着男方说话。

沈暮也觉得，喻涵有时太没心没肺，容易招惹祸端。喻涵被秦老师这样沉稳持重的男人管着，被带着"改邪归正"，这是好事。

果不其然，她说完这话，喻涵哀怨地开始装哭。沈暮觉得好笑，不过还是答应明天陪她出去。

"明天咱们放开玩儿，别跟你家的那个男人说。就享受一天的自由时光当然不过分，是吧？"喻涵义正词严地说。

沈暮笑着表示同意。

沈暮结束女生间的这通秘密的电话时，江辰遇刚好从卧室里走到阳台上，将搭在胳膊上的一条小薄毯披到她的身上。

沈暮放下手机站起来，用双手环住他的腰，抬起脸娇柔而甜蜜地笑："汀白还睡着吗？"

"他刚刚闹了一下，现在安静了。"他垂眸望着她说。

"你又凶他了？"沈暮已经能猜到情况。

江辰遇用指腹抚着她素净的脸颊，没有否认。也不能说是"凶"儿子吧，他只是态度严厉了些。儿子仿佛对他有了本能的敬畏。爸爸的语气稍微一沉，儿子很快就乖了下来。

沈暮戳戳他的胸口："他是不是你亲生的孩子呀？"

江辰遇抓住她的手指，把她的手指握在指间摩挲着："怎么能惯着男孩子？"

"那我不管，你的儿子还这么小，你不准凶他。"沈暮嘟起唇瞪着面前的男人。

江辰遇浅笑起来，轻轻地捏她软嫩的脸蛋儿："妈妈温柔就好了，爸爸来当坏人，不然他要无法无天的。"

他的话太有道理，沈暮一时无法反驳。被曾祖母和外曾祖父母那样宠下去，汀白迟早要被宠坏，而且她肯定是狠不下心来教训他的。

那好吧……沈暮鼓鼓脸颊，没一会儿就被江辰遇说服了。

想到和喻涵的安排，沈暮看了江辰遇一眼："明天……"

她微微地一顿，斟酌一番措辞后，小声而谨慎地说："我想去找喻涵玩儿。"

沈暮没说自己准备和喻涵出去放肆地嗨，因为这两个男人如果知道了她们的计划，肯定不放心她们。

江辰遇倒是没起疑，摸摸她的头："去吧，我在家里看着汀白。"

沈暮悄悄地舒了口气，然后恰到好处地卖了卖乖："有庄阿姨在，没问题的。你的公司不忙吗？"

"最近的工作都不急。"说话间江辰遇低下头来，用双唇啄着她的颈窝。

他的吻若即若离，他轻缓地蹭着她，呼出的气息带来炽热的温度。沈暮瑟缩一下，却没躲开，欲拒还迎似的。

"宝宝。"他用缱绻的声音低低地呼唤。

沈暮的双臂还搂着他的腰："嗯？"

"他睡熟了，我们去书房里？"江辰遇嗓音低沉地问，在她的耳边微微地喘息。

沈暮的四肢百骸顿时顺时地变得酥软，她当然懂他的意思。现在有宝宝了，他们不能随时随地地做亲密的事。沈暮脸一红，垂下头，点了点脑袋。

国庆节小长假时，街上理所当然地变得热闹起来。

喻涵约沈暮在她家的门口见面，而后开着那辆小奥迪，喜气洋洋地带沈暮上了街。

今天外面人头攒动，但丝毫不影响她们放飞自我的兴致。两个姑娘去了电玩游戏厅，在商场里吃吃喝喝、逛逛买买，又去电影院里看了一场电影。她们仿佛回到了小时候，什么都不管了，一头扎进去玩儿。

她们从电影院里出来的时候，天都黑了。

"爽！"尽情地放飞自我后，喻涵对着凉爽的黑夜张开双臂，浑身舒畅。

沈暮笑盈盈地看着喻涵。偶尔放肆地玩儿这么一次，她也觉得心情特别愉悦。

"我们该回去啦。"沈暮虽然很开心，但还是提醒她。

喻涵抗拒地说："别呀，这才下午6点。"

沈暮眨眨眼："可以吃晚饭了呀，秦老师呢？"

"他今天去参加什么研讨会了，应该没这么早回来。"

"那你去我家吃饭吧。"沈暮笑着说。

喻涵可不想独自上门去吃狗粮，还没出声拒绝，先有了思绪，突然凑过去问道："宝贝儿，玩儿了一天，你累不累？"

见她一副神秘兮兮的模样，沈暮露出狐疑的神情。

二十分钟后，JC广场上的一家高级温泉水疗吧里。

泡完温泉的两个人换上女式的粉蓝色浴衣裤，躺在独立包间的单人床上做SPA（水疗）。

"你家的那个男人怎么说？"做面部护理的时候，喻涵闭着眼问道，声音和毛孔一样舒张开来。

沈暮放松地躺着，慵懒地回答道："我说和你一起吃了晚饭再回去。"

喻涵美滋滋地说："真好。"

沈暮合着眼，也笑："真好。"

沉浸在这一刻的享受中，喻涵突然问女技师："待会儿按摩头部时，能换两个小哥哥进来吗？"

两个年轻的女技师都笑起来，随后便出了包间去为她们安排。

沈暮才反应过来，睁开眼，侧头望过去，有些惶恐地说："这样……不好吧？"

喻涵用无所畏惧的语气说："你怕啥，他们只是按摩头。"

话是这么说，但这还是很不对劲呀。沈暮不太敢这样做："如果被他们知道了，咱们就完了。"

那俩男人都可小心眼儿了。

喻涵不以为意地说："你想什么呢？小哥哥按摩的力道足，比较舒服，这是我的经验之谈。"

是这样吗？沈暮一时也不晓得怎么说了。不过很快她就被事实打脸了。

小哥哥的按摩手法相当到位，她们躺在小床上，完全放空自己。经络通畅了，她们舒坦得几乎昏昏欲睡。

不知过了多久，女服务生悄悄地进了包间里，对着两位小哥哥耳语了几句话。两位小哥哥对视一眼后，起身跟着她无声地离开了包间。

按摩突然中止，喻涵半晌没见有人回来，懒懒地问道："他们怎么不按了？"

"不知道……"沈暮也懒得掀眼皮。

这时旁边响起包间的门被轻轻地关上的声音。

听到动静，喻涵挪了挪，舒服地叹道："多按会儿！"她又拍了拍自己的肩膀说，"给我捏捏这儿，连上八天的班，我都累成一摊烂泥了。"

沈暮被她的措辞逗得脆脆地笑出了声。

"宝贝儿，你也按按，舒——服！"

“我不累啦。”

喻涵羡慕得长长地叹了口气："也是，江总这么疼你，是不是天天在家里给你按摩呀？"

沈暮撇撇嘴，嗔怪里含着一丝甜味儿："才没有呢，他只会让我累。"

此累非彼累，喻涵秒懂她的意思，耐人寻味地"嘿嘿"笑了笑。

沈暮说："可千万不能让他知道我跑到这儿来了。"

她还特意要小哥哥来服务她。

"你老公管得这么严吗？"喻涵深表同情地说。

"秦老师管得不严吗？"沈暮问道。

喻涵哀叹道："也严哪，上个月我就是有点儿感冒，到现在吃冰激凌都得躲着他。"

沈暮笑着说："你肯定偷吃了。"

喻涵大方地承认道："也就偷吃了那么三五……十来回吧。"

沈暮"咯咯"地笑。

"我怎么觉得按得没刚才舒服呢？"喻涵开始对小哥哥的手法感到不满意。

沈暮感受了一下："我也有这种感觉。"

"冰激凌好吃吗？"喻涵身后的小哥哥突然淡淡地说了一句话。

这声音……喻涵心脏霎时间"咯噔"一下，放缓呼吸："这声音为什么……听着有点儿耳熟？"

沈暮愣了一会儿："好像……是。"

"没刚才舒服吗？"沈暮的身后，正按着她的肩膀的小哥哥也不慌不忙地开了口，温和平淡的声音十分低沉动听。

沈暮："……"

喻涵："……"

沈暮和喻涵同时倏地睁开眼，只见那两个男人正面不改色地坐在技师的位子上给她们按摩。

在天上飘飘然的她们仿佛忽然坠入地府里，破一群小鬼看好戏地围着吆喝"惊不惊喜，意不意外"。

沈暮和喻涵都傻了。

江辰遇垂眸看着在自己这边平躺着的姑娘，用指尖慢条斯理地拨开她脸旁边的一缕碎发，温柔地说："我还是管得不够严，你都敢跑到这儿来了。"

沈暮发出一丁点儿"呜呜"的声音。

而喻涵只是被秦戈看着就倒吸了一口冷气，躺着一动也不敢动。

"现在呢，先各回各家？"秦戈不动声色地望向江辰遇。

江辰遇神色平静地说："嗯。"

沈暮和喻涵宛如砧板上的鱼，即将死得惨烈。

她们怎么可能想得到这家温泉吧的经理比眼线还机敏？经理从她们进门的那一瞬间起，就认出了沈暮这位万众瞩目的江太太。

她对此不敢怠慢，立刻禀告上级。自然而然地，情况就传到了正在家中带娃的江总的耳朵里。

被两个男人分别带走前，沈暮和喻涵夙夙地握住彼此的手，悄悄地互道了一句"保重"。

当晚，天城苑里。

喻涵笔直地坐在秦戈的卧室里的沙发上。虽说她并非第一回来他家，这次却有种等待被制裁的悲壮感。

趁着他还在房间外接电话，喻涵立马给沈暮打了一通电话。

"宝贝儿，你那边怎么样了？"喻涵用手心捂着嘴，压低声音问道。

"我……"沈暮欲言又止，"你呢？"

喻涵战战兢兢地说："我感觉我要死了。"

沈暮低声地说："呜，我也差不多……"

喻涵哀怨地低声控诉起来，埋怨那两男人为何这样闲，他们这都能把她们当场抓住。

她还没吐槽完，门被推开，秦戈走进了卧室里。

喻涵打了个激灵，打电话已经被他看到了。挂电话是来不及了，她想也没想立刻话锋一转。

"宋景澜！你怎么回事呀？都是当妈的人了，你还不安分点儿？！不要再说了，你这样十分干扰我的夜生活！好了，我挂了，你好好反思！"

关键的时候，该出卖闺密就得出卖。话音刚落，喻涵"啪"的一下挂断了这通电话，然后故作镇定地抬起头，一身正气地扯出笑容："我教育她了。"

秦戈在她的跟前站着。自知有罪在先，喻涵自觉地坐得很端正。

秦戈也不揭穿她，慢悠悠地说："你还知道不委屈自己呢，没少吃冰激凌吧？"

在他的面前，喻涵没有半点儿骨气，低头小声地说："我就吃过一点点冰激凌。"

"呵。"

喻涵听见他的这一声"呵"，不由得咽了咽口水。这就是和自己此生最怕的教授恋爱的体验吗？

"会所里的小哥哥很帅吗？"秦戈语气淡然地说。

喻涵把脑袋再低下去些，不敢吭声。

"看来言传还不够，"秦戈慢慢地挽起袖口，目光对上她的目光，一字一句、清晰分明地说，"得身教。"

喻涵有点儿蒙，身前的男人随即压过来。喻涵猝不及防地被按倒在沙发上，瞬间就慌了，大叫道："等等，等等……我……我……我……"

"干什么？"

"我……"

她还没想出托词，秦戈先漫不经心地说："现在没人干扰你的夜生活。"

喻涵："……"

与此同时，锦檀别墅里的这一夜也令人难以忘怀。

江辰遇在厨房里来回走动着。沈暮揪着他睡衣的衣角，默不作声地跟在他的身后。他走到哪儿，她就跟到哪儿。

他一言不发，沈暮越发不安。他拿着奶瓶回到卧室里，在床边坐下来。她拽拽他，撒娇道："我下次不敢了……"

小小的汀白坐在自己的小摇床里，用白嫩的小肉手接过爸爸递来的温暖的奶瓶，边喝奶，边眨着圆溜溜的大眼睛看着爸爸、妈妈。

江辰遇无动于衷。

沈暮主动靠过去，搂住他的腰，将脸埋到他的胸膛上蹭了蹭，委委屈屈地软着声音说："老公……别生气了。"

江辰遇垂眸看了她一眼，微微地勾起薄唇。他偏偏就是不说话，好像是故意的。

这时小汀白松开奶嘴，咂了一下嘴巴，嘟起唇冲着爸爸"嗯"了一声。

他奶凶奶凶的，好像在说：爸爸不可以欺负妈妈！

父子俩大概有独特的互通语言，尽管都听不明白对方的话，但神奇地懂得对方的意思。

江辰遇说："喝完牛奶睡觉。"

小汀白像是不允许他再欺负沈暮，提高音量说："嗯！"

江辰遇微微地沉下声音说："她是我的老婆。"

小汀白含糊的声音软软的："么……麻……"

他可能是想说：他不管沈暮是不是江辰遇的老婆，反正她是他的妈妈。

沈暮抬起脸，奇怪地看着这对父子。

他们再继续说下去，江辰遇可能又要凶儿子了。沈暮这么想着，先一步走过去，亲了亲儿子软嫩的脸蛋儿，俯身抱抱他："汀白乖乖的。"

妈妈过来哄自己了，小汀白开心地抓住妈妈的一根手指，把眼睛笑成一条缝。

怀里的人去了别处，江辰遇的心里不太乐意，他又一次后悔孩子生早了，他们没过过多久的二人时光。

江辰遇站起身，抽走小汀白喝了大半的牛奶："你可以睡了。"

手里一空，小宝贝蒙了三秒，顿时"呜呜呜"地放声啼哭了起来。

沈暮惊了一下，连忙拿过奶瓶，把它塞回儿子的手里："汀白乖，不哭，不哭。"

小汀白不一会儿就安静了，打了两个哭嗝，继续喝奶。

沈暮觉得江辰遇太严厉了也不行，父子俩还是得培养和谐的感情。所以小汀白喝完奶后，沈暮把他抱到江辰遇的怀中，让江辰遇哄儿子入睡。

江辰遇对男孩子的教育方式是从小就严格地要求儿子，以免儿子养成坏习惯，但又不得不听老婆的话。

他只能不情不愿地抱着儿子，用一只手拍着儿子，在卧室里走来走去。好久之后，他终于把这个小魔王哄睡着了。

等江辰遇回到床边，沈暮便凑过去。哄完了小的，她还要哄个大的。

沈暮吻了一下他的唇，甜甜地说："我们也睡觉吧。"

江辰遇永远都吃她撒娇的这套，但有时也没那么容易被她忽悠过去。

比如此刻，他看着她，眼底含着男人的欲望。

沈暮一下子就懂了他的眼神，咬咬唇，轻言细语地说："今晚就不去书房了嘛，汀白没睡熟，要哭的。"

江辰遇沉默片刻，看向婴儿车上正睡得香甜的宝宝。

她好像生了个麻烦的小情敌呢。

转眼间就到了新一年的春节。

《蜜谋》定在春节档放映。大年初一这天，江辰遇将电影院包了场，带着沈暮去观影。喻涵和秦戈自然也是来的。

这部电影无愧于超强的演员阵容和金牌的制作班底，一经上映就广受好评。

喻白如今一心投入学业和事业中，在影视转型的道路上又成功地前进了一步。他除了凭借优越的外貌，更靠演技收获了越来越多的粉丝。

只是公司的资源和能力有限。嘉禾娱乐虽是老公司了，但近几年情况不理想，公司里也只出了喻白这么一个真正当红的演员。

喻白要想高效地深入发展，并不容易。好在喻白和嘉禾的合约就要到期，喻白有自己的想法，不想再续约。

嘉禾当然不肯放摇钱树走，于是他们这么一闹，就闹上了法庭。不过这只是一个小插曲，江盛的律师轻松地帮喻白打赢了这场官司，并且合约到期后，喻白和九思签了全约。

这件事在网上引起了不小的轰动。一批人在欢呼和庆贺喻白签约九思，祝他未来可期；另一批人在谩骂嘉禾娱乐不做人。

喻白知道从打官司到签约是因为沈暮的关系才能成功，一定是沈暮和江辰遇事先打过招呼。

他年轻，但知恩图报。所以他抓住一次偶然的机会，主动向江辰遇道谢。

江辰遇只是淡笑着说："这是姐夫该做的。"

那时候小汀白已经快两岁了，歪歪扭扭地走过来，捏着棒棒糖，好奇地仰头望着他们。

江辰遇站着，对儿子说："叫小舅舅。"

小汀白还是很听爸爸的话的，拉住喻白的裤腿，用稚嫩的童声说："小舅舅。"

喻白垂眸看了小汀白一会儿，蹲下去，摸了摸他的头。

幸福的光阴总是飞逝，沈暮读研的三年过得很快。

她以为毕业后自己就能潜心地画画，再次参加 IAC 的比赛。谁知道在毕业的前夕，沈暮因月经推迟太久去医院检查，竟查出自己已经怀孕将近两个月。

沈暮欲哭无泪，明明每次他们都好好地准备措施了呀？！

江辰遇也颇感不可思议，这么小的概率都能被他们碰上，该说这二胎是上天的恩赐吗？

不过他们有一个共识——不管孩子是预料之中的，还是意外地到来的，他们肯定不能打掉孩子，要把孩子生下来。

所以，沈暮刚毕业又开始了新的养胎生活。

晚上他们睡觉的时候，江辰遇时常抱住她，轻轻地叹息。

他以前还说什么要给未来的艺术大师自由，到头来，还是将这姑娘束缚在家庭里了。

沈暮倒是不以为然地说："不会呀。"

她回抱住他，声音温柔地说："我喜欢这样，因为这是你的小孩儿嘛。"

江辰遇的眸里好似包含了世间所有的柔情，他低下头去，温柔地吻她。

这一胎是个女孩儿。在江辰遇三十五岁这年，他最爱的姑娘给了他儿女双全的美满。

和教育儿子不同，江辰遇特别疼爱女儿，可能只是因为她是和她的妈妈一样漂亮可爱的女孩儿。他不能惯着男孩子，但当然要宠着女孩子。

女儿的名字叫"江乐渝"，依然是江辰遇起的。安乐无忧，白首不渝。

江汀白、江乐渝，包含的都是爸爸对他们和妈妈的爱意。

江辰遇对外都称家里有三个宝宝，每回友人都被这个老男人的狗粮撒到发狂。

即便沈暮读研三年，又生了两胎，但这些丝毫不影响沈暮在美术上的造诣。她喜爱画画，又有天赋。虽然她参加新一届的 IAC 比赛时还怀着孕，但依旧能正常地发挥。

不过梦想都不会那么轻易地实现，沈暮没有得到第一名，这次就差一点儿。

但她不气馁，反而越战越勇。世上哪儿有什么紫微星呢？成功都是日复一日地努力的结果。

有一天，书房里。

沈暮在画架前专心地画画，小汀白坐在妈妈旁边的小凳子上，乖乖地翻看着绘本，而江辰遇抱着女儿在书桌前办公。因为小渝宝贝一被爸爸放到小摇篮里就哭闹不止，非要爸爸抱着才肯乖乖地待着。

沈暮画完这部分，放下画笔，伸了伸懒腰："好饿呀。"

小汀白奶声奶气地说："爸爸，妈妈饿。"

江辰遇抬眸，招了招手。小汀白放下了绘本，一扭一扭地走过去，捧住爸爸递来的一盒饼干，又一扭一扭地回到妈妈的身边，把饼干送上去。

沈暮望向不远处含笑的江辰遇，眉眼间漾起欢喜的神色。她声音甜美地说："去谢谢爸爸。"

小汀白不高兴了，说："妈妈是不是爱爸爸，不爱我呀？"

见他吃起了醋，沈暮好笑地说："哪里有啊？"

小汀白攥了攥自己的小手："肯定有，你俩结婚都没经过我同意。"

沈暮愣了一下，被人类幼崽神奇的逻辑逗乐了，"扑哧"一声笑了。

"你又想背诗了？"江辰遇抱着女儿走了过来。

小汀白在妈妈那儿是一只撒娇的小奶狗，一到爸爸的面前立刻就变得乖了。

小汀白怕再被爸爸罚背书，歪歪脑袋，乖乖地问道："爸爸，妹妹睡着了吗？"

他说这话时，小渝宝贝发出两声可爱的奶音，还挥了挥小手。她攥着爸爸的衬衫，开始玩儿。

这一年，江辰遇三十五岁，沈暮二十八岁。

家里有一个小魔王、两个小公主，还有一个他。

就这种情况来说，沈暮终于永远都是小孩儿了。